나는 고양이로소이다

초판 1쇄 인쇄　2025년 4월 17일
초판 1쇄 발행　2025년 5월 2일

지은이　　　나쓰메 소세키
옮긴이　　　장하나

펴낸이　　　이성림
펴낸곳　　　성림북스

책임편집　　김화영
디자인　　　노영현

출판등록　　2014년 9월 3일 제25100-2014-000054호
주소　　　　서울시 은평구 연서로3길 12-8, 502
대표전화　　02-356-5762　**팩스** 02-356-5769
이메일　　　sunglimonebooks@naver.com

ISBN　　　979-11-93357-47-7 03830

· 책값은 뒤표지에 있습니다.
· 이 책의 판권은 성림원북스(성림북스)에 있습니다.
· 이 책의 내용 전부 또는 일부를 재사용하려면
　성림원북스(성림북스)의 서면 동의를 받아야 합니다.

나는 고양이로소이다

나쓰메 소세키

장하나 옮김

성림원북스

차례

나는 고양이로소이다
_7

역자 후기
고양이의 눈으로 본 인간 세상, 그리고 삶과 죽음
_645

일러두기

1. 《나는 고양이로소이다》는 1905년 1월부터 1906년 8월까지 문예 잡지 《호토토기스》에 연재되었습니다.
2. 이 책은 《吾輩は猫である》(신초문고, 1961년 9월 5일 발행)를 원본으로 삼았습니다.
3. 본문 하단의 각주는 옮긴이의 것입니다.

1

 나는 고양이다. 이름은 아직 없다.
 어디서 태어났는지 도통 짐작이 가지 않는다. 어쨌든 어두컴컴하고 축축한 데서 야옹야옹 울고 있었던 것만은 기억하고 있다. 나는 거기서 처음으로 인간이라는 종족을 봤다. 나중에 듣고 보니, 그자는 서생(書生)이라는, 인간 중에서도 가장 영악한 종자라고 한다. 이 서생이라는 작자는 가끔 우리를 잡아서 삶아 먹는다는 이야기가 있다. 그러나 당시에는 아무 생각이 없어 별로 두렵지도 않았다. 다만 그가 나를 획 들어 올렸을 때, 뭔가 두둥실 떠 있는 느낌이 들었을 뿐이다. 손바닥 위에서 좀 진정하고 서생의 얼굴을 본 것이, 이른바 인간이라는 종족과의 첫 만남이었다. 그때 참 묘하게도 생겼다고 생각했는데, 그 느낌이 아직도 남아 있다. 일단 털로 장식되어야 할 얼굴이 반들반들해서 꼭 주전자 같았다. 그 후, 많은 고양이를 만났지만, 이런 등신 꼴은 한 번도 보질 못했다. 그뿐인가, 얼굴 한복판이 툭 튀어나왔다. 그리고 그 구멍으로 이따금 연기를 후우후우 내뿜는다. 숨이 턱턱 막혀 퍽 난감하다. 이게 인간이 피우는 담배라는 것을 요즘 와서야 겨우 알게 되었다.

서생의 손바닥에서 얼마간 기분 좋게 앉아 있는데, 잠시 후 엄청난 속도로 움직이기 시작했다. 서생이 움직이는 건지, 나만 움직이는 건지 모르겠지만, 눈이 핑글핑글 돌았다. 속이 메스꺼웠다. 이러다 죽겠구나 싶던 찰나, 툭 소리와 함께 눈앞이 번쩍였다. 거기까지는 기억이 나는데 다음에 무슨 일이 있었는지 아무리 생각해 내려 해도 떠오르지 않는다.

문득 정신을 차리고 보니 서생은 온데간데없다. 그 많던 형제가 한 마리도 보이지 않았다. 소중한 엄마마저 모습을 감추었다. 게다가 그동안 지냈던 곳과 달리 굉장히 밝다. 눈 뜨기가 버거울 지경이다. 뭔가 이상해 살금살금 기어서 나가는데 온몸이 욱신거렸다. 나는 짚 위에 있다가 조릿대밭으로 버려진 것이다.

가까스로 조릿대밭에서 기어 나와 보니 저쪽에 커다란 연못이 있다. 나는 연못 앞에 앉아 이제 어떡해야 할지 생각했다. 딱히 무슨 수가 떠오르진 않았다. 그저 울어대면 서생이 다시 와주지 않을까 하는 생각이 들었다. 야옹, 야옹, 시험 삼아 울어봤지만, 아무도 오지 않았다. 그러는 동안 연못 위로 쌀랑한 바람이 불고 해가 지기 시작했다. 배가 몹시 고팠다. 울고 싶어도 소리가 나오지 않았다. '어쩔 수 없지, 뭐든 좋으니 먹을 게 있는 곳까지 가보자' 결심하고, 연못 왼편으로 천천히 돌기 시작했다. 무척 괴로웠다. 꾸역꾸역 참고 기를 쓰고 기어가니 어딘가 인간 냄새가 나는 곳으로 나왔다. 여기로 들어가면 어떻게든 되겠지 싶어, 대나무 울타리가 허물어진 구멍을 통해 어느 집 안으로 기어들었다. 인연이란 참으로 묘하다. 만약 이 대나무 울타리가 멀쩡했다면 나는 결국 길에서 굶어 죽었을 것이다. 한 나무 아래에서 비를 피하는 것도 전생의 인연이라더니 맞는 말이다. 이 울타리 구멍은 지금도 내가 이웃집 고양이 얼룩이를 찾아갈 때 통로로 쓰고 있다. 모르는 집으로 숨어들기는 했는데 앞으로 어떻게 해야 할지 모르겠다. 그러는 사이 날은 저물고, 배는 고프고, 춥고, 비까지 내리는 상황인지라 더는 지체할 수 없었다. 별수 없이 밝고 따뜻해 보이는 쪽으로 기어갔다. 지금 돌이켜보면, 그때 이미 집 안에 들어와 있었다. 여기서 나는 그 서생이 아닌 다른 인간을 다시 볼 기회를 얻었다.

가장 먼저 만난 이가 하녀다. 하녀는 전에 만난 서생보다 훨씬 고약해서 나를 보자마자 목덜미를 잡아채더니 밖으로 내동댕이쳤다. 아이코, 이젠 다 틀렸다 싶어 눈을 감고 하늘에 운을 맡겼다. 하지만 추위와 배고픔은 도저히 참을 수 없었다. 나는 다시금 틈을 보아 부엌으로 기어들었다. 그러다 곧 다시 내동댕이쳐졌다. 나는 내동댕이쳐지고 기어들고, 기어들다 내동댕이쳐지는 짓을 네댓 번은 되풀이했을 것이다. 그때 하녀라는 인간에게 정이 아주 뚝 떨어졌다. 지난번에 하녀의 꽁치를 훔쳐 복수하고 나니 그동안 묵은 체기가 겨우 내려간 것 같았다. 내가 마지막으로 붙잡혀 내동댕이쳐지려 할 때, 이 집 주인이 웬 소란이냐며 나왔다. 하녀는 나를 들고 주인을 향해 "이 콩만 한 도둑고양이가 아무리 쫓아내도 부엌에 기어들어 와서 미치고 팔짝 뛰겠어요"라고 했다. 주인은 코밑의 검을 털을 만지작거리며 내 얼굴을 잠시 바라보더니, 이윽고 "그럼 그냥 집에 두든지" 하고는 안으로 들어가버렸다. 주인은 말수가 적은 사람처럼 보였다. 하녀는 분하다는 듯 나를 부엌에 팽개쳤다. 그리하여 나는 이 집을 거처로 삼게 되었다.

주인은 좀처럼 나와 얼굴을 맞대지 않는다. 직업은 선생이란다. 학교에서 돌아오면 종일 서재에 틀어박혀 나오는 법이 없다. 식구들은 그를 대단한 학자인 줄 안다. 본인도 학자 행세를 한다. 그러나 실상은 식구들의 말처럼 그리 부지런한 사람은 아니다. 나는 어쩌다 그의 서재를 엿보곤 하는데, 그는 수시로 낮잠을 잔다. 읽다 만 책 위로 침을 흘리기도 한다. 위가 약해서 피부색이 누렇고 생기라곤 찾아볼 수 없다. 그런 주제에 고봉밥을 먹는다. 고봉밥을 다 먹고 나면 다카디아스타제라는 소화제를 먹는다. 소화제를 다 먹으면 책을 편다. 두세 페이지 읽으면 졸음이 쏟아진다. 책 위에 침을 흘린다. 이것이 매일같이 반복되는 그의 일상이다.

나는 고양이지만 가끔 이런 생각을 한다. 선생이란 참으로 편한 직업이다, 인간으로 태어났다면 직업으로는 선생이 최고다, 이렇게 자면서 할 수 있는 일이라면 고양이라고 못 할 게 뭐냐고. 그런데도 주인은 친구들이 올 때마다, 선생만큼 힘든 일은 없다며 이러쿵저러쿵 불평을 늘어놓는다.

내가 이 집에 살기 시작했을 당시, 주인이 아닌 다른 인간들은 나를 함부로 대했다. 어디를 가나 걷어차이고 상대해주는 이 하나 없었다. 지금까지 이름을 지어주지 않는 것만 봐도 나를 얼마나 홀대하는지 알 수 있다. 나는 어쩔 수 없이 되도록 나를 집 안으로 들여보내 준 주인 곁에만 있으려 애썼다. 아침에 주인이 신문을 읽을 때는 그의 무릎 위에 올라간다. 그가 낮잠을 잘 때는 그의 등에 올라탄다. 주인이 이 행동을 좋아하는 건 아니지만, 딱히 상대해주는 이가 없으니 어쩔 수 없다. 그 후 이런저런 경험 끝에, 아침에는 밥통 위, 밤에는 고타쓰* 위, 날씨가 좋은 낮에는 툇마루에서 잠을 청하기로 했다. 그러나 가장 기분 좋은 건, 밤에 이 집 아이들의 이부자리 속으로 기어들어 가서 부대껴 자는 일이다. 아이들은 다섯 살과 세 살배기로, 밤이 되면 둘이 한 이

---

* 나무 탁자 아래 난로나 화로를 두고 그 탁자 위에 이불 등을 덮은 난방 기구.

불 속에서 잔다. 나는 언제나 아이들 사이에 내가 들어갈 만한 틈을 찾아내 어떻게든 파고드는데, 운이 나빠 둘 중 하나라도 잠이 깨는 날엔 생난리가 난다. 특히 작은아이 쪽 성질이 유별나서 한밤중에도 아랑곳하지 않고 고양이가 왔다, 고양이가 왔다, 하며 큰 소리로 울어댄다. 그러면 예의 신경성 위장병이 있는 주인은 꼭 잠에서 깨 옆방으로 달려온다. 얼마 전에는 자로 내 엉덩이를 세게 때렸다.

나는 인간과 함께 생활하며 관찰하면 관찰할수록, 그들이 아주 방자한 존재라고 단언할 수밖에 없게 되었다. 특히 내가 가끔 함께 자는 아이들은 말하고 자시고도 없다. 저들 맘대로 나를 거꾸로 치켜드는가 하면, 머리를 자루에 씌우거나 패대기치고, 부뚜막 속에 밀어 넣기도 한다. 게다가 내가 조금이라도 뭘 손대면 온 식구들이 쫓아다니며 나를 못살게 군다. 지난번에도 다다미에 발톱 좀 갈았다고 안주인이 어찌나 화를 내던지, 그 뒤로는 방에 들기가 쉽지 않다. 내가 부엌 마룻바닥에서 벌벌 떨고 있어도 눈 하나 깜짝 안 한다. 내가 존경하는 건넛집 고양이 흰둥이는 만날 때마다 인간만큼 피도 눈물도 없는 것들은 없다고 혀를 내두른다. 흰둥이는 얼마 전에 옥구슬 같은 새끼 네 마리를 낳았다. 그런데 그 집 서생이 사흘째 되던 날, 네 마리를 모두 뒤뜰 연못에 버렸다고 한다. 흰둥이는 눈물을 흘리며 자초지종을 이야기했고, 우리 고양이족이 부모와 자식 간 서로 사랑하며 오순

도순 살아가려면, 인간과 싸워 어떻게든 그들을 멸족시켜야 한다고 했다. 전부 옳은 말이다. 또한, 이웃집 얼룩이는 인간이 소유권이라는 것을 이해하지 못한다며 크게 분개했다. 원래 우리 동족 사이에서는 말린 정어리 대가리든 숭어 배꼽이든 먼저 발견한 고양이가 임자다. 만약 상대가 이 규칙을 어기면 완력을 써도 무방하다. 그런데 인간은 이런 개념이 아예 없는지 우리가 발견한 맛난 먹이를 본인들 먹겠다며 기어코 약탈해 간다. 그들은 자신의 힘을 믿고 마땅히 우리가 먹어야 할 음식을 빼앗고는 시치미를 뗀다. 흰둥이는 군인 집에 살고, 얼룩이의 주인은 변호사다. 나는 선생 집에 살아서 그런지 이런 일에 관해서는 흰둥이와 얼룩이보다 낙천적이다. 그저 하루하루 그럭저럭 지낼 수만 있다면 바랄 게 없다. 아무리 인간이라도 언제까지나 그렇게 번창할 수는 없으리라. 마음을 느긋하게 먹고 고양이의 시대를 기다리는 것이 좋을 것이다.

말이 나온 김에 내 주인이 멋대로 굴다가 실패한 이야기를 꺼내려 한다. 원래 주인은 누구를 이겨본 적도 없으면서, 뭐든 해보고 싶어 한다. 하이쿠를 지어 《호토토기스》*에 투고를 하기도 하고, 신체시**를 지어 《묘조》***에 보내기도 하고,

---

* 하이쿠 잡지. 나쓰메 소세키의 《나는 고양이로소이다》가 연재되었다.
** 메이지 시대에 서양 시의 형식을 본떠 만든 새로운 형식의 시.
*** 1900년에 창간된 문예 잡지.

엉터리 영작을 하기도 하고, 어떨 때는 활에 몰두하기도 하고, 옛 노래를 배우기도 하고, 또 어떨 때는 바이올린을 끼익끼익 하기도 하는데, 딱하게도 무엇 하나 제대로 하는 게 없다. 그런 주제에 한번 발동이 걸리면, 위도 약한 양반이 미친 듯이 열중한다. 뒷간에서 노래를 불러 동네 사람들에게 뒷간 선생이라는 별명을 얻었음에도 아주 태연하게 '나는 다이라노무네모리니라'*라는 첫 구절만 읊어댄다. 모두 '저기 무네모리가 온다' 하며 웃음을 터뜨릴 정도다.

주인은 무슨 바람이 들었는지 내가 이 집에 산 지 한 달쯤 지난 어느 월급날, 커다란 보따리를 들고 분주히 돌아왔다. 뭘 사 왔나 봤더니, 수채화 물감과 붓, 와트만이라는 종이였다. 오늘부로 노래와 하이쿠를 때려치우고 그림을 그릴 모양이었다. 과연 다음 날부터 한동안은 매일 서재에서 낮잠도 자지 않고 그림만 그려댔다. 그런데 그려 놓은 걸 보면, 뭘 그린 건지 아무도 종잡을 수 없었다. 본인도 영 별로였는지, 어느 날 미학인가 뭔가를 하는 친구가 찾아왔을 때 이런 이야기를 하는 것을 들었다.

"아무래도 쉽지 않아. 남의 그림을 보면 별거 아닌 것 같은데, 막상 붓을 잡아보니 어렵더라고."

이건 주인의 술회다. 역시 꾸밈이 없다. 그의 친구는 금테

---

* 요곡 〈유야(熊野)〉의 첫머리로 초보자들이 배우는 곡이다. 다이라노무레모리는 헤이안 시대 말기의 무장이다.

안경 너머로 주인의 얼굴을 보면서 말했다.

"누군들 처음부터 잘 그리겠나. 우선 방 안에서 하는 상상만으로는 그림이 그려질 리 없지. 옛날에 이탈리아의 대가 안드레아 델 사르토가 이런 말을 했네. 그림을 그리려거든 무엇이든 자연 그 자체를 옮겨라. 하늘에는 별이 있고, 땅에는 반짝이는 이슬이 있고, 나는 것에는 새가 있고, 달리는 것에는 짐승이 있고, 연못에는 금붕어가 있고, 고목에는 겨울 까마귀가 있다. 자연은 살아 있는 한 폭의 커다란 그림이다, 라고 말이야. 어때? 자네도 그림다운 그림을 그리고 싶다면, 사생을 해보는 게."

"흠, 안드레아 델 사르토가 그런 말을 했었나? 전혀 몰랐네. 과연 옳은 말이군. 그래, 그렇고말고."

주인은 무턱대고 감상에 젖어들었다. 금테 너머로 비웃는 듯한 웃음이 보였다. 그다음 날, 나는 여느 때처럼 툇마루에서 맛있게 낮잠을 자는데, 주인이 어쩐 일로 서재에서 나와 내 뒤에서 뭔가를 열심히 하고 있었다. 퍼뜩 잠에서 깨어 뭘 하는지 실눈을 뜨고 보니, 안드레아 델 사르토의 말을 행동에 옮기느라 여념이 없었다. 그 꼴을 보고 있자니 웃음이 새어 나왔다. 그는 친구에게 비웃음을 당해 놓고 맨 먼저 나를 사생하고 있던 것이다. 나는 잘 만큼 잤다. 하품을 시원하게 하고 싶었다. 하지만 모처럼 주인이 열심히 붓을 놀리는데 움직여선 안 된다는 생각에 꾹 참았다. 그는 지금 내 윤곽을 다 그리고 얼굴을 색칠하고 있다. 자백한다. 나는 고양이로서 결코 잘난 외모라고 할 수 없다. 등도 그렇고, 털도 그렇고, 생김새도 그렇고, 다른 고양이보다 낫다고 생각지 않는다. 그러나 아무리 못난 나라도 지금 주인이 그리고 있는 것처럼 묘한 모습은 아닌 것 같다. 색깔부터가 다르다. 나는 페르시아고양이처럼 노란빛을 띤 옅은 회색에 옻칠한 듯 얼룩진 피부를 갖고 있다. 이것만은 누가 봐도 의심할 여지 없는 사실이다. 그런데 지금 주인이 칠해 놓은 건, 노랑도 아니고 검정도 아니고 회색도 아니고 갈색도 아닌, 그렇다고 이들을 몽땅 섞어놓은 색도 아니다. 그저 일종의 색이라고밖에 평할 수 없는 색이다. 더 이상한 점은 눈이 없다는 것이다. 하기야 자는 모습을 사생했으니 그럴 만도 하지만, 눈 비슷한 것조차 보이지 않으니 맹묘인지 자는 고양이인지 확실치가 않다. 나는 속으로 제아무리 안드레아 델 사르토 흉내를 내본들 이래서는 방법이 없겠다고 생각했다. 하지만 그 열정에는 감동하지 않을 수 없다. 되도록 움직이지 않으려 했으나, 아까부터 쉬가 마렵다. 온몸의 근육이 근질거렸다. 더는 1분도 참을 수 없어, 어쩔 수 없이 실례를 무릅쓰고 두 다리를 앞으로 쭉 뻗고 고개를 낮춰 하품을 늘어지게 했다. 이렇게 된 이상 얌전히 있어봤자 소용없다. 어차피 주인의 계획을 망쳤으니 뒤뜰에 가서 볼일이나 보려고 슬금슬금 걸어갔다. 그러자 주인은 실망과 분노가 뒤섞인 소리로 방에서 "야, 이 바보야!" 하고 고함을 쳤다. 주인은 남에게 욕할 때, 꼭 '바보야'라고 하는 버릇이 있다. 다른 욕을 할 줄 모르니 어쩔 수 없지만, 지금까지 애쓴 내 속도 모르고 무턱대고 바보 소리를 하다니 무례하다. 게다가 내가 평소 그의 등에 올라탈 때 조금이라도 좋아했다면 이런 모욕도 달게 받겠지만, 내 편의는 무엇 하나 흔쾌히 봐준 적도 없으면서 오줌 누러 가는데 바보라니 너무하다. 원래 인간이란 놈들은 자기 역량을 뽐내며 우쭐대기에 바쁘다. 인간보다 더 강한 존재가 나타나 혼쭐을 내지 않는 이상, 앞으로 어디까지 더 우쭐댈지 모른다.

멋대로 구는 것도 이 정도면 참을 수 있지만, 나는 인간의 부덕함에 대해 이보다 몇 배나 슬픈 이야기를 들은 적이 있다.

우리 집 뒤뜰에 열 평 남짓한 차밭이 있다. 넓지는 않아도 산뜻하고 기분 좋게 볕이 드는 곳이다. 이 집 아이들이 너무 시끄러워 편히 낮잠을 잘 수 없을 때나, 너무 지루하고 마음이 편치 않을 때면 나는 여기로 나와 호연지기를 기른다.

어느 따스한 늦가을의 오후 2시쯤, 점심을 먹고 맛있게 한숨 자고는 운동 삼아 이 차밭으로 걸음을 옮겼다. 차나무 뿌리 냄새를 한 그루 한 그루 맡으며 서쪽 삼나무 울타리 옆까지 왔는데, 커다란 고양이가 시든 국화 위에서 세상모르고 자고 있었다. 그는 내가 다가가는 걸 아는지 모르는지 드르렁드르렁 코를 골며 퍼질러 잤다. 남의 마당에 몰래 들어와 이리도 태평하게 자고 있다니, 나는 그 대담한 배짱에 놀라지 않을 수 없었다. 그는 새까만 고양이였다. 정오를 갓 지난 태양이 그의 피부 위로 투명한 빛을 비추었다. 반짝이는 털 사이로, 눈에 보이지 않는 불꽃이 금방이라도 타오를 것 같았다. 그는 대왕 고양이라 해도 좋을 만큼 거구였다. 내 갑절은 돼 보였다. 감탄과 호기심에 그 앞에 멈춰 서서 넋을 잃고 바라보는데, 잔잔한 가을바람이 삼나무 울타리 위로 뻗은 오동나무 가지를 가볍게 흔들자, 이파리 두세 개가 시든 국화 위로 툭 떨어졌다. 대왕은 동그란 눈을 번쩍 떴다. 지금도 기억하고 있다. 그 눈은 인간이 귀히 여기는 호박이라는 보석보다 한결 아름답게 빛났다. 그는 꿈쩍도 하지 않았다. 두 눈에서 나오는 빛을 내 좁은 이마에 쏘며 "넌 뭐냐?" 하고 물었다. 대왕치고는 말씨가 좀 천하다고 생각했지만, 어쨌든 그 목소리의 저변에는 개도 멈칫할 만한 힘이 깃들어 있었기에 나는 덜컥 겁이 났다. 하지만 인사를 하지 않으면 험한 꼴을 당할 듯하여 "난 고양이다. 이름은 아직 없고" 되도록 태연한 척 퉁명스럽게 대답했다. 그러나 이때 내 심장은 확실히 평소보다 격하게 쿵쿵거렸다. 그는 깔보는 투로 말했다.

"뭐, 고양이? 고양이가 들으면 놀라 자빠지겠다. 어디 사는데?"

상당히 안하무인이다.

"난 여기 선생 집에서 살아."

"내 그럴 줄 알았다. 삐쩍 말라가지고."

그는 대왕다운 기염을 토했다. 말본새로 보아 아무래도 양갓집 고양이 같지는 않다. 하지만 윤기가 흐르고 살이 통통하게 오른 걸 보면 잘 먹고 다니는 모양이다.

"그러는 넌 누군데?"

나는 묻지 않을 수 없었다.

"난 인력거꾼네 검둥이다."

의기양양한 태도였다. 그 집 검둥이라면 이 근방에서 모르는 이가 없을 만큼 성질 더러운 고양이다. 하지만 힘만 세고 무식해서 아무도 어울리려 하지 않았다. 다들 피하고 싶어 하는 녀석이다. 나는 그의 이름을 듣고 조금 서먹함을 느낀 동시에, 한편으로는 조금 경멸스러웠다. 나는 일단 그가 얼마나 무식한지 시험해보려고 질문을 던졌다.

"인력거꾼과 선생 중에 누가 더 셀까?"

"당연히 인력거꾼이 세지. 네 집 주인을 봐라, 뼈 가죽밖에 안 남았잖아."

"너도 인력거꾼네 고양이라서 그런지 힘이 장사일 것 같아. 그 집에 살면 진수성찬을 먹을 수 있나 봐?"

"나야 뭐 어딜 가든 잘 먹고 다니니까. 너도 차밭만 뱅뱅 돌지 말고, 나나 따라다녀. 한 달도 못 돼서 포동포동해질

거다."

"그건 차차 부탁하기로 하고. 그래도 집은 선생네가 인력 거꾼네보다 큰 것 같은데."

"멍청하긴, 집이 커봤자 그런 게 밥 먹여주냐."

그는 몹시 거슬린다는 듯, 깎아 놓은 대나무 같은 귀를 쫑긋거리며 밖으로 홱 나갔다. 내가 인력거꾼네 검둥이와 알고 지낸 건 이때부터다.

그 후 나는 종종 검둥이와 마주쳤다. 마주칠 때마다 그는 인력거꾼네 고양이답게 득의양양한 기세를 내뿜는다. 앞서 내가 들었다는 부덕한 사건도 실은 검둥이에게서 들은 것이다.

어느 날, 나와 검둥이는 여느 때처럼 따스한 차밭에서 뒹굴며 이런저런 잡담을 나누었는데, 그는 늘 하던 자랑을 마치 처음 하는 양 늘어놓으며 나를 보고 물었다.

"넌 지금까지 쥐를 몇 마리나 잡아봤냐?"

내가 지식은 검둥이보다 풍부해도 힘과 용기 면에서는 검둥이와 비교도 안 된다는 걸 알고 있었지만, 이런 질문을 받으니 과연 부끄러웠다. 그래도 사실은 사실, 속일 수는 없어서 "잡으려고만 했지 아직 잡아본 적은 없어"라고 솔직히 대답했다.

검둥이는 코끝에 삐죽 솟은 긴 수염을 바르르 떨며 자지러지게 웃어댔다. 원래 검둥이는 자랑만 할 줄 알지 어딘가 모자란 구석이 있어서, 그의 득의양양한 기세에 감탄한다는 듯 목구멍을 갸르랑대며 잘 들어주기만 하면, 더없이 다루기 쉬운 고양이다. 나는 그와 가까워지자마자 그 점을 간파했기에 이번에도 어설프게 자기변호를 해서 상황을 불리하게 만드는 건 어리석은 일이다, 차라리 그에게 자기 무용담이나 실컷 떠들게 하여 얼렁뚱땅 넘어가는 게 상책이라고 생각했다. 그래서 고분고분한 태도로 "넌 나이도 있으니까 무지무지 많이 잡았겠다" 하고 부추겨보았다. 과연 그는 담장의 부서진 틈을 돌격해 왔다.

"못해도 삼사십 마리는 잡았지 싶은데."

그는 득의양양하게 대답하더니 이어서 말했다.

"쥐새끼야 백 마리든, 이백 마리든, 혼자서도 거뜬히 잡겠는데, 족제비 녀석한테는 안 되겠더라. 한번 덤볐다가 된통 당했지 뭐냐."

"우와, 그랬구나."

나는 맞장구를 쳤다. 검둥이는 큰 눈을 껌뻑거리며 말했다.

"작년 대청소 때 말이야. 우리 집 주인이 석탄 자루를 들고 마루 밑으로 들어갔는데, 너만 한 족제비 놈이 난데없이 튀어나오는 거야."

"오오."

나는 감탄한 척했다.

"족제비라 해봤자 조금 큰 쥐만 해. 이 빌어먹을 놈을 내가 얼른 쫓아가 시궁창 속으로 몰아넣었지."

"역시 해냈구나!"

나는 손뼉을 쳤다.

"그런데 그놈이 궁지에 몰리니까 최후의 방귀를 뀌더라니까. 냄새가 나든 안 나든 그때부터 족제비만 봤다 하면 속이 울렁거려."

그는 이 대목에 이르자 마치 작년의 냄새가 아직도 난다는 양 앞발을 들어 콧등을 두세 번 쓰다듬었다. 나는 조금 안쓰러운 마음에, 그의 기분을 풀어주려고 말했다.

"그래도 쥐는 너한테 걸리면 죽은 목숨이잖아. 넌 쥐잡기의 달인이라 쥐만 먹으니 그렇게 포동포동하고 윤기가 자르르 흐르는 거겠지?"

검둥이의 비위를 맞추기 위한 이 질문이 희한하게 반대의 결과를 불러왔다. 그는 한숨을 푹 내쉬며 말했다.

"생각해보니 어이가 없네. 쥐를 아무리 열심히 잡으면 뭐 해. 인간만큼 뻔뻔한 놈들도 세상에 없을 거야. 남이 잡은 쥐를 몽땅 빼앗아 파출소로 가져가버린다니까. 파출소에서는 누가 잡았는지 모르니까, 갖다줄 때마다 5전씩 준대. 우리 집 주인은 내 덕에 1엔 50전은 벌어놓고, 나한테 맛난 음식 한번 준 적이 없어. 인간은 허우대만 멀쩡하지, 순 도둑놈들이야."

배운 게 없는 검둥이라도 이 정도 이치는 아는지 몹시 성난 얼굴로 털을 곤두세웠다. 나는 기분이 언짢아져서 그 자리를 적당히 마무리하고 집으로 돌아왔다. 이때부터 나는 결코 쥐를 잡지 않겠노라 다짐했다. 그렇다고 검둥이의 똘마니가 되어 쥐가 아닌 다른 먹이를 사냥하지도 않았다. 맛난 음식을 먹는 것보다 잠자는 게 속 편했다. 선생 집에 있으면 고양이도 선생과 성질이 비슷해지는 모양이다. 조심하지 않으면 언젠가 위가 약해질지도 모른다.

내 주인도 근래에 와서는 자신이 수채화에 가망이 없다는 사실은 깨달았는지, 12월 1일 일기에 이런 말이 쓰여 있었다.

오늘 모임에서 ○○라는 사람을 처음 만났다. 그이는 몹시 방탕한 사람이라던데, 과연 방탕아다운 풍채다. 이런 유의 사람은 여자들이 좋아하기 때문에, ○○가 방탕하다기보다 방탕할 수밖에 없다고 하는 편이 합당할 것이다. 그이의 아내는 게이샤라고 한다. 부러운 일이다. 원래 방탕아를 욕하는 사람의 십중팔구는 방탕할 자격이 없는 자들이다. 또 방탕아를 자처하는 무리 중에도 방탕할 자격이 없는 자가 많다. 이들은 어쩔 수 없이 방탕해진 것이 아니라 무리해서 자처하는 것이다. 마치 내 수채화처럼 도저히 졸업할 기미가 안 보인다. 그런데도 자신만은 방탕아인 양 여긴다. 요릿집에서 술을 마시거나 기생집에 간다고 그이처럼 될 수 있다면 나도 어엿한 수채화 화가가 될 수 있으리

라. 내가 수채화 따위 그리지 않는 편이 나은 것처럼, 우매한 방탕아보다 시골뜨기가 되는 게 훨씬 낫다.

방탕아론은 좀 수긍하기 어렵다. 또 게이샤 아내를 부럽다고 하는 건 선생으로서는 입에 담지 말아야 할 어리석은 생각이지만, 자기 수채화에 대한 비평만은 정확하다. 주인은 이렇게 제 분수를 잘 알면서도 자만심은 좀체 버리지 못한다. 사흘 뒤인 12월 4일의 일기에는 이런 글이 적혀 있다.

어젯밤은, 수채화를 그렸으나 도저히 이건 아니다 싶어 구석에 처박아 둔 것을 누가 근사한 액자에 담아 문 위에 걸어놓은 꿈을 꾸었다. 그런데 액자에 담긴 그림을 보니 내가 생각해도 갑자기 실력이 늘었다. 몹시 기뻤다. 이 정도면 훌륭한 그림이라고 혼자 중얼대며 바라보고 있는데, 날이 밝아 잠에서 깼다. 역시 원래대로 서툰 그림이라는 생각이 아침 해와 함께 명료해지고 말았다.

주인은 꿈에서까지 수채화에 대한 미련을 못 버린 모양이다. 이래서는 수채화 화가는커녕 주인이 말한 소위 방탕아도 될 수 없다.

주인이 수채화 꿈을 꾼 다음 날, 예의 금테 안경 미학자가 오랜만에 주인을 찾아왔다. 그는 자리에 앉자마자 입을 열었다.

"그림은 잘 되어가고?"

주인은 아무렇지 않은 얼굴로 "자네 말마따나 사생에 힘썼는데, 과연 그러고 보니 지금까지 모르고 지나쳤던 물건의 형태나, 색의 미묘한 변화 등이 보이더군. 서양에서는 예로부터 사생을 중시했기에 오늘날처럼 그림이 발달한 게 아닌가 싶네. 과연 안드레아 델 사르토야"라며 일기 내용은 입도 벙긋하지 않고, 또 안드레아 델 사르토에 감탄했다.

미학자는 웃으며 "사실 그거 엉터리야" 하고 머리를 긁적였다.

"뭐가?"

주인은 아직도 자신이 놀림거리가 되었다는 사실을 깨닫지 못했다.

"뭐긴, 자네가 자꾸 감탄하는 안드레아 델 사르토지. 그거 내가 지어낸 얘기일세. 자네가 이리도 진지하게 받아들일 줄이야, 하하하하."

미학자는 무척 즐거워 보였다. 나는 툇마루에서 이 대화를 듣고, 오늘 그의 일기에 어떤 내용이 담길지 미리 상상해보지 않을 수 없었다. 이 미학자는 이런 무책임한 말을 퍼뜨려 사람을 속이는 걸 유일한 낙으로 삼는 사람이다. 그는 안드레아 델 사르토 사건이 주인의 감정에 어떤 영향을 미쳤는지 눈곱만큼도 헤아리지 못한 듯 신이 나서 지껄여댔다.

"아니, 가끔 내가 농담 좀 던지면 사람들이 진담으로 받아들이니까 골계미를 자극하는 재미가 있단 말이지. 지난번에는 한 학생에게 니콜라스 니클비*가 기번**에게 그의 명저인 《프랑스 혁명사》를 프랑스어로 쓰지 말고 영어로 출판하도록 충고했다는 이야기를 했는데, 그 학생이 또 쓸데없이 기억력이 좋아서는 일본문학회 연설회에서 내가 했던 말을 고대로 읊어대는 통에 우스워 죽는 줄 알았네. 그런데 백여 명이나 되는 청중이 모두 열심히 듣고 있지 뭔가. 재밌는 이야기가 또 있네. 얼마 전엔 어떤 문학자가 있는 자리에서 해리슨의 역사소설 《테오파노》 이야기가 나왔는데, 내가 그 소설은 역사소설의 백미다, 특히 여주인공이 죽는 장면에선 소름 끼치게 무서웠다고 평했더니, 평소에 모른다고 말하는 꼴을 본 적이 없는, 내 앞에 있던 선생이 '그래, 그 부분은 정말 명문이지'라고 하는 게 아닌가. 거기서 나는 이 양반도 나처럼 그 소설을 읽지 않았다는 걸 눈치챘지."

신경성 위장병을 달고 사는 주인은 눈을 동그랗게 뜨고 물었다.

"그런 엉터리 소리를 했다가 상대한테 들키면 어쩌려고?"

마치 남을 속이는 것은 되지만, 거짓임이 들통나면 곤란

---

* 영국 소설가 찰스 디킨스의 소설 《니콜라스 니클비》의 주인공.
** 에드워드 기번. 영국의 역사가로 그의 명저는 《프랑스 혁명사》가 아니라 《로마제국 쇠망사》다. 《프랑스 혁명사》는 토마스 칼라일의 대표작이다.

하지 않겠느냐는 투다. 미학자는 조금도 동요하지 않고 "뭐, 그땐 다른 책과 착각했다고 둘러대면 돼"라며 웃었다. 이 미학자는 금테 안경을 걸쳤을 뿐 성질은 인력거꾼네 검둥이와 닮았다. 주인은 잠자코 담배 연기를 동그랗게 내뿜으며, 자기에게는 그럴 용기가 없다는 표정을 지었다. 미학자는 그래서 자네 그림이 틀려먹은 것이라는 눈빛으로 말했다.

"하지만 농담은 농담이고, 그림이란 자고로 어려운 거야. 레오나르도 다빈치는 문하생에게 사원 벽의 얼룩을 그려보라고 가르친 적이 있다더군. 과연 뒷간 같은 데 들어가서 빗물이 새는 벽을 하염없이 바라보다 보면, 꽤 그럴듯한 무늬가 자연스럽게 나오지 않겠나. 자네도 심혈을 기울여 사생해봐. 틀림없이 흥미로운 그림이 나올 테니까."

"또 속일 셈이군."

"아니, 이것만은 확실해. 꽤 기발하지 않은가? 다빈치니까 이런 말을 하지."

"확실히 기발하긴 해."

주인은 반쯤 항복했다. 하지만 아직 뒷간에서 사생은 하지 않은 듯하다.

인력거꾼네 검둥이는 그 후 절름발이가 되었다. 윤기가 흐르던 털은 점점 색이 바래고 빠졌다. 내가 호박 보석보다 아름답다고 평한 그의 눈에는 눈곱이 가득했다. 특히 내 눈길을 끈 건 의기소침해진 성격과 왜소해진 몸집이었다. 차밭에서 그를 마지막으로 만난 날, 내가 요새 어떻게 지내느냐 물었더니 "족제비 최후의 방귀와 생선 장수의 멜대는 이제 넌덜머리가 나"라고 대답했다.

소나무 사이로 두세 겹으로 붉게 물든 단풍은 옛꿈처럼 지고, 앞뜰에 놓인 손 씻는 돌그릇 둘레에 차례차례 꽃잎을 흩날리던 홍백의 동백도 다 져버렸다. 6미터 남짓한 남쪽 툇마루에 겨울 해가 일찍이 기울고, 찬 바람이 자주 불게 되면서 내 낮잠 시간도 줄었다.

주인은 매일 학교에 간다. 돌아오면 서재에 틀어박힌다. 사람이 오면 선생질도 아주 지긋지긋하다고 한다. 수채화도 거의 그리지 않는다. 다카디아스타제도 효과가 없다며 먹지 않는다. 아이들은 기특하게도 유치원에 꼬박꼬박 다닌다. 돌아오면 창가를 부르고, 공놀이를 하고, 가끔은 내 꼬리를 잡고 거꾸로 쳐든다.

나는 맛난 음식을 먹지 않으니 살은 별로 오르지 않았지만, 그럭저럭 건강하게, 절름발이도 되지 않고, 하루하루를 살아가고 있다. 쥐는 절대 잡지 않는다. 하녀는 여전히 싫다. 이름은 아직도 없지만, 욕심을 부리자면 끝이 없으니, 평생 여기 선생네에서 이름 없는 고양이로 살다 갈 생각이다.

2

나는 새해 들어 조금 유명해졌다.* 비록 고양이긴 하나 조금 우쭐한 기분이 드니 감사할 따름이다. 설날 이른 아침, 주인 앞으로 그림엽서 한 장이 왔다. 친구인 모 화가가 보낸 연하장인데, 위에는 빨강, 아래는 짙은 초록을 칠하고, 그 가운데 한 동물이 웅크린 모습을 파스텔로 그려 놓았다. 주인은 서재에서 이 그림을 가로로도 봤다가 세로로도 보면서 멋진 색이라고 칭찬했다. 일단 감탄했으니, 이제 그만하나 싶었는데 다시 가로로 봤다 세로로 봤다. 몸을 비틀어서 보기도 하고, 손을 쭉 뻗어 노인이 《삼세상(三世相)》**을 들여다보듯 봤다가, 창 쪽을 향해 엽서를 코끝까지 가져다 대보기

---

* 《나는 고양이로소이다》는 1905년 1월에 발표되면서 호평을 얻었다.
** 불교의 인과설에 오행 사상을 섞어 사람의 생년월일이나 인상으로 삼세(전세·현세·내세)의 길흉을 점치는 책.

도 했다. 빨리 그만두지 않으면 무릎이 후들거려 내가 위험해질 판이었다. 가까스로 덜 후들거리나 싶더니 작은 소리로 "대체 뭘 그린 걸까?" 하고 중얼거렸다.

주인은 그림엽서의 색깔에는 감탄했지만, 그려진 동물의 정체를 몰라 아까부터 고심하는 듯했다. 그렇게 난해한 그림인가 싶어, 감고 있던 눈을 반쯤 고상하게 뜨고, 차분히 들여다보니, 틀림없이 내 초상이었다. 주인처럼 안드레아 델 사르토를 흉내 낸 건 아닐 테고, 화가니만큼 형태도 색채도 잘 표현된 그림이었다. 조금이라도 안목이 있는 사람이라면, 고양이 중에서도 다른 고양이가 아닌 바로 나라는 것을 대번에 알아차릴 수 있도록 멋지게 그려 놓았다.

이 정도로 명백한 것을 알아보지 못하고 저렇게까지 고심하다니, 인간이 조금 안쓰러워졌다. 할 수만 있다면 그 그림이 나라는 사실을 알려주고 싶다. 나라는 건 모르더라도, 적어도 고양이라는 사실만은 귀띔해주고 싶다. 그러나 인간이란 우리 고양이족의 언어를 이해할 수 있을 만큼 하늘의 은총을 입지 못한 동물이기에, 안타깝지만 그냥 두었다.

독자에게 미리 말해 두는데, 원래 인간들은 걸핏하면 '고양이, 고양이' 하며 아무렇지 않게 멸시하는 투로 우리를 평가하는 버릇이 있는데, 굉장히 좋지 않다. 자신의 무지는 모르면서 교만한 표정을 짓는 선생 나부랭이들은, 인간의 찌꺼기에서 소와 말이 나오고, 소와 말의 똥에서 고양이가 만들어진다고 생각하는데 옆에서 보기에 썩 좋지 않다. 아무리 고양이라도 그렇게 허술하게 뚝딱 생기진 않는다. 겉보기에는 고놈이 고놈이고, 어느 고양이도 자기 고유의 색깔 같은 건 없어 보일지 몰라도 고양이 사회에 들어와 보면 상당히 복잡해서, 십인십색이라는 인간 세계의 말이 여기서도 통한다는 것을 알 수 있다. 눈도 코도 털도 다리도 다 다르게 생겼다. 수염이 뻗은 형태부터 귀가 선 방식, 꼬리가 처진 정도에 이르기까지, 같은 건 하나도 없다. 잘생긴 것과 못생긴 것, 좋아하는 먹이와 싫어하는 먹이, 멋쟁이와 촌뜨기 등등 모두 천차만별이라 해도 무방하다. 그렇게 뚜렷한 차이가 있음에도 불구하고, 인간의 눈은 그저 발전이니 뭐니 하면서 하늘만 쳐다볼 뿐, 우리의 성질은 물론이거니와 얼굴조차 식별하지 못하니 참으로 안타까울 따름이다. 예로부터 끼리끼리의 법칙이라는 말이 있다는데, 말 그대로 떡장수는 떡장수, 고양이는 고양이끼리 어울리는 법이니, 고양이에 대해서는 역시 고양이가 아니면 모른다. 인간이 아무리 진화했대도 이것만은 안 되는 것이다. 그리고 솔직히 그들은 그들 자신이 스스로 믿고 있는 것처럼 그리 대단하지도 않으니 더욱 난감하다. 더구나 동정심이 부족한 내 주인 같은 이는 서로를 깊이 아는 것이 사랑의 가장 중요한 조건임을 모르는 남자이기에 어쩔 수 없다. 그는 고약한 굴처럼 서재에 들러붙어, 세상을 향해 입을 열어본 적이 없다. 그러면서 저만은 모두 달관한 듯한 면상을 하고 있으니 조금 우습다. 그가 달관하지 못했다는 증거로는, 내 초상이 눈앞에 떡하니 있는데도 조금도 눈치채지 못하고, 올해는 러시아를 정벌한 지 2년째니 아마 곰 그림일 것이라는 둥 도통 알 수 없는 소리만 해대고 있다는 것만 봐도 알 수 있다.

내가 주인의 무릎 위에서 눈을 감고 이런 생각을 하고 있는데, 이윽고 하녀가 두 번째 그림엽서를 가지고 왔다. 보니까 외래종 고양이 네댓 마리가 나란히 앉아 펜을 잡거나 책을 펼쳐서 공부하는 모습을 활판으로 찍어 낸 엽서였다. 그중 한 마리는 자리를 이탈해 책상 모서리에서 〈고양이다, 고양이〉라는 노래에 맞춰 서양 춤을 추고 있다. 그 위에 먹으로 '나는 고양이로소이다'라고 새까맣게 쓰여 있고, 오른쪽 옆에 '책 읽고 춤추는 고양이의 어느 봄날'이라는 하이쿠까지 적혀 있다. 이건 주인의 옛 문하생에게서 온 엽서이기 때문에 누가 봐도 한눈에 의미를 알 수 있으련만, 멍청한 주인은 아직도 모르겠는지 아리송하다는 듯 고개를 갸우뚱하며, "어, 올해가 고양이의 해던가?" 하고 혼잣말했다. 내가 이토록 유명해졌다는 사실을 아직도 모르는 모양이다.

그때 하녀가 세 번째 엽서를 가져왔다. 이번에는 그림엽서가 아니다. 근하신년이라 쓰여 있고, 그 옆에 '죄송하지만 고양이에게도 부디 안부 전해주십시오'라고 적혀 있다. 아무리 멍청한 주인이라도 이렇게 분명히 쓰여 있는 것을 보고 그제야 알아차린 듯 흐응, 하며 내 얼굴을 보았다. 그 눈빛에 지금까지와는 달리 다소 존경심이 담겨 있는 것 같았다. 입때껏 세상으로부터 그 존재를 인정받지 못했던 주인이 갑자기 새롭게 부상한 것도 다 내 덕인 줄 깨달았다면, 그런 눈빛은 당연하다고 생각한다.

때마침 현관에 달린 종이 딸랑딸랑 울렸다. 아마 손님일 것이다. 손님이 오면 하녀가 나간다. 나는 생선 장수 우메 아저씨가 올 때 말고는 나가지 않기로 정했기 때문에, 그대로 주인 무릎에 앉아 있었다. 그런데 주인은 빚쟁이라도 들이닥친 것처럼 불안한 표정으로 현관 쪽을 쳐다봤다. 신년 인사차 들른 손님과 술 상대를 하기가 어지간히도 싫은 모양이다. 인간이 이리도 편협할까. 그렇게 싫으면 일찌감치 외출이라도 할 일이지, 그만한 용기조차 없어 결국 굴 근성을 드러낸다. 잠시 후, 하녀가 와 간게쓰 씨가 왔다고 한다. 이 간게쓰라는 사내 역시 옛날에 주인의 문하생이었다는데, 지금은 학교를 졸업하고 어쨌든 주인보다 훌륭한 사람이 되었다고 한다. 이 남자는 왜인지 몰라도 주인집에 툭하면 놀러 온다. 오면 자기를 좋아하는 여자가 있다는 둥 없다는 둥, 세상이 재미있다는 둥 없다는 둥, 대단하다 싶고 흥미롭다 싶은 불평만 늘어놓다 돌아간다. 주인처럼 시들어가는 인간에게 이런 이야기를 하러 구태여 찾아오는 것부터가 이해하기 어렵지만, 굴 같은 성정의 주인이 그런 이야기에 가끔 맞장구를 치는 건 더 우스꽝스럽다.

"오랜만에 찾아뵙습니다. 실은 작년 말부터 활동이 많아져서 한번 찾아뵈어야지 하면서도 이쪽으로는 발길이 향하지 않아서요."

간게쓰 군은 옷 끈을 만지작대며 수수께끼 같은 말을 했다.

"어디로 발길이 향하던가?"

주인은 진지한 얼굴로 가문이 새겨진 검은색 겉옷의 소맷자락을 잡아당겼다. 이 겉옷은 소매가 짧아 흐물흐물한 명주옷이 좌우로 손가락 반 마디 정도 삐져나와 있다.

"헤헤헤헤, 조금 다른 방향이라서요."

간게쓰 군은 웃으며 말했다. 보니까 오늘은 앞니가 하나 빠져 있다.

"앞니는 왜 그런가?"

주인은 화제를 돌렸다.

"아아, 실은 어디서 표고버섯을 먹었는데요."

"뭘 먹었다고?"

"그게, 표고버섯을 조금 먹었는데요. 표고버섯 갓을 앞니로 자르려다가 이가 쏙 빠져버렸어요."

"표고버섯 좀 먹었다고 앞니가 빠지다니, 노인네가 따로 없군. 하이쿠 소재는 될지 몰라도 연애는 안 될 것 같네."

주인은 그렇게 말하며 손바닥으로 내 머리를 톡톡 쳤다.

"아, 그 고양이가 이 녀석입니까? 제법 통통한 게 인력거꾼네 검둥이한테도 지지 않겠는데요. 근사한 고양이네요."

간게쓰 군은 나를 몹시 칭찬했다.

"요새 들어 부쩍 컸지."

주인은 자랑스럽다는 듯 또 내 머리를 톡톡 쳤다. 칭찬받는 건 좋지만 머리는 좀 아팠다.

"그저께 밤에도 잠깐 합주회를 했는데요."

간게쓰 군이 다시 화제를 돌렸다.

"어디서?"

"그런 건 모르셔도 됩니다. 피아노 반주에 바이올린 셋이었는데 꽤 재밌었어요. 바이올린도 셋씩이나 되니 서툴러도 들을 만하더라고요. 여자 둘에 제가 껴 있었는데 제가 생각해도 잘한 것 같아요."

"흠, 그 여자란 건 누구인가?"

주인이 부럽다는 듯 물었다. 평소 주인은 고목나무에 차가운 바위 같은 얼굴을 하고 있지만, 여자에게 냉정한 편은 아니다. 주인이 전에 어떤 서양 소설을 읽었는데 거기 등장하는 한 인물이, 거의 모든 여성에게 잘 반했다. 세어보니 거리를 오가는 여인의 7할에는 반하더라는 이야기가 풍자적으로 쓰인 글을 보고, '이건 진리다'라고 감탄한 사내다. 그런 바람기 많은 사내가 대체 왜 굴 같은 생애를 보내고 있는 건지 나 같은 고양이로서는 도저히 알 길이 없다. 어떤 이는 실연 때문이라고도 하고, 또 어떤 이는 위가 약하기 때문이라고도 하고, 또 어떤 이는 돈 없고 소심한 성격 때문이라고도 했다. 어느 쪽이든 메이지 역사와 관련될 만한 인물은 못 되니 상관없다. 하지만 간게쓰 군이 언급한 여자들을 부러워하며 물은 것만은 사실이다. 간게쓰 군은 재미있다는 듯 어묵을 젓가락으로 집어 절반을 앞니로 잘랐다. 나는 또 앞니가 빠지진 않을까 걱정했는데 이번에는 괜찮았다.

"뭐, 둘 다 양갓집 아가씨들이지요. 선생님께서 아실 만한 여자들이 아닙니다."

간게쓰 군이 퉁명스럽게 대답했다. 주인은 "그런—" 하고 말꼬리를 길게 늘어뜨렸으나, '가—'라는 말은 생략하고 생각에 잠겼다. 간게쓰 군은 슬슬 자리를 떠야지 싶었는지 "날씨가 정말 좋네요. 괜찮으시다면 함께 산책이라도 하시겠습니까? 뤼순이 함락되었다고 다들 난리입니다"라며 재촉했다.

주인은 뤼순 함락보다 여자들의 신원이 궁금하다는 얼굴로 잠시 생각에 잠겨 있다가, 드디어 결심이 섰는지 "그럼, 나가지" 하며 벌떡 일어섰다. 역시 가문이 새겨진 검은색 겉옷에 형님의 유품이라는, 20년 묵은 솜바지 차림이었다. 아무리 명주실로 짠 솜바지가 튼튼하다지만, 이렇게 주야

장천 입어대서는 견뎌낼 도리가 없다. 군데군데 닳아서 햇빛에 비쳐보면 안쪽에 천을 덧대 기운 자국이 보인다. 주인의 복장에는 연말도 설날도 없다. 평상복도 외출복도 없다. 나갈 때는 양손을 품에 지르고 훌쩍 나간다. 달리 입을 옷이 없어서인지, 있어도 귀찮아서 갈아입지 않는 것인지, 나로서는 알 수가 없다. 하지만 이것만은 실연 탓이라고 생각지 않는다.

두 사람이 나가고, 나는 잠시 실례하여 간게쓰 군이 먹다 남긴 어묵을 해치웠다. 나도 요즘에는 평범한 고양이가 아니다. 일단 모모카와 조엔*이 이야기한 고양이나 그레이**가 읊은 금붕어를 훔친 고양이 정도의 자격은 충분히 있다고 생각한다. 인력거꾼네 검둥이 따윈 이미 안중에도 없다. 어묵 한 점 먹어치웠다고 누가 이러쿵저러쿵 떠들어대지도 않을 것이다. 게다가 남의 눈을 피해 간식을 먹는 버릇은 우리 고양이에게만 있는 것이 아니다. 우리 집 하녀는 안주인이 집을 비운 사이 떡 같은 걸 슬쩍해서 먹곤 한다. 하녀뿐 아니라, 안주인이 품위 있는 가정교육을 받고 있다고 떠벌리고 다니는 이 집 아이들마저 그런 경향이 있다.

사오일 전 일인데, 주인 부부가 아직 잠들어 있는 동안, 쓸데없이 일찍 깬 두 아이가 밥상에 마주 앉았다. 아이들은

---

* 19세기 만담가.
** 토머스 그레이. 영국의 시인.

매일 아침 주인이 먹는 빵 조각에 설탕을 찍어 먹곤 하는데, 이날은 마침 설탕 단지에 스푼까지 곁들여 밥상에 놓여 있었다. 여느 때처럼 설탕을 나눠 주는 이가 없으니, 큰애가 단지에서 설탕을 한 스푼 퍼 자기 접시 위에 담았다. 그러자 작은애도 언니가 한 그대로, 같은 양의 설탕을 같은 방법으로 자기 접시 위에 담았다. 둘은 잠시 서로를 노려보더니, 큰애가 다시 한 스푼을 퍼 자기 접시 위에 담았다. 작은애도 뒤질세라 스푼을 들어 언니와 양을 맞췄다. 그러자 언니가 또 한 스푼을 폈다. 동생도 지지 않고 한 스푼 폈다. 언니가 다시 단지에 손을 뻗었다. 여동생이 또 스푼을 들었다. 보고 있는 사이, 한 스푼 한 스푼이 쌓이더니 마침내 두 아이의 접시에 설탕이 수북해졌고, 단지 안에 설탕이 하나도 남지 않았을 즈음, 주인이 잠이 덜 깬 눈을 비비며 안방에서 나와, 애써 푼 설탕을 단지에 도로 넣어버렸다. 이런 모습을 보면 인간은 이기주의에서 추출된 공평이라는 개념은 고양이보다 잘 알지 몰라도, 지혜는 고양이보다 못 갖춘 듯하다. 그렇게 산처럼 쌓이기 전에 얼른 핥아 먹었으면 좋았을 텐데, 여느 때처럼 내 말은 통하지 않으니, 안타깝게도 밥통 위에서 잠자코 구경만 했다.

　간게쓰 군과 나간 주인은 어디를 어떻게 돌아다녔는지, 그날 밤늦게 돌아와, 이튿날 9시께에 밥상 앞에 앉았다. 예의 밥통 위에서 바라보니 주인이 말없이 떡국을 먹고 있다.

한 그릇 더 먹고, 또 한 그릇 더 먹는다. 떡 조각이 작긴 하나, 여하튼 예닐곱 조각을 먹고, 마지막 한 조각을 그릇에 남긴 채 인제 그만 먹어야겠다며 젓가락을 내려놓았다. 남들이 그러면 도저히 용납하지 못하면서 주인이랍시고 위세를 부리며 탁한 국물 속에 불어 터진 떡의 잔해를 보고도 태연했다. 아내가 선반에서 다카디아스타제를 꺼내 밥상 위에 놓자 주인이 말했다.

"그건 잘 안 들으니까 안 먹어."

"그래도 여보, 전분질 음식엔 잘 듣는다니까, 드시는 게 좋을 거예요."

아내는 먹이려 들었다.

"전분이고 뭐고 소용없대도."

주인도 완고하게 나왔다.

"변덕도 심하셔라."

아내가 혼잣말처럼 말했다.

"변덕이 아니라 약이 안 듣는대도."

"얼마 전까지만 해도 정말 잘 듣는다면서 매일같이 드셨잖아요."

"전에는 잘 들었지. 요새는 들질 않아."

주인은 대구(對句) 같은 대답을 했다.

"그렇게 먹다 안 먹다 하면, 명약인들 효과가 있겠어요. 인내심이 있어야죠. 위장병은 다른 병과 달라서 잘 안 낫는다고요."

아내는 이렇게 말하더니, 쟁반을 들고 서 있는 하녀를 돌아보았다.

"그건 옳은 말씀이세요. 좀 더 드셔보지 않고선 좋은 약인지 나쁜 약인지 알 수 없지요."

하녀는 두말없이 안주인 편을 들었다.

"좌우지간 안 먹는다면 안 먹는 줄 알아. 여자가 뭘 안다고, 나대지 좀 마."

"그래, 저 여자예요."

안주인은 다카디아스타제를 주인 앞에 들이밀며 한사코 먹이려 했다. 주인은 말없이 서재로 들어가 버렸다. 안주인과 하녀는 마주 보고 히죽히죽 웃었다. 이럴 때 따라가서 무릎 위에 올라탔다간 변고를 당할 수 있다. 슬그머니 마당을 통해 서재의 툇마루로 올라가 문틈으로 엿보니, 주인은 에픽테토스라는 사람의 책을 보고 있다. 만약 평소처럼 그 책을 이해할 수 있다면 주인은 코딱지만큼이나마 훌륭한 구석이 있는 것이다. 오륙 분이 지나자 그 책을 내팽개치듯 책상 위로 던졌다. 내 그럴 줄 알았지 하며 좀 더 지켜보고 있는데, 이번에는 일기장을 꺼내 다음과 같이 써 내려갔다.

네즈, 우에노, 이케노하타, 간다 주변을 간게쓰 군과 산책했다. 이케노하타의 요정 앞에서, 게이샤가 옷자락에 무늬가 있는 봄

옷을 입고서 하네 놀이*를 하고 있었다. 옷은 아름다웠지만, 얼굴은 영 형편없었다. 왠지 우리 집 고양이를 닮았다.

얼굴이 형편없는 예시로 굳이 나를 들먹이지 않아도 좋으련만. 나도 이발소에 가서 수염만 좀 깎으면 인간과 그다지 다를 바 없지 싶다. 인간은 이리도 자만하기 때문에 곤란하다.

약방 모퉁이를 돌자 또 한 명의 게이샤가 나왔다. 키가 늘씬하고, 어깨선이 고운 여인으로, 연보랏빛 기모노를 청초하게 차려입은 모습이 고상하게 보였다. 하얀 이를 드러내고 웃으며 "겐짱! 어젯밤에는…… 너무 바빠서"라고 말했다. 그런데 그 목소리가 떠돌이 방랑객처럼 걸걸해서 아리따운 자태가 나락으로 추락해버렸다. 그 겐 짱이라는 작자가 어떤 놈인지 돌아보기도 귀찮아져서, 두 손을 품에 넣은 채 오나리미치로 갔다. 간게쓰 군은 어쩐지 들떠 보였다.

인간의 심리만큼 이해하기 힘든 건 없다. 지금 주인이 화가 난 것인지, 들뜬 것인지, 아니면 철학자의 유서에서 한 줄기 위안을 구하고 있는 것인지 도저히 알 길이 없다. 세상

---

* 깃털 공을 나무 채로 치는, 배드민턴 비슷한 놀이.

을 냉소하는 것인지, 세상과 어울리고 싶은 것인지, 하찮은 일에 짜증을 내는 것인지, 세상에 초연한 것인지, 도통 짐작이 가지 않는다. 그런 점에서 보면 고양이는 단순한 존재다. 먹고 싶으면 먹고, 자고 싶으면 자고, 화날 때는 열심히 화내고, 울 때는 죽어라 운다. 일단 일기 같은 쓸데없는 건 쓰지 않는다. 쓸 필요가 없기 때문이다. 주인처럼 겉과 속이 다른 인간은 일기라도 써서 세상에 내보일 수 없는 자신의 진짜 모습을 드러낼 필요가 있을지도 모른다. 그러나 우리 같은 고양이족은 걷고, 멈추고, 앉고, 눕고, 똥 누고, 오줌 싸는 일상 자체가 모두 일기인 까닭에, 그렇게 귀찮은 짓을 통해 자신의 참모습을 보존하지 않아도 된다. 일기 쓸 시간에 툇마루에서 잠이나 자는 게 낫다.

간다의 모 식당에서 저녁을 먹었다. 오랜만에 정종을 두세 잔 마셨더니, 오늘 아침에는 속이 몹시 편안하다. 속이 안 좋을 때는 저녁 반주가 최고다. 다카디아스타제는 이제 전혀 듣질 않는다. 누가 뭐래도 소용없다. 어쨌든 안 듣는 건 안 듣는 것이다.

 난데없이 다카디아스타제를 공격한다. 홀로 싸우고 있는 것 같다. 오늘 아침의 짜증이 여기로 슬쩍 꼬리를 내민다. 인간의 일기는 이런 식으로 본색을 드러내는지도 모른다.

얼마 전에 ○○가 아침을 안 먹으면 위가 좋아진대서 이삼일 동안 아침을 걸렀는데 배에서 꼬르륵 소리만 날 뿐 효과는 없었다. △△는 장아찌를 먹지 말라고 충고했다. 그의 주장에 따르면, 모든 위장병의 원인은 장아찌에 있다. 장아찌만 끊으면 병의 근원을 뿌리째 뽑는 것이기에 무조건 나을 수밖에 없다는 논리였다. 그래서 일주일 동안 장아찌에는 젓가락도 대지 않았는데 별 효험을 보지 못해 요즘에는 다시 먹기 시작했다. ××에게 들으니 위장병엔 배 마사지만 한 게 없다고 한다. 다만 일반적인 방법으로는 안 된다, 미나가와 방식이라는 전통 기술로 한두 번 문지르면 대부분 위장병은 완치된다, 야스이 소쿠켄^{*}도 이 마사지술을 애용했다, 사카모토 료마^{**} 같은 호걸도 이 방법으로 가끔 치료를 받았다고 하니 단박에 가미네기시까지 가서 마사지를 받았다. 그런데 뼈까지 주무르지 않으면 낫기 어렵다는 둥, 오장육부의 위치를 한번 뒤집어 까지 않으면 완치가 힘들다는 둥 하면서 무자비하게 주물러댔다. 나중에는 온 삭신이 솜처럼 되어 혼수상태에 빠진 것 같아 질려서 관두었다. A군은 딱딱한 음식을 절대로 먹어선 안 된다고 했다. 그래서 하루는 우유만 마시며 살아봤는데, 이번에는 장 속에서 홍수라도 난 것처럼 심하게 꾸르륵거려 밤새도록 잠을 잘 수 없었다. B씨는 횡격막으로 호흡해 내장을 운동시키면 자연스럽게 위장 기능이

---

* 에도 시대 말기, 메이지 시대 초기의 유학자.
** 에도 시대 말기의 무사.

좋아질 테니 시험 삼아 해보라고 권했다. 이 방법도 조금 해보았지만, 어딘가 뱃속이 불편했다. 그래도 한 번씩 그 호흡법이 떠오르면 집중해서 해보았으나 5, 6분이 지나면 잊어버렸다. 잊지 않으려고 하면 횡격막이 신경 쓰여 책을 읽을 수도, 글을 쓸 수도 없었다. 미학자 메이테이 선생이 이 모습을 보고 산기가 있는 사내도 아니고 그만하라고 비웃는 통에 요즘에는 하지 않는다. C선생은 메밀국수를 먹으면 좋을 것 같다고 해서 곧바로 뜨거운 국물과 차가운 국물에 넣어 번갈아 먹어보았으나, 이번에는 설사만 할 뿐 아무런 효과가 없었다. 나는 이 고질병을 고치기 위해 갖은 수를 써보았지만 모두 헛수고였다. 그런데 어젯밤 간게쓰 군과 기울인 석 잔의 정종은 분명 효과가 있었다. 앞으로는 매일 밤 두세 잔씩 마셔보려 한다.

이것도 결코 오래가진 못할 것이다. 주인의 마음은 내 눈동자처럼 끊임없이 변한다. 무엇을 해도 진득하게 하지 못하는 남자다. 게다가 일기장에선 위장병을 그토록 걱정하는 주제에, 겉으로는 태연한 척 구니까 웃는다. 얼마 전에는 친구라는 모 학자가 찾아와 모든 병은 일종의 조상과 자신이 저지른 죄악의 업보라는 주장을 펼쳤다. 연구를 꽤 한 모양인지 아주 논리 정연하고 훌륭한 주장이었다. 가엾게도 우리 주인 같은 사람에겐 이를 도저히 반박할 만한 두뇌도 학문도 없다. 하지만 자신이 위장병으로 고생하고 있으니 어떤 변명을 해서든 자신의 체면을 지키려는 듯 보였다.

"자네 주장이 재밌긴 한데, 칼라일도 위가 약했네."

주인은 칼라일이 위가 약했으니 자신의 위가 약한 것도 명예로운 일이라는 식으로 엉뚱한 말을 했다. 그러자 친구가 "칼라일이 위가 약했다고 해서 위가 약한 병자가 반드시 칼라일이 될 수는 없지"라고 딱 잘라 말하는 바람에 주인은 입을 다물 수밖에 없었다. 이렇게 허영심이 가득한데, 그래도 역시 위가 약하지 않았으면 하는지, 오늘 밤부터 저녁 반주를 마시겠다고 하니 조금 우스꽝스럽다. 생각해보니, 오늘 아침에 떡국을 그렇게 많이 먹은 것도, 어젯밤 간게쓰 군과 정종을 마신 덕분인지도 모른다. 나도 떡국이 좀 먹어보고 싶어졌다.

나는 고양이지만 웬만한 음식은 다 잘 먹는다. 인력거꾼네 검둥이처럼 골목의 어물전까지 원정할 기운은 없고, 물론 신작로에 있는 이현금 선생 댁 얼룩이처럼 사치를 부릴 만한 처지도 아니다. 그래서 의외로 가리는 음식이 적은 편이다. 아이들이 먹다 흘린 빵 부스러기도 먹고, 떡고물도 핥아 먹는다. 장아찌는 정말 맛없지만, 경험 삼아 단무지 두 조각을 먹은 적이 있다. 먹다 보면 희한하게도 웬만한 건 다 먹을 수 있게 된다. '이건 별로다, 저것도 별로다'고 하는 건 복에 겨워서 하는 소리로, 선생네 집에 사는 고양이 따위는 도저히 입에 올려서는 안 될 말이다. 주인이 말하길, 프랑스에 발자크라는 소설가가 있었다고 한다. 이 남자는 대단한 사치꾼이었지만, 소설가답게 입이 아닌 문장으로 사치를 부렸단다. 어느 날 발자크는 자신이 쓰고 있는 소설 속 인물의 이름을 지으려고 이것저것 붙여봤는데 아무래도 마음에 들지 않았다. 그러던 차에 친구가 찾아와 함께 산책에 나섰다. 친구는 아무것도 모른 채 따라나섰는데, 발자크는 자신이 고심 중인 이름을 찾아낼 요량이었기에, 거리로 나가자마자 오로지 가게 앞 간판만 보고 걸었다. 그런데 역시 마음에 드는 이름이 없었다. 친구를 끌고 무턱대고 걸어 다녔다. 친구는 영문도 모른 채 따라갔다. 그들은 결국 아침부터 밤까지 파리를 탐험했다. 돌아가는 길에 문득 한 바느질 가게의 간판이 발자크의 눈에 들어왔다. 보니까 그 간판에 마르퀴스라는 이름이 쓰여 있었다. 발자크는 손뼉을 치며 말했다.

"그래, 바로 저거야. 마르퀴스, 이렇게 좋은 이름이 있었군. 마르퀴스 앞에 Z만 붙이면 더할 나위 없겠어. 반드시 Z여야 해. Z. Marcus, 정말 근사하군. 내가 만든 이름도 잘 지었다고는 생각하지만, 뭔가 인위적인 것 같아 재미없었거든. 드디어 마음에 드는 이름을 찾았어."

친구에게 민폐를 끼친 것도 잊고서 혼자 기뻐했다는데, 소설 속 인간의 이름을 지으려고 온종일 파리 한복판을 휘젓고 다니다니, 상당히 수고스러운 일이다. 이 정도 사치면 봐줄 만할 수도 있겠지만, 굴 같은 주인을 둔 나로서는 도저히 그럴 엄두가 나지 않는다. 무엇이든 좋다, 먹기만 하면 된다는 생각이 드는 것도 내 처지를 탓할 일이다. 그러니 지금 떡국이 먹고 싶어진 것도 결코 사치의 결과가 아니다. 무엇이든 먹을 수 있을 때 먹어 두자는 심정으로, 주인이 먹다 만 떡국이 혹시나 부엌에 남아 있지 않을까 싶었기 때문이다. ……나는 부엌으로 가보았다.

오늘 아침 본 떡이, 오늘 아침 본 빛깔 그대로 그릇 바닥에 들러붙어 있었다. 고백하건대 떡이라는 걸 지금까지 한 번도 입에 넣어본 적이 없다. 맛있어 보이기도 하고, 또 조금은 내키지 않기도 했다. 앞발로 떡 위에 걸린 채소를 긁어냈다. 발톱을 보니 떡이 들러붙어 끈적끈적하다. 냄새를 맡아보니 가마솥의 밥을 밥통으로 옮길 때와 같은 냄새가 났다. 먹을까, 말까, 하며 주위를 둘러보았다. 다행인지 불행인지 아무도 없었다. 하녀는 늘 똑같은 얼굴을 하고 하네 놀이를 하고 있다. 아이들은 안방에서 〈무슨 말씀이세요, 토끼님〉을 부르고 있다. 먹으려거든 지금이다. 만약 이 기회를 놓친다면 내년까지는 떡이란 것의 맛을 모르고 살아야 한다. 나는 비록 고양이나 이 순간 한 가지 진리를 깨달았다.

'얻기 힘든 기회는 모든 동물로 하여금 내키지 않는 일도 무릅쓰고 하게 한다.'

사실 그렇게까지 떡국을 먹고 싶진 않았다. 그릇 밑바닥의 상태를 살피면 살필수록 꺼림칙해서 아무래도 내키지 않았다. 그때 만약 하녀가 부엌문을 열었다면, 방에서 놀던 아이들의 발소리가 이쪽으로 다가오는 소리를 들었다면, 나는 뒤도 돌아보지 않고 떡국을 포기했을 테고, 내년까진 머릿속에 떠올리지도 않았으리라. 그런데 누구도 오지 않았다. 아무리 주저주저하고 있어도 아무도 오지 않았다. 얼른 먹으라고 재촉당하는 기분이었다. 나는 그릇 속을 들여다보면서 누군가 와주기를 빌었다. 역시 아무도 와주지 않았다. 나는 결국 떡국을 먹을 수밖에 없었다. 결국 온몸의 체중을 그릇에 떨어뜨리듯 싣고, 떡의 모서리를 한입 물었다. 이 정도로 힘주어 깨물면 웬만한 건 다 잘리는데, 이런! 이만하면 잘렸겠다 싶어 이빨을 빼내려는데 빠지지 않았다. 한 번 더 고쳐 물려 해도 꿈쩍도 하지 않았다. 떡은 요물이구나, 하고 깨달았을 때는 이미 늦었다. 늪에 빠진 사람이 발을 빼내려고 애쓸 때마다 더 깊숙이 빨려들듯, 씹을수록 입이 무거워지고 이빨이 움직이지 않았다. 씹는 맛은 있지만, 단지 그뿐, 도저히 수습이 안 됐다. 예전에 미학자 메이테이 선생이 우리 주인에게 "자넨 참 알 수 없는 남자야" 하고 평한 적이 있는데, 과연 옳은 말이다. 이 떡도 주인처럼 알 수 없다. 10을 3으로 나누는 것처럼, 씹어도 씹어도 영원히 떨어질 것 같지 않았다. 이런 번민에 빠져 있는 동안, 나는 나도 모르게 두 번째 진리에 맞닥뜨렸다.

 '모든 동물은 직감적으로 사물의 적합, 부적합을 예견한

다.'

 진리는 이미 두 가지나 깨달았으나, 이빨에 떡이 들러붙어 있어서 조금도 유쾌하지 않았다. 이빨이 떡으로 빨려 들어가 빠질 듯이 아팠다. 얼른 먹어치우고 도망가지 않으면 하녀가 올 것이다. 아이의 노랫소리도 멈춘 듯하다. 이제 곧 부엌으로 달려올 게 뻔하다. 고민 끝에 꼬리를 빙빙 휘둘러보았지만 아무런 성과가 없었다. 귀를 세웠다 눕혀봐도 소용이 없다. 따지고 보면 귀와 꼬리는 떡과 전혀 무관하다. 요컨대, 꼬리를 휘둘러도 헛일, 귀를 세워도 헛일, 귀를 눕혀도 헛일이라는 걸 깨닫고는 그만두었다. 그러고는 앞발의 도움을 받아 떡을 떼어 내는 수밖에 없겠다는 생각에 이르렀다. 우선 오른쪽 앞발을 들어 입 주변을 쓰다듬었다. 쓰다듬는 정도로 떨어질 요물이 아니었다. 이번에는 왼쪽 앞발을 쭉 뻗어서 입을 중심으로 빠르게 원을 그려보았다. 그런 주술로도 요물은 떨어지지 않았다. 서두르지 않는 게 중요할 것 같아 오른발, 왼발 번갈아 움직였지만, 여전히 이빨은 떡 속에 박혀 있다. 에잇, 성가셔, 하며 양발을 한꺼번에 사용했다. 그러자 신기하게도 이때만큼은 뒷발로 서게 되었다. 왠지 고양이가 아닌 것 같은 기분이 들었다. 이렇게 된 마당에 고양이든 아니든 무슨 상관인가. 어떻게든 떡 요괴가 나가떨어질 때까지 끝까지 해보겠다는 각오로 얼굴을 마구잡이로 긁어댔다. 앞다리 동작이 맹렬해 자칫 중심을 잃고 쓰러질 뻔했다. 쓰러지려 할 때마다 뒷발로 균형을 잡아야 했기에, 한 곳에만 있을 수 없어 부엌 여기저기를 뛰어다녔다. 내가 생각해도 이렇게 서 있는 게 신기했다. 세 번째 진리가 곧장 눈앞에 나타났다.

'위험에 처하면 평소에는 할 수 없었던 일도 해낼 수 있다. 이를 하늘이 도왔다고 한다.'

다행히 하늘의 도움을 받은 내가 떡 요괴와 사투를 벌이고 있는데, 뭔가 발소리가 나며 누군가 다가오는 기척이 느껴졌다. 지금 사람이 들어오면 큰일이다 싶어 미친 듯이 부엌을 뛰어다녔다. 발소리는 점점 가까워졌다. 아아, 안타깝게도 하늘의 도움이 좀 부족하다. 결국 아이들에게 들키고 말았다.

"어어, 고양이가 떡국을 먹고 춤을 춘다!"

아이들이 큰 소리를 쳤다. 이 소리를 제일 먼저 들은 건 하녀였다. 하네도 하네 채도 내팽개치고 부엌으로 "어머머머!" 하며 뛰쳐 들어왔다. 안주인은 가문이 새겨진 오글오글한 비단옷 차림으로 나타나 "참 별난 고양이네"라고 말했다. 주인도 서재에서 나와 "야, 이 바보야!"라고 했다. 재밌다, 재밌어, 하고 말하는 건 아이들뿐이었다. 그러고선 다들 약속이라도 한 듯 깔깔깔 웃어댔다. 화가 나고, 괴롭지만 춤을 멈출 순 없으니, 난감하기 이를 데 없었다. 겨우 웃음이 멈췄나 싶었을 때, 다섯 살 난 여자아이가 "엄마, 고양이가 참 별나요"라고 하는 바람에 또다시 웃음바다가 되었다. 동정심이 부족한 인간의 행동거지를 숱하게 보고 들었지만, 이때만큼 원망스럽게 느낀 적도 없었다. 마침내 하늘의 도움도 어디론가 사라져버리고, 원래대로 네발로 기며, 눈을 희번덕거리는 추태까지 부렸다. 그래도 그냥 두기에 딱했는지 주인이 하녀에게 "떡이나 좀 떼줘라" 하고 일렀다. 하녀는 좀 더 추게 내버려 두죠, 라는 눈빛으로 안주인을 쳐다봤다. 안주인은 춤은 보고 싶지만, 죽이면서까지 보고 싶진 않았는지 잠자코 있었다.

"떼주지 않으면 죽는다, 어서 떼줘."

주인은 다시 하녀를 돌아봤다. 하녀는 진수성찬을 반쯤 먹다 꿈에서 깨어난 것처럼 시무룩한 얼굴로 떡을 쭉 잡아당겼다. 간게쓰 군도 아닌데, 앞니가 몽땅 부러지는 줄 알았다. 아프고 안 아프고 간에 떡에 단단히 파고든 이빨을 인정사정없이 잡아당기니 견딜 수가 없었다.

'모든 안락은 괴로움에서 나온다.'

내가 네 번째 진리를 경험하고, 두리번두리번 주위를 둘러보았을 때, 식구들은 이미 안쪽 방으로 들어가고 없었다.

이런 실수를 했을 때는 집에 있다가 하녀 따위에게 얼굴을 보이는 것도 어쩐지 겸연쩍다. 차라리 기분 전환이라도 할 겸 신작로의 이현금 선생 댁 얼룩이나 보러 가자 하고 부엌에서 뒤뜰로 갔다. 얼룩이는 이 동네에서 미모로 유명하다. 나는 고양이지만 얼추 세상사를 꿰고 있다. 집에서 주인의 쓸쓸한 표정을 보거나 하녀에게 욕을 얻어먹어 언짢을 때는 반드시 이성 친구를 찾아가 이런저런 이야기를 나눈다. 그러면 어느새 마음이 풀리고 그동안의 근심과 고생이 싹 사라지면서 새로 태어난 듯한 기분이 든다. 여자의 영향력이란 실로 대단하다. 삼나무 울타리 틈으로 안에 있나 하고 살펴보니, 얼룩이는 설날이라고 새 목걸이를 하고 툇마루에 얌전히 앉아 있다. 그 둥그스름한 등이 이루 말할 수 없이 아름다웠다. 꼬리가 구부러진 정도, 다리를 구부린 모양, 나른한 듯 귀를 이따금 흔드는 모습도 도저히 형언할 길 없이 곡선미를 다하고 있다. 무엇보다 볕이 잘 드는 곳에 따스하다는 듯 품위 있게 앉아 있으니 가만히 있는데도, 벨벳처럼 매끄러운 털이 봄의 햇살을 반사하여 살랑살랑 흔들리는 것 같았다. 나는 잠시 황홀한 표정으로 바라보다가, 이윽고 정신을 차리자마자 나직한 목소리로 "얼룩 씨, 얼룩 씨"라며 앞발로 손짓해 불렀다. 얼룩이는 "어머, 선생님"하며 툇마루에서 내려왔다. 빨간 목걸이에 달린 방울이 딸랑딸랑 울렸다. '설날이라 방울까지 달았구나, 아주 좋은 소리야'라며 감탄하고 있는 사이에, 얼룩이가 내 곁으로 와 꼬리를 왼쪽으로 흔들며 말했다.

"선생님, 새해 복 많이 받으세요."

우리 고양이족은 서로 인사를 나눌 때, 꼬리를 막대기처럼 꼿꼿이 세워 왼쪽으로 휙 돌린다. 동네에서 나를 선생님이라고 불러주는 건 얼룩이뿐이다. 나는 전에 말한 대로 아직 이름은 없지만, 선생 집에 살고 있다고 해서 얼룩이만은 존경의 의미로 나를 선생님, 선생님, 하고 부른다. 나는 선생님 소리를 듣는 게 아주 싫지만도 않아서, '예예' 하고 대답을 한다.

"새해 복 많이 받으십시오. 참 곱게 단장하셨네요."

"네, 작년 연말에 우리 선생님께서 사주셨어요. 예쁘죠?"

얼룩이는 목걸이를 딸랑딸랑 울려 보였다.

"소리가 참 좋군요. 태어나서 그렇게 근사한 목걸이는 처음 봅니다."

"아이참, 다들 다는 거예요."

얼룩이는 방울을 또 딸랑딸랑 울렸다.

"소리 좋죠. 기분이 좋네요."

방울이 딸랑딸랑 계속해서 울렸다.

"얼룩 씨네 선생님은 당신을 무척 사랑하나 보군요."

나는 내 신세와 비교하며 은근히 부럽다는 뜻을 내비쳤다. 얼룩이는 순수하게 "정말 그래요, 마치 자식처럼 여기시니까요"라며 해맑게 웃었다. 고양이라고 웃지 않는 건 아니다. 인간은 자신들만 웃을 수 있다고 생각하는데 착각이다. 나는 웃을 때, 콧구멍을 세모로 만들어 목젖을 진동시켜 웃는데, 인간은 모를 것이다.

"당신 주인은 어떤 분인가요?"

"어머, 주인이라뇨, 이상하네요. 선생님이세요. 이현금 가르치는 선생님."

"그건 저도 알고 있습니다. 신분이 뭔가요? 어쨌든 옛날에는 훌륭한 분이셨겠죠?"

"그럼요."

그대를 기다리는 동안 섬잣나무……

장지문 안에서 선생이 이현금을 타며 노래하는 소리가 들렸다.

"목소리 좋죠?"

얼룩이가 자랑했다.

"좋은 것 같긴 한데 저는 잘 모르겠습니다. 어떤 곡이죠?"

"저거요? 저건 뭐라고 하는 곡이에요. 선생님께선 저 곡을 무척 좋아하시거든요. ……선생님은 저래 봬도 예순둘이세요. 정말 건강하시죠?"

예순둘에 아직 살아 있으니, 건강하다고 해야 할 것이다.

나는 "아" 하고 대답했다. 좀 모자라 보이는 대답 같았지만, 명답이 떠오르지 않았으니 어쩔 수 없다.

"원래는 신분도 엄청 높았대요. 항상 그렇게 말씀하셨어요."

"아, 원래는 뭐였는데요?"

"덴쇼인[*]님 가문의 문서를 관리하는 서기의 누이동생이 시집을 간 곳의 시어머님의 조카딸이라고 하셨어요."

"뭐라고요?"

"그게 덴쇼인님 가문의 문서를 관리하는 서기의 누이동생이 시집을 간 곳의 시어머님의……."

"아, 잠깐만요. 덴쇼인님의 누이동생의 가문의 문서를 관리하는……."

"어머, 그게 아니라, 덴쇼인님 가문의 문서를 관리하는 서기의 누이동생이……."

"아, 알았어요. 덴쇼인님의?"

"네네."

"가문의 문서를 관리하는 서기의, 맞죠?"

"그래요."

"시집을 갔다?"

"누이동생이 시집을 갔다고요."

"아아, 틀렸네요. 누이동생이 시집을 간 곳의."

"시어머님의 조카딸이요."

"시어머님의 조카딸인가요?"

"네, 이제 아셨죠?"

---

* 에도 시대 말기, 메이지 시대의 여성으로 도쿠가와 막부 13대 장군 도쿠가와 이에사다의 정실부인이다.

"아니요, 너무 복잡해서 잘 모르겠어요. 그러니까 덴쇼인님의 무엇이 되는 건가요?"

"당신도 참 어지간하시네요. 그러니까 덴쇼인님 가문의 문서를 관리하는 서기의 누이동생이 시집간 곳의 시어머님의 조카딸이라고, 아까부터 말했잖아요."

"그건 알겠는데요."

"그것만 알면 되죠."

"네."

나는 어쩔 수 없이 항복했다. 우리는 종종 어쩔 수 없이 거짓말을 해야 할 때가 있다.

장지문 안에서 이현금 소리가 뚝 그치더니 선생이 "얼룩아, 얼룩아, 밥 먹으렴" 하고 말했다.

얼룩이는 기쁜 듯이 말했다.

"어머, 선생님께서 부르시니까 가야겠다, 괜찮죠?"

괜찮지 않다고 한들 소용없다.

"그럼 또 놀러 오세요."

얼룩이는 방울을 딸랑거리며 마당 끝까지 달려가더니 갑자기 돌아와서는 걱정스럽게 물었다.

"당신, 안색이 안 좋아요. 무슨 일이라도 있나요?"

떡국을 먹고 춤을 췄다고는 말할 수 없었다.

"별일은 없는데, 생각을 좀 했더니 머리가 아파서요. 실은 당신과 얘기라도 나누면 나을까 해서 와본 거예요."

"그렇군요. 그럼 몸조리 잘하시고, 안녕히 가세요."

조금은 아쉬워하는 눈치였다. 이로써 떡국 때문에 잃어버린 기운도 되찾았다. 기분이 좋아졌다. 돌아오는 길에 예의 차밭을 지나가려고 서리 녹은 땅을 밟으며 대나무 울타리 구멍으로 얼굴을 내밀자, 인력거꾼네 검둥이가 시든 국화꽃 위에서 등을 산처럼 구부리고 하품을 하고 있었다. 요즘은 검둥이를 보고도 무서워하지 않지만, 말을 걸면 성가셔지니 모르는 체하고 지나치려고 했다. 검둥이는 남이 자신을 얕봤다고 생각하면 절대 가만있지 않는다.

"어이, 이름 없는 촌뜨기. 요즘 너무 거만한 거 아니야? 아무리 선생네 밥을 먹는다고, 그리 건방진 면상을 해서야 쓰나. 그렇게 대놓고 무시하면 안 되지."

검둥이는 내가 유명해진 걸 아직 모르는 모양이다. 설명해주고 싶어도 어차피 못 알아먹을 녀석이니 일단 인사부터 하고 되도록 빨리 자리를 떠야겠다고 결심했다.

"이야 이게 누구야, 검둥 군 새해 복 많이 받아. 여전히 짱짱하군."

나는 꼬리를 세우고 왼쪽으로 빙글 돌렸다. 검둥이는 꼬리만 세우고 인사는 하지 않았다.

"뭐, 새해 복 많이 받아? 설이라고 복을 받는다면, 네 녀석은 1년 내내 복 많이 받아야겠다. 조심해, 이 풀무처럼 씩씩대는 놈아."

풀무처럼 씩씩대는 놈이라는 말이 욕 같긴 한데, 나는 무슨 뜻인지 이해할 수 없었다.

"질문이 있는데, 풀무처럼 씩씩대는 놈이란 게 무슨 말이야?"

"하, 욕먹은 놈이 뜻을 묻네? 어이가 없군. 정월의 촌닭이라는 뜻이야."

정월의 촌닭, 뭔가 시적인 표현이지만, 풀무처럼 씩씩대는 놈보다 훨씬 더 모호한 말이다. 참고하기 위해 좀 더 묻고 싶었지만, 물어도 분명한 답을 얻지 못할 게 뻔했기 때문에, 얼굴만 쳐다본 채 말없이 서 있었다. 조금 따분했다. 그런데 갑자기 검둥이네 아주머니가 쩌렁쩌렁한 소리로 고함을 쳤다.

"아니, 선반에 올려 둔 연어가 없어졌네. 어쩐다. 그놈의 검둥이 자식이 또 물어갔구먼. 진짜 밉상이라니까. 돌아오기만 해봐라, 이걸 콱 그냥."

신년의 평화로운 분위기가 송두리째 뒤흔들리며 속된 세상으로 바뀌고 말았다. 검둥이는 고함을 지를 테면 어디 마음껏 질러보라는 듯, 뻔뻔한 얼굴로 저 소리 들었느냐는 식으로 각진 턱을 쓱 내밀었다. 지금까지는 검둥이와 옥신각신하느라 미처 몰랐는데, 아니나 다를까 그의 발밑엔 한 토막에 2전 3리나 하는 연어 뼈가 흙투성이가 되어 나뒹굴고 있었다.

"넌 여전하구나!"

지금까지의 실랑이는 잊고, 그만 감탄사를 던지고 말았다. 검둥이는 그 정도로는 좀체 기분이 나아지지 않는 모양이었다.

"뭐가 어쩌고 어째, 이 촌놈아. 고작 연어 한두 토막에 여전하다니 별꼴 다 보겠네. 감히 날 놀렸겠다. 나 인력거꾼네 검둥이야, 이거 왜 이래."

검둥이는 팔뚝을 걷어붙이는 대신 오른쪽 앞발을 어깨까지 들어 올렸다.

"네가 검둥이라는 건 처음부터 알고 있었는데."

"알고 있다면서 여전하다는 게 뭔 소리야!"

검둥이는 계속 씩씩댔다. 인간이라면 멱살잡이를 당할 판이다. 그 기세에 눌려 내심 곤란한 참이었는데 다시 아주머니의 고함이 들렸다.

"저기 푸줏간 아저씨, 여봐요 아저씨! 주문 좀 하겠다는데 이 양반이. 소고기 한 근만 당장 갖다줘요. 들었어요? 알겠냐고요? 질기지 않은 부위로 한 근요."

소고기 주문하는 소리가 주위의 적막을 깨뜨렸다.

"흥, 1년에 한 번 소고기 주문하면서 거참 시끄럽게 구네. 소고기 한 근 먹는다고 동네방네 자랑질하는 꼴이라니. 하여간 못 말리는 여편네야."

검둥이는 비웃으며 네발로 버티고 섰다. 나는 뭐라고 해야 할지 몰라 잠자코 보고만 있었다.

"한 근 가지곤 어림도 없지만, 어쩔 수 없지. 뭐, 됐고, 잘 챙겨 두기나 하라고. 곧 해치워 줄 테니까."

검둥이는 마치 자기 주려고 주문한 것처럼 말했다.

"이번엔 진짜 맛난 걸 먹겠네. 좋겠다, 정말."

나는 한시라도 빨리 그를 돌려보내려 했다.

"네가 뭔 상관이야. 가만히 좀 있어. 시끄러우니까."

검둥이는 갑자기 뒷발로 서리 녹은 흙을 내 머리에 휙 끼얹었다. 내가 깜짝 놀라 몸에 묻은 흙을 털어내는 동안, 검둥이는 울타리를 빠져나가 어디론가 모습을 감추었다. 아마 소고기를 훔치러 갔을 것이다.

집에 돌아오니 여느 때와 다른 봄기운에 주인의 웃음소리마저 쾌활하게 들렸다. 웬일인가 싶어 툇마루로 올라가 주인 곁으로 가보니 낯선 손님이 와 있었다. 머리를 양쪽으로 정갈하게 가르고, 가문이 새겨진 무명 겉옷에 두꺼운 무명 바지 차림을 한, 지극히 성실한 서생 분위기를 풍기는 사내였다. 주인이 손을 쬐고 있는 조그만 화로의 모서리에 옻칠한 담뱃갑과 나란히 '오치 도후 군을 소개해 올립니다. 미즈시마 간게쓰'라고 적힌 간게쓰 군의 명함이 있는 것을 보고, 이 손님이 오치 도후이며, 간게쓰 군의 친구라는 사실을 알았다. 두 사람의 대화가 한창 무르익었을 때 들어와 전후 사정은 알 수 없지만, 내가 앞서 소개한 미학자 메이테이 선생과 관련된 일인 것 같았다.

"그래서 재미있는 일이 있으니 꼭 함께 가자고 하셔서요."

손님은 차분하게 말했다.

"뭔가? 그 서양 요릿집에 가 점심을 먹는데, 재미있을 만한 게."

주인은 차를 따라 손님 앞으로 내밀었다.

"글쎄요, 그 재미라는 게 무엇인지 그땐 저도 몰랐는데, 어쨌든 그분이 한 말씀이니 뭔가 재미있는 일이 있지 않을까 해서……."

"같이 갔는가?"

"네, 그런데 놀랐습니다."

주인은 그럴 줄 알았다는 듯, 무릎 위에 앉아 있는 내 머리를 툭 쳤다. 조금 아팠다.

"보나 마나 바보 같고 어처구니없는 짓을 꾸몄겠지. 그 작자는 그게 버릇이라."

주인은 불쑥 안드레아 델 사르토 사건이 떠올랐다.

"'허허, 자네, 뭔가 색다른 걸 먹어볼 텐가?'라고 하셔서요."

"뭘 먹었나?"

"우선 메뉴판을 보시면서 요리에 대해서 이런저런 이야기를 하셨습니다."

"주문 전에 말인가?"

"네."

"그리고?"

"그리고 고개를 갸웃하시더니 보이에게 '아무래도 색다른 게 없는 것 같군' 하고 말하자, 보이도 지지 않고 '오리 로스나 송아지 찹은 어떠십니까?' 하고 물었습니다. 그러자 선생님이 '그런 진부한 음식을 먹을 거였으면 여기까지 오지도 않았네'라고 하셨습니다. 그런데 보이가 진부하다는 말뜻을 몰라 묘한 표정으로 가만히 있더군요."

"그랬군."

"그러시고는 저를 보며 '프랑스나 영국에 가면 덴메이초* 나 만요초**를 먹을 수 있네. 그런데 일본에서는 어딜 가나 뻔한 음식만 있으니, 서양 요릿집 방문이 영 내키질 않아'라고 하셨습니다. 그런데 그분, 서양에 가보신 적은 있나요?"

"메이테이가 언제 서양을 가봤겠나. 뭐, 돈도 있고, 시간도 있으니, 가려고 하면 언제든 갈 수 있겠지만 말이야. 아마 나중에 갈 생각인 곳을 과거에 가본 것처럼 꾸며 신소리한 거겠지."

주인은 스스로 보기에도 멋진 말을 했다고 생각하는지 상대의 웃음을 유도하는 듯한 웃음을 지었다. 손님은 그다지

---

* 안에이·덴메이 시대 무렵의 하이쿠 작풍.
** 일본에서 가장 오래된 시가집인 《만요슈》 특유의 가락과 가풍.

감탄한 것 같지 않았다.

"그렇군요, 전 또 어느 틈에 서양에 다녀오셨나 싶어 저도 모르게 진지하게 듣고 있었습니다. 게다가 실제로 보고 오신 것처럼 달팽이 수프 이야기와 개구리 스튜를 묘사하셔서요."

"그야 누군가에게 들은 거겠지. 허풍은 타고났으니까."

손님은 "정말 그런 듯합니다" 하며 화병의 수선화를 바라봤다. 조금 유감스러운 기색이었다.

"그럼 재미라는 게 그거였군."

주인은 확인하듯 말했다.

"아뇨, 그건 서두에 불과합니다. 본론은 지금부터예요."

"호오."

주인은 호기심 어린 감탄사를 끼워 넣었다.

"그러시고는 '달팽이와 개구리는 먹고 싶어도 여긴 없으니 도치멘보' 정도로 타협하지 않겠나, 자네?' 하고 물으시기에, 전 무심코 '그걸로 하겠습니다'라고 대답해버렸습니다."

"허 참, 도치멘보라니 희한하군."

"네. 정말 희한했지만, 선생님이 너무 진지하셔서 그만 눈치채지 못했습니다."

* 하이쿠 시인.

손님은 마치 주인에게 자신의 경솔함을 사과하는 것처럼 보였다.

"그래서 어찌 되었나?"

주인은 개의치 않고 물었다. 손님의 사죄에는 일말의 동정심도 표하지 않았다.

"그러고는 보이에게 '도치멘보 2인분을 가져오게'라고 하자, 종업원이 '멘치보* 말씀이십니까?'라고 재차 물었습니다만, 선생님은 더욱 정색을 하시며 '멘치보가 아니라 도치멘보'라고 정정하셨습니다."

"그랬군. 그런데 그 도치멘보라는 요리가 대체 있기는 한 건가?"

"글쎄요, 저도 좀 이상하다고는 생각했지만, 선생님이 너무도 침착하셔서요. 게다가 서양 물정에도 밝으시고, 그때는 서양에 다녀오신 게 틀림없다고 믿고 있었으니까, 저도 거들어 '도치멘보, 도치멘보'라고 보이에게 가르쳐주었습니다."

"보이는 뭐라던가?"

"보이가 말이죠, 지금 생각하면 정말 우스운데, 잠시 생각하더니 '대단히 죄송합니다만, 오늘은 도치멘보가 어렵고, 멘치보라면 2인분 바로 해서 올리겠습니다'라고 하자, 선생

---

* 일본어로 미트볼을 뜻함.

님은 매우 유감스럽다는 듯 '그럼 모처럼 여기까지 온 보람이 없지. 어떻게 좀 안 되겠나?'라며 보이에게 20전 은화를 건네니, 보이는 '그럼 일단 주방장과 상의하고 오겠습니다'라는 말을 남기고 안쪽으로 들어갔습니다."

"도치멘보가 무진장 먹고 싶었나 보군."

"잠시 후 보이가 나와서 '대단히 죄송합니다, 주문하시면 만들어 드리겠지만, 시간이 좀 걸립니다'라고 말하자, 메이테이 선생님은 차분하게 '어차피 우리는 설날에 한가하니 기다렸다 먹고 가겠네' 하시며 주머니에서 담배를 꺼내 피우시니, 저도 어쩔 수 없이 품에서 신문을 꺼내 읽기 시작했습니다. 그랬더니 보이가 다시 안으로 의논하러 들어갔습니다."

"절차가 상당히 까다롭군."

주인은 전쟁 기사라도 읽는 기세로 앞으로 다가와 앉았다.

"잠시 뒤 보이가 다시 나와서 '요즘 도치멘보 재료가 동이 나서 가메야나 요코하마 15번지에 가도 구할 수 없으니, 죄송하지만 당분간은 해드릴 수 없습니다'라며 유감스럽게 말하자, 선생님은 '곤란하군, 모처럼 왔는데 말이야' 하며 저를 보고 거듭 말씀하시기에 저도 가만히 있을 수 없어 '정말 유감입니다, 유감이에요' 하며 장단을 맞췄습니다."

"당연하지."

주인이 찬성했지만, 나는 무엇이 당연하다는 건지 알 수 없었다.

"그러자 보이도 유감이라는 듯, '조만간 재료가 오면 성심껏 해드리겠습니다'라고 하더군요. 선생님이 '재료는 무엇을 쓰는가?'라고 물으니, 보이는 헤헤헤헤 웃기만 하고 대답을 하지 않았습니다. '재료는 일본파 하이쿠 시인들이겠지?' 하고 선생님이 되물으시니, 보이는 '아 예, 그래서 요즘은 요코하마에 가도 못 삽니다. 정말 죄송합니다'라고 하더군요."

"아하하하, 그렇게 된 거였나. 재밌네."

주인은 그 어느 때보다 큰 소리로 웃었다. 무릎이 흔들려 내가 떨어질 뻔했는데도 주인은 아랑곳하지 않고 웃었다. 안드레아 델 사르토에 속은 자가 또 있다는 걸 알고 갑자기 유쾌해진 모양이다.

"그리고 선생님과 밖으로 나왔는데 '어떤가, 자네. 재미있었지? 도치멘보를 이용한 게 재밌지 않나?'라며 무척 뿌듯해하시더라고요. '정말 감탄했습니다' 하고 헤어졌는데, 점심때가 지나 배가 고파 혼났습니다."

"그것참 안됐군."

주인은 처음으로 동정을 표했다. 여기에는 나도 이의가 없다. 잠시 말이 끊기자 내 갸르랑대는 소리가 손님 귀에 들렸다.

도후 군은 식은 차를 쭉 들이키고 "실은 오늘 찾아뵌 건, 선생님께 부탁드릴 게 좀 있어서입니다" 하며 진지하게 말했다.

"허, 무슨 일인가."

주인도 진지하게 대꾸했다.

"아시겠지만, 저는 문학과 미술을 좋아하잖습니까……."

"그렇지."

주인은 기름을 부었다.

"얼마 전부터 뜻있는 사람끼리 모여 낭독회라는 걸 조직했습니다. 앞으로 매달 한 번씩 모여 이쪽 방면의 연구를 계속할 생각으로, 첫 회는 작년 연말에 이미 열었습니다."

"좀 묻겠네만, 낭독회라는 게 뭔가? 가락을 붙여 시가의 문장을 읽는 것처럼 들리는데, 대체 어떤 식으로 하나?"

"처음에는 고인의 작품으로 시작해서, 나중에는 동인의 창작 작품도 다룰 생각입니다."

"고인의 작품이라 하면 백낙천*의 〈비파행〉 같은 것 말인가?"

"아니요."

"그럼, 부손의 〈슌푸바테교쿠(春風馬提曲)〉** 같은 것인가?"

"아닙니다."

"그럼 무엇을 하지?"

"지난번에는 지카마쓰의 동반 자살물을 했습니다."

---

* 당나라의 시인.
** 하이쿠 시인 부손이 지은 일종의 자유시.

"지카마쓰? 조루리의 지카마쓰 말인가?"

다른 지카마쓰는 없다. 지카마쓰라 하면 희곡가 지카마쓰뿐이다. 그것을 되묻는 주인이 참으로 한심하다고 생각하고 있는데, 주인은 아무것도 모르고 내 머리를 보드랍게 쓰다듬었다. 사팔뜨기가 자기한테 반해서 쳐다본다고 믿는 인간도 있는 세상이니, 이 정도 착각은 놀랍지도 않아서 쓰다듬는 대로 가만히 두었다. 도후 군은 "네" 하고 대답하며 주인의 안색을 살폈다.

"그럼 혼자 낭독하나, 아니면 역할을 정해서 하나?"

"역할을 정해서 주고받는 것처럼 해보았는데요. 되도록 작중인물에 동화되어 그 성격을 잘 표현하는 것을 우선으로 하고, 거기에 손짓이나 몸짓을 덧붙입니다. 대사는 가능한 한 그 시대 인물에 걸맞게 아씨든 심부름꾼이든 그 인물이 살아 있는 것처럼 묘사하고요."

"그럼 연극 같은 것 아닌가?"

"네. 의상과 무대 배경만 없을 뿐이에요."

"물어보기 좀 그렇지만, 잘 되던가?"

"뭐, 첫 회치고는 성공적이지 않았나 싶습니다."

"그런데 저번에 한 동반 자살물이라는 것이?"

"뱃사공이 손님을 태우고 요시와라*에 가는 장면을 했습

---

* 도쿄에 있던 유곽.

니다."

"대단한 장면을 했군."

주인은 교사이니만큼 머리를 갸웃했다. 코에서 뿜어져 나온 담배 연기가 내 귀를 스쳐 얼굴 옆으로 떠다녔다.

"뭐, 그리 대단한 것도 아닙니다. 등장인물은 손님과 뱃사공, 창녀와 여급, 뚜쟁이와 파수뿐이었으니까요."

도후 군은 아무렇지도 않게 말했다. 주인은 창녀라는 말에 좀 씁쓸한 표정을 지었으나, 여급, 뚜쟁이, 파수라는 말에 대해서는 명료한 지식이 없는지 질문을 던졌다.

"여급이라는 건 유곽에서 일하는 하녀를 말하는가?"

"아직 연구가 충분하지 않지만, 여급은 찻집에서 일하는 하녀고 뚜쟁이는 유곽에서 보조로 일하는 사람인 것 같습니다."

도후 군은 아까 그 인물이 실제 살아 있는 것처럼 목소리를 낸다고 말해 놓고선, 뚜쟁이나 여급의 성격을 잘 파악하지 못한 모양이다.

"그렇군. 그럼 여급은 찻집에 속해 있고, 뚜쟁이는 유곽에 있는 사람이군. 그럼 파수란 건 사람인가? 아니면 어떤 장소를 가리키는 건가? 만약 사람이라면 남자인가, 여자인가?"

"파수는 아무래도 남자 아닐까요."

"무슨 일을 하지?"

"글쎄요, 거기까지는 아직 조사하지 못해서요. 앞으로 조사해보겠습니다."

 이런 식으로 낭독회를 한다면 엉뚱하게 전개될 것 같아서 나는 주인의 얼굴을 슬쩍 올려다보았다. 주인은 의외로 진지했다.

 "그래서 낭독자는 자네 말고 누가 더 있는가?"

 "여러 명 있습니다. 창녀는 법학사 K군이었는데 콧수염을 기른 채 아양 떠는 여자의 대사를 하니까 좀 묘하더군요. 게다가 그 창녀가 신경질을 내는 장면이 있어서……."

 "낭독에서도 신경질을 내야 한단 말인가?"

 주인은 걱정스러운 듯 물었다.

 "네, 어쨌든 표정이 중요하니까요."

 도후 군은 끝까지 문예가 행세를 했다.

 "신경질은 잘 내었나?"

 주인은 날카롭게 물었다.

 "첫 회라 조금 무리였습니다."

 "그나저나 자네는 무슨 역할이었나?"

 주인이 물었다.

 "저는 뱃사공이었습니다."

 "어? 자네가 뱃사공을 했다고?"

 도후가 뱃사공 역할을 맡았다면, 자기도 파수 정도는 할 수 있다는 식의 말투였다.

 이윽고 "뱃사공은 무리였을 것 같은데?"라며 솔직히 말했다.

도후 군은 별로 기분 나쁜 기색도 없다. 여전히 차분한 어투로 "뱃사공 때문에 모처럼의 행사가 용두사미로 끝났지요. 실은 낭독회장 옆에 여학생 네댓 명이 하숙하는 집이 있는데, 어디서 듣고 왔는지, 그날 낭독회장 창문 아래서 몰래 엿들은 겁니다. 제가 뱃사공 목소리를 내다가 흥이 올라 보란 듯이 했는데⋯⋯ 제 몸짓이 너무 과했는지, 그때까지 참고 있던 여학생이 '푸핫' 하고 웃음을 터뜨리는 바람에, 놀란 것도 놀란 거지만 분위기가 깨져버려 도저히 계속할 수 없어서 그대로 끝냈습니다."

첫 회치고는 성공적이라고 평한 낭독회가 이 모양이라면, 실패한 낭독회는 어떤 모습일까 상상하자 웃지 않을 수 없었다. 나도 모르게 목구멍이 가르랑 울렸다. 주인은 더욱 부드럽게 머리를 쓰다듬어 주었다. 사람을 비웃고 귀여움을 받는 건 고맙지만, 어쩐지 조금 찜찜했다.

"그것참 안 됐군."

주인은 정초부터 애도를 표시했다.

"2회부터는 좀 더 분발해서 성대하게 치를 생각입니다. 오늘 찾아뵌 것도 실은 그 일 때문입니다. 모쪼록 선생님께도 입회를 부탁드리려고요."

"난 아무래도 신경질 내는 건 하지 못할 듯싶은데."

소극적인 주인은 곧바로 거절했다.

"아뇨, 그런 건 하지 않으셔도 괜찮으니, 여기 찬조원 명부에……."

도후 군은 "모쪼록 여기에 서명과 날인을 부탁드립니다" 하며 보라색 보자기에서 조심조심 장부를 꺼내 주인 무릎 앞에 펼쳤다. 보니까 요즘 저명한 문학박사, 문학사의 이름들이 가지런히 적혀 있었다.

"아, 찬조원이 되는 건 상관없네만, 무슨 의무 같은 게 있는가?"

굴 선생은 걱정에 찬 모습이다.

"의무라고 해서 딱히 해야 할 건 없고, 단지 성함만 기재하시고, 찬성의 뜻만 표시해주시면 됩니다."

"그럼 입회하겠네."

주인은 의무가 없는 것을 알자마자 마음이 가벼워졌다. 책임이 없다는 걸 알면 모반의 연판장에도 이름을 써넣겠다는 표정이다. 더구나 이렇게 저명한 학자의 이름이 올라와 있는 곳에 자신의 이름만이라도 올린다는 건, 지금까지 이런 경험이 없는 주인에게는 더없는 영광이니, 대답에 힘이 들어간 것도 무리는 아니다.

"잠깐 실례하겠네."

주인은 서재로 도장을 가지러 갔다. 나는 방바닥 위로 쿵 떨어졌다. 도후 군은 접시 안의 카스텔라를 집어 한입에 쏙 넣었다. 오물오물, 순간 괴로워 보이는 것 같았다. 나는 오늘 아침 떡국 사건을 잠시 떠올렸다. 주인이 서재에서 도장을 들고 왔을 때는 이미 도후 군의 위 속에 카스텔라가 자리를 잡은 후였다. 주인은 접시에 있던 카스텔라 한 조각이 없어진 것을 모르는 것 같았다. 혹시 알았다면, 나부터 의심했을 것이다.

도후 군이 돌아가고, 주인이 서재에 들어가 책상 위를 보니, 메이테이 선생의 편지가 와 있었다.

새해를 맞이하여 인사 올립니다.

주인은 평소와 다르게 시작이 진지하다고 생각했다. 메이테이 선생의 편지가 이렇게 정중한 적은 거의 처음이다. 얼마 전에는 '그 후로는 딱히 사랑에 빠진 여자도 없고 연애편지도 오지 않아서 그럭저럭 지내고 있으니 부디 염려치 말게' 하는 편지가 온 정도다. 그에 비하면 이 연하장은 지극히 상식적이다.

잠시 방문하고 싶어도, 행여 대형(大兄)의 소극주의에 반하여, 최대한 적극적 방침을 가지고 고금 미증유의 신년을 맞이할 계획을 세운 탓에, 매일매일 눈코 뜰 새 없이 매우 바쁘니 부디 헤아려 주기 바라네.

설날이라고 놀러 다니느라 바쁘겠지, 주인은 속으로 메이테이 선생에게 동의했다.

어제는 잠시 시간을 내어, 도후 군에게 도치멘보라는 훌륭한 요리를 대접하려 하였으나, 공교롭게도 재료 소진으로 그 뜻을 이루지 못하여 매우 유감이었네.

이제 슬슬 예전으로 돌아오는군, 하고 생각하며 주인은 말없이 미소 지었다.

내일은 모 남작의 카드놀이 모임, 모레는 심미학 협회의 신년회, 그다음 날은 도리베 교수의 환영회, 또 그다음 날은…….

'말 참 많군.' 주인은 건너뛰었다.

요곡 모임, 하이쿠 모임, 단카 모임, 신체시 모임 등 모임의 연속이라 당분간 쉴 새 없이 나가야 해서, 부득이하게 연하장으로 대신하고자 하니, 부디 너그러이 이해해주기 바라네.

"군이 오지 않아도 되네."
주인은 편지를 향해 대답했다.

다음번에 왕림하면 오랜만에 만찬이라도 함께하세. 집에 진미는 없으나 도치멘보 정도는 대접하겠네.

'아직도 도치멘보 타령이군, 무례하긴.' 주인은 발끈했다.

하지만 도치멘보는 요즘 재료가 동이 나 구하기가 어려우니, 그때는 공작의 혀라도 대접하겠네.

'양다리를 걸치시겠다.' 주인은 다음이 읽고 싶어졌다.

알다시피 공작 한 마리당 혀 고기의 양은 새끼손가락의 절반에도 미치지 못할 만큼이라 대형의 위를 채우려면…….

"거짓말하기는."
주인은 쏘아붙이듯 말했다.

족히 이삼십 마리의 공작을 포획해야 하지 싶네. 그런데 공작은 동물원이나 아사쿠사 유원지 등에서는 간혹 보이지만, 일반 새가게에서는 전혀 보이지 않아 고심 중이네.

'혼자서 잘도 고심하는군.' 주인은 조금도 감사의 뜻을 표하지 않았다.

이 공작의 혀 요리로 말할 것 같으면, 옛날 로마 전성기에 매우 유행한 것으로, 호사와 풍류의 극치인지라 평소에 나도 꼭 먹어 보고 싶었음을 헤아려주기 바라네.

'뭘 헤아려 달라는 거야.' 어리석은 주인은 몹시 냉담했다.

세월이 흘러 16, 17세기경까지 전 유럽을 통틀어 공작은 연회에 없어서는 안 될 별미가 되었지. 레스터 백작*이 엘리자베스 여왕을 케닐워스 성에 초대했을 때도 공작을 사용한 줄로 기억하네. 유명한 화가 렘브란트가 그린 <향연>에도 꼬리를 펼친 공작이 식탁에 누워 있고…….

공작 요리의 역사를 쓸 정도면 그리 매우 바쁜 것 같지도 않은데, 주인은 불평했다.

아무튼 요즘처럼 이렇게 맛난 음식만 먹어댄다면, 과연 나도 머지않아 대형처럼 필시 위장병에 걸릴 테고…….

"대형처럼이라니. 굳이 나를 위장병의 표준으로 삼을 것까지야."

---

* 영국의 정치인으로 엘리자베스 여왕의 총애를 받았다.

주인은 구시렁거렸다.

역사가의 주장에 따르면, 로마인은 하루에 두세 차례 연회를 베풀었다고 하네. 하루에 두세 번이나 진수성찬을 받는다면, 아무리 위가 건강한 사람이라도 소화 기능이 떨어지고 말 테니, 따라서 자연히 대형처럼…….

"또 대형처럼이라니, 무례하군."

그런데도 사치와 위생의 양립을 위해 연구한 그들은 상당히 많은 양의 진미를 탐함과 동시에 위장을 정상적으로 유지할 필요를 인정하여, 여기에 비법 하나를 내놓았네.

"뭐지?"
주인은 갑자기 열을 올렸다.

그들은 식후에 반드시 목욕을 하였네. 목욕 후에는 모종의 방법을 통해 목욕 전에 먹은 음식을 모조리 토해 내어 위 안을 청소했지. 위 청소에 공을 다한 뒤, 다시 식탁에 앉아 질리도록 진미를 먹고, 다 먹으면 또 탕에 들어가 먹은 것을 싹 토해 냈지. 이렇게 하면 좋아하는 음식을 실컷 먹어도 여러 내장 기관에 지장을 주지 않으니 일거양득이란 이런 경우를 두고 하는 말이 아닌가 싶네.

'과연 일거양득이 틀림없다.' 주인은 부러운 표정을 지었다.

20세기 오늘날 교통이 발달하면서 연회 증가는 말할 것도 없거니와, 군국의 러일전쟁 승리 후 2년이 지났으니 우리 전승국 국민은 부디 로마인을 본받아 목욕 구토술을 연구해야 할 때에 이르렀음을 자신하네. 그렇지 않으면 대국민도 머지않아 대형처럼 위장병 환자가 될까 봐 몹시 걱정이네.

'또 대형처럼이군.' 주인은 참 거슬리는 작자라고 생각했다.

이때 우리처럼 서양 사정에 정통한 이들이 고사 전설을 연구하고, 오래전 끊어진 비법을 발견하여, 이를 메이지 사회에 응용하면, 소위 화를 미리 방지하는 공덕을 쌓을 수도 있고, 평소 마음껏 놀고 즐긴 것에 대한 보답도 되지 않을까 싶네.

'뭔가 이상한데.' 주인은 머리를 갸우뚱했다.

그동안 기번, 몸젠, 스미스 등의 저술을 섭렵하였으나 아직 발견은커녕 단서도 찾아내지 못한 것을 매우 유감스럽게 생각하네. 그러나 알다시피 나는 한번 마음먹은 일은 성공할 때까지 끝까지 하는 성격이니, 구토술을 부흥시킬 날도 머지않았다고 믿네. 이를 발견하는 즉시 보고하려고 하니 그렇게 알고 있게. 따라서 앞서 말한 도치멘보와 공작 혀 요리도 되도록 위의 발견 후에 대접하고자 하니, 그리하면 나는 물론 이미 위장병으로 고생하는 대형을 위해서도 좋지 않을까 싶네.

"뭐야, 또 속았군, 하도 진지해서 끝까지 읽어버렸네. 새해부터 이런 장난을 치다니, 정말 할 일 없는 놈이야."

주인은 웃으면서 말했다.

그 후 사오일은 별다른 일 없이 지나갔다. 백자에 꽂힌 수선화는 차츰 시들었다. 피어나는 매화를 바라보며 지내기도 재미없어서 얼룩이를 찾아갔으나 만나지 못했다. 처음에는 집에 없는 줄 알았는데, 두 번째는 아파서 누워 있다는 사실을 알았다. 예의 손 씻는 돌그릇 근처 엽란 그늘에 숨어 장지문 안에서 선생님과 하녀가 나누는 이야기를 들어보니 이러했다.

"얼룩이는 밥을 먹었는가?"

"아뇨, 오늘 아침부터 통 먹질 않네요. 따뜻하게 해서 고타쓰에 눕혀 뒀습니다."

왠지 고양이 같지 않다. 거의 인간 대접을 받고 있다.

내 처지와 비교하니 부럽기도 했지만, 한편으로는 내가 좋아하는 고양이가 이렇게까지 귀한 대접을 받고 있다고 생각하면 기쁘기도 했다.

"큰일이구나, 밥을 먹지 않으면 몸이 더 축날 텐데."

"그러니까요. 저희는 하루만 굶어도 다음 날 일을 못 하는데."

하녀는 자기보다 고양이가 더 고등 동물인 양 대답했다. 사실 이 집에서는 하녀보다 고양이가 더 소중할지도 모른다.

"의사 선생님께는 데려갔느냐?"

"네, 근데 의사가 진짜 이상해요. 제가 얼룩이를 안고 진찰실에 들어가니 감기라도 걸렸느냐며 제 맥을 짚는 거예요. 그래서 '아뇨, 환자는 제가 아니에요. 얘에요' 하고 얼룩이를 무릎 위로 올리니, 히죽히죽 웃으면서 '고양이 병은 나도 모르네, 놔두면 저절로 낫겠지' 하는 거예요. 너무하잖아요. 화가 나서 '봐주지 마세요. 이래 봬도 소중한 고양이라고요' 하고는 얼룩이를 품에 안고 얼른 돌아왔어요."

"진정 사실인가?"

진정 사실인가, 우리 집에서는 도저히 들을 수 없는 말이다. 역시 덴쇼인 님의 어쩌고저쩌고가 아니라면 쓸 수 없는 매우 고상한 말이라고 감탄했다.

"좀 콜록콜록하는 듯한데……."

"네, 감기에 걸려서 목이 아픈 모양이에요. 감기에 걸리면 다들 기침을 하니까요……."

덴쇼인 님의 어쩌고저쩌고하는 하녀답게 아주 예의 바르

게 대답했다.

"더군다나 요즘은 폐병인가 하는 병도 있다지?"

"정말이지 요즘에는 폐병이니, 페스트니, 새로운 병만 늘어나서 방심할 틈이 없어요."

"막부 시대엔 없다가 요즘 새로 생긴 것치고 가치 있는 건 없으니 자네도 조심하게나."

"알겠습니다."

하녀는 크게 감동했다.

"그다지 나돌아다니는 것 같지도 않던데, 어쩌다 감기에 걸렸을까……."

"그게 말이죠, 선생님. 요즘 질 나쁜 친구가 생겼더라고요."

하녀는 나라의 비밀이라도 밝히는 양 자못 의기양양하게 말했다.

"질 나쁜 친구?"

"네, 저기 큰길 선생네 사는 꾀죄죄한 수고양이 있지 않습니까."

"선생이라 하면 그 아침마다 이상한 소리를 내는 자 아니던가?"

"네, 세수할 때마다 거위가 목 졸려 죽는 소리를 내는 작자요."

거위가 목 졸려 죽는 소리라니 아주 적합한 표현이다. 우리 주인은 매일 아침 욕실에서 양치할 때 칫솔로 목구멍을 쿡쿡 찌르며 이상한 소리를 거리낌 없이 내는 습관이 있다. 기분이 안 좋을 때는 심하게 웩웩대고, 기분이 좋을 때는 기세 좋게 더욱 웩웩댄다. 즉 기분이 좋을 때나 나쁠 때나 계속해서 웩웩댄다. 안주인 말로는 여기로 이사하기 전까지는 그런 습관이 없었는데, 어느 날 문득 시작되어 오늘까지 하루도 거르지 않았다고 한다. 좀 거슬리는 습관인데 왜 그런 짓을 꾸준히 하는지 나 같은 고양이로서는 도저히 이해가 가지 않는다. 그건 그렇다 치고, '꾀죄죄한 수고양이'라니 심한 악평이다 싶어 귀를 쫑긋 기울였다.

"그런 소리로 무슨 주문이라도 외는 건가. 유신 이전에는 아무리 하인이라도 그에 걸맞은 예를 갖췄던지라 동네에서 그런 양치법을 사용한 자는 한 사람도 없었느니라."

"아무렴요."

하녀는 무조건 감탄하며 말끝마다 '아무렴요'를 붙였다.

"그런 주인을 뒀으니 어차피 들고양이나 다름없겠구나. 다음에 오거든 혼내주거라."

"아무렴요. 얼룩이가 병에 걸린 것도 그 들고양이 녀석 탓이 분명해요. 반드시 원수를 갚아주겠어요."

억울한 누명을 썼다. 함부로 다가가면 안 될 것 같아 얼룩이는 끝내 만나지 못하고 돌아왔다. 돌아와 보니 주인은 서재 안에서 뭔가 웅얼대며 붓을 잡고 있다. 이현금 선생 댁에서 들은 평판을 말하면 화가 날 테니 모르는 게 약일 것이다. 주인은 중얼중얼 읊조리며 신성한 시인 행세를 하고 있다.

그때 당분간 매우 바빠서 못 오겠다며 굳이 연하장을 보낸 메이테이 선생이 홀연히 나타났다.

"신체시라도 짓고 있나? 재밌는 게 완성되면 보여주게."

"응, 좋은 문장인 것 같아서 지금 번역해보려고."

주인은 무겁게 입을 열었다.

"문장? 누구의 문장인가?"

"누군지는 모르네."

"무명씨인가? 무명씨의 작품에도 명문이 많아서 함부로 무시하면 안 되지. 대체 어디에 있는데?"

"제2독본."*

주인은 태연하게 대답했다.

"제2독본? 제2독본이 어떻다고?"

"내가 번역하는 명문이 제2독본에 있다는 말이야."

"농담하지 말게. 공작 혀에 대한 복수를 하려는 수작이지?"

"난 자네 같은 허풍쟁이와는 달라."

주인은 콧수염을 배배 꼬았다. 참으로 태연하다.

---

* 중학교 영어 교과서.

"옛날에 어떤 사람이 산요*에게 '선생님, 요즘 명문은 없습니까?' 물었더니, 산요는 한 마부가 쓴 빚 독촉장을 보여주며 '근래의 명문이네' 했다는 이야기가 있으니, 자네의 심미안도 의외로 확실할지 모르지. 어디 읽어보게, 내가 비평해줄 테니까."

메이테이 선생은 심미안의 대가처럼 말했다. 주인은 선승이 다이토 국사**의 유언을 읊는 듯한 소리로 읽기 시작했다.

"거인(巨人), 인력(引力)."

"거인, 인력이 뭔데?"

"제목이야."

"이상한 제목이군, 무슨 뜻인지 모르겠네."

"인력이라는 이름을 가진 거인이 아닐까."

"좀 억지 같지만, 제목이니까 일단 넘어가기로 하지. 어서 본문을 읽게. 자네 목소리가 좋으니 꽤 흥미롭군."

"끼어들면 안 돼."

주인은 미리 주의를 주고 다시 읽기 시작했다.

케이토는 창밖을 바라보았다. 어린아이들이 공을 던지며 놀고 있다. 그들은 하늘 높이 공을 던진다. 공이 위로 올라간다. 잠시

---

* 에도 후기의 사상가이자 문인.
** 가마쿠라 시대의 승려로 다이토쿠지를 창건했다.

후 떨어진다. 그들은 다시 공을 높이 던진다. 두 번, 세 번. 던질 때마다 공은 떨어진다. 왜 떨어지는지, 왜 계속 위로 올라가지 않는지, 케이토가 묻는다.

"거인이 땅속에 살고 있으니까" 어머니가 대답한다. "그는 거인 인력이란다. 그는 강해. 그는 만물을 자기 쪽으로 끌어당겨. 그는 집을 땅으로 끌어당긴단다. 끌어당기지 않으면 날아가 버려. 어린아이도 날아가 버리지. 잎이 떨어지는 거 봤지? 그것도 거인 인력이 부르기 때문이란다. 공이 하늘 위로 올라가면 거인 인력이 불러. 부르면 떨어져."

"그게 끝인가?"

"으음, 멋지지 않은가?"

"놀랍군. 생각지 못한 도치멘보의 답례를 받았네."

"답례 같은 거 아니야. 멋진 글이라 번역해보았네. 자네는 안 그런가?"

주인은 금테 안경 안을 들여다봤다.

"정말 놀랐어. 자네에게 이런 재주가 있었다니. 이번에는 내가 속았네. 항복이야, 항복."

메이테이 선생은 혼자서 인정하고 혼자서 떠들었다. 주인에게는 전혀 통하지 않았다.

"자네를 항복시킬 맘은 없어. 단지 흥미로운 문장 같길래 번역해본 것뿐이네."

"아니, 정말 재미있어. 그렇게 나와야지. 아주 대단해. 황송하군."

"그렇게 황송할 것까지야. 최근 수채화를 그만뒀으니, 대신 글이라도 써보려고."

"어찌 원근 무차별, 흑백 평등인 수채화에 비하겠는가? 감동이네."

"그렇게 칭찬해주니 나도 의욕이 생기는군."

주인은 끝까지 착각에 빠져 있다.

그때 간게쓰 군이 "요전에는 실례가 많았습니다" 하며 들어왔다.

"자네 왔나? 지금 대단한 명문을 듣고 도치멘보의 망령이 막 물러간 참이네."

메이테이 선생은 알 수 없는 말을 내비쳤다.

"하아, 그렇습니까?"

여기도 알 수 없는 대답을 했다. 주인만 들뜬 기색이 없다.

"일전에 자네 소개로 왔다는 오치 도후라는 친구가 다녀갔네."

"아, 다녀갔습니까? 워낙 솔직한 친구라 조금 별난 데가 있어서 혹시 폐를 끼칠까 걱정했는데, 꼭 좀 소개해 달라기에……."

"딱히 폐를 끼치진 않았는데……."

"여기 와서 자기 이름에 대해 뭔가 말씀드리지 않던가요?"

"아니, 그런 이야기는 안 했던 것 같은데."

"그래요? 어디를 가든 처음 보는 사람에겐 꼭 자기 이름에 관해서 설명하는 버릇이 있어서요."

"어떤 설명을 하는데?"

메이테이 선생이 기다렸다는 듯 입을 열었다.

"도후라고 불리는 걸 싫어해서요."

"그래?"

메이테이 선생은 금박을 입힌 가죽 담뱃갑에서 담배를 꺼냈다.

"'제 이름은 오치 도후가 아닙니다. 오치 고치입니다'라고 늘 설명합니다."

"희한하군."

메이테이 선생은 연기를 뱃속까지 집어삼켰다.

"그게 다 문학에 대한 열정 때문인데요. 고치라고 읽으면 원근을 가리키는 성어(成語)가 되는 데다, 운율을 띠고 있다고 해서 자랑스러워해요. 그래서 도후라고 부르면 자기가 애써 고민한 이름을 알아주지 않는다며 불평을 해댑니다."

"참으로 별나군."

---

* 東風을 일본어의 음으로 읽으면 도후, 뜻으로 읽으면 고치다. 한자는 다르지만 '두부'의 일본어 발음도 '도후'다.

메이테이 선생은 끼어들며 뱃속까지 집어삼킨 연기를 콧구멍으로 토해 냈다. 연기가 길을 잘못 들어 목구멍에 걸렸다. 선생은 담뱃대를 움켜잡고 콜록콜록 기침했다.

"일전에 왔을 때는 낭독회에서 뱃사공 역을 맡았다가 여학생들의 웃음거리가 되었다고 하더군."

주인은 웃으며 말했다.

"음, 그래."

메이테이 선생이 담뱃대로 무릎을 두드렸다. 나는 겁을 먹고 옆으로 살짝 비켜났다.

"그 낭독회 말이야. 요전번에 도치멘보를 대접했을 때 말이지. 그 얘기가 나왔어. 제2회에는 저명한 작가를 초대해 성대한 모임을 열 생각이니 나도 꼭 참석해주었으면 한다고. 그리고 내가 이번에도 지카마쓰를 할 셈이냐고 물으니, '아뇨, 다음에는 최신작인 《곤지키야사》*를 하기로 하였습니다' 하기에, 자네는 어떤 역을 맡았느냐고 물으니, '저는 여주인공 오미야 역을 맡았습니다' 하는 거야. 도후 군이 오미야 역을 한다니 재미있겠지? 내 꼭 참석해 박수를 쳐줄 생각이네."

간게쓰 군이 "재미있겠네요" 하며 묘한 웃음을 흘렸다.

"그래도 그 사람은 아주 성실하고 경박한 데가 없어서 마

---

* 일본의 소설가인 오자키 고요가 쓴 소설로 한국의 신파극 〈이수일과 심순애〉의 원작이다.

음에 들어. 메이테이와는 영 딴판이지."

주인은 안드레아 델 사르토와 공작의 혀와 도치멘보를 한꺼번에 응징했다. 메이테이 선생은 아랑곳하지 않고 "어차피 난 교토쿠의 도마*니까"라며 웃었다.

"그렇겠지."

주인이 말했다. 사실 주인은 교토쿠의 도마라는 말을 이해하지 못하지만, 역시 오랫동안 선생질을 한 덕에 얼버무리기를 잘한다. 교단의 경험을 사교에도 응용하는 것이다.

"교토쿠의 도마라는 게 무엇입니까?"

간게쓰가 솔직하게 물었다.

주인은 방바닥을 보며 "저 수선화는 연말에 내가 목욕하고 돌아오는 길에 사와 꽂아 두었는데 꽤 오래가네"하고 교토쿠의 도마를 억지로 덮어버렸다.

"연말이라면, 난 작년 연말에 참 묘한 경험을 했지."

메이테이 선생이 담뱃대를 곡예사처럼 손끝으로 빙그르르 돌렸다.

"어떤 경험인데?"

주인은 교토쿠의 도마를 저 멀리 뒤로 내팽개쳐 버리고 안도의 숨을 내쉬었다. 메이테이 선생의 묘한 경험은 이러

---

* 교토쿠 지방에는 바보조개라고도 불리는 개량조개가 많이 잡히는데, 이 개량조개를 손질하느라 도마가 쉽게 닳는다는 뜻으로, 멍청하고 닳고 닳은 사람을 일컫는다.

했다.

"아마 연말 27일이었을 거야. 도후 군한테서 '선생님을 찾아뵙고 문예 관련하여 말씀을 듣고자 하니 댁에 계시길 부탁드립니다'라는 편지가 와 있어서, 아침부터 기대하고 기다리는데 도후 군이 안 오는 거야. 점심을 먹고 난로 앞에서 배리 페인*의 해학집을 읽고 있는데 시즈오카에 계시는 어머니께 편지가 와 펼쳐보니, 나이를 그렇게 잡수셨는데도 나를 어린애 취급하시더라고. 추울 때는 밤에 나가지 말라는 둥, 냉수욕도 좋지만 난로를 피워 방을 데우지 않으면 감기에 걸린다는 둥, 이런저런 당부들로 가득했어. 역시 부모님은 고마운 존재야. 세상천지 누가 이런 말을 해주겠는가. 태평한 나도 그때만큼은 크게 감동했네. 그래서 이렇게 빈둥거려서는 안 된다, 뭔가 대작이라도 지어 가문을 빛내야 한다, 어머니가 살아 계시는 동안 메이지 문단에 메이테이 선생이 있음을 알리고 싶다는 생각이 들었네. 그리고 계속 읽어나갔는데 '넌 참으로 행운아다. 러시아와 전쟁이 시작되어 젊은이들은 큰 고생을 하며 나라를 위해 싸우는데 연말에도 설날처럼 마음 편히 놀고 있으니 말이다'라고 쓰여 있는 거야. 난 이래 봬도 어머니 생각처럼 마냥 놀고 있는 게 아니잖나. 그러고는 이번 전쟁에 나갔다가 죽거나 다

---

* 영국의 작가. 유머러스한 작품을 많이 썼다.

친 내 소학교 때 친구들의 이름을 나열해 놓으셨더라고. 그 이름들을 읽다 보니 왠지 세상이 부질없고 인간도 보잘것없게 느껴지는 거야. 맨 끝에는 말이지. 나도 이제 나이를 먹어 설날 떡국을 먹는 게 이번이 마지막이 아닐까 한다……느니 어쩐지 불안한 말이 쓰여 있어서, 마음이 더욱 울적해지는 바람에, 어서 도후 군이나 왔으면 좋겠다고 생각했는데, 도통 올 생각을 안 하는 거야. 그러다 이윽고 저녁이 되어 어머니께 답장이라도 써야겠다 싶어서 열두세 줄을 썼어. 어머니의 편지는 2미터가 넘는데 나는 그럴 재주가 없어 열 줄 안팎으로 쓸 수밖에 없었네. 그런데 온종일 움직이지 않아서인지 위가 좀 불편하더라고. 도후 군이 오면 기다리게 하면 되지 싶어, 편지도 부칠 겸 산책을 하러 나갔지. 평소 다니던 후지미초가 아니라 도테 3번지 쪽으로 나도 모르게 갔네. 마침 그날 밤은 날이 조금 흐리고, 강 쪽에서 바람이 불어와 몹시 추웠네. 가구라자카 쪽에서 기차가 빠앙 소리를 내며 둑 아래를 지나갔지. 어찌나 쓸쓸한 느낌이 들던지. 연말, 전사(戰士), 노쇠, 인생무상 같은 놈들이 머릿속을 맴돌았네. 흔히 사람이 목매달아 죽는 게 이럴 때 순간 욱해서 죽고 싶은 건가, 하는 생각이 들더군. 고개를 들어 둑 위를 보니, 어느새 그 소나무 밑에 와 있는 거야."

"그 소나무라니?"

주인이 끼어들었다.

"목매다는 소나무지."

메이테이 선생이 목을 움츠렸다.

"그 소나무, 고노다이에 있지요?"

간게쓰 군이 파문을 일으켰다.

"고노다이에 있는 건 종을 매다는 소나무고, 도테 3번지에 있는 건 목매다는 소나무야. 왜 이런 이름이 붙었느냐면, 옛날부터 전해 내려오는 이야기인데, 이 소나무 밑에 오면 누구든 목이 매달고 싶어진다는 거야. 둑 위에 소나무는 수십 그루나 있지만, 누가 목을 매달았다고 해서 와보면 어김없이 이 소나무에 매달려 있지. 1년에 두세 명은 꼭 매달려 있다고. 다른 소나무에서는 도무지 죽고 싶은 마음이 안 드나 보지. 보니까 가지가 길 쪽으로 쭉 뻗어 있어. 아아, 멋진 가지군, 저대로 두기엔 아까운데, 저 가지에 사람 목을 매달아보고 싶다, 누가 안 오나 하고 사방을 둘러보는데 아무도 오지 않는 거야. 어쩔 수 없지, 내 목을 매달 수밖에. 아냐, 내가 매달리면 죽어, 위험하니까 관두자 했지. 그런데 옛날 그리스인들은 연회 자리에서 목매는 흉내를 내며 여흥을 더했다는 이야기가 있네. 한 사람이 받침대 위로 올라가 밧줄에 목을 넣는 순간, 다른 사람이 받침대를 치워버리는 거지. 목을 넣은 당사자는 받침대가 치워질 때 밧줄을 풀고 뛰어내리는 거야. 진짜 그게 사실이라면 별로 두려워할 것도 없으니, 나도 한번 시도해보자 싶어 가지에 손을 대니까 근사하게 휘어지는 게 아닌가. 휜 모양이 참으로 미적이더군. 목이 매달려 대롱거릴 모습을 상상해보니 짜릿해서 견딜 수가 있어야지. 꼭 해야지 했는데, 혹시 도후 군이 와서 기다리고 있으면 어쩌나 싶더라고. 그래서 일단 도후 군을 만나 약속대로 이야기를 나누고, 그러고 나서 다시 와야겠다는 생각에 결국 집으로 돌아갔네."

"그리하여 오래오래 행복하게 살았답니다, 로 끝난 건가?"

주인이 물었다.

"재미있네요."

간게쓰가 히죽히죽 웃으며 말했다.

"집에 돌아와 보니 도후 군은 오지 않았더군. 대신 '오늘은 부득이한 사정이 생겨 찾아뵐 수 없으니, 조만간 뵙겠습니다'라는 엽서가 와 있어서, 안심하고 이제 목을 맬 수 있으니 기쁘다고 생각했네. 그래서 서둘러 신발을 신고 종종걸음으로 아까 그곳으로 돌아가 보니……."

메이테이 선생이 말하다 말고 주인과 간게쓰의 얼굴을 보며 시치미를 떼고 있다.

"돌아가 보니 뭐가 어쨌다는 건가?"

주인은 조금 애가 탔다.

"드디어 절정에 이르렀나 봅니다."

간게쓰는 겉옷 끈을 만지작거렸다.

"돌아와 보니, 벌써 누가 먼저 와 매달려 있더라고. 겨우 한 발 차이로 말이야. 유감스러운 일 아닌가? 생각해보면, 그때 아무래도 사신(死神)에게 홀렸지 싶어. 제임스 같은 철학자의 말마따나 무의식 속의 저승 세계와 내가 존재하는 현실 세계가 일종의 인과법에 의해 서로 감응한 것이겠지. 참으로 묘한 일 아닌가?"

메이테이 선생은 태연했다.

주인은 또 당했다 싶으면서도 아무 말 없이 찹쌀떡을 볼에 가득 넣고 우물거렸다.

간게쓰 군은 화로의 재를 정성스럽게 긁어내며 고개를 숙여 히죽히죽 웃고 있다가 이윽고 입을 열었다. 지극히 차분한 말투였다.

"듣고 보니 묘한 일이네요. 그런 일이 있을 것 같진 않지만, 저 역시 최근에 비슷한 경험을 했던 터라 전혀 의심하지 않습니다."

"아니, 자네도 목을 매달고 싶던가?"

"아니요, 저 같은 경우는 목이 아닙니다. 저도 마침 작년 말에 이 일을 겪었는데요. 심지어 선생님과 같은 날 같은 시각에 생긴 일이라 더 묘한 것 같습니다."

"이야, 재밌겠군."

메이테이 선생도 찹쌀떡을 입에 넣었다.

"그날은 무코지마에 사는 지인 집에서 송년회 겸 합주회가 있어서 저도 그곳에 바이올린을 가지고 갔습니다. 열대여섯 명의 숙녀와 부인이 참석한 꽤 성대한 모임이었지요. 근래에 가장 즐거운 일이라고 생각될 정도로 모든 것이 순조로웠습니다. 만찬과 합주가 끝나고 이야기꽃을 피우다 시간이 너무 늦어져서 슬슬 인사를 드리고 돌아갈까 하는데, 모 박사의 부인이 제 곁으로 와서, ○○코 양이 병에 걸린 것을 알고 있느냐고 작은 소리로 묻더군요. 실은 사흘 전에 그녀를 만났을 때만 해도 평소처럼 말짱했던 터라 저도 놀라 자세한 상황을 물어보니, 저를 만난 그날 밤부터 갑자기 열이 끓고, 헛소리를 하더랍니다. 그뿐이면 다행인데, 그 헛소리 속에 제 이름이 한 번씩 등장했다는 겁니다."

주인과 메이테이 선생은 '심상치 않군' 같은 진부한 말을 하지 않고, 정숙하게 귀담아듣고 있다.

"의사를 불러 상태를 보였더니, 병명은 알 수 없으나 열이 너무 심해서 뇌를 다치게 할 수도 있어서 만약 수면제가 생각처럼 효과를 발휘하지 못하면 위험해질 수 있다고 했답니다. 전 그 말을 듣자마자 뭔가 불길한 느낌이 들었습니다. 마치 자다가 가위에 눌릴 때처럼 답답하고, 주변 공기가 갑자기 고체로 변해 사방에서 제 몸을 짓누르는 것 같았지요. 돌아오는 길에도 그 일만 머릿속에 떠올라 괴로워서 죽을 것만 같았습니다. 그토록 아리땁고, 쾌활하고, 건강했던 ○○코 양이……."

"미안한데 잠깐만. 아까부터 ○○코 양이라는 여인이 두 번 등장한 것 같은데, 혹시 괜찮다면 이름을 알려주겠나?"

메이테이 선생이 이렇게 말하며 주인을 돌아보자, 주인도 "으응" 하고 건성으로 대답했다.

"아니요, 당사자에게 폐가 될 수 있으니 그건 안 될 것 같습니다."

"그런 식으로 다 두루뭉술하게 말할 작정인가?"

"그렇게 냉소적으로 나오시면 안 됩니다. 아주 진지한 이야기라서요……. 아무튼 그 여인이 갑자기 그런 병에 걸렸다고 생각하니, 인생이 무상하고 온몸의 활기가 한꺼번에 파업을 일으킨 것처럼 기운이 쏙 빠져서는 비틀비틀 아즈마 다리로 갔습니다. 난간에 기대 아래를 내려다보니, 만조인지 간조인지 알 수 없지만, 검은 물이 뒤엉켜 출렁이는 것처럼 보였지요. 하나카와도 쪽에서 인력거 한 대가 달려와 다리 위를 지나갔습니다. 인력거의 초롱불을 쳐다보고 있는데 점점 작아지는가 싶더니 삿포로 맥주 공장에서 사라졌지요. 저는 다시 강물을 봤습니다. 그러자 저 멀리 강 저쪽에서 제 이름을 부르는 소리가 들리는 겁니다. '이 시간에 부를 만한 사람이 없는데 누구지?' 하고 강물을 쳐다보았지만, 어두워서 아무것도 보이지 않았습니다. 기분 탓이란 생각에 서둘러 집으로 돌아가려고 한 발, 두 발, 걷기 시작하는데, 또 멀리서 희미한 목소리가 제 이름을 부르는 겁니다. 전 또다시 멈춰 서서 귀를 기울였습니다. 세 번째로 들렸을 때는 난간에 기대고 있었는데도 무릎이 후들거렸습니다. 그 소리는 저 멀리, 혹은 강물 속에서 나는 것 같았는데, 틀림없이 ○○코 양의 목소리였어요. 저는 저도 모르게 '네'라고 대답했습니다. 대답 소리가 어찌나 컸는지 고요한 강물에 울리는 바람에 저도 제 목소리에 화들짝 놀라 주위를 휙 둘러보았습니다. 사람도 개도 달도 아무것도 보이지 않았지요. 그때 저는 그 '밤' 속으로 빨려들어 소리가 나는 곳으로 가고 싶다는 생각이 불현듯 들었습니다. ○○코 양의 목소리가 다시 괴로운 듯, 호소하듯, 구원을 바라는 듯, 제 귀를 파고들었기에, 이번에는 '지금 당장 갈게요'라고 대답하고 난간에 몸통을 내밀어 검은 물을 바라보았습니다. 저를 부르는 소리가 강물 아래서 힘겹게 새어 나오는 것 같았어요. '그래, 강물 속이구나' 하면서 저는 결국 난간 위에 올라섰습니다. 또 부르면 뛰어들 작정으로 물살을 바라보는데, 다시 애처로운 목소리가 실낱처럼 떠올랐어요. 이때다 싶어 사정없이 뛰어올라 조약돌처럼 아무런 미련 없이 몸을 던졌습니다."

"결국 뛰어들었나?"

주인이 눈을 깜박이며 물었다.

"설마 거기까지 갈 줄은 몰랐네."

메이테이 선생인 자신의 코끝을 살짝 만졌다.

"뛰어든 후에는 정신이 아득해서 한동안은 꿈속인 줄 알았습니다. 이윽고 눈을 떠보니 춥긴 한데 몸이 젖지도 않고 물을 마신 것 같지도 않았어요. 분명 뛰어들었는데 참 이상하다 싶었지요. 뭔가 좀 이상하다는 걸 깨닫고 주위를 둘러보고는 깜짝 놀랐습니다. 물속으로 뛰어든 줄 알았는데, 실수로 다리 한가운데로 뛰어내린 거예요. 그때는 정말이지 유감이었습니다. 앞과 뒤를 착각해서 목소리가 나는 곳으로 가지 못한 겁니다."

간게쓰는 히죽히죽 웃으면서 늘 그렇듯 겉옷 끈을 만지작거렸다.

"하하하하, 재밌군. 내 경험과 제법 비슷해서 신기하네. 역시 제임스 교수의 소재가 될 만해. 인간의 감응이라는 제목으로 사생문을 쓰면 반드시 문단을 놀라게 할 거야. …… 그나저나 ○○코 양의 병은 어찌 되었나?"

메이테이 선생이 추궁했다.

"이삼일 전 정초에 찾아갔을 때 안에서 하녀와 하네 놀이를 하고 있었으니 완쾌된 것 같습니다."

주인은 아까부터 골똘히 생각에 빠진 모습이었는데, 이때 어렵사리 운을 떼며 "내게도 있네" 하며 질 수 없다는 듯 말했다.

"있다니, 뭐가?"

물론 메이테이 선생은 주인 따위는 안중에도 없었다.

"나도 작년 말에 말이야."

간게쓰 군이 "모두 작년 말이라니, 우연의 일치네요" 하며 웃었다. 빠진 앞니 자리에 찹쌀떡이 끼어 있다.

"역시 같은 날 같은 시간인가?"

메이테이 선생이 끼어들었다.

"아니, 날짜는 달라. 어쨌든 20일쯤이야. 마누라가 새해 선물 대신 셋쓰다이조* 공연에 데려가 달라기에 오늘 공연은 뭐냐고 물으니, 신문을 들추면서 〈우나기다니〉라는 거야. 〈우나기다니〉는 싫어서 오늘은 안 되겠다며 안 갔어. 다음 날이 되자 아내가 또 신문을 가져와서 오늘은 〈호리카와〉니까 좋을 거라는 거야. 〈호리카와〉는 샤미센 반주가 요란하기만 하고 내용이 없으니 가지 말자니까, 아내가 불만스러운 얼굴로 나가버렸지. 그다음 날이 되자 아내가 말하기를 '오늘은 〈산주산겐도〉예요. 전 꼭 〈산주산겐도〉가 듣고 싶어요. 당신은 〈산주산겐도〉도 싫을지 모르지만, 저를 위해 같이 가줄 거죠?' 하고 담판을 지으려는 거야. '당신이 정 가고 싶다면 가야지, 하지만 당대의 명인이라 예약을 하지 않고는 못 들어갈 거야. 원래 그런 장소에 가려면 찻집이라는 곳과 교섭해 자리를 예약하는 게 정당한 절차니까, 그 절차를 밟지 않고 규칙을 어기는 짓은 바람직하지 않아. 유감스럽지만 오늘은 가지 말지' 하고 말하니, 아내가 매서운 눈초

---

* 메이지 시대 인형극의 명인으로 일본의 대표적 현악기인 샤미센 반주에 맞추어 이야기를 풀어나간다.

리로 '난 여자라서 그런 어려운 절차 같은 건 몰라요. 오하라네 어머니도, 스즈키네 기미요도 정당한 절차를 밟지 않고 잘만 갔다 왔던데요. 아무리 선생이라도 꼭 그렇게 복잡한 절차를 밟아야 해요? 당신, 너무해요' 하며 우는 듯한 소리를 내는 거야. '그럼 안 되더라도 일단 가세. 저녁을 먹고 전철 타고 가지' 하고 항복을 하자 '가려면 4시까지는 거기에 도착해야 해요. 그렇게 꾸물거릴 시간이 없어요'라며 갑자기 기세 좋게 나오는 거야. 왜 4시까지 가야 하느냐고 물으니, 스즈키네 기미요가 그렇게 일찍 가서 자리를 잡지 않으면 들어갈 수 없다고 했다더군. '그럼 4시가 넘으면 안 되겠네' 하고 물으니 그렇다 하더라고. 그러자 희한하게도 그때부터 갑자기 오한이 나기 시작하는 거야."

"사모님이요?"

간게쓰가 물었다.

"아니, 아내는 팔팔하고, 나 말이야. 왠지 구멍 난 풍선처럼 한꺼번에 기운이 쑥 빠지는 것 같고 눈앞이 휘청거려 움직일 수가 없었지."

"급성이었나 보군."

메이테이 선생이 주석을 달았다.

"'이거 큰일이다. 1년에 단 한 번뿐인 마누라 소원이니 꼭 들어주고 싶었는데. 평소에 잔소리나 하고, 말도 안 듣고, 고생만 시키고, 애들이나 보게 하고, 뭐 하나 제대로 해준 적도 없으니. 오늘은 다행히 시간도 있겠다, 주머니도 두둑하겠다, 충분히 데려갈 수 있다. 아내도 가고 싶겠지, 나도 데려가 주고 싶다. 꼭 데려가 주고 싶지만, 이렇게 오한이 나고 어지러워서는 전철을 타기는커녕 마루를 내려갈 수도 없다. 아아, 어쩌지' 하고 애를 태웠더니 더욱 오한이 나고 어지러워. 빨리 의사에게 진찰을 받고 약이라도 먹으면 4시 전에는 다 낫겠지 싶어 마누라와 의논해 아마키 의사를 모셔 오라고 하녀를 보냈더니 마침 어젯밤이 당직이어서 아직 대학에서 돌아오지 않았다는 거야. 2시쯤에는 돌아오니, 돌아오는 대로 바로 왕진을 오겠대. 곤란하군, 지금 물약이라도 먹으면 4시 전에는 분명 괜찮아질 텐데, 운이 안 좋을 때는 무슨 일이든 생각대로 되지 않는 법, 오랜만에 마누라가 기뻐하며 모습을 보며 즐기려는 계획도 완전히 빗나가기 일보 직전이었네. 아내가 원망스러운 표정을 지으며 '도저히 못 가시겠어요?' 하고 묻더군. '무슨 일이 있어도 가야지, 4시까지는 분명 괜찮아질 테니 마음 푹 놓고 있어. 어서 세수하고 옷 갈아입고 기다리고 있으라고' 하고 말은 했지만 속은 타들어 갔네. 갈수록 오한과 어지럼증이 심해졌지. 만약 4시까지 낫지 않아 약속을 못 지키면, 이 속 좁은 여자가 무슨 짓을 저지를지 몰라. 한심하다, 한심해. 어쩌면 좋을까. 당장 인생무상의 이치, 생자필멸의 도를 설파하며, 만일의 사태가 벌어졌을 때 흐트러지지 않을 각도를 다지게 만드는 것도 마누라에 대한 남편의 도리가 아닐까 하는 생각이 들었어. 나는 곧장 아내를 서재로 불렀지. 불러서 '당신은 여자지만 many a slip 'twixt the cup and the lip*이라는 서양 속담 정도는 알고 있겠지'라고 하자, '그런 꼬부랑글자를 어떻게 알아요. 당신은 내가 영어 할 줄 모르는 걸 뻔히 알면서, 일부러 영어를 써서 날 놀리는 거죠. 그래요. 어차피 영어 같은 건 못하니까. 그렇게 영어가 좋으면 예수교 졸업생 여자를 들이지 그랬어요? 당신처럼 차가운 남자도 없을 거예요.' 하며 무섭게 구는 바람에 나도 모처럼의 계획이 소용없어졌지. 자네들에게도 변명하네만 내 영어는 결코 악의에서 나온 게 아닐세. 전적으로 아내를 사랑하는 마음에서 나온 건데 아내가 그걸 몰라주니 나도 답답했지. 게다가 아까부터 오한과 현기증으로 머리가 좀 멍해서 인생무상의 이치, 생자필멸의 도를 빨리 설명하려다 보니, 그만 아내가 영어를 모르는 걸 깜빡하고 나도 모르게 내뱉은 거야. 생각해보면 이건 내 잘못이야, 엄연한 실수였어. 이 실패로 오한은 점점 심해지고 눈앞은 더욱 어지러웠네. 아내는 내가 말한 대로 화장을 하고, 장롱에서 옷을 꺼내 갈아입고서는 이제 언제든 나갈 수 있다는 자세로 기다리고 있었어. 나는 제정신이 아니었네. 빨리 의사가 왔으면 싶어 시계를 보니 벌

---

* 컵을 입에 가져가는 동안에도 실수가 있다. 즉 인생은 예측할 수 없다는 뜻이다.

써 3시야. 4시까지는 이제 한 시간밖에 남지 않았지. 그런데 아내가 서재 문을 열고 얼굴을 내밀며 '슬슬 나갈까요?' 하는 거야. 내 아내를 칭찬하려니 좀 그렇지만, 나는 이때만큼 아내를 아름답다고 생각한 적이 없었어. 비누로 깨끗이 씻어 낸 피부가 검은 기모노와 무척 잘 어울렸지. 그 얼굴이 비누와 셋쓰다이조를 보러 간다는 희망으로 더없이 빛나 보였어. 난 어떻게든 그 희망을 만족시켜 주고 싶어 나가야겠다고 생각했어. '그럼 힘내서 나가볼까' 하고 담배를 피우는데 잠시 후 아마키 선생이 왔네. 예상대로 흘러갔지. 그런데 몸 상태를 말하자 아마키 선생이 내 혀를 보고, 맥을 짚고, 가슴을 두드리고, 등을 쓰다듬고, 눈꺼풀을 뒤집고, 두개골을 만지더니 잠시 생각에 잠겼어. '아무래도 좀 심각한 것 같아서요'라고 내가 말하자, 선생은 침착하게 '아니, 특별한 증상은 없습니다'라고 했어. 아내가 '잠깐 외출해도 괜찮을까요?'라고 물었어. 선생이 '됩니다' 하고 다시 생각에 잠기더니 '기분만 나쁘지 않으면……'이라고 했어. '기분은 나빠요'라고 내가 말했지. '그럼 어쨌든 조제약과 물약을 드릴 테니까요', '네? 왠지 좀 심각한 것 같은데요', '아뇨, 결코 걱정할 정도는 아닙니다. 그렇게 신경을 쓰시면 안 돼요' 의사 선생은 그러고 돌아갔어. 3시 30분이 지났지. 하녀는 약을 타러 갔어. 아내의 엄명으로 뛰어갔다 뛰어오더군. 4시 15분 전이었어. 4시까지는 아직 15분이 남았지. 그러자 그때까지 아무렇지 않았는데 갑자기 구역질이 나는 거야. 아내가 물약을 사발에 부어 내 앞에 놓아줘서 찻잔을 들고 마시려는데 위에서 뭔가 욱 하고 올라오는 통에 할 수 없어 찻잔을 내려놓았네. 아내는 '빨리 드시면 될 텐데' 하고 압박했어. 얼른 마시고 서둘러 나가지 않으면 체면이 안 사니, 과감히 마셔 버리려고 다시 찻잔을 입에 대자, 또 구역질이 집요하게 방해하는 거야. 마시려다 내려놓고, 마시려다 내려놓는데 거실 벽시계가 뎅뎅뎅뎅 4시를 쳤어. 자, 4시다, 꾸물거려서는 안 돼, 하고 찻잔을 집어 드는데, 거참 신기하게도 4시 소리와 함께 구역질이 뚝 그쳐서는 물약을 꿀떡꿀떡 넘겼다네. 그리고 4시 10분쯤 돼서야 비로소 아마키 선생이 명의라는 것도 이해할 수 있었지. 등이 으슬으슬한 증상도, 눈앞이 어지러운 증상도 거짓말처럼 사라져, 당분간은 설 수도 없을 것 같았던 병이 씻은 듯이 나아 기뻤네."

"그래서 가부키 극장에 같이 갔나?"

메이테이 선생이 무슨 말인지 모르겠다는 듯 물었다.

"가고 싶었지만, 아내가 4시가 지나면 들어갈 수 없다고 했으니 별수 있나, 관둬야지. 아마키 선생이 15분만 일찍 왔어도, 내 체면도 살고 아내도 만족했을 텐데, 고작 15분 차이로 말이야, 정말 아쉬웠네. 생각해보면 정말 위험할 뻔했어."

이야기를 마친 주인은 그제야 제 의무를 다한 것처럼 보였다. 이로써 두 사람에게 체면을 세웠다고 생각할지도 모른다. 간게쓰 군은 여느 때처럼 이가 빠진 자리를 드러내고 웃으며 "정말 유감이네요"라고 말했다. 메이테이는 얼빠진 표정으로 "자네처럼 자상한 남편을 두다니, 제수씨는 참으로 복 받았군" 하고 혼잣말처럼 말했다. 문 뒤에서 "크흠" 하고 안주인의 헛기침 소리가 들렸다.

나는 얌전히 세 사람의 이야기를 차례로 듣고 있었지만, 재밌지도 안타깝지도 않았다. 인간이란 시간을 죽이기 위해 굳이 입을 운동시키며, 이상할 것도 없는 말에 웃거나, 재밌지도 않은 말에 기뻐하는 것 말고는 아무런 능력이 없는 자들이라고 생각했다. 주인이 제멋대로이고 편협한 건 전부터 알고 있었지만, 평소에는 말수가 별로 없어서 왠지 이해할 수 없는 점이 있었다. 그 이해할 수 없는 점에 조금은 두렵다는 느낌도 있었지만, 지금 이 이야기를 듣고 나니 갑자기 경멸하고 싶어졌다. 그는 왜 두 사람의 이야기를 잠자코 듣지 못했을까. 지지 않으려고 어리석은 말들을 늘어놓고선 무슨 이득을 얻었는가. 에픽테토스 책에 그렇게 하라고 쓰여 있었을까. 요컨대 주인도 간게쓰 군도 메이테이 선생도 태평한 인간들일 뿐, 그들은 수세미처럼 바람을 맞으며 초연한 척 굴고 있지만, 사실은 역시 속된 마음과 욕심을 품고 있다. 경쟁심, 이기심은 그들의 평소 대화 속에서도 언뜻언뜻 비친다. 한 발짝 더 나아가면 그들이 늘 욕하는 속물들과 한통속이 되어버리곤 하는데, 이는 고양이가 보기에도 딱하기 그지없다. 단지 그 말과 행동이 허풍쟁이처럼 뻔뻔스럽지 않은 게 그나마 다행이라 할 것이다.

이렇게 생각하니 갑자기 세 사람의 대화가 시시해져서, 얼룩이라도 보고 올까 하고 이현금 선생 댁 정원으로 갔다. 새해맞이 소나무 장식은 이미 치워졌고, 정월도 어느덧 열흘이나 지났다. 화창한 햇살은 구름 한 점 없는 높은 하늘에서 천하를 비추고, 열 평이 채 안 되는 정원도 새해의 서광을 받았을 때보다 선명한 활기를 띠고 있다. 툇마루에 방석은 하나 있는데 사람은 없고 문도 닫혀 있는 것으로 보아 선생님은 목욕탕에라도 간 모양이다. 선생님은 없어도 상관없지만, 얼룩이가 좀 괜찮아졌는지 그게 마음에 걸렸다. 조용하고 인기척이 없어서 흙발로 마루에 올라가 방석 한가운데에 뒹굴었더니 기분이 좋았다. 그만 꾸벅꾸벅 졸다가 얼룩이도 잊고 선잠을 자고 있는데 갑자기 문 안에서 사람 소리가 들렸다.

"수고 많았다. 다 되었더냐?"

선생님은 역시 출타한 것이 아니었다.

"네, 늦었지요. 불상 집에 가니 마침 다 되었다 해서요."

"어디 보자. 아, 곱구나. 이거면 얼룩이도 성불하겠어. 금박도 벗겨질 일 없겠지."

"네, 거듭 다짐을 받았어요. 좋은 것을 썼으니 이만하면 사람 위패보다 오래갈 것이라 하셨습니다. ……그리고 묘예신녀(猫譽信女)*의 예자는 흘려 쓰는 게 보기 좋다고 해서 획을 좀 바꿨습니다."

"그럼 어서 불단에 올리고 향이라도 피우자꾸나."

얼룩이에게 무슨 일이라도 난 걸까, 왠지 분위기가 심상치 않아 방석 위에 섰다.

"땡, 나무묘예신녀, 나무아미타불, 나무아미타불."

선생님의 목소리가 들렸다.

"너도 명복을 빌려무나."

"땡, 나무묘예신녀, 나무아미타불, 나무아미타불."

이번에는 하녀의 목소리가 들렸다. 나는 갑자기 가슴이 쿵쾅대기 시작했다. 방석 위에 선 채, 목각 고양이처럼 눈도 깜빡하지 않았다.

"정말 안타까워요. 처음에는 가벼운 감기였는데."

"아마키 선생이 약이라도 지어주었으면 나았을지도 모르는데."

"다 아마키 선생님 때문이에요. 얼룩이를 너무 무시했어요."

"그렇게 다른 사람을 나쁘게 말하면 못쓴다, 이것도 다 운명이니."

---

* 신녀는 불교식으로 장례를 치른 여자의 계명에 덧붙이는 칭호.

얼룩이도 아마키 선생에게 진찰을 받은 모양이다.

"결국 큰길 선생네 들고양이가 얼룩이를 꾀어낸 게 화근인 것 같네."

"아무렴요, 그 빌어먹을 들고양이가 얼룩이의 원수예요."

조금 변명을 하고 싶었지만, 여기서 나서면 안 되지 싶어 침을 삼키고 들었다. 이야기는 잠시 끊겼다.

"세상은 뜻대로 되질 않네. 얼룩이처럼 예쁜 아이는 일찍 죽고, 못생긴 들고양이는 저리 건강하고 천방지축이니 말일세……."

"아무렴요, 얼룩이처럼 예쁜 고양이는 두 사람도 없을 거예요."

'두 마리' 대신 '두 사람'이라고 했다. 하녀는 고양이를 인간과 같은 종족이라고 생각하는 것 같다. 그러고 보니 하녀의 얼굴이 우리 고양이족과 매우 비슷해 보였다.

"그럴 수만 있다면 얼룩이 대신……."

"그 선생네 들고양이가 죽었으면 좋았을 텐데요."

그건 좀 곤란하다. 죽는다는 게 어떤 건지 아직 경험해본 적이 없어서 좋다고도 싫다고도 할 수 없지만, 얼마 전에 너무 추워서 불쏘시개를 넣어 끄는 항아리 속으로 들어갔는데 하녀가 내가 있는 줄 모르고 뚜껑을 덮은 적이 있다. 그때의 고통은 지금 생각해도 무서울 정도다. 흰둥이의 설명에 따르면, 그 고통이 조금만 지속되면 죽는다고 한다. 얼룩이 대신 죽는 데 불만은 없지만, 그런 고통을 받아야만 죽을 수 있다면 누구를 위해서도 죽고 싶지 않다.

"하지만 고양이라도 스님께서 독경도 외고 계명도 지어 주셨으니 여한은 없겠지."

"아무렴요, 행운이죠. 단지 욕심을 좀 부리자면 스님의 독경이 짧았달까요."

"조금 짧은 것 같아 '빨리 끝났네요' 하니, 스님이 '에, 효험이 있는 부분은 충분히 했습니다, 뭐 고양이니까 그 정도면 극락에 가고도 남지요' 하더구나."

"그래요…… 그래도 그 들고양이는……."

나는 이름이 없다고 종종 말해두었는데, 이 하녀는 나를 들고양이라고 부른다. 무례하다.

"죄가 많아서 아무리 영험한 독경을 한다 해도 성불하지 못할 거예요."

그 후로도 들고양이란 말이 수백 번은 반복되었을 것이다. 나는 이 끝없는 대화를 그만 들으려고 방석에서 미끄러져 마루 쪽으로 뛰어내렸을 때, 팔만 팔천팔백팔십 가닥의 털을 한꺼번에 세우고 몸을 부르르 떨었다. 그 후로는 이현금 선생 댁 근처는 얼씬도 하지 않는다. 지금쯤이면 선생 자신이 스님께 짧은 독경을 듣고 있을 것이다.

요즘은 외출도 내키지 않는다. 뭔가 세상이 부질없게 느껴진다. 주인 못지않은 게으름뱅이 고양이가 되었다. 주인이 서재에만 틀어박혀 있는 것을 남들이 실연 때문이라고 수군거리는 것도 일리가 있겠다고 생각하게 되었다.

쥐는 아직 잡아본 적이 없어서 한때는 하녀의 입에서 추방론까지 나오기도 했지만, 주인은 내가 보통 고양이가 아니라는 사실을 알고 있기에 나는 여전히 빈둥거리며 이 집에 기거하고 있다. 이 점에 대해서는 주인의 은혜에 깊이 감사하며 그 혜안에 경의의 뜻을 표하고 싶다. 하녀가 나의 특별함을 알아보지 못해서 학대하는 건 별로 화나지 않는다. 이제 히다리 진고로*가 나와 내 초상을 문기둥에 새기고, 일본의 스탱랑**이 내 얼굴을 캔버스 위에 즐겨 그리게 된다면, 그들은 그제야 자신의 아둔함을 부끄러워하게 될 것이다.

---

* 에도 시대 초기에 활약한 전통 조각가. 조각품 〈잠자는 고양이〉의 작가로 알려져 있다.
** 프랑스 화가로 고양이 그림을 많이 그렸다.

3

 얼룩이는 죽었다. 검둥이는 상대가 되지 않아 약간 쓸쓸한 감은 있지만, 다행히 인간 지기(知己)가 생겨 그리 심심하지는 않다. 지난번에는 주인에게 내 사진을 보내 달라는 어떤 남자의 편지 한 통이 왔다. 또 얼마 전에는 오카야마의 특산품인 수수경단을 일부러 내 앞으로 보내준 이도 있었다. 조금씩 인간에게 동정을 받으면서 내가 고양이라는 사실을 마침내 망각하고 말았다. 고양이보다는 어느새 인간 쪽으로 기울게 되어, 요즘은 동족과 단합해 두 발 달린 선생과 승부를 겨루려는 생각은 추호도 없다. 그뿐만 아니라 가끔은 나도 인간계의 한 사람이라고 착각할 만큼 진화하여 뿌듯하다. 감히 동족을 경멸한다는 뜻은 아니다. 단지 마음이 기우는 쪽으로 몸을 두는 게 세상사이기에, 이를 변심이라든가, 경박이라든가, 배신이라고 손가락질받는 건 좀 당혹스럽다. 이런 말들로 남에게 욕을 퍼붓는 자는 대개 융통성이 없고, 치사한 인간들이다. 이렇게 고양이의 습성을 탈피했으니 얼룩이나 검둥이하고만 어울릴 수는 없다. 역시 인간과 동등한 마음가짐으로 그들의 사상과 언행을 비평하고 싶어지는 것도 당연지사다. 단지 그만한 식견을 가진 나를 여전히 일반 털복숭이 고양이 정도로 생각하고, 주인이 내게 고맙다는 인사 한마디 없이 수수경단을 제 것인 양 먹어치운 일은 유감스럽다. 사진도 아직 찍어 보내지 않은 것 같다. 이것도 불평이라면 불평일 수 있겠지만, 주인은 주인이고, 나는 나인지라 서로 생각이 다른 건 어쩔 수 없다. 나는 어디까지나 인간 행세를 하고 있을 뿐이니, 교제를 나누지 않는 고양이의 행동은 아무래도 글로 쓰기가 어렵다. 메이테이와 간게쓰에 대한 평판만으로 부디 만족해주십사 한다.

  오늘은 화창한 일요일, 주인은 느릿느릿 서재에서 나와, 내 옆에 붓과 벼루, 원고지를 나란히 놓고 엎드려 무언가 연신 웅얼대고 있다. 아마 초고의 서막을 알리는 묘한 소리겠지 하며 쳐다보고 있는데, 잠시 후 굵은 글씨로 '향일주(香一炷)*'라고 썼다. 과연 시가 될 것인가, 하이쿠가 될 것인가. 향일주라니, 주인치고는 좀 과하게 멋을 부린 것 같은데 하

---

* 향 하나를 태우다.

고 생각할 겨를도 없이, 행을 바꿔 '아까부터 천연거사(天然居士)*'에 대해 쓰려던 참이었다'라고 썼다. 하지만 붓은 더이상 움직이지 않았다. 주인은 붓을 들고 고개를 갸웃거리더니, 딱히 좋은 생각이 떠오르지 않는지 붓끝을 핥기 시작했다. 입술이 새까매질 정도로 핥더니 이번에는 또 행을 바꿔 동그라미를 그렸다. 동그라미 안에 점을 두 개 찍어 눈을 만들었다. 가운데에 콧방울이 벌어진 코를 그리고, 한일자를 쩍 그어 입을 만들었다. 이래서는 문장도 아니고 하이쿠도 아니다. 주인도 정나미가 떨어졌는지, 쓱쓱 얼굴을 까맣게 칠해버렸다. 주인은 다시 행을 바꿨다. 행만 바꾸면 시가 뚝딱 만들어진다고 생각하는 모양이다. 이윽고 '천연거사는 공간을 연구하고, 《논어》를 읽고, 군고구마를 먹고, 콧물을 흘리는 사람이다'라고 단숨에 써 내려갔지만, 어쩐지 뒤숭숭한 문장이다. 주인은 이것을 거리낌 없이 낭독하고 평소와 달리 "하하하하, 재밌다" 하고 웃었으나, "콧물을 흘린다는 건 좀 심하니까 지우자"라며 그 부분을 붓으로 죽 그었다. 한 줄이면 될 텐데 두 줄, 세 줄 쩍쩍 긋고 열심히 평행선을 그렸다. 선이 다른 행까지 침범해도 개의치 않고 그었다. 선을 여덟 개나 긋고도 다음 구절이 떠오르지 않는지, 이번에는 붓을 던지고 수염을 비틀었다. 문장을 수염에서 비틀

---

* 공간론을 연구한 소세키의 절친한 친구 요네야마 야스사부로의 호. 소세키를 문학의 길로 이끌었다고 한다.

어 짜내겠다는 듯 맹렬하게 비틀고, 또 비트는데 거실에서 안주인이 나와 주인 코앞에 바싹 앉더니 말했다.

"여보, 잠깐만요."

"왜?"

주인은 물속에서 징을 치는 듯한 소리를 냈다. 대답이 마음에 들지 않는지 안주인은 다시 말했다.

"잠깐만요."

"왜냐니까."

이번에는 콧구멍에 엄지와 검지를 넣어 코털을 홱 뽑았다.

"이번 달은 생활비가 좀 부족하겠어요……."

"부족할 리가 있나, 의사에게 약값도 치렀고, 책값도 지난달에 갚았잖아. 이번 달은 오히려 남아야지."

주인은 뽑아낸 코털을 천하의 진귀한 광경인 양 바라보고 있다.

"당신이 밥은 안 자시고 빵과 잼만 드시니까."

"대체 잼을 몇 통이나 먹었다고?"

"이번 달은 여덟 통이나 드셨어요."

"여덟 통? 그렇게 먹은 기억이 없는데."

"당신만이 아니에요. 아이들도 먹잖아요."

"아무리 먹어도 5, 6엔이면 될 텐데."

주인은 태연한 얼굴로 코털을 한 올 한 올 정성스레 원고지 위에 심었다. 모근이 붙어 있어 바늘을 세운 것처럼 우뚝

섰다. 주인은 뜻밖의 발견을 하고 감동한 모습으로 훅, 하고 불었다. 점착력이 강해서 날아가지 않았다.

"딱 붙었네."

주인은 열심히 후후 불었다.

"잼뿐만이 아니에요. 다른 것도 살 게 많아요."

안주인은 몹시 불만스러운 기색이 양 볼에 가득하다.

"있을지도 모르지."

주인은 다시 손가락을 쑤셔 넣어 코털을 홱 뽑았다. 붉은 것, 검은 것, 갖가지 색이 뒤섞인 가운데 새하얀 털이 한 가닥 있다. 깜짝 놀란 듯 뚫어지게 바라보던 주인은, 그 코털을 손가락 사이에 끼워 안주인 얼굴 앞에 내밀었다.

"아유, 뭐람."

안주인은 얼굴을 찡그리고 주인의 손을 밀쳤다.

"좀 봐. 새치 코털이야."

주인은 크게 감동한 모습이다. 못 말린다는 듯 아내도 웃으면서 거실로 나갔다. 재정 문제는 단념한 모양이다. 주인은 다시 천연거사에 매달렸다.

코털로 아내를 쫓아낸 주인은 일단 한시름 놓았다는 듯이 코털을 뽑고는 원고 때문에 초조한 듯 보였지만, 붓은 좀처럼 움직이지 않았다.

"군고구마를 먹는다는 것도 사족이야, 사족. 지우자."

주인은 마침내 이 구절도 말살하고, "향일주는 너무 뜬금

없어, 지우자"하며 한 톨의 아쉬움 없이 지워버렸다. 이제 '천연거사는 공간을 연구하고《논어》를 읽는 사람이다'라는 구절만 남았다. 주인은 뭔가 지나치게 간단해졌다고 생각했지만, "에잇, 귀찮아, 문장은 관두고 그림이나 그리자"하며 붓을 열십자로 휘둘러 원고지에 위에 어설픈 문인화의 난을 힘차게 그렸다. 모처럼 고심해서 지은 글자들이 한 글자도 남지 않았다. 그리고 종이를 뒤집어 "공간에서 태어나, 공간을 연구하고, 공간에서 죽다. 공(空)과 간(間). 아아, 천연거사여"라며 알 수 없는 말을 늘어놓고 있는데, 메이테이 선생이 들어왔다. 그는 남의 집이나 자기 집이나 다 똑같다고 생각하는지 주인이 들어오란 말도 안 했는데 서슴없이 들어온다. 그뿐만이 아니다. 어쩔 땐 부엌문으로 나비처럼 홀연히 날아든 적도 있다. 걱정, 겸손, 조심스러움, 고생을 태어날 때 어딘가 떨쳐버린 남자다.

"또 거인 인력인가?"

메이테이 선생은 선 채로 주인에게 물었다.

"언제까지고 거인 인력만 써서야 되겠나. 천연거사의 묘비명을 짓는 중이네."

주인은 과장해서 말했다.

"천연거사라면 우연동자(偶然童子) 같은 계명인가?"

메이테이 선생은 또 엉터리 말을 했다.

"우연동자라는 것도 있나?"

"뭐, 있지는 않지만, 대충 그런 비슷한 류가 아닐까 해서."

"우연동자는 내가 모르는 사람 같은데, 천연거사는 자네도 아는 사람이야."

"대체 누가 천연거사란 이름을 붙였단 말인가?"

"소로사키라네. 졸업하고 대학원에 들어가 공간론이라는 제목으로 연구하다가 공부를 너무 많이 해서 복막염으로 죽고 말았지. 그이는 내 친한 친구야."

"친한 친구 좋지, 결코 나쁘다고 하는 게 아니야. 그런데 소로사키를 천연거사로 변화시킨 건 대체 누구의 소행인가?"

"나야, 내가 붙여줬어. 중이 붙인 계명만큼 속된 건 없으니까."

주인은 천연거사가 상당히 고상한 이름인 양 자랑했다. 메이테이 선생은 웃으면서 "그럼 그 묘비명이라는 것 구경 좀 하세" 하며 원고지를 빼앗아 들더니 "뭐야…… 공간에서 태어나, 공간을 연구하고, 공간에서 죽다. 공(空)과 간(間). 아아, 천연거사여?" 하고 큰 소리로 읊었다.

"아아, 여기 괜찮네. 천연거사에 어울리는 추임새야."

주인은 기쁜 듯이 "좋지?"라고 말했다.

"이 묘비명을 단무지를 누르는 돌에 새겨 본당 뒤뜰에 던져두면 되겠군. 고상하고 좋네, 천연거사도 성불하겠어."

"나도 그럴 생각이었네."

주인은 자못 진지하게 대답하고는 "나 좀 나갔다 올게. 곧 돌아올 테니까 고양이랑 좀 놀고 있으라고" 하더니 메이테이 선생의 대답도 기다리지 않고 휙 나갔다.

뜻밖에 메이테이 선생의 접대를 명받고 심드렁한 얼굴을 하고 있을 순 없기에 야옹야옹 애교를 부리며 무릎 위로 올라가 보았다. 그러자 메이테이 선생이 "요 녀석, 제법 토실토실하네, 어디 보자" 하며 무람없이 내 목덜미를 붙잡고 위로 번쩍 들어 올렸다.

"뒷다리가 이렇게 축 늘어져서야 쥐 잡기는 틀렸군. 제수씨, 요놈 어떻게 쥐 좀 잡습니까?"

나 하나만으로는 부족하다는 듯, 옆방의 안주인에게 말을 걸었다.

"쥐가 문제가 아녜요. 얼마 전엔 떡국을 먹고 춤을 추더라니까요."

안주인은 난데없이 내 실수담을 폭로했다. 나는 허공에 떠서도 조금 부끄러웠다. 메이테이 선생은 여전히 나를 내려놓지 않는다.

"과연, 춤이라도 출 얼굴이군. 제수씨, 이 고양이는 방심할 수 없는 상이에요. 옛날 그림책에 나오는 요괴 고양이랑 닮았거든요."

메이테이 선생은 아무 말이나 지껄이며 자꾸 안주인에게 말을 걸었다. 안주인은 하는 수 없다는 듯 바느질을 멈추고 방으로 들어왔다.

"따분하신가 봐요. 곧 오시겠죠."

안주인이 차를 따라 메이테이 선생 앞으로 내밀었다.

"어디 갔을까요?"

"어딜 가도 간다고 말하는 양반이 아니니 잘은 모르겠지만, 아마 의사한테 가지 않았나 싶어요."

"아마키 선생 말입니까? 그 선생도 저런 환자에게 붙잡히면 고생이겠어요."

"아, 네."

안주인은 딱히 할 말이 없다는 듯 간단히 대답했다. 메이테이 선생은 전혀 개의치 않고 물었다.

"요즘은 어떤가요? 위는 좀 좋아졌습니까?"

"좋은지 나쁜지 전혀 모르겠어요. 아무리 아마키 선생님이 봐준들 잼을 그렇게 먹어서야 위장병이 나을 리 있겠어요?"

안주인은 조금 전의 불평을 메이테이 선생에게 넌지시 흘렸다.

"잼을 그렇게 많이 먹나요? 애들도 아니고."

"잼뿐이게요? 요즘은 위에 좋다며 무즙을 얼마나 먹어대는지 몰라요."

"허, 놀랄 노 자군요."

메이테이 선생이 감탄했다.

"무즙에 디아스타제가 들었다는 신문 기사를 읽고 나서부터 그래요."

"그렇군요. 그걸로 잼의 피해를 보상받으려는 심산인가. 제법 머리 좀 굴리네요, 하하하하."

메이테이 선생은 안주인의 하소연을 듣고 몹시 유쾌한 기색이었다.

"얼마 전에는 아기한테까지 먹여서요."

"잼을요?"

"아뇨, 무즙을요. '아가, 아빠가 맛있는 거 줄 테니 이리 온' 하면서 말이에요. 간만에 애 좀 예뻐해주려나 했는데, 그런 엉뚱한 짓만 하지 뭐예요. 이삼일 전에는 둘째를 안아 장롱 위에 올려놓고는……."

"무슨 재밌는 놀이라도?"

메이테이 선생은 무슨 일이든 모두 재밌는 놀이처럼 해석하는 경향이 있다.

"놀이랄 것도 없어요. 그냥 그 위에서 뛰어내려 보라고 하잖아요. 고작 서너 살 여자애한테 그런 말괄량이 짓이 가당키나 하냐고요."

"그건 좀 심했네요. 그래도 악의는 없는 녀석이잖아요."

"악의가 있으면 못 살죠."

안주인은 기염을 토했다.

"뭐 그리 불평하실 것까지 있나요. 그저 이렇게 부족함 없이 하루하루 살아가면 충분하지요. 구샤미는 도박도 안 하죠, 계집질도 안 하죠, 옷에도 관심 없죠, 정말 소박하고 가정적인 사람이잖습니까."

메이테이 선생이 설교를 늘어놓았다.

"그렇지만도 않아요……."

"뭐 꿍꿍이라도 있던가요? 방심할 수 없는 세상이니."

메이테이 선생이 갑자기 들떠서 대답했다.

"도박이나 계집질은 안 해도, 읽지도 않는 책을 마구 사들여요. 그것도 적당히 사면 좋은데, 툭하면 외서 전문 서점에 가서 책을 한 아름 사 들고 오잖아요. 그래 놓고 월말이 되면 딱 잡아떼니 작년 말에도 월부금이 쌓여서 고생했어요."

"뭐, 책 같은 건 마음껏 가져와도 상관없습니다. 돈 받으러 오면 나중에 줄게, 나중에 줄게, 하고 둘러대면 돌아가니까요."

"그래도 그렇게 언제까지고 미룰 수도 없는 노릇이잖아요."

안주인은 낙심한 표정을 지었다.

"그럼 사정을 이야기해서 책을 좀 적게 사도록 해보면요?"

"말해도 어디 듣는 양반인가요? 얼마 전에는 저한테 학자의 부인 자격이 없다느니, 책의 가치를 전혀 모른다느니, 옛날 로마에 이런 이야기가 있는데, 다 뼈가 되고 살이 될 테니 들어보라고 하더군요."

"하, 재밌네요. 어떤 얘기죠?"

메이테이 선생이 궁금해했다. 안주인에게 동정을 표한다기보다 오히려 호기심에 사로잡혀 있었다.

"옛날 로마에 다루킨인가 하는 왕이 있었는데……."

"다루킨? 이상한 이름이네요."

"전 외국인 이름 같은 건 어려워서 기억 못 해요. 어쨌든 7대 왕이라고 했어요."

"7대 왕 다루킨이라, 역시 이상하네요. 흠, 그 7대 왕 다루킨이 어쨌다는 건가요?"

"어머, 메이테이 씨까지 놀리시면 곤란하죠. 알면 가르쳐 주시면 될 텐데, 짓궂으시네요."

안주인은 메이테이 선생에게 대들었다.

"저 그렇게 남 놀리거나 짓궂은 사람 아닙니다. 단지 7대 다루킨은 처음 들어서요…… 음, 그러니까 로마의 7대 왕이란 말이죠, 확실히는 기억나지 않지만, 아마 타르퀴니우스일 겁니다. 뭐 누구면 어떤가요, 그 왕이 어쨌다는 거죠?"

"그 왕에게 한 여자가 책을 아홉 권 가져와서는 사주지 않겠느냐고 했대요."

"그렇군요."

"왕이 얼마면 팔겠냐고 물었더니 아주 비싼 값을 부르더래요. 너무 비싸니 좀 깎아 달라고 했더니 그 여자가 갑자기 아홉 권 중 세 권을 불태워버렸대요."

"아깝군요."

"그 책에는 예언인지 뭔지, 다른 데는 없는 무언가가 쓰여 있었대요."

"허어."

"왕은 아홉 권이 여섯 권이 되었으니 조금 저렴해졌겠거니 해서 여섯 권에 얼마냐고 물으니, 여전히 처음 가격에서 한 푼도 깎아주지 않았대요. 그래서 그건 이치에 어긋나지 않느냐고 하자, 그 여자는 다시 세 권을 빼서 불에 태워버렸대요. 왕은 미련을 못 버렸는지 나머지 세 권을 얼마에 팔겠느냐고 물었는데, 여전히 처음 아홉 권 가격을 불렀대요. 아홉 권이 여섯 권이 되고, 여섯 권이 세 권이 되어도 값은 원래대로 한 푼도 깎아주지 않으니, 그걸 깎으려다 남은 세 권마저 불에 타버릴지 모른다는 생각에, 왕은 결국 비싼 값을 치르고 나머지 세 권을 샀대요. ……남편은 '어때, 이 이야기로 책에 대한 고마움을 조금 알겠는가?'라며 으스대잖아요. 전 뭐가 고마운지 도통 모르겠는데 말이죠."

안주인은 자신의 생각을 말하며 메이테이 선생의 대답을 재촉했다. 과연 메이테이 선생도 대답이 궁해졌는지 소매에서 손수건을 꺼내 내게 흔들어주다가 "그런데 제수씨" 하고 갑자기 뭔가 생각이라도 난 듯 큰 소리로 말했다.

"그렇게 책을 사서 쌓아 두니까 사람들한테서 그나마 학자다 뭐다 소리를 듣는 거예요. 얼마 전에 어떤 문학 잡지를 보니 구샤미에 대한 평이 실렸더군요."

"정말요?"

안주인은 돌아앉았다. 남편의 평판에 신경 쓰는 걸 보니 역시 부부는 부부인가 보다.

"뭐라고 쓰여 있던가요?"

"뭐, 두세 줄밖에 안 되긴 한데, 구샤미의 글이 행운유수 같다고 하더군요."

안주인은 생글생글 웃으면서 말했다.

"그게 끝인가요?"

"그다음은요. ……나오는가 하면 금세 사라지고, 가면은 돌아오는 것을 영원히 잊는다더군요."

안주인은 알쏭달쏭한 얼굴로 "칭찬인가요?" 하고 걱정하듯 물었다.

"뭐, 칭찬에 가깝죠."

메이테이 선생은 시치미를 떼고 손수건을 내 앞에 내밀었다.

"책은 장사 도구니 어쩔 수 없지만, 오죽 괴팍해야 말이죠."

메이테이 선생은 또 다른 방면에서 올 게 왔다고 생각하며 "괴팍하기야 하죠, 학문하는 사람들은 어차피 그래요" 하고 안주인 말에 장단을 맞추는 것인지 변호를 하는 것인지 애매하고 묘한 대답을 했다.

"얼마 전에는 학교에서 돌아와 곧 근처에 나가봐야 한다는 거예요. 그러더니 옷을 갈아입기도 귀찮다며 외투를 입은 채 밥상에 앉아 밥을 먹잖아요. 밥상을 화로 위에 올려놓고 말이죠. 밥통을 끌어안고 그 모습을 보는데 얼마나 웃기던지……."

"왠지 대장이 상자에 든 적군의 머리를 확인하는 것 같네요. 그래도 그런 점이 구샤미다운 구석이니까요, 어쨌든 진부하진 않네요."

메이테이는 칭찬을 쥐어짜 냈다.

"진부한지 어떤지 전 잘 모르겠지만, 아무리 그래도 너무 괴팍해요."

"그래도 진부한 것보다야 낫지 않습니까."

메이테이 선생이 무턱대고 편을 들자 안주인은 불만스러운 표정으로 "자꾸 진부, 진부, 하시는데 대체 어떤 걸 진부하다고 하는 거예요?" 하고 정색하며 진부의 정의를 물었다.

"진부요? 진부란…… 그게 좀 설명하긴 어렵습니다만……."

"그렇게 애매모호한 거면 좋은 것도 아니겠네요?"

안주인은 여자의 논리법으로 몰아붙였다.

"애매모호하지 않아요, 알고 있습니다, 단지 설명하기 어려울 뿐이지요."

"뭐든 자기가 싫어하는 걸 진부라고 하는 거겠죠."

안주인은 자신도 모르게 정곡을 찔렀다. 메이테이 선생도 이렇게 된 마당에 어떻게든 진부를 처치해야만 했다.

"제수씨, 진부라는 건 말이죠, 일단 아가씨들 틈에서 나뒹굴며 화창한 날에는 술을 들고 스미다강 강둑으로 벚꽃놀이 가는 사람들을 말해요."

"그런 사람들도 있나요?"

안주인은 무슨 말인지 잘 몰라 적당히 "왠지 복잡해서 전 잘 모르겠어요" 하며 마침내 고집을 꺾었다.

"자, 이를테면 이런 거예요. 바킨[*]의 몸에 펜더니스 소령^{**}의 목을 붙여서 1, 2년 동안 유럽의 공기로 싸두는 거죠."

"그렇게 하면 진부가 되나요?"

메이테이 선생은 대답하지 않고 웃었다.

"뭐, 그런 수고를 하지 않아도 됩니다. 중학생에게 시로키야^{***}의 종업원을 더해 둘로 나누면 훌륭한 진부가 되지요."

"그런가요."

안주인은 머리를 갸웃하며 이해하기 어렵다는 표정을 지어 보였다.

---

* 에도 시대 말기의 소설가.
** 영국의 소설가 윌리엄 새커리의 자전적 소설 《펜더니스 이야기》의 등장인물.
*** 니혼바시에 있던 일본 최초의 백화점.

"아직 있었나?"

주인은 어느새 돌아와 메이테이 선생 옆에 앉았다.

"아직 있었냐니, 말이 좀 심하군. 곧 돌아올 테니 기다리라고 하지 않나."

"매사 저런 식이라니까요."

안주인이 메이테이 선생을 돌아봤다.

"지금 자네가 없는 동안 자네의 일화를 낱낱이 들었네."

주인은 "여자는 말이 많아서 안 된다니까, 인간도 요 고양이처럼 침묵하면 좋을 텐데" 하며 내 머리를 쓰다듬었다.

"넌 아기한테 무즙까지 먹였다며?"

주인은 "그래" 하고 웃으며 말했다.

"아기라도 요즘 아기는 꽤 똑똑해. 그러고 난 후로는 '아가, 어디가 매워?' 하고 물으면 신통방통하게도 혀를 내밀지."

"꼭 개한테 재주를 가르치는 것 같아 잔혹하군. 그나저나 간게쓰 군이 올 때가 됐는데."

"간게쓰 군이 와?"

주인은 미심쩍은 표정을 지었다.

"응. 오후 1시까지 구샤미 집으로 오라고 엽서를 보내 두었거든."

"남의 사정은 묻지도 않고 아주 제멋대로군. 간게쓰 군은 불러 뭘 하려고?"

"뭐, 오늘은 내가 아니라 간게쓰 군의 요청이야. 간게쓰 군이 이학 협회에서 연설을 하는데, 그 연습을 할 테니 좀 들어달라기에 잘됐네, 자네한테도 들려주자, 해서 자네 집으로 오라고 했네. 어차피 자네 할 일도 없지 않은가, 딱히 지장을 주는 것도 아닌데 들어두면 좋지."

메이테이 선생은 혼자 북 치고 장구 치고 다 했다.

"물리학 연설 같은 건 나도 몰라."

주인은 메이테이 선생의 독단에 화가 난 듯 말했다.

"그런데 그 주제가 '자기(磁氣)를 띤 노즐에 관하여' 같은 무미건조한 것이 아니야. '목매기의 역학'이라는 속세를 초월한 비범한 제목이니 경청할 가치가 있네."

"자네는 목매기에 실패한 사람이니 경청하는 게 좋겠지만, 나는……."

"가부키 극장 때문에 오한이 들 정도의 인간이니 듣는 게 나을 듯한데."

메이테이 선생은 평소처럼 가볍게 입을 놀렸다. 안주인은 호호, 웃으며 주인을 돌아보고는 옆방으로 물러났다. 주인은 말없이 내 머리를 쓰다듬었다. 이때만큼은 아주 부드럽게 쓰다듬어 주었다.

그러고 나서 한 7분 정도 지나자 예정대로 간게쓰 군이 왔다. 오늘은 저녁에 연설을 한다고 평소와 달리 멋진 프록코트를 입고 나타났다. 갓 세탁한 셔츠의 흰색 카라를 세워 남자다운 모습을 20퍼센트 올리고는 "좀 늦었습니다" 하고 점잖게 인사를 했다.

"아까부터 둘이서 기다리던 참이네. 어서 시작하지. 그렇지, 구샤미?"

메이테이 선생은 주인을 쳐다봤다. 주인도 어쩔 수 없이 "음" 하고 건성으로 대답했다. 간게쓰 군은 서두르지 않고 말했다.

"물 한 잔만 주시겠어요?"

"이야, 정식으로 시작하겠다는 건가? 다음에는 박수 요청을 하겠지?"

메이테이 선생 혼자 호들갑을 떨었다. 간게쓰 군은 품에서 원고를 꺼내 차분한 모습으로 "연습이니까 기탄없는 비평 바랍니다" 하고 서두를 꺼내더니 이윽고 연습을 시작했다.

"죄인을 교수형에 처하는 것은 주로 앵글로색슨 민족 사이에서 행해진 방법으로, 그보다 고대로 거슬러 올라가면, 목매기는 주로 자살의 수단으로 사용되었습니다. 유대인 사이에서는 죄인을 돌로 쳐 죽이는 관습이 있다고 합니다. 《구약성서》를 연구해보면, 이른바 행잉(hanging)이라는 용어는 죄인의 시신을 매달아 들짐승 또는 새들의 먹이로 준다는 의미로 해석됩니다. 헤로도토스의 주장에 따르면, 유대인은 이집트를 떠나기 전부터 밤에 시신을 내다 버리는 것을 몹시 꺼렸습니다. 이집트인들은 죄인의 목을 쳐서 몸통만 십자가에 못 박아 밤새 밖에 두었다고 합니다. 페르시아인은……."

"간게쓰 군, 목매기와 점점 멀어지는 것 같은데 괜찮은가?"

메이테이 선생이 껴들었다.

"이제 본론으로 들어갈 참이라서요, 조금만 참아주시기를 부탁드립니다. ……아무튼 페르시아인은 어떤가 하면, 역시 기둥에 묶어 세우고 창으로 찔러 죽이던 책형을 사용했다고 합니다. 다만, 살아 있는 동안 책형을 가했는지 죽은 다음 못을 박았는지는 확실히 알기 어렵습니다……."

"그런 건 몰라도 되지 않나."

주인은 따분하다는 듯 하품을 했다.

"아직 드리고 싶은 이야기가 많지만, 지루하면 폐를 끼칠 것으로 생각하오니……."

"'지루하면 폐를 끼칠 것으로 생각하오니'보다 '지루하면 폐가 될 듯하오니' 쪽이 듣기 좋을 것 같은데, 그렇지, 구샤미?"

메이테이 선생이 또 동의를 구하자 주인은 "둘 다 똑같아" 하고 건성으로 대답했다.

"그럼 이제 본론으로 들어가 변(弁)하고자 합니다."

"'변(弁)하고자 합니다'는 만담가 말투잖아. 연설가니까 좀 더 고상한 언어를 구사해주었으면 하네."

메이테이 선생이 또 끼어들었다.

"'변(弁)하고자 합니다'가 가벼워 보인다면, 뭐라고 하면 좋을까요?"

간게쓰 군은 조금 못마땅한 투로 물었다.

"메이테이는 듣고 있는 건지, 참견하는 건지 모르겠군. 간게쓰 군, 이런 훼방꾼은 신경 쓰지 말고, 빨리하는 게 좋겠네."

주인은 가능한 한 이 난관을 빨리 뚫고 나가려 했다.

"울컥해서 변하고자 하는 버드나무인가."*

메이테이 선생은 여전히 태평한 말을 했다. 간게쓰 군은 느닷없이 웃음을 터뜨렸다.

"실제로 처형에 교수형을 이용한 것은 제가 조사한 바에 따르면 《오디세이》 22권에 나옵니다. 즉 텔레마코스가 페넬로페의 열두 명의 시녀를 교살한다는 부분입니다. 그리스어로 본문을 낭독해도 괜찮겠지만, 좀 뽐내려는 느낌이 없지 않아 있기에 그만두겠습니다. 456행부터 473행을 보시면 알 수 있습니다."

"그리스어를 운운하는 부분은 빼는 게 좋겠어. 그리스어를 할 줄 안다고 자랑하는 것 같잖아. 그렇지, 구샤미?"

"그건 나도 찬성이야. 그렇게 뽐내고 싶은 욕구가 드러나

---

* 하이쿠 '울컥해서 돌아온 정원에 버드나무'를 비튼 것.

는 말은 하지 않는 게 더 품위 있어 보여."

주인은 전에 없이 곧바로 메이테이 선생에게 가담했다. 두 사람은 그리스어를 전혀 할 줄 모르기 때문일 것이다.

"그럼 이 두세 문장은 오늘 저녁에 생략하기로 하고 다음을 변…… 아니, 말씀드리겠습니다. 교살을 지금부터 상상해보자면, 이를 집행하는 방법은 두 가지가 있습니다. 첫 번째 방법은 텔레마코스가 에우마이오스와 필로이티오스의 도움을 받아 밧줄의 한쪽 끝을 기둥에 묶습니다. 그런 다음 그 밧줄 곳곳에 매듭을 짓고 구멍을 만들어, 이 구멍에 여자의 머리를 하나씩 집어넣은 뒤, 밧줄의 다른 한쪽 끝을 쭉 당겨 목을 매답니다."

"그러니까 세탁소 셔츠처럼 여자가 매달렸다고 보면 되겠지."

"그렇습니다. 다음으로 두 번째 방법은 밧줄의 한쪽 끝을 첫 번째 방법처럼 기둥에 묶고 다른 한쪽 끝도 처음부터 천장에 높이 매답니다. 그리고 그 높은 밧줄에서 몇 개의 다른 밧줄을 내려, 거기에 고리를 달아 여자 목을 집어넣고 처형 시 여자의 발 받침대를 치워버립니다."

"이를테면 선술집 문에 드리운 주름 끝에 초롱 구슬을 매단 것과 같은 모습을 떠올리면 되는가?"

"초롱 구슬이라는 것을 본 적이 없어서 뭐라 말씀드릴 순 없지만, 아마 그런 비슷한 모습이 아닐까 싶습니다. 그럼 지금부터 역학적으로 첫 번째 경우는 도저히 성립되지 못한다는 사실을 증명해보겠습니다."

"재미있군."

메이테이 선생이 말하자 "응, 재밌네" 하고 주인도 동의했다.

"우선 여자들이 같은 간격으로 매달린다고 가정합니다. 또 지면과 가장 가까운 두 여자의 목과 목을 연결한 밧줄을 호리즌탈(horizontal, 수평)이라고 가정합니다. 거기서 $a_1 a_2 \cdots\cdots a_6$를 밧줄이 지평선이 이루는 각도로 간주하고, $T_1 T_2 \cdots\cdots T_6$를 밧줄의 각 부분이 받는 힘으로 간주하며, $T_7=X$는 밧줄의 가장 낮은 부분이 받는 힘으로 간주합니다. W는 물론 여자의 체중입니다. 어떤가요? 이해가 가십니까?"

메이테이 선생과 주인은 얼굴을 마주 보며 말했다.

"대충 알겠군."

다만 이 대충이라고 하는 정도가 두 사람이 멋대로 정한 것이기에 다른 사람에게 적용할 수 있을지는 모르겠다.

"그럼 다각형에 관해 여러분이 알고 계시는 평균성 이론에 따르면, 열두 가지 방정식이 성립됩니다. $T_1 \cos a_1 = T_2 \cos a_2$ $\cdots\cdots$(1) $T_2 \cos a_2 = T_3 \cos a_3 \cdots\cdots$(2)$\cdots\cdots$."

"방정식은 그 정도면 충분하네."

주인은 심드렁하게 말했다.

"실은 이 방정식이 연설의 핵심입니다만."

간게쓰 군은 몹시 유감스러워 보였다.

"그럼 핵심만 뒤로 미루면 되지 않겠나?"

메이테이 선생도 조금 질린 것 같다.

"이 식을 생략해버리면 모처럼의 역학적 연구가 완전히 무용지물이 됩니다만……."

"뭐, 그런 염려는 필요 없으니 몽땅 생략하지."

주인은 아무렇지도 않게 말했다.

"그럼 말씀에 따라 무리지만 생략하겠습니다."

"그게 좋겠네."

메이테이 선생이 뜬금없이 손뼉을 짝짝 쳤다.

"그리고 영국으로 이동해 논하자면, 〈베오울프〉*에 교수대, 즉 갈가(Galga)라는 글자가 보이므로, 교수형은 이 시대부터 행해진 것이 틀림없다고 생각됩니다. 블랙스톤**의 주장에 따르면, 만약 교수형에 처한 죄인이 밧줄 때문에 죽음에 이르지 않은 경우는 재차 같은 형벌을 받아야 하는데, 〈농부 피어스의 환상〉***에는 설령 흉악범이라도 두 번 목을 매는 법은 없다는 묘한 구절이 있습니다. 어느 쪽이 사실인지는 모르겠으나, 잘못하면 한 번에 죽지 않는 일이 실제로 왕왕 있었습니다. 1786년에 피츠제럴드라는 흉악범을 교수형에 처

---

* 8세기에서 11세기 사이에 고대 영어로 쓰인 영웅서사시.
** 18세기 영국의 법률가이자 정치가.
*** 14세기 후반에 영국의 시인 W.랭런드가 지은 장편 풍자시.

한 일이 있습니다. 그런데 공교롭게도 첫 번째는 받침대에서 뛰어내릴 때 밧줄이 끊어지고 말았습니다. 다시 시도했는데 이번에는 밧줄이 너무 길어서 발이 땅에 닿아 역시 죽지 않았습니다. 결국 세 번째에 구경꾼의 도움으로 죽음에 이르렀다 합니다."

"저런 저런."

메이테이 선생은 이런 이야기가 나오면 갑자기 힘이 난다.

"죽기도 힘드네."

주인까지 들뜨기 시작했다.

"아직 흥미로운 이야기가 남았습니다. 목을 매면 키가 3센티 정도 늘어난다고 합니다. 이것은 의사가 확실히 재본 것이니 틀림없습니다."

"그건 참 신선한 연구로군. 어떤가, 구샤미도 좀 매달아야겠어. 3센티 정도 늘어나면 평균은 될 테니 말이야."

메이테이 선생이 주인 쪽을 향하자, 주인은 의외로 진지하게 물었다.

"간게쓰 군, 3센티만 키가 크고 다시 살아날 수 있는가?"

"그건 당연히 안 되지요. 목을 매달아 척추가 늘어나는 건데요. 쉽게 말하면 키가 커진다기보다 부러지는 거라서요."

"그럼 뭐, 관두겠네."

주인은 단념했다.

연설은 아직 꽤 남아 있어서, 간게쓰 군은 목매기의 생리 작용까지 언급해야 하지만, 메이테이 선생이 자꾸만 껴들어 별 희한한 말들을 늘어놓고, 주인이 한 번씩 늘어지게 하품을 하는 통에, 결국 간게쓰 군은 도중에 그만두고 돌아가 버렸다. 그날 저녁 간게쓰 군이 어떤 식으로, 어떤 웅변을 펼쳤는지는 먼 곳에서 일어난 일이라 나로서는 알 수가 없다.

이삼일 동안 아무 일 없이 지나갔는데, 어느 날 오후 2시 무렵에 또다시 메이테이 선생이 여느 때처럼 홀연히 날아들었다. 자리에 앉자마자 불쑥 "자네, 도후 군의 다카나와 사건을 들었는가?" 하며 뤼순 함락 소식이라도 들고 온 듯한 기세를 보였다.

"몰라. 요즘은 통 만나질 못해서."

주인은 평소처럼 심드렁한 모습이다.

"오늘은 도후 군의 실수담을 보도하러 바쁜 와중에도 일부러 들렀네."

"또 무슨 허풍을 떨려고. 자네는 정말 막돼먹었어."

"하하하하하. 막돼먹은 게 아니라 오히려 돼먹었다고 해야지. 그것만은 좀 구별해두라고. 명예와 관련 있으니까."

"다를 게 뭐야."

주인은 시치미를 뗐다. 천연거사가 재림했다.

"지난 일요일에 도후 군이 다카나와 센가쿠지에 갔다더

군. 하필 이 추운 날 가서 말이야…… 이맘때 센가쿠지에 가다니, 마치 도쿄를 모르는 촌뜨기 같지 않나?"

"그건 도후 군이 알아서 할 일이지. 자네가 그걸 막을 권리는 없어."

"그래. 그럴 권리는 없지. 권리는 차치하고, 그 절 안에 의사(義士)유물보존회라는 전시관이 있어. 알고 있나?"

"아니."

"몰라? 센가쿠지에 가보긴 했겠지?"

"아니."

"안 가봤어? 거참 놀랍군. 어쩐지 도후 군을 대단히 변호한다 싶더라니. 도쿄 토박이가 센가쿠지를 모르다니 한심하군."

"그런 거 몰라도 선생은 할 수 있으니까."

주인은 드디어 진짜 천연거사가 되었다.

"아무튼 그 전시관에 도후 군이 들어가 구경하고 있는데, 거기에 독일인 부부가 들어왔대. 그 사람들이 도후 군한테 처음에는 일본어로 무언가 질문을 했다더군. 그런데 도후 군은 독일어를 써보고 싶어 근질근질한 사람이지 않나. 그래서 두세 마디 지껄여 보았는데, 의외로 말이 술술 나오더래. 나중에 생각해보니 그게 재앙의 씨앗이었다더군."

"그래서 어떻게 됐는데?"

주인은 마침내 낚이고 말았다.

"독일인이 오다카 겐고˚의 칠공예를 보고는 사고 싶다며 파느냐고 물었대. 그때 도후 군이 한 말이 재밌네. 일본인은 청렴 군자라 도저히 안 된다고 했대. 거기까지는 꽤 순조로 웠는데, 그다음부터 독일인은 훌륭한 통역사를 구한 양 자꾸 묻더래."

"뭘?"

"그게 말이야, 뭔지 알면 걱정 없겠지만, 빠르게 마구 물어대니까 하나도 못 알아먹겠는 거야. 어쩌다 알아들었는데, 쇠갈고리 소방 도구랑 나무망치가 뭐냐고 묻더래. 도후 군은 서양의 쇠갈고리 소방 도구랑 나무망치를 뭐라고 번역해야 하는지 배운 적이 없으니까 난처했던 모양이야."

"그랬겠군."

주인은 선생인 자신의 처지에 비추어 동정을 표했다.

"할 일 없는 사람들이 신기한지 그곳으로 하나둘 모여들었대. 마지막에는 도후 군과 독일인을 사방에서 둘러싸고 구경했다는군. 도후 군은 얼굴을 붉히며 쩔쩔맸대. 처음의 기세는 온데간데없고 난처한 상황이 된 거야."

"그래서 어떻게 됐는데?"

"결국에는 도후 군이 견딜 수 없어서 일본어로 '안용이 가세요' 하고 황급히 돌아왔다고 하더군. '안용이 가세요'는

˚ 아코 번의 47인의 사무라이 중 한 명.

좀 이상한데, 자네 고향에서는 '안녕히 가세요'를 '안용이 가세요'라고 하냐고 물으니, 고향에서도 '안녕히 가세요'라고 하지만 상대가 서양인이라 조화를 꾀하기 위해 '안용이 가세요'라고 했다는 거야. 난 그런 도후 군이 난처한 상황에서도 조화를 잊지 않는 남자라서 감동했네."

"'안용이 가세요'는 됐고 그 독일인은 어찌 됐나?"

"독일인은 어안이 벙벙해서 멀뚱히 보고 있었다더군. 하하하하, 재밌지 않은가?"

"별로 재밌지도 않고만. 그걸 일부러 알려주러 온 자네가 훨씬 재밌네."

주인은 담뱃재를 재떨이에 털었다. 그때 문에서 벨 소리가 튀어 오르듯 울리더니 "실례합니다" 하고 여자의 새된 목소리가 들렸다. 메이테이 선생과 주인은 무심코 마주 보고 입을 다물었다.

우리 집에 여자 손님은 드문데 하고 쳐다보니, 새된 목소리의 주인공은 긴 치맛자락을 다다미에 문대면서 들어왔다. 나이는 마흔을 조금 넘겼을까. 머리가 빠져 휑한 이마 위로 제방 공사를 한 양 앞머리를 높이 올렸는데 적어도 얼굴 길이의 반만큼은 하늘로 솟구쳐 있다. 눈은 깎아놓은 언덕처럼 양쪽에 직선처럼 찍 그어져 있다. 코만 터무니없이 크다. 남의 코를 훔쳐다 얼굴 한복판에 붙여놓은 모양새다. 세 평 남짓한 작은 정원에 신사의 석등을 옮겨 놓은 듯 혼자서 활개를 치고 있는데, 왠지 조화롭지 못하다. 그 코는 이른바 매부리코로 일단 힘껏 높아졌지만, 이래서는 안 되겠다며 도중에 겸손을 떨다가 코끝으로 갈수록 처음의 기세와는 달리 늘어져 밑에 입는 입술을 들여다보고 있다. 워낙 눈에 띄는 코라서 이 여자가 말을 할 때는 입이 말을 한다기보다 코가 말을 한다고밖에 생각되지 않는다. 나는 이 위대한 코에 경의를 표하기 위해 앞으로는 이 여자를 코마님라고 부를 생각이다. 코마님은 우선 첫인사를 마치고 "집 좋네요" 하며 방 안을 둘러봤다. 주인은 '거짓말하기는' 하고 속으로 말하고 담배를 뻐끔뻐끔 피웠다. 메이테이 선생은 천장을 보면서 "자네, 저게 비가 샌 건가, 판자 무늬인가? 묘한 무늬군" 하며 주인을 재촉했다.

"당연히 비가 새서 그렇지."

주인이 대답하자 "그럴듯하군" 하고 메이테이 선생이 태연히 말했다. 코마님은 사교란 걸 모르는 인간들이라고 속으로 분통을 터뜨렸다. 세 사람은 마주 앉은 채 한동안 침묵했다.

"좀 여쭤볼 게 있어서 찾아왔는데요."

코마님은 다시 입을 열었다.

"아, 네."

주인이 몹시 냉담하게 대답했다. 이래서는 안 되겠다 싶었는지 코마님이 말을 이었다.

"사실 저는 바로 이 근처, 저기 건너편 골목 모퉁이 집에 살아요."

"아, 창고 딸린 큰 양옥집 말입니까. 가네다라는 문패를 본 것 같은데."

주인은 가네다의 양옥과 창고를 인지한 듯했지만, 가네다 부인에 대한 존경심의 정도는 전과 다르지 않았다.

"실은 저희 집 바깥양반이 찾아뵙고 말씀을 드려야 하는데, 요즘 회사가 워낙 바빠서요."

이번에는 효과가 조금 있겠지 하는 눈빛이다. 주인은 전혀 동요하지 않았다. 아까부터 코마님의 말투가 처음 보는 여자치고는 너무 무례해서 마음에 들지 않는 것이다.

"회사도 한 군데가 아니라요, 두세 군데 다니고 있거든요. 게다가 모든 회사에서 중역을 맡고 있어서…… 아마 알고 계시겠지만요."

코마님은 이래도 항복하지 않겠냐는 표정이었다. 원래 우리 주인은 박사나 대학교수라 하면 황송해 어쩔 줄 몰라 하지만, 이상하게도 사업가에 대한 존경심은 지극히 낮다. 사업가보다 중학교 선생이 더 훌륭하다고 믿는다. 믿지 않는 대도 융통성이 없는 성질이라 사업가나 재산가에게 신세 질 일은 없을 것이라고 단념한다. 아무리 상대가 권력이 있고 부자라도 자기가 신세 질 일이 없다고 단념한 사람과의 이해관계에는 더없이 무관심하다. 그래서 학자 사회가 아닌

다른 방면에는 극히 어둡고, 특히 사업계 쪽에서는 누가 어디서 무엇을 하는지 전혀 모른다. 알아도 존경하고 경외하는 마음은 추호도 일어나지 않는다. 코마님은 세상 한구석에 이런 괴짜가 햇볕을 받으며 살아가고 있으리라고는 꿈에도 몰랐다. 입때껏 이 사람 저 사람 접해봤지만, '가네다 부인입니다' 하고 자기소개를 했을 때 상대의 태도가 돌변하지 않은 적은 없었다. 어느 모임에 나가도, 어떤 지체 높은 사람을 만나도 가네다 부인이면 충분히 통했다. 그러니 이런 케케묵은 늙다리 서생이라면, '저는 건너편 골목 모퉁이 집에 살아요'라고만 하면 직업 따위 듣기도 전에 놀랄 것이라고 예상했다.

"가네다란 사람 알아?"

주인은 메이테이 선생에게 대수롭지 않게 물었다.

"알다마다, 가네다 씨는 내 백부님과 친해. 얼마 전에 야유회에도 오셨지."

메이테이 선생은 진지하게 대답했다.

"응? 자네 백부님이 누구신데?"

"마키야마 남작이야."

메이테이 선생은 더욱더 진지해졌다. 주인이 무슨 말을 꺼내기도 전에 코마님은 갑자기 돌아서서 메이테이 선생 쪽을 봤다. 명주옷에 무명옷을 겹쳐 입은 메이테이 선생이 점잔을 떨고 앉아 있다.

"어머나, 선생님이 마키야마 남작님의…… 뭐가 되시나요? 어휴, 전혀 몰라뵀네요, 실례했습니다. 저희 남편이 마키야마 남작께 늘 신세가 많다고 하시거든요."

코마님은 갑자기 정중한 말투로 바꾸며 고개까지 숙였다. 메이테이 선생은 "허허, 별말씀을요, 허허허허" 하고 웃었다. 주인은 어안이 벙벙해져 말없이 두 사람을 보았다.

"분명 저희 딸 혼사 문제도 남작께 여러모로 부탁을 드렸다고 하던데……."

"아, 그렇습니까?"

이 말은 메이테이 선생에게도 너무 돌발적이었는지 화들짝 놀란 소리를 냈다.

"실은 여기저기서 혼담이 들어오긴 하는데, 저희 신분도 있고 하니 쉽게 정할 수 있는 문제가 아니라서……."

"그렇지요."

메이테이 선생은 겨우 안심했다.

"그래서 댁한테 좀 물어보려고 온 거예요."

코마님은 주인 쪽을 보더니 갑자기 데면데면한 말투로 물었다.

"여기에 미즈시마 간게쓰라는 남자가 종종 찾아온다던데, 그 사람 전반적으로 어떤가요?"

"간게쓰 군은 물어 뭘 하려고요?"

주인은 불쾌하다는 듯 답했다.

"역시 따님 혼사 문제로 간게쓰 군에 대해 알고 싶은 것이겠지요?"

메이테이 선생이 기지를 발휘했다.

"뭐라도 말씀해주시면 감사하겠습니다만……."

"그러니까 따님을 간게쓰한테 시집보내고 싶다는 말씀인가요?"

"시집보내고 싶다는 건 아니고요."

코마님은 주인을 난처하게 했다.

"여기저기 혼담은 많이 들어오니, 무리해서 보낼 마음은 없어요."

"그럼 간게쓰에 대해 안 물어도 되지 않습니까?"

주인도 기를 쓰고 지지 않았다.

"그렇다고 감출 이유도 없지 않나요?"

코마님도 조금 시비조로 말했다. 메이테이 선생은 두 사람 사이에 앉아 담뱃대를 심판 부채처럼 들고 속으로 '싸워라, 싸워라' 하고 외쳤다.

"그럼 간게쓰 쪽에서 따님과 혼인하고 싶다고 했나요?"

주인이 정면에서 내치기를 했다.

"그런 건 아니지만……."

"그럼 따님과 혼인하고 싶어 할 거라 생각하세요?"

주인은 이 여자는 내치기로 밀고 나가면 되겠다고 깨달은 것 같았다.

"이야기가 그렇게 진행된 건 아니지만, 간게쓰 씨도 마냥 내키지 않은 일은 아닐 텐데요."

코마님은 막판에 아슬아슬하게 버텼다.

"간게쓰가 따님을 깊이 좋아하기라도 한단 말씀인가요?"

있다면 어디 말해보라는 기세로 주인은 몸을 뒤로 젖혔다.

"뭐, 그런 비슷한 거 같은데요."

이번에는 주인의 내치기가 소용없었다. 그때까지 경기 심판원처럼 흥미롭게 구경하던 메이테이 선생도 코마님의 이 말에 호기심이 생겼는지, 담뱃대를 내려놓고 앞으로 끼어들며 "간게쓰가 따님께 연애편지라도 보냈나요? 듣던 중 유쾌하군. 새해에 에피소드가 또 하나 늘어 이야기의 호재가 되겠어" 하고 혼자 기뻐했다.

"연애편지 정도가 아니에요, 더 열렬해요, 두 분도 다 아시잖아요."

코마님은 에둘러 말했다.

"자네, 알아?"

주인은 여우에 홀린 얼굴로 메이테이 선생에게 물었다. 메이테이 선생도 얼빠진 투로 "난 몰라, 알아도 자네가 알겠지" 하고 쓸데없는 데서 겸손을 떨었다.

"아니요, '두 분' 다 알고 계시는 일이에요."

코마님은 자신만만하게 말했다.

"네?"

'두 분'은 동시에 깜짝 놀랐다.

"잊으셨다면 제가 말씀드리죠. 작년 말, 무코지마에 있는 아베 씨 댁에서 연주회가 있어 간게쓰 씨도 왔었지요, 그날 밤 돌아가는 길에 아즈마 다리에서 무슨 일이 있었잖아요? ……자세한 말은 하지 않겠습니다. 본인에게 폐가 될지도 모르니까…… 이 정도 힌트면 충분하지 싶은데요, 어떤가요?"

코마님은 다이아몬드 반지를 낀 손가락을 무릎 위에 가지런히 놓고 새침하게 자세를 고쳐 앉았다. 위대한 코가 점점 빛을 발해 메이테이 선생도 주인도 있어도 없는 듯했다.

주인은 물론 메이테이 선생도 이 불의의 일격에는 깜짝 놀랐는지 잠시 멍하니, 열병이 떨어진 병자처럼 앉아 있었지만, 경악의 테가 헐거워지면서 점차 원래 상태로 돌아옴과 동시에 우습다는 느낌이 확 밀려들었다. 두 사람은 약속이라도 한 듯 "하하하하" 하고 배꼽을 잡고 웃었다. 코마님만은 다소 예상을 빗나갔는지 이럴 때 웃는 건 실례라고 생각하며 두 사람을 노려봤다.

"그 여인이 따님이셨습니까? 역시 그런 거였어. 그렇지, 구샤미? 간게쓰 군이 따님을 좋아하는 게 틀림없어…… 이제 감춰봤자 소용없으니 이실직고해야겠군."

주인은 "으흠" 했다.

"정말로 감추시면 안 돼요. 확실한 증거가 있으니까요."

코마님은 또다시 자신만만해졌다.

"이렇게 된 이상 어쩔 수 없지. 참고하시게 간게쓰 군 관계된 사실은 뭐든 진술해드려. 어이, 구샤미. 자네가 집주인인데 그리 히죽거리고 있으면 쓰겠나. 참으로 비밀이란 무서운 것이군. 아무리 감추어도 어디선가 티가 나니까 말이야. ……그런데 이상한 일이지, 가네다 부인은 이 비밀을 어떻게 아셨습니까? 정말 놀랍네요."

메이테이 선생은 혼자 떠들었다.

"우리도 그리 허술하진 않거든요."

코마님은 의기양양한 표정을 지었다.

"지나치게 허술하지 않은데요. 대체 누구한테 들으셨죠?"

"바로 이 집 뒤에 있는 인력거꾼네 아주머니한테 들었어요."

"그 시커먼 고양이가 있는 인력거꾼네요?"

주인은 눈을 동그랗게 떴다.

"네, 간게쓰 씨 일로 꽤 드나들었어요. 간게쓰 씨가 여기 올 때마다 무슨 이야기를 하는지 그 집 아주머니한테 부탁해서 하나도 빠짐없이 알려달라고 했거든요."

"그건 좀 아니지 않나!"

주인은 소리를 빽 질렀다.

"댁이 뭘 하는지는 관심 없어요. 간게쓰 씨 일만 물었다고요."

"간게쓰든 누구든…… 그 인력거꾼네 여편네 참 재수 없군."

주인은 혼자서 역정을 내기 시작했다.

"하지만 댁네 울타리 밖에 서 있는 건 저쪽 마음이죠. 말이 새 나가는 게 싫으면 좀 작게 얘기하거나 더 큰 집으로 가야 하는 거 아닌가."

코마님은 뻔뻔하게 나왔다.

"인력거꾼네뿐만 아니에요. 신작로 이현금 선생님께도 꽤 많은 이야기를 들었는데요."

"간게쓰에 대해서요?"

"간게쓰 씨에 대해서만이 아니고요."

코마님은 조금 오싹한 말을 했다. 주인은 기겁하며 말했다.

"그 선생은 혼자 고상한 척, 자기만 사람인 척 구는 바보 같은 놈이죠."

"유감스럽지만, 그분은 여자예요. 놈이라고 하시면 안 되죠."

코마님은 점점 말에서 본색이 드러났다. 마치 싸우러 온 것 같은 태도였는데, 메이테이 선생은 이 담판을 역시 재미있다는 듯 듣고 있다. 신선이 닭싸움을 보는 얼굴로 태연하게 듣고 있었다.

험담으로는 도저히 코마님의 적수가 되지 못한다는 사실

을 깨달은 주인은, 잠시 침묵을 지켰으나, 가까스로 무슨 생각이 떠올랐는지 "부인은 간게쓰가 따님을 좋아한다고 말씀하셨는데, 제가 들은 이야기는 조금 다릅니다. 그렇지, 메이테이?" 하고 메이테이 선생의 구원을 요청했다.

"응, 그때 이야기로는 따님이 처음에 병에 걸려서…… 뭔가 헛소리를 했다고 들었는데."

"네? 그런 일은 없었어요."

가네다 부인은 딱 잘라 말했다.

"그런데 간게쓰는 분명히 ○○박사의 부인에게 들었다고 했어요."

"그건 우리가 손을 쓴 거예요. ○○박사의 부인에게 부탁해서 간게쓰 씨의 마음을 떠본 거죠."

"○○박사의 부인은 그걸 알면서도 승낙했나요?"

"네, 맨입으로 부탁할 순 없으니 갖가지 것들이 많이 들었죠."

"결국 간게쓰 군에 대해 꼬치꼬치 들어야지만 돌아가실 작정인가요?"

메이테이 선생도 조금 기분이 상했는지, 여느 때와 달리 거칠게 말했다.

"됐어, 이야기해 봤자 손해날 게 없으니 말하지 뭐. 부인, 저도 구샤미도 간게쓰 군에 대해 사실대로 모두 말씀드릴 테니…… 그래, 순서대로 차근차근 물어보시면 좋을 것 같네요."

코마님은 그제야 납득하고 슬슬 질문을 꺼냈다. 잠시 거칠었던 어투도 메이테이 선생에게만은 다시 정중해졌다.

"간게쓰 시도 이학사라던데 대체 뭘 전문으로 하고 있나요?"

"대학원에서 지구의 자기를 연구하고 있습니다."

주인이 진지하게 대답했다. 불행히도 코마님은 그게 뭔지 알 수 없어 "아"라고는 했지만 의아하다는 표정으로 물었다.

"그걸 공부하면 박사가 될 수 있나요?"

"박사가 되지 않으면 사윗감으로 탈락이라는 말씀인가요?"

주인은 불쾌한 듯 물었다.

"뭐, 그냥 학사야 얼마든지 있으니까요."

코마님은 아무렇지 않게 대답했다. 주인은 메이테이 선생을 보고 더욱더 불쾌하다는 표정을 지었다.

"박사가 될지 안 될지는 우리도 보증할 수 없으니 다른 걸 물어보세요."

메이테이 선생도 썩 기분이 좋지 않았다.

"요즘에도 그 지구의…… 뭔가 하는 걸 공부하고 있나요?"

"이삼일 전에는 이학 협회에서 '목매기의 역학'이라는 연구 결과를 연설했습니다."

주인은 별생각 없이 말했다.

"아휴, 해괴망측해라. 목매기라니, 아주 별난 사람이군요. 그런 목매기인가 뭔가로는 박사가 되긴 글렀네요."

"본인이 목을 매는 건 어렵지만, 목매기의 역학으로 박사가 못 된다고 보긴 어렵죠."

"그런가요?"

이번에는 주인 쪽을 보며 눈치를 살폈다. 애석하게도 코마님은 역학의 의미를 모르기 때문에 안절부절못하고 있다. 그러나 이런 단어에 대한 질문은 자신의 체면이 걸린 문제라고 생각했는지 상대의 안색으로 짐작할 뿐이다. 주인의 얼굴은 떨떠름했다.

"다른 알기 쉬운 걸 공부하고 있진 않나요?"

"음, 지난번에 '도토리의 스터빌러티(stability)를 논하며 아울러 천체의 운행에 미치는 영향'이란 논문을 쓴 적이 있습니다."

"도토리 같은 것도 대학에서 공부하나요?"

"글쎄요, 저도 그쪽 방면은 잘 몰라서요. 어쨌든 간게쓰 군이 할 정도면 연구할 가치가 있는 것인가 보죠."

메이테이 선생은 빈정거렸다. 코마님은 학문에 관한 질문은 버거운지 이번에는 화제를 돌렸다.

"좀 다른 이야기인데…… 이번 설날에 표고버섯을 먹다

가 앞니가 두 개 빠졌다지요?"

"아, 그 빠진 곳에 찹쌀떡이 달라붙었죠."

메이테이 선생은 이번 질문이야말로 자기 영역이라고 생각했는지 갑자기 들뜨기 시작했다.

"좀 깨네요. 어째서 이쑤시개를 사용하지 않죠?"

"이번에 만나면 주의를 주겠습니다."

주인이 키득키득 웃었다.

"표고버섯으로 이가 빠질 정도면 이가 상당히 안 좋은 것 같은데, 어떤가요?"

"좋다고는 할 수 없겠죠…… 그렇지, 메이테이?"

"좋다고는 할 수 없지만, 애교는 좀 있지. 그 상태로 여태 이를 해 넣지 않은 게 희한해. 아직도 찹쌀떡이 끼일 정도라니 가관이야."

"이를 새로 할 돈이 없으니 빠진 채로 두는 건가요, 아니면 그게 좋아서 그러고 다니는 건가요?"

"뭐 영원히 그러고 다니진 않을 테니 안심하시죠."

메이테이 선생의 기분은 점차 회복되었다. 코마님은 또 다른 문제로 넘어갔다.

"뭔가 간게쓰 씨가 댁한테 편지 같은 거라도 쓴 게 있으면 좀 보고 싶은데요."

"엽서라면 많이 있습니다. 자, 보세요."

주인은 서재에서 삼사십 장을 가져왔다.

"그렇게 많이는…… 거기서 두세 장만…….."

"어디 보자, 제가 좋은 걸 골라 드리죠" 하고 메이테이 선생은 "이게 재밌겠군" 하며 그림엽서 한 장을 꺼냈다.

코마님은 "어머, 그림도 그리나요? 재주가 좋네요, 어디 볼까요" 하고 바라보았지만 "아, 이게 뭐야. 너구리잖아. 왜 하필 너구리를 그린 거죠? 그래도 너구리로 보이는 게 신기하네요" 하며 조금 감탄했다.

"글귀도 좀 읽어보세요."

주인이 웃으면서 말했다. 코마님은 하녀가 신문을 읽듯이 읽기 시작했다.

섣달 그믐밤, 산에 사는 너구리가 야유회를 열고 무아지경으로 춤을 춥니다. 그 노래가 말하길, 오라, 그믐밤이여. 산에는 아무도 오지 않네. 쿵짜라쿵.

"이게 뭐죠? 놀리는 거 아닌가요?"

코마님은 불만스러운 얼굴이다.

"이 선녀는 마음에 드세요?"

메이테이 선생이 또 한 장을 내놓았다. 선녀가 날개옷을 입고 비파를 타고 있다.

"이 선녀는 코가 좀 작은 것 같은데요."

"뭐, 그게 보통 사람 코죠, 코보다는 글을 읽어보세요."

글은 이러했다.

옛날 옛적 어느 곳에 천문학자가 살았어요. 어느 날 밤, 평소처럼 높은 곳에 올라 열심히 별을 보고 있는데, 하늘에서 아리따운 선녀가 나타나 이 세상에서는 들을 수 없는 묘한 곡을 연주했어요. 천문학자는 몸에 사무치는 추위도 잊은 채 넋을 잃고 들었지요. 아침에 보니 그 천문학자의 시신에 하얗게 서리가 앉아 있었어요. 이건 진짜 있었던 이야기라고, 거짓말쟁이 영감이 말해주었답니다.

"이건 또 뭐죠? 의미고 뭐고 없잖아요. 이래도 이학사로 통하나요? 문예 잡지라도 읽으면 좀 나을 텐데."
간게쓰 군은 호되게 당했다. 메이테이 선생은 반 장난으로 "이건 어떻습니까?" 하고 세 번째 엽서를 꺼냈다. 이번에는 활판으로 돛단배가 인쇄되어 있고 다른 엽서와 마찬가지로 그 아래 뭔가가 쓰여 있었다.

간밤에 머문 열여섯 소녀,
부모가 없다네.
거친 파도의 바닷가 물떼새,
밤중에 깨어 물떼새처럼 울었네.
아비는 뱃사공, 파도 아래.

"잘 썼네요, 감동적인데요."

"그래요?"

"네, 이 정도면 샤미센 반주에 노래할 수 있겠어요."

"샤미센 반주가 가능하다면 훌륭한 거죠. 이건 어떻습니까?"

메이테이 선생은 또 한 장을 꺼내 놓았다.

"아뇨, 이제 볼 만큼 봤어요. 그렇게 촌스러운 사람이 아니라는 건 알았으니까요."

코마님은 혼자서 판단을 내렸다. 이로써 간게쓰에 대한 질문을 대강 마쳤는지 "실례가 많았습니다. 제가 다녀간 일은 간게쓰 씨에게 부디 비밀로 해주세요" 하고 멋대로 요구했다. 간게쓰에 대해서는 뭐든 들어야 하지만, 자기에 대해서는 절대로 간게쓰에게 알려선 안 된다는 방침으로 보였다. 메이테이 선생도 주인도 "아, 예" 하고 심드렁하게 대답하자, "조만간 사례는 할 테니까요" 하고 조심스럽게 말하며 일어섰다. 배웅 나갔던 두 사람은 자리로 돌아오자마자 메이테이 선생이 "뭐야, 진짜?" 하고 말하니, 주인도 "진짜, 뭐야?" 하고 같은 말을 했다. 안방에서 안주인이 참고 있던 웃음이 터졌는지 큭큭 웃는 소리가 들렸다. 메이테이 선생은 큰 소리로 말했다.

"제수씨, 제수씨, 진부의 표본이 왔군요. 진부도 저쯤 되니 제법 색다르긴 하네요. 자, 참으실 필요 없으니 마음껏 웃으세요."

주인이 불만스러운 투로 "일단 생긴 거부터가 맘에 안 들어" 하고 악에 받친 듯 말하자, 메이테이 선생이 기다렸다는 듯 "코가 얼굴 한복판에 이상하게 진을 치고 있더군" 하고 뒤를 이었다.

"심지어 굽었어."

"새우등처럼 굽은 코라, 기발하군."

메이테이 선생이 재밌다는 듯 웃었다.

"남편을 잡아먹을 상이야."

주인은 아직도 괘씸한 모양이다.

"19세기에 팔리지 않고 20세기까지 가게에 남아 있는 물건처럼 후진 인상이야."

메이테이 선생은 묘한 말을 했다. 그러던 차에 안주인이 안방에서 나와 주의를 주었다.

"너무 욕하면 또 인력거꾼네 여편네가 일러바칠 거예요."

"일러바치게 놔두는 편이 나아요, 제수씨."

"그래도 생긴 거 가지고 험담하는 건 저급한 짓이에요, 누군 좋아서 그런 코를 가졌겠어요? ……더구나 상대는 여자잖아요, 너무 심해요."

안주인은 코마님의 코를 변호하는 동시에 자신의 얼굴도 간접적으로 변호했다.

"심하긴 뭐가 심해, 저런 사람은 여자가 아니야, 팔푼이지. 그렇지, 메이테이?"

"팔푼이일지도 모르지만, 호락호락하진 않아, 자네도 만신창이가 되지 않았나?"

"대체 선생을 뭐로 보고 말이야."

"뒷집 인력거꾼 정도로 보는 거지. 저런 인물한테 존경받으려면 최소 박사는 돼야 해. 박사가 되지 않은 자네를 탓하라고, 그렇죠, 제수씨?"

메이테이 선생이 웃으면서 안주인을 돌아봤다.

"박사는 아무나 하게요?"

주인은 안주인에게까지 외면당했다.

"이래 봬도 조만간 될지 모르지, 무시하지 마. 당신은 잘 모르겠지만, 옛날에 이소크라테스라는 변론가가 아흔넷에 대작을 남겼네. 소포클레스가 걸작을 내놓아 천하를 놀라게 한 건 백 세에 가까운 고령이었지. 시모니데스는 여든에 훌륭한 시를 지었고. 나도……."

"꿈도 크시네요, 당신처럼 위장병을 달고도 그렇게 오래 살 수 있대요?"

안주인은 주인의 수명을 제대로 예측하고 있다.

"어허, 아마키 선생한테 가서 물어봐. 애초에 당신이 이런 누더기 같은 옷을 입혀놓으니까 저런 여편네가 무시하는 거야. 내일부터는 메이테이가 입고 있는 옷 같은 걸 입을 테니 꺼내 놓으라고."

"꺼내 놓으라뇨, 그런 근사한 옷은 없어요. 가네다 부인이 메이테이 선생에게 정중해진 건 백부님 성함을 듣고 나서부터예요. 옷 때문이 아니라고요."

안주인은 잘도 책임을 회피했다.

주인은 백부님이라는 말을 듣고 갑자기 생각난 듯 메이테이 선생에게 물었다.

"자네에게 백부님이 있다는 말은 오늘 처음 들었네. 지금까지 한 번도 꺼낸 적이 없잖아. 진짜야?"

메이테이 선생은 기다렸다는 듯 "응, 그 백부님은 말이야, 완고하기로 아주 유명하신 분인데 말이지…… 19세기부터 지금까지 살아 계시네" 하고 주인 내외를 번갈아 쳐다봤다.

"오호호호호호, 하여간 재밌으시다니까, 어디 사시는데요?"

"시즈오카에 사시는데, 그게 단순히 살아 계시는 게 아닙니다. 머리에 상투를 틀고 계셔서요. 모자를 쓰시라고 하면, '나는 이 나이 먹기까지 아직 모자 쓸 정도로 추워본 적이 없다' 하시며 자신만만해하세요……. 추우니까 좀 더 주무시라고 하면, '인간은 네 시간만 자면 충분하다, 네 시간 이상 자는 건 사치야' 하시며 꼭두새벽부터 일어나세요. 그리고 말이죠, '난 수면 시간을 네 시간으로 줄이려고 아주 오랜 수행을 했다. 젊었을 때는 아무래도 잠이 많아 힘들었지만, 요새 들어서는 내 뜻대로 할 수 있는 경지에 이르러 몹시 뿌듯해' 하며 자랑하세요. 예순일곱이 되면 잠이 안 오는 게 당연하죠. 수행 따위 굳이 필요 없는데도 당사자는 극기의 힘으로 성공했다고 생각하시니까요. 그래서 외출할 때는 꼭 쇠부채를 들고 나가십니다."

"왜?"

"이유는 모르겠어. 그냥 가지고 나가시는 거야. 뭐, 지팡이 대신 정도로 생각하시려나. 그런데 얼마 전엔 이상한 일이 있었습니다."

이번에는 안주인을 보고 이야기를 꺼냈다.

"그래요?"

안주인은 적당히 대꾸했다.

"지난봄에 갑자기 편지로 중절모와 프록코트를 급히 보내라고 하시는 거예요. 조금 놀라서 편지로 다시 여쭈니 본인이 입겠다는 답장이 왔습니다. 23일에 시즈오카에서 뤼순 함락 축하회가 있으니 그전까지 서둘러 조달하라는 명령이었어요. 그런데 이상한 건 명령 안에 이런 말이 있더군요. 모자는 적당한 크기로 사주고, 양복도 치수를 가늠해서 다이마루 백화점에 주문하거라……."

"요즘은 다이마루에서도 양복을 맞추나?"

"아니, 시로야키랑 착각한 거지."

"치수를 가늠해서 마련하라니, 무리 아닌가?"

"바로 그 점이 백부님다운 행동이야."

"그래서 어떻게 했는데?"

"어쩔 수 없이 대충 가늠해서 보내드렸지."

"자네도 어지간하군. 그래서 시간을 맞췄나?"

"뭐, 어쨌든 맞추긴 했어. 고향 신문을 보니, 당일 마키야마 옹은 드물게도 프록코트에 예의 쇠부채를 들고……."

"쇠부채만은 꼭 챙기시는군."

"응. 돌아가시면 관 속에 쇠부채만은 꼭 넣어드릴 생각이야."

"그래도 모자랑 양복을 제때 입으셔서 다행이군."

"그게 큰 착오였어. 나도 무사히 끝나서 다행이라고 생각했는데, 얼마 후 고향에서 소포가 도착해서 뭔가 선물이라도 보내주셨나 하고 열어보니 내가 보낸 중절모야. 편지가 들어 있어 펼쳐보니 이렇게 써 있었네. '모처럼 힘들게 구해주었는데 모자가 조금 크니, 모자 가게에 보내 줄여서 보내주지 않으련? 줄인 값은 소액우편환으로 보내마.'"

"특이하시군."

주인은 자기보다 특이한 사람이 천하에 있다는 사실을 발견해서 몹시 만족한 듯 보였다.

"그래서 어떻게 했는데?"

"어떻게 하긴, 하는 수 없이 내가 썼지."

"이게, 그 모자인가?"

주인이 히죽히죽 웃었다.

"그분이 남작이세요?"

안주인이 믿을 수 없다는 듯 물었다.

"누가요?"

"그 쇠부채 백부님이요."

"아뇨, 한학자세요. 젊은 시절, 주자학인가 뭔가에 몰두하신 분이라 요즘 같은 시대에도 전깃불 아래서 상투를 틀고 계시죠. 아무튼 못 말리세요."

메이테이 선생이 턱을 쓰다듬었다.

"그런데 아까 자네 그 여자한테 마키야마 남작이라고 한 것 같은데."

"맞아요, 저도 방에서 들었어요."

안주인도 이 말만은 주인의 의견에 동의했다.

"그랬나요? 아하하하하하."

메이테이 선생은 실없이 웃으며 태연하게 말했다.

"그야 거짓말이죠. 저한테 남작 백부님이 있다면, 전 지금쯤 국장 정도는 달고 있지 않겠습니까?"

"어쩐지 이상하다 했어."

주인은 기쁘기도, 걱정스럽기도 한 표정을 지었다.

"어머, 어쩜 그리도 아무렇지 않게 거짓말을 하세요? 허풍에 꽤 능하신가 봐요."

안주인은 매우 감탄했다.

"나보다 그 여자가 한 수 위더라고요."

"선생님도 전혀 뒤지지 않아요."

"그런데 제수씨, 제 허풍은 단순한 허풍이지만, 그 여자 허풍은 모두 꿍꿍이가 있는 진짜 거짓말이에요. 질이 나쁘죠. 권모술수와 타고난 해학적 취미를 혼동하시면, 코미디 신도 '이리도 혜안을 가진 자가 없단 말이냐' 하며 한탄하실 겁니다."

주인은 고개를 숙이고 "그럴까?" 하고 말했다. 안주인은 웃으면서 "다 거기서 거기죠" 하고 말했다.

나는 지금껏 건너편 골목에 발을 들인 적이 없다. 물론 모퉁이에 있는 가네다 씨 양옥집이 어떤 모습인지 본 적도 없다. 들은 것도 이번이 처음이다. 주인집에서 사업가가 화두에 오른 적은 한 번도 없으니, 주인집 밥을 먹는 나 또한 이쪽 방면으로는 관계가 없어서 매우 시큰둥했다. 그런데 생각지도 못한 코마님의 갑작스러운 방문으로 옆에서 그 담화를 들으며 그 댁 따님의 미모를 상상하고 부귀와 권세를 떠올리다 보니, 고양이지만 한가롭게 마루에 드러누워 있을 수만은 없었다. 그뿐만 아니라 나는 간게쓰 군에 대한 깊은 동정심을 금치 못했다. 상대편은 박사 부인이며, 인력거꾼네 아주머니, 이현금 선생까지 매수해 어느덧 앞니가 빠진 사실까지 알아냈는데, 간게쓰 군은 그저 히죽히죽, 옷 끈만 만지작대고 있으니, 아무리 갓 졸업한 이학사라지만 너무 순진하다. 그렇지만 상대는 그런 위대한 코를 얼굴 한복판에 안치한 여자다. 세상 물정 모르는 자들이 함부로 나설 자리가 아니다. 아무나 무턱대고 접근해선 안 된다. 이런 사건에 끼어들기에 주인은 너무 무심하고, 또 돈이 너무 없다. 메이테이 선생은 돈은 있지만, 그런 엉뚱한 우연동자는 간게쓰 군에게 별 도움이 되지 않을 것이다. 그러니 불쌍한 건 목매기의 역학을 연설한 간게쓰 군뿐이다. 나라도 분발해 적의 성에 잠입해 염탐해주지 않으면 너무 불공평하다. 나는 고양이지만, 에픽테토스를 읽다 책상에 팽개치는 학자 집에서 기거하는 고양이로, 세상의 일반 팔푼이 고양이와는 조금 차원이 다르다. 이 모험을 굳이 감행할 만한 의협심은 진즉에 꼬리 끝에 넣어두었다. 간게쓰 군에게 은혜를 입은 건 아니지만, 이건 단순히 개인을 위한 혈기 왕성하게 날뛰는 행동이 아니다. 크게 말하면 공평을 좋아하고 중용을 사랑하는 하늘의 뜻을 현실로 만드는 숭고한 의거다. 남의 허락 없이 아즈마 다리 사건 등을 여기저기 떠벌리는 이상, 남의 처마 밑에 첩자를 숨겨두고 얻은 정보를 만나는 사람마다 족족 퍼뜨리는 이상, 인력거꾼, 마부, 무뢰한, 백수 서생, 일용직, 산파, 요사스러운 할망구, 맹인, 멍청이까지 동원하여 국가에 유용한 인재에게 피해를 주고 반성하지 않은 이상…… 고양이에게도 각오가 있다. 다행히 날씨도 좋다. 서리가 녹아 땅이 질퍽거리면 좀 난감하나, 정의를 위해서라면 목숨도 아깝지 않다. 발바닥에 진흙이 묻어 마루에 매화 도장을 찍는 건, 하녀에게 폐가 될지는 모르나 내 고통은 아니다. 내일로 미루지 않고 당장 나가기 위해 용맹하게 부엌까지 뛰어가다가 아차 싶었다. 나는 고양이로서 진화의 정점에 달했을 뿐만 아니라, 두뇌 발달에서는 감히 중학교 3학년에 뒤지지 않는다고 생각하지만, 슬프게도 목구멍의 구조만큼은 어디까지나 고양이기 때문에 인간의 언어를 말할 수 없다. 용케 가네다 댁에 숨어들어 적의 동태를 충분히 알아낸다 해도 정작 간게쓰 군에게 알려줄 수가 없다. 주인에게도, 메이테이 선생에게도 말할 수 없다. 말할 수 없다면, 땅속 다이아몬드가 햇빛을 받고도 빛나지 않는 것과 다름없는 이치로, 애써 얻은 지식도 무용지물이 된다. 이건 어리석은 짓이다. 그만둘까, 하고 섬돌 위에서 잠시 우두커니 있었다.

그러나 한번 마음먹은 일을 중도에 그만두는 건, 소나기가 오기를 기다리는데 먹구름과 함께 이웃 지방으로 가버린 것처럼 어쩐지 아쉽다. 그것도 잘못이 나한테 있다면 몰라도, 이른바 정의를 위해, 인도주의를 위해서라면, 설령 개죽음을 당하는 한이 있더라도 나아가는 것이, 의무를 아는 남아가 마땅히 해야 할 일일 것이다. 헛수고를 하고, 헛되이 발을 더럽히는 정도는 고양이로서 늘 겪는 일이다. 고양이로 태어난 운명이기에 간게쓰, 메이테이, 구샤미 등의 선생과 세 치 혀로 서로의 사상을 교환할 기량은 없지만, 고양이인지라 잠입 기술은 선생들보다 뛰어나다. 남이 할 수 없는 일을 성취하는 건 유쾌한 일이다. 나 하나라도 가네다의 내막을 아는 것은 아무도 모르는 것보다 유쾌하다. 사람들에게 말할 수 없대도 남에게 발각되었다는 자각을 가네다 댁에 심어주는 것만으로도 유쾌하다. 역시 가야겠다.

건너편 골목으로 와보니, 듣던 대로 양옥집이 각 지면을 제 것인 양 점령하고 있다. 이 집 주인도 이 양옥집처럼 거만하겠지 하며 대문을 들어가 그 건물을 보았는데, 단지 사람을 위압하려고 2층 건물이 무의미하게 우뚝 서 있는 것 외에는 별것도 없는 구조였다. 메이테이 선생이 말하는, 이른바 진부란 이런 것일까. 현관을 오른쪽으로 바라보고, 정원을 빠져나가 부엌으로 갔다. 과연 부엌은 넓다. 구샤미 선생네 부엌의 열 배는 족히 돼 보인다. 얼마 전 신문에 자세히 실린 오쿠마 백작의 서양식 부엌 못지않게 질서 있게 반짝이고 있다. '모범 부엌이군' 하고 생각하며 안으로 들어갔다. 보니까 석회로 올린 두 평 남짓한 토방에 인력거꾼네 아줌마가 서서 식모와 인력거꾼을 상대로 뭔가를 연신 떠들어대고 있다. '이거 위험한데' 하며 물통 뒤로 숨었다.

"그 선생, 우리 주인 이름을 몰라?"

식모가 물었다.

"모를 리가. 이 근방에 가네다 댁 모르면 눈도 귀도 없는 등신이게?"

이건 인력거꾼 목소리다.

"말도 마. 그 선생은 책 말고는 아무것도 모르는 별종이야. 주인을 조금이라도 알면 황송해할 텐데, 틀렸어. 제 자식 나이조차 모른다니까."

인력거꾼네 아주머니가 말했다.

"가네다 씨라면 좀 어려워하지 않을까, 뭐 그런 벽창호 같은 인간이 다 있대? 에이, 됐고, 우르르 가서 매운맛 좀 보여줄까 보다."

"그게 좋겠네. 사모님 코가 너무 크다느니, 얼굴이 마음에 안 든다느니…… 그런 막말을 하더라니까. 제 낯짝은 무슨 질그릇 너구리 같은 주제에, 어디서 건방을 떨어."

"면상만이 아냐, 수건을 들고 목욕탕에 가는 것부터가 얼마나 꼴같잖은데. 자기가 가장 훌륭하다고 시건방을 떠는 거지."

구샤미 선생은 식모에게도 무시당했다.

"우르르 몰려가서 그놈 울타리 옆에서 욕이나 한 사발 해주자."

"그러면 틀림없이 겁을 먹을 거야."

"근데 우리란 걸 들키면 재미없으니까, 목소리만 들리게 해서 공부를 방해하면서 약을 올려주라고, 아까 사모님이 그러셨잖아."

"그건 알지."

인력거꾼네 아주머니는 욕의 3분의 1을 도맡겠다는 뜻을 보였다. 그래, 이자들이 구샤미 선생을 놀리러 오겠구나 하며, 세 사람 옆을 슥 지나쳐서 안으로 들어갔다.
　고양이 발은 없는 것과 같아서 어디를 걸어도 섣불리 소리가 나지 않는다. 하늘을 밟는 듯, 구름을 걷는 듯, 물속에서 편경을 치듯, 동굴 안에서 슬(瑟)을 켜듯, 불교의 가르침을 스스로 깨치는 것과 같다. 내게는 진부한 양옥집도 없고, 모범 부엌도 없다. 인력거꾼네 아주머니도, 하인도, 식모도, 따님도, 집사도, 코마님도, 코마님의 남편도 없다. 가고 싶은 곳에 가서 듣고 싶은 말을 듣고, 혀를 내밀고, 꼬리를 흔들고, 수염을 바짝 세우고, 유유히 돌아갈 뿐이다. 특히 나는 이 방면에서 일본 최고의 달인이다. 옛날 그림책에 등장하는 요술 고양이의 핏줄은 아닐까, 스스로 의심할 정도다. 두꺼비 이마에는 밤에도 빛나는 구슬이 있다고 하는데, 내 꼬리에는 세상만사는 물론, 만천하 인간의 코를 납작하게 하는, 가문 대대로 내려오는 묘약이 들어 있다. 가네다네 복도를 아무도 모르게 지나가는 정도는 금강신이 우뭇가사리를 짓뭉개는 일보다 쉽다. 이때 나는 내가 생각해도 내 역량이 감탄스러웠다. 이것도 평소 소중히 여기는 꼬리 덕분이라는 걸 깨닫고 나니 가만있을 수 없었다. 내가 존경하는 꼬리 신에게 예배를 드리고 야옹이의 명운을 빌어야지 하고, 살짝 고개를 숙여보았지만, 아무래도 방향이 조금 빗나간 모양이다. 가급적 꼬리 쪽을 보고 삼배를 올려야 한다. 꼬리 쪽을 보려고 몸을 돌리면 꼬리도 저절로 돌아간다. 쫓아가려고 목을 비틀면 꼬리도 같은 간격으로 앞서가 버린다. 과연 하늘과 땅을 세 치 안에 담을 영물인 만큼, 도저히 내가 따라잡을 수 없다. 꼬리를 쫓아 일곱 바퀴 반을 돌고는 완전히 지쳐버려서 그만두었다. 눈앞이 조금 어지러웠다. 어디에 있는지 가늠할 수 없다. '아무렴 어때' 하고 여기저기 쏘다녔다. 장지문 뒤에서 코마님의 소리가 났다. '여기다!' 하고 멈춰 서서 양쪽 귀를 기울이고 숨을 죽였다.

"가난뱅이 선생 주제에 건방지지 않아요?"

예의 새된 소리를 냈다.

"그러게, 건방진 놈. 혼쭐을 내줘야겠군. 그 학교에 고향 사람도 있으니까."

"누가 있어요?"

"쓰키 핀스케하고 후쿠치 기샤고가 있으니 부탁해서 혼좀 내줘야겠어."

나는 가네다 씨의 고향이 어딘지 알 수 없으나, 이상한 이름의 인간들만 모인 곳이라 조금 놀랐다. 가네다 씨는 이어서 물었다.

"그놈, 영어 선생이야?"

"네, 인력거꾼네 마누라 말로는 영어 독해인지 뭔지를 가르친대요."

"어차피 변변찮은 선생 나부랭이 아니겠어."

'아니겠어'에 적잖이 감탄했다.

"저번에 핀스케가 '우리 학교에 이상한 놈이 있어요. 학생이 반차는 영어로 뭐냐고 질문하니까, 반차는 savage tea*지, 라고 대답해서 교사들 사이에서 웃음거리가 됐습니다. 그런 선생이 있으니까 다른 교사 체면도 깎이는 거예요'라고 했는데 아무래도 그놈 같아."

"그놈이 분명해요. 그런 말 하게 생겼거든요. 이상하게 수염이나 기르고."

"괘씸한 놈이군."

수염을 길러서 괘씸하다면 고양이는 죄다 괘씸하다는 말인가.

"게다가 그 메이테이인가, 고주망태인가 하는 놈은 있잖아요, 얼마나 경망스러운데요. 백부가 마키야마 남작이래요. 그런 면상에 남작 백부가 있겠냐 싶었지만요."

"당신이 어디서 굴러먹던 개뼈다귀 같은 놈의 말을 곧이곧대로 듣고 앉은 것도 잘못이지."

"잘못이라뇨, 그럼 사람을 우습게 보는데 어떡해요."

코마님은 몹시 억울해했다. 이상하게도 간게쓰 군에 대해서는 일언반구도 나오지 않았다. 내가 숨어들기 전에 평가

---

* 반차(番茶)는 남은 잎으로 만든 품질이 떨어지는 엽차로 coarse tea가 바른 표현이다.

가 끝난 것인지, 아니면 이미 낙제당해 염두에 없는 것인지, 그 점이 우려스럽지만 어쩔 수 없다. 잠시 멀거니 서 있는데 복도 저쪽 방에서 벨 소리가 났다. 저곳에도 뭔가 있다. 늦기 전에 가보자 하고 그쪽으로 발길을 향했다.

와보니 여자가 혼자 뭐라고 큰 소리로 떠들어대고 있다. 그 소리가 코마님과 흡사한 점으로 보아, 이 여자가 이 집 따님이고 간게쓰 군으로 하여금 감히 투신 미수를 벌이게 한 장본인일 것이다. 아깝다. 장지문 때문에 아리따운 자태를 알현할 수 없다니. 그래서 얼굴 한복판에 커다란 코를 모셔두었는지 알 턱이 없다. 그러나 말하는 모양새에서 콧바람이 거친 점 등을 종합하여 헤아려보건대, 남의 이목을 끌지 못하는 납작코는 아닌 듯하다. 여자는 쉼 없이 떠들어대는데 상대방 목소리가 전혀 들리지 않는다. 소문으로만 듣던 전화 통화다.

"야마토 극장이지? 내일 갈 테니까 메추리 3 잡아둬. 알겠지? ……뭐, 모르겠어? 아니, 특석을 잡아두라고. ……뭐라고? ……안 된다고? ……안 될 리가 있나, 잡아둬. …… 히히히히히, 농담하지 말라고? …… 뭐가 농담이야…… 이게 사람을 놀리네. 대체 너 누구야? 조키치? 네가 누군지 알 바 아니고, 지배인 바꿔. ……뭐? 네가 알아서 해? ……너 버릇이 없구나. 내가 누군지 알아? 나 가네다야. ……히히히히히, 잘 알고 있다고? 진짜 멍청이 아냐? ……가네다라고.

······뭐? ······매번 찾아주셔서 감사해? ······뭐가 감사하다는 거야. 인사 같은 거 필요 없거든? ······이거 봐라, 또 웃네? 완전히 똥멍청이잖아······ 말씀하신 대로라고? ······자꾸 사람 우습게 보면 확 끊어버린다, 어쭈······ 왜 가만있어? 무슨 말이라도 해야 할 거 아니야!"

 전화는 조키치 쪽에서 끊었는지 아무런 대답이 없는 모양이다. 따님은 짜증을 내며 번호판을 찌링찌링 돌렸다. 발밑에서 강아지가 놀라 갑자기 짖기 시작했다. 이거 안 되겠다 싶어 황급히 뛰어내려 마루 밑으로 들어갔다.

 때마침 복도에서 발소리가 나며 장지문 여는 소리가 났다. 누가 왔구나 하고 귀 기울여 들으니 하녀로 보이는 여자 소리가 들렸다.

 "아가씨, 주인 어르신과 마님께서 부르십니다."

 "몰라."

 따님은 핀잔을 주었다.

 "잠시 볼일이 있으니 아가씨를 불러오라고 하셨어요."

 "시끄러워, 모른다잖아."

 따님은 두 번째 핀잔을 주었다

 "······미즈시마 간게쓰 씨의 대한 일이라고 하셨습니다."

 하녀는 눈치껏 기분을 풀어주려 했다.

 "글쎄, 간게쓰고, 미즈시마고 모른다니까······ 지겨워 죽겠어. 어리둥절 수세미 같은 낯짝 주제에."

세 번째 핀잔은 가여운 간게쓰 군이 부재중에 당했다.

"그나저나 너 언제 머리를 묶었어?"

하녀는 한숨을 푹 쉬고 "오늘" 하고 최대한 짧게 대답했다.

"말이 짧다? 하녀 주제에."

뜬금없는 데서 네 번째 핀잔을 주었다.

"게다가 새 옷깃까지 달았네?"

"예, 저번에 아가씨가 주셨잖아요, 너무 아까워서 옷장에 넣어두었는데, 원래 있던 게 더러워져서 바꿨어요."

"내가 언제 그런 걸 줬지?"

"이번 설에 시로키야에서 사 오셨는데…… 녹갈색에 스모 선수 순위를 염색한 거요. 아가씨가 너무 평범해 싫다면서 제게 주셨어요."

"하, 잘 어울리네. 얄밉게."

"감사합니다."

"칭찬한 게 아니야. 얄밉다니까."

"에?"

"그렇게 잘 어울리는 걸 왜 냉큼 받았지?"

"에?"

"너한테도 그만큼 어울린다면 나한테도 어울릴 거 아냐."

"분명 잘 어울리실 거예요."

"어울릴 걸 알면서 왜 입 다물고 있었어? 시침 뚝 떼고 말이야. 못됐구나."

쉴 새 없이 핀잔을 주었다. 이 사태가 어떻게 진전될지 듣고 있는데 건넛방에서 "도미코, 도미코" 하고 가네다 씨가 큰 소리로 딸을 불렀다. 따님은 마지못해 "네" 하면서 방에서 나왔다. 나보다 조금 큰 강아지가 얼굴 중앙에 눈과 입을 모아 놓은 듯한 얼굴을 하고 따라갔다. 나는 살금살금 다시 부엌에서 거리로 나와 서둘러 주인집으로 돌아갔다. 일단 탐험은 이 정도면 성공적이었다.

깨끗한 집에서 갑자기 지저분한 곳에 오니, 왠지 양지바른 산 위에서 어두컴컴한 동굴 속으로 들어온 기분이다. 탐험 중에는 다른 데 정신이 팔려 방의 장식, 벽지, 문짝 상태 등이 눈에 들어오지도 않았는데, 돌아와 보니 우리 집이 얼마나 엉망진창인지 느낌과 동시에, 이른바 진부가 그리워졌다. 역시 선생보다 사업가가 더 대단하다고 느껴졌다. 나도 조금 이상하다고 생각해, 내 꼬리에게 물어보니, '맞아, 맞아' 하고 꼬리 끝에서 신탁이 내려왔다. 방에 들어와 보니 놀랍게도 메이테이 선생이 아직 돌아가지 않았다. 담배꽁초를 벌집처럼 화로 속에 꽂고 책상다리를 하고 앉아 뭔가 말을 하고 있었다. 어느새 간게쓰 군도 와 있다. 주인은 팔베개를 하고서 천장의 빗자국을 여념 없이 바라보고 있다. 여전히 태평한 사람들의 모임이다.

"간게쓰 군, 헛소리까지 하며 자네를 찾던 여인의 이름을,

그때 비밀이라고 한 것 같은데, 이제 말해줄 수 있겠나?"

메이테이 선생이 놀리기 시작했다.

"제 일이라면 얼마든지 이야기하겠지만, 상대에게 폐가 될 수 있으니까요."

"아직 안 된다는 건가."

"게다가 모 박사의 부인과 약속을 해버려서요."

"비밀로 하겠다는 약속인가?"

"네."

간게쓰 군은 늘 그렇듯 옷 끈을 만지작거렸다. 요즘에는 도저히 있을 수 없는 보라색 끈이다.

"그 끈 색깔, 좀 비현대적이군."

주인이 누워서 말했다. 주인은 가네다 사건 따위에는 무관심했다.

"그래, 도저히 요즘 같은 러일전쟁 시대의 물건이라고 볼 수 없어. 옛날 무사들에게나 어울릴 법한 끈이야. 오다 노부나가 장군이 장가갈 때 끈으로 머리를 질끈 묶었다던데, 분명 그때 사용한 그런 끈이야."

메이테이 선생은 여전히 혓바닥이 길다.

"실제로 이건 할아버님이 조슈 정벌 때 사용한 것입니다."

간게쓰 군은 진지했다.

"이제 그만 박물관에 헌납하는 게 어때? 목매기 역학의 연사, 이학사 미즈시마 간게쓰 군이 옛날 무사처럼 하고 다니는 건 체면이 관련된 문제니까."

"충고에 따르는 것도 좋겠지만, 이 끈이 매우 잘 어울린다고 말해준 사람도 있으니……."

"누군가, 그런 감흥 없는 말을 한 자가."

주인은 몸을 뒤척이며 큰 소리를 냈다.

"아시는 분이 아니라서……."

"몰라도 상관없어, 대체 누구야?"

"어떤 여자가요."

"하하하하하, 풍류를 꽤 즐길 줄 아는 사람이로군, 맞혀볼까? 보나 마나 스미다강 속에서 자네 이름을 부른 여자겠지. 그 차림새로 한 번 더 강물에 뛰어드는 건 어떤가?"

메이테이 선생이 옆에서 끼어들었다.

"헤헤헤헤헤, 이제 물속에서 부르지 않습니다. 북서쪽에 있는 청정한 세계에서……."

"별로 청정하지도 않은 것 같네. 표독스러운 코야."

"네?"

간게쓰 군은 의아하다는 표정을 지었다.

"건너편 골목의 코가 아까 들이닥쳤거든, 여기로. 우리 둘은 깜짝 놀랐네. 그렇지, 구샤미?"

"응."

주인은 누운 채로 차를 마셨다.

"코라니, 누구를 말씀하시는 거예요?"

"자네가 친애해 마지않는 여인의 모친이네."

"네에?"

"가네다 부인이라는 여자가 자네에 대해 물으러 왔었네."

주인이 진지하게 설명해줬다. 놀랄까, 기뻐할까, 부끄러워할까 하고 간게쓰 군의 모습을 살폈는데 별다른 기색이 없다. 평소처럼 차분하게 "제발 자기 딸을 신부로 맞아달라는 부탁이겠지요?" 하며 다시 보라색 끈을 만지작거렸다.

"큰 착각일세. 그 모친이라는 자가 위대한 코의 소유자라……."

메이테이 선생이 말하는데, 주인이 "여보게, 난 아까부터 그 코에 대해 시를 구상 중이었다네"라며 뜬금없는 말을 했다. 옆방에서 안주인이 킥킥대기 시작했다.

"자네도 참 태평하군. 그래, 뭐 좀 떠올랐나?"

"조금. 첫 번째 구가 '이 얼굴에 코 잔치'야."

"다음은?"

"다음은 '이 코에 술을 올려라'네."

"다음 구는?"

"아직 여기까지밖에 짓지 못했어."

"재미있네요."

간게쓰 군이 히죽히죽 웃었다.

"다음은 '구멍 두 개 쓸쓸하구나'라고 붙이면 어떤가?"

메이테이 선생은 금세 지어 보였다.

그러자 간게쓰가 "깊어서 털도 보이지 않아"라고 했다. 저마다 아무렇게나 늘어놓자 울타리 근처에서 "질그릇 너구리, 질그릇 너구리" 하고 네댓 명이 떠드는 소리가 났다. 주인도 메이테이도 흠칫하며 울타리 틈으로 쳐다보니 "와하하하하하" 하고 웃는 소리가 나더니 발소리가 멀어졌다.

"질그릇 너구리라는 게 뭐지?"

메이테이 선생이 이상하다는 듯 주인에게 물었다.

"모르겠는데."

주인이 대답했다.

"제법 기발한데요."

간게쓰 군이 비평을 가했다. 메이테이는 무엇이 떠올랐는지 벌떡 일어나 연설 흉내를 냈다.

"나는 오래전부터 미학의 관점에서 이 코에 관해 연구한 적이 있으므로, 그 일부를 피력할 테니, 두 사람은 경청해주시길 바랍니다."

주인은 갑작스러운 나머지 넋이 빠진 채로 메이테이 선생을 쳐다보고 있다. 간게쓰 군은 "꼭 듣고 싶습니다" 하고 작은 소리로 말했다.

"여러모로 조사해보았으나 코의 기원은 아무래도 명확히 밝혀내지 못했습니다. 첫 번째로 만약 이것을 실용 도구로 가정한다면 구멍이 두 개면 충분합니다. 이런 식으로 건방지게 한복판에서 튀어나올 필요가 없다는 것이지요. 그런데 보다시피 왜 이렇게 튀어나왔냐는 말입니다."

메이테이는 자신의 코를 잡아 보였다.

"그렇게 튀어나오지도 않았는데 뭘."

주인은 솔직하게 말했다.

"어쨌든 속으로 들어가 있진 않으니까요. 단, 두 개의 구멍이 나란히 있는 상태와 혼동하면 오해를 일으킬 수 있으니 미리 주의를 해두겠습니다. 따라서 제 부족한 견해에 의하면 코의 발달은 우리 인간이 콧물을 푸는 섬세한 행위의 결과가 자연스레 축적되어 온 결과, 아주 명명백백한 현상으로 나타난 것입니다."

"정말 부족한 견해로군."

주인이 또 촌평을 끼워 넣었다.

"아시다시피 코를 풀 때는 코를 꼭 잡습니다. 코를 잡고, 특히 이 부분에 자극을 주면 진화론의 대원칙에 따라 이 부위는 이 자극에 응하게 되므로, 다른 부위에 비례하여 부적절한 발달을 합니다. 피부도 자연히 단단해집니다. 살도 점점 단단해집니다. 그러다 마침내 응고하여 뼈가 됩니다."

"그건 좀…… 그렇게 살이 뼈로 자유분방할 정도로 단박에 변화할 수는 없습니다."

이학사 간게쓰 군이 항의했다. 메이테이 선생이 시치미를 떼고 이야기를 이어갔다.

"미심쩍어하는 건 당연합니다만, '말보다는 증거'란 말이 있듯이 이렇게 버젓이 뼈가 있으니 어쩔 수 없습니다. 이미 뼈가 만들어져 있으니까요. 뼈는 있어도 콧물은 나옵니다. 콧물이 나오면 풀지 않고는 못 배깁니다. 이 작용으로 뼈의 좌우가 깎여 좁고 높은 융기로 변화했습니다. 실로 무서운 작용이지요. 물방울이 바위를 뚫는 것처럼, 빈두로 존자*의 머리가 스스로 빛을 발한 것처럼, 이상한 향과 이상한 냄새라는 비유처럼 콧날이 곧고 단단해졌습니다."

"하지만 자네 코는 물렁한데."

"연사 자신의 부분은 변호할 우려가 있으니 굳이 논하지 않겠습니다. 가네다 양 모친의 코 같은 경우는 가장 발달하고, 가장 위대한 천하의 진품으로 두 분께 소개하고 싶습니다."

"옳소, 옳소."

간게쓰 군은 무턱대고 대답했다.

"그러나 사물도 극에 달하면 여전히 훌륭하긴 합니다만, 어쩐지 무서워져 다가가기 어려워집니다. 그 콧대는 물론 장엄하지만, 다소 험악하지 않나 싶습니다. 옛사람 중에서도 소크라테스, 골드스미스, 새커리의 코의 경우, 구조상으로는 부족한 점이 있습니다만, 그 부족한 점에 애교가 있습

---

* 부처님 제자 중 하나.

니다. '코가 높다 하여 존귀한 것이 아니라, 기이해서 존귀하다'라는 말은 이런 연유에서 존재하겠지요. 속설에도 '코보다 경단'**이란 말이 있듯이 미적 가치에서 말씀드리자면 메이테이 정도의 코가 적당하다고 생각합니다."

간게쓰와 주인은 "후후후후" 웃었다. 메이테이 자신도 유쾌하게 웃었다.

"자, 그런데 지금까지 변(弁)한 것은……."

"선생님, '변하다'는 말은 좀 야담쟁이 같아 천박하니 삼가시길 바랍니다."

간게쓰 군은 지난번의 복수를 단행했다.

"자, 그렇다면 세수를 하고 다시 시작할까요. ……에, 지금부터 코와 얼굴의 균형에 대하여 한마디하고자 합니다. 제 단독으로 코론을 펼치자면, 그 모친은 어디에 내놓아도 부끄럽지 않은 코, 전시회에 나가도 아마 일등을 거머쥐지 않을까 싶을 정도의 코를 소유하고 있습니다만, 애석하게도 그것은 눈, 입, 기타 여러 부위와 아무런 상의도 없이 생겨난 코입니다.

---

* 헤이안 시대 말기부터 메이지 시대 초기에 보급된 서민을 위한 교훈 중심의 초등 교과서 《실어교(實語教)》에 '산이 높다 하여 귀하지 않고, 나무가 있어 귀하다(아무리 외관이 훌륭해도, 내용이 수반되지 않으면 뛰어나다고는 할 수 없다. 사물은 겉모습만으로 판단하지 말라는 비유)'라는 문구가 실려 있다.
** 일본 속담 '꽃보다 경단(허울보다 실속을 좇는다는 뜻)'을 비튼 것. 일본에서는 꽃과 코의 발음이 같다.

줄리어스 시저의 코는 대단합니다. 하지만 시저의 코를 가위로 싹둑 잘라 이 집 고양이 얼굴에다 붙이면 어떻게 될까요? 좁아터진 고양이 이마에 영웅의 콧대가 우뚝 솟아오른다면, 바둑판 위에 불상을 얹은 꼴이니, 균형을 상실해 그 미적 가치가 땅바닥에 떨어지지 않을까 생각됩니다. 모친의 코는 시저의 그것처럼 분명 위풍당당하고 시원시원한 융기임이 틀림없습니다. 그러나 그 주위를 에워싼 안면의 조건은 어떠할까요? 물론 이 집 고양이처럼 열등하지는 않습니다. 하지만 지랄병에 걸린 추녀처럼 여덟 팔 자 눈썹에 쭉 째진 눈을 매달고 있는 건 사실입니다. 여러분, 이 얼굴에 이런 코라니, 어찌 탄식하지 않을 수 있겠습니까?"

메이테이의 말이 잠시 끊긴 순간, 뒤쪽에서 목소리가 들려왔다.

"아직도 코 이야기를 하고 자빠졌네. 징글징글하다, 정말."

"인력거꾼네 여편네군."

주인이 메이테이 선생에게 일러줬다. 메이테이 선생은 다시 말을 이어갔다.

"뒤쪽에 예상치 못한 새로운 이성의 방청객이 있음을 발견한 것은 연사의 큰 영광이라고 생각하는 바입니다. 특히 거침없이 간드러진 목소리로, 건조한 강연장에 한 줌의 농염함을 선사해주신 점, 참으로 뜻밖의 행복입니다. 가급적 통속적으로 수정하여 아리따운 숙녀분의 관심을 저버리지 않겠습니다만, 이제부터는 역학상의 문제로 들어갈 예정이므로, 부인께서는 이해하기 어려울지도 모릅니다. 부디 괴롭더라도 참아주시기를 부탁드립니다."

간게쓰 군은 역학이라는 말을 듣고 다시 히죽거린다.

"저는 그 코와 그 얼굴은 도저히 조화롭지 않다는 증거를 내세우고자 합니다. 차이징*의 황금비에 어긋난다는 점에서, 그것을 엄격하게 역학상 공식으로 연역하여 보여드리겠습니다. 우선 H를 코의 높이로 하겠습니다. a는 코와 얼굴의 평면 교차에서 생기는 각도입니다. W는 물론 코의 중량이라고 이해하시면 됩니다. 어떻습니까? 대략 아시겠습니까?"

"알겠는가?"

주인이 말했다.

"간게쓰 군은 어떤가?"

"저도 도무지 모르겠습니다."

"이거야 원. 구샤미는 그렇다 쳐도 자네는 이학사니까 이해할 줄 알았는데, 이 식이 이 연설의 핵심이니까, 생략하면 지금까지 연설한 보람이 없는데…… 뭐, 어쩔 수 없지. 공식은 생략하고 결론만 얘기하지."

"결론이 있어?"

주인이 의심쩍은 듯 물었다.

---

* 독일 출신의 미학자.

"당연하지. 결론 없는 연설은 디저트 없는 서양 요리와 같아, 알겠나? 두 사람은 잘 듣도록. 이제부터가 결론이야. 자, 이상의 공식에 피르호와 바이츠만 등 여러 학자의 주장을 참작하여 생각해보면, 선천적 형체의 유전은 당연히 인정해야 합니다. 또 이 형체로 인해 일어나는 심리적 상태는, 비록 후천성은 유전되는 성질이 아니라는 유력한 주장이 있음에도 불구하고, 어느 정도는 필연적인 결과로 인정하지 않으면 안 됩니다. 따라서 이처럼 신분에 걸맞지 않은 코의 소유자가 낳은 자식의 코에도 뭔가 이상이 있으리라 짐작됩니다. 간게쓰 군은 아직 나이가 어려서 가네다 양의 코 구조에서 특별한 이상을 감지하지 못했을지 모르지만, 이러한 유전은 잠복기가 길기 때문에, 언젠가 기후의 격변과 함께 갑자기 발달하여 모친의 그것처럼 아차 하는 순간에 팽창할지도 모릅니다. 그런 연유로 이 혼례는, 메이테이의 학리적 논증에 의하면, 지금 당장 단념하는 편이 안전하다고 생각됩니다. 이는 이 집 주인은 물론이고 거기 누워 계신 고양이님도 이의가 없으리라 생각합니다."

주인은 벌떡 일어나 열변을 토했다.

"그야 당연하지. 그런 여편네의 딸을 누가 데려가나? 간게쓰 군, 꿈도 꾸지 말게."

나도 찬성의 뜻을 표하기 위해 야옹, 야옹, 두 번 소리를 냈다. 간게쓰 군은 덤덤하게 말했다.

"선생님들 뜻이 정 그러시다면 전 단념해도 상관없지만, 만약 당사자가 몸져눕기라도 하면 죄가 될 테니까요."

"하하하하하, 연애죄 말인가."

주인은 혼자 노발대발하며 말했다.

"바보 같긴, 그 여편네 딸이면 분명 정상이 아닐 거야. 남의 집에 처음 온 주제에 날 잡아먹을 것처럼 한 여자라고. 오만한 여편네 같으니라고."

그러자 또 울타리 옆에서 서너 명이 "와하하하하" 웃는 소리가 났다. 한 사람이 "건방진 벽창호야" 하고 말하자, 다른 한 사람이 "더 큰 집으로 가고 싶지?"라고 했다. 또 한 사람이 "아무리 건방을 떨어봤자 집에서나 큰소리치지" 하고 큰 소리로 말했다. 주인은 툇마루로 나가 질세라 고함을 빽 질렀다.

"시끄러워, 대체 뭐야? 남의 담장 밑까지 와서!"

"와하하하하하, 새비지 티다. 새비지 티."

다 같이 욕을 퍼부어댔다. 주인은 격분한 모습으로 벌떡 일어나 지팡이를 들고 밖으로 뛰쳐나갔다. 메이테이 선생은 손뼉을 치며 말했다.

"아이고, 재밌군."

간게쓰 군은 옷 끈을 만지작대며 실실거렸다. 나는 주인의 뒤를 쫓아 울타리 구멍을 통해 밖으로 나와 보니, 길 한복판에 주인이 지팡이를 들고 멀뚱히 서 있다. 그곳엔 아무도 없었다. 여우에게 홀린 모습이다.

4

여느 때처럼 가네다 집에 숨어들었다.

'여느 때처럼'이란 말은 새삼 해석할 필요도 없다. 자주를 제곱한 정도를 나타낸다. 한 번 한 것은 두 번 하고 싶어지는 것이고, 두 번 시도한 것은 세 번 시도하고 싶어지는 건, 인간에게만 있는 호기심이 아니다. 고양이도 이런 심리적 특권을 가지고 세상에 태어난 사실을 인정해야 한다. 세 번 이상 반복해야 비로소 습관이라는 단어가 붙어, 그 행위가 생활상의 필요로 진화하는 것 또한 인간과 다를 바 없다. 무엇 때문에 이렇게까지 자주 가네다 댁에 드나드는지 궁금하다면, 그 전에 잠깐 인간에게 반문하고 싶은 것이 있다. 왜 인간은 입으로 연기를 들이마시고 코로 내뿜는 것인가? 허기를 달래주거나 혈관을 튼튼하게 해주지도 않는 것을, 부끄러운 기색도 없이 뻑뻑 피워대는 이상, 내가 가네다 댁에 출입하는 것을 호되게 꾸짖지 말았으면 한다. 가네다 댁은 내 담배다.

'숨어든다'고 하면 어폐가 있다. 왠지 도둑이나 숨겨둔 남자 같아 듣기 거북하다. 초대는 받지 않았지만 내가 가네다 댁에 가는 것은, 결코 가다랑어 토막을 훔치거나 눈코가 얼굴 중앙에 발작적으로 밀착한 발바리 군과 밀담을 나누기 위해서는 아니다. ……뭐, 탐정? ……당치도 않다. 무릇 세상에서 탐정과 고리대금업자처럼 천하고 열등한 직업은 없다고 생각한다. 한번은 간게쓰 군을 위해 의협심을 일으켜 가네다 댁의 동태를 엿본 적은 있으나, 그건 딱 한 번뿐이었다. 그 후로는 고양이 양심에 찔릴 만한 비열한 행동을 한 적은 없다. 그렇다면 왜 숨어든다는 식의 수상쩍은 문자를 사용했을까? 글쎄, 이건 굉장히 의미가 깊다. 원래 내 생각에 의하면, 하늘은 만물을 덮기 위해, 땅은 만물을 놓기 위해 생겼다. 아무리 집요한 논의를 즐기는 인간이라도 이 사실을 부정할 수는 없을 것이다. 그럼 이 드넓은 천지를 만들기 위해 그들 인류는 얼마만큼 노력했느냐면, 손바닥만큼도 도움을 주지 않았다. 자신이 제조하지 않은 것을 자신의 소유로 삼는 법은 없다. 자기 소유로 삼아도 상관은 없지만, 남의 출입을 금할 이유는 없다. 이 광활한 대지에 교활하게 담장을 치고 말뚝을 세워 아무개 소유지라고 구분 짓는 짓은, 마치 푸른 하늘에 줄을 쳐, 이 부분은 우리 하늘, 저 부분은 자네 하늘이라고 신고하는 것과 같다. 만약 땅을 잘라 한 평당 얼마라는 소유권을 사고판다면, 우리가 숨 쉬는 공기를 약 한 자 세제곱으로 쪼개어 판매해도 좋을 것이다. 공기를 팔 수 없고 하늘에 줄을 치는 것이 부당하다면, 사유지도 불합리하지 않은가. 이러한 견해에서 이런 법을 믿는 나는 어디든 들어간다. 당연히 가고 싶지 않은 곳은 가지 않지만, 뜻하는 방향에는 동서남북 차별이 없다. 태연한 얼굴로 어슬렁어슬렁 걸어 다닌다. 가네다 댁도 사양할 이유가 없다. 그러나 슬프게도 고양이의 힘으로는 도저히 인간을 당해낼 재간이 없다. 힘은 권력이라는 격언까지 있는 이 속세에 존재하는 이상, 아무리 내게 도리가 있다 한들 고양이의 논리는 통하지 않는다. 억지로 우기다가는 인력거꾼네 검둥이처럼 생선 장수 멜대에 얻어맞을 우려가 있다. 정의는 이쪽에 있지만, 권력은 저쪽에 있는 경우, 정의를 굽혀 단박에 굴복할지, 또는 권력의 눈을 속이고 내 논리를 관철할지 묻는다면, 나는 물론 후자를 택할 것이다. 멜대는 피할 도리가 없는 까닭에 숨어들 수밖에 없다. 남의 집에 들어가도 지장이 없는 까닭에 들어가야 한다. 이런 이유로 나는 가네다 댁에 숨어들었다.

숨어드는 횟수가 늘어날수록, 탐정 노릇을 할 마음은 없지만, 자연스럽게 가네다 씨 일가의 사정이 보고 싶지 않아도 내 눈에 보이고, 기억하고 싶지 않아도 내 뇌리에 박히는 건 어쩔 수가 없다. 코마님이 세수를 할 때마다 공들여 코만 닦는 일이며 따님 도미코 양이 찹쌀떡을 마구잡이로 먹어치우는 모습 하며 그리고 가네다 씨 자신이—가네다 씨는 부인과 달리 코가 납작한 남자다. 비단 코뿐만이 아니다. 얼굴 전체가 납작하다. 어려서 싸움질을 하다가 골목대장에게 목덜미를 잡혀 담벼락에 사정없이 처박힌 얼굴이, 40년이 지난 오늘까지도 인과관계를 이루고 있는 건 아닌지 의심될 정도로 평평한 얼굴이다. 지극히 온화한 얼굴이라 무섭지 않은 면상임은 분명하나, 왠지 변화가 부족하다. 아무리 화를 내도 밋밋한 얼굴이다— 참치회를 먹고 자기 대머리를 탁탁 두드리는 것 하며, 얼굴이 눌렸을 뿐 아니라 키도 작아서 터무니없이 길쭉한 모자를 쓰고 굽이 높은 게다를 신는 일 하며, 그것을 인력거꾼이 우스꽝스럽다며 서생에게 이야기한 것이나, 서생이 '과연 자네의 관찰력은 예리하군' 하고 감탄한 일이며…… 일일이 다 셀 수가 없다.

  요즘은 부엌문 옆을 지나 정원으로 빠져나간 뒤, 동산 뒤에서 건너편을 바라보다가 문이 닫혀 조용하다고 판단되면, 슬슬 올라온다. 혹시 사람들 소리가 떠들썩하거나 방에서 보일 것 같다고 생각되면 연못 동쪽으로 돌아 뒷간 옆에서 살며시 마루 밑으로 나온다. 나쁜 짓을 한 기억은 없으니 숨을 이유도, 두려워할 이유도 아무것도 없지만, 인간이라는 무법자를 만나면 불운하다고 체념할 수밖에 없으니, 만일 세상이 무법천지가 된다면 어떠한 성인군자도 역시 나 같은 태도로 나올 것이다. 가네다 씨는 어엿한 사업가기 때문에 애초에 도적놈처럼 칼을 휘두를 염려는 없지만, 들은 바에 따르면 사람을 사람으로 여기지 않는 병이 있다고 한다. 사람을 사람으로 여기지 않을 정도라면 고양이를 고양이라고 여기지 않을 것이다. 그렇다면 아무리 덕망 있는 고양이라도 그의 집 안에서 결코 방심할 수 없을 것이다. 그러나 나는 그 방심할 수 없는 점이 재밌다. 이렇게까지 가네다 댁 문턱을 드나드는 것도 단지 이 위험을 무릅쓰기 위함인지도 모른다. 이것은 나중에 좀 더 신중히 생각해본 다음, 고양이의 뇌를 속속들이 해부해 다시 이야기하기로 하자.

 오늘은 무슨 일이 있을까 하고 동산 잔디에 턱을 대고 앞을 바라보니 3월 봄날에 널찍한 창문이 활짝 열린 손님방에는 가네다 부부와 한 손님이 한창 이야기를 나누고 있다. 공교롭게도 코마님의 코가 이쪽을 향해 연못 너머로 내 이마를 정면으로 노려보고 있다. 코에 찍힌 건 태어나서 오늘이 처음이다. 가네다 씨는 다행히 옆모습을 보이고 손님과 마주하고 있어 그 납작한 얼굴이 절반밖에 보이지 않지만, 대신 코의 소재가 분명치 않다. 다만 희끗희끗한 콧수염이 난잡하게 무성해서 그 위에 구멍이 두 개 있으리라는 결론만 쉽게 도출해 냈다. 봄바람도 저리 밋밋한 얼굴에만 불어대면 틀림없이 편할 거라고, 내친김에 상상의 나래를 펴보았다. 손님은 셋 중 가장 평범하게 생겼다. 단 평범한 만큼, 딱히 이렇다 소개할 만한 특징이 하나도 없다. 평범하다고 하면 괜찮은 듯 보이지만, 평범 중에서도 평범의 극치에 이르면 오히려 가여울 지경이다. 이렇게 무의미한 생김새를 가져야 할 숙명을 띠고 태평성대인 메이지 시대에 태어난 자는 누구일까? 여느 때처럼 마루 밑까지 가서 그 이야기를 듣지 않을 수 없다.

"……그래서 아내가 일부러 그 남자 집까지 찾아가서 상황을 들었는데……."

가네다 씨는 평소처럼 거만한 말투다. 거만하기는 하나, 위엄이라고는 털끝만큼도 없다. 언어도 그의 얼굴처럼 단조롭기가 그지없다.

"그렇군요. 그자가 간게쓰 군을 가르친 적이 있으니…… 그렇군요, 좋은 생각이군요. ……그렇군요."

손님은 '그렇군요'를 남발했다.

"그런데 뭔가 언행에 두서가 없단 말이지."

"네, 구샤미는 전부터 그랬습니다. 저랑 자취할 때도 매사 흐리멍덩했으니까요. 곤란하셨겠어요."

손님은 코마님 쪽을 향했다.

"곤란한 정도가 아니에요. 전 이 나이 먹도록 남의 집에 가서 그런 취급을 받아본 적이 없어요."

코마님은 평소처럼 콧방귀를 뀌었다.

"뭔가 무례한 말이라도 했습니까? 옛날부터 고집불통이라…… 어쨌든 10년을 하루같이 영어 독해만 가르쳤을 정도니 대충 아시겠죠?"

손님은 공손히 맞장구를 쳤다.

"아니, 말이 전혀 안 통하나 보더라고. 마누라가 뭘 물으면 말로 톡 쏘기만 하고……."

"괘씸하네요. 조금 배웠다 싶으면 자만심이 싹트는 법이죠. 거기다 가난하기까지 하니 눈에 뵈는 게 있겠습니까. ……세상에는 그런 몰상식한 놈들이 있죠. 자기가 농땡이 피운 건 생각도 못 하고, 무턱대고 부자들에게 덤벼드니까요. 마치 자기네 재산이라도 빼앗은 것처럼 여기니 놀라울 따름입니다, 아하하하."

손님은 몹시 기뻐했다.

"아니, 언어도단도 유분수지. 그런 놈들은 필시 세상 물정을 모르고 날뛰다가 그렇게 된 거야. 혼 좀 나봐야 정신을 차릴 것 같아서 손을 좀 썼네."

"그렇군요. 그럼 매운맛 좀 봤겠는데요. 본인한테도 무조건 도움이 될 거고요."

손님은 어떻게 손을 썼는지 듣기도 전에 가네다 씨에게 동의했다.

"그런데 스즈키 씨, 그 인간 대체 얼마나 고집불통인 거예요? 학교에 나가도 후쿠치 씨나 쓰키 씨와는 말도 하지 않는다던데. 무서워서 입을 닫은 줄 알았더니, 얼마 전에는 지팡이를 들고 아무 잘못도 없는 우리 집 서생을 쫓아왔어요. 서른씩이나 먹은 인간이 어떻게 그런 막돼먹은 짓을 할 수 있죠? 정신이 나갔나 봐요."

"어휴, 왜 또 그런 난폭한 짓을……."

이번에는 손님도 의아하게 생각하는 듯하다.

"아니 글쎄, 그냥 그 집 앞에서 뭐라 말하고 지나갔대요. 그랬더니 난데없이 지팡이를 들고 맨발로 뛰쳐나왔다 하더라고요. 설사 조금 그랬다 쳐도 어린애도 아니고 참, 콧수염까지 기른 어른이, 게다가 교사잖아요."

"그렇죠, 교사지요."

손님이 말하자 가네다 씨도 "교사가 말이야" 하고 말했다.

교사면 어떠한 모욕을 당하더라도 목석처럼 가만히 있어야 한다는 것은 이 세 사람의 뜻밖에 일치한 논점으로 보인다.

"게다가 그 메이테이라는 남자는 아주 저질이에요. 쓸모없이 허풍만 늘어놓고. 그런 이상한 사람은 처음 봐요."

"아아, 메이테이요? 여전히 허풍을 떠나 보네요. 역시 구샤미 집에서 만나셨어요? 그자에게 걸리면 골치 아픕니다. 그자도 옛날 자취 시절 친구였는데 사람을 가지고 놀아서 툭하면 싸웠어요."

"그렇게 굴면 누군들 화가 안 나겠어요. 거짓말이야 할 수도 있죠. 뭐, 예의상이라든가, 분위기를 맞춰야 한다든 가…… 그럴 땐 누구나 마음에도 없는 말을 하잖아요. 그런데 그자는 하지 않아도 될 말을 마구 뱉어내니까 답이 없지요. 뭐가 좋다고 그런 엉터리 소리를 천연덕스럽게 지껄이는지."

"맞아요, 순 재밌으려고 하는 거짓말이니 문제죠."

"모처럼 진지하게 미즈시마 씨에 대해서 물으러 간 건데 죄다 엉망진창이 돼버렸어요. 너무 화가 나고 복장이 터져서…… 그래도 도리는 도리니까요. 남의 집에 뭘 물으러 가 놓고 시침 뚝 떼기도 그래서 나중에 인력거꾼네 통해 맥주 한 짝을 보내줬어요. 그랬더니 이런 걸 받을 이유가 없으니 도로 가져가라 했대요. 아니, 인력거꾼이 감사의 뜻이니 사양 말고 받아달라고 했는데도요. 못됐죠? 자기는 잼은 매일 먹어도, 맥주 같은 쓴 건 마시지 않는다면서 안으로 홱 들어가버렸대요. 내 어이가 없어서, 어떤 것 같으세요? 무례하지 않나요?"

"심했네요."

손님도 이번에는 정말 심하다고 느낀 것 같았다.

"그래서 오늘 일부러 자네를 불렀네만."

말이 잠시 끊겼다가 다시 가네다 씨의 목소리가 들렸다.

"그런 얼간이는 뒤에서 놀리기만 해도 충분하지만, 그래도 좀 곤란한 일이 있어서……."

가네다 씨는 참치회를 먹을 때처럼 대머리를 탁탁 쳤다. 나는 마루 밑에 있으니 실제로 쳤는지 안 쳤는지 볼 수 없지만, 이 대머리 두들기는 소리는 요새 들어 제법 익숙해졌다. 스님이 목탁 소리를 알아듣듯이, 마루 밑이라도 소리만 분명하다면 이내 대머리라고 출처를 감정할 수 있다.

"그래서 자네한테 민폐인 줄은 알지만……."

"제가 할 수 있는 일이라면 뭐든지 말씀만 하세요. 이번에 도쿄에서 근무하게 된 것도 여러모로 심려를 끼쳐드린 결과니까요."

손님은 흔쾌히 가네다 씨의 의뢰를 승낙했다. 이 말투로 보아 손님은 역시 가네다 씨에게 신세를 진 사람인 것 같다. 이거, 사건이 점점 흥미진진해진다. 오늘은 올까 말까 고민하다가 날씨가 너무 좋아서 왔는데, 이런 호재를 얻을 줄이야. 절에 들렀다가 우연히 주지 스님께 떡을 얻어먹은 격이다. 가네다 씨는 무엇을 손님에게 의뢰하려는 걸까, 마루 밑에서 귀 기울여 들었다.

"그 구샤미라는 작자가 무슨 속셈인지 미즈시마에게 우리 딸과 결혼하지 말라고 은근히 부추긴다더군. 그렇지, 여보?"

"은근히 부추기는 정도가 아니에요. 그런 여편네 딸과 결혼하는 바보가 어디 있느냐며, 절대로 안 된다고 결사반대했대요."

"그런 여편네라니, 어디서 건방지게 그런 소리를 해?"

"그러게 말이에요. 인력거꾼네 마누라가 알려줬어요."

"스즈키 군, 어떤가? 지금 들은 그대로인데 말이야. 꽤 성가시겠지?"

"난감하네요. 다른 일도 아니고, 이런 일은 남이 함부로 끼어들 문제가 아니니까요. 그 정도는 구샤미도 알 텐데, 대체 왜 그랬을까요?"

"그래서 말인데, 자네는 학생 때부터 구샤미와 함께 생활했고, 지금은 아니더라도 어쨌든 옛날에는 친한 사이였다니 부탁하네만, 자네가 그자를 만나 이해득실을 잘 얘기해주면 어떨까? 왜 화가 났는지는 모르겠지만, 화내는 건 그쪽이 이상해서 그런 거니, 그쪽이 고분고분하게만 군다면, 일신상 편의도 충분히 봐주고 신경 건드리는 일도 그만둘 생각이네. 하지만 그쪽에서 계속 이런 식으로 나온다면 우리도 생각이 다 있으니까…… 그렇게 똥고집을 부려봤자 자기만 손해지 않나."

"그럼요, 말씀대로 어리석은 저항은 본인에게 손해가 될 뿐 득 될 게 아무것도 없으니까 잘 말해보도록 하겠습니다."

"그리고 우리 딸은 여기저기서 혼담이 들어오니, 꼭 미즈시마에게 보내겠다는 건 아니지만, 들어보니 학식도, 인물도 나쁘지 않은 듯하여, 만약 본인이 공부해서 조만간 박사라도 된다면, 결혼시킬 의향이 있을지 모른다는 뜻 정도는 넌지시 비추어도 상관없네."

"그렇게 말하면 본인도 분발해서 더 열심히 공부하겠지요. 무슨 뜻인지 잘 알겠습니다."

"그리고 좀 묘한 게…… 미즈시마답지 않게, 그 별종 구샤미를 '선생님, 선생님' 하면서 구샤미 말을 잘 따르는 게 문제야. 뭐, 사위가 미즈시마여야만 한다는 건 물론 아니니, 구샤미가 뭐라고 지껄이며 훼방을 놔도 우리는 별로 신경 쓰진 않지만……."

"미즈시마 씨가 가엾잖아요."

코마님이 말참견을 했다.

"미즈시마란 사람을 만난 적은 없지만, 어쨌든 이곳과 혼인만 하면 평생 행복할 텐데, 당연히 본인은 마다할 이유가 없죠."

"네, 미즈시마 씨는 결혼하고 싶어 하는데 구샤미나 메이테이 같은 별종들이 가타부타 말들이 많으니까요."

"그럼 안 되죠. 배운 사람이 그럼 되나요. 제가 구샤미 집으로 가서 잘 이야기해 보겠습니다."

"번거롭더라도 부디 잘 부탁하네. 그리고 미즈시마에 대해서는 아무래도 구샤미가 가장 잘 알 걸세. 저번에 마누라가 갔을 때는 이런 상황이라 제대로 듣지도 못했으니, 일단 자네가 가서 미즈시마의 품행과 능력 등을 소상히 알아 오게나."

"알겠습니다. 오늘은 토요일이니 지금 가면, 집에 돌아와 있겠죠. 요즘은 어디 사는지 모르겠지만."

"요 앞길에서 오른쪽으로 쭉 가서 왼쪽으로 백 미터만 가면 다 쓰러져 가는 거뭇거뭇한 울타리가 나오는데, 바로 그 집이에요."

코마님이 가르쳐주었다.

"그럼 바로 근처네요. 알겠습니다. 돌아가는 길에 잠깐 들러보겠습니다. 뭐, 대충 알겠죠, 문패를 보면."

"문패가 있을 때가 있고, 없을 때가 있어요. 명함을 밥풀로 문에 붙여놓더라고요. 비가 오면 떨어지잖아요. 그러면 날씨가 좋은 날에 다시 붙여요. 그러니 정확히는 문패라고 보기 그렇죠. 그런 성가신 일을 하느니 나무쪼가리라도 걸어두면 좋을 텐데. 정말 도통 속을 알 수 없는 사람이에요."

"정말 놀랍군요. 하지만 다 쓰러져 가는 거뭇거뭇한 울타리라 하셨으니 가보면 대충 알겠죠."

"네, 그런 꾀죄죄한 집은 이 동네에 한 집밖에 없으니 보면 금방 알아요. 지붕에 잡초가 돋아난 집을 찾아가면 틀림없어요."

"상당히 특색 있는 집이네요, 아하하하하."

스즈키 군이 왕림하시기 전에 돌아가야만 한다. 담화도 이만큼 들었으면 됐다. 마루 밑을 쭉 따라 뒷간을 서쪽으로 돌아서 동산 뒤로 간 뒤, 거리로 나와 빠른 걸음으로 지붕에 잡초가 돋아난 집으로 돌아왔다. 그러고는 태연한 얼굴로 툇마루로 갔다.

주인은 마루에 흰색 담요를 깔고 엎드려 화창한 봄볕을 쬐고 있다. 공평한 태양 빛은 지붕에 냉이가 자란 누옥에도, 가네다 씨네 손님방처럼 밝고 따스하게 쏟아져 내리지만, 안타깝게도 담요만이 봄답지 않다. 제조업체에서는 흰색으로 직조해서 이불 가게에서도 흰색이라고 팔고, 주인도 흰색이라고 사 온 것일 텐데, 어쨌든 12, 13년 전의 일이기에 흰색의 시대는 오래전에 가고 지금은 잿빛의 시대를 맞이했다. 이 시기를 지나 암흑색으로 변할 때까지 담요의 생명이 이어질지는 의문이다. 지금도 이미 여기저기 해져, 가로 세로로 짜인 실이 또렷이 보일 정도니, 담요라고 칭하기에는 좀 지나치지 않나 판단된다. '담' 자는 생략하고 '요'라고 하는 편이 적당하다. 하지만 주인은 1년이 가고, 2년이 가고, 10년이 간 이상, 평생 가지고 있어야 한다고 생각하는 듯하다. 태평하기 그지없다. 그렇게 인연이 깊은 담요 위에서 위에서 엎드려 무엇을 하나 보니, 양손으로 돌출된 턱을 괴고 오른손 손가락 사이에 담배를 끼고 있다. 단지 그뿐이다. 어쩌면 그 비듬투성이 머릿속에는 우주의 대진리가 불타는 수레처럼 회전하고 있을지 모르지만, 외부에서 지켜본 바로는 전혀 그래 보이지 않는다.

담뱃불이 점점 타들어 가 한 치 정도 된 재가 담요 위로 톡 떨어지는데도 아랑곳하지 않고, 주인은 담배에서 피어오르는 연기의 행방만을 열심히 뒤쫓고 있다. 그 연기는 봄바람에 하늘하늘 뿌연 동그라미를 겹겹이 그리며 안주인의 갓감은 머리 쪽으로 흘러갔다. 아차, 안주인 얘기를 할 참이었는데 깜빡했다.

안주인은 주인에게 엉덩이를 대고—결례가 아닌가 싶겠지만 별로 무례한 행동도 아니다. 예와 무례는 모두 상호 해석에 따라 달라지는 법이다. 주인은 아무렇지도 않게 안주인 엉덩이 뒤에서 턱을 괴고, 안주인도 아무렇지도 않게 주인 얼굴 앞에 장엄한 엉덩이를 갖다 댔을 뿐, 무례도 뭐도 아니다. 두 사람은 결혼 후 1년이 채 지나지 않아 예의범절 같은 갑갑한 것들을 초월한 부부다. 엉덩이를 주인에게 들이댄 안주인은 오늘은 무슨 생각인지 오늘의 날씨를 틈타 치렁치렁한 까만 머리를, 청각채와 날달걀로 쓱쓱 감은 머리를 보란 듯이 어깨에서 등으로 늘어뜨리고, 말없이 아이옷을 열심히 꿰매고 있다. 사실은 그 머리를 말리기 위해 이불과 반짇고리를 마루에 내놓고 공손히 남편에게 엉덩이를 갖다 댄 것이다. 아니면 주인 쪽에서 엉덩이가 있는 곳으로 얼굴을 갖다 댄 건지도 모른다. 그곳에서 앞서 말한 담배 연기가, 찰랑대는 검은 머리칼 사이로 흘러들어, 때아닌 아지랑이가 피어오르는 모습을, 주인은 여념 없이 바라보고 있다. 그러나 연기는 원래 한곳에 머물지 않는다. 그 성질대로 위로 올라가니, 주인의 눈도 연기와 머리칼이 뒤엉키는 광경을 놓치지 않으려면, 반드시 눈알을 굴려야만 한다. 주인은 먼저 허리께부터 관찰을 시작하여, 연기가 서서히 등을 타고 어깨에서 목덜미를 지나 정수리에 이르자 화들짝 놀랐다. 주인이 백년해로를 약속한 부인의 정수리 한가운데에 동그랗고 큰 땜빵이 보였다. 게다가 그 땜빵이 따스한 햇살을 반사해 바로 지금이라는 듯 득의양양하게 빛나고 있다. 생각지도 못한 데서 대발견을 한 주인의 눈은, 눈이 부신 와중에 몹시 놀라, 강렬한 빛에 동공이 열리는 것도 개의치 않고 뚫어져라 보고 있다. 주인이 이 땜빵을 본 순간, 가장 먼저 그의 뇌리에 떠오른 것은, 집안 대대로 전해 내려온 불단에 장식된 등명접시다. 그의 일가는 정토종의 한 학파인 진종(眞宗)으로, 진종에서는 불단에 과하게 돈을 들이는 것이 오래된 관례다. 주인은 어린 시절 집 창고에 어두컴컴하게 장식된 금박을 한 감실*이 있고, 그 감실 안에 늘 매달려 있던 등명접시에 낮에도 희미한 불빛이 켜졌던 것을 기억한다. 주위가 어둑한 가운데 등명접시만 영롱하게 빛나 어린 마음에 이 등을 자주 쳐다보았던 때의 인상이 안주인의 땜빵이 환기를 불러일으켜 불쑥 떠오른 것이다. 등명접시는 잠깐 사이에 사라졌다. 이번에는 관음상의 비둘기가 생각났

---

* 불상이나 사리처럼 종교의 상징적인 물건을 안치하는 공간.

다. 관음상의 비둘기와 안주인의 땜빵과는 아무런 관계가 없는 듯하나, 주인의 머릿속에는 그 둘 사이에 밀접한 연관이 있다. 어릴 때 아사쿠사에 가면 꼭 콩을 사서 비둘기에게 주었던 일도 떠올랐다. 콩은 한 접시에 두 냥으로 빨간 질그릇에 들어 있었다. 그 질그릇의 색이며 크기가 이 땜빵과 많이 닮았다.

"똑 닮았어."

주인이 몹시 감탄한 듯 말하자 안주인은 거들떠보지도 않으며 말했다.

"뭐가요?"

"당신 머리에 큰 땜빵이 있어. 알고 있나?"

"네."

부인은 여전히 일손을 멈추지 않고 대답했다. 탄로 난 것을 딱히 두려워하는 기색도 없다. 초연의 달인이다.

"시집을 올 때부터 있었나? 아님 결혼 후 생긴 건가?"

주인이 물었다. 만약 시집오기 전부터 땜빵이 있었다면 속았군, 하고 말하지 않고 속으로 생각했다.

"언제 생겼는지 모르겠어요. 땜빵이 있든 말든 아무럼 어때요."

안주인은 깨달음을 얻은 사람처럼 말했다.

"아무럼 어떠냐니, 자기 머리잖아."

주인은 살짝 화가 나 있다.

"내 머리니까 아무래도 상관없죠."

말은 이렇게 해도 조금 신경이 쓰였는지, 안주인은 오른손을 머리에 대고 빙글빙글 땜빵을 쓰다듬어 보았다.

"어머, 언제 이렇게 커졌지. 이 정도일 줄은 몰랐는데."

이렇게 말하는 것으로 보아 나이에 비해 땜빵이 너무 크다는 것을 그제야 자각한 모양이다.

"여자는 머리를 묶으면 여기가 당겨져서 누구나 땜빵이 생겨요."

안주인은 변호를 시작했다.

"그런 속도로 벗겨지다간 마흔쯤에는 완전 대머리가 되겠군. 그거 병이야. 전염될지도 몰라. 지금 당장 아마키 선생한테 가봐."

주인은 자꾸 자신의 머리를 만져본다.

"그런 당신은 코에 새치가 났잖아요. 땜빵이 전염되면 새치도 전염되죠."

안주인이 부루퉁해졌다.

"콧속의 새치는 안 보이니까 해가 되지 않지만, 정수리가, 더군다나 젊은 여자 정수리가 그렇게 벗겨지면 보기 흉해. 불구야."

"불구면 왜 나랑 결혼했어요? 자기가 좋아서 해놓고, 불구라니……."

"그야 몰랐으니까. 지금까지 전혀 몰랐어. 그렇게 자신 있는 사람이 왜 시집올 때 머리를 보여주지 않았지?"

"말도 안 돼! 대체 머리 시험을 쳐서 합격하면 시집가는 데가 어디 있어요?"

"대머리는 뭐 참을 수 있다지만, 당신은 키가 너무 작아. 아주 흉해."

"키는 보면 바로 알잖아요. 키 작은 건 처음부터 알고 결혼한 거 아니에요?"

"그건 알았지. 알긴 알았지만, 좀 더 클 줄 알고 결혼을 했지."

"스무 살이 키가 자라요? 당신도 아주 사람을 가지고 노네요."

안주인은 바느질감을 내팽개치고 주인 쪽으로 돌아앉았다. 무슨 대답을 하느냐에 따라 가만두지 않겠다는 기세다.

"스무 살에도 키가 클 수 있지. 시집와 영양분을 충분히 섭취하면 조금은 크겠지 한 거야."

주인은 진지한 얼굴로 묘한 논리를 펼쳤다. 그때 초인종이 크게 울리며 "실례합니다" 하는 소리가 들렸다. 드디어 스즈키 군이 지붕 위 잡초를 나침반 삼아 구샤미 선생의 와룡굴(臥龍窟)*을 찾아온 모양이다.

안주인은 싸움을 후일로 미루고, 서둘러 반짇고리와 아이

---

* 큰 인물의 은신처라는 뜻.

옷을 껴안고 거실로 사라졌다. 주인은 쥐색 담요를 둘둘 말아 서재로 던졌다. 이윽고 하녀가 가져온 명함을 보고, 주인은 조금 놀란 듯했지만, "이리로 모시거라" 하고 명함을 쥔 채 화장실로 들어갔다. 왜 화장실로 급히 들어가는지 알 수가 없다. 왜 스즈키 도주로 씨의 명함을 화장실까지 들고 간 건지 더욱 설명하기 어렵다. 어쨌든 딱한 건 냄새 나는 곳으로 수행을 명받은 명함 군이다.

하녀가 도코노마* 쪽으로 방석을 놓으며 "여기 앉으세요" 하고 물러났다. 스즈키 군은 일단 실내를 쭉 둘러봤다. 벽에 걸린 '화개만국춘(花開万國春)**'이라 쓰인 모쿠안***의 모작과 교토산 싸구려 청자에 꽂힌 벚꽃 들을 하나하나 차례로 점검한 뒤, 문득 하녀가 권한 방석 위를 보니 어느새 고양이 한 마리가 태연하게 앉아 있다. 말할 것도 없이 그 고양이는 바로 나다. 이때 스즈키 씨의 안색에는 드러나지 않았으나 가슴속에 잠시 풍파가 일었다. 이 방석은 의심할 여지 없이 스즈키 씨를 위한 것이다. 자기를 위해 놓인 방석 위에, 아직 자기가 앉지도 않았는데, 한마디 말도 없이 이상한 동물이 태연자약하게 웅크려 앉아 있다. 이것이 스즈키 씨의 평정심을 깨는 첫 번째 요인이다. 만약 이 방석이 권유된 채로

---

* 다다미방과 거실 등의 일본식 방에 마련된, 족자와 꽃, 서화 등을 장식하는 공간.
** 꽃피는 봄날이 영원하기를 기원하는 마음을 담은 말.
*** 에도 시대 전기에 명나라에서 일본으로 건너온 승려.

임자 없이 봄바람에 내맡겨져 있었다면, 스즈키 씨는 일부러 겸손의 뜻을 표하며, 주인이 어서 앉으라고 할 때까지는 딱딱한 다다미 위에서 참고 있었을지도 모른다. 하지만 자신이 소유해야 마땅한 방석 위에 인사도 없이 올라탄 것은 누구인가. 인간이라면 양보할 수도 있겠지만 고양이라니 괘씸하다. 고양이가 앉아 있어서 더욱 불쾌하다. 이것이 스즈키 씨의 평정심을 깨는 두 번째 요인이다. 마지막으로 고양이의 태도가 영 거슬렸다. 올라탈 권리도 없는 방석 위에 오만방자하게 버티고 앉아 애교 없는 댕그란 눈을 껌뻑거리며 너는 누구냐는 듯, 스즈키 씨의 얼굴을 빤히 쳐다보고 있다. 이것이 평정심을 깨는 세 번째 요인이다. 그렇게 불평할 거면, 내 목덜미를 붙잡고 끌어내리면 될 텐데 스즈키 씨는 말없이 보고만 있다. 당당한 인간이 고양이가 두려워 손을 대지 않는다는 건 있을 수가 없는 일인데, 왜 빨리 나를 처리해 자신의 불평을 잠재우지 않는가. 이는 온전히 스즈키 씨가 한 인간으로서 자신의 체면을 유지하려는 자존심 때문이리라 짐작해볼 수 있다. 만일 완력에 호소한다면 삼척동자도 나를 가뿐히 들어 올리겠지만, 체면을 중시하는 점에서 볼 때, 아무리 가네다 씨의 수족인 스즈키 도주로도 사방이 60센티 남짓한 방석 한가운데를 차지한 고양이님을 어찌할 수가 없는 것이다. 아무리 남에게 보이지 않는 장소라도, 고양이와 자리싸움을 펼친다는 건 다소 인간의 위험과 관계된 일이다. 고양이를 상대로 진지하게 경쟁하는 건 아무래도 어른스럽지 못하다. 우습다. 이 불명예를 피하려면 약간의 불편함을 감내해야 한다. 그러나 참아야 하는 만큼 고양이에 대한 증오는 커져 스즈키 씨는 한 번씩 내 얼굴을 쳐다보고는 쓸쓸한 표정을 짓는다. 나는 스즈키 씨의 불만스러운 얼굴을 보는 게 재미있어서 우스움을 억누르고 최대한 아무렇지 않은 얼굴을 했다.

나와 스즈키 군 사이에 이런 무언극이 진행되는 동안, 주인이 매무새를 가다듬고 화장실에서 나와 "어이" 하며 자리에 앉았는데, 손에 든 명함이 흔적조차 보이지 않았다. 스즈키 도주로 씨의 이름이 냄새나는 뒷간에서 무기징역에 처한 것으로 보인다. '명함이야말로 생각지 못한 액운을 맞닥뜨렸네'라고 생각하고 있는데, 주인이 "떼끼" 하며 내 목덜미를 잡고는 나를 마루로 휙 내던졌다.

"자, 앉게. 오랜만이군. 도쿄에는 언제 왔나?"

주인은 옛 친구에게 방석을 권했다. 스즈키 씨는 방석을 뒤집어 앉았다.

"지금껏 바빠서 못 알렸는데, 실은 얼마 전부터 도쿄 본사로 돌아오게 돼서……."

"잘됐군, 꽤 오래 못 만났지. 자네가 지방에 간 뒤로 처음 아닌가?"

"응, 벌써 10년이 다 됐네. 그 뒤로 가끔 도쿄에 오긴 했는데, 매번 바빠서 말이야. 서운해하지 말게. 회사 일은 자네 직업과는 달리 꽤 바쁘거든."

"10년 새 상당히 변했군."

주인은 스즈키 씨를 위아래로 훑어봤다. 깔끔하게 머리를 가르고 영국식 트위드에 화려한 넥타이를 매고, 가슴에는 금줄까지 반짝이고 있어, 아무리 봐도 구샤미 씨의 옛 친구로 생각되진 않는다.

"응, 이런 것까지 달고 다니는 신세가 되었네."

스즈키 군은 자꾸 금줄을 의식하는 것 같았다.

"그거 진짜야?"

주인은 무례한 질문을 던졌다.

"18케이 금이네."

스즈키 군은 웃으면서 대답하며 말을 이었다.

"자네도 꽤 나이가 들었군. 자식이 있었던 거 같은데, 하나였나?"

"아니."

"둘?"

"아니."

"또 있어? 셋?"

"응, 셋이네. 앞으로 몇이나 더 생길지 모르겠어."

"여전히 태평한 말을 하는군. 제일 큰 애가 몇 살인가? 벌써 꽤 컸을 텐데?"

"응, 몇 살이었더라. 아마 여섯 살인가, 일곱 살일걸."

"하하하, 선생은 만사태평해서 좋겠다. 나도 선생이나 될 걸 그랬나."

"돼봐라. 사흘이면 질릴 테니까."

"그런가, 왠지 품위 있고, 편하고, 한가하고, 하고 싶은 공부도 할 수 있으니 좋을 것 같은데. 사업가도 나쁘진 않지만, 우린 틀렸네. 사업가가 되려면 계속 치고 올라가야 해. 밑에 있으면 시시한 아부나 떨면서 억지로 술이나 마시러 다니고. 정말 할 게 못 돼."

"나는 학생 때부터 사업가가 정말 싫었네. 돈만 되면 뭐든 하잖아. 옛날로 치면 장사치 아닌가."

주인은 사업가를 앞에 두고 태평가를 불렀다.

"설마…… 그렇게까지 말할 순 없지. 조금 천박한 면은 있어도 어쨌든 돈과 운명을 함께할 각오가 아니면 해낼 수 없네. 그런데 그 돈이란 놈이 보통내기가 아니라서 말이야. 아까도 어느 사업가에게 가서 물어봤는데, 돈을 벌려면 삼각법을 써야 한다는 거야. 의리가 없고, 인정이 없고, 수치심이 없으면 삼각형이 된다더군. 재밌지 않나? 아하하하하."

"누구야, 그런 말을 한 바보가."

"바보가 아니야. 꽤 영리한 사람이지. 사업계에서 좀 유명한데, 자네 모르나? 바로 요 앞 골목에 사는데."

"가네다? 뭐야, 그 자식."

"뭐 그리 화를 내나. 그건 그저 농담이겠지만, 그 정도는 되어야 돈이 모인다는 뜻 아니겠나. 자네처럼 그렇게 진지하게 해석하면 곤란해."

"삼각법은 농담이라고 쳐도 그 여편네 코는 뭐야. 자네, 갔으면 봤겠지? 그 코 말이야."

"사모님? 사모님은 세상 물정에 밝은 사람이야."

"코 말이야. 주먹만 한 코를 말하는 거야. 지난번에 난 그 코에 대해 배체시*를 지었네."

"배체시가 뭔가?"

"배체시 몰라? 자네도 유행에 엄청 어둡군."

"아, 나처럼 바쁘면 문학 같은 건 도저히 못 해. 게다가 예전부터 별로 좋아하지도 않았는데 뭐."

"자네, 샤를마뉴 황제의 코 모양을 아나?"

"아하하하하, 진짜 한가한 모양이야. 모르네."

"웰링턴**은 부하들이 '코코'라는 별명을 붙여줬지. 자네 아나?"

"코에만 집착해서 어쩌자는 건가. 아무렴 어때. 코가 둥글든 뾰족하든 말이야."

"결단코 그렇지 않아. 자네 파스칼을 아는가?"

"뭘 자꾸 묻는가, 마치 시험을 보러 온 것 같군. 파스칼이

---

* 나쓰메 소세키가 메이지 시대에 시도한 새로운 형식의 시.
** 워털루 전투에서 나폴레옹에 맞서 승리한 영국의 명장.

어쨌다는 건가?"

"파스칼이 이런 말을 했지."

"무슨 말?"

"만약 클레오파트라의 코가 조금만 낮았다면 지구의 모든 표면이 변화했을 거라고."

"그래."

"그러니까 자네처럼 그렇게 코를 쉽게 보면 안 돼."

"그래 알았네, 앞으로 소중히 여기도록 하지. 그건 그렇고, 오늘 찾아온 건 자네에게 긴히 할 말이 있어서네. …… 그 예전에 자네가 가르쳤다던 미즈시마…… 미즈시마, 으음 뭐였더라. 아무튼 그 사람이 자네 집에 자주 온다고 하지 않았나?"

"간게쓰 군 말인가?"

"그래, 맞아. 간게쓰. 그 사람에 대해 좀 묻고 싶은 게 있어서 왔네."

"결혼 건으로 말인가?"

"뭐, 비슷하네. 오늘 가네다 씨 댁을 갔는데……."

"얼마 전에 코가 제 발로 찾아왔어."

"그래, 사모님도 그렇게 말하더군. 구샤미 씨에게 뭐 좀 물어보려 했는데, 공교롭게도 메이테이가 끼어드는 바람에 엉망이 되어버렸다고 말이야."

"그런 코를 달고 오니까 안 되지."

"아니, 자네를 탓하려는 게 아닐세. 메이테이 때문에 자세히 못 물어본 게 아쉬워서, 다시 한번 자네를 찾아가 자세히 물어봐달라고 사정하셨거든. 나도 지금까지 이런 일은 한 적이 없지만, 당사자끼리 싫지만 않다면 중간에서 다리를 놔주는 것도 결코 나쁜 일은 아니니까……. 그래서 온 거야."

"수고가 많군."

주인은 쌀쌀맞게 대답했다. 속으로는 무슨 소리인지 잘 모르겠지만, 그래도 '당사자끼리'라는 말에 마음이 살짝 움직였다. 무더운 한여름 밤에 한 줄기 찬바람이 소맷자락으로 들어오는 것 같다. 주인은 원래 무뚝뚝하고, 고집불통 무광택으로 제조된 사내지만, 냉혹하고 몰인정한 문명의 산물과는 다른 부류라고 자처한다. 무슨 말을 하면, 공연히 버럭버럭하고 발끈하는 것만 봐도 알 수 있다. 얼마 전 코마님과 싸운 건 코마님이 마음에 들지 않아서지, 코마님의 딸은 아무런 죄가 없는 것이다. 사업가를 싫어하니, 사업가 중 한 명인 가네다 씨도 싫은 게 틀림없지만, 이 또한 딸과는 아무런 관련이 없다. 딸에게는 은혜도 원망도 없고, 간게쓰는 자신이 친동생보다 더 아끼는 제자다. 만약 스즈키 씨 말처럼 당사자끼리 좋아하는 사이라면, 간접적이나마 이를 방해하는 것은 군자의 도리가 아니다—구샤미 선생은 이래 봬도 자신을 군자로 여긴다— 만약 당사자끼리 좋아하는 사이라면…… 바로 이 점이 문제다. 이 사건에 대해 자신의 태도를 고치려면 우선 그 진상부터 확인해야 한다.

"자네, 그 딸이 간게쓰 군에게 시집오고 싶어 하는가? 가네다나 코는 아무래도 상관없지만, 당사자인 딸의 의향은 어떠한지."

"그야, 그…… 뭐랄까…… 확실치는 않지만…… 음, 그러지 않을까?"

스즈키 씨의 대답이 조금 모호하다. 실은 간게쓰 군에 대해서만 듣고 보고할 생각이었기에 딸의 의향까지는 확인해 보지 않았다. 따라서 융통성 있는 스즈키 씨도 약간 당황스러운 기색이었다.

"모호한 말이군."

주인은 뭐든지 대놓고 말하지 않으면 직성이 풀리지 않는다.

"아니, 내가 말을 잘못했네. 그쪽 따님도 의향이 있을 거네. 아니 확실해. ……어? ……사모님이 내게 그리 말했네. 가끔 간게쓰 군 험담을 할 때도 있지만 말이야."

"그 집 딸이?"

"으응."

"당돌한 계집이네, 험담을 한다고? 그럼 간게쓰 군에게 마음이 없는 게 아닌가?"

"그게, 세상사는 알다가도 모르는 일이라서 말이야, 자기가 좋아하는 사람의 험담을 더 하는 경우도 있으니까."

"그런 어리석은 놈이 어디에 있어?"

주인은 이런 인간의 미묘한 심리에 대해 별다른 감정을 느끼지 못한다.

"그런 어리석은 놈이 세상에 꽤 있으니 어쩔 수 없지. 실제로 가네다 부인도 그렇게 해석하고 있으니 말이야. 어리둥절 수세미 같다느니, 가끔 간게쓰 군 욕을 하는 걸로 봐서 제법 마음에 두고 있는 게 틀림없다고."

주인은 이 불가사의한 해석이 무척 뜻밖이라 눈을 동그랗게 뜬 채 대답도 하지 않고 스즈키 씨의 얼굴을 길거리 점쟁이처럼 뚫어지게 쳐다봤다. 스즈키 씨는 이대로 가다간 일을 그르치겠다 싶어, 주인도 알아들을 성싶은 쪽으로 화제를 돌렸다.

"자네, 생각해보게. 그만한 재산에, 그만한 미모면, 어디든 좋은 곳으로 시집갈 수 있지 않겠나? 간게쓰 군도 훌륭하겠지만 신분으로 따지면…… 아니, 신분이라고 하면 결례겠군. 재산으로 보나 뭐로 보나, 누가 봐도 한쪽이 기울지 않나. 날 일부러 여기로 보낼 정도로 부모가 마음 졸이는 건, 그만큼 당사자가 간게쓰 군에게 마음이 있다는 뜻 아닐까?"

스즈키 씨는 제법 그럴듯한 논리로 설명했다. 이번에는 주인도 이해한 것 같아 겨우 안심했지만, 이때 우물쭈물하다간 다시 돌격해 올 위험이 있으니, 서둘러 이야기를 재촉해 한시라도 빨리 사명을 완수하는 게 상책이라고 생각했다.

"그래서 말인데, 지금 상황이 이렇다 보니, 그쪽에서 말하는 건, 금전이나 재산 같은 건 아무것도 필요 없고, 대신 조건으로 자격을 원한다는 건데. 그 자격이라는 게 뭐 사회적 지위 아니겠나. 박사가 되어야만 결혼시키겠다고 으름장을 놓는 게 아니네, 오해하지 말게. 얼마 전에 사모님이 왔을 때 이상한 말만 해대니까……. 아니, 자네가 나쁘다는 건 아닐세. 사모님도 자네를 빈말이 없고 솔직하고 좋은 사람이라고 칭찬했어. 전적으로 메이테이 잘못이지. 그래서 당사자가 박사만 되어준다면 그쪽도 사람들한테 면이 선다는 말이지. 어떤가. 가까운 시일에 간게쓰 군이 논문을 제출해서 박사 학위를 받지 않을까? ……뭐 가네다 댁뿐이라면 박사도, 학사도 필요 없겠지. 단지 세상이라는 게 그리 호락호락하지만은 않으니까."

듣고 보니 상대편에서 박사를 요구하는 것도 꼭 무리는 아닌 것 같았다. 무리가 아닌 것 같다는 생각이 드니, 스즈키 씨의 의뢰대로 하고 싶어졌다. 주인을 살리는 것도 죽이는 것도 스즈키 씨 뜻대로 흘러갔다. 과연 주인은 단순하고 정직한 남자다.

"그럼 다음에 간게쓰가 오면 박사 논문을 쓰도록 내가 권해보겠네. 하지만 그전에 가네다의 딸과 결혼할 생각인지 아닌지부터 따져봐야겠지."

"따져보다니, 자네 그렇게 각박하게 굴어선 일이 해결되지 않아. 평소처럼 이야기를 나누면서 은근히 떠보는 게 가장 좋을 듯하네."

"마음을 떠보라고?"

"응, 마음을 떠본다기보다 이야기를 나누다 보면 저절로 알게 될 걸세."

"자네는 알 수 있을지 모르지만, 나는 분명히 말하지 않으면 모르네."

"몰라도 괜찮네. 하지만 메이테이처럼 쓸데없이 훼방을 놔서 일을 망치는 건 나쁘다고 생각해. 권하진 않더라도 이런 일은 본인이 결정하게 돼야 할 테니 말이야. 다음에 간게쓰 군이 오면 아무쪼록 방해하지 않도록 해주게. 아니, 자네를 말하는 게 아닐세, 그 메이테이 말이네. 그 녀석한테 걸리면 죄다 물거품이 될 테니까."

주인이 대신하여 메이테이의 욕을 얻어먹고 있다. 호랑이도 제 말 하면 온다더니 메이테이 선생이 여느 때처럼 부엌문으로 봄바람을 타고 홀연히 날아들었다.

"이야, 귀한 손님이 오셨군. 구샤미는 나 같은 단골한테는 소홀한데 말이지. 아무래도 구샤미네는 10년에 한 번꼴로 와야 할까 봐. 이런 고급 과자도 턱 내놓고 말이야."

메이테이 선생은 후지무라 상점의 양갱을 마구 집어 먹었다. 스즈키 씨는 머뭇거렸다. 주인은 빙긋이 웃고 있다. 메이테이 선생은 입을 우물거렸다. 나는 마루에서 이 광경을 보고 무언극이라는 것이 족히 성립되겠구나 싶었다. 절에서 무언의 문답을 하는 것이 이심전심이라면, 이 무언의 연극도 이심전심의 막이다. 아주 짧지만 아주 예리한 막이다.

"자네는 평생을 떠돌이처럼 살 줄 알았는데 어느새 돌아왔군그래. 오래 살고 볼 일이야. 나도 무슨 횡재를 얻을지 모르겠군."

메이테이 선생은 스즈키 씨에게도 주인을 대할 때처럼 전혀 거리낌이 없다. 아무리 함께 자취했던 사람이라 해도 10년 만에 만나면 왠지 어색할 텐데, 메이테이 선생은 그런 내색을 하지 않으니, 대단한 건지, 바보스러운 건지 다소 짐작이 가지 않았다.

"쯧쯧, 사람 그렇게 놀리면 못쓰네."

스즈키 씨는 적당히 대답했지만, 왠지 침착하지 못하고, 초조한 듯 가슴의 금줄을 만지작거렸다.

"자네, 전철은 타봤나?"

주인은 스즈키 씨에게 난데없는 질문을 던졌다.

"오늘은 자네들 놀림거리로 온 것 같군. 아무리 시골내기라지만…… 이래 봬도 전철 회사 주식을 60주나 갖고 있네."

"오, 함부로 무시 못 하겠는데. 나는 888주 반을 갖고 있었는데, 안타깝게도 벌레가 거의 다 먹어버리는 통에 지금은 반 주밖에 없네. 자네가 조금만 더 일찍 도쿄에 왔다면 벌레 먹지 않은 걸로 열 주 정도 줬을 텐데 아쉽게 되었군."

"여전히 아무 말이나 하는군. 하지만 농담은 농담이고, 그런 주식은 갖고 있어서 손해 볼 건 없어. 해마다 주가가 오르니까."

"그래, 반 주라도 천 년이나 묵혀두면 창고가 세 개쯤은 늘 테지. 자네나 나나 그런 쪽으로는 타고나지 않았나. 그러고 보면 구샤미는 불쌍한 사람이야. 주식이라고 하면 먹는 무의 형제쯤으로 여기니까."

메이테이 선생은 또 양갱을 집으며 주인을 쳐다봤다. 주인도 메이테이 선생의 식욕에 전염되어 저절로 과자 접시로 손이 갔다. 세상에서는 매사 적극적인 자가 남을 거느릴 권리를 가진다.

"주식 따윈 아무래도 상관없어. 나는 소로사키를 한 번이라도 좋으니 전철에 태워주고 싶었네."

주인은 이렇게 말하며 베어 문 양갱의 잇자국을 멍하니 바라봤다.

"소로사키가 전철을 탄다면, 탈 때마다 시나가와까지 가버릴 거야. 그보다 역시 천연거사가 되어 단무지를 누르는 돌에 새겨지는 편이 무사할 테지."

"소로사키라면 죽은 그이를 말하겠지? 안됐군, 머리가 참

비상했는데 아까워."

스즈키 씨가 말하자 메이테이 선생이 즉시 받았다.

"머리는 좋았지만, 밥 짓기는 가장 젬병이었지. 난 소로사키가 당번인 날은 항상 밖에 나가서 메밀국수로 때웠어."

"맞아, 그 친구는 항상 밥을 태워 먹어서 나도 힘들었네. 거기다 반찬으로 꼭 생두부를 주니 차가워서 먹을 수가 있어야지."

스즈키 씨도 10년 전의 불만을 기억 저편에서 끄집어냈다.

"구샤미는 그 시절부터 단짝 소로사키와 둘이 밤마다 단팥죽을 먹으러 나갔지. 그 재앙으로 지금 만성 위염에 걸려 고생하고 있지만 말이야. 사실 구샤미가 단팥죽을 더 많이 먹었으니 소로사키보다 먼저 죽어도 할 말은 없는데 말이야."

"그런 논리가 어디 있나? 내 단팥죽은 자네에 비하면 아무것도 아니지. 자네는 운동이랍시고 매일 밤 죽도를 가지고 뒤편 무덤에 가서, 석탑을 내려치다가 스님한테 들켜 혼쭐이 나지 않았나."

주인도 질세라 메이테이 선생의 과거 악행을 폭로했다.

"아하하하, 그래그래. 스님이 부처님 머리를 때리면 편히 잘 수 없으니 그만 좀 하라고 했던가. 그나마 나는 죽도였지, 스즈키 장군은 맨손으로 그랬다고. 석탑과 씨름을 해서 크고 작은 석탑 세 개는 쓰러뜨렸으니."

"그때 스님이 아주 노발대발하셨지. 반드시 원래대로 세워 놓으라 하기에 인부를 구할 때까지 기다려달라고 하니까 '참회의 뜻으로 저 스스로 일으켜야 부처님 뜻에 반하지 않네'라고 했잖은가."

"그때 자네 차마 눈 뜨고는 못 볼 지경이었네. 당목 셔츠에 팬티 바람으로 웅덩이 안에서 끙끙대는 꼴이라니……."

"그걸 자네가 태연한 얼굴로 그려대니 진짜 너무했지. 내가 웬만해선 화를 안 내는데 그때만큼은 정말 상종 못 할 인간이라고 생각했네. 그때 자네가 뭐라고 했는지 기억하나?"

"10년 전에 한 말을 누가 기억하나? 그 석탑에 '귀천원전 황학대거사 안에이 오년 진정월(歸泉院殿 黃鶴大居士 安永 五年 辰正月)'이라고 새겨져 있던 것만은 아직도 기억하네만. 고아한 석탑이었지. 이사할 때 훔쳐 가고 싶을 정도로 말이야. 실로 미학상 원리에 부합한 고딕 양식의 석탑이었네."

메이테이 선생은 다시 엉터리 미학론을 늘어놓았다.

"그건 그렇다 쳐도, 자네가 이렇게 말했잖나. '나는 미학을 전공할 생각이라 세상의 재미있는 사건은 되도록 사생해 두어 장래에 참고해야 해, 불쌍하다느니 짠하다느니 같은 사사로운 감정은 학문에 충실한 나 같은 사람이 입에 담을 바가 아니야'라며 아무렇지 않게 말했지. 진짜 인정머리 없는 놈이다 싶어서 진흙 범벅인 손으로 자네의 사생첩을 북북 찢어 버렸지."

"나의 전도유망한 미술적 재능이 꺾여 실력 발휘를 제대로 할 수 없게 된 것도 바로 그때부터지. 자네에게 기가 꺾인 거야. 그래서 난 자네가 원망스럽네."

"헛소리 좀 작작 하게. 내가 더 원한이 깊지."

"메이테이는 그때부터 허풍쟁이였군."

주인은 양갱을 감쪽같이 먹어치우고 다시 두 사람 대화에 끼어들었다.

"약속 같은 걸 지켜본 적이 없어. 그래서 다그치면 사과는커녕 변명만 잔뜩 늘어놨지. 그 절 경내에 백일홍이 피었을 때, 백일홍이 질 때까지 '미학원론'이라는 책을 쓰겠다고 해서, 내가 그건 무리다, 도저히 불가능한 일이라고 하니까 자네가 뭐라고 했나. 나는 이래 봬도 한다면 하는 남자다, 그렇게 의심스러우면 내기를 해도 좋다고 했지. 나는 진지하게 받아들여 내기에서 지는 사람이 간다의 서양 요릿집에서 한턱내기로 정했지. 그 짧은 시간 동안 책을 어떻게 쓰겠나 싶어 내기를 하긴 했는데, 속은 좀 탔네. 내겐 서양 요리를 살 돈이 없었거든. 다행히 메이테이는 글을 쓰는 기색이 전혀 없었어. 일주일이 지나고 스무 날이 지나도 한 장도 쓰지 않았지. 이윽고 백일홍이 모두 졌는데도 아주 태평하더라고. 드디어 서양 요리를 맛보는구나 하고 약속을 지키라고 다그치니까 메이테이가 딱 잡아떼더군."

"또 무슨 핑계를 대던가?"

스즈키 씨가 장단을 맞췄다.

"진짜 뻔뻔스럽기도 하지. '나는 다른 재능은 없어도 의지만큼은 절대 자네에게 지지 않네'라며 고집을 부리는 거야."

"한 장도 쓰지 않아 놓고 말인가?"

이번에는 메이테이 선생이 질문했다.

"당연하지. 그때 자네가 이렇게 말했네. '나는 의지 하나는 누구에게도 지지 않아. 하지만 유감스럽게도 기억력은 남보다 좀 떨어지지. 미학원론을 저술하려는 의지는 충분히 있었으나, 그 의지를 자네에게 선언한 다음 날부터 잊어버렸네. 따라서 백일홍이 질 때까지 저서를 완성하지 못한 것은 기억의 죄지, 의지가 죄가 아니야. 의지의 죄가 아닌 이상, 서양 요리 같은 걸 살 이유가 없네'라며 배 째라는 식이었지."

"역시 메이테이만의 기지를 발휘했군, 재밌네."

스즈키 씨는 왠지 재미있다는 표정이다. 메이테이 선생이 없을 때의 말투와는 사뭇 다르다. 이것이 영리한 사람의 특색일지도 모른다.

"뭐가 재밌다는 거야."

주인은 아직도 분하다는 모습이다.

"유감이군. 그러니까 그때 일을 만회하려고 공작 혓바닥

같은 것을 사방으로 찾아다니고 있잖나. 그렇게 화만 내지 말고 기다리게. 그나저나 책 얘기를 하니 생각났는데, 오늘은 깜짝 놀랄 만한 소식을 들고 왔네."

"자네는 올 때마다 그런 소식을 들고 오니 별 믿음이 안 가네."

"오늘은 진짜 깜짝 놀랄 만한 소식이네. 정가에서 한 푼도 깎지 않은 소식이란 말일세. 간게쓰 군이 박사 논문을 쓰기 시작한 사실을 알고 있나? 간게쓰 군은 식견이 뛰어난 사람이니 박사 논문 같은 시시한 노력은 안 할 줄 알았는데, 그런 엉큼한 구석이 있다는 게 웃기지 않은가. 자네, 코한테도 꼭 알려주게. 요즘은 도토리 박사가 되는 꿈이라도 꾸고 있을지 모르니까."

스즈키 씨는 간게쓰 군의 이름을 듣고, 말해서는 안 된다고 주인에게 턱짓으로 신호를 보냈다. 주인에게는 그런 신호가 전혀 통하지 않는다. 아까 스즈키 씨에게 설교를 들었을 때는 가네다 씨의 딸이 안쓰러웠지만, 지금 메이테이 선생한테서 코마님 이야기를 듣자 얼마 전에 싸웠던 일이 또 생각났다. 그 생각을 하니 웃기기도 하고, 조금은 밉기도 했다. 그러나 간게쓰 군이 박사 논문을 쓰기 시작한 소식은 그 무엇보다 반가운 선물이고, 이것만은 메이테이 선생의 자화자찬처럼 일단은 깜짝 놀랄 만한 소식이다. 단순히 놀랄 만한 소식이 아니라 기쁘고 유쾌한 소식이다. 지금은 가네다 씨의 딸과 결혼하든 안 하든 아무래도 상관없다. 어쨌든 간게쓰 군이 박사가 되는 건 좋은 일이다. 자신처럼 실패한 목석은 불상집 구석에서 벌레가 먹을 때까지 맨 나무인 채 썩어가도 유감스럽지 않지만, 훌륭하게 완성된 조각에는 하루라도 빨리 금박을 입혀주고 싶다.

"정말로 논문을 쓰고 있나?"

주인은 스즈키 씨의 신호는 제쳐두고 열심히 물었다.

"이 사람, 속고만 살았나. 논제가 도토리인지 목매기의 역학인지는 확실히 모르겠지만 말이야. 좌우지간 간게쓰 군이 논문을 쓴다니 코가 몹시 황송해하겠지."

아까부터 메이테이 선생이 코, 코 하며 거리낌 없이 말하는 걸 들을 때마다 스즈키 씨는 불안한 모습을 보였다. 메이테이 선생은 전혀 눈치채지 못하고 천하태평이다.

"그 후 코에 대해 다시 연구했는데, 최근에 《트리스트럼 샌디》*에 코론[鼻論]이 있는 것을 발견했네. 가네다의 코도 스턴에게 보여줬다면 좋은 소재가 됐을 텐데 유감이군. 비명(鼻名)을 길이 남길 자격은 충분한데, 그대로 썩히다니 안타까울 따름이야. 다음에 또 여기 온다면 미학상의 참고를 위해 사생을 해야겠네."

메이테이 선생은 여전히 입에서 나오는 대로 지껄여댔다.

---

* 영국 작가 로렌스 스턴의 장편소설.

"그런데 말이네. 그 딸이 간게쓰 군에게 시집을 오고 싶은 모양이야."

주인이 스즈키 씨에게 들은 걸 곧이곧대로 말하자, 스즈키 씨가 이제 큰일 났다는 얼굴로 주인에게 눈짓을 줬지만, 주인은 절연체처럼 전기가 전혀 통하지 않았다.

"거참 희한하군, 그런 여편네의 자식도 사랑을 하다니. 하기야 얼마나 대단한 사랑이겠어. 아마 비애(鼻戀)쯤 되겠지."

"비애(鼻戀)라도 간게쓰 군이 결혼하면 좋겠는데."

"결혼하면 좋겠다고? 자네, 얼마 전까지만 해도 결사반대 하지 않았나. 오늘은 태도가 부드럽군."

"부드럽긴, 내가 뭘, 단지……."

"단지 좀 어떻게 된 거겠지. 스즈키, 자네도 사업가의 말석을 차지한 사람이니 참고로 말해주겠네만. 가네다 뭐시기라는 사람 말이야. 그 뭐시기의 딸이 천하의 수재 미즈시마 간게쓰 군의 부인이 된다는 건 돼지 발톱에 봉숭아를 들이는 것처럼 어울리지 않아. 그러니 절친한 우리가 야박하게 모르는 척할 순 없지. 자네가 사업가긴 해도 여기에는 이견이 없겠지?"

"여전히 기운이 넘치는군. 좋네, 좋아. 자네는 10년 전이나 지금이나 하나도 안 변했어. 정말 대단해."

스즈키 씨는 어물쩍 넘어가려 했다.

"대단하다고 칭찬해주니 좀 더 박학한 면모를 보여주지.

옛날 그리스인은 체육을 매우 중시하여 모든 경기에 큰 상을 걸고 백방으로 장려했네. 그런데 학자의 지식에 대해서만은 상을 주었다는 기록이 없어서, 실은 최근까지도 그 점을 이상하게 여기던 참이야."

"응, 이상하긴 하군."

스즈키 씨는 계속해서 장단을 맞췄다.

"그런데 바로 이삼일 전 미학 연구를 하다, 문득 그 이유를 발견해 다년간의 의문이 단박에 풀렸네. 오리무중에서 벗어나 통쾌한 깨달음을 얻어 환희의 경지에 이르렀지."

메이테이 선생이 말이 너무 허풍스러운 나머지 사탕발림에 능한 스즈키 씨도 이번에는 체념한 표정을 지었다. 주인은 또 시작이구나 하면서 상아 젓가락으로 과자 접시의 가장자리를 톡톡 두드리고는 고개를 숙이고 있다. 메이테이 선생만 우쭐대며 말을 이었다.

"그래서 이 모순된 현상에 대한 설명을 명백히 글로 기록하여 암흑의 심연에서 우리의 의혹을 풀어준 자가 누구인 줄 아는가? 학문이 탄생한 이래 위대한 학자라 일컬어지는 그리스의 철학자, 바로 소요파의 시조인 아리스토텔레스네. 그의 설명에 따르면…… 어이, 접시 두드리지 말고 경청해……. 그들 그리스인이 경기에서 받은 상은 그들이 연기하는 기예 자체보다 귀중한 것이다. 그래서 칭찬도 되고 장려의 도구도 된다. 하지만 지식 그 자체는 어떠한가. 만약 지식에 대한 보상으로 무언가를 주려면, 지식 이상의 가치 있는 것을 주어야 한다. 그렇지만 지식 이상의 보물이 세상에 있겠는가. 물론 있을 리 없다. 잘못 줬다간 지식의 위엄을 더럽힐 뿐이다. 그들은 지식에 대해 천 냥이 든 상자를 올림포스산만큼 쌓아 크로이소스의 부를 다 주는 한이 있더라도, 그에 상응한 보상을 하려 했으나, 도저히 수지가 맞지 않는다는 사실을 깨닫고, 그 후로는 깔끔하게 아무것도 주지 않기로 했다. 이제 금전이 지식에 필적하지 못한다는 건 충분히 이해할 수 있겠지. 그럼 이 원리를 염두에 두고 시사 문제에 임해보도록 하지. 가네다 뭐시기는 지폐에 이목구비를 갖다 붙인 사람에 불과하지 않은가? 기발한 말로 형용하자면 그는 일개 활동 지폐에 지나지 않아. 활동 지폐의 딸은 활동 우표 정도 되겠지.

그에 반해 간게쓰 군은 어떤가? 최고 학부를 수석으로 졸업하고도 조슈 정벌 시대의 옷 끈을 매달고, 늘 도토리 스터빌러티를 연구하지. 그런데도 여전히 만족스럽지 않은지 머지않아 켈빈*을 압도할 만한 대논문을 발표하려고 준비 중이지 않은가? 우연히 아즈마 다리를 지나다 투신의 재주를 부리려다 실패한 적은 있어도, 이것도 뜨거운 청년에게 있을 수 있는 발작적 행위로서, 그가 지식의 도매상이 되기에

---

* 19세기 영국의 물리학자.

방해가 되는 정도의 사건은 아니네. 나, 메이테이 특유의 비유로 간게쓰 군을 평하자면, 그는 활동 도서관이야. 지식으로 반죽한 28센티미터짜리 탄환이지. 이 탄환이 한번 기회를 얻어 학계에 폭발한다면…… 만약 폭발한다고 상상해보게. ……폭발하겠지……."

메이테이 선생은 여기에 이르자 메이테이 특유라고 자칭하는 형용사가 생각처럼 나오지 않는지, 흔히 말하는 용두사미에 그친 듯 잠시 주춤했으나, 금세 말을 이었다.

"활동 우표 같은 건 몇천만 장 있어봤자 죄다 흩어지고 마네. 고로 간게쓰 군에게는 그런 여자가 어울리지 않아. 내가 승낙하지 않네. 동물 중에서도 가장 총명한 코끼리와 가장 탐욕스러운 돼지가 결혼하는 꼴이야. 그렇지, 구샤미?"

주인은 다시 말없이 접시를 두드리기 시작했다. 스즈키 씨는 조금 기가 빨린 듯 "그럴 리가" 하고 어쩔 수 없이 대답했다. 조금 전까지 메이테이 선생 험담을 많이 한 터라, 여기서 함부로 입을 놀렸다가는 주인 같은 무법자가 어떤 고자질을 할지 모른다. 되도록 여기서는 적당히 메이테이 선생의 날카로운 칼끝을 무사히 피하는 것이 상책이다. 스즈키 씨는 영리한 사람이다. 불필요한 저항은 되도록 피하는 것이 요즘의 방식이며, 불필요한 언쟁은 봉건시대의 유물이라는 것을 깨달았다. 인생의 목적은 말이 아닌 실행에 있다. 자신의 뜻대로 일이 순조롭게 진행되면 그것으로 인생의 목적은 달성된다. 고생과 걱정, 논쟁 없이 사건이 진척되면 인생의 목적은 극락에 이르게 된다. 스즈키 씨는 졸업 후 이 극락주의 덕에 성공하여, 이 극락주의 덕에 금줄을 차게 되었고, 이 극락주의 덕에 가네다 부부의 의뢰를 받았다. 역시 이 극락주의 덕에 구샤미를 감쪽같이 꼬드겨, 본 사건이 해결되려던 차에, 메이테이라는 도저히 상식이 통하지 않고, 보통의 인간과는 다른 심리를 가졌다고 의심되는 허풍쟁이가 돌연 나타나는 바람에 당황하던 중이다. 극락주의를 발명한 자는 메이지의 신사고, 극락주의를 실행한 자는 스즈키 도주로 씨며, 지금 이 극락주의 때문에 곤란에 빠진 자 또한 스즈키 도주로 씨다.

"자네는 아무것도 모르니 '그럴 리가' 같은 새침한 말이 나오는 거야. 평소랑 다르게 말수도 적고 품위 있는 척하는데, 저번에 코가 왔을 때 그 태도를 보면 사업가인 자네도 분명 질려버렸을걸. 그렇지, 구샤미? 자네, 그때 고군분투했잖나."

"그래도 자네보다는 내가 더 평판이 좋은 것 같아."

"아하하하, 자신감이 넘치는군. 그러니까 새비지 티 따위로 학생이랑 선생한테 놀림을 받아도 태연하게 학교에 나갈 수 있지. 나도 의지 하나는 결코 남에게 뒤지지 않지만, 그렇게 뻔뻔하진 않아. 대단하다, 대단해."

"학생이나 선생이 조금 투덜거린다고 무엇이 두렵겠는

가. 생트뵈브˙는 고금에 다시없을 평론가지만, 파리 대학에서 강의할 적에 평판이 매우 좋지 않아서, 학생의 공격에 대응하기 위해 외출할 때 혹시 모를 사태에 대비하려고 단도를 소매 속에 숨기고 다닌 적이 있네. 브륀티에르˙˙ 역시 파리 대학에서 졸라˙˙˙의 소설을 공격했을 때는······."

"하지만 자네는 대학교수가 아니지 않나. 고작 영어 독해 선생이 그런 대가를 예로 들다니, 송사리가 고래를 예로 드는 격이군. 그런 말 하면 더 놀림받네."

"그 입 좀 다물게. 생트뵈브나 나나 다 같은 학자야."

"참 대단한 식견이군. 하지만 비수를 품고 돌아다니는 건 위험하니까 흉내 내지 말게. 대학교수가 비수라면, 영어 교사는 음, 주머니칼 정도 되려나. 그렇다 해도 칼은 칼이니까 가게에 가서 장난감 공기총을 사다 메고 다니는 게 좋을 거야. 귀여워 보이고 좋잖나. 그렇지, 스즈키?"

이야기가 가까스로 가네다 사건에서 멀어졌기에 스즈키 씨는 한숨 돌리며 말했다.

"여전히 천진난만하고 유쾌해. 10년 만에 자네들을 만나니, 왠지 답답한 골목에서 넓은 들판으로 나온 기분이네. 아무래도 같이 일하는 사람들과 이야기할 때는 방심할 수가

˙ 샤를 오귀스탱 생트뵈브, 19세기 프랑스의 작가이자 비평가.
˙˙ 페르디낭 뱅상드폴 마리 브륀티에르, 19세기 프랑스의 평론가이자 문학사가.
˙˙˙ 에밀 졸라, 19세기 프랑스의 작가이자 언론가.

없어서 말이야. 말할 때마다 신경을 써야 하니까 염려되고 갑갑해서 정말 괴로워. 허물없이 말하는 게 좋네. 옛날 학생 때 친구들과 이야기하는 게 제일 거리낌이 없어서 좋아. 아아, 오늘은 뜻밖에 메이테이를 만나 유쾌했어. 그럼 나는 볼일이 좀 있어서 이만 실례하겠네."

스즈키 씨가 일어서려 하자, 메이테이 선생도 "나도 가겠네. 나는 이제 니혼바시의 연예교풍회(演芸矯風會)*에 가야 하거든. 거기까지 함께 가지."

"마침 잘됐군. 오랜만에 같이 산책이나 하세."

두 사람은 손을 잡고 돌아갔다.

---

* 학자와 정치가를 중심으로 1886년에 발족한 연극 혁신회. 연극을 근대 사회에 걸맞은 내용으로 바꾸려고 제창된 운동.

5

 24시간 동안의 일을 빠짐없이 쓰고, 빠짐없이 읽으려면, 적어도 24시간은 걸릴 것이다. 사생문을 극히 장려하는 나도, 이건 도저히 불가능하다고 털어놓지 않을 수 없다. 그러니 아무리 내 주인이 온종일 정밀하게 묘사할 만한 기이한 언행을 일삼는다 해도, 이를 일일이 독자에게 보고할 능력과 끈기가 없는 것은 매우 유감이다. 유감이긴 하지만 어쩔 수 없다. 고양이에게도 휴식은 필요하다. 스즈키 씨와 메이테이 선생이 돌아가자, 매섭게 몰아치던 바람이 그치고, 눈 내리는 겨울밤처럼 고요해졌다. 주인은 여느 때처럼 서재에 틀어박혀 있다. 아이들은 세 평 남짓한 방에 베개를 나란히 하고 자고 있다. 한 칸 반짜리 장지문을 사이에 두고 남향 방에는 안주인이 세 살 난 멘코에게 젖을 물린 채 누워 있다. 벚꽃 필 무렵, 흐린 날씨로 해는 일찍 저물고, 밖을 오가는 나막신 소리가 손에 잡힐 듯 거실에 울려 퍼졌다. 이웃 마을 하숙집에서 부는 피리 소리가 들렸다 멀어지기를 반복하며 졸린 귀에 때때로 희미한 자극을 준다. 밖은 아마 어슴푸레한 밤이리라. 저녁 식사로 어묵 국물을 배불리 먹었기에 아무래도 휴식이 필요하다.

듣자 하니, 세상에는 고양이의 사랑이라 불리는 우스운 현상이 있어서, 초봄에 동네 고양이족이 잠도 못 이룰 정도로 들떠 돌아다니는 밤이 있다고 하던데, 나는 아직 그런 심적 변화를 겪어보지 못했다. 본디 사랑은 우주적 활력이다. 위로는 하늘의 신 주피터부터 아래로는 땅속에서 우는 지렁이와 땅강아지에 이르기까지 사랑의 길에 뛰어드는 것이 만물의 이치인지라, 우리도 '몽롱하고 좋구나' 하며 들썩이는 풍류의 기운을 내뿜는 것도 무리가 아니다. 회고하자면 이렇게 말하는 나도 얼룩이 생각에 애가 닳은 적이 있다. 삼각법의 장본인인 가네다 씨의 딸, 도미코 양조차 간게쓰 군을 연모한다는 소문이 있다. 그러니까 천금 같은 봄밤에 마음이 들떠 만천하의 암고양이, 수고양이가 미쳐 날뛰는 것을 번뇌니, 미혹이니 하며 경멸할 생각은 추호도 없으나, 어쩌랴, 나는 유혹을 당해도 그런 마음이 들지 않기 때문에 어쩔 수 없다. 지금 난 그저 휴식을 원할 뿐이다. 이렇게 졸려서는 사랑도 할 수 없다. 살금살금 아이들 이불 속으로 들어가 기분 좋게 잠이나 자련다……

문득 눈을 떠 보니 주인은 어느새 서재에서 안방으로 와 안주인 옆에 깔린 이불 속에 파고 들어가 있다. 주인은 자기 전에 습관적으로 작은 영어책을 서재에서 가지고 온다. 하지만 누워서 두 쪽 이상 읽은 적은 없다. 가지고 와서는 머리맡에 두고 손도 안 댈 때도 있다. 한 줄도 안 읽을 거면 굳이 들고 올 필요도 없을 텐데, 그것이 주인다운 점이니 아무리 안주인이 비웃어도, 그만 가지고 오라고 해도 듣는 법이 없다. 매일 밤 읽지도 않을 책을 수고스럽게 안방까지 나른다. 어떤 날은 욕심을 부려 서너 권이나 안고 온다. 지난 며칠 밤은《웹스터 대사전》까지 안고 왔다. 내 생각에 이건 주인의 병이다. 사치스러운 사람이 고급 놋쇠 주전자에서 울리는 솔바람 소리를 듣지 않고서는 잠들지 못하는 것처럼, 주인도 책을 머리맡에 두지 않으면 잠들지 못하는 것이다. 그렇다면 주인에게 책은 읽는 것이 아니라 잠을 부르는 도구다. 활판 수면제다.

오늘 밤도 어쩌고 있나 들여다보니, 얇은 빨간색 책이 주인의 콧수염 끝에 닿을 듯 말 듯한 곳에서 반쯤 펼쳐진 채 나뒹굴고 있다. 주인의 왼손 엄지가 책 사이에 끼워진 것으로 보아, 기특하게도 오늘 밤에는 대여섯 줄은 읽은 모양이다. 빨간 책 옆에는 니켈 회중시계가 봄에 어울리지 않는 차가운 빛을 내뿜고 있다.

안주인은 젖먹이를 저 앞에 밀쳐두고 베개에서 벗어난

채 입을 벌리고 코를 골고 있다. 인간의 모습 중 무엇이 가장 볼썽사납냐면, 단연 입을 헤 벌리고 자는 것이다. 고양이는 평생 이런 수치스러운 꼴은 보이지 않는다. 원래 입은 소리를 내기 위한 것이고, 코는 숨을 쉬기 위한 도구다. 북쪽으로 가면 인간이 게을러져 입을 열지 않으려고 절약한 결과, 코로 말하는 듯한 '앵앵'거리는 사투리도 있지만, 코를 닫고 입으로만 호흡하다니, '앵앵'거리는 것보다 더 추잡스럽다고 생각한다. 일단 천장에서 쥐똥이라도 떨어지면 위험하다.

아이들은 어떤가 하고 보니, 이쪽도 부모 못지않게 벌러덩 자빠져 자고 있다. 언니 돈코는 '언니의 권리란 바로 이런 것이다'라는 듯, 오른손을 뻗어 동생 귀에 올려놓았다. 동생 슨코는 그에 대한 복수로 언니 배에 한 발을 턱 올려놓았다. 둘 다 잠자리에 막 누웠을 때의 자세보다 90도는 족히 돌아가 있다. 게다가 이렇게 부자연스러운 자세를 유지하면서 둘 다 쿨쿨 자고 있다.

과연 봄날의 등불은 각별하다. 천진난만하면서도 지극히 볼품없는 이러한 광경을 비추며 달밤이 아쉽다는 듯 그윽하게 빛난다. 지금이 몇 시지, 하고 방 안을 둘러보니 사방이 조용해서 들리는 것이라고는 벽시계와 안주인의 코 고는 소리와 하녀가 이 가는 소리뿐이다. 하녀는 남들이 이를 간다고 말해주면 항상 아니라고 부정한다. 자신은 태어나서 이

날 이때까지 이를 갈아본 기억이 없다며 억지를 쓴다. 고치도록 노력해보겠다거나 죄송하다고도 하지 않고, 무조건 그런 기억은 없다고 주장한다. 역시 자면서 부리는 재주라 기억하지 못하는 것이다. 하지만 사실이란 기억하지 못해도 존재하는 것이기에 곤란하다. 세상에는 나쁜 짓을 하면서, 자기는 끝까지 착하다고 생각하는 사람이 있다. 자신은 죄가 없다고 굳게 믿고 있는 건 순진해서 나름 괜찮지만, 남을 곤란하게 한 사실은 사라지지 않는다. 이러한 신사 숙녀는 이 하녀의 계통에 속할 것이다. 밤이 꽤 깊어진 것 같다.

부엌 창문을 툭툭, 가볍게 두드리는 자가 있다. 이런 시각에 누가 올 리가 없다. 아마 쥐일 것이다. 쥐라면 잡지 않기로 했으니 어디 마음대로 설치라지. 그런데 다시 툭툭 두드리는 소리가 났다. 아무래도 쥐가 아닌 모양이다. 쥐라면 상당히 조심성 있는 쥐일 것이다. 이 집에 사는 쥐는 주인이 다니는 학교의 학생처럼, 낮이고 밤이고 미쳐 날뛰는 수련에 여념이 없고, 가엾은 주인의 꿈을 파괴하는 것을 천직처럼 아는 일당들이라, 이렇게 조심스러울 리가 없다. 분명 쥐는 아니다. 저번에 안방까지 침입하여 높지도 않은 주인의 코끝을 물고 개선가를 부르며 물러난 쥐치고는 너무 소심하다. 절대로 쥐는 아니다. 이번에는 끼익, 창문을 위로 들어 올리는 소리가 난다. 그리고 장지문을 최대한 천천히 연다. 확실히 쥐는 아니다. 인간이다. 한밤중에 주인 허락도 없이 문을 열고 왕림했다면 메즈테이 선생이나 스즈키 씨는 아닐 것이다. 익히 들어온 그 고명하신 도선생일지도 모른다. 정말 도선생이라면 어서 존안을 뵙고 싶다. 지금 도선생은 제멋대로 흙 묻은 발을 올리고 안으로 두 발짝 들여놓은 듯하다. 세 발짝째라고 생각할 즈음, 판자에 걸렸는지 어둠 속에서 쿵 소리가 울려 퍼졌다. 내 등 털이 구둣솔로 거꾸로 빗겨진 기분이었다. 잠시 발소리가 나지 않는다. 안주인을 보니 아직도 입을 벌리고 태평하게 공기를 무아지경으로 호흡하고 있다. 주인은 빨간 책에 엄지가 끼인 꿈이나 꾸고 있을 것이다. 이윽고 부엌에서 성냥을 켜는 소리가 들렸다. 제아무리 도선생이라도 한밤중에는 나만큼 눈이 밝지 않은 모양이다. 부엌이 좁아터져서 꽤 불편할 것이다. 나는 웅크린 채 생각했다. 도선생은 부엌에서 거실 쪽으로 나타날까, 아니면 왼쪽으로 꺾어 현관을 통과해 서재로 들어갈 것인가. 발소리는 문소리와 함께 툇마루 쪽으로 나갔다. 도선생은 이윽고 서재로 들어갔다. 더는 아무런 소리도 기척도 없다. 이 순간 나는 어서 주인 부부를 깨워야 한다고 생각했지만, 어떻게 하면 깨울 수 있을지에 대한 생각만이 머릿속에서 물레방아처럼 돌 뿐, 뾰족한 수가 떠오르지 않았다. 이불자락을 물고 흔들어보면 어떨까 해서 두세 번 해봤지만, 조금도 효과가 없었다. 차가운 코를 볼에 문질러보면 어떨까 해서 주인 얼굴에 갖다 대자, 주인은 잠결에 손을 뻗어 들입다 내 코를 확 밀쳤다. 코는 고양이에게 급소다. 무진장 아팠다. 이번엔 어쩔 수 없이 '야옹, 야옹' 하고 두 번 울어 깨우려 했지만, 어찌 된 일인지 목구멍이 막힌 것처럼 소리가 나오지 않았다. 가까스로 우물거리는 듯한 소리를 냈는데 깜짝 놀라고 말았다. 정작 주인은 깨어날 기미도 없는데 갑자기 도선생의 발소리가 나기 시작한 것이다. 살금살금, 툇마루를 지나 다가온다. 드디어 왔구나, 이렇게 된 이상 이젠 다 틀렸다고 체념하고 장지문과 고리짝 사이로 잠시 몸을 숨겨 동태를 살폈다. 도선생의 발소리는 안방 문 앞에서 탁 멈췄다. 나는 숨을 죽이고 이제 그가 무엇을 하는지 집중했다. 나중에 든 생각인데, 쥐를 잡을 때 이런 마음가짐이면 못 잡는 쥐가 없을 것이다. 영혼이 두 눈에서 튀어나올 지경이다. 도둑 덕분에 다시없을 깨달음을 얻게 되어 참으로 고맙다. 곧 장지문 셋째 칸이 비에 젖은 것처럼 가운데만 색이 변했다. 거기에 비친 연분홍색 물체가 점점 진해지는가 싶더니, 어느새 창호지가 찢어져 그 사이로 빨간 혀가 날름거리는 것이 보였다. 혀는 순식간에 어둠 속으로 사라졌다. 대신 뭔가 무섭게 빛나는 것이 하나, 찢어진 구멍 저편에서 나타났다. 의심할 여지 없는 도선생의 눈이다. 이상하게도 그 눈이 방 안에 있는 물건이 아니라, 고리짝 뒤에 숨어 있는 나만 노려보는 것 같았다. 1분도 안 되는 시간이었지만, 그렇게 노려보니 수명이 단축될 것만 같았다. 더는 참을 수 없어 고리짝 뒤에서 뛰쳐나가기로 마음먹었을 때, 안방 문이 열리며 기다리고 기다리던 도선생이 마침내 눈앞에 나타났다.

  나는 서술 순서상, 불시에 들이닥친 진귀한 손님인 도선생을 이 자리를 빌려 소개하는 영예를 안게 되었으나, 그 전에 잠시 내 의견을 펼치려 하니 양해 바란다. 고대의 신은 전지전능함으로 추앙받는다. 특히 기독교의 신은 20세기인 오늘날까지도 이 전지전능의 탈을 쓰고 있다. 그러나 세상 사람들이 생각하는 전지전능은 때에 따라 무지무능이라고도 해석할 수 있다. 이것은 명백한 역설이다. 그런데 이 역설을 설파한 자는 천지개벽 이래 나 혼자일 테니, 스스로 만만치 않은 고양이라는 허영심이 생긴다. 이에 여기서 모쪼록 그 이유를 밝혀 고양이도 무시해서는 안 된다는 것을, 오만방자한 인간 여러분 뇌리에 새겨 넣으려 한다. 천지 만물은 신이 만들었다고 하는데, 그렇다면 인간도 신의 제작품일 것이다. 실제로 성경인가 하는 책에도 그렇게 명기되어 있다고 한다. 그런데 이런 인간에 대하여, 인간 스스로 수천 년 관찰을 거듭해 굉장히 현묘하고 불가사의한 존재라고 여기는 동시에, 신의 전지전능을 더욱 인정하는 분위기로 기울어진 사실이 있다. 바로 우글거리는 수많은 인간 중 같은 얼굴을 한 자가 이 세상에 한 명도 없다는 것이다. 얼굴의 쓰임은 물론 지극히 한정되어 있고, 크기도 대체로 비슷하다. 바꿔 말하면, 그들은 모두 같은 재료로 만들어져 있다. 같은 재료로 만들어졌는데도 불구하고 한 명도 같은 결과로 도출되지 않는다. 용케 간단한 재료로 이렇게까지 다른 생김새를 고안해 내다니, 제조자의 기량에 감탄하지 않을 수 없다. 상당히 독창적인 상상력이 아니고서야 이런 변화를 만들어 낼 수는 없다. 당대 최고의 화공이 온 정력을 다하여 변화를 추구한 얼굴이라도 열두세 종밖에 만들어 낼 수 없는 사실을 고려하면, 인간 제조를 도맡은 신의 솜씨를 경탄하지 않을 수 없다. 도저히 인간 사회에서는 목격하기 어려운 경지의 기량이라 이를 전지적 기량이라고 해도 무방할 것이다. 인간은 이 점 때문에 신을 몹시 두려워하는 것 같다. 과연 인간의 관점에서 보면 가히 두려워할 만하다. 그러나 고양이 입장에서 보면, 똑같은 사실이 오히려 신의 무능력을 증명하는 것으로도 해석할 수 있다. 설령 아주 무능하지는 않더라도 인간 이상의 능력은 절대 없다고 단정 지을 수 있다. 신이 인간의 수만큼 많은 얼굴을 제조했다지만, 처음부터 꿍꿍이가 있어 변화를 준 것인지, 아니면 애당초 고양이고 뭐고 똑같은 얼굴로 만들자고 시작했으나, 도저히 뜻대로 되지 않아 자꾸만 불량품을 만들어 내다 보니 이렇게 난잡한 지경에 이르게 된 것인지 알 길이 없다. 인간의 안면 구조는 신의 성공을 기념하는 동시에 실패의 흔적으로도 판단할 수 있지 않을까? 전능하다고도 할 수 있으나, 무능하다고 평가해도 무방하다. 인간의 눈은 평면 위로 두 개가 나란히 있어, 좌우를 동시에 볼 수 없으니, 사물의 한 면밖에 볼 수 없어 딱하다. 입장을 바꾸어 생각해보면, 이런 단순한 사실은 그들 사회에 밤낮없이 일어나고 있는데, 본인이 신에게 빠져 있으니 깨달을 길이 없다. 제작할 때 변화를 주기가 어렵다면, 철두철미하게 모방하는 것 또한 어렵다. 라파엘로에게 똑같은 성모상을 두 장 그리라고 주문하는 것은, 완전히 다르게 생긴 성모상을 그리라고 요구하는 것과 마찬가지로, 라파엘로에게는 고역일 것이다. 아니, 똑같은 그림을 두 장 그리는 편이 오히려 더 고역일지 모른다. 고보 대사*에게 어제 쓴 필법으로 자신의 이름 구카이(空海)를 써보라고 하는 것은 서체를 완전히 바꾸어 써보라고 하는 것보다 더 곤혹스러운 일일지도 모른다. 인간이 사용하는 언어는 모두 모방주의로 전습된다. 그들 인간이 어머니로부터, 유모로부터, 타인으로부터 실용적인 언어를 익힐 때는, 단순히 들은 대로 반복하는 것 외에는 털끝만큼의 야심도 필요 없다. 젖 먹던 힘까지 동원해 인간 흉내를 내는 것이다. 이처럼 인간 흉내로부터 성립한 언어가 10년, 20년이 지나면서 자연스럽게 발음이 변하는 것은 그들에게 완벽한 모방 능력이 없다는 것을 증명한다. 순수한 모방도 이처럼 지극히 어려운 것이다. 따라서 신이 그들 인간을 구별할

---

* 고보다이시 구카이, 일본 헤이안 시대의 승려.

수 없도록, 모두 똑같은 틀에 찍어 냈다면 신의 전능을 더욱 표명할 수 있으며, 동시에 지금처럼 제멋대로 생긴 얼굴을 노출해, 어지럽게 변화를 만들어 낸 것은, 오히려 그 무능력을 짐작하게 하는 근거이기도 하다.

나는 무슨 필요에서 이런 의견을 펼쳤는지 잊어버렸다. 근본을 망각하는 것은 인간에게도 일어날 수 있는 일이기에, 고양이에게는 당연한 일이라고 너그러이 봐주었으면 한다. 어쨌든 나는 안방 문을 열고 문지방 위에 스윽 나타난 도선생을 흘끔 보았을 때, 이와 같은 감상이 절로 솟구쳤다. 왜 솟구쳤을까? 왜라는 질문이 나왔으니 일단 지금 한번 다시 생각해봐야겠다. ……음, 그 이유는 이러하다.

평소 신의 제작에 대해 그 솜씨가 혹시 무능의 결과는 아닐까 의심했는데, 내 눈앞에 유유히 나타난 도선생의 얼굴을 보니, 그것을 단박에 부정하기에 충분한 특징을 가지고 있었기 때문이다. 그 특징이란 다름이 아니라 그의 외모가 내가 친애하는 호남 미즈시마 간게쓰 군과 똑 닮았다는 사실이다. 물론 내 많은 지기 중에 도선생은 없지만, 그 난폭한 행위로 미루어 평소 은밀히 마음속에 그려 놓은 얼굴이 있다. 펑퍼짐한 콧방울에 동전만 한 눈을 붙인 까까머리일 거라고 멋대로 상상했는데, 막상 보니 상상과는 천지 차이다. 상상은 결코 멋대로 할 게 못 된다. 이 도선생은 키가 훤칠하고 까무잡잡한 피부에 일자 눈썹을 가진 의기양양하고 당찬 도둑이다. 나이는 스물예닐곱쯤 돼 보인다. 그조차 간게쓰 군과 같다. 신도 이런 비슷한 얼굴을 두 개 만들 수 있는 솜씨가 있다면, 결코 무능하다고 볼 수는 없다. 아니, 실제로 간게쓰 군이 정신이 이상해져 이 야밤에 뛰쳐나온 건 아닐까 싶을 정도로 아주 많이 닮았다. 다만 코밑에 거무스름한 수염이 없어서 결국 다른 사람이라는 걸 알았다. 간게쓰 군은 옹골차고 야무지게 생긴 미남으로, 메이테이 선생이 활동 우표라고 칭한 가네다 도미코 양을 족히 빠져들게 하고도 남을 만큼 공들인 제작품이다. 하지만 이 도선생도 관상으로 보자면 여자를 홀리는 작용에 있어서만은 결코 간게쓰 군에게 뒤지지 않는다. 만약 도미코 양이 간게쓰 군의 눈매와 입술에 매료되었다면, 이 도둑 군에게도 동등한 열기로 반하지 않으면 의리가 없는 것이다. 의리는 몰라도 논리에 맞지 않는다. 도미코 양은 재기가 발랄하고, 눈치가 빨라서 이 정도 일은 남에게 듣지 않아도 분명 알 것이다. 그러니 간게쓰 군 대신 이 도선생을 보내도 온 사랑을 바쳐 금실 좋은 부부로 살 게 틀림없다. 만일 간게쓰 군이 메이테이의 설법에 마음이 움직여, 천생연분이 깨진다 해도 이 도선생이 건재하는 이상 괜찮다. 미래 사건의 발전을 여기까지 예상하자 도미코 양의 미래가 겨우 안심되었다. 이 도둑 군이 세상에 존재하는 것은 도미코 양의 삶을 행복하게 하는 중대한 요건이다.

도선생은 겨드랑에 무언가를 끼고 있다. 조금 전 주인이 서재로 내던진 헌 담요다. 짧은 줄무늬 겉옷에 남색 띠를 동여매고, 무릎 아래 창백한 정강이를 드러낸 채, 한쪽 다리를 들어 다다미 위에 들여놓는다. 아까부터 빨간 책에 손가락이 물린 꿈을 꾸던 주인은 이때 몸을 뒤척이면서 "간게쓰다!" 하고 소리쳤다. 도둑은 담요를 떨어뜨리고 내민 발을 황급히 당겼다. 장지문에 길쭉한 정강이가 두 개 선 채로 희미하게 움직이고 있다. 주인은 "으음, 흠냐흠냐" 하면서 빨간 책을 밀치고 피부병 환자처럼 팔을 벅벅 긁었다. 그러고는 조용해지더니 베개에서 벗어나 잠들어버렸다. 간게쓰라고 한 건 자기도 모르게 나온 잠꼬대로 보인다. 도둑은 잠시 마루에 서서 방 안의 동태를 살피다가, 주인 부부가 곤히 자는 모습을 보고, 다시 한 발을 다다미 위에 들여놓았다. 이번에는 간게쓰라는 소리도 들리지 않는다. 이윽고 남은 한 발마저 내디뎠다. 등불에 훤히 비치던 세 평 남짓한 방은 도둑의 그림자로 날카롭게 양분되어 고리짝 부근에서 내 머리 위를 지나 벽의 절반이 새까매졌다. 돌아보니 도둑의 얼굴 그림자가 벽의 3분의 2 높이에서 막연히 움직이고 있다. 미남도 그림자만 보면 머리가 여덟 개 달린 도깨비처럼 정말로 이상하다. 도선생은 안주인의 자는 얼굴을 위에서 보더니 뭣 때문인지 히죽히죽 웃었다. 웃는 모습까지 간게쓰 군과 판박이라 나도 놀랐다.

안주인의 머리맡에는 가로 10센티, 세로 50센티 정도의 상자가 소중히 놓여 있다. 이것은 히젠 지방 가라쓰 사람인 다타라 산페이 군이 얼마 전에 고향에 다녀왔을 때 선물로 가져온 참마다. 참마를 머리맡에 장식하고 자는 건 보기 드문 일이다. 안주인은 음식을 조릴 때 쓰는 백설탕을 장롱에 넣을 만큼 장소 개념이 없어서, 참마는 물론이거니와 단무지가 안방에 있어도 개의치 않을 것이다. 하지만 도선생은 신이 아니기에 그런 여자인 줄 알 턱이 없다. 이렇게까지 극진히 곁에 모셔 둔 이상, 소중한 물건이라고 감정하는 것도 무리는 아니다. 도둑은 참마 상자를 살포시 들어 보더니, 그 묵직함이 기대에 부합했는지 매우 흡족한 모습이다. 드디어 참마를 훔치는가 싶던 순간, 이런 미남이 참마를 훔친다고 생각하니 갑자기 웃음이 터질 것만 같았다. 그러나 소리를 내면 위험하니까 꾹 참았다. 이윽고 도선생은 참마 상자를 조심스럽게 헌 담요로 감싸기 시작했다. 뭔가 묶을 게 없나 하고 주위를 둘러본다. 다행히 주인이 잘 때 풀어 둔 허리띠가 있다. 도둑은 참마 상자를 이 허리띠로 단단히 묶어 휙 둘러멨다. 여자가 좋아할 만한 모습은 아니다. 그러고는 아이들 웃옷 두 장을 주인의 내복 속에 집어넣었다. 그러자 가랑이 부분이 둥글게 부풀어 올라 구렁이가 개구리를 집어삼킨 모양새가 됐다. 아니 만삭의 구렁이라고 하는 편이 더 어울릴지도 모른다. 좌우지간 희한한 모습이 되었다. 거짓말 같다면 시험해봐도 좋다. 도둑은 내복을 목에 칭칭 감았다. 이제 어쩌려나 보니까 주인의 명주 윗도리를 큰 보자기처럼 펼쳐서 안주인의 허리띠며 주인의 겉옷과 속옷, 그 밖의 온갖 잡동사니를 집어넣고 감쌌다. 그 숙련되고 능수능란한 솜씨에 조금 감탄했다. 그러고 나서 안주인의 허리띠를 고정하는 끈과 여자 옷을 치켜올려 메는 띠를 연결해 보자기를 묶은 다음 한 손에 들었다. 더 훔쳐 갈 게 남았는지 주위를 둘러보다가 주인의 머리맡에 놓은 담뱃갑을 발견하고 소맷자락에 집어넣었다. 그리고 한 개비를 꺼내 램프에 대고 불을 붙였다. 맛있다는 듯 깊게 들이마시고 내뱉은 연기가 우윳빛 등갓을 휘감고 채 가시기도 전에, 도선생의 발소리가 툇마루를 지나 유유히 멀어졌다. 주인 부부는 여전히 잠에 취해 있다. 인간도 의외로 칠칠치 못하다.

나는 또 잠시 휴식이 필요하다. 쉴 새 없이 떠들어대면 몸이 축난다. 푹 자고 눈을 뜨니 하늘이 맑게 개었다. 주인 부부가 부엌 입구에서 순사와 대담을 나누고 있다.

"그럼 이리로 들어와서 안방 쪽으로 갔겠군요. 선생님들은 수면 중이라 전혀 눈치를 채지 못하셨고요."

"예."

주인은 조금 겸연쩍은 모습이다.

"그래서 도난당한 건 몇 시쯤입니까?"

순사는 무리한 질문을 던졌다. 시간을 알 정도라면 아무것도 도둑맞지 않았을 것이다. 미처 거기까지 깨닫지 못한 주인 부부는 이 질문에 대해 서로 진지하게 이야기를 나눈다.

"몇 시쯤이지?"

"글쎄요" 하고 안주인은 생각한다. 생각하면 알 수 있으리라 여기는 모양이다.

"당신은 어제 몇 시에 잠들었어요?"

"내가 당신보다 뒤에 잠들었지."

"음, 전 당신보다 먼저 잠들었어요."

"눈을 떠보니 몇 시였지?"

"7시 반이요."

"그럼 도둑이 들어온 건 몇 시쯤이려나?"

"뭐 한밤중이겠죠."

"한밤중은 당연한 거고, 몇 시쯤이냐는 거야."

"정확한 시각은 잘 생각해봐야겠죠."

안주인은 아직도 생각하고 있다. 순사는 단순히 형식적으로 물은 거라서 도둑이 언제 들었건 전혀 상관없다. 거짓말이든 뭐든 그냥 대충 대답해주면 좋을 텐데, 주인 부부가 종잡을 수 없는 문답만 주고받고 있으니 조금 초조한지 "그럼 도난 시각은 불명이고요"라고 하자 주인은 평소와 같은 투로 "뭐, 그렇지요" 하고 대답했다.

순사는 웃지도 않고 말했다.

"자, 그럼 '1905년 모월 모일 문단속을 하고 잤으나, 도둑이 모처의 창문을 열고 모처로 들어와 물품 몇 점을 훔쳐 갔으므로 상기와 같은 고소를 하게 되었다'라는 서면을 제출하세요. 신고가 아니라 고소입니다. 수신인은 쓰지 않으셔도 됩니다."

"물품은 하나하나 다 적나요?"

"네, 옷 몇 벌, 값은 얼마라는 식으로 표를 만들어 제출하세요. ……아니, 들어가 봐야 소용없겠군요. 도둑이 이미 다녀간 후니까."

순사는 담담하게 말하고 돌아갔다.

주인은 붓과 벼루를 방 한가운데로 가지고 나와 안주인을 불러 마치 싸움이라도 하는 투로 말했다.

"지금부터 도난 고소장을 쓸 테니까 도둑맞은 물건을 낱낱이 말해. 얼른 다 말해."

"어머, 기가 막혀. 얼른 다 말하라뇨. 그렇게 몰아붙이는데 누가 말해요?"

안주인은 가느다란 띠로 옷을 추켜 맨 채로 털썩 앉았다.

"꼴이 그게 뭐야? 여관집 하녀 나부랭이 같잖아. 왜 허리띠를 안 맸지?"

"이게 싫으면 사줘요. 여관집 하녀고 뭐고 도둑맞았는데 별수 있어요?"

"허리띠까지 훔쳐 갔어? 망나니 같은 놈. 그럼 허리띠부터 써야겠군. 어떤 띤데?"

"어떤 띠라뇨, 띠가 그렇게 많았던가. 검은 면에 오글쪼글한 비단을 덧댄 띠요."

"검은 면에 오글쪼글한 비단을 덧댄 띠 하나…… 값은 얼마지?"

"6엔 정도 하죠."

"안 어울리게 비싼 띠도 맸군. 앞으로는 1엔 50전짜리로 해."

"그런 띠가 있어요? 그래서 당신이 쪼잔하다는 거예요. 마누라야 추잡스럽게 하고 다니든 말든 자기만 아니면 상관없다는 거죠?"

"아아, 됐어. 그리고 또 뭐야?"

"명주 윗도리요. 그건 가와노의 숙모님 유품으로 받은 건데, 요즘 명주랑은 질이 달라요."

"그런 설명은 안 들어도 돼. 값은 얼마지?"

"15엔."

"15엔짜리 윗도리를 입다니, 과하군."

"무슨 상관이에요? 당신이 사준 것도 아니면서."

"다음은 뭐지?"

"검은 버선 한 켤레."

"당신 거?"

"당신 거요. 값은 27전."

"또?"

"참마 한 상자."

"참마까지 가져갔다고? 삶아서 먹으려나, 즙을 내서 먹으려나."

"어떻게 먹을지는 모르죠. 도둑한테 가서 물어보시구려."

"얼만데?"

"값은 모르죠."

"그럼 12엔 50전 정도로 해두지."

"어이가 없네요, 암만 가라쓰에서 캐 왔대도 참마가 12엔 50전이나 하겠어요?"

"언제는 모른다면서."

"모르죠. 모르지만 12엔 50전은 말도 안 돼요."

"모르지만 12엔 50전은 말도 안 된다는 건 뭐야. 앞뒤가 안 맞잖아. 그래서 당신을 오탄친 팔라이올로고스*라고 하는 거야."

"뭐라고요?"

"오탄친 팔라이올로고스라고."

"오탄친 팔라이올로고스가 뭔데요?"

"뭐면 뭐 하게. 그다음은…… 내 옷은 하나도 안 나왔잖아."

"다음이고 뭐고. 오탄친 팔라이올로고스가 뭐냐니까요?"

---

* 오탄친은 에도 시대 속어로 바보를 뜻하고, 팔라이올로고스는 동로마 최후의 황제 콘스탄티누스 팔라이올로고스를 말함.

"의미고 뭐고 없어."

"알려주면 어디가 덧나요? 사람을 무시해도 유분수지. 제가 모를 것 같으니까 영어로 욕한 거죠?"

"헛소리 작작 하고 얼른 다음 거나 불러. 빨리 고소를 해야 물건을 돌려받을 거 아냐."

"어차피 지금 고소해봤자 늦었어요. 그보다 오탄친 팔라이올로고스가 뭔지나 알려줘요."

"거참, 말 많네. 의미고 뭐고 없다잖아."

"그럼 다음 물건도 없어요."

"똥고집이군. 어디 마음대로 해봐. 내가 고소장을 써주나 봐라."

"나도 물건 수 알려주나 봐요. 고소는 당신이 알아서 할 테니, 저야 뭐 안 써줘도 상관없어요."

"그럼 관두지."

주인은 여느 때처럼 벌떡 일어나 서재로 들어갔다. 안주인은 거실로 물러나 반짇고리 앞에 앉았다. 두 사람 모두 모두 10분 동안 말없이 문짝만 노려보고 있다.

때마침 참마 기증자 다타라 산페이 군이 위세 좋게 현관문을 열고 들어왔다. 다타라 산페이 군은 예전에 이 집에 살던 서생이었는데 지금은 법과대학을 졸업하고 어떤 회사의 광산부에서 근무하고 있다. 이 사람도 사업가의 새싹으로 스즈키 도주로 씨의 후배다. 산페이 군은 이따금 옛 선생의 집을 방문해 일요일 같은 날은 종일 놀다 갈 정도로 이 집 가족과는 가까운 사이다.

"사모님, 날씨가 좋습니다."

산페이 군은 가라쓰 사투리로 말하며 안주인 앞에 양복바지 차림으로 무릎을 꿇고 앉았다.

"어머, 다타라 씨."

"선생님은 어디 가셨나 봅니다."

"아니요, 서재에 있어요."

"사모님, 선생님처럼 공부하면 병납니다. 황금 같은 일요일에 말이죠."

"저한테 말해봤자 소용없어요. 다타라 씨가 선생님한테 그리 말씀해보세요."

"그렇긴 한데……."

산페이 군이 말을 하다 말고 방 안을 둘러보며 "오늘은 꼬마 아가씨들이 통 보이질 않네요" 하자마자 옆방에서 돈코와 슨코가 달려왔다.

"다타라 아저씨, 오늘은 초밥 가져왔어?"

언니 돈코가 지난번 약속을 기억해 내고 산페이 군의 얼굴을 보자마자 재촉했다. 산페이 군은 머리를 긁적이며 자백했다.

"그걸 아직도 기억하니. 다음에는 꼭 가져오마. 오늘은 깜빡했네."

"에이."

언니가 말하자 동생도 바로 "에이" 하고 따라 했다. 안주인은 이제야 기분이 풀렸는지 조금 웃는 얼굴이다.

"초밥은 못 가져왔지만, 참마는 드렸지. 꼬마 아가씨들 맛 좀 보셨나?"

"참마가 뭐야?"

언니가 묻자 동생이 이번에도 또 따라서 "참마가 뭐야?" 하고 산페이 군에게 물었다.

"아직 못 먹어봤어? 빨리 엄마한테 삶아달라 해라. 가라쓰 참마는 도쿄 거랑 달라서 맛있거든."

산페이 군이 고향 자랑을 하자 안주인이 그제야 깨닫고 말했다.

"다타라 씨, 저번에는 친절하게 선물도 가져오시고 고마웠어요."

"어떠셨어요? 드셔보셨습니까? 상하지 않게 상자에 단단히 넣어 가져온 터라 괜찮았을 텐데."

"그게, 기껏 생각해서 주신 건데, 어젯밤에 도둑맞아 버렸어요."

"도둑이요? 참 이상하네요. 참마를 좋아하는 도둑인가 봅니다."

산페이 군은 매우 놀랐다.

"엄마, 어젯밤 도둑이 들어왔어?"

언니가 묻자 "어어" 하고 안주인이 대충 대답했다.

"도둑이 들어와서…… 그래서…… 도둑이 들어와서…… 어떤 얼굴로 들어왔어?"

이번에는 동생이 물었다. 이 기이한 질문에 안주인도 뭐라고 답해야 할지 몰라 "무서운 얼굴로 들어왔지" 하고 대답하며 산페이 군을 쳐다봤다.

"무서운 얼굴이 다타라 아저씨 같은 얼굴이야?"

언니가 자비 없이 되물었다.

"떽, 누가 그렇게 버릇없이 말하래."

다타라 군은 "하하하하, 내 얼굴이 그렇게 무섭게 생겼나? 큰일 났네" 하고 말하며 머리를 긁었다. 다타라 군의 뒤통수에는 지름 3센티 크기의 탈모가 있다. 한 달 전부터 생기기 시작해 의사에게 진찰받았지만 쉽게 나을 것 같지 않다. 이 탈모 자국을 제일 먼저 발견한 이는 언니 돈코다.

"와! 다타라 아저씨 머리가 엄마처럼 반짝거려요."

"그럼 못쓴대도!"

"엄마, 어젯밤에 도둑 머리도 반짝거렸어?"

이건 동생의 질문이다. 뜻밖의 질문에 안주인과 산페이 군은 웃음을 터뜨렸지만, 아이들 때문에 이야기를 제대로 할 수가 없어서 "자, 자, 너희는 마당에 가서 좀 놀아. 엄마가 이따가 맛있는 과자 줄 테니까" 하고 안주인은 겨우 아이들을 내보냈다.

"다타라 씨, 머리는 어떻게 된 거예요?"

안주인은 진지하게 물었다.

"벌레가 먹었다 하더라고요. 정말 안 나아요. 사모님도 있습니까?"

"어머머머, 벌레가 먹어요? 여자는 머리를 바짝 당겨 묶으니까 좀 벗겨지긴 하죠."

"탈모는 박테리아가 원인이라 하던데요."

"내 건 박테리아 때문이 아니에요."

"그건 사모님 생각이겠죠."

"아무튼 박테리아는 아니에요. 그런데 영어로 대머리를 뭐라고 하죠?"

"대머리는 볼드(bald)일 거예요."

"아뇨, 그게 아닌데. 더 긴 이름이었어요."

"선생님께 물으면 금방 알려주실 텐데요."

"선생님은 절대로 안 가르쳐주니까 다타라 씨에게 묻는 거예요."

"전 볼드밖에 모릅니다, 긴 게 뭐가 있으려나."

"오탄친 팔라이올로고스라고 하던데요. 오탄친이 벗겨졌다는 뜻이고, 팔라이올로고스가 머리인가 봐요."

"글쎄요. 이따가 선생님 서재에 가 웹스터 사전을 찾아보고 말씀드릴게요. 근데 선생님도 참 어지간하시네요. 날씨가 이렇게 좋은데 집에만 있으시고. 그러니까 위장병이 안 낫는 겁니다. 우에노에 꽃구경이라도 가자고 해보세요."

"다타라 씨가 좀 데려가세요. 여자 말은 도통 듣질 않아서요."

"요즘도 잼을 드십니까?"

"네, 여전해요."

"저번에 선생님이 저한테 하소연을 하시더라고요. '아내가 나보고 잼을 너무 많이 먹는다는데, 난 그렇게 먹은 적이 없거든. 뭔가 착각한 거겠지' 하고요. 그래서 제가 '그럼 애들이랑 사모님도 같이 먹는 게 틀림없다고 했죠."

"어머, 다타라 씨도 참. 왜 그런 말을 하셨어요."

"사모님도 드신 것 같은 얼굴인데요."

"얼굴로 그런 걸 어떻게 알아요."

"알죠. 그럼 사모님은 전혀 안 드셨어요?"

"그야 조금은 먹었죠. 먹어도 되잖아요. 우리 집 건데."

"하하하하, 거 봐요. 그나저나 도둑이 들다니 큰일이네요. 참마만 훔쳐 갔습니까?"

"참마뿐이면 괜찮은데, 평소 입는 옷들을 몽땅 가져갔어요."

"이런, 곤란하시겠네요. 또 빚을 내서야 합니까? 이 고양이가 개라면 좋았을 텐데…… 아쉽네요. 사모님, 큰 개로 한 놈 기르세요. 고양이는 쓸모가 없어요. 밥만 축내지. 쥐는 좀 잡습니까?"

"한 마리도 잡아본 적이 없어요. 정말 뺀질뺀질, 뻔뻔한 고양이예요."

"허허, 그럼 쓰나요. 얼른 갖다 버리세요. 제가 가져다 삶아 먹을까요?"

"어머, 고양이를 먹어요?"

"먹죠. 고양이가 얼마나 맛있는데요."

"정말 대단하시네요."

얼뜨기 서생 중에 고양이를 잡아먹는 야만인이 있다는 말은 들어봤지만, 평소 내게 잘해 주던 산페이 군마저 그들과 한패일 줄은 지금껏 꿈에도 몰랐다. 하물며 산페이 군은 이제 서생이 아닌 어엿한 법학사로 무쓰이 물산의 직원이 아니던가. 나의 경악은 이만저만이 아니었다. 사람을 보거든 도둑놈으로 여기라는 격언은 간게쓰 2세의 행동으로 인해 이미 증거가 확립되었으나, 사람을 보거든 고양이 잡아먹는 놈으로 여기라는 건, 나도 산페이 군 덕분에 비로소 터득한 진리다. 세상을 살다 보면 이치를 깨닫게 된다. 이치를 깨닫게 되면 기쁘지만 날마다 위험이 닥쳐와 방심할 수 없게 된다. 교활해지는 것도 비굴해지는 것도 표리일체의 호신용 옷을 입는 것도 모두가 앎의 결과여서 진실은 아는 것은 나이를 먹은 것의 죄다. 노인 중에 변변한 인간이 없는 것은 이러한 이치 때문이다. 나도 어쩌면 조만간 산페이 군 냄비 속에서 양파와 함께 성불하는 편이 나을지도 모른다는 생각에 구석에 웅크리고 있는데, 아까 안주인과 싸우다 일단 서재로 물러난 주인이 산페이 군의 목소리를 듣고, 느릿느릿 거실로 나왔다.

"선생님, 도둑이 들었다면서요? 어리석게 당하셨네요."

산페이 군은 첫마디부터 세게 나왔다.

"들어온 놈이 어리석지."

주인은 꿋꿋이 현인을 자처했다.

"들어온 놈도 어리석지만, 도둑맞은 쪽도 그리 똑똑한 것 같지는 않은데요."

"아무것도 도둑맞을 게 없는 다타라 씨 같은 사람이 가장 똑똑하겠죠."

안주인이 이번에는 서방 편을 들었다.

"가장 어리석은 놈은 요 고양이죠. 대체 뭔 생각을 하고 살까요. 쥐도 못 잡고, 도둑이 와도 나 몰라라 하는데…… 선생님, 이 고양이 저한테 주세요. 여기 둬봤자 아무짝에도 쓸모없을 거 같은데."

"쥐도 상관없는데, 뭐 하려고?"

"삶아 먹으려고요."

주인은 맹렬한 이 한마디에 '후웃' 하고 냉소적인 웃음을 흘렸지만, 딱히 다른 대답은 하지 않았다. 산페이 군도 꼭 먹고 싶다는 따위의 말을 하지 않은 건 내게 더할 나위 없는 행복이었다. 주인은 이윽고 말머리를 돌리며 의기소침하게 말했다.

"고양이는 아무래도 상관없지만, 옷을 훔쳐 가는 바람에 추워서 못 살겠네."

춥긴 추울 것이다. 어제까지는 솜옷을 두 벌이나 껴입었는데 오늘은 겹옷에 반소매 셔츠 차림으로 아침 운동도 하지 않고 앉아만 있으니, 부족한 혈액은 죄다 위를 위해 일하고 손발 쪽으로는 전혀 순환하지 않는다.

"선생님, 교사만 해서는 안 됩니다. 도둑 한 번 맞았다고 당장 이게 무슨 일입니까. 지금이라도 생각을 고치셔서 사업가가 되면 어떨까요?"

"사업가라면 질색하는 양반인데, 그런 말을 해봤자 소용없죠."

안주인이 옆에서 산페이 군에게 대답했다. 안주인은 물론 사업가가 되어주었으면 하는 바람이다.

"선생님, 학교 졸업하신 지 몇 년이나 되셨지요?"

"올해로 9년째일 걸요."

안주인은 주인을 돌아봤다. 주인은 그렇다고도, 아니라고도 하지 않았다.

"9년이 지나도 월급이 오르질 않네. 아무리 공부해도 남들은 알아주지 않고, 낭군 홀로 적막하구나."

산페이 군이 안주인을 위해 중학교 때 배운 시를 낭송하자, 안주인은 무슨 소리인지 몰라 대답하지 않았다.

"교사도 싫지만, 사업가는 더 싫네."

주인은 무엇이 더 좋은지 속으로 생각한 모양이다.

"이 양반은 뭐든 싫어하니까……."

"싫지 않은 건 사모님뿐입니까?"

산페이 군답지 않은 농담을 했다.

"제일 싫지."

주인의 대답은 지극히 간단명료했다. 안주인은 옆을 돌아보며 태연한 척했지만, 다시 주인 쪽을 보며 "살아 있는 것도 싫을걸요" 하고 한 방 먹일 작정으로 말했다.

"딱히 좋진 않지."

주인은 의외로 아무렇지 않게 대답했다. 이래서는 손쓸 방법이 없다.

"선생님, 좀 활기차게 산책이라도 하세요. 건강 망치면 어떡하시려고요. 그리고 사업가가 되세요. 돈 버는 거 진짜 아무것도 아니에요."

"별로 벌지도 않은 주제에."

"선생님, 저 겨우 작년에 회사 들어갔잖습니까. 그래도 선생님보다는 많이 모았어요."

"얼마나 모았는데요?"

안주인이 열심히 물었다.

"벌써 50엔이나 됩니다."

"대체 월급을 얼마나 받는데요?"

이것도 안주인의 질문이다.

"30엔이요. 여기서 매달 5엔씩 회사에서 저축해 두었다가 달라고 하면 줘요. 사모님, 용돈으로 전철 회사 주식을 조금씩 사 두세요. 앞으로 서너 달만 지나면 두 배가 될 겁니다. 조금만 지나면 금방 두 배, 세 배 불어요."

"그런 돈만 있으면 도둑맞아도 곤란하지 않죠."

"그래서 사업가가 되어야 한다는 거예요. 선생님도 법을 공부해서 회사나 은행에 들어가셨으면, 지금쯤 한 달에 300엔, 400엔은 벌었을 텐데, 안타깝네요. 선생님, 스즈키 도주로라는 공학사를 아십니까?"

"응, 어제 다녀갔네."

"그렇습니까, 얼마 전에 어느 연회에서 만났을 때 선생님 말씀을 드렸더니, '그래, 자네가 구샤미 집 서생이었나? 나도 옛날에 구샤미와 절에서 함께 자취한 적이 있네. 다음에 가면 안부 전해주게. 나도 조만간 찾아간다고'라고 하셨어요."

"최근에 도쿄로 왔다면서?"

"네, 지금까지 규슈 탄광에 있다가 이번에 도쿄로 발령받았습니다. 말솜씨가 상당히 좋으세요. 저한테도 친구 대하듯 하시고요. ……선생님, 그분 얼마 받는 줄 아세요?"

"몰라."

"월급이 250엔이고 연말 배당금까지 하면 못해도 평균

450엔은 됩니다. 그분도 그만큼 받는데, 선생님은 영어 교사로 10년이나 일했는데도 쥐꼬리 월급이니 정말 어이가 없죠."

"정말 어이가 없지."

주인 같은 초연한 사람도 금전 관념은 보통 사람과 다를 바 없다. 아니 궁핍한 만큼 남보다 갑절은 많은 돈을 바랄지도 모른다. 산페이 군은 사업가의 이익을 충분히 설명하고, 더는 할 말이 없자 질문을 틀었다.

"사모님, 선생님 댁에 미즈시마 간게쓰라는 사람이 옵니까?"

"네, 자주 와요."

"어떤 사람인가요?"

"학문에 조예가 깊은 분이라던데요."

"미남인가요?"

"호호호호, 다타라 씨 정도 될 것 같은데요?"

"그런가요? 저 정도 됩니까?"

산페이 군은 진지했다.

"어떻게 간게쓰 군의 이름을 알지?"

주인이 물었다.

"얼마 전에 누가 부탁을 해서요. 그런 걸 물을 만큼 가치가 있는 사람입니까?"

산페이 군은 듣기도 전부터 간게쓰 군에게 전투태세를 취했다.

"자네보다 훨씬 훌륭한 사내지."

"그래요? 저보다 훌륭합니까?"

웃지도 화내지도 않는다. 이것이 산페이 군의 특색이다.

"조만간 박사가 됩니까?"

"지금 논문을 쓰고 있다더군."

"역시 바보로군요. 박사 논문 따위를 쓰다니, 좀 더 말이 통하는 인물일 줄 알았는데."

"여전히 대단한 식견이네요."

안주인이 웃으면서 말했다.

"박사가 되면 누구네 딸을 주네, 마네 하기에, 그런 멍청이가 있느냐, 여자를 얻으려고 박사가 되다니, 그런 인물에게 주느니 나한테 주는 게 낫겠다고 했습니다."

"누구한테?"

"제게 미즈시마에 관해 물어봐 달라고 부탁한 남자가요."

"스즈키 아닌가?"

"아뇨, 그분께는 아직 그런 말 못 하죠. 높으신 분이니까요."

"다타라 씨는 우리 앞에서만 큰소리네요. 여기만 오면 아주 우쭐대도 스즈키 씨 같은 사람이 앞에 있으면 쩔쩔매나 봐요."

"네, 안 그럼 큰일 나죠."

"다타라 군, 산책이나 할까?"

돌연 주인이 말했다. 아까부터 셔츠 하나로는 너무 추운지, 운동이라도 조금 하면 따뜻해지겠다 싶어 이런 전례 없는 제안을 한 것이다. 이래도 저래도 상관없는 산페이 군은 당연히 망설일 이유가 없다.

"가시죠. 우에노로 가시겠습니까? 아니면 이모자카에 가서 경단을 드시겠습니까? 선생님, 거기 경단 드셔본 적 있으세요? 사모님, 한번 가서 드셔보시죠. 부드럽고 값도 저렴합니다. 술도 마실 수 있고요."

다타라 군은 평소처럼 실없는 수다를 늘어놓고, 주인은 벌써 모자를 쓰고 툇마루 아래로 내려섰다.

내게는 또 조금의 휴식이 필요하다. 주인과 산페이 군이 우에노 공원에서 어떤 행동을 하고, 이모자카에서 경단을 몇 접시 먹는지 엿볼 필요도 없거니와, 또 미행할 의욕도 없기에 그냥 생략하고 그동안 휴식을 취하려 한다. 휴식은 만물이 하늘 아래 요구해야 마땅한 권리다. 이 세상에 살아야 할 의무를 지고 움직이는 자는 살아야 할 의무를 다하기 위해 휴식을 취해야 한다. 만약 신이 너는 일하기 위해 태어났지, 잠자기 위해 태어난 것이 아니라고 한다면, 나는 분부대로 일하기 위해 태어났으니 일하기 위해 휴식을 취하겠노라 대답할 것이다. 주인처럼 기계에다 불평할 것 같은 사람도 가끔은 일요일이 아닌 날에도 자기만의 휴식을 취하지 않는가. 다감다한(多感多恨)하여 밤낮 심신을 혹사하는 나 같은 자는 아무리 고양이라지만 주인 이상으로 휴식이 필요한 건 당연지사다. 다만 조금 전에 산페이 군이 나를 휴식 말고는 아무 능력도 없는 애물단지 취급한 것은 조금 마음에 걸린다. 어쨌든 보이는 현상에만 반응하는 속인은 오감의 자극 말고는 아무런 활동도 없기 때문에, 남을 평가할 때도 현상이 아닌 것은 보려고 하지 않는다. 매사 엉덩이를 움직여 땀이라도 흘려야 일한다고 생각한다. 달마라는 스님은 발이 썩을 때까지 좌선했다고 하는데, 가령 벽 틈으로 담쟁이 덩굴이 비집고 들어와 대사의 눈과 입을 막을 때까지 움직이지 않았다 하더라도 자는 것도 죽은 것도 아니다. 머릿속은 늘 활동하며 확연무성(廓然無聖)* 같은 별난 이론을 골똘히 생각하고 있다. 유교에도 정좌 수행이라는 게 있다고 한다. 정좌라고 해서 방 안에 한가하게 앉아 수행하는 것이 아니다. 뇌 속 활력은 남보다 맹렬히 타오른다. 다만, 겉으로는 지극히 차분하고 엄숙한 모습이기에 천하의 평범한 안식으로는 이러한 지식의 거장을 혼수상태에 빠진 인간으로 치부하며, 쓸모없는 식충이라고 비방하는 것이다.

 이러한 사람은 하나같이 형체만 보고 마음을 보지 못하는 장애를 갖고 태어난 자다. 다타라 산페이 군은 그런 장애

---

* 만물은 텅 빈 것으로 성자와 범부의 차이가 없다는 뜻.

인 중에서도 가장 하위에 있는 인물이니 그가 나를 개똥 취급하는 것도 당연하다지만, 원망스러운 건 조금이나마 고금의 서적을 읽고 사물의 진상을 헤아릴 줄 아는 주인까지, 천박한 산페이 군에게 동의하며, 고양이 요리에 반대할 기미가 없었다는 점이다. 그러나 한 발짝 물러서서 생각해보면, 이렇게까지 그들이 나를 경멸하는 것도 무리는 아니다. 고상한 소리는 세인 귀에 들리지 않고, 양춘백설*의 시에 감동하지 못한다는 비유도 오래전부터 있는 말이다. 형체 외의 활동을 보지 못하는 자에게 자기 영혼의 광휘를 보라고 강요하는 일은 중에게 머리를 묶으라고 윽박지르는 것, 참치에게 연설을 하라고 하는 것, 전철에게 탈선을 요구하는 것, 주인에게 사직을 권고하는 것, 산페이 군에게 돈을 생각하지 말라고 하는 것과 같다. 필경 무리한 주문에 지나지 않는다. 하지만 고양이도 사회적 동물이다. 사회적 동물인 이상 아무리 기품이 있어도 어느 정도는 사회와 조화를 이루며 살아가야 한다. 주인과 안주인, 하녀, 산페이 군이 나를 제대로 평가해주지 않는 것은 유감이지만 어쩔 수 없다고 해서, 무지의 결과로 내 껍질을 벗겨 샤미센 장수에게 팔아치우고, 고기로 다져 산페이 군 밥상에 올리는 무분별한 짓을 한다면 좌시할 수 없다. 나는 머리를 가지고 활동해야 할 천

---

* 중국 초나라에서 가장 고상하다는 가곡으로, 훌륭한 사람의 언행은 평범한 사람이 이해하기 어렵다는 뜻.

명을 받고 이 세상에 출현한 고양이로 매우 귀하신 몸이다. '부잣집 아이는 높은 곳 모서리에 앉지도 않는다'*라는 속담이 있듯이, 자신의 뛰어남을 알리려고 쓸데없이 위험을 자초하는 것은, 단순히 자신의 재앙일 뿐만 아니라 하늘의 뜻을 거스르는 일이다. 맹호도 동물원에 들어가면 똥돼지 옆에 자리를 잡고, 기러기도 새장에 갇히면 닭과 함께 도마 위에 오르는 신세가 된다. 보통 사람과 어울리는 이상은 아래로 내려가 보통 고양이가 되어야 한다. 보통 고양이는 쥐를 잡아야 한다. ……나는 마침내 쥐를 잡기로 결심했다.

얼마 전부터 일본은 러시아와 대전쟁을 벌이는 중이라고 한다. 나는 일본 고양이기 때문에 물론 일본 편이다. 가능하다면 혼성 고양이 여단을 조직해 러시아 병사를 할퀴어주고 싶다. 이렇게까지 원기 왕성하니까 쥐새끼 한두 마리쯤이야 잡으려고 마음만 먹으면 눈 감고도 쉽게 잡을 수 있다. 옛날 어떤 사람이 당시 유명한 선승에게 어떻게 하면 깨달음을 얻을 수 있느냐고 물으니, '고양이가 쥐를 노리듯이 하라'고 답했다고 한다. 고양이가 쥐를 노리듯이 하란 말은, 그렇게만 하면 틀림이 없다는 의미다. 여자가 똑똑하면 집안이 망한다는 옛말이 있는데, 고양이가 똑똑해서 쥐를 못 잡는다는 격언은 아직 없다. 그러니 나처럼 영리한 고양이도 쥐를

---

* 중국 《사기》에 기록된 말로 부잣집 아이는 몸이 귀하기 때문에 경솔한 행동을 하지 않는다는 뜻.

못 잡을 리 없다. 못 잡기는커녕 절대로 놓칠 리 없다. 지금까지 잡지 않은 것은 그저 잡고 싶지 않았기 때문이다. 봄날은 어제처럼 저물고, 한 번씩 부는 바람에 날린 꽃보라가 찢어진 부엌문 틈으로 들어와 물통 속에 떨어졌다. 그 그림자가 희뿌연 등불에 하얗게 보였다. 오늘 밤이야말로 큰 공을 세워, 온 집안을 놀라게 해주리라 결심한 나는, 미리 전장을 둘러보고 지형을 익혀 둘 필요가 있다. 물론 전투선은 그리 넓지 않을 것이다. 다다미로 치면 넉 장쯤 될까. 그 한 장을 구분 지으면 절반은 개수대고, 나머지 절반은 술 장수나 채소 장수가 들락거리는 봉당이다. 부뚜막에는 가난한 집에 어울리지 않게 붉은색의 고급 놋쇠 단지가 반짝이고, 뒤로는 두 자쯤 되는 판자 위에 내 밥그릇이 놓여 있다. 거실과 가까운 작은 그릇을 담는 여섯 자짜리 찬장이 좁은 부엌을 더 비좁게 하면서, 옆으로 튀어나온 선반과 엇비슷한 높이에 있다. 그 아래 절구가 위를 보고 놓였고, 절구 안에는 작은 통 바닥이 내 쪽을 향한다. 강판과 절굿공이가 나란히 걸린 옆에는 불쏘시개를 넣어 끄는 항아리만이 초연히 놓여 있다. 새까맣게 그을린 서까래가 교차한 한복판에서 갈고리 하나가 내려오고, 그 끝에 넓적한 소쿠리가 걸렸다. 그 소쿠리가 때때로 바람에 흔들리며 유유히 움직인다. 이 소쿠리가 왜 여기 걸려 있는지, 이 집에 처음 왔을 때는 전혀 몰랐지만, 고양이 손이 닿지 않게 일부러 음식을 여기에 넣는다는 사실을 알고 나서, 인간이 얼마나 심보가 고약한지 절실히 느꼈다.

이제부터 작전 계획이다. 어디서 쥐와 전쟁을 치를 거냐면 물론 쥐가 나오는 곳이다. 아무래 내게 유리한 지형이라고 하나 혼자 기다리고 있어서는 결코 전쟁이 되지 않는다. 쥐의 출구를 연구할 필요가 있다. 어느 방향에서 나올까 하며 부엌 한복판에 서서 사방을 둘러본다. 왠지 도고 대장* 같은 기분이 든다. 하녀는 아까 목욕탕에 가서 아직 돌아오지 않았다. 아이들은 자고 있다. 주인은 이모자카의 경단을 먹고 돌아와 변함없이 서재에 틀어박혀 있다. 안주인은…… 안주인은 무엇을 하는지 모르겠다. 아마 졸면서 참마 꿈이나 꾸고 있을 것이다. 때때로 인력거꾼이 집 앞을 지나가지만, 지나가고 나면 한층 더 적막하다. 내 결심, 내 의지, 부엌의 광경, 사방의 적막, 전체적인 분위기가 온통 비장하다. 꼭 고양이 도고 대장이 된 것만 같다. 이러한 경지에 이르면 누구나 일종의 쾌감을 느낄 텐데, 나는 이 쾌감의 밑바닥을 큰 걱정이 가로막고 있는 것을 발견했다. 쥐와의 전쟁을 이미 각오한 터라 몇 마리가 와도 두렵지 않지만, 쥐가 출몰하는 방향이 불분명하다는 게 찜찜하다. 주도면밀한 관찰로 얻은 자료들을 종합해보면, 쥐들이 드나드는 통로는 세 군데

---

* 러일전쟁 때 활약한 해군 대장.

가 있다. 그들이 만약 시궁쥐라면 하수관을 따라 개수대에서 부뚜막 뒤쪽으로 돌아갈 게 틀림없다. 그때는 불쏘시개를 넣어 끄는 항아리 뒤에 숨어 돌아가는 길을 봉쇄한다. 어쩌면 도랑으로 물이 빠지는 구멍에서 욕탕을 우회해 부엌으로 불시에 튀어나올지도 모른다. 그러면 솥뚜껑 위에 진을 치고 나타나면 위에서 뛰어내려 단번에 때려잡는다. 주위를 다시 둘러보니 찬장 문 오른쪽 아래 구석이 반달 모양으로 뜯긴 흔적에서 그들의 출입이 감지된다. 코를 대고 킁킁대보니 희미하게 쥐 냄새가 난다. 만약 여기로 돌격해 온다면 기둥을 방패 삼아 일단은 지나가게 두고 옆에서 발톱을 휘갈긴다. 행여 천장에서 나타날까 싶어 위를 올려다보니 시커먼 그을음이 등불에 빛나고 있다. 지옥을 뒤집어 걸어 둔 것 같아 내 능력으로는 올라갈 수도, 내려갈 수도 없다. 설마 저런 높은 곳에서 떨어져 내려오겠나 싶어 이 방향만 경계를 풀기로 한다. 그런데 세 방향에서 공격당할 염려가 있다. 한 방향이라면 한 눈을 감고서도 족칠 수 있다. 두 방향이라면 힘이야 들겠지만 물리칠 자신이 있다. 하지만 세 방향이라면 본능적으로 쥐를 잡을 것이라고 예상하는 나도 손쓸 방도가 없다. 그렇다고 인력거꾼네 검둥이 녀석에게 도와달라 부탁하자니 내 자존심이 허락지 않는다. 어쩌면 좋을지 아무리 생각해도 좋은 수가 떠오르지 않을 때는, 그럴 일은 없다고 생각하는 것이 가장 안심할 수 있는 지름길이다. 딱히 뾰족한 수가 없는 일은 일어나지 않는다고 생각하고 싶은 법이다. 세상을 둘러보라. 어제 시집온 신부가 오늘 죽을지 어찌 아는가. 하지만 신랑은 검은 머리 파뿌리 될 때까지 잘 살겠노라며 걱정하는 얼굴을 하지 않는다. 걱정하지 않는 건, 걱정할 가치가 없어서가 아니다. 걱정한들 별다른 수가 없기 때문이다. 내 경우에도 절대로 삼면 공격이 일어나지 않는다고 장담할 만한 논거는 없으나, 일어나지 않는다고 하는 편이 안심을 얻는 데 이롭다. 안심은 만물에 필요하다. 나도 안심을 바란다. 따라서 삼면 공격은 일어나지 않는다고 확신한다.

그런데도 아직 걱정이 사라지지 않았다. 왜 그럴까 골똘히 생각하고 나서야 겨우 알았다. 세 가지 계략 중 무엇을 택하는 것이 상책인가라는 문제에 대하여 스스로 해답을 얻기 어렵기 때문에 번민하는 것이다. 찬장에서 튀어나올 때는 나도 대응할 계책이 있다. 욕탕에서 나타날 때는 여기에 대한 계책이 있다. 또 개수대에서 기어 올라올 때는 여기에 맞설 계책도 있지만, 그중 어느 하나를 정해야 한다면 매우 당혹스럽다. 도고 대장은 발틱함대가 쓰시마해협을 지날지, 쓰가루해협을 지날지, 아니면 멀리 소야해협으로 돌아갈지 무척 걱정하셨다고 하는데, 지금 내가 이런 상황에 놓이고 보니 그 당혹스러움이 실로 헤아려진다. 나는 전체적인 상황이 도고 각하와 비슷할 뿐 아니라, 이 각별한 지위에서도 도고 각하와 고민을 함께하는 자다.

내가 이토록 열중하며 계략을 꾸미고 있는데, 갑자기 찢어진 장지문이 열리면서 하녀의 얼굴이 스윽 나타났다. 얼굴만 나타났다는 건 손발이 없다는 말이 아니다. 다른 부분은 밤이라서 잘 보이지 않는데, 얼굴만 유독 강한 색을 띠어 확연히 눈에 들어왔기 때문이다. 하녀는 안 그래도 붉은 뺨을 더 붉게 하고, 목욕탕에서 돌아오자마자, 간밤의 사건에 넌덜머리가 났는지 일찌감치 부엌문을 잠갔다. 서재에서 주인의 목소리가 들려왔다.

"내 지팡이 머리맡에 가져다 놔라."

무엇 때문에 머리맡에 지팡이를 두는지 나로서는 모르겠다. 설마 자기가 무술의 대가라도 되는 양 휘두를 심산인가. 어제는 참마, 오늘은 지팡이, 내일은 무슨 일이 일어날 것인가.

밤이 아직 깊지 않아서인지 쥐는 좀처럼 나타날 기미가 안 보인다. 나는 전투 전에 잠시 휴식이 필요하다.

이 집 부엌에는 들창이 없다. 방에는 폭 30센티 크기의 창이 있어 여름과 겨울에 들창 역할을 한다. 아쉬움도 없이 떨어지는 벚꽃을 유혹하며 홱 불어오는 바람에 놀라 눈을 뜨니, 어느새 나타난 어스름 달빛에 부뚜막 그림자가 판자 위에 비스듬히 걸려 있다. 깜빡 잠이 들까 봐 두세 번 귀를 흔들어 집 안 상황을 살피니, 어젯밤처럼 벽시계 소리만 들린다. 이제 쥐가 나올 때다. 어디서 나타날까?

찬장 안에서 달그락 소리가 났다. 접시 테두리를 발로 누르고 뭔가 꺼내려는 모양이다. 여기로 나오겠지 싶어 구멍 옆에 웅크리고 기다렸다. 좀처럼 나올 기미가 없다. 이윽고 접시 소리는 멈췄으나, 이번에는 사발 같은 곳에 매달렸는지, 덜그럭덜그럭 둔탁한 소리가 났다. 그것도 찬장 문을 사이에 두고 바로 맞은편에서 난다. 내 코끝과의 거리로 치자면 10센티도 채 떨어지지 않았다. 이따금 쪼르르 구멍 출구까지 발소리가 다가왔지만, 또 멀어져 한 놈도 얼굴을 내밀지 않는다.

지금 문 반대편에 적이 만행을 저지르고 있는데, 나는 가만히 구멍 앞에서 기다려야 하니, 대단히 인내가 필요한 일이다. 쥐는 사발 속에서 한창 무도회를 열고 있다. 적어도 내가 기어들 수 있을 만큼 하녀가 문을 열어두었다면 좋았을 텐데, 참 눈치 없는 촌닭이다.

이번에는 부뚜막 그림자 속에서 내 밥그릇이 달그락댄다. 적이 이쪽으로 왔구나 싶어 살금살금 다가가자 물통 사이로 꼬리를 살짝 보이고는 개수대 밑으로 숨어버렸다. 잠시 후 욕탕에서 양치 컵이 놋대야에 쨍 부딪힌다. 이번에는 뒤쪽이구나 하고 돌아보는 순간, 15센티 가까이 되는 큰 놈이 치약을 떨어뜨리고 마루 밑으로 달려갔다. 행여 놓칠세라 따라서 뛰어내렸는데 이미 그림자도 보이지 않았다. 쥐 잡기는 생각보다 어려운 일이다. 나는 선천적으로 쥐를 잡을 능력이 없을지도 모른다.

내가 욕탕으로 가면 적은 찬장에서 튀어나오고, 찬장을 경계하면 개수대에서 뛰어오르고, 부엌 한복판에 진을 치면 세 곳 다 조금씩 소란스러워진다. 건방지다고 해야 하나, 비겁하다고 해야 하나, 그들은 도저히 군자의 적이 못 된다. 나는 열대여섯 번쯤 여기저기 기를 쓰고 뛰어다녔으나 끝끝내 한 번도 성공하지 못했다. 유감스럽게도 이런 좀스러운 녀석들을 적으로 삼아서는 제아무리 도고 대장인들 어쩔 도리가 없다. 처음에는 용기도 있고 적개심도 있고 비장함 같은 숭고미도 있었지만, 지금은 귀찮고 하찮고 졸리고 피곤해서 부엌 한복판에 앉아 가만히 있다. 하지만 움직이지 않아도 팔방으로 노려보고 있으면, 적은 소인배라서 대단한 일은 할 수 없다. 적으로 여긴 녀석이 의외로 쩨쩨한 놈들이라 전쟁이 명예롭다는 느낌은 사라지고 얄밉다는 감흥만 남았다. 얄밉다는 생각이 지나가자 맥이 풀려 멍해졌다. 멍해지자, 마음대로 해라, 어차피 대단한 일은 못 할 테니, 하고 경멸하다 보니 졸음이 쏟아졌다. 나는 이상의 경로를 거쳐 마침내 잠에 빠졌다. 나는 자야겠다. 적진 한복판에서도 휴식은 필요하다.

처마 쪽으로 열린 들창으로, 다시 꽃보라가 흩날리며 나를 휘감는가 싶더니, 찬장 입구에서 탄환처럼 튀어나온 녀석이, 미처 피할 새도 없이 바람을 가르며 내 왼쪽 귀를 물어뜯었다. 이어서 검은 그림자가 뒤로 돌아가나 싶은 순간, 내 꼬리에 매달렸다. 눈 깜짝할 새 벌어진 일이다. 나는 기계적으로 뛰어올랐다. 온몸의 힘을 모공에 담아 이 괴물들을 떨쳐내려 했다. 귀를 물고 늘어진 녀석은 중심을 잃고 탁, 내 옆얼굴에 걸렸다. 고무관처럼 부드러운 꼬리 끝이 별안간 내 입으로 들어왔다. 이때다 싶어 꼬리를 물고 좌우로 흔들자 꼬리만 앞니 사이에 남고, 몸뚱이는 헌 신문지를 바른 벽에 부딪혀 판자 위로 떨어졌다. 일어나는 놈을 잽싸게 공격하려는데, 차올린 공처럼 내 코끝을 스치더니 선반 가장자리에 발을 움켜쥐고 섰다. 녀석이 선반 위에서 나를 내려다본다. 나는 바닥에서 녀석을 올려다본다. 거리는 1미터 50센티 남짓. 그 사이로 넓은 띠를 공중에 친 것처럼 달빛이 내리비쳤다. 나는 앞발에 힘을 주고 선반 위로 뛰어올랐다. 앞발은 무사히 선반 가장자리에 착지했으나, 뒷발은 허공에서 버둥대고 있다. 꼬리에는 아까 그 검은 그림자 녀석이 죽어도 떨어지지 않겠다는 기세로 물고 늘어져 있다. 나는 위험했다. 앞발을 더 깊숙이 걸치려 했다. 선반에 매달리려 할 때마다 꼬리의 무게로 아래로 처졌다. 1센티만 미끄러져도 떨어진다. 나는 몹시 위태롭다. 선반을 발톱으로 긁는 소리가 들린다. 이래서는 안 되겠다 싶어 왼발을 빼서 바꾸려는 순간, 발톱이 걸리지 않아 오른 발톱 하나로 선반에 대롱대

롱 매달리게 되었다. 나와 꼬리를 물고 늘어진 녀석의 무게로 내 몸이 빙글빙글 돌았다. 이때까지 꼼짝도 하지 않던 선반 위 괴물이, 지금이라는 듯 선반 위에서 돌을 던지듯 내 이마를 향해 뛰어내렸다. 내 발톱은 한 가닥 희망마저 잃었다. 세 덩어리가 하나 되어 달빛을 가르며 낙하했다. 그 아래 단에 놓인 절구와 절구 안의 통과 빈 잼 깡통과 불쏘시개를 넣어 끄는 항아리가 한 덩어리가 되어 반은 물독 안으로, 반은 널빤지 위로 굴러떨어졌다. 한밤중에 이 모든 것들이 우당탕탕 소리를 내자 안간힘을 쓰던 내 영혼마저 얼어붙었다.

"도둑이야!"

주인은 고함을 지르며 안방에서 뛰쳐나왔다. 보니까 한 손에는 등불을, 다른 한 손에는 지팡이를 들고서, 자다 깬 눈이 아니라 초롱초롱한 안광을 내뿜고 있다. 나는 밥그릇 옆에 얌전히 웅크리고 앉았다. 두 괴물은 찬장 속으로 자취를 감추었다.

"뭐야, 누구야! 큰 소리 낸 게!"

주인은 노기를 띠며 상대도 없는데 물었다. 달이 서쪽으로 기울자 하얗게 빛나던 띠가 반쯤 가늘어졌다.

6

 이렇게 더워서야 고양이도 견딜 수 없다. 영국의 시드니 스미스라는 사람이 살가죽을 벗고 뼈만으로 시원하게 지내고 싶다고 했다던데, 뼈만으로 지내지 않아도 좋으니 적어도 이 담회색 점박이 털옷만은 좀 빨아 널든가, 아니면 당분간 전당포에라도 맡기고 싶은 심정이다. 인간이 보기에는 고양이 따위야 1년 내내 같은 얼굴을 하고, 춘하추동 단벌로 버티니, 지극히 단순하고 태평하게 돈이 들지 않는 생애를 보낸다고 생각할지 모르지만, 아무리 고양이라도 응당 더위와 추위를 느낀다. 때로는 한 번쯤 목욕재계라도 하고 싶지만, 이 털옷 위로 물을 끼얹었다가는 말리는 게 보통 일이 아니기 때문에, 이 나이 될 때까지 땀 냄새를 참으며 목욕탕을 들어선 적이 없다. 가끔 부채질이라도 해보자는 생각도 있지만, 일단 쥘 수가 없으니 그럴 수도 없다. 그러고 보면 인간은 사치스러운 동물이다. 마땅히 날것으로 먹어야 할 음식을 일부러 삶고, 굽고, 식초에 절이고 된장을 바르는 쓸데없는 수고를 들이면서 몹시 기뻐한다. 옷도 그렇다. 고양이처럼 365일 단벌로 지내라고 하는 건, 불완전하게 태어난 그들에게 조금 무리일지도 모르지만, 그렇다고 그리 잡다한 것을 꼭 살에 걸치고 살아야 할까. 양에게 폐를 끼치고 누에의 신세를 지고 목화밭의 배려까지 받기에 이르렀으니, 사치는 무능의 결과라고 단언해도 좋을 정도다. 입고 먹는 건 일단 봐준다 해도 생존에 직접 이해관계가 없는 데까지 이런 식으로 밀고 나가는 것은 도저히 이해가 되지 않는다. 가장 먼저 머리털이란 자고로 저절로 나는 것이기에, 내버려두는 게 가장 간편하고 본인을 위해서도 좋으리라 생각하는데, 그들은 쓸데없이 이런저런 궁리를 하며 여러 잡다한 모양새를 만들어 뽐낸다. 스님이라고 자칭하는 자들은 언제 봐도 머리를 파르스름하게 깎고 있다. 더우면 그 위에 양산을 쓴다. 추우면 모자를 쓴다. 이래서야 대체 뭐 때문에 파르스름하게 깎는 건지 그 의도가 궁금하다. 그런가 하면 빗이라고 칭하는 무의미한 톱 같은 도구를 사용해 머리털을 좌우로 등분하고 기뻐하는 자도 있다. 등분하지 않으면 7 대 3 비율로 두개골 위에 인위적인 구획을 만든다. 어떤 경우는 이 구획이 가마를 지나서 뒤까지 침범하기도 한다. 마치

가짜 파초 잎 같다. 그다음은 정수리를 평평하게 깎고 좌우는 직선으로 깎아 내린 머리다. 둥근 머리에 사각 틀을 끼고 있으니, 정원사가 손질한 삼나무 울타리를 사생한 꼴로밖에 보이지 않는다. 그밖에 5푼 깎기, 3푼 깎기, 1푼 깎기까지 있다고 하니, 나중에는 머릿속까지 깎아 들어가는 마이너스 1푼 깎기, 마이너스 3푼 깎기 같은 신기한 것도 유행할지 모르겠다. 어쨌든 그런 생고생을 해서 무엇을 할 셈인지 모르겠다. 우선 다리가 네 개인데 두 개밖에 안 쓰는 게 사치스럽다. 네 개로 걸으면 그만큼 빨리 갈 텐데, 늘 두 개로만 걸으며 나머지 두 개는 대구포처럼 쓸데없이 매달고 다니니 참으로 어리석다. 인간은 고양이보다 한가한 자들이다. 너무 지루해서 이런 장난을 고안하여 즐기는 것이라 짐작된다. 단지 이상한 건, 이 한가한 인간들이 걸핏하면 바쁘다면서 돌아다닐 뿐 아니라, 낯빛도 자못 바빠 보이는 꼴이, 까딱하면 '다망(多忙)'한테 잡아먹히는 게 아닐까 싶을 정도로 조급하게 군다. 그들 중 어떤 자는 때때로 나를 보며 저렇게 살면 편하겠다고 하는데, 편한 게 좋아 보이면 그렇게 하면 될 일 아닌가. 그렇게 빡빡하게 살라고 아무도 부탁하지 않았다. 제멋대로 감당할 수 없을 정도로 일을 벌여 놓고 힘들다고 하는 것은 스스로 불을 활활 지펴놓고 덥다고 하는 것과 같다. 고양이도 머리 깎는 법을 스무 가지나 생각해 내는 날에는, 이렇게 마음 편히 있지 못할 것이다. 편해지고 싶으면 나처럼 여름에도 털옷만 입고 다니는 수행을 하는 편이 좋다. ……말은 이렇게 해도 조금 덥기는 하다. 털옷은 정말이지 너무 덥다.

이래서는 내 전매특허인 낮잠도 잘 수 없다. 뭔가 재밌는 일 없을까? 한동안 인간 사회 관찰을 게을리해서, 오늘은 오랜만에 그들이 아등바등하는 모습이나 볼까 했지만, 공교롭게도 주인은 이런 쪽으로는 고양이와 다를 게 없다. 낮잠은 나 못지않게 잘 잔다. 특히 여름방학이 시작된 뒤로는 무엇 하나 인간다운 일을 하지 않으니 아무리 관찰을 해도 전혀 재미난 게 없다. 이럴 때 메이테이 선생이라도 방문한다면 위장병에 시달리는 피부도 다소나마 반응을 보이며 잠시간이라도 고양이한테 멀어질 텐데. 슬슬 메이테이 선생이 올 때가 되었는데 하고 생각하는데, 누가 욕탕에서 물을 팍팍 끼얹는 소리가 났다. 물을 끼얹은 소리뿐 아니라 때때로 큰 소리로 추임새까지 넣고 있다.

"아, 시원하다."

"기분 좋다."

"한 바가지 더."

이런 소리가 온 집 안에 울려 퍼졌다. 주인집에 와서 이렇게 큰 소리로 무례하게 구는 자는 한 사람밖에 없다. 메이테이 선생이다.

드디어 왔구나, 이로써 오늘 반나절은 시간을 때울 수 있겠구나 하고 생각하는데, 물기를 닦고 옷을 입은 메이테이 선생이 평소처럼 방까지 서슴없이 올라와 "제수씨, 구샤미는 어디 갔습니까?" 하고 물으며 모자를 방바닥에 휙 던졌다. 안주인은 반짇고리 옆에서 엎드려 기분 좋게 자고 있다가 뭔가 고막을 때리는 소리에 깜짝 놀랐다. 잠이 덜 깬 눈을 겨우 뜨고 방을 나오자, 메이테이 선생이 삼베옷을 입고 제멋대로 떡하니 앉아서 연신 부채질하고 있다.

안주인은 "어, 오셨어요?"라고 말했지만, 약간 당황했는지 콧잔등에 땀이 고인 채 인사했다.

"오신 줄 전혀 몰랐어요."

"아뇨, 지금 막 왔어요. 방금 욕탕에서 하녀한테 물을 끼얹어 달라 했습니다. 이제 좀 살 만하군요. 너무 덥지 않습니까?"

"요 이삼일은 가만히만 있어도 땀이 줄줄 날 정도로 너무 더워요. 그래도 여전하시네요."

안주인은 아직도 코의 땀을 닦지 않는다.

"예, 감사합니다. 아무리 덥다고 사람이 쉽게 변하나요. 그런데 이번 더위는 심하네요. 몸이 축축 처져요."

"저도 원래는 낮잠 같은 걸 자본 적이 없는데, 너무 더워서 그만……."

"주무셨어요? 좋네요. 낮에도 자고, 밤에도 자고, 이보다 좋은 게 어디 있겠습니까."

메이테이 선생은 여전히 태평한 말들을 늘어놓았지만, 그것만으로는 부족했는지 이어서 말했다.

"저는요, 잠이 잘 안 오는 체질이라서요. 구샤미처럼 올 때마다 자는 사람을 보면 부럽습니다. 하기야 위도 약한데 날까지 더우니 오죽 힘들겠어요. 건강한 사람도 오늘 같은 날은 어깨 위에 목을 얹고 다니기 힘들 겁니다. 그렇다고 있는 머리를 뽑아버릴 수도 없는 노릇이니까요."

메이테이 선생은 오늘따라 머리 처치에 대해 고민하고 있다.

"제수씨는 머리 위에 또 올라간 것이 있어서 힘드시겠어요. 올린 머리 무게만으로도 드러눕고 싶어지죠?"

그러자 안주인은 지금까지 자던 사실이 머리 모양 때문에 탄로 난 줄 알고 "호호호, 짓궂으셔라" 하며 머리를 매만졌다.

메이테이 선생은 아랑곳하지 않고 이상한 소리를 했다.

"제수씨, 어제는 지붕 위에서 달걀프라이를 해봤습니다."

"프라이를 어떻게 하셨는데요?"

"지붕 기와가 뜨겁게 달궈져서 그냥 두기가 아깝더라고요. 버터를 녹이고 달걀을 깨서 떨어뜨렸습니다."

"어머머."

"그런데 역시 생각처럼 뜨겁지 않더라고요. 좀처럼 반숙이 되질 않아서 아래로 내려와 신문을 읽고 있는데, 손님이 찾아와 그만 잊어버렸다가, 오늘 아침에야 갑자기 생각나서, 이젠 됐으려나 하고 올라가 봤는데요."

"어떻게 됐어요?"

"반숙은 고사하고 완전히 흘러내렸더라고요."

"어머머, 저런."

안주인은 얼굴을 찡그리면서 안타까워했다.

"그나저나 삼복에는 그렇게 시원하다가 지금 더워지는 게 신기하네요."

"그러니까요. 얼마 전까지만 해도 홑옷만으로는 추웠는데, 그저께부터 갑자기 더워졌어요."

"게라면 옆으로 기어간다는데, 올해 기후는 뒷걸음질 치네요. 도행역시*란 게 이런 걸까요."

"그게 무슨 말이에요?"

"아뇨, 아무것도 아닙니다. 아무래도 이 기후의 역행이 마치 헤라클레스의 소 같아서요."

메이테이 선생은 신이 나서 말하다가 결국 이상한 소리를 했고, 안주인은 아니나 다를까 도통 알아듣지 못한다. 그러나 방금 도행역시에서 무안을 당해 이번에는 그저 "예에"라고 말했을 뿐 되묻지 않았다. 이를 되묻지 않으니 메이테이 선생은 모처럼 말을 꺼낸 보람이 없다.

---

* 차례나 순서를 바꿔서 행한다는 뜻.

"제수씨, 헤라클레스의 소를 아세요?"

"그런 소는 몰라요."

"모르세요? 좀 설명해드릴까요?"

안주인은 그렇게까지 하지 않아도 된다고 하기가 뭐해서 "네, 뭐"라고 대답했다.

"옛날에 헤라클레스가 소를 끌고 왔습니다."

"그 헤라클레스라는 사람, 목동인가요?"

"목동이 아닙니다. 목동도 푸줏간 주인도 아니에요. 그때 그리스에는 아직 푸줏간이 하나도 없었거든요."

"어머, 그리스 이야기예요? 그럼 그렇다고 말씀하시지."

안주인은 그리스라는 나라 이름만은 알고 있었다.

"그래서 헤라클레스라고 했잖습니까."

"헤라클레스라면 그리스인인가요?"

"네, 헤라클레스는 그리스의 영웅이지요."

"어쩐지 모르겠더라. 그래서 그 남자가 어쨌는데요?"

"그 남자가 제수씨처럼 졸려서 쿨쿨 자고 있는데……."

"어머머, 뭐예요."

"자는 동안 헤파이스토스의 아들이 왔어요."

"헤파이스토스는 누군가요?"

"헤파이스토스는 대장장이입니다. 그 대장장이의 아들이 그 소를 훔쳤거든요. 그런데 말이지요. 이미 소꼬리를 잡고서 끌고 가버렸으니, 헤라클레스가 소야, 소야 하고 아무리 찾아다녀도 보이지 않는 거예요. 보일 수가 없죠. 소를 앞에서 끈 게 아니라 꼬리를 잡고 뒤로 끌고 갔으니까요. 대장장이의 아들치고는 제법 비상하지요."

메이테이 선생은 날씨 이야기는 이미 잊었다.

"그런데 구샤미는요? 여전히 낮잠 중인가요? 낮잠도 중국인의 시에 나오면 풍류지만, 구샤미처럼 일과로 하는 건 좀 속돼 보여요. 어째서 저렇게 매일 조금씩 죽어보려는 걸까요? 제수씨, 수고스럽겠지만 좀 깨워주십시오."

메이테이 선생이 재촉하자 안주인이 동감한 듯 말했다.

"네, 저러면 진짜 안 되죠. 일단 몸에 안 좋을 테니까요. 지금 막 밥을 먹었는데."

"제수씨, 밥이라 하셨습니까. 저는 아직 밥을 안 먹었는데요."

메이테이 선생이 아무렇지 않은 얼굴로 묻지도 않은 말을 했다.

"어머, 점심땐데 제가 눈치가 없었네요. 그러면 차릴 게 없는데 오차즈케*라도 드시겠어요?"

"아뇨, 오차즈케 같은 건 안 먹습니다."

"어차피 입에 맞을 만한 게 없을 거예요."

안주인은 약간 퉁명스럽게 말했다. 눈치 빠른 메이테이

---

* 밥에 찻물을 부어 여러 가지 고명을 얹어 먹는 일본 음식.

선생은 "아뇨, 오차즈케든 누룽지든 다 감사하죠. 지금 오는 길에 맛있는 걸 주문해 놓은 터라 그걸 여기서 먹으려고요" 하고 능청스럽게 말했다.

"어머!"

안주인은 딱 이 한마디 했지만, 이 '어머' 속에는 놀람의 어머와 불쾌함의 어머와 수고를 덜어서 다행이라는 어머가 함께 들어 있었다.

때마침 평소보다 너무 시끄러워서 억지로 잠에서 깬 듯 주인이 비틀비틀 서재에서 나왔다.

"또 시작인가. 모처럼 기분 좋게 잠들려던 참인데."

주인은 하품을 하며 시무룩한 표정을 짓는다.

"드디어 깼나. 깨워서 미안하군. 가끔은 이래도 괜찮겠지. 자, 앉게."

어느 쪽이 손님인지 모를 인사를 했다. 주인은 말없이 자리에 앉아 담뱃갑에서 담배 한 개비를 꺼내 뻐끔뻐끔 피우다가 문득 맞은편 구석에 나뒹구는 메이테이 선생의 모자를 발견하고 말했다.

"자네, 모자 샀나 보군."

"어떤가?"

메이테이 선생은 자랑스럽게 주인과 안주인 앞에 모자를 내밀었다.

"어머, 멋진 모자네요. 올이 아주 촘촘하고 부드러워요."

안주인이 모자를 자꾸 쓰다듬었다.

"제수씨, 이 모자 진짜 물건이에요. 무슨 말이든 잘 듣거든요."

메이테이 선생이 주먹을 쥐고 파나마모자 옆구리를 팍 찌르니, 과연 뜻대로 주먹만 한 구멍이 생긴 것처럼 움푹 파였다.

안주인이 "어머머!" 하고 놀랐다.

이번에는 주먹으로 안쪽을 푹 찔러 올리자 모자 끝이 솟아올랐다. 그러고는 모자를 잡고 챙과 챙을 양쪽에서 찌그러뜨렸다. 찌그러진 모자는 밀대로 민 메밀처럼 납작해졌다. 그것을 한쪽 끝부터 멍석 말듯이 둘둘 말았다.

"어떻습니까?"

메이테이 선생은 둘둘 만 모자를 품속에 넣었다.

"신기하네요."

안주인이 마술쇼라도 구경하듯 감탄하자, 메이테이 선생도 마술사라도 된 듯 오른쪽 품속에 넣은 모자를 일부러 왼쪽 소맷부리에서 꺼내 "어디도 상한 곳이 없습니다" 하고 원래대로 고쳐 놓고는, 집게손가락 끝에 모자를 얹어 빙글빙글 돌렸다. 이제 끝났나 싶었는데, 마지막으로 뒤로 휙 던지고 그 위에 털썩 주저앉았다.

"괜찮나?"

주인조차 걱정스러운 표정을 지었다. 안주인도 걱정스러

운 듯 "좋은 모자가 망가지기라도 하면 큰일이니, 적당히 하세요" 하고 주의를 주었다. 자신만만한 건 모자 주인뿐이다.

"그런데 희한하게도 안 망가져요."

메이테이 선생이 구겨진 모자를 엉덩이 밑에서 꺼내 그대로 머리에 쓰자 신기하게도 머리 모양으로 금세 돌아왔다. 안주인이 더욱 신기해하며 물었다.

"정말 튼튼한 모자인가 봐요. 어떻게 하신 거예요?"

"어떻게 한 건 아니고요, 원래 이런 모자예요."

메이테이 선생은 모자를 쓴 채 안주인에게 대답했다.

"당신도 저런 모자를 사면 좋을 것 같아요."

잠시 후 안주인이 주인에게 권했다.

"구샤미한텐 좋은 밀짚모자가 있잖습니까?"

"저번에 아이들이 그걸 밟아버려서요."

"쯧쯧, 아까워라."

"그러니까 이번에는 메이테이 씨처럼 튼튼하고 멋진 모자를 사면 좋을 것 같아요. 이걸로 사요, 여보."

안주인은 파나마모자의 값도 모르면서 주인에게 자꾸 권했다.

메이테이 선생이 이번에는 오른쪽 소매에서 빨간 케이스에 든 가위를 꺼내 안주인에게 보여줬다.

"제수씨, 모자는 그쯤하고 이 가위를 보세요. 이놈도 어마어마해요. 열네 가지 용도로 사용할 수 있거든요."

이 가위가 등장하지 않았다면 주인은 안주인 때문에 파나마 고문을 당할 뻔하였으나, 다행히 안주인이 여자로서 가지고 태어난 호기심 덕에 이 액운을 피할 수 있었다. 이것은 메이테이 선생의 임기응변이라기보다 그저 뜻밖의 행운이었음을 나는 간파했다.

"그 가위가 어떻게 열네 가지로 쓰이죠?"

안주인이 묻자마자 메이테이 선생이 자신만만한 모습으로 답했다.

"지금 하나하나 설명할 테니 잘 들으세요. 자자, 여기 초승달 모양으로 패인 부분이 있죠? 여기다 담배를 넣고 툭 자릅니다. 그리고 이 아랫부분 있죠? 여기로 철사를 딱딱 잘라요. 그다음은요, 종이 위에 평평하게 올리면 금 긋는 자로도 쓸 수 있습니다. 또 날 뒷면에는 눈금까지 있어 물건 길이도 잴 수 있어요. 이쪽 겉에는 줄이 붙어 있어서 이걸로 손톱도 다듬고요. 좋죠? 이 끝을 나사못 머리에 박고 꼭꼭 돌리면 망치로도 사용할 수 있습니다. 꾹 찔러 비틀면 못 박힌 웬만한 상자는 쉽게 뚜껑이 열려요. 맞다, 이쪽 날 끝은 송곳이에요. 잘못 쓴 글씨를 긁어내는 데고, 조각조각 떼면 칼이 됩니다. 대망의 마지막입니다. 자, 제수씨, 마지막이 아주 재미있어요. 여기에 파리 눈알만 한 공이 있어요, 잠깐 보시겠어요?"

"싫어요. 또 놀리시려는 거죠."

"원, 이렇게 신용이 없어서야. 속은 셈 치고 좀 들여다보세요. 네? 싫으세요? 잠깐이면 되는데."

메이테이 선생은 가위를 안주인에게 건넸다. 안주인은 불신을 가득 안고 가위를 들어 그 파리 눈알 부분에 자기 눈을 갖다 대고 들여다봤다.

"어떤가요?"

"뭔가 새까만데요."

"새까맣지는 않을 텐데, 조금 더 문 쪽을 향해, 그렇게 가위를 눕히지 말고…… 네, 그렇죠, 그렇게 하면 보일 겁니다."

"어머, 사진이네요. 어떻게 이렇게 작은 사진을 붙였을까요?"

"그게 재밌다는 거예요."

안주인과 메이테이 선생은 연신 문답을 주고받는다. 아까부터 입을 다물고 있던 주인이 문득 사진이 보고 싶어졌는지 "어이, 나도 좀 보여줘 봐" 하고 말하자, 안주인이 가위를 얼굴에 붙인 채 "정말 예뻐요, 나체 미인이네요"라며 좀처럼 놓으려 하지 않는다.

"거참, 보여달라니까."

"좀 기다려요. 아름다운 머리예요. 허리까지 내려왔네. 살짝 누운 모습인데 키가 엄청 큰 여자네요. 그래도 미인이에요."

"어이, 보여달라고 했으면 이제 좀 보여주지?"

주인은 몹시 안달복달하며 안주인을 보챘다.

"네네, 오래 기다리셨죠? 실컷 보세요."

안주인이 가위를 주인에게 건넨 그때, 하녀가 부엌에서 손님이 주문한 음식이라며 메밀국수 두 그릇을 방으로 가져왔다.

"제수씨, 이게 제가 주문한 음식이에요. 잠깐 실례지만, 여기서 후루룩 먹겠습니다."

메이테이 선생은 정중하게 머리를 숙였다. 진지한 것 같기도, 장난치는 것 같기도 해서 안주인도 어떻게 응대해야 할지 몰라 "네, 드세요" 하고 가볍게 대답하면서 쳐다봤다. 주인은 이윽고 사진에서 눈을 떼며 말했다.

"자네, 이렇게 더운 날 메밀은 독이네."

"뭐, 괜찮네. 좋아하는 음식은 탈이 잘 안 나는 법이지."

메이테이 선생은 뚜껑을 열었다.

"갓 뽑은 면이라 좋군. 난 불어 터진 메밀국수랑 멍청한 인간은 딱 질색이네."

메이테이 선생은 양념을 국물에 넣고 마구 휘저었다.

"이 사람아, 고추냉이를 그렇게 넣으면 매워."

주인은 걱정스러운 듯 주의를 주었다.

"메밀국수는 국물과 고추냉이 맛으로 먹는 거지. 자네, 메밀 싫어하지?"

"나는 우동이 좋아."

"우동은 마부나 먹는 음식이지. 메밀 맛을 이해하지 못하는 사람만큼 딱한 건 없네."

메이테이 선생은 젓가락을 푹 찔러 넣어 최대한 많은 양을 6센티가량 들어 올렸다.

"제수씨, 메밀국수를 먹는 데도 여러 가지 방법이 있는데요, 먹을 줄 모르는 사람이나 국물에 면을 푹 담가서 우물우물 씹어 먹는 거예요. 그러면 맛이 없죠. 이렇게 한 젓가락에 훅 들어 올려서요."

메이테이 선생이 젓가락을 들자 긴 면발들이 30센티 정도 공중으로 낚아 올려졌다. 메이테이 선생도 이제 됐겠지 싶어 아래를 봤는데, 아직도 열두세 가락이 그릇 바닥에 들러붙어 있다.

"이놈들은 좀 기네. 어떤가요, 제수씨. 이렇게 기네요."

메이테이는 안주인에게 동의를 구했다. 안주인은 "정말 기네요" 하고 감탄한 듯 대답했다.

"이 긴 놈에 국물을 3분의 1 적셔서 한입에 후루룩 삼켜야 하네. 씹으면 안 돼. 씹으면 메밀 맛이 사라져. 후루룩, 목구멍으로 미끄러져 들어가야 맛있어."

메이테이 선생이 젓가락을 한껏 들어 올리자 국수 가락이 간신히 바닥을 떠났다. 왼손에 든 국물 그릇 속에 젓가락을 조금씩 내려 끝부터 담그자, 아르키메데스의 원리에 따라 메밀이 잠긴 양만큼 국물의 부피가 늘어났다. 그런데 그릇 속에는 처음부터 국물이 80퍼센트 정도 들어 있어서, 메이테이 선생의 젓가락에 낚인 메밀의 4분의 1도 채 잠기지 않았는데, 그릇이 국물로 가득 차버렸다. 메이테이 선생의 젓가락은 그릇 위로 15센티에 이르러 딱 멈춘 채 한동안 움직이지 않았다. 움직이지 않을 수밖에 없다. 조금이라도 움직였다간 국물이 넘칠 것이다. 메이테이 선생도 여기서 조금 머뭇거렸지만, 곧 잽싸게 입을 젓가락 쪽으로 가져갔다. 쯥쯥 소리와 함께 목구멍이 한두 번 위아래로 세차게 움직이더니 젓가락의 메밀국수가 사라져버렸다. 보니까 메이테이 선생의 두 눈에서 눈물 같은 것이, 한두 방울 볼을 타고 또르르 흘러내렸다. 고추냉이를 먹었는지, 면을 삼키는 게 힘겨웠는지 아직도 알쏭달쏭하다.

"대단해, 용케 한 번에 다 삼켰군."

주인이 감탄하자 "대단하세요" 하고 안주인도 메이테이 선생의 재주를 격찬했다. 메이테이 선생은 아무 말 없이 젓가락을 내려놓고, 가슴을 두세 번 두드리며 "제수씨, 대개 세 입 반이나 네 입에 먹어야 해요. 그보다 더 오래 걸리면 맛이 없거든요" 하고 손수건으로 입을 닦고 잠시 숨을 돌렸다.

그때 간게쓰 군이 무슨 생각인지, 이 더위에 고생스럽게도 겨울 모자를 쓰고 양쪽 발은 먼지투성이가 되어 찾아왔다.

"이야, 미남이 행차하셨군. 마저 먹어야 해서 난 좀 실례하겠네."

메이테이 선생은 사람들 앞인데도 주눅 들지 않고 남은 메밀국수를 마저 먹었다. 이번에는 아까처럼 놀라운 방법 대신, 손수건을 사용해 도중에 숨을 돌리는 꼴불견 대신 메밀 두 판을 거뜬히 해치웠다.

"간게쓰 군, 박사 논문은 곧 탈고되는가?"

주인이 묻자, 메이테이 선생도 뒤이어 말했다.

"가네다 따님이 오매불망 기다리고 있으니 얼른 제출해야지."

간게쓰 군은 평소처럼 섬뜩한 웃음을 흘리며 "죄송해서 가능한 한 빨리 제출해서 안심시켜 주고 싶습니다만, 어쨌든 논제가 논제인지라 연구하는 데 상당한 노력이 필요해서요." 하고 진심 같지 않은 말을 진심인 양 말했다.

"그래 논제가 논제니만큼 코가 원하는 대로 쉽게 되진 않겠지. 하긴 그 코라면 충분히 콧김을 살필 만한 가치는 있겠지만."

메이테이 선생도 간게쓰 군이 하는 식으로 대답했다. 비교적 진지한 사람은 주인뿐이다.

"자네 논문의 주제가 뭐라고 했지?"

"'개구리 안구의 전동 작용에 대한 자외선의 영향'입니다."

"거참 기발하네. 역시 간게쓰 선생이야. 개구리 안구는 흔들리지. 어떤가, 구샤미. 논문 탈고 전에 그 주제만이라도 가네다 댁에 알려주는 게."

주인은 메이테이 선생의 말은 무시하고 간게쓰 군에게 물었다.

"자네, 그게 상당한 노력이 드는 연구인가?"

"네, 굉장히 복잡한 문제입니다. 우선 개구리 안구의 렌즈 구조가 그렇게 단순한 것이 아니니까요. 그래서 여러 가지 실험도 해야 합니다만, 우선 유리구슬을 만들고 나서 하려고 합니다."

"유리구슬 같은 건 유리 가게에 가면 있지 않아?"

"아뇨, 그렇지 않습니다."

간게쓰 군이 몸을 뒤로 조금 젖혔다.

"원래 원이나 직선이란 건 기하학적인 것으로, 그 정의에 맞는 이상적인 원이나 직선은 현실 세계에는 존재하지 않습니다."

"없으면 그만두지 그러나."

메이테이 선생이 말했다.

"그래서 일단 실험에 지장이 없을 정도의 구슬을 만들어 보려고요. 얼마 전부터 만들기 시작했습니다."

"그래서 만들었나?"

주인이 간단한 일 아니냐는 듯 물었다.

"만들었을 리가요."

간게쓰 군은 이렇게 말했지만, 말하고도 조금 모순이라고 생각됐는지 이어서 말했다.

"굉장히 어렵습니다. 조금씩 갈다가 이쪽 반지름이 너무 긴 것 같아서 좀 더 갈면, 이번에는 저쪽이 길어지고, 저쪽을 겨우 갈아 놓으면 타원형이 되고, 간신히 찌그러진 데를 수정하면 다시 지름에 오차가 생깁니다. 처음에는 사과만 한 크기가 점점 작아져서 딸기만 해지지요. 그래도 포기하지 않고 하다 보면 콩알만 해집니다. 콩알 정도가 되어도 여전히 완전한 원은 아닙니다. 저도 꽤 열심히 갈았습니다만…… 이번 정월부터 크고 작은 유리구슬을 여섯 개나 갈았거든요."

간게쓰는 거짓말인지 참말인지 종잡을 수 없는 말을 수다스럽게 늘어놓았다.

"어디서 그렇게 구슬을 가는가?"

"물론 학교 실험실이지요. 아침에 시작해서 점심때 잠깐 쉬었다가 어두워질 때까지 가는데, 상당히 고됩니다."

"자네가 요즘 바쁘다면서 매주 일요일에도 학교에 가는 게 그 구슬을 갈러 가는 거였군."

"요즘은 아침부터 밤까지 구슬만 갈고 있습니다."

"구슬 만드는 박사가 된 셈이로군. 그 열정을 알려주면 아무리 코라도 조금은 고마워할 걸세. 실은 일전에 내가 볼일이 있어서 도서관에 갔다가 문을 나서려는데 우연히 로바이를 만났네. 졸업 후에도 도서관에 오다니 참으로 의아해서 '열심히 공부하나 보군' 하고 말하니, 묘한 얼굴로 '뭐, 책을 읽으러 온 게 아니야. 요 앞을 지나다가 소변이 마려워서 들렀네'라고 해서 크게 웃었는데, 로바이와 자네는 장소를 정반대로 사용하는 좋은 예로 교과서에 꼭 넣고 싶네."

메이테이 선생은 여느 때처럼 장황한 주석을 달았다. 주인은 조금 진지해져서 물었다.

"자네, 매일 그렇게 구슬만 가는 것도 좋지만, 대체 언제쯤 완성할 생각인가?"

"글쎄요, 이 상태로는 10년쯤 걸릴 것 같습니다."

간게쓰 군은 주인보다 더 태평스러워 보였다.

"10년이라…… 좀 더 빨리 갈면 좋을 것 같은데."

"10년이면 빠른 편입니다. 어쩌면 20년이 걸릴지도 모릅니다."

"거참, 큰일이군. 그럼 박사 되기 틀린 것 아닌가?"

"네. 하루라도 빨리 완성해 안심시켜 주고 싶습니다만, 어쨌든 구슬을 갈아야 중요한 실험을 할 수 있으니까요……."

간게쓰 군은 잠시 말을 끊었다가 "뭐, 그렇게 걱정하실 필요는 없습니다. 가네다 댁에서도 제가 구슬만 갈고 있다는 사실을 잘 알고 있으니까요. 실은 이삼일 전에 갔을 때도 자세한 사정을 이야기하고 왔습니다" 하고 의기양양하게 말했다. 그러자 지금까지 세 사람의 담화를 무슨 소리인지도 모르면서 경청하던 안주인이 미심쩍은 듯 물었다.

"근데 가네다 씨네 가족 모두 지난달부터 오이소 별장에 가 있잖아요."

간게쓰 군도 이 말에는 다소 주춤거렸으나 "거참, 이상하네요. 어떻게 된 걸까요?" 하며 시치미를 뗐다. 이럴 때 요긴한 게 메이테이 선생이다. 도중에 이야기가 끊기거나 민망한 상황일 때, 졸리거나 곤란할 때, 어떤 때든 어김없이 옆에서 튀어나온다.

"지난달 오이소에 갔는데도, 이삼일 전에 도쿄에서 만나다니 신비롭고 좋네. 이른바 영적 교류겠군. 연정이 깊을 때 흔히 그런 현상이 일어나지. 얼핏 듣기에 꿈 같지만, 꿈이라 해도 현실보다 확실한 꿈이야. 제수씨처럼 평생 사랑이 뭔지 모르는 구샤미 군에게 시집와 평생 서로 사랑하는 게 무엇인지 모르는 분에게는 미심쩍은 것도 당연하지만……."

"어머, 무슨 근거로 그런 말씀을 하세요? 너무 대놓고 무시하는 거 아닌가요?"

안주인이 갑자기 메이테이 선생에게 따졌다.

"자네도 상사병 따위는 걸려본 적 없지 않나?"

주인도 안주인을 거들었다.

"내 염문 따위야 75일 이상 지나면 자네 기억에서 사라지는 모양인데…… 실은 이래 봬도 실연의 결과로 이 나이 될 때까지 독신으로 사는 거야."

메이테이 선생은 이렇게 말하며 사람들의 얼굴을 공평하게 둘러봤다.

안주인은 "호호호호, 재밌네요" 하고 말했고, 주인은 "실없는 소리" 하며 마당 쪽을 바라봤다. 단지 간게쓰 군만이 "부디 그 회고담을, 후학을 위해 들려주심이……." 하며 여느 때처럼 히죽거렸다.

"내 이야기도 꽤 신비로워서 말이야. 고(故) 고이즈미 야쿠모* 선생님께 이야기하면 귀 기울여 들어주셨을 텐데 아쉽게도 영면하셨으니, 사실 이야기할 맛도 안 나지만, 모처럼의 부탁이니 모두 털어놓겠네. 대신 끝까지 경청하도록."

메이테이 선생은 다짐을 받고 본론으로 들어갔다.

"회고하자면 지금으로부터…… 에, 에…… 몇 년 전이었더라…… 귀찮으니까 15년 전쯤으로 해두지."

"헛소리는."

주인이 흥 하고 콧방귀를 꼈다.

"기억력이 상당히 나쁘시네요."

안주인이 놀렸다. 간게쓰 군만이 약속대로 한마디로 하지 않고 빨리 다음을 듣고 싶다는 모습을 보였다.

"여하튼 어느 겨울에 말이야. 내가 에치고 지방의 간바라

---

* 그리스 태생의 영국인으로 1896년 일본에 귀화했다. 대표 저서로 고전과 민간 설화를 취재한 《괴담》이 있다.

군 다케노코다니를 지나 다코쓰보 고개에 올라 마침내 아이즈로 나오려던 참이었네."

"이상한 곳이군."

주인이 또 끼어들었다.

"가만히 좀 계세요. 재밌는데."

안주인이 제지했다.

"그런데 날은 저물었지, 길은 모르겠지, 배는 고프지, 하는 수 없이 고개 한가운데 있는 외딴집 문을 두드려 이러이러한 사정이 있으니 좀 재워달라고 부탁했더니, 어서 안으로 들어오라면서 촛불을 내 얼굴에 갖다 대는 그 여자의 얼굴을 보고 온몸이 전율하고 말았네. 나는 그때부터 사랑이라는 심상치 않은 마력을 절실히 자각했지."

"어머 별일이네, 그런 산속에도 미인이 있나요?"

"산이든, 바다든 어디든 있죠. 제수씨, 그 여인을 한번 보여주고 싶네요. 고상하게 머리를 올리고 있었는데요."

"아……."

안주인이 어안이 벙벙해졌다.

"들어가 보니 다다미 여덟 장짜리 방 한가운데 커다란 화로가 있고, 그 주위에 아가씨와 아가씨의 할아버지, 할머니, 저, 이렇게 네 사람이 앉았네. '시장하시죠?' 하고 묻기에, 나는 아무거나 좋으니 어서 달라고 부탁했지. 그러자 할아버지가 '모처럼 오신 손님이니 뱀밥이라도 지어드려라' 하는 것 아닌가. 자, 이제부터 드디어 실연에 돌입하니 잘 듣게."

"선생님, 잘 듣기는 듣겠습니다만, 아무리 에치고 같은 산골이라 해도 겨울인데 뱀은 없겠지요?"

"음, 좋은 질문이네만. 이런 시적인 이야기에 그렇게 논리적으로만 접근하면 안 되지. 이즈미 교카*의 소설에는 눈 속에서 게가 등장하지 않나."

간게쓰 군은 "그렇군요" 하고 다시 경청하는 태도로 돌아왔다.

"그 당시에 나는 꽤 독특한 음식들을 좋아했네. 메뚜기, 달팽이, 붉은 개구리 같은 건 아주 질리도록 먹었을 정도니까. '뱀밥이라니, 신기하네요. 얼른 주십시오' 하고 할아버지에게 대답했네. 그러자 할아버지가 화로 위에 냄비를 얹고 그 안에 쌀을 넣어 끓이기 시작했지. 희한하게도 그 냄비 뚜껑에는 크고 작은 구멍이 열 개 정도 뚫려 있었어. 그 구멍에서 김이 뿜어져 나와서, 촌구석치곤 제법이군 하고 감탄하며 보고 있는데, 할아버지가 벌떡 일어나 어디론가 나갔다가 곧 큼지막한 소쿠리를 겨드랑이에 끼고 돌아오는 거야. 아무렇지도 않게 소쿠리를 화로 옆에 두길래 그 안을 들여다보니…… 있었어. 기다란 놈이, 추워서 서로를 칭칭 감

---

* 19세기 일본의 소설가. 작품에서 초자연적이고 낭만적인 이야기를 주로 다뤘다.

고 뒤엉킨 채 말이야."

"그런 이야기는 이제 그만하세요, 징그러우니까."

안주인이 눈썹을 찌푸렸다.

"이게 실연의 결정적인 원인이라 그만둘 수가 없어요. 할아버지는 이윽고 왼손에 냄비 뚜껑을 들고, 오른손으로 뒤엉켜 있던 그 긴 놈들을 마구잡이로 잡아 냄비 속에 쑥 집어넣고 뚜껑을 닫았는데, 나도 그때만큼은 숨이 헉 막혔네."

"이제 그만해요. 징그럽다니까요."

안주인이 자꾸 겁을 먹었다.

"조금만 있으면 실연이 찾아오니까 잠깐만 참아주세요. 그런데 1분도 채 지나지 않아 뚜껑 구멍으로 뱀 대가리가 불쑥 튀어나와 놀랍더군. '우와, 이렇게 나오네' 하는데, 옆 구멍에서 또 불쑥 고개를 내미는 거야. '또 나왔다' 하고 말하는데 저쪽에서도 나오고, 이쪽에서도 나왔어. 마침내 냄비가 온통 뱀 대가리투성이가 되어버렸지."

"왜 그렇게 머리를 내밀지?"

"냄비 속이 뜨거우니까 괴로워서 기어 나오려는 거지. 이윽고 할아버지가 '이제 됐겠다, 당겨라' 하니까, 할머니와 아가씨가 '예' 하고 대답하고는 각자 뱀 대가리를 잡고 쑥 당기는 거야. 고기는 냄비 속에 남고, 뼈만 깔끔하게 발라져서, 머리를 당기면 기다란 뼈가 재미있게 쏙 빠져나오더라고."

"뱀 순살이네요."

간게쓰 군이 웃으면서 묻자 메이테이 선생이 답했다.

"완전 순살이지. 솜씨가 아주 좋더라고. 그리고 뚜껑을 열어 주걱으로 밥과 고기를 획획 젓더니 '어서 드세요' 하는 거야."

"먹었나?"

주인이 침착하게 묻자, 안주인은 찌푸린 얼굴로 "이제 그만해요. 속이 메스꺼워서 밥이고 뭐고 못 먹겠네요" 하고 우는소리를 했다.

"제수씨는 뱀밥을 먹어보지 않았으니 그런 말씀을 하시는 거예요. 한번 먹어보세요. 그 맛은 평생 잊지 못할 겁니다."

"아아, 싫어요. 그런 걸 누가 먹어요?"

"밥도 배불리 먹었겠다, 추위도 잊고, 아가씨 얼굴도 실컷 봤으니, 이제 여한이 없다고 생각하는데, '그만 쉬셔야죠' 하기에 여행의 고단함도 있고 해서, 권유대로 자리에 벌렁 드러누워서는, 미안하지만 앞뒤를 망각하고 잠들어버렸네."

"그리고 어떻게 됐는데요?"

이번에는 안주인 쪽에서 재촉했다.

"그리고 다음 날 아침에 일어나자마자 실연당했습니다."

"무슨 일이 있었는데요?"

"아뇨, 딱히 별일도 없었어요. 아침에 일어나 담배를 피우며 뒷창문으로 내다보는데, 맞은편 물이 흘러나오는 홈통에서 대머리가 세수를 하는 거예요."

"할아버지? 할머니?"

주인이 물었다.

"그게 말이야. 나도 식별하기 어려워 잠시 보고 있는데, 그 대머리가 내 쪽을 돌아봐서 깜짝 놀랐네. 내가 간밤에 첫사랑을 느낀 그 아가씨더라고."

"언제는 올림머리를 하고 있었다면서."

"전날 밤에는 그랬지. 그것도 훌륭한 올림머리로. 그런데 다음 날 아침은 완전히 대머리였어."

"사람 놀리고 있어."

주인은 여느 때처럼 천장 쪽으로 시선을 돌렸다.

"나도 이상한 마음에 내심 조금 무서워져서 다시 그 모습을 엿보니, 대머리가 이윽고 세수를 마치고 옆 돌 위에 놓여 있던 가발을 대충 뒤집어쓰고 아무렇지 않게 집 안으로 들어오기에 '그렇군' 하고 생각했지. '그래, 그런 거였어' 하고 생각은 했지만, 그때부터 결국 덧없는 실연의 운명을 뼈저리게 느꼈네."

"하찮은 실연이군. 그렇지, 간게쓰 군? 그러니까 실연해도 이렇게 쾌활하고 기운이 넘치는 거야."

주인이 간게쓰 군을 보며 메이테이 선생의 실연을 평하자, 간게쓰 군이 답했다.

"하지만 그 아가씨가 대머리가 아니어서 경사스럽게 도

쿄로 데리고 돌아왔다면, 선생님은 더욱 기운이 넘치셨을지 모릅니다. 어쨌든 모처럼 만난 아가씨가 대머리였던 것은 천추의 한이로군요. 그건 그렇고, 젊은 아가씨가 어쩌다가 머리털이 빠져버렸을까요?"

"나도 그 점에 대해서 곰곰이 생각해봤는데, 뱀밥을 과식한 게 틀림없어. 뱀밥이라는 건 머리로 피가 오르게 하니까."

"메이테이 씨는 멀쩡해서 다행이네요."

"나는 대머리는 되지 않았지만, 대신 그때부터 근시가 되었죠."

메이테이는 금테 안경을 벗어 손수건으로 정성껏 닦았다. 잠시 후 주인은 생각난 듯 "대체 어디가 신비롭다는 건가?" 하고 확인하겠다는 듯 물었다.

"그 가발은 어디서 샀을까, 주웠을까? 아무리 생각해도 도통 모르겠다는 말이지. 그게 신비롭다는 거야."

메이테이 선생은 다시 안경을 원래대로 코 위에 걸쳤다.

"마치 만담꾼의 이야기를 듣는 것 같아요."

안주인이 비평했다.

메이테이 선생의 실없는 소리도 이것으로 일단락되어 이제 그만이구나 싶었는데, 선생은 재갈이라도 물려야 입을 다물 요량인지, 또다시 다음과 말을 늘어놓기 시작했다.

"내 실연도 쓰라린 경험이지만, 그때 대머리인 줄 모르고 결혼했다면, 죽을 때까지 거슬렸을 테니, 잘 생각하지 않으면 큰일 나네. 결혼이라는 건 막상 닥치면, 숨겨진 허물이 날아들 수 있으니, 간게쓰 군도 너무 동경하거나 마음을 뺏기거나 혼자서 끙끙대지 말고, 정신 차리고 차분히 구슬을 가는 게 좋네."

메이테이 선생이 이상한 의견을 내놓자, 간게쓰 군은 난처한 표정으로 말했다.

"네, 전 되도록 구슬만 갈고 싶은데, 저쪽 생각은 그렇지 않으니까 난처하네요."

"그래, 자네 같은 경우는 상대 쪽에서 난리를 치지만, 개중에는 웃긴 경우도 있어. 도서관에 소변을 보러 온 로바이의 이야기도 정말 웃기네."

"뭔데?"

주인이 장단을 맞추며 물었다.

"뭐, 이런 이야기네. 로바이가 옛날에 시즈오카의 여관에 묵은 적이 있어. 단 하룻밤이었지. 그런데 그날 저녁에 바로 여관 하녀한테 청혼을 한 거야. 나도 참 태평하지만, 아직 그 정도로는 진화하지 않았어. 하기야 그때 그 여관에 나쓰라는 유명한 미인이 있었는데, 로바이의 방에 나타난 하녀가 바로 그 나쓰였으니 무리도 아니지."

"무리가 아니긴. 자네가 한 그 뭐시기라는 고개 이야기와 똑같은데 뭐."

"조금은 비슷하지. 사실 나와 로바이는 그다지 차이가 없으니까. 좌우지간, 나쓰 씨에게 청혼을 하고 아직 대답을 듣지 못했는데 그사이에 수박이 먹고 싶어졌다더군."

"뭐라고?"

주인이 의아한 표정을 지었다. 주인뿐만이 아니다. 안주인도 간게쓰 군도 약속이나 한 듯 고개를 갸우뚱하며 잠시 생각에 빠졌다. 메이테이 선생은 아랑곳하지 않고 계속 이야기를 진행했다.

"나쓰 씨를 불러 '시즈오카에 수박이 있을까?' 하고 물으니, 나쓰 씨가 '시즈오카에도 수박은 얼마든지 있어요' 하며 접시에 수박을 수북이 담아서 가지고 왔어. 그래서 로바이가 먹었다고 하더군. 수북이 담긴 수박을 모조리 먹어치우고, 나쓰 씨의 대답을 기다리고 있는데, 갑자기 배가 슬슬 아파졌대. '으, 으' 하고 신음했지만, 조금도 나아질 기미가 없어서 또 나쓰 씨를 불러, 이번에는 시즈오카에 의사가 있느냐 물으니, 나쓰 씨가 또 '아무리 시즈오카라 해도 의사 정도는 있어요' 하며 천자문을 도용한 듯한 덴치 겐코(天地玄黃)라는 이름의 의사를 데려왔네. 다음 날 아침이 되자, 복통도 사라지고 고맙다고 하려고 떠나기 15분 전에 나쓰 씨를 불러, 청혼의 승낙 여부를 묻자, 나쓰 씨가 웃으면서 '시즈오카에는 수박도 있고, 의사도 있습니다만, 하룻밤에 만든 신부는 없습니다' 하고 나간 뒤, 얼굴을 보이지 않았다고 해. 로바이도 나처럼 실연을 당해서, 도서관에는 소변 볼일이 아니면 오지 않게 되었다고 생각하면, 여자는 죄인이 틀림없어."

주인은 여느 때와 달리 말을 이어서 "정말로 그래. 저번에 뮈세의 각본을 읽었는데, 등장인물 중 하나가 로마 시인의 글을 인용해 이런 말을 했네. '날개보다 가벼운 것은 먼지다. 먼지보다 가벼운 것은 바람이다. 바람보다 가벼운 것은 여자다. 여자보다 가벼운 것은 없다.' 진짜 명언이야. 여자는 어쩔 수 없어" 하고 묘한 곳에서 힘주어 말했다.

이 말을 들은 안주인도 가만있지 않았다.

"여자가 가벼워서 안 된다고 말하는데, 남자가 무거운 것도 좋지만은 않죠."

"무겁다니, 무슨 말이야?"

"말 그대로 무겁다고요. 당신 같은 사람이요."

"내가 뭐가 무거워?"

"무겁잖아요."

묘한 논쟁이 벌어졌다. 메이테이 선생은 재미있다는 듯 듣다가 이윽고 입을 열었다.

"그렇게 얼굴 붉히며 서로 공격하는 게 부부의 참모습인가. 아무래도 옛날 부부란 무의미한 게 틀림없어."

메이테이 선생은 조롱인지 칭찬인지 모를 애매한 말을 하면서, 이제 멈추면 좋을 텐데, 계속해서 말을 이어나갔다.

"옛날에는 남편에게 말대꾸하는 여자가 한 명도 없었다던데, 그렇다면 벙어리를 마누라로 두는 꼴이니 나는 하나도 달갑지 않네. 역시 제수씨의 말처럼 '당신은 무겁잖아요' 말을 듣고 싶어. 이왕 마누라를 얻을 바에야, 가끔은 한두 번 싸움도 해야 심심하지 않을 테니까. 내 어머니는 아버지 앞에서는 '네'밖에 할 줄 몰랐네. 더군다나 20년이나 같이 살면서 절에 가는 것 말고는 달리 외출한 적이 없다고 하니 얼마나 안쓰러운가. 하긴 덕분에 조상 대대로 계명을 전부 암기하고 계시지. 남녀 간의 교제도 그래. 내가 어렸을 때는 간게쓰 군처럼 마음에 둔 사람과 합주를 하거나 영적 교류로 만나는 일은 꿈도 꿀 수 없었네."

"안타깝네요."

간게쓰 군이 머리를 숙였다.

"참으로 안타깝지. 게다가 그 당시 여인이 반드시 요즘 여인보다 행실이 좋은 건 아니었네. 제수씨, 요즘 여학생이 발랑 까졌네, 어쩌네, 떠들어대지만, 옛날에는 이보다 더 심했어요."

"그런가요?"

안주인은 심각했다.

"그럼요, 그냥 하는 얘기가 아니고, 명백한 증거가 있으니까요. 구샤미, 자네도 기억할지 모르겠네만, 우리가 대여섯 살 때만 해도 여자아이를 호박처럼 바구니에 넣어 멜대로 메고 팔러 다녔잖아?"

"나는 그런 기억이 없는데."

"자네 고향에서는 어땠는지 모르겠지만, 시즈오카에서는 분명히 그랬어."

"설마요."

안주인이 작은 소리로 말하자, "정말입니까?" 하고 간게 쓰 군이 믿을 수 없다는 듯 물었다.

"정말이네. 실제로 우리 아버지가 흥정을 한 적 있어. 그때 난 아마 여섯 살이었을 거야. 아버지와 함께 아부라마치에서 도리초로 산책을 나섰는데, 저쪽에서 큰 소리로 '계집아이 사쇼, 계집아이 사쇼' 하고 외치는 거야. 우리가 마침 모퉁이에 이르렀을 때, 이세겐이라는 포목점 앞에서 그 남자와 딱 마주쳤지. 이세겐이라는 가게는 18미터쯤 되는 문짝에 창고가 다섯 개나 딸린 시즈오카에서 제일가는 포목점이야. 다음에 가거든 들러봐, 지금도 있으니까. 멋진 건물이야. 진베라는 지배인이 늘 어머니가 사흘 전에 돌아가셨다는 얼굴로 계산대에 대기하고 있네. 진베 군 옆에는 하쓰라는 스물네댓쯤 되는 점원이 앉아 있는데, 이 하쓰가 또 운쇼율사라는 고승에게 귀의해 삼칠일 동안 메밀 육수만 먹은 듯한 창백한 낯빛을 하고 있어. 하쓰 옆에는 조돈이라는 점원이 어제 불이나 집이 타버린 사람처럼 수심에 잠겨 주판에 몸을 기대고 있지. 조돈 옆에는……."

"자네는 포목점 이야기를 하자는 건가, 사람 장수 이야기를 하자는 건가."

"아 맞다, 사람 장수 이야기를 하고 있었지. 실은 이세겐에 관해서도 엄청난 기담이 있지만, 그건 일단 넘어가고 오늘은 사람 장수 이야기만 하지."

"사람 장수도 같이 그만두는 게 좋겠네."

"이건 20세기 오늘날과 메이지 초기 여자의 품성 비교에 있어서 큰 참고가 될 자료이니, 그렇게 쉽게 그만둘 수는 없지. 그래서 내가 아버지와 이세겐 앞까지 오자, 그 사람 장수가 아버지를 보고, '사장님, 계집아이 떨이 중인데 어떻습니까? 싸게 쳐드릴 테니 사 가세요.' 하면서 멜대를 내리고 땀을 닦는 거야. 바구니 안을 보니까 앞에 하나, 뒤에 하나. 두 살배기 여자애들이 들어 있어. 아버지가 이 사내에게 '싸면 사겠네만, 이뿐인가?' 하고 묻자, '아이고, 마침 오늘은 다 팔리고 겨우 둘만 남았지 뭡니까. 둘 다 괜찮으니 가져가세요.' 하며 여자애를 양손으로 들고 마치 호박 건네듯 아버지 코앞에 내밀자, 아버지가 통통 머리를 두들겨 보고는 '허허, 소리가 제법 크군' 하고 말했어. 그러고 나서 드디어 흥정이 시작되고, 아버지가 값을 마구 깎더니 '사긴 사겠네만 물건은 확실하겠지?' 하고 물으니, '예, 그게 앞 놈은 계속 보고 있어서 틀림이 없는데, 뒤 놈은 보이지가 않아서 금이가 있을지도 모릅니다. 뒤 놈으로 하시면 대신 값을 더 깎아

드립죠'라고 하는 거야. 나는 이 문답을 아직도 기억하고 있는데, 그 어린 마음에도 '여자는 항상 조심해야 하는구나'라고 생각했어. 하지만 1905년인 오늘날에는 이렇게 우매하게 여자애를 팔아먹는 사람은 물론, 뒤 놈은 금이 가 있을지도 모른다는 말도 들리지 않는 것 같네. 그래서 내 생각에는 역시 서양 문명 덕분에 여자의 품행도 상당히 진보했겠지 싶은데, 어떤가, 간게쓰 군."

간게쓰 군은 대답을 하기 전에 우선 기침을 한번 하더니 차분하고 낮은 목소리로 대답했다.

"요즘 여자들은 등하교 때나 합주회, 자선회, 야유회에서 '나 좀 사줘요. 싫어요?' 하고 직접 자기를 팔러 다니고 있으니, 그런 채소 장수 같은 자를 고용해, '계집아이 사쇼' 같은 천박한 위탁판매를 할 필요가 없습니다. 인간에게 독립심이 발달하면 자연스럽게 이런 식으로 되기 마련입니다. 노인들은 쓸데없는 걱정들을 늘어놓는데, 실제로 이것이 문명의 추세이기 때문에, 저는 대체로 기뻐할 만한 현상이라고 경하의 뜻을 표하는 바입니다. 사는 쪽도 머리를 두들겨 물건은 확실한지 묻는 촌뜨기는 한 명도 없으니, 그 점은 안심해도 좋습니다. 또 이 복잡한 세상에 그런 수고를 들여서는 끝이 없으니까, 쉰이 되고 환갑이 되어도 남편을 가질 수도, 시집을 갈 수도 없지요."

간게쓰 군은 20세기 청년답게 신식 사고를 펼치고, 메이테이 선생의 얼굴 쪽으로 담배 연기를 후우 불어댔다. 메이테이 선생은 담배 연기 정도로 물러설 사람이 아니다.

"자네 말대로 요즘 여학생과 아가씨들은 뼈와 살과 가죽까지 자존심으로 차 있어 무엇이든 남자에게 지지 않는 점에서는 지극히 경탄스럽네. 우리 동네 여학생들은 말이네, 아주 훌륭해. 바지를 입고 철봉에 매달리니 참 멋져. 나는 2층 창에서 그들의 체조를 목격할 때마다 고대 그리스의 여인을 떠올리네."

"또 그리스 타령인가."

주인이 냉소하듯 말하자 "아무래도 아름답다고 느끼는 건 대개 그리스에서 기원하고 있으니 어쩔 수 없지. 미학자와 그리스는 도저히 떼려야 뗄 수 없지. 특히 까무잡잡한 여학생이 일사불란하게 체조하는 모습을 보면, 나는 항상 아그노디케의 일화를 떠올리네." 하고 박식한 척 떠들어댔다.

"또 어려운 이름이 나왔네요."

간게쓰 군은 여전히 히죽거린다.

"아그노디케는 대단한 여자야. 나는 정말 감동했어. 당시 아테네의 법률은 여자가 산파 일을 하는 것을 금지했네. 불편한 일이지. 아그노디케도 당연히 그 불편함을 느꼈고."

"뭐야, 그 아그노 뭐라는 게?"

"여자야, 여자 이름이야. 이 여자가 곰곰이 생각하길, '여자가 산파를 하지 못한다는 건 한심하고 불편하기 짝이 없다. 어떻게든 산파가 되고 싶다, 산파가 될 묘안은 없을까?' 하고 사흘 밤낮을 생각에 잠겼네. 사흘째 되던 날, 새벽에 옆집에서 아이가 '응애' 하고 우는 소리를 듣는 순간, '바로 이거야!' 하고 크게 깨닫고는, 당장 긴 머리를 자르고 남자 옷을 입고서 헤로필로스의 강의를 들으러 갔네. 순조롭게 강의를 다 듣고 이젠 됐다는 생각에 마침내 산파업을 개업했어. 그런데 제수씨, 이게 대박이 난 거예요. 여기서 응애 하고 태어나기가 바쁘게 저기서도 응애 하고 태어났죠. 이 모든 걸 아그노디케가 도왔기 때문에 큰돈을 벌었어요. 그런데 인간사 새옹지마, 결국 탄로 나 법을 어긴 죄로 중형에 받을 지경에 처했습니다."

"마치 만담을 듣는 것 같아요."

"상당히 재밌죠? 그런데 아테네 여성들이 일동 서명하며 탄원하기에 이르자, 당시의 재판관도 어쩔 수 없이 그녀를 무죄 방면했습니다. 그리고 경사스럽게도 앞으로 여자도 산파를 할 수 있다는 포고령까지 떨어졌지요."

"정말 아는 게 많으시네요. 대단하세요."

"네, 웬만한 건 다 알죠. 모르는 건 내가 바보라는 것 정도일까요. 하지만 그것도 어렴풋하게 알고 있습니다."

"호호호호, 하시는 말씀마다 재밌네요."

안주인이 크게 웃자, 대문 초인종이 처음 달았을 때와 똑같은 소리를 내며 울렸다.

"어머, 또 손님이네."

안주인은 밖으로 나갔다. 안주인이 나가고 방으로 들어온 사람은 누구인가 하니 다들 잘 아는 오치 도후 군이다.

여기에 도후 군까지 오면, 주인집에 드나드는 괴짜들이 총출동했다고는 할 순 없어도, 적어도 내 무료함을 달랠 만한 머릿수는 갖춰졌다. 이래도 부족하다고 하면 불손하다. 운 나쁘게 다른 집에서 길러졌다면, 인간 중에 이런 선생들이 있다는 것을 평생 깨닫지 못하고 죽었을 것이다. 다행스럽게도 구샤미 선생네 고양이가 되어 아침저녁으로 귀인을 알현하니, 선생은 물론 메이테이, 간게쓰, 도후처럼 도쿄에서조차 보기 힘든 일기당천 호걸들의 모습을 누워서 보는 것은 내게는 천재일우의 영광이다. 덕분에 이 더운 날, 털로 뒤덮여 있는 괴로움도 잊고, 재미있게 반나절을 보낼 수 있다니 감사할 따름이다. 어쨌든 이만큼 모이면 평범하게 끝나지는 않을 것이다. 무슨 일인가 벌어질 것이라는 생각에 문 아래서 그 모습을 지켜봤다.

"오랜만에 찾아뵙습니다."

인사하는 도후 군을 보니, 지난번처럼 머리가 여전히 깔끔하게 반들거린다. 머리로만 평하자면 왠지 삼류 배우처럼 보이지만, 하얀색 두꺼운 바지를 꾸역꾸역 입고 점잔 빼고 있는 꼴이 마치 사무라이 사카키바라 겐키치의 제자 같다. 도후 군의 모습에서 보통 인간다운 부분은 어깨에서 허리 사이뿐이다.

"이야, 이 더운 날 행차를 다 하시고. 자, 이쪽으로 오게."

메이테이 선생은 자기 집인 양 손님을 맞았다.

"선생님, 정말 오랜만에 뵙습니다."

"그래, 지난봄 낭독회 때 보고 못 봤지. 낭독회는 여전히 잘 되어가나? 그 뒤로 여주인공 역을 계속했나? 참 잘하더라고. 나도 박수갈채를 보냈는데, 자네 알고 있었나?"

"네, 덕분에 큰 용기를 얻어 끝까지 해냈습니다."

"이번에는 언제 행사가 있나?"

주인이 끼어들었다.

"7, 8월은 쉬고 9월에 성대하게 열까 생각 중입니다. 뭐 재밌는 작품 없나요?"

"글쎄."

주인이 건성으로 대답했다.

"도후 군, 내 작품을 한번 해보지 않겠나?"

이번에는 간게쓰 군이 나섰다.

"자네 작품이라면 재미있을 것 같긴 한데, 대체 뭔가?"

"각본이네."

간게쓰 군이 강하게 밀고 나오자, 아니나 다를까, 세 사람은 조금 놀라며 동시에 간게쓰 군을 쳐다봤다.

"각본이라니, 훌륭하군. 희극인가, 비극인가?"

도후 군이 한 걸음 나아가자, 간게쓰 군이 새치름하게 말했다.

"뭐, 희극도 비극도 아니야. 요즘은 구극이니 신극이니 하도 떠들썩해서, 나도 새로이 배극(俳劇)이라는 걸 만들어봤네."

"배극이 뭔데?"

"하이쿠 풍의 연극이란 뜻인데, 두 글자로 줄였네."

주인도 메이테이도 다소 의아한 듯 가만히 있었다.

"그래서 어떤 풍인가?"

역시 도후 군이 물었다.

"뿌리가 하이쿠니까 너무 길면 안 될 것 같아서 단막극으로 했네."

"그래?"

"우선 무대 설정부터 이야기하자면, 이것도 간단한 게 좋아. 무대 한가운데에 커다란 버드나무 한 그루를 심어야 하네. 그 버드나무에서 가지 하나를 오른쪽으로 뻗게 하고, 그 가지에 까마귀 한 마리를 앉혀야 해."

"까마귀가 가만히 있어주어야 할 텐데."

주인이 혼잣말로 걱정했다.

"뭐, 괜찮습니다. 까마귀 다리를 실로 가지에 묶어 둘 거니까요. 그리고 그 밑에 큰 대야를 놓고요. 미인이 몸을 옆으로 두고 수건으로 닦고 있지요."

"그건 좀 퇴폐적인데. 누가 그 여자 역을 맡겠는가?"

메이테이 선생이 물었다.

"뭐, 이것도 금방 구합니다. 미술 학교 모델을 쓰면 되니까요."

"경찰이 가만있지 않을 것 같은데."

주인은 또 걱정했다.

"흥행만 안 하면 상관없지 않을까요. 그런 것까지 간섭하면, 학교에서 누드화 사생 같은 것도 못 하죠."

"그건 그림 연습일 뿐이니까 보는 거랑은 조금 다르지."

"선생님들이 그런 말씀을 하시니 일본도 아직 멀었다는 거예요. 회화도 연극도 다 같은 예술입니다."

간게쓰 군은 열변을 토했다.

"자, 논쟁은 그만하고, 그리고 어떻게 하나?"

도후 군은 어쩌면 진행할 수도 있겠다는 듯 줄거리를 듣고 싶어 했다.

"그곳에 객석에서 무대로 연결된 통로로 하이쿠 시인 다카하마 교시가 지팡이를 들고 등장해. 하얀 모자를 쓰고 얇은 웃옷, 접어 올린 바지에 구두를 신고 말이야. 옷차림은 육군 납품업자 같지만, 시인이기 때문에 가급적 속으로는 유유히 하이쿠 짓기에 여념이 없는 모습이어야 하네. 그런 다음 교시가 통로 끝까지 걸어가서 드디어 본무대에 오른 뒤 문득 고개를 들어 앞을 보니 커다란 버드나무가 있고, 버드나무 그늘에서 살결이 흰 여자가 목욕을 하고 있어. 헉하고 위를 보니 긴 버드나무 가지에 까마귀 한 마리가 앉아 목욕하는 여자를 내려다보고 있지. 그때 교시 선생이 크게 감동한 상태로 50초 정도 있다가, '목욕하는 여자에게 반한 까마귀로구나' 하고 큰소리로 한 구절 낭송하는 것을 신호로, 딱따기를 쳐 막을 내리는 거야. 어때, 마음에 드는가? 자네는 여자 역을 하는 것보다 교시가 되는 게 훨씬 좋겠지."

도후 군은 뭔가 부족하다는 표정으로 진지하게 대답했다.

"음, 너무 밋밋한 것 같아. 좀 더 이야기를 가미한 사건이 필요해."

메이테이 선생은 지금까지 비교적 얌전히 있었지만, 역시 언제까지나 잠자코 있을 사람이 아니다.

"겨우 그 정도라면, 배극은 시시하군. 우에다 빈*의 주장에 의하면 해학이나 골계라는 건 소극적으로 망국의 소리라 하는데, 역시 우에다답게 훌륭한 말을 했어. 그런 하찮은 연극을 해보게, 우에다에게 비웃음만 당할 테니. 일단 연극인지 촌극인지 너무 소극적이라 무슨 내용인지 모르겠네. 미안하지만 간게쓰 군은 역시 시험실에서 구슬이나 가는 편이 좋겠군. 배극 따위 100편, 200편 만들어봤자, 망국의 소리는 안 돼."

간게쓰 군은 조금 화가 치밀어 "그렇게 소극적입니까? 저

---

* 19세기 일본 작가.

는 꽤 적극적이라고 생각합니다만" 하고 어느 쪽이든 상관없는 변명을 했다.

"교시가 말이죠. 교시 선생이 '여자에게 반한 까마귀로구나' 하고 까마귀를 여자에게 반하게 한 부분이 굉장히 적극적이라고 생각합니다."

"처음 듣는 학설이군. 어디 해석을 들어보지."

"이학사로서 생각건대 까마귀가 여자에게 반한다고 하는 건 이치에 어긋납니다."

"그렇지."

"그렇게 이치에 어긋나는 말을 마구 내뱉어도 전혀 이상하게 들리지 않습니다."

"그런가……."

주인이 의심하는 듯 끼어들었지만, 간게쓰 군은 전혀 신경 쓰지 않았다.

"왜 이상하게 들리지 않느냐 하면, 이건 심리학적으로 설명하면 이해가 되실 겁니다. 사실 반한다든가 반하지 않는다든가 하는 것은 시인에게만 존재하는 감정으로, 까마귀와는 상관이 없는 일입니다. 그런데 까마귀가 반했다고 느끼는 것은, 즉 까마귀가 이러고 저러고 하는 것이 아니라, 필시 자신이 반했기 때문입니다. 교시 자신이 아름다운 여자가 목욕하는 모습을 보고 헉하는 순간 반한 게 틀림없습니다. 그러니까 자신이 반한 눈으로, 까마귀가 가지 위에서 꼼짝도 하지 않고 아래를 내려다보고 있으니, '허허, 저 녀석도 나처럼 반했구나' 하고 착각한 것인데, 그것이 문학적이고 적극적인 부분입니다. 자기만 느낀 것을 예고도 없이 까마귀에게 확장해서 시치미를 떼는 모습이 상당히 적극적이지 않습니까? 어떤가요, 선생님."

"과연 명론이군, 교시에게 말해주면 틀림없이 놀랄 거야. 설명은 적극적이나, 실제로 그 연극을 한다면 관객은 분명 소극적으로 될 걸세. 그렇지, 도후 군?"

"네, 아무래도 너무 소극적인 것 같아요."

도후 군은 진지한 얼굴로 대답했다.

주인은 대화의 국면을 조금 바꾸고 싶어졌는지 "어떤가, 도후 군. 요즘 걸작은 없고?" 하고 물었다.

"없습니다. 딱히 이렇다 보여드릴 만한 것도 없긴 한데, 조만간 시집을 내볼까 하고요. 다행히 원고를 가지고 왔는데 비평 좀 부탁드리겠습니다."

도후 군은 품에서 보라색 비단보를 꺼내, 그 안에서 오륙십 매 정도 되는 원고지를 주인 앞에 꺼내 놓았다. 주인은 그럴싸한 얼굴로 "어디 볼까" 하고 보니, 첫 장에 이렇게 두 줄이 쓰여 있다.

세상 사람들과 달리 가냘파 보이는
도미코 양에게 바침

주인이 묘한 표정으로 첫 장을 한동안 말없이 바라보는데, 메이테이 선생이 "뭐야, 신체시야?"라고 말하며 원고를 보더니 "이야, 과감히 도미코 양에게 바치다니 훌륭해."라고 칭찬했다. 주인은 여전히 신기한 듯 물었다.

"도후 군, 이 도미코라는 사람, 진짜 존재하는 사람인가?"

"네, 요전에 메이테이 선생님과 함께 낭독회에 초대한 여인 중 한 명인데요, 바로 이 근처에 살고 있습니다. 실은 시집을 보여주려고 잠깐 들렀는데, 지난달부터 오이소로 피서를 가서 집에 없더라고요."

도후 군은 진지하게 대답했다.

"구샤미, 이게 바로 20세기네. 그런 얼굴 하지 말고 어서 걸작을 낭독하게. 그나저나 도후 군, 바치는 방식이 좀 서투른데. 이 가냘프다는 말이 대체 무슨 의미라고 생각하나?"

"연약하다, 애잔하다는 뜻이라고 생각합니다."

"과연 그렇게도 쓸 수 있지만, 본래는 위험하다는 뜻이네. 그러니 나라면 이렇게는 안 쓰겠네."

"어떻게 써야 가장 시적일까요?"

"나라면 말일세. 세상 사람들과 달리 가냘파 보이는 도미코 양의 코 밑에 바침이라고 쓰겠네. 불과 석 자지만 '코 밑에'가 있는 것과 없는 건 느낌이 상당히 다르지."

"그렇군요."

도후 군은 이해하기 어렵지만 억지로 이해한 척 대답했다.

주인은 잠자코 겨우 첫 장을 넘겨 이윽고 본문 1장을 읽기 시작했다.

어렴풋이 감도는 향기는
그대의 영혼인가
상사의 연기 나부끼네
오오 나의, 오오 나의 쓰디쓴 이 삶에
달콤히 얻은 뜨거운 입맞춤

"이건 좀 이해할 수 없네."
주인은 탄식하면서 메이테이 선생에게 건넸다.
"이건 좀 지나치군."
메이테이 선생은 이렇게 말하며 간게쓰 군에게 건넸다.
간게쓰 군은 "과—연 그렇군" 하며 도후 군에게 돌려줬다.
"선생님이 모르시는 건 당연하죠. 10년 전 시의 세계와 요즘 시의 세계는 몰라보게 달라졌으니까요. 요즘 시는 뒹굴며 읽거나 정거장에서 읽어서는 도저히 이해할 수 없어서, 시를 지은 본인조차 질문을 받으면 대답이 궁해지는 때가 더러 있습니다. 오로지 인스피레이션으로 쓰기 때문에 시인은 그 외에는 아무런 책임이 없지요. 주석이나 해석은 학자가 하는 일이니 저는 전혀 신경 쓰지 않습니다. 지난번에도 제 친구 소세키라는 자가 〈하룻밤〉이라는 단편을 썼지만, 누가 읽어도 몽롱해서 알아들을 수가 없으니, 그를 만나 요목조목 따졌는데, 당사자도 그런 것은 모른다며 대답하지 않았습니다. 그런 부분이 시인의 특색이 아닐까 싶어요."

"시인인지는 모르겠지만 굉장히 특이한 사람이군" 하고 주인이 말하자, 메이테이 선생이 "바보네" 하고 간단히 소세키 군을 평했다. 도후 군은 이것만으로는 아직 부족하다는 듯 말했다.

"소세키는 친구들 사이에서도 괴짜인데, 제 시도 부디 그런 마음으로 읽어주셨으면 합니다. 특히 '쓰디쓴' 이 삶과 '달콤한' 입맞춤을 대비시킨 데가 제가 고심한 부분이니, 눈여겨봐 주세요."

"상당히 고심한 흔적이 보이는군."

"달콤한과 쓰디쓴을 대조한 부분은 뭔가 열일곱 가지 맛 조미료처럼 다채롭군. 완전히 도후 군의 독특한 기량으로 경탄스럽기 그지없네."

메이테이 선생은 순진한 도후 군을 혼란스럽게 하고는 좋아한다.

주인은 무슨 생각을 했는지 벌떡 일어나 서재 쪽으로 가서 종이 한 장을 가지고 왔다.

"도후 군의 작품도 봤으니, 이번에는 내가 짧은 글을 읽을 테니까 여러분의 비평을 부탁하네."

주인은 조금 진심이었다.

"천연거사의 묘비명이라면 벌써 두세 번은 들었습니다."

"어허, 잠자코 있게. 도후 군, 결코 잘 쓴 글은 아니지만, 그저 재미로만 들어주게."

"경청하지요."

"간게쓰 군도 내친김에 들어봐."

"내친김이 아니더라도 듣겠습니다. 길진 않겠지요?"

"겨우 60자 정도야."

구샤미 선생은 이윽고 자작 글을 읽어 내려갔다.

대화혼(大和魂)!* 하고 외치며 일본인이 폐병 같은 기침을 했다.

"서두가 아주 훌륭합니다."

간게쓰 군이 칭찬했다.

대화혼! 하고 신문기자가 말한다.
대화혼! 하고 소매치기가 말한다.
대화혼이 일약 바다를 건넜다.
영국에서 대화혼 연설을 한다.
독일에서 대화혼 연극을 한다.

* 일본 고유의 정신.

"과연 천연거사를 뛰어넘는 작품이군."
이번에는 메이테이 선생이 몸을 뒤로 젖혀 보였다.

도고 대장에게 대화혼이 있다.
생선 가게 긴 씨에게도 대화혼이 있다.
사기꾼, 투기꾼, 살인자에게도 대화혼이 있다.

"선생님, 간게쓰에게도 있다고 덧붙여주세요."

대화혼은 무엇이냐고 물으니 대화혼이지 대답하고 지나갔다.
10터쯤 가서야 에헴 하는 소리가 들렸다.

"그 문장 아주 훌륭하군. 자네 글재주가 꽤 좋군. 다음 구는?"

삼각인 것이 대화혼인가, 사각인 것이 대화혼인가.
대화혼은 말 그대로 혼이다.
혼이기에 늘 흐늘흐늘하다.

"선생님, 상당히 재밌긴 합니다만, 대화혼이 너무 많이 들어가지 않나요?"
도후 군이 지적했다.

"맞아"하고 말한 자는 물론 메이테이 선생이다.

입에 담지 않은 사람은 아무도 없지만, 누구도 본 사람은 없다.
누구나 들은 적은 있지만, 아무도 만난 자가 없다.
대화혼은 도깨비 같은 것인가?

주인은 여운을 줄 요량으로 이렇게 끝마쳤지만, 과연 명문이 너무 짧기도 하고, 주제가 어디 있는지도 알 수 없어, 세 사람은 아직 더 남았겠거니 생각하고 기다리고 있었다. 아무리 기다려도 이렇다 저렇다 말이 없자, 마침내 간게쓰 군이 "그게 끝인가요?"라고 묻자, 주인은 가볍게 "응"이라고 대답했다. '응'이라니, 참 태평한 대답이다.

이상하게도 메이테이 선생이 이 명문에 대해서는 여느 때처럼 이러쿵저러쿵 늘어놓지 않다가 이윽고 돌아앉아 물었다.

"자네도 단편을 모아 한 권으로 엮어서 누군가에게 바치는 게 어떤가?"

주인이 아무렇지도 않게 "자네에게 바칠까?" 하고 묻자, 메이테이 선생은 "사양하겠네" 하고 대답하고, 아까 안주인에게 자랑한 가위로 손톱을 톡톡 깎았다. 간게쓰 군은 도후 군에게 "자네, 가네다 댁 따님을 아는가?" 하고 물었다.

"지난봄 낭독회에 초대하고 나서, 친해진 뒤로 쭉 친구로 지내고 있어. 나는 그 아가씨만 만나면 나도 모르게 일종의 영감을 받아, 흥이 절로 나서 시를 짓거나 노래를 부른다네. 이 원고에 사랑의 시가 많은 건 오로지 그 이성 친구에게 영감을 받아서라고 생각해. 그래서 그 아가씨에게 감사의 뜻을 표하기 위해 이번 기회에 내 시집을 바치기로 한 거야. 자고로 예부터 여자 사람 친구가 있어야 훌륭한 시가 나온다고 했네."

"그런가."

간게쓰 군이 미소를 띠고 대답했다. 아무리 수다쟁이 모임이라 한들 그리 길게 이어지진 않는지, 대화의 불길이 차츰 시들해졌다. 나도 그들의 변함없는 잡담을 종일 들어야 할 의무는 없으니, 뜰로 사마귀를 찾아 나섰다. 오동나무의 초록빛 사이로, 서쪽으로 저무는 햇빛이 새어 나오고, 나뭇가지에는 쓰르라미가 매달려 울고 있다. 밤에는 어쩌면 한바탕 비가 내릴지도 모르겠다.

7

 나는 요즘 운동을 시작했다. 고양이 주제에 운동이라니 하며 비웃는 자들에게 말하지만, 그런 인간도 최근까지는 운동이 무엇인지 이해하지 못하고, 먹고 자는 일을 천직처럼 여기지 않았던가. 무사시귀인(無事是貴人)*이라 칭하며, 팔짱을 끼고 앉아 방석에서 썩어가는 엉덩이를 떼지 않는 것을 명예라고 거들먹거리며 살던 때를 기억할 것이다. 운동을 해라, 우유를 마셔라, 냉수욕을 해라, 해수욕을 해라, 여름이 되면 산속에 틀어박혀 당분간 안개를 먹어라 등등 부질없는 주문을 연발하게 된 것은 서양에서 전염된 최근 질병으로 일종의 페스트, 폐병, 신경쇠약으로 여겨도 좋을 정도다. 하기야 나는 작년에 태어나 올해 겨우 한 살이

---

* 선종 용어로 깨달음에 이르기 위한 길을 밖에서 찾지 말고 자기 안에 있는 가능성을 파헤치라는 뜻.

니 인간이 이런 병에 걸리기 시작한 당시의 상황은 기억에 없을 뿐만 아니라, 그때의 나는 속세에 없었지만, 고양이의 1년은 인간의 10년과 충분히 맞먹는다. 우리 고양이의 수명은 인간보다 두세 배나 짧지만, 단기간에 한 마리의 고양이로 충분히 성장하는 사실로 미루어보건대, 인간의 세월과 고양이의 세월을 같은 비율로 계산하는 것은 오류다. 일단, 1년 몇 개월밖에 안 된 내가 이 정도의 견식을 갖춘 것만 봐도 알 수 있으리라. 주인의 셋째 딸은 세 살이라고 하지만, 지식의 발달로 보면 참으로 둔한 아이다. 우는 것과 자다가 오줌 싸는 것, 젖 먹는 것 외에는 아무것도 모른다. 세상을 근심하고 시대에 분노하는 나와 비교하면 정말 어리석다. 그러니 내가 운동, 해수욕, 요양의 역사를 꿰고 있다고 해도 전혀 놀랄 일이 아니다. 만약 이까짓 일에 놀라는 자가 있다면, 그것은 인간이라는, 다리 두 개가 모자란 멍청이가 틀림없다. 인간은 옛날부터 멍청이다. 그래서 근래에 이르러 운동의 효과를 퍼트리거나 해수욕의 이점을 떠들어대며 대발명처럼 여긴다. 나는 태어나기 전부터 그 정도는 명확히 알고 있었다. 우선 바닷물이 왜 약이 되느냐면, 해안가에 가보면 금방 알 수 있다. 그렇게 넓은 곳에 물고기가 몇 마리나 있는지는 모르지만, 그 많은 물고기 중 어느 한 마리도 병에 걸려 병원에 간 적이 없다. 모두 건강하게 헤엄치고 있다. 병에 걸리면 몸을 움직일 수 없다. 죽으면 반드시 물 위로 뜬다. 그래서 물고기의 죽음을 떠오른다고 하고, 새의 죽음을 떨어진다고 하며, 인간의 죽음을 죽는다고 하는 것이다. 인도양을 횡단해본 사람에게 '자네, 물고기가 죽은 것을 본 적이 있나?' 하고 물어보면, 누구라도 '아니'라고 답할 것이다. 당연한 대답이다. 아무리 왕복한들 숨을 거두고―숨을 거둔 게 아니라 물고기니까 물을 거두었다고 해야 할지도 모른다― 물 위에 떠 있는 물고기를 본 사람은 아무도 없기 때문이다. 드넓은 망망대해를 밤낮으로 찾아 헤매도 옛날부터 물에 둥둥 뜬 물고기는 한 마리도 없다는 점을 가지고 추론하면, 물고기는 매우 튼튼하다고 단언할 수 있다. 그렇다면 왜 물고기는 그렇게 튼튼한가 하면, 이 또한 인간이 답하기를 기다릴 필요가 없다. 나는 금방 알 수 있다. 오로지 바닷물만 마시고 시종 해수욕을 하기 때문이다. 해수욕의 효과는 물고기에게 현저히 나타난다. 물고기에게도 현저한 효과가 나타나는 이상 인간에게도 현저히 효과가 있을 수밖에 없다. 1750년에 닥터 리처드 러셀이 브라이튼 바다에 들어가면 404가지 병이 즉시 완쾌된다는 요란한 광고를 했다는데, 뒷북치는 꼴이라 우습다. 고양이지만 때가 되면 가마쿠라 바다에 갈 생각이다. 단, 지금은 안 된다. 모든 일에는 다 때가 있다. 메이지 유신 전에는 해수욕의 효능을 맛보지 못하고 죽은 것처럼, 오늘날 고양이는 나체로 바다에 뛰어들 기회를 아직 얻지 못했다. 서두르다간 일을 그르친다. 쓰키

치 운하에 내팽개쳐진 고양이가 무사히 집으로 돌아가지 못한 시기에 함부로 뛰어들 수도 없다. 진화의 법칙으로 우리 고양이의 기능이 광란의 파도에 대해 적당한 저항력을 가질 때까지는—바꿔 말해 고양이가 죽었다는 말 대신에 고양이가 떠올랐다는 말이— 일반적으로 사용될 때까지는 쉽사리 해수욕을 할 수 없다.

해수욕은 나중에 실행하기로 하고, 일단 운동만 하기로 했다. 아무래도 20세기 오늘날에 운동을 하지 않는 것은 마치 빈민 같아서 부끄럽다. 운동을 안 한다면, 운동을 할 수 없어서다. 운동할 시간이 없고 여유가 없어서라고 생각된다. 옛날에는 운동하는 사람을 상놈이라며 비웃었지만, 지금은 운동하지 않는 사람을 상놈이라고 간주한다. 우리의 평가는 때와 장소에 따라 내 눈알처럼 바뀐다. 내 눈알은 단순히 작아졌다 커졌다 하지만, 인간의 품평은 완전히 뒤집히기도 한다. 뒤집혀도 지장은 없다. 모든 일에는 양면이 있고, 양 끝이 있다. 양 끝을 두드려 흑백의 변화를 일으키는 것이 인간의 융통성이다. 방촌(方寸)*을 거꾸로 하면 촌방(寸方)**이 되는 데 애교가 있다. 몸을 숙이고 가랑이 사이로 아마노하시다테***를 보면 또 다른 정취가 있다. 셰익스피어

---

* 일본어로 '마음'이라는 뜻.
** 일본어로 '속셈'이라는 뜻.
*** 교토에 있는 명승지로 일본의 3대 절경 중 하나.

도 늘 똑같은 셰익스피어면 재미없다. 가끔은 가랑이 사이로 《햄릿》을 보며 '자네, 이건 아니지' 하고 말하는 자가 있어야 문학계도 진보한다. 그러니 운동을 욕하던 무리가 갑자기 운동을 하겠다며 여자까지 라켓을 들고 거리를 활보해도 전혀 이상하지 않다. 단지 고양이가 운동하는 것을 두고 꼴값 떤다고 비웃지 않았으면 한다. 그런데 내가 하는 운동이 어떤 종류의 운동인지 미심쩍어하는 사람도 있을지 모르니 일단 설명하려고 한다. 아시다시피 나는 불행히도 도구를 사용할 수가 없다. 그래서 공도 배트도 다루기가 곤란하다. 다음으로는 돈이 없으니 살 수가 없다. 이 두 가지 원인에서 내가 고른 운동은 도구가 없어도 되는 종류에 속한다. 그렇다면 지구의 인력에 따라 어슬렁어슬렁 걷거나 생선 토막을 물고 뛰어가는 모습을 떠올릴지 모르나, 단지 네 다리를 역학적으로 움직여 지구의 대지를 활개 치는 건 너무 단순해서 재미가 없다. 아무리 운동이라는 이름이 붙었어도, 주인이 가끔 실행하는 글자 그대로의 운동은 아무래도 운동의 신성함을 모독하는 것이다. 물론 단순한 운동이라도 어떤 자극이 주어지면 괜찮다. 가다랑어 경쟁이나 연어 찾기 등은 중요한 대상물이 있으니 가치가 있는 것이지만, 이 자극을 제거하면 시시하고 재미없는 일이 되어버린다. 보상적 흥분제가 없다면 뭔가 묘기 같은 운동을 해보고 싶다. 나는 여러 가지를 생각했다. 부엌의 처마에서 지붕으로 뛰어오르기, 지붕 꼭대기에 있는 매화 모양의 기와 위에 네발로 서기, 빨래 장대 건너기—이건 도저히 성공할 수 없다. 대나무가 미끄러워서 발톱이 걸리지 않는다. 뒤에서 느닷없이 아이에게 달려들기—이건 매우 흥미로운 운동 가운데 하나지만 함부로 했다간 혼나기 때문에 기껏해야 한 달에 세 번 정도밖에 시도하지 못한다. 종이봉투 머리에 뒤집어쓰기—이것은 답답할 뿐 아니라 흥미가 떨어지는 운동이다. 특히 인간이 해주지 않으면 성공할 수 없으니 안 된다. 다음으로는 발톱으로 책 표지 긁기—이것은 주인에게 들키면 혼날 위험이 있는 건 고사하고, 비교적 발끝 재주에 불과해 온몸의 근육이 작용하지 않는다. 이것들은 이른바 내게 이른바 구식운동이라 할 수 있다. 신식 중에는 꽤 흥미로운 것이 있다. 먼저 사마귀 사냥. 사마귀 사냥은 쥐잡기만큼 힘든 운동도 아니고 위험하지도 않다. 한여름부터 초가을에 하는 유희로서는 더할 나위 없이 좋다. 하는 방법을 말하자면, 우선 뜰로 나가 사마귀 하나를 찾아낸다. 날씨가 좋으면 한두 마리 찾아내는 것쯤 일도 아니다. 찾아낸 사마귀 군 옆으로 휙 바람을 가르며 달려간다. 그러면 이크! 하는 자세로 대가리를 쳐든다. 사마귀는 꽤 당돌한 녀석이라 상대의 역량도 모르면서 일단 저항부터 하니까 재미있다. 머리를 오른쪽 앞발로 살짝 건드린다. 치켜든 목이 약해서 흐물흐물 옆으로 꺾인다. 이때 사마귀 군의 표정이 퍽 흥미를 더한다. '어라?'

하는 모습이다. 그때, 한 걸음 폴짝 뛰어 사마귀 군 뒤로 돌아, 이번에는 등 뒤에서 사마귀 군의 날개를 가볍게 할퀸다. 평소에는 고이 접혀 있는 날개를 세게 할퀴면, 확 펼쳐져 안에서 얇은 한지 같은 연한 색 속옷이 드러난다. 여름에도 고생스럽게 두 겹을 입고 있다니 이 녀석도 참 별나다. 이때 녀석의 긴 목은 반드시 뒤를 돌아본다. 어떨 때는 아예 돌아서기도 하지만, 대개 목만 꼿꼿이 세우고 있다. 내가 건드리기를 기다리는 듯하다. 상대가 언제까지나 이 자세로 있어서는 운동이 되지 않기 때문에 잠시 후 또 한 대 친다. 안목이 있는 사마귀라면 이쯤 당하면 반드시 도망간다. 물불 안 가리고 마구 덤벼대는 녀석은 무식하고 야만적인 사마귀다. 만약 상대가 야만적으로 나오면, 달려드는 녀석을 겨냥해 냅다 갈긴다. 대개는 1미터 가까이 날아가는데, 이때 적이 순순히 뒤로 물러나면 나는 불쌍해서 마당의 나무를 두세 바퀴 돌고 온다. 사마귀 군은 아직 조금밖에 도망치지 못했다. 이제야 나의 역량을 눈치챘으니 맞설 용기는 없다. 그저 우왕좌왕 도망치기에 바쁘다. 하지만 나도 우왕좌왕 쫓아가기 때문에, 녀석은 결국 고통에 몸부림치며 날개를 흔들고 일대 도약을 시도한다. 원래 사마귀의 날개는 녀석의 목과 조화를 이루어 아주 가늘고 길쭉하게 생겼으나, 듣자 하니 순 장식용이라서 인간의 영어, 불어, 독어처럼 실용성이 전혀 없다. 그런 무용지물을 이용해 일대 도약을 시도해봤자 내 적수가 될 리 만무하다. 말이 활약이지 실은 땅 위를 질질 끌고 갈 뿐이다. 이렇게 되면 조금 안쓰러운 감은 있지만, 운동을 위해서니 어쩔 수 없다. 미안하지만 순식간에 전면으로 돌진한다. 녀석은 타성으로 급회전을 할 수 없으니 하는 수 없이 전진해 온다. 녀석의 코를 후려갈긴다. 이때 사마귀 군은 반드시 날개를 편 채 쓰러진다. 그 위를 앞발로 지그시 누르고 한숨 돌린다. 그러고서 다시 놔준다. 놔주었다가 다시 누른다. 제갈공명의 칠종칠금(七縱七擒)* 전략으로 공격한다. 30분 정도 이 과정을 반복하다 사마귀 군이 꼼짝도 하지 않으면 입으로 물고 흔들어본다. 그리고 다시 뱉는다. 이번에는 땅 위에 누워 움직이지 않기에 한 발로 쿡 찌르니 그 기세로 튀어 오르는 것을 다시 누른다. 이것도 시시해지면 최후의 수단으로 우걱우걱 먹어치운다. 내친김에 사마귀를 먹어본 적 없는 사람에게 말해 두지만, 사마귀는 그리 맛있는 놈이 아니다. 영양가도 의외로 적은 것 같다. 사마귀 사냥에 이어 매미 잡기라는 운동을 한다. 단순히 매미라고 했지만 다 똑같지는 않다. 인간 중에도 느끼한 놈, 담백한 놈, 잘 우는 놈이 있듯이 매미에도 기름매미, 참매미, 쓰름매미 등이 있다. 기름매미는 질겨서 별로다. 참매미는 건방져서 곤란하다. 쓰름매미만 유일하게 재미있다. 이 녀

---

* 일곱 번 놓아주고 일곱 번 붙잡는다는 뜻.

석은 늦여름이나 되어야 나온다. 가을바람이 옷 사이로 피부를 파고들어 에취 하고 감기에 걸릴 무렵, 힘차게 꼬리를 흔들며 운다. 잘 우는 녀석이라, 내가 보기에 우는 것과 고양이한테 잡히는 것 말고는 딱히 하는 일이 있나 싶다. 초가을에는 이 녀석을 잡는다. 이것을 가리켜 매미 잡기 운동이라고 한다. 잠시 여러분에게 말해 두지만, 적어도 매미라는 이름이 붙은 이상, 땅 위에 있어서는 안 된다. 땅에 떨어진 녀석한테는 반드시 개미가 달라붙는다. 내가 잡는 것은 개미 영역에서 뒹굴고 있는 녀석이 아니다. 높은 나뭇가지에 앉아 우는 무리를 잡는 것이다. 이번에도 내친김에 박학한 인간에게 묻고 싶은 게 있다. 매미가 쓰르르르람 하고 우는 것인지, 람쓰르르르 하고 우는 것인지, 그 해석 여하에 따라 매미 연구에 적지 않은 영향이 있다고 생각한다. 인간이 고양이보다 뛰어난 점은 이런 데 존재하고, 인간 스스로 자랑하는 점도 역시 비슷한 데 있으니, 지금 즉답을 할 수 없다면 잘 생각해보기 바란다. 하기야 매미 잡기 운동에는 어느 쪽이든 상관없다. 그저 소리를 따라 나무에 올라가서 정신없이 울어 젖힐 때 확 낚아챌 뿐이다. 아주 간단해 보이지만 꽤 힘든 운동이다. 나는 다리가 네 개니까 땅 위를 걷는 일에서는 다른 동물들에게 뒤지지 않는다고 생각한다. 적어도 두 개와 네 개의 수학적 지식으로 판단해볼 때, 인간에게는 지지 않는다. 하지만 나무 타기에서는 나보다 더 잘 타는 녀석들이 있다. 나무 타기가 본업인 원숭이와는 별개로, 원숭이의 후예인 인간에게도 쉽게 얕볼 수 없는 상대가 있다. 애당초 중력을 거스르는 무리한 일이기 때문에 실패해도 별로 치욕스럽지는 않지만, 매미 잡기 운동 시에는 적잖은 불편을 준다. 다행히 발톱이라는 무기가 있으니 그럭저럭 오르기는 하겠지만, 곁에서 보는 것만큼 쉽지는 않다. 그뿐만 아니라 매미는 나는 녀석이다. 사마귀 군과 달리 한번 날아가버리면 끝이라, 모처럼 한 나무 타기도 아무런 성과 없이 비운을 맞닥뜨릴 수 있다. 마지막으로 가끔 매미가 오줌을 찍 갈길 위험이 있다. 오줌이 내 눈을 겨냥할 때가 많다. 도망쳐도 좋으니, 부디 오줌만은 갈기지 않았으면 한다. 날기 직전에 오줌을 싸는 것은 대체 어떤 심리 상태에서 기인한 생리적 현상일까? 너무 고통스러워서일까? 아니면 적이 불시에 나타났으니, 잠시 도망칠 여유를 만들려는 방편일지도 모른다. 그렇다면 오징어가 먹물을 내뿜고, 무뢰한이 문신을 보이고, 주인이 라틴어를 웅얼거리는 부류에 들어가야 할 사항이다. 이것도 매미학에서 빼놓을 수 없는 문제다. 충분히 연구하면 이것만으로 분명히 박사 논문의 가치가 있다. 이는 여담이니 이쯤 하고 다시 본론으로 돌아가자. 매미가 가장 집중하는 곳은—집중이 이상하면 집합이라고 해야겠지만, 집합은 역시 진부하므로 역시 집중으로 하겠다—벽오동이다. 한자로 '碧梧桐'이라 쓴다. 그런데 벽오동에는 잎이 굉장히 많고, 게다가 그 잎 크기가 모두 부채만 해서 잎들이 자라면 가지가 전혀 보이지 않을 정도로 우거진다. 이것이 매미 잡기 운동에 방해가 된다. '목소리는 들려도 모습은 보이지 않는다'는 속요는 특별히 나를 위해 만든 노래가 아닌가 의심이 들 정도다. 나는 하는 수 없이 그저 소리를 따라간다. 밑에서 2미터 되는 곳에서 오동나무는 마침 두 갈래로 갈라지니, 이곳에서 잠시 쉬었다가 나뭇잎 뒤에서 매미의 소재지를 탐색한다. 물론 여기까지 오는 동안 바스락 소리를 내며 잽싸게 날아가는 녀석들도 있다. 한 마리가 날면 끝이다. 매미는 흉내를 내는 데 있어 인간 못지않게 바보다. 뒤를 이어 줄줄이 날아간다. 가까스로 두 갈래 가지에 도착했는데 나무 전체가 조용할 때가 있다. 전에 여기까지 올라왔을 때 아무리 둘러보고 귀를 쫑긋 세워봐도 매미 기척이 없기에 다시 오르기도 귀찮으니까 잠시 휴식하려고 가지 위에 진을 치고 두 번째 기회를 기다리는데, 그만 졸려서 결국 꿈속을 떠돌다가, 아차 싶어 눈을 뜨니, 마당의 돌바닥 위에 떨어져 있었다. 그러나 대개는 올라갈 때마다 하나씩은 꼭 잡아 온다. 다만, 나무 위에서 입에 물고 있어야 한다는 점에선 흥미가 떨어진다. 아래로 가져와 뱉어내면 십중팔구 죽어 있다. 아무리 놀리고 할퀴어도 아무런 반응이 없다. 매미 잡기의 묘미는 살며시 다가가 열심히 꽁지를 폈다 오므렸다 하는 놈을, 앞발로 탁 누를 때 있다. 이때 쓰름매미는 비명을 지르고 얇고 투명한 날개를 종횡무진 흔든다. 그 빠르고 아름다운 날갯짓은 실로 매미 세계의 최고 장관이다. 쓰름매미를 잡을 때마다 항상 이 미적인 공연을 보게 된다. 그러다 시시해지면 사양하지 않고 입에 넣어버린다. 어떤 매미는 입안에서도 공연을 계속한다. 매미 잡기 다음에 하는 운동은 소나무 미끄럼이다. 이것은 길게 쓸 필요도 없으니까 간단히 설명하겠다. 소나무 미끄럼이라고 하면 소나무에서 미끄러져 내려오는 것처럼 생각할지도 모르지만, 그게 아니고 이 또한 나무 타기의 일종이다. 다만 매미 잡기는 매미를 잡기 위해 오르고, 소나무 미끄럼은 나무에 타는 것을 목적으로 올라간다. 이것이 둘의 차이다. 원래 소나무는 상록수로 사이묘지*에게 대접된 이래로 지금에 이르기까지 표면이 몹시 거칠거칠하다. 따라서 소나무 가지만큼 잘 미끄러지지 않는 것은 없다. 발톱 걸기에 이만한 나무가 없다. 그 가지에 단숨에 뛰어오른다. 뛰어 올라갔다가 뛰어 내려온다. 뛰어 내려오는 데는 두 가지 방법이 있다. 하나는 머리를 땅 쪽으로 향하고 내려온다. 또 하나는 올라간 자세 그대로 꼬리를 밑으로 하여 내려온다. 인간에게 묻건대, 어느 쪽이 어려운지 아는가? 인간의 얕은 소견으로는 어차피 내려가는 것이니 아래를 향해 뛰어 내려가는 게 편하다

---

* 호조 도키요리를 칭함. 무사 사노 겐자에몬이 눈을 만난 그에게 화분에 심은 나무를 때서 대접했다고 한다.

고 생각할 것이다. 그건 잘못된 생각이다. 여러분은 요시쓰네*가 말을 타고 깎아지른 산비탈을 내려가 적을 물리친 사실만 알고, 요시쓰네도 말을 타고 아래로 내려갔으니 고양이도 아래를 향해 가는 것이 당연하다고 생각할 것이다. 그것은 나를 경멸하는 것에 지나지 않는다. 고양이의 발톱이 어느 쪽으로 굽어 있는지 아는가? 모두 발바닥 쪽으로 굽어 있다. 그래서 갈고리처럼 물건을 찍어 당길 수는 있지만, 반대로 밀어낼 힘은 없다. 지금 내가 소나무를 힘차게 뛰어 올라갔다고 치자. 그러면 나는 원래 지상의 동물이니, 자연의 섭리대로 말하자면 오래도록 소나무 꼭대기에 머무는 것은 불가능하다. 그냥 있으면 반드시 떨어진다. 하지만 그냥 있어도 당장 떨어지지는 않는다. 그러니 어떤 수단을 써서 이 자연의 섭리를 어느 정도 완화해야 한다. 즉 내려가는 것이다.

떨어지는 것과 내려가는 것은 아주 다른 듯하지만, 사실 생각만큼은 아니다. 떨어지는 것을 늦추면 내려가는 것이므로, 빨리 내려가면 떨어지는 것이 된다. 떨어지는 것과 내려가는 것은 한 끗 차이다. 나는 소나무 위에서 떨어지는 것은 싫으니 떨어지는 것을 늦추어 내려가야 한다. 즉 어떤 수단을 써서 떨어지는 속도에 저항해야 한다. 내 발톱은 아까 말

---

* 일본 헤이안 시대 말기, 가마쿠라 시대 초기의 무장으로 일본인에게 인기 있는 비극적 영웅이다.

했듯이 모두 발바닥 쪽으로 굽었기 때문에 만약 머리를 위로 하고 발톱을 세우면 이 발톱의 힘을 몽땅 떨어지는 기세에 저항하는 데 이용할 수 있다. 따라서 떨어지는 것이 변해서 내려가게 된다. 참으로 알기 쉬운 원리다. 그런데 다시 몸을 거꾸로 돌려 요시쓰네의 산비탈 넘기처럼 소나무 넘기를 해보라. 발톱이 있어도 도움이 되지 않는다. 질질 미끄러져 내 체중을 받쳐줄 것이 어디에도 없다. 모처럼 내려가려고 의도한 것이 변화하여 떨어지게 된다. 이처럼 산비탈이나 소나무 타기는 어렵다. 고양이 중에서 이런 재주를 부릴 수 있는 이는 아마 나뿐일 것이다. 그래서 나는 이 운동을 일컬어 소나무 미끄럼 타기라고 한다. 마지막으로 울타리 돌기에 대해 한마디하겠다. 주인의 마당은 사방이 대나무 울타리로 싸여 있다. 마루와 평행한 한쪽은 15미터쯤 된다. 좌우는 양쪽 모두 약 7미터에 지나지 않는다. 지금 내가 말한 울타리 돌기라는 운동은 이 울타리 위에서 떨어지지 않고 한 바퀴 도는 것이다. 물론 실패할 때도 있지만, 성공하면 위안이 된다. 특히 군데군데 통나무가 서 있어서 잠시 쉬었다 가기 좋다. 오늘은 성과가 좋아서 아침부터 점심까지 세 번 돌았는데, 할 때마다 더 잘되었다. 잘될 때마다 더 재미있다. 이윽고 네 번 반복했는데, 네 번째에서 절반쯤 돌았을 때, 옆집 지붕에서 까마귀 세 마리가 날아와 2미터쯤 앞에서 줄지어 앉았다. 무례한 놈들이다. 남의 운동을 방해하는 것도 유분수지, 웬 처음 보는 까마귀가 남의 집 울타리에 앉아 있을까 싶어 저리 비키라고 소리를 질렀다. 맨 앞에 있는 까마귀는 나를 보고 히죽히죽 웃고 있다. 다음 놈은 주인의 마당을 바라보고 있다. 세 번째 놈은 부리를 대나무 울타리에 닦고 있다. 뭘 먹고 온 게 틀림없다. 나는 대답을 기다리기 위해 그들에게 3분이란 시간을 주고 울타리 위에 서 있었다. 까마귀는 까마귀 씨라고 부른다던데 과연 까마귀 씨다. 내가 아무리 기다려도 대답은커녕 날아갈 생각을 안 한다. 나는 하는 수 없이 천천히 걷기 시작했다. 그러자 맨 앞의 까마귀 씨가 날개를 조금 폈다. 이제야 나의 위세에 겁먹고 도망치나 했는데, 오른쪽에서 왼쪽으로 자세를 바꾸었을 뿐이다. 이 자식이! 땅이라면 가만두지 않겠지만, 어쩌랴, 그러지 않아도 힘든 길인데 까마귀 씨를 상대할 여유가 없다. 그렇다고 또다시 멈춰 서서 세 마리가 물러나기를 기다리기도 싫다. 우선 그때까지 다리를 지탱할 수가 없다. 상대는 날개가 있는 몸이니 이런 곳에 앉아 있는 것이다. 장소가 마음에 들면 언제까지나 머물 수 있다. 이번이 네 번째 돌기다. 그렇지 않아도 몹시 지친 상태다. 하물며 줄타기에도 뒤지지 않는 곡예 겸 운동 중이 아닌가. 아무런 장애물이 없어도 떨어지지 않는다는 보장이 없는데, 이런 까만 복장의 불청객이 셋이나 앞길을 막고 있으니 난처하다. 여차하면 스스로 운동을 중단하고 울타리를 내려갈 수밖에 없다. 귀찮으니 차라리 그렇게 할까? 적수가 많기도 하고, 특히 내가 잘 알지 못하는 생명체다. 부리가 표독스럽게 튀어나와 왠지 괴물 같다. 어차피 질 좋은 놈들은 아닐 것이다. 퇴각이 안전하다. '너무 깊이 들어가 만에 하나 떨어지기라도 한다면 더욱 치욕이다'라고 생각하는데, 왼쪽을 향하고 앉은 까마귀가 "바보야" 하고 말했다. 다음 놈도 따라서 "바보야"라고 말했다. 마지막 놈은 "바보야, 바보야"라고 두 번이나 외쳤다. 아무리 온화한 나일지라도 그냥 지나칠 수 없는 일이다. 일단 우리 집에서 모욕을 당한 것은 내 이름을 더럽히는 일이다. 이름은 아직 없으니 상관없지 않느냐고 한다면 체면과 관계된 일이다. 결코 물러설 수 없다. 오합지졸이라는 속담도 있으니 세 마리라지만 의외로 약할지도 모른다. 덤빌 테면 덤벼보라는 마음으로 슬금슬금 나아갔다. 까마귀는 아무렇지 않게 서로 뭔가를 이야기하고 있다. 부아가 치밀었다. 울타리 폭이 20센티만 됐어도 혼쭐을 내주겠지만 유감스럽게도 아무리 화가 치민들 슬금슬금 전진할 수밖에 없다. 간신히 발을 떼고 15센티 거리까지 다가가 이제 조금만 더 가면 되는데, 까마귀 씨들이 약속이나 한 듯 갑자기 날개를 펼쳐 5미터쯤 날아올랐다. 그 바람이 내 얼굴에 닿았을 때, 흠칫 놀라 발을 헛디뎌 땅에 떨어지고 말았다. 이런, 울타리 밑에서 올려다보니, 세 마리 모두 다시 그 자리에 앉아 부리를 나란히 하고 내 얼굴을 내려다보고 있다. 뻔뻔스러운 놈들이다. 노려보았지만 도통 먹히질 않았다. 등을 높이 세우고 하악질을 했지만 소용없었다. 속인이 영묘한 상징시를 알지 못하듯, 내가 그들에게 드러내는 분노의 표시도 그들의 반응을 전혀 일으키지 못했다. 생각해보면 그럴 만도 하다. 나는 지금까지 그들을 고양이로 취급했다. 고양이라면 이 정도만 해도 확실히 반응할 텐데, 공교롭게도 상대는 까마귀다. 까마귀는 까마귀 씨니 어쩔 수 없다. 사업가가 주인 구샤미 선생을 압도하려고 조급해하듯, 사이교*에게 은 고양이를 선물하듯, 사이고 다카모리**의 동상에 까마귀가 똥을 싸는 것과 같다. 민첩한 내가 보기에도 도저히 안 되겠다 싶어 깨끗이 마루 쪽으로 물러났다. 벌써 저녁 시간이다. 운동도 좋지만, 도를 지나치면 안 하는 것만 못하다. 온몸이 축축 처지고 기진맥진한다. 거기다 아직 초가을이나 운동 중에 햇빛을 받은 털옷은 서쪽 해를 한껏 흡수했는지 뜨거워서 견딜 수가 없다. 모공에서 나오는 땀이 흘렀으면 좋겠는데 모근에 기름처럼 들러붙는다. 등이 근질근질하다. 땀 때문에 근질근질한 것과 벼룩이 기어다녀 근질근질한 것은 확연히 구별된다. 입이 닿는 곳은 깨물 수 있고, 발이 닿는 부분은 긁을 수 있지만, 척추 한가운데는 어떻게 할 수가 없다. 이럴 때는 인간에게 가서 마구 문지르든지, 소나무 껍

---

* 12세기의 승려이자 와카 작가.
** 19세기 일본의 군인이자 정치인.

질에 충분한 마찰을 하든지 해야지, 둘 중 하나를 택하지 못하면 불쾌해서 잠도 잘 못 잔다. 인간은 아둔한 종족이라 고양이를 꾀는 소리로—이 소리는 인간이 내게 내는 소리다. 내 기준에서 생각하면, 고양이를 꾀는 소리가 아니라 꼬이길 바라는 소리다— 어쨌든 내가 그 소리를 듣고 무릎 쪽으로 다가가면, 대부분은 내가 자기를 좋아한다고 오해해 내가 하는 대로 몸을 맡길 뿐만 아니라 가끔은 머리까지 쓰다듬어 준다. 그러나 요즘에는 내 털 속에 벼룩이라는 일종의 기생충이 번식하는 바람에 다가가면 목덜미를 잡혀 내팽개쳐진다. 눈에 보일락 말락 하는 하찮은 벌레 때문에 정나미가 떨어진 것 같다. '손 뒤집으면 구름 일고 손 엎으면 비 내린다'*는 이럴 때 쓰는 말이리라. 기껏해야 1, 2천 마리인데 이렇게 계산적인 태도를 취한다. 인간 세계에서 행해지는 사랑의 법칙 제1조는 다음과 같다고 한다. '자신에게 이익이 되는 동안에는 모름지기 남을 사랑해야 한다.' 나를 대하는 인간의 태도가 돌변하였으니 아무리 가려워도 사람의 힘을 이용할 수 없다. 그래서 두 번째 방법인 소나무 껍질 마찰법 외에는 다른 대책이 없다. 그럼 좀 긁고 올까 하고 다시 마루를 내려갔더니, 이것도 수지가 맞지 않는 어리석은 계책이라는 생각이 들었다.

---

* 시인 두보의 작품 〈빈교행(貧交行)〉 속 시구로 세상의 인심이 손바닥을 뒤집듯 쉽게 반복되는 무상함을 노래한다.

소나무에는 송진이란 게 있다. 송진은 집착이 무척 강한 놈이라, 한번 털끝에 붙으면, 천둥이 쳐도, 발틱함대가 전멸해도 절대 떨어지지 않는다. 게다가 다섯 가닥의 털에 달라붙자마자 열 가닥에 들러붙는다. 열 가닥이 당했다 싶으면, 이미 서른 가닥이 엉켜 있다. 나는 담백함을 사랑하는 풍류 고양이다. 이렇게 끈질기고, 악독하고, 끈적끈적하고, 집요한 녀석은 질색이다. 설령 절세미묘(絶世美猫)라 할지라도 싫다. 하물며 송진인데 오죽하랴. 인력거꾼네 검둥이 두 눈에서 북풍을 타고 흐르는 눈곱과 우열을 가릴 수 없는 주제에 내 담회색 털옷을 망치다니 괘씸하다. 생각 좀 해야 한다. 그런데도 전혀 생각하는 기색이 없다. 껍질에 등을 대자마자 달라붙을 게 틀림없다. 이런 무분별한 멍청이를 상대하는 것은 내 체면은 물론 내 가문에 관계된다. 아무리 근질근질해도 참는 수밖에 없다. 그러나 이 두 방법 모두 실행할 수 없으니 더욱 불안하다. 지금 궁리해 두지 않으면 결국은 근질근질, 끈적끈적의 결과로 병에 걸릴지도 모른다. 무슨 뾰족한 수가 없을까 하고 뒷다리를 접고 생각하다 문득 떠오른 것이 있다. 우리 주인은 가끔 수건과 비누를 들고 어디론가 훌쩍 나갈 때가 있다. 삼사십 분 후에 돌아온 모습을 보면, 그의 몽롱한 안색이 조금은 활기를 띠고 맑아 보인다. 주인처럼 지저분한 남자에게 이 정도로 영향을 준다면, 틀림없이 내게는 조금 더 효과가 있을 것이다. 원체 잘나서 이보다 더 미남이 될 필요는 없겠지만, 만약 병에 걸려 한 살 몇 개월 만에 요절하게 된다면 천하의 백성들에게 면목이 없다. 듣자 하니 이것도 인간이 심심풀이로 만들어 낸 대중 탕이라고 한다. 어차피 인간이 만든 것이니 변변치 않겠지만, 이 기회에 시험 삼아 들어가 보는 것도 좋을 듯하다. 해 보고 효험이 없으면 그만두면 된다. 그러나 인간이 자기네를 위해 만든 대중탕에 고양이를 끼워줄 만한 아량이 있을까? 이것이 의문이다. 주인도 태연하게 들어가는 곳이니, 설마 나를 거절할 일은 없겠지만, 만일 거절당하면 체면이 말이 아니게 된다. 일단 상황을 살피러 가는 것만큼 좋은 건 없다. 보고 나서 들어갈 수 있겠는데 싶으면 수건을 물고 뛰어 들어가 보자. 여기까지 생각을 정리한 후에 슬슬 대중탕으로 향했다.

골목 왼쪽으로 꺾자 건너편에 키가 큰 대나무 같은 것이 우뚝 서 있고, 그 끝에서 엷은 연기가 피어오르고 있다. 바로 대중탕이다. 나는 슬그머니 뒷문으로 숨어들었다. 뒷문으로 숨어드는 것을 비겁하다거나 미숙하다고 하지만, 그건 앞문으로만 드나드는 자가 질투가 나서 떠들어대는 말이다. 예로부터 똑똑한 사람은 뒷문으로 불시에 습격했다. 신사 양성법 제2권 제1장 5쪽에 그렇게 나와 있다고 한다. 그 다음 페이지에는 '뒷문은 신사의 유서이자 덕을 얻는 문'이라고 쓰여 있을 정도다. 나는 20세기 고양이니까 이 정도 교

양은 있다. 너무 무시하지 마시라. 그런데 몰래 들어가 보니 왼편에 30센티 크기로 자른 소나무 장작이 산처럼 쌓여 있고, 그 옆에는 석탄이 언덕처럼 쌓여 있다. 왜 소나무 장작이 산처럼, 석탄이 언덕처럼 쌓여 있느냐고 묻는 사람이 있을지도 모르겠지만, 별다른 뜻은 없고 단순히 산과 언덕을 구분해서 사용했을 뿐이다. 인간은 쌀을 먹고 새를 먹고 물고기를 먹고 동물을 먹고 온갖 악랄한 음식을 다 먹어치운다. 이제 그것도 모자라 마침내 석탄까지 먹을 정도로 타락하다니 가엾은 일이다. 막다른 곳에 2미터쯤 되는 입구가 활짝 열려 있고, 안을 들여다보니 텅 비어 아주 조용하다. 저기 맞은편에서 뭔가 계속 사람 소리가 난다. 이른바 대중탕은 이런 소리가 나는 게 틀림없다고 단정한 터라, 소나무 장작과 석탄 사이로 난 계곡을 빠져나와 왼쪽으로 돌아 전진하자 오른쪽에 유리창이 있고, 그 바깥에 둥그런 나무통들이 삼각형, 즉 피라미드처럼 쌓여 있다. 둥그런 것이 세모로 쌓인 것은 바라던 바가 아닐 것이라고, 은밀히 나무통들의 뜻을 헤아렸다. 나무통 남쪽에는 1미터 남짓한 널빤지가 나와 있어 마치 나를 맞이하는 것처럼 보였다. 널빤지의 높이는 지면에서 약 1미터 떨어져 있어 뛰어오르기에는 안성맞춤이다. '좋았어' 하고 훌쩍 몸을 날리니, 대중탕이 코끝, 눈 아래, 얼굴 앞에 펼쳐졌다. 천하에 아무리 재밌는 무엇이 있다고 해도, 아직 먹지 않은 것을 먹고, 아직 보지 않을 것을 보는 것만큼 유쾌한 일은 없다. 여러분도 우리 주인처럼 일주일에 세 번 정도, 이 대중탕 세계에 삼사십 분 지내보면 좋겠으나, 혹시 나처럼 대중탕이라는 것을 본 적이 없다면 빨리 가보기 바란다. 부모님의 임종은 지키지 않아도 좋지만, 이것만은 반드시 구경하는 것이 좋다. 세계가 넓다지만 이런 기괴한 광경은 어디에도 없을 것이다.

무엇이 기괴한 광경이냐고? 입에 담기 꺼려질 정도의 진풍경이다. 이 유리창 안에서 우글우글 떠들어대는 인간 모두 벌거벗고 있다. 대만의 원시인이다. 20세기의 아담이다. 의상의 역사에서 이야기하자면—내용이 기니까 이것은 토이 펠스드뢰크*에게 양보하기로 하고, 긴 이야기는 그만두겠다— 인간은 완전한 복장을 갖춘 존재다. 18세기경 영국의 바스(Bath) 온천장에서 보 내시**가 엄중한 규칙을 제정했을 때는 대중탕 내에서 남녀 모두 어깨에서 발까지 옷으로 가렸다. 지금으로부터 60년 전, 영국 어느 도시에서 미술 학교를 설립했다. 미술 학교니까 나체화나 나체상의 모사, 모형을 사들여 진열한 것까진 좋았지만, 막상 개교식을 거행하는 단계에 이르자 당국의 관계자를 비롯해 교직원들이 크게 곤욕을 치른 적이 있다. 개교식을 치르려면 마을의 숙녀

---

* 토머스 칼라일의 《의상철학》에 나오는 가공인물로 칼라일 자신을 지칭한다.
** 본명은 리처드 내시로 영국의 온천마을 바스를 관리하며 이곳을 유행과 사교의 도시로 만들었다.

를 초대해야 한다. 그런데 당시 귀부인들의 생각에 따르면 인간은 옷을 입어야 하는 동물이다. 거죽을 걸친 원숭이 새끼가 아니라고 여겼다. 옷을 입지 않은 인간은 코끼리에게 코가 없는 것과 같고, 학교에 학생이 없는 것과 같고, 군인에게 용기가 없는 것과 같아 존재 이유를 완전히 상실한다. 존재 이유를 잃은 이상, 인간이 아닌 짐승이다. 설사 모사나 모형이라 해도 짐승류 인간과 함께하는 것은 귀부인의 품위를 떨어뜨리는 것이다. 이에 여자들은 출석을 거부하겠노라 말했다. 그래서 직원들은 말이 통하지 않는 무리라고 생각했지만, 어쨌든 여자는 동서양을 통틀어 일종의 장식품이다. 방앗간 일도 못 하고 지원병도 될 수 없지만, 개교식에는 빠져서는 안 될 화장도구다. 그러니 어쩔 수 없이 포목점에 가서 검은 천을 사다가 예의 그 짐승류 인간들에게 모조리 옷을 입혔다. 실례가 되면 안 되니까 얼굴까지 철저히 천을 씌웠다. 이로써 겨우 무사히 식을 치렀다는 이야기가 있다. 그만큼 옷은 인간에게 소중한 것이다. 요즘은 나체화 운운하며 자꾸 나체를 주장하는 선생도 있지만, 그건 잘못되었다. 태어나서 지금까지 하루도 나체가 되어본 적 없는 내가 보기에는 아무래도 잘못되었다. 나체는 그리스나 로마의 유풍이 문예 부흥 시대의 음란한 풍속에 이끌려 유행하기 시작한 것으로, 그리스인이나 로마인은 평소에도 나체를 봐왔으므로, 교육상 이해관계가 있다고 추호도 생각지 못했겠지만, 북유럽은 추운 곳이다. 일본도 벌거벗고 길바닥에 서 있기 힘든데 독일이나 영국에서 벌거벗고 있으면 얼어 죽는다. 죽으면 안 되니까 옷을 입는다. 모두가 옷을 입으면 인간은 복장의 동물이 된다. 복장의 동물이 된 후에, 갑자기 나체 동물을 만나면 인간이라고 인정하지 않고 짐승이라고 여긴다. 그래서 유럽인 특히 북유럽인은 나체화나 나체상을 짐승으로 취급한다. 고양이보다 못한 짐승으로 인정해도 된다. 아름답다? 아름다워도 그저 아름다운 짐승이라고 간주한다. 이렇게 말하면 서양 여자의 예복을 보았느냐고 물을 수도 있겠지만, 고양이라서 서양 부인의 예복을 본 적은 없다. 듣자 하니 가슴을 드러내고, 어깨를 드러내고, 팔을 드러낸 것을 예복이라 칭한다고 한다. 수상쩍은 일이다. 14세기 경까지만 해도 그들의 출신들은 그다지 우스꽝스럽지 않았던, 역시 보통 인간이 입는 것을 입고 있었다. 기이한 일이다. 14세기까지는 그녀들의 차림새가 그리 우스꽝스럽지는 않았다. 역시 보통 인간이 입는 옷을 입었다. 그런데 왜 이런 천한 곡예사 풍으로 바뀌었는지는 귀찮으니 말하지 않겠다. 아는 사람은 안다. 모르는 사람은 모르는 체하면 된다. 역사는 어쨌든 그녀들의 그런 기묘한 옷차림으로 밤만 되면 득의양양해하지만, 내심 인간다운 구석도 있는 모양인지, 해가 뜨면 어깨를 움츠리고 가슴을 가리고 팔을 감싼다. 어디든 싹 다 감춰버리는데, 손톱 하나까지 남에게 보이는 것을 매우 수치스럽게 생각한다. 이런 모습만 봐도 그녀들의 예복은 일종의 모순 작용에 의해, 바보와 바보의 대화로부터 성립된 것임을 알 수 있다. 그게 탐탁지 않다면 낮에도 어깨와 가슴과 팔을 내놓고 다니면 된다. 나체 신자도 마찬가지다. 나체가 그렇게 좋으면 딸을 나체로 만들고, 내친김에 자신도 나체 상태로 우에노 공원을 산책하면 된다. 못 한다고? 못 하는 게 아니다. 서양인이 안 하니까 자신도 안 하는 것이다. 실제로 이렇게 불합리하기 짝이 없는 예복을 입고 으스대며 제국호텔 같은 데로 외출하지 않는가? 대체 왜 그러느냐고 물으면 아무것도 아니다. 단순히 서양인이 입으니까 입을 뿐이다. 서양인은 강하기 때문에, 바보짓이란 걸 알면서도 흉내 내지 않고선 못 배기는 것이다. 긴 것에는 감겨라, 강한 것에는 굽혀라, 무거운 것에는 짓눌려라. 이래서는 시시하지 않은가. 시시해도 어쩔 수 없다고 한다면 용서할 테니, 너무 일본인을 훌륭하다고 생각해서는 안 된다. 학문도 마찬가지지만, 이것은 복장과 관계가 없으므로 이하 생략하기로 하자.

의복은 이렇듯 인간에게도 소중한 것이다. 인간이 옷인가, 옷이 인간인가 할 정도로 중요한 조건이다. 인간의 역사는 살의 역사도, 뼈의 역사도, 피의 역사도 아니라 단지 옷의 역사라고 말하고 싶다. 그래서 옷을 입지 않은 인간을 보면 인간다운 느낌이 들지 않는다. 마치 괴물을 만난 것 같다. 괴물이라도 전체가 합의하여 괴물이 되면, 이른바 괴물은 사라져버릴 테니 괜찮지만, 그렇게 되면 인간 자신이 크게 난처해질 뿐이다. 옛날 옛적, 자연은 인간을 평등하게 제조하여 세상에 내놓았다. 그러니까 어떤 인간이라도 태어날 때는 반드시 벌거숭이다. 만약 인간의 본성이 평등에 만족한다면, 벌거숭이인 채로 성장해야 마땅하다. 그러나 벌거숭이 중 한 사람이 말하기를 이렇게 누구나 똑같아서는 공부하는 보람이 없다. 뼈를 깎은 결과가 보이지 않는다. 어떻게든 '나는 나야, 누가 봐도 나는 나야'라는 것이 눈에 띄었으면 한다. 뭔가 남이 보고 넋을 잃을 만한 것을 몸에 걸치고 싶다. 무슨 수가 없을까 하고 10년 동안 생각한 끝에 겨우 팬티를 발명해서 입고서는 '어때, 굉장하지?' 하고 뽐내며 주변을 걸었다. 이것이 오늘날 인력거꾼의 선조다.* 단순한 팬티를 발명하는 데 10년이라는 긴 세월을 들이다니, 다소 이상한 감도 있지만, 그것은 지금으로부터 고대로 거슬러 올라가, 무지몽매한 세계에서 내린 결론이다. 당시에는 이 정도의 대발명도 없었다. 데카르트는 '나는 생각한다. 고로 나는 존재한다'라는, 세 살배기도 다 아는 진리를 생각해내는 데 십몇 년이 걸렸다고 한다. 무엇이든 생각해 낼 때는 뼈를 깎는 고통이 뒤따르므로, 팬티 발명에 10년을 들였다

---

* 옛날 인력거꾼들은 팬티 같은 사루마타 차림으로 인력거를 끌었다.

고 해도 인력거꾼의 지혜로서는 대단하다고 할 수 있다. 팬티가 나오자 세상에서 활개 치는 건 인력거꾼뿐이다. 인력거꾼이 팬티를 입고 천하의 대로를 제 것인 양 활보하고 다니는 꼴이 얄밉다고 생각해, 오기 가득한 괴물이 6년간 궁리하여 웃옷이라는 무용지물을 발명했다. 그러자 팬티 세력은 돌연 쇠퇴하고, 웃옷 전성시대가 되었다. 채소 장수, 약장수, 옷감 장수 모두 이 대발명가의 후손이다. 팬티 시대, 웃옷 시대 후에 도래한 것이 바지 시대다. 이것은 '웃옷 주제에!' 하고 짜증을 낸 괴물이 고안한 것으로, 옛날의 무사나 지금의 관리가 모두 이러한 족속이다. 이처럼 괴물들이 너도나도 다름을 뽐내며 새로움을 겨룬 끝에 마침내 제비 꼬리를 본뜬 기형까지 출현했지만, 한 걸음 물러서서 그 유래를 생각해보면, 모든 것이 무리하게, 아무렇게나, 우연히, 막연하게 생긴 것이 절대 아니다. 모두 이기고 싶다는 용맹심에 사로잡혀 여러 가지 새로운 형태가 나오게 된 것으로, '나는 너와 달라' 하고 떠들고 있는 대신 옷을 뒤집어쓰고 있는 것이다. 그러고 보면 이런 심리에서 일대 발견이 가능하다. 그것은 다름이 아니라, 자연이 진공을 싫어하듯 인간은 평등을 싫어한다는 것이다. 이미 평등을 싫어해서 어쩔 수 없이 옷을 뼈와 살처럼 입고 다니는 오늘날, 본질의 일부분인 옷들을 팽개치고, 원래의 평등 시대로 돌아가는 것은 미치광이 짓이다. 설사 미치광이라는 호칭을 감수한다 해도 돌아갈 수는 없다. 돌아간 무리는 문명인의 눈에 괴물이다. 설령 세계 몇억만 인구를 괴물의 영역으로 끌어들여 놓고 '이 정도면 평등할 것이다, 모두가 괴물이니 부끄러워할 것 없다' 하고 안심해도 역시 소용없다. 세계가 괴물이 된 다음 날부터 괴물 간의 경쟁이 다시 시작된다. 옷을 입고 경쟁을 할 수 없다면, 괴물들이 경쟁을 벌일 것이다. 벌거숭이는 벌거숭이대로 끝까지 차별을 두려워할 것이다. 이 점만 보아도 옷은 도저히 벗을 수 없는 것이 되어버렸다.

그러나 내가 바라본 인간의 한 단체는 벗으면 안 되는 팬티도, 웃옷도, 바지도 모조리 선반 위에 올려놓고, 거리낌 없이 원래의 미치광이 모습을 버젓이 노출하고 아무렇지 않게 담소를 나누고 있다. 내가 아까 진기한 광경이라고 한 게 바로 이것이다. 나는 문명인인 여러분을 위해 여기에 삼가 그 진풍경을 소개하는 영광은 갖는다. 뭔가 뒤죽박죽이라 무엇부터 서술해야 할지 모르겠다. 괴물이 하는 일에는 규율이 없으니 질서정연한 증명을 하는 것이 힘들다.

우선 욕조부터 이야기하겠다. 욕조인지 뭔지 잘은 모르겠지만, 뭐 대충 욕조가 아닐까 짐작할 뿐이다. 폭 1미터가량에 길이는 3미터나 되는 것을 둘로 나누었는데, 한쪽 탕에는 허연 물이 들어 있다. 약탕인가 하는 건데 석회를 놓여 넣은 듯 색이 탁하다. 하지만 단순히 탁하기만 한 것이 아니다. 기름지고 묵직하게 탁하다. 들어보니 썩은 물처럼 보이는 것도 이상하지 않다. 일주일에 한 번밖에 물을 갈지 않는다고 한다. 그 옆은 평범한 일반 탕 같은데 이것도 투명하다거나 맑다고는 맹세코 말할 수 없다. 빗물 통에 담긴 물을 휘휘 저어놓은 듯한 색깔이다.

이제부터가 괴물에 대한 설명이다. 고난이 예상된다. 빗물 통 쪽에 젊은이 두 명이 우뚝 서 있다. 선 채로 마주 보고, 서로의 배에 물을 좍좍 퍼붓고 있다. 재미있는 놀이다. 둘 다 까맣다는 점에서는 완벽하리만치 발달해 있다. '이 괴물들은 제법 팔팔하군' 하고 보고 있는데, 이윽고 한 사람이 수건으로 가슴께를 닦으면서 물었다.

"긴 씨, 아무래도 여기가 아픈데 왜 그럴까?"

"거긴 위야. 위가 아프면 죽을 수도 있어. 조심해야 해."

긴 씨는 진지하게 충고했다.

"이 왼쪽이 아픈데?"

그가 왼쪽 폐 쪽을 가리켰다.

"거기가 위야. 왼쪽이 위, 오른쪽이 폐."

"그런가, 난 위는 여긴 줄 알았지."

그가 이번에는 허리 부위를 두드려 보이자 긴 씨가 말했다.

"그건 산증(疝症)이고."

그때 스물대여섯 살가량의 수염을 조금 기른 남자가 탕에 풍덩 뛰어들었다. 그러자 몸에 묻은 비누가 때와 함께 둥실 떠올랐다. 철분이 있는 물처럼 반짝반짝 빛났다. 그 옆에 대머리 할아버지가 머리를 바짝 깎은 사내를 붙잡고 뭐라고 지껄이고 있다. 둘 다 머리만 물 위에 떠 있다.

"이렇게 늙으면 다 소용없네. 늙은이는 뭐든 젊은 사람한테 안 돼. 하지만 탕만큼은 지금도 뜨끈해야 개운해, 미지근하면 영 별로야."

"영감님 정도면 건강하시죠. 그렇게 기운이 넘치셔서 다행입니다."

"기운이 넘치긴, 병만 없을 뿐이지. 사람은 나쁜 짓만 안 하면 백이십까지는 사니까."

"에? 그렇게 오래 사나요?"

"살지 그럼. 메이지유신 전에 우시고메란 곳에 마가리부치라는 무사가 있었는데, 그 집 하인이 백삼십 살이었어."

"오래 살았네요."

"그래. 너무 오래 살아서 그만 자기 나이를 잊어버렸지. 백 살까지는 기억하고 있었는데, 그 뒤로는 잊어버렸다더군. 내가 알고 지내던 때가 백삼십이었는데, 그때도 살아 있었어. 그 뒤로 어떻게 됐는지는 모르겠네. 어쩌면 아직 살아 있을지도 모르지" 하고 말하면서 영감은 욕조에서 일어났다. 수염을 기른 남자는 운모(雲母) 같은 것을 자기 주위에 뿌리면서 혼자 히죽히죽 웃고 있다. 교대로 탕에 뛰어든 사람은 일반 괴물들과 달리 등에 문신이 새겨져 있다. 이와미

주타로˚가 큰 칼을 쳐들고 이무기를 물리치는 모습 같지만, 아쉽게도 미완성이라 이무기는 어디에도 보이지 않았다. 그래서인지 주타로 선생이 약간 맥 빠진 모습이었다. 주타로는 뛰어들면서 "왜 이렇게 미지근해" 하고 말했다. 그러자 또 한 사람이 따라 들어오면서 "거참……. 더 뜨거워야 하는데" 하고 얼굴을 찌푸렸다. 뜨거운 것을 억지로 참는 기색이었지만, 주타로 선생을 보고는 "어어, 감독관님" 하고 인사를 했다. 주타로는 "그래" 하고 말하더니 이윽고 "다미는 어디 갔지?" 하고 묻고는 다시 말을 이었다.

"어떻게 된 게 노름만 좋아하니까 말이야."

"노름만 좋아해서야……."

"그래, 그 녀석도 속을 알 수 없는 놈이니까. 다들 싫어하던 눈치던데. 그렇게 신용이 없으면 안 돼. 목수가 그러면 안 되지."

"맞아요, 그 자식도 건방이 하늘을 찌르죠. 그러니까 신용이 없는 거예요."

"그래, 지가 실력이 좋은 줄 안다니까. 그래봤자 저만 손해인데."

"시로가네초도 기술자들이 다 죽어버렸잖아요. 지금은 나무통 장수 모토 씨랑 기와장이, 감독관님만 남았으니까. 우

˚ 전설적인 무사로 도요토미 히데요시의 부하.

리는 여기 출신이지만, 다미는 어디서 굴러먹던 개뼈다귀인지인지."

"그러게. 지금 이 정도면 용 됐지 뭐."

"그래봤자 사람들이 싫어하잖아요. 같이 안 어울리려고 하니까."

그들은 철두철미하게 다미를 공격했다.

빗물 통 쪽은 이 정도로 하고, 허연 탕 쪽을 보니 거기는 사람들이 더 바글바글해서, 탕 안에 사람들이 들어가 있다기보다 사람 사이에 탕이 차 있다고 하는 편이 적당할 것이다. 게다가 그들은 매우 유유자적해서 아까부터 들어가는 사람은 있어도 나오는 자는 한 명도 없다. 이렇게나 많은 사람이 들어가는데 일주일 동안 물을 안 갈다니 더러울 만도 하다고 생각하는데, 왼쪽 구석에서 구샤미 선생이 온몸이 새빨개진 채 움츠리고 있다. 가엾게도 누군가 길을 터주면 좋을 텐데, 아무도 움직일 생각을 하지 않고, 주인도 나오려는 기색이 없었다. 그저 벌겋게 달아올랐을 뿐이다. 참 고생이 많다. 어떻게든 목욕비, 2전 5리를 뽑아내려다 보니 그렇게 빨개졌겠지만, '빨리 나오지 않으면 현기증이 날 텐데' 하고 창문 선반에서 적잖이 걱정했다. 그러자 주인의 옆에, 옆에 있던 남자가 인상을 쓰며 "이거 효과가 좀 지나친데. 등 쪽이 지글지글 끓는다 끓어" 하고 나란히 앉은 괴물들에게 동정을 구했다.

"왜요, 딱 좋은데요. 약탕이 이 정도는 돼야죠. 우리 고향에서는 이거보다 더 뜨거워요" 하고 한 사람이 자랑스럽게 이야기했다.

"대체 이 탕이 어디에 좋은데요?"

수건을 접어 울퉁불퉁한 머리를 가린 남자가 사람들에게 물었다.

"여기저기 다 좋겠죠. 안 듣는 데가 없다고 하니까요. 굉장하죠."

말라비틀어진 오이 같은 얼굴의 소유자가 말했다. 그렇게 이로운 물이라면 조금은 더 튼튼해 보여야 하지 않을까.

"약을 막 넣었을 때보다 사나흘째가 딱 좋은 것 같아요. 오늘 같은 날 말이죠."

박식한 얼굴로 말하는 자를 보니, 뚱뚱한 남자였다. 때가 어마어마하게 불어난 게 틀림없다.

"마셔도 효과가 있을까요?"

누가 어디선가 새된 소리를 냈다.

"식은 뒤에 한 잔 마시면, 용하게도 밤중에 오줌이 마려워서 깨는 일이 샤라지더라고요. 마셔보세요."

이 대답은 누구한테서 나온 목소리인지 모르겠다.

탕 쪽도 이 정도로 하고 마루방 쪽을 바라보니, 도저히 그림이 되지 못할 아담들이 주르륵 늘어서 있었는데, 씻는 자세도, 씻는 부위도 다들 제각각이었다. 그중에서도 드러누워 등불을 바라보고 있는 아담과 엎드려 수채를 들여다보는 아담이 특히 놀라웠다. 이들은 정말 할 일 없는 아담으로 보인다. 한 중이 돌벽을 향해 쭈그리고 앉아 있고, 그 뒤에서 어린 중이 열심히 어깨를 두드리고 있다. 사제 관계상 때밀이 역을 대신하는 듯하다. 진짜 때밀이도 있다. 감기에 걸렸는지 이렇게 뜨거운데 조끼를 입고 물통으로 손님 어깨에 뜨거운 물을 끼얹는다. 오른쪽 발을 보니 엄지발가락 사이에 때수건을 끼고 있다. 이쪽에서는 물통을 세 개나 끼고 앉은 남자가 옆 사람에게 비누를 쓰라고 하면서 계속 떠들어대고 있다. 무슨 이야기인지 들어보니 이런 말을 하고 있다.

"총은 외국에서 건너왔지. 옛날에는 칼싸움뿐이었는데. 외국은 비겁하니까. 그래서 그런 물건이 생긴 거야. 아무래도 중국은 아닌 것 같아. 역시 외국인 것 같아. 와토나이* 때도 없었지. 와토나이는 세이와 겐지**야. 요시쓰네가 홋카이도에서 만주로 건너갔을 때, 홋카이도 사내 중에 학식이 높은 사람이 따라갔다더군. 그래서 그 요시쓰네의 아들이 명나라를 공격했는데, 곤란해진 명나라가 3대 쇼군에게 사신을 보내 3천 명의 군사를 빌려달라고 하니, 3대 쇼군이 그 사신을 붙잡고 돌려보내지 않았대. ……뭐라더라, 좌우지간 무슨 사신이야. 그래서 그 사신을 2년 동안 잡아두고 나가사

---

* 지카마쓰 몬자에몬의 희곡 《고쿠센야 전투》의 주인공.
** 세이와 천황의 씨족.

키에서 창녀를 붙여줬는데, 둘 사이에서 생긴 아들이 와토나이야. 그 후 명나라에 돌아가 보니 명나라는 망하고 없었어……."

무슨 말을 하는지 도무지 알 수가 없다. 그 뒤로는 스물대여섯의 음침하게 생긴 남자가 멍하니 가랑이 부분을 하얀 물로 열심히 마사지한다. 종기인가 뭔가로 고생 중인 듯하다. 그 옆에 열일곱, 열여덟 나이대의 시건방진 소리를 지껄이는 자는 이 동네 학생일 것이다. 또 그 옆으로는 이상한 등이 보였다. 엉덩이 속에서 대나무를 쑤셔 넣은 것처럼 등뼈 마디가 툭툭 불거져 있다. 그리고 그 좌우에 고누 놀이판* 같은 뜸 자국이 네 개씩 나란히 늘어서 있는데, 빨갛게 짓물러 주위에 곪은 것도 있다. 이렇게 하나하나 쓰자면 끝이 없을 것 같아서, 도저히 내 솜씨로는 그 일부조차 형용하기 어렵다. 괜한 일을 벌인 건 아닌지 조금 당황하고 있는데, 입구 쪽에서 연노랑 무명옷을 입은 일흔 살 정도의 대머리 영감이 불쑥 나타났다. 대머리 영감은 나체 괴물들에게 공손히 인사하며 말했다.

"에, 여러분, 날마다 변함없이 찾아주셔서 감사드립니다. 오늘은 날이 조금 쌀쌀하니, 아무쪼록 천천히, 흰 탕에 들어갔다 나왔다 하시면서 편안하게 몸 좀 뜨끈하게 지지고 가

---

* 한 개의 대장돌과 열여섯 개의 작은 돌을 판 위에 늘어놓고 움직이면서 하는 놀이.

십시오. 거기, 때밀이! 탕 온도 잘 살펴보고."

때밀이는 "예—이"라고 대답했다. 와토나이는 "엄청 친절하네. 하긴 그래야 장사가 잘되지" 하고 영감을 격찬했다. 나는 갑자기 나타난 이 이상한 영감 때문에 조금 놀랐다. 하던 설명은 잠시 접어 두고 영감을 본격적으로 관찰하기로 했다. 이윽고 영감은 네 살 남짓한 남자아이를 보고 "꼬마 도련님, 이리 오렴" 하고 손을 내밀었다. 아이는 찌부러진 찹쌀떡처럼 생긴 할아버지를 보고 "으악!" 비명을 지르며 울음을 터뜨렸다. 영감은 조금 뜻밖인지 "아니, 왜 울까? 이 할아비가 무서워? 아이고, 이런" 하며 당황스러워했다. 어쩔 수 없이 곧바로 아이 아버지에게 말을 걸었다.

"겐 씨, 오늘은 좀 춥지? 어젯밤 오미야에 도둑이 들었는데 말이야. 얼마나 바보 같은 놈인지, 문만 네모나게 잘라놓고선 아무것도 안 훔쳐 갔다더라고. 순사나 야경이라도 본 모양이지."

영감은 도둑의 무모함을 비웃더니 금세 또 다른 사람을 붙잡고 "허허, 춥지? 자네는 젊으니까 못 느끼려나" 하며 누가 노인 아니랄까 봐 혼자 추워하고 있다.

잠시 영감한테 정신이 팔려 다른 괴물들은 까맣게 잊고 있었다. 고통스럽게 움츠리고 있던 주인마저 기억 속에서 사라졌을 때, 갑자기 탕과 마루방 사이에서 큰 소리를 내는 자가 있다. 보니까 틀림없는 구샤미 선생이다. 주인의 목소리가 유독 크고 탁해서 듣기 거북한 게 오늘 처음인 것도 아니지만, 장소가 장소이니만큼 적잖이 놀랐다. 장시간 열탕 속에 있어서 흥분한 게 틀림없다고, 나는 순간적으로 판단했다. 단순히 병 때문이라면 탓할 수도 없지만, 흥분하더라도 지킬 건 지키는 사람인데 무엇 때문에 이렇게 큰 소리를 냈는지 들어보니 금방 알 수 있었다. 그는 하잘것없는 건방진 학생을 상대로 어른답지 못하게 싸움을 시작한 것이다.

"더 떨어져. 내 물통에 물이 튀잖아!"

소리치는 쪽은 물론 주인이다. 만사는 보기 나름이니, 주인의 고함을 그저 흥분한 결과로만 판단할 필요는 없다. 만 명 중 한 명 정도는 다카야마 히코쿠로*가 산적에게 호통치는 정도로 해석해줄지도 모른다. 본인도 그런 생각으로 한 행동인지는 모르겠지만, 상대가 산적을 자처하지 않은 이상, 예상한 결과가 나오지 않는 것은 당연하다. 학생은 뒤를 돌아보며 "저는 원래부터 여기에 있었어요" 하고 고분고분하게 대답했다.

예사로운 대답이었다. 단지 그 자리를 뜨지 않겠다는 뜻만이 주인의 뜻대로 되지 않았을 뿐이다. 그 태도나 말이 산적이라고 욕할 만한 정도가 아니라는 것은 아무리 흥분한 주인이라도 알고 있을 것이다. 그러나 주인이 고함을 지른

---

* 에도 시대 후기의 무사이자 존황 사상가.

건 실은 학생의 자리가 못마땅해서가 아니다. 아까부터 학생답지 않게 아주 건방진 투로 이야기하는 소리를 듣고 화가 난 것으로 보인다. 그래서 상대가 고분고분 나와도 순순히 물러서려 하지 않는 것이다.

이번에는 "뭐, 이 바보야. 남의 통에 더러운 물을 튀겨대는 놈이 어딨어!" 하고 호통치며 자리를 떠났다. 나도 이 애송이를 조금 얄밉게 생각하고 있어서 내심 통쾌했지만, 학교 선생인 주인의 언행치고는 점잖지 못하다고 생각했다. 주인은 늘 너무 고지식해서 문제다. 석탄재처럼 버석버석하고 딱딱하다. 옛날 한니발이 알프스산맥을 넘을 때, 길 한복판에 큰 바위가 있어 아무래도 군대가 통행하기 불편했다. 그래서 한니발은 바위에 초를 붓고 불을 질러 부드럽게 녹이고서는 톱으로 커다란 바위를 어묵처럼 자르고 유유히 지나갔다고 한다. 주인처럼 이렇게 효험 있는 약탕에 삶아질 정도로 들어가 있었는데도 아무런 효과를 보지 못한 남자는 역시 초를 부여 화형에 처해야 한다고 생각한다. 그렇지 않으면 이런 학생이 몇백 명 나오고, 몇십 년이 지나도, 주인의 완고함은 고쳐지지 않는다. 탕 안에 있는 자들, 탕 밖에서 우글대는 자들은 문명인에게 필요한 복장을 벗어 던진 괴물 집단이므로, 당연히 통상의 규범과 방법으로는 규율할 수 없다. 무엇을 해도 상관없다. 폐 부위에 위가 진을 치고, 와토나이가 세이와 겐지가 되고, 다미가 신용이 없어도 상관없다. 그러나 일단 욕탕을 나와 마루방으로 오면 더는 괴물이 아니다. 보통 인류가 서식하는 사바세계로 나온 것이다. 문명에 필요한 옷을 입어야 한다. 따라서 인간다운 행동을 해야 한다.

지금 주인이 밟은 곳은 문턱이다. 욕탕과 마루방 경계에 있는 문턱 위에서 이제 교언영색, 원전활탈(圓轉滑脫)의 세계로 되돌아가는 순간이었다. 이런 순간에도 저렇게 완고하다면, 이 완고함은 병이 틀림없다. 병이라면 쉽게 낫지 않을 것이다. 이 병을 낫게 하는 방법은 내 생각에 딱 하나뿐이다. 교장에게 부탁하여 해고하는 것이다. 해고되면 주인은 융통성이 없으니까 필시 노숙자가 될 것이다. 노숙자가 되면 결국 객사할 것이다. 다시 말해 해고는 주인에게 죽음의 원인이 된다. 주인은 병에 걸려도 기뻐하지만 죽는 것은 끔찍이 싫어한다. 죽지 않을 정도의 병이라는 일종의 사치를 바라는 것이다. 그러니 그렇게 병을 앓을 때 죽이겠다고 협박하면, 겁쟁이 주인은 무서워서 벌벌 떨 것이다. 그래도 떨어지지 않는다면 어쩔 수 없다.

아무리 바보라도, 병에 걸려도 주인은 주인이다. 밥을 준 임금의 은혜를 소중히 여겨야 한다는 시인도 있으니, 고양이도 주인에게 진 신세를 생각한다. 안타까운 마음에 가슴이 벅차올라 그만 욕탕 관찰을 게을리하고 있는데, 갑자기 허연 탕 쪽에서 욕하는 소리가 들렸다. 여기에도 싸움이 났나 하고 돌아보니, 비좁은 욕탕 입구에 한 치의 여유도 없을 만큼 괴물들이 달라붙어, 털 있는 정강이와 털 없는 허벅지가 뒤엉켜 움직이고 있다. 초가을 해 질 녘, 욕탕은 천장까지 온통 김이 서려 있다. 괴물들이 복닥거리는 모습이 그 사이로 희미하게 보였다. '뜨거, 뜨거' 하는 소리가 내 귀를 뚫고 좌우로 빠져나가려고 머릿속에서 난리법석이다. 그 소리에는 노란 것, 파란 것, 빨간 것, 검은 것도 있지만 서로 뒤엉켜 있어 뭐라 형용할 수 없는 음향을 욕탕 안에 가득히 내뿜는다. 단지 혼잡과 난잡을 형용하기에 적합한 소리일 뿐, 그 밖에는 아무런 도움도 되지 않는 소리다. 나는 이 광경에 홀려서 넋을 잃고 서 있었다. 이윽고 '와와' 하는 소리가 혼돈의 극치에 달하고, 더는 한 발짝도 나아갈 수 없을 만큼 팽창했을 때, 갑자기 엉망진창으로 밀어닥치는 무리 속에서 한 거인이 벌떡 일어났다. 키를 보니 다른 사람보다 10센티는 족히 크다. 거기다 얼굴에 수염이 난 건지 수염 속에 얼굴이 동거하고 있는지 알 수 없는 불그죽죽한 면상을 쳐들고, 대낮에 금 간 종을 치는 듯한 소리로 외쳤다.

"찬물! 찬물 좀 넣어. 뜨거워 죽겠네."

복잡하게 뒤엉킨 군중 위에 이 목소리와 얼굴만이 눈에 띄게 걸출해서, 그 순간에는 욕탕 전체에 이 남자 혼자만 있는 줄 알았다. 초인이다. 이른바 니체가 말한 초인이다. 마왕 중의 대왕이다. 괴물의 우두머리다.

그런 생각을 하며 보고 있는데, 욕조 뒤에서 "예—이!" 하고 대답하는 자가 있다. 뭐지 하고 다시 그쪽으로 눈을 돌리자, 어두컴컴하여 뭐가 뭔지 제대로 보이지 않는 가운데, 조끼 차림의 때밀이가 석탄 한 덩어리를 가마 안에 던져 넣는 것이 보였다. 가마 안에서 석탄 덩어리가 탁탁 소리가 울릴 때, 때밀이의 얼굴 반쪽이 밝아졌다. 동시에 때밀이 뒤에 있는 돌벽이 어둠 속에서 타오르듯 빛났다. 나는 어쩐지 무서워서 잽싸게 창문에서 뛰어내려 집으로 돌아왔다. 돌아오면서도 생각했다. 웃옷을 벗고, 바지를 벗고, 팬티를 벗어 평등해지려고 애쓰는 벌거숭이 사이에는 또 벌거숭이 호걸이 나와 다른 무리를 압도해버린다. 평등은 벌거벗는다고 얻어지는 게 아닌가 보다.

돌아와 보니 천하는 태평했다. 주인은 목욕 후의 얼굴을 반짝이며 저녁을 먹고 있다. 내가 툇마루로 올라오는 것을 보고 말했다.

"태평한 고양이구나, 어디서 뭘 하다 지금 오는 거야?"

상 위를 보니, 돈도 없는 주제에 두세 가지 반찬이 놓여 있다. 그중에 구운 생선 한 마리가 있다. 이 생선을 뭐라고 하는지는 모르지만, 어제 오다이바 근처에서 잡힌 것이 틀림없다. 생선은 튼튼한 생물이라고 설명했었는데, 아무리 튼튼해도 이렇게 구워지거나 조려지면 소용없다. 병이 많아도 살아 있는 게 훨씬 낫다. 이런 생각을 하며 밥상 옆에 앉아 콩고물이라도 떨어질까 하여 보는 척 마는 척 시치미를 뗐다.

이런 요령을 모르는 자는 맛있는 생선을 먹긴 틀렸으니 포기해야 한다. 주인은 생선을 건드려 보더니 맛없다는 얼굴로 젓가락을 내려놓았다. 맞은편에 앉아 있던 안주인은 말없이 주인이 젓가락이 오르락내리락 움직이는 모습, 위턱과 아래턱이 벌어졌다 닫히는 모습을 열심히 보고 있다.

"어이, 고양이 머리 좀 때려봐."

주인은 뜬금없이 안주인에게 요구했다.

"때려서 어쩌게요?"

"아무튼 좀 때려봐."

"이렇게요?"

안주인이 손바닥으로 내 머리를 살짝 때렸다. 하나도 안 아팠다.

"안 울잖아."

"으음."

"한 번 더 해봐."

"몇 번을 해도 똑같죠."

안주인은 또 손바닥으로 톡 하고 때렸다. 역시 아무렇지도 않아서 가만히 있었다. 그러나 대체 무엇 때문인지, 지혜로운 나로서는 도무지 이해하기가 어려웠다. 이해할 수만 있다면, 무슨 방법이 있겠지만, 무턱대고 때려보라고 하니 때리는 안주인도 곤란하고, 맞는 나도 곤란하다. 주인은 두 번까지 뜻대로 되지 않자 약간 초조한 기색으로 말했다.

"아니, 좀 울게 때려보래도."

안주인은 성가시다는 표정으로 "울려서 뭐 하려고요?"라고 물으며 다시 탁 하고 때렸다. 이렇게 상대방의 목적을 모른 채로 소리만 낸다고 만족시킬 수는 없는 노릇이다. 주인은 이렇게 아둔하니 답답하다. 처음부터 날 울리는 게 목적이었다고 말했으면, 두 번, 세 번 괜한 수고를 하지 않아도 되고, 나도 한 번에 끝날 것을 두 번, 세 번 맞을 필요가 없었을 것이다. 단지 때려보라는 명령은 때리는 그 자체가 목적인 경우가 아니고서야 내려서는 안 된다. 때리는 건 저쪽 일이고, 우는 건 이쪽 일이다. 처음부터 우는 것을 예상하고, 단지 때리라는 명령 속에 내 의지로 우는 일까지 포함하다니 정말 무례하다. 타인의 인격을 중시해야 하는 법인데 고양이를 바보 취급하고 있다. 주인이 뱀이나 전갈처럼 질색하는 가네다 씨라면 모를까, 순진함을 자랑하는 주인이 이런 짓을 하다니 매우 비열하다. 하지만 사실 주인은 그리 비열한 남자가 아니다. 따라서 주인의 이 명령은 교활한 마음에서 나온 것이 아니다. 즉 지혜가 모자란 탓에 생긴 장구벌레 같은 생각이라고 짐작된다. 밥을 먹으면 배가 부르다. 베면 피가 난다. 죽이면 죽는다. 그러니까 때리면 울겠거니 속단한 것이다. 하지만 그것은 유감스럽게도 조금 논리에 어

끝난다. 매사 그런 식이라면, 강에 빠지면 반드시 죽게 된다. 튀김을 먹으면 반드시 설사를 하게 된다. 월급을 받으면 반드시 출근하게 된다. 책을 읽으면 반드시 훌륭한 사람이 된다. 반드시 그렇게 된다면 조금 곤란한 사람이 생길 것이다. 때리면 반드시 울어야 한다고 하면 나로서는 황당하다. 시각을 알리는 종과 똑같이 취급하면 고양이로 태어난 보람이 없다. 우선 속으로 이렇게 주인을 납작하게 만든 다음 주인 바람대로 야옹 하고 울어주었다.

그러자 주인은 안주인에게 물었다.

"방금 울었지. 야옹 하는 소리는 감탄사일까, 부사일까?"

안주인은 너무 갑작스러운 질문이라 아무 대답도 하지 못했다. 사실 나도 이 질문은 대중탕에서의 흥분이 아직 가시지 않았기 때문이라고 생각했다. 원래 주인은 이웃들 사이에서도 알아주는 괴짜라 실제로 어떤 이는 정신병자가 분명하다고 단언했을 정도다. 그런데 주인의 자신감은 대단해서 "난 정신병자가 아니야, 세상 놈들이 정신병자지"라고 강하게 주장했다. 이웃들이 주인을 개라고 부르면, 주인은 공평을 유지해야 한다며 그들을 돼지라고 부른다. 실제로 주인은 끝까지 공평을 유지할 심산인가 보다. 참으로 문제다. 이런 사람이다 보니 안주인에게 그런 이상한 질문을 던지는 것도, 주인에게는 아침 식사 전의 작은 에피소드일지 모르나, 듣는 쪽에서 이야기하자면 정신병자나 할 법한 질문이다. 그래서 안주인은 또 헛소리로 자기를 놀리나 싶어 아무 대답도 하지 않았다. 나는 물론 뭐라고 대답할 수 없다. 그러자 주인이 바로 큰 소리로 "어이" 하고 불렀다. 안주인은 깜짝 놀라 "네?"라고 대답했다.

"그 '네' 소리는 감탄사와 부사 중 어느 쪽인가?"

"어느 쪽이긴요. 그런 바보 같은 질문은 어느 쪽이든 상관없잖아요."

"상관없다니, 이게 실제로 국어학자의 두뇌를 지배하고 있는 큰 문제인데."

"어머, 고양이 울음소리가요? 이상하네요. 고양이 울음소리는 일본어가 아니잖아요."

"그러니까 말이야. 그게 어려운 문제야. 비교 연구라고 하지."

"그래요."

안주인은 영리해서 이런 바보 같은 문제에는 관여하지 않는다.

"그래서 어느 쪽인지 아셨어요?"

"중요한 문제니 그리 금방 해결되지 않지."

주인은 생선을 우적우적 먹었다. 내친김에 그 옆에 있는 돼지고기와 감자조림도 먹었다.

"이건 돼지로군."

"네, 돼지예요."

"흠."

주인은 크게 경멸하는 모습으로 삼켰다.

"한 잔 더 마셔야겠어."

주인이 술잔을 내밀었다.

"오늘 밤은 꽤 많이 드시네요. 이제 제법 빨개졌어요."

"마셔야지. 당신, 세상에서 가장 긴 글자가 뭔지 아나?"

"알죠, 사키노간파쿠다이조다이진이잖아요."

"그건 이름이잖아. 가장 긴 글자를 아느냐고."

"꼬부랑글자 말이에요?"

"응."

"몰라요. 술은 이제 됐죠? 밥 드세요, 여보."

"아니, 더 마셔야지. 가장 긴 글자가 뭔지 가르쳐줄까?"

"네, 그러고 밥 드세요."

"Archaiomelesidonophrunicherata라는 글자야."

"지어낸 말이죠?"

"지어내긴, 그리스어야."

"무슨 뜻인데요, 일본어로 하면."

"뜻은 몰라. 그냥 철자만 알아. 길게 쓰면 20센티는 되지."

남들 같으면 술에 취해서나 할 말을 맨정신으로 하다니 참으로 가관이다. 하긴 오늘따라 술을 과하게 마신다. 평소에는 작은 술잔에 두 잔만 마시는데 벌써 네 잔째다. 두 잔만 해도 제법 빨개지는데 배로 마셨으니 얼굴이 불쏘시개처럼 달아올라 괴로운 모양이다. 그래도 아직 그만두지 않는다.

"한 잔 더."

주인은 술잔을 내밀었다. 안주인은 너무 과하다 싶어 "이제 그만 드시면 좋겠어요. 더 괴로워질 텐데" 하고 싫은 티를 팍팍 냈다.

"괴로워도 앞으로 연습을 좀 해야 해. 오마치 게이게쓰가 마시라고 했거든."

"게이게쓰가 누구예요?"

게이게쓰 역시 안주인 앞에서는 한 푼어치 가치도 없다.

"게이게쓰는 현재 일류 비평가야. 그런 자가 마시라는데 분명 좋겠지."

"무슨 뚱딴지같은 소리예요. 게이게쓰인지 메이게쓰인지 괴로움을 무릅쓰고 술을 마시라니, 쓸데없는 소리네요."

"술뿐만이 아니야. 교제를 하고, 도락을 즐기고, 여행을 하라고 했지."

"더 나쁘잖아요. 그런 사람이 무슨 일류 비평가예요? 기가 막혀서 참. 처자가 있는 사람한테 도락을 즐기라니……."

"도락도 좋지. 게이게쓰가 권하지 않아도 돈만 있으면 했을지도."

"없어서 다행이네요. 그랬다간 큰일 나죠."

"큰일이라면 안 그럴 테니, 대신 남편한테 좀 더 잘하라고. 저녁에 맛있는 것도 더 많이 해주고."

"이보다 얼마나 더 잘 차려요?"

"그래? 그럼 도락은 나중에 돈이 생기는 대로 즐기기로 하고, 오늘은 그만 먹어야겠어."

주인은 밥그릇을 밀었다. 오차즈케를 세 그릇은 먹은 것 같다. 나는 그날 밤 돼지고기 세 점과 생선 대가리를 얻어먹었다.

8

 울타리 돌기라는 운동을 설명했을 때, 주인의 마당에 둘러친 대나무 울타리에 대해 조금 이야기했는데, 이 대나무 울타리 밖이 바로 이웃집, 즉 남쪽의 지로 짱네 집이라고 생각하면 오해다. 집세는 싸지만 그곳은 구샤미 선생네다. 욧짱이나 지로 짱처럼 이른바 '짱'이라는 애칭을 붙여 부르는 사람과 부실한 울타리 하나를 사이에 두고 이웃 간의 정을 나누는 짓은 하지 않는다. 울타리 밖에는 11미터 폭의 공터가 있고, 그 끝에 노송나무 대여섯 그루가 서 있다. 툇마루에서 보면, 맞은편은 우거진 숲으로, 여기 사는 주인은 들판의 외딴집에서 이름 없는 고양이를 벗 삼아 세월을 보내는 강호의 선비 같은 느낌이다. 다만 노송나무 가지가 빽빽하지는 않아서 그 사이로 군학관(群鶴館)이라는, 이름만 멋들어진 하숙집의 싸구려 지붕이 한눈에 쏙 들어오기 때문에, 선비 같은 선생의 모습을 상상하기란 상당히 어려운 일이다. 그러나 이 하숙집이 군학관이라면 선생의 거처는 분명 와룡굴 버금가는 가치는 있다. 이름에는 세금이 드는 것도 아니니, 멋대로 그럴싸한 이름을 붙였다 치고, 아무튼 폭이 10여 미터쯤 되는 공터가 대나무 울타리를 끼고 동서로 18미터 정도 이어지다가 이내 갈고리 모양으로 꺾이면서 와룡굴 북쪽을 감싸고 있다. 이 북쪽이 소동의 원인이다. 원래는 공터 끝에 또 공터가 있다고 으스대도 좋을 만큼 집 두 면을 감싸고 있는데, 와룡굴의 주인은 물론 굴 안의 신묘한 고양이인 나조차 이 공터 때문에 애를 먹고 있다. 남쪽에 노송나무가 자리한 것처럼 북쪽에는 오동나무 일고여덟 그루가 나란히 서 있다. 둘레가 30센티 정도 되니 나막신 장수만 데려오면 좋은 값에 팔 수 있으련만, 세 들어 사는 신세라서 아무래도 실행하기 힘들다. 주인도 불쌍하다. 얼마 전에 학교의 심부름꾼이 와서 가지를 하나 잘라 갔는데, 그다음에는 새 오동나무 나막신을 신고 와서는 얼마 전에 잘라 간 가지로 만들었다며 묻지도 않은 말을 떠벌렸다. 얄미운 녀석이다. 오동나무는 있지만 나와 주인 가족에게는 한 푼도 되지 않는 오동나무다. '옥을 품은 게 죄'라는 옛말이 있다는데, 주인네는 오동나무를 길러도 돈이 되지 않으니, 이른바 보물을 품고 있으면서도 썩히는 꼴이다. 어리석은 자는 주인도 나도 아닌, 집주인 덴베이다. 나막신 장수는 언제 오나, 하고 오동나무 쪽에서 먼저 재촉해도 모르는 체하고 집세만 받으러 온다. 나는 덴베이에게 딱히 유감은 없으니 그의 욕은 이쯤 하고 본론으로 돌아가서 이 빈터가 소동의 원인이 된 이야기를 소개할 텐데, 주인에게는 절대 비밀이다. 애당초 이 공터에서 가장 불편한 점은 담이 없다는 것이다. 바람이 숭숭 지나다니고 통행이 자유로운 공터다. '공터다'라고 하면 거짓말 같아 좋지 않다. 사실은 '공터였다'라고 하는 게 맞다. 그런데 이야기가 과거로 거슬러 올라가야 원인을 알 수 있다. 원인을 모르면 의사라도 처방이 어렵다. 그래서 이곳으로 이사 왔을 때로 거슬러 올라가 천천히 이야기를 시작하겠다. 바람이 숭숭 불어 여름에는 시원해서 쾌적하다. 경계가 허술하다지만 돈이 없는 곳에 도둑이 들 리 없다. 그러므로 주인집에 있는 모든 담벼락, 말뚝, 가시나무 울타리는 전혀 필요 없다. 하지만 이것은 공터 맞은편에 거주하는 인간 혹은 동물의 종류에 따라 결정되는 문제라고 생각한다. 따라서 이 문제를 결정하기 위해서는 맞은편에 진을 친 군자의 성질을 밝혀야 한다. 인간인지 동물인지 알기도 전에 군자라고 칭하는 것은 너무 성급해 보이겠지만, 대충 군자임이 틀림없다. 양상군자라 하며 도둑마저 군자라 일컫는 세상이다. 단, 이 경우의 군자는 결코 순사의 골칫덩이가 될 만한 군자가 아니다. 경찰의 골칫덩이가 되지 않는 대신에 숫자로 승부를 보려는 자들로 득시글하다. 낙운관이라고 하는 사립 중학교—800명의 군자를 더욱더 훌륭한 군자로 양성하기 위해 매월 2엔의 수업료를 받는 학교다—가 바로 그곳이다. 이름이 낙운관이라 해서 풍류를 즐기는 군자만 있다고 생각하면 처음부터 큰 오해다. 군학관에 학이 없고 와룡굴에 고양이가 있는 것과 같은 이치다. 학사라든가 교사라든가 그들 중 주인 구샤미처럼 괴짜가 있다는 것을 안 이상은 낙운관의 군자가 풍류인만 있는 건 아니라는 사실은 짐작이 갈 것이다. 그래도 모르겠다면 일단 사흘만 주인집에서 지내보는 것도 방법이다.

앞서 말했듯이 여기로 이사 올 당시에는 공터에 담이 없었기 때문에 낙운관 군자들이 인력거꾼네 검둥이처럼 어슬렁어슬렁 오동나무 숲에 들어와 잡담을 나눈다거나 도시락을 까먹는다나 풀 위에 드러누웠다. 그러고는 도시락의 시체, 즉 대나무 껍질, 헌 신문, 혹은 헌 조리, 헌 나막신 등등 '헌' 자가 붙은 것들을 대개 여기에 갖다 버렸다. 둔한 주인은 의외로 태연하게 굴며 별다른 항의도 하지 않고 내버려 되는데, 몰라서 그런 건지 알고도 나무랄 생각이 없는지는 알 수 없다. 그런데 이 군자들이 학교에서 교육을 받으면 받을수록 더욱더 군자다워지는지 점차 북쪽에서 남쪽으로 잠식해 들어왔다. 잠식이란 말이 군자에게 어울리지 않는다면 그렇게 말하지 않아도 상관없다. 다만, 달리 마땅한 말이 없다. 그들은 물과 풀을 찾아 터전을 옮기는 사막의 유목민처럼 오동나무를 떠나 노송나무 쪽으로 옮겨왔다. 노송나무는 방의 정면에 자리하고 있다. 여간 대담한 군자가 아니고서야 이런 행동을 취할 수는 없다. 이틀 후 그들의 대담함은 '대'를 추가해 한층 대대담해졌다. 교육의 결과처럼 무서운 것은 없다. 그들은 방 정면을 잠식했을 뿐만 아니라, 정면에서 노래를 불렀다. 무슨 노래인지 잊어버렸지만, 서른한 글자 류가 아니라 좀 더 신나고 속된 노래였다. 주인만 놀란 게 아니다. 나까지도 그들 군자의 재주에 탄복하여 나도 모르게 귀를 기울였을 정도다. 그러나 독자 여러분도 잘 아시겠지만, 탄복과 훼방은 때로 양립이 가능하다. 이 두 가지가 공교롭게도 합심하여 하나가 된 순간은 지금 생각해봐도 거듭 유감이다. 주인도 유감이겠지만, 못 견디겠는지 서재에서 뛰쳐나와 "여기는 너희가 들어올 곳이 아니야, 나가!"라며 두세 번 정도 쫓아냈다. 하지만 교육을 받은 군자가 이런 일로 순순히 말을 들을 리가 없다. 쫓아내면 이내 다시 들어왔다. 들어오면 신나게 노래를 불렀다. 고성을 지르며 대화를 나눴다. 게다가 군자의 대화답게 '새끼야', '아, 몰라' 같은 말들이 오간다. 그런 말은 옛날 하인이나 떠돌이, 때밀이의 전문 분야에 속했다고 하는데, 20세기에 이르러서는 교육받은 군자가 배우는 유일한 언어라고 한다. 대중들에게 멸시받던 운동이 오늘날 환영받게 된 것과 같은 현상이라고 설명한 이도 있다. 주인은 다시 서재에서 뛰쳐나와 이런 군자의 언어에 가장 능통한 한 학생을 붙잡고 왜 여기에 들어왔느냐고 따지자, 군자는 '아, 몰라' 같은 점잖은 말을 잊고, "여기가 학교 식물원인 줄 알았어요" 하고 상스러운 말로 대답했다. 주인은 앞으로 주의하라며 훈계하고 놓아줬다. 놓아준다니 거북이 새끼를 놓아주는 것처럼 이상하지만, 실제로 그는 군자의 소매를 붙잡고 담판을 벌였다. 이 정도로 야단쳤으면 알아들었겠지 하고 주인은 생각했다. 그런데 실제로 중국의 여와씨 시대부터 예상은 늘 어긋나기 마련이라 주인은 또 실패했다. 이번에는 북쪽에서 집 안을 가로질러 정문으로 빠져나갔다. 정문을 열어젖혀 손님인가 보면 오동나무 쪽에서 웃음소리가 났다. 기세가 갈수록 불온해졌다. 교육의 효과가 더욱더 현저해졌다. 불쌍한 주인은 녀석들을 가만두면 안 되겠다 싶어 서재에 틀어박혀 공손하게 쓴 편지 한 장을 낙운관 교장에게 보내 단속해주십사 애원했다. 교장도 주인에게 정중한 답장을 보내 울타리를 만들 테니 기다려달라고 했다. 얼마 후, 두세 명의 일꾼이 와서 주인집과 낙운관 사이에 높이 1미터 정도의 대나무 울타리를 만들었다. 이제 좀 안심이라며 주인은 기뻐했다. 주인은 어리석은 사람이다. 이 정도로 군자의 행동거지가 바뀔 리 없다.

원래 사람을 놀리는 것은 재미있는 일이다. 나 같은 고양이도 가끔은 이 집 아이들을 놀리는데, 낙운관 군자들이 어리석은 구샤미 선생을 놀리는 건 지극히 당연한 일이다. 여기에 불평하는 자는 아마도 놀림을 받은 당사자뿐일 것이다. 놀리는 심리를 해부해보면 두 가지 요소가 있다. 첫째, 놀림받는 당사자가 아무렇지 않게 굴어서는 안 된다. 둘째, 놀리는 쪽이 세력이나 인원수에 있어서 상대보다 강해야 한다. 지난번에 주인이 동물원에서 돌아오더니 감탄하며 이야기한 적이 있다. 들어보니 낙타와 강아지의 싸움을 봤단다. 강아지가 낙타 주위를 바람처럼 회전하며 짖어대는데, 낙타는 아무 생각 없이 의연한 모습으로 등에 혹을 단 채 우뚝 서 있었다고 한다. 아무리 짖고 발광을 떨어도 꿈쩍도 하지 않자 결국 개도 질려 관두었다는 것이다. 참으로 무신경한 낙타라며 웃었는데, 이 이야기가 적절한 예다. 아무리 잘 놀려도 상대가 낙타라면 성립되지 않는다. 그렇다고 사자나 호랑이처럼 상대가 너무 강해도 안 된다. 놀리는 순간 갈기갈기 찢어진다. 놀리면 이빨을 드러내고 화를 낸다. 화를 내도 나를 어쩌지 못한다는 안심이 될 때 유쾌함은 상당히 크다. 왜 이런 짓이 재미있느냐고 하면 이유는 여러 가지가 있다. 우선 심심풀이로 적합하다. 심심할 때는 수염 수라도 세어 보고 싶어진다. 옛날에 옥에 갇힌 한 죄수가 무료한 나머지 벽에 삼각형을 그리며 세월을 보냈다는 이야기가 있다. 세상에 지루한 것만큼 참기 힘든 것도 없다. 무언가 활기를 자극하는 사건이 없으면 사는 것이 괴로운 법이다. 놀리는 것도 결국 자극을 만들어 노는 일종의 오락이다. 단, 상대방을 다소 화나게 하거나 초조하게 하고 난처하게 해야 자극이 되므로, 옛날부터 남을 놀리는 오락에 열중하는 자는 남의 마음을 모르는 바보 무사처럼 따분함을 많이 느끼는 사람, 혹은 오로지 자신의 즐거움만 생각하는 두뇌 발달이 유치하고, 넘치는 에너지를 딱히 쓸 데가 없는 소년에 한정된다. 다음으로는 자신이 우세하다는 사실을 실제로 증명하는 데 있어 가장 간단한 방법이다. 사람을 죽이거나 다치게 하고, 또는 사람을 모함하는 방법으로도 자신이 우세하다는 사실을 증명할 수는 있으나, 이런 일들은 오히려 죽이거나 다치게 하고, 모함하는 것 자체가 목적일 때 쓰는 수단이다. 자신이 우세하다는 것은 이런 수단을 수행한 후에 필연의 결과로 일어나는 현상에 지나지 않는다. 그래서 한편으로는 자신의 세력을 보여주고는 싶은데 남에게 딱히 해를 끼치고 싶지 않다면 남을 놀리는 방법이 가장 좋다. 남에게 다소 상처를 주어야 자신의 훌륭함이 사실상 증명된다. 사실로 드러나지 않으면 머릿속으로 안심하고 있어도 의외로 쾌락은 적다. 인간은 자신을 믿고 의지하는 존재다. 아니, 믿고 의지하기 어려운 경우에도 믿고 의지하고 싶어 한다. 그러니까 나는 이만큼 믿고 의지할 수 있는 자다, 이거면 안심이다 하는 것을 다른 사람에게 실제로 응용해봐야 직성이 풀린다. 더구나 도리를 모르는 속물이나, 자신이 못 미덥고 불안한 자는 모든 기회를 이용해 이런 증명을 하려고 애를 쓴다. 유도를 하는 사람이 간혹 사람을 던져보고 싶어 하는 심리와 같다. 유도가 의심스러운 점은 모쪼록 자기보다 약한 녀석을 단 한 번이라도 맞닥뜨리고 싶어 하고, 초보자도 상관없으니 던져보고 싶어 하는 지극히 위험한 생각을 품고 동네를 어슬렁거리는 것도 이 때문이다. 그 밖에도 이유는 여럿 있지만, 너무 길어지므로 생략하기로 한다. 듣고 싶으면 가다랑어포라도 하나 가져와 배우길 바란다. 언제든 가르쳐주겠다. 이상의 말을 참고로 추론하건대, 내 생각에 동물원 원숭이와 학교 선생만큼 놀리기 좋은 대상도 없다. 학교 선생을 동물원 원숭이와 비교하기에는 과분하다. 원숭이에게 과분하다는 것이 아니라 교사에게 과분하다는 말이다. 하지만 많이 비슷하기 때문에 어쩔 수 없다. 잘 알다시피 동물원 원숭이는 쇠사슬로 묶여 있다. 아무리 이빨을 드러내고, 꺅꺅 소란을 피워도 달려들 염려는 없다. 교사는 쇠사슬 대신 월급으로 묶여 있다. 아무리 놀려도 괜찮다. 사직하고 학생을 때릴 일은 없다. 사직할 용기가 있는 자였다면 처음부터 교사가 되어 학생을 돌보는 일 따위는 하지 않을 것이다. 주인은 교사다. 낙운관 교사는 아니지만, 좌우지간 교사다. 놀리기에는 지극히 안성맞춤이고 지극히 손쉽고 지극히 뒤탈 없는 남자다. 낙운관의 학생은 소년이다. 선생을 놀리는 것은 자신의 콧대를 높이는 일이기 때문에 교육의 효과로서 지당하게 요구해야 할 권리라고 알고 있다. 그뿐만 아니라 10분간 휴식 시간에 누굴 놀리는 일이라도 하지 않으면 활기 넘치는 오체와 두뇌를 주체하지 못해 10분간의 쉬는 시간도 어쩔 줄 몰라 하는 무리다. 이러한 조건이 갖춰지면 주인은 놀림을 받게 되고 학생은 주인을 놀리게 된다. 누구에게 물어도 전혀 무리가 없다. 여기에 화를 내는 주인은 촌스러움의 극치, 멍청이 중에서도 똥멍청이일 것이다. 이제부터 낙운관 학생이 어떻게 주인을 놀렸는지, 여기에 주인이 얼마나 촌스럽게 대응했는지를 하나하나 적어보겠다.

여러분은 대나무 울타리가 어떤 것인지 잘 알 것이다. 바람이 잘 통하는 간편한 울타리다. 우리 고양이는 울타리 구멍 사이로 자유로이 왕래할 수 있다. 울타리가 있으나 없으나 똑같다. 그러나 낙운관의 교장은 고양이를 위해서가 아니라 자기가 양성하는 군자가 들어가지 못하도록 일부러 일꾼을 불러 대나무 울타리를 만들게 한 것이다. 과연 아무리 바람이 잘 통한다 해도 인간은 통과하기 힘들다. 이 대나무로 짠 사방 12센티의 구멍을 통과하기란 청국의 마술사 장세존이라 해도 어렵다. 따라서 인간에게는 울타리의 효과를 충분히 발휘하는 것이 틀림없다. 주인이 완성된 울타리를 보고 이 정도면 됐다며 기뻐할 만하다. 그런데 주인의 논리에는 큰 구멍이 있다. 이 울타리보다 더 큰 구멍이 있다. 배를 집어삼킨 큰 물고기도 빠져나갈 만한 커다란 구멍이 있다. 그는 '울타리는 넘으면 안 되는 것'이라는 가정에서 출발했다. 적어도 학교의 학생이라면 아무리 허술한 울타리라도 울타리라는 이름이 붙고 경계선만 명확하면 난입할 염려는 결코 없으리라고 가정한 것이다. 그러고는 그 가정을 잠시 부정하고, '좋아, 난입하는 자가 있어도 괜찮다'고 판단했다. 아무리 작은 아이라도 대나무 울타리 구멍으로 통과하는 것은 불가능하기 때문에 난입할 우려는 절대 없다고 속단해버린 것이다. 과연 그들이 고양이가 아닌 이상 이 사각 구멍을 통과할 수는 없을 테고, 그러고 싶어도 불가능하다. 하지만 타고 넘거나 뛰어넘는 것은 가능하다. 오히려 운동이 돼서 재미있을 정도다.

울타리가 생긴 다음 날부터 울타리가 생기기 전과 똑같이 그들은 북쪽 공터로 훌쩍 뛰어들었다. 단, 방의 정면까지는 깊이 들어오지 않았다. 만약 쫓아오면 도망칠 시간을 벌어야 하니까 미리 계산에 넣고, 붙잡힐 위험이 없는 곳에서 경계하며 놀려는 심산이다. 그들이 무엇을 하고 있는지, 동쪽 별채에 있는 주인에게는 물론 보이지 않는다. 북쪽 공터에서 그들이 노는 모습은 창문을 열고 반대쪽 모퉁이로 돌아서 보든지, 아니면 뒷간 창을 통해 울타리 너머로 바라보는 수밖에 없다. 창문으로 볼 때는 어디에 무엇이 있는지 한눈에 알 수 있지만, 설령 적을 몇 명 발견한대도 잡을 수는 없다. 단지 창문 안에서 야단칠 뿐이다. 만약 창문에서 우회하여 적지를 치려고 하면, 적들은 발소리를 듣고 붙잡히기 전에 저쪽으로 냅다 내려가버린다. 물개가 햇볕을 쬐는 곳으로 밀렵선이 들어오는 것과 같다. 물론 주인은 뒷간에서 망을 보지 않는다. 그렇다고 소리가 나면 문을 열고 당장 뛰쳐나갈 대비도 하지 않는다. 그런 일을 하려면 교사를 때려치우고 그 분야의 전문가가 되지 않는 한 따라갈 수 없다. 주인에게 불리한 점을 말하자면, 서재에서는 적의 소리만 들릴 뿐 모습은 보이지 않는다는 것과 창문으로는 모습만 보일 뿐 손을 쓸 수 없다는 것이다. 주인의 불리함을 간파한 적은 이런 전략을 마련했다. 주인이 서재에 틀어박혀 있다는 정보를 알아냈을 때는 최대한 큰 소리로 떠들어댄다. 그때 주인을 조롱하는 말을 들으라는 듯이 말한다. 또한 그 소리의 출처를 극히 불분명하게 한다. 잠시 들어서는 울타리 안에서 떠드는 건지 바깥쪽에서 떠드는 건지 판단하기 어렵게 한다. 만약 주인이 뛰쳐나오면 도망치거나 아예 저쪽으로 가서 모르는 척한다. 또 주인이 뒷간에—나는 앞에서부터 빈번하게 뒷간이라는 더러운 단어를 사용하는 것을 특별히 영광이라고 생각지는 않는다. 실은 무척 성가시지만 이 전쟁을 기술하는 데 필요하므로 어쩔 수 없다— 어쨌든 주인이 뒷간으로 출두했다고 볼 때는 반드시 오동나무 부근을 배회하여 일부러 주인의 눈에 띄도록 한다. 주인이 만약 뒷간에서 사방에 울릴 정도로 큰 소리로 호통치면 적은 당황하는 기색도 없이 유유히 근거지로 돌아간다. 이 전략을 쓰면 주인은 더욱더 곤란해진다. 분명히 들어왔다고 생각해서 지팡이를 들고 나가면 쥐새끼 한 마리 없다. 아닌가 싶어서 창문으로 내다보면 꼭 한두 명 기어들어 와 있다. 주인은 뒤뜰로 돌아가 보거나 뒷간에서 내다보고, 뒷간에서 내다보거나 뒤뜰로 돌아가 보는 짓을 몇 번이나 반복한다. 바쁘게 뛰어다니느라 지친다는 것은 이런 일을 두고 하는 말이다. 교사가 직업인지 전쟁이 본업이니 헛갈릴 정도로 흥분 상태다. 이 흥분이 정점에 달했을 때, 사건이 하나 발생했다.

사건은 대개 흥분에서 발생한다. 흥분이란 피가 거꾸로 치솟는 것을 말한다. 이 점에 관해서는 그리스 의사 갈레누스도, 스위스 연금술사 파라켈수스도, 중국 명의인 고리타분한 편작도, 아무런 이의를 제기하지 않는다. 다만 피가 어디로 치솟는지가 문제다. 또 무엇이 거꾸로 치솟는지가 논란이 되는 부분이다. 예로부터 유럽인의 전설에 의하면, 우리의 몸속에는 네 가지 액체가 순환하고 있다고 한다. 가장 먼저 노액(怒液)이라는 놈이 있다. 이것이 거꾸로 치솟으면 화를 낸다. 두 번째로 둔액(鈍液)이라 불리는 놈이 있다. 이것이 거꾸로 치솟으면 신경이 둔해진다. 다음으로 우액(憂液)이 있는데, 이놈은 인간을 우울하게 만든다. 마지막으로 혈액이 있는데, 이놈은 사지의 활동을 왕성하게 한다. 그 후 인문이 발달하면서 둔액, 노액, 우액은 어느새 사라지고, 지금에 이르러서는 혈액만이 옛날처럼 순환하고 있다는 이야기다. 그러므로 혹시 흥분하는 자가 있다면 혈액이 치솟는 것이다. 하지만 혈액량은 개인차가 크다. 성격에 따라 약간의 증감은 있으나, 대략 한 사람당 약 5되 5홉이다. 따라서 이 5되 5홉이 거꾸로 치솟으며, 치솟은 곳은 활발히 활동하지만, 그 밖의 부위는 결핍을 느껴 차가워진다. 파출소 방화 사건이 있던 당시에 순경들이 모두 경찰서로 모여 시내에는 한 명도 없었던 것처럼 말이다. 그것도 의학상으로 진단하면 경찰의 흥분이라 할 수 있다. 그래서 이 흥분을 치유하기 위해서는 혈액을 종전처럼 체내의 각 부위에 평균적으로 분배하지 않으면 안 된다. 그렇게 하려면 거꾸로 치솟은 놈을 아래로 내려보내야 한다. 방법은 여러 가지가 있다. 지금은 고인이 되었지만, 주인의 아버지는 젖은 수건을 머리에 대고 고타쓰를 쬐었다고 한다. '머리는 차갑게 하고 발은 따뜻하게 하라'는 《상한론(傷寒論)》*에도 나와 있듯이 젖은 수건은 장수 비결에 하루도 빼놓을 수 없는 것이다. 아니면 스님이 하는 방법을 시도해보는 것도 좋다. 일정한 거처 없이 전국을 떠돌며 수행하는 중은 반드시 나무 아래나 바위 위에서 밤을 지새워야 한다. 이는 어려운 수행과 고행을 위해서가 아니다. 흥분을 내리기 위해 육조(六祖)**가 쌀을 찧으면

---

* 몸에 찬 기운이 들었을 때의 치료법에 대하여 다룬 고대 중국의 의서.
** 중국 당나라의 승려 혜능 대사를 말함.

서 생각해 낸 비법이다. 시험 삼아 돌 위에 앉아보라. 당연히 엉덩이가 시릴 것이다. 엉덩이가 차가워지고 흥분이 가라앉는다. 이 또한 의심할 여지 없는 자연의 섭리다. 이처럼 다양한 수단을 이용해서 흥분을 가라앉히는 방법은 제법 많이 발명되었지만, 아직 흥분을 일으키는 좋은 방법이 고안되지 않은 것은 유감이다. 일률적으로 생각하면 흥분은 손해만 있고 이득은 없는 현상이나 그렇게만 속단해서는 안 되는 경우가 있다. 흥분은 직업에 따라 상당히 중요한 것이기에 흥분하지 않으면 아무것도 할 수 없는 경우도 있다. 그중에서도 가장 흥분을 중시하는 직업은 시인이다. 시인에게 흥분이란 기선에 석탄 같은 존재라, 하루라도 공급이 끊기면 그들은 아무것도 하지 않고 그저 밥만 먹는 하찮은 인간이 되고 만다. 흥분은 미치광이의 다른 이름으로, 미치광이가 되어야 벌어먹을 수 있다고 하면 체면이 서지 않으므로, 그들은 흥분이라는 말을 쓰지 않고 인스피레이션이라는 엄숙한 단어를 쓴다. 이것은 그들이 세상을 기만하기 위해 지은 이름으로 정확히는 흥분이다. 플라톤은 그들의 편을 들어 이런 유의 흥분을 신성한 광기라고 했지만, 아무리 신성해도 광기로는 아무도 상대해주지 않는다. 역시 인스피레이션이라는 새로운 약 같은 이름을 붙여놓는 편이 그들을 위해 좋을 듯하다. 그러나 어묵의 재료가 실은 참마이며, 관음상이 한 치 팔 푼의 썩은 나무인 것처럼, 오리고기 국수의 재료가 까마귀인 것처럼, 하숙집의 소고기 전골이 말고기인 것처럼, 인스피레이션도 실은 흥분이다. 흥분하면 임시 미치광이가 된다. 정신병원에 입원하지 않아도 되는 이유는 단지 임시 미치광이이기 때문이다. 그런데 이 임시 미치광이를 제조하는 일은 어렵다. 오히려 평생 미치광이는 되기 쉽지만, 붓을 잡고 종이에 향하는 순간만 미치광이가 되는 것은 아무리 노련한 신이라도 어지간해서는 만들어주지 않는다. 신이 만들어주지 않는 이상은 자력으로 만들어야 한다. 그래서 옛날부터 오늘날까지 흥분술은 흥분제거술과 함께 학자의 두뇌를 심각하게 괴롭혀 왔다. 어떤 사람은 인스피레이션을 얻기 위해 매일 떫은 감을 열두 개씩 먹었다. 떫은 감을 먹으면 변비가 생기는데, 변비가 생기면 반드시 흥분이 일어난다는 이론을 적용한 결과다. 또 어떤 이는 술병을 들고 목욕탕에 뛰어들었다. 탕 안에서 술을 마시면 흥분할 수밖에 없다고 생각한 것이다. 그이의 주장에 따르면, 이 방법으로 성공하지 못할 경우 포도주 탕을 끓여서 들어가면 단번에 효험이 있다고 확신했다. 하지만 돈이 없어 끝내 실행하지 못하고 죽게 된 것은 유감이다. 마지막으로 옛사람을 흉내 내면 인스피레이션이 떠오른다고 생각한 자가 있다. 이는 어떤 사람의 태도나 동작을 흉내 내면 심적 상태도 그 사람과 비슷해진다는 학설을 응용한 것이다. 주정뱅이처럼 했던 말 또 하고, 했던 말 또 하다 보면, 어느새 주정뱅이

와 같은 마음이 된다. 좌선을 한 채로 향 한 개가 다 타들어 갈 때까지 참다 보면 왠지 모르게 스님이 된 듯한 기분이 든다. 그러므로 옛날부터 영감을 받은 유명 대가의 행동을 따라 하면 반드시 흥분할 수밖에 없다. 듣자 하니, 빅토르 위고는 요트 위에 누워 문장의 취향에 대해 생각했다고 하니, 배를 타고 푸른 하늘을 바라보고 있으면 반드시 흥분할 것이다. 스티븐슨은 엎드려서 소설을 썼다고 하니, 엎드려서 붓을 들면 분명 피가 거꾸로 솟을 것이다. 이처럼 많은 사람이 여러 방법을 고안해 냈지만, 아직 아무도 성공하지 못했다. 일단 현재로서는 인위적 흥분이 불가능한 것으로 여겨지고 있다. 유감스럽지만 어쩔 수 없다. 조만간 마음대로 영감을 불러일으킬 수 있는 시기가 도래할 것임은 의심할 여지 없는 사실이니, 나는 인문을 위해 이 시기가 하루라도 빨리 오기를 갈망한다.

흥분에 관한 설명은 이 정도로 충분할 테니, 이제 드디어 본 사건으로 들어가겠다. 그런데 모든 큰 사건 앞에는 반드시 작은 사건이 벌어지는 법이다. 큰 사건만 말하고, 작은 사건을 빼는 것은 예로부터 역사가가 흔히 저지르는 병폐다. 주인의 흥분도 작은 사건을 마주할 때마다 한층 심해져 마침내 큰 사건을 일으키니, 그 발전 순서를 어느 정도 말하지 않으면 주인이 얼마나 흥분했는지 알지 못한다. 알지 못하면 주인의 흥분은 헛된 일이 될 테니, 세상 사람들에게는 설마 그 정도는 아니겠지 하고 얕보일 수도 있다. 모처럼의 흥분도 남들한테서 훌륭한 흥분이란 말을 듣지 못하면 보람이 없다. 앞으로 이야기할 사건은 크고 작고를 떠나 주인에게 명예로운 일은 아니다. 사건 자체가 불명예스럽다면 최소한 흥분한 모습만은 진실된 흥분으로서 남에게 전혀 뒤지지 않는다는 사실을 밝혀두고 싶다. 주인은 다른 쪽으로는 딱히 자랑할 만한 성질을 가지고 있지 않다. 흥분이라도 자랑하지 않고서는 달리 애써서 써줄 이야깃거리가 없다.

낙운관에 모인 적군은 요즘 들어 일종의 덤덤탄을 발명해 10분간의 휴식 시간 혹은 방과 후에 북쪽 공터를 향해 맹렬히 포화를 퍼붓는다. 이 덤덤탄은 통칭 볼이라고 칭하는데, 몽둥이 같은 놈을 들고 이것을 임의로 적중에 발사하는 방식이다. 아무리 덤덤탄이라도 낙운관 운동장에서 발사하니 서재에 틀어박혀 있는 주인을 명중시킬 염려는 없다. 적이라고 해서 탄도가 너무 먼 것을 자각하지 못했을 리 없지만, 그것이 전략이다. 뤼순 전투에서도 해군이 간접 사격으로 위대한 공을 세웠다고 하니, 공터로 굴러떨어지는 볼이라도 기세가 상당하다. 게다가 한 발 쏠 때마다 전력을 합쳐 '와아!' 하고 위협적으로 함성을 질러대니 더욱 그렇다. 주인은 너무 놀라 손발을 지나는 혈관이 수축할 정도다. 번민의 극치를 맴돌고 있는 피가 거꾸로 솟을 것이다. 적의 계략은 상당히 교묘하다. 옛날 그리스에 아이스킬로스라는 작가가 있었다고 한다. 이 남자는 학자와 작가에게 공통된 머리를 가지고 있었다. 내가 말하는 '학자와 작가에게 공통된 머리'란 대머리를 뜻한다. 왜 머리가 빠지는가 하면 머리의 영양 부족으로 머리털이 성장할 정도의 기운이 없기 때문이다. 학자와 작가는 머리를 가장 많이 쓰는 자들로 대개는 몹시 가난하다. 그래서 학자와 작가는 모두 영양 부족으로 머리가 빠진다. 그렇다면 아이스킬로스도 작가이기 때문에 자연히 머리가 훌렁 벗어져야 한다. 그는 반들반들한 금귤 머리를 가졌다. 그런데 어느 날, 아이스킬로스가 예의 머리—머리에는 외출용과 평소용이 따로 있지 않으므로 예의 머리라고 한다—를 치켜세우고, 햇빛을 받으며 걷고 있었다. 이것이 실수였다. 대머리는 햇빛을 받으면 멀리서 봤을 때 굉장히 반짝거린다. 드높은 나무에는 바람이 닿고, 빛나는 머리에도 뭔가가 닿기 마련이다. 이때 아이스킬로스의 머리 위로 독수리 한 마리가 날고 있었는데, 보니까 어디선가 생포한 거북이 한 마리를 발톱에 움켜쥐고 있다. 거북이나 자라는 맛이 일품일 게 틀림없지만, 그리스 시대부터 딱딱한 등딱지를 달고 다닌다. 아무리 맛이 좋아도 등딱지 때문에 어떻게 할 수가 없다. 새우를 껍질째 구운 음식은 있어도 거북이의 등딱지째 요리한 음식은 지금까지도 없을 정도이니, 당시에도 물론 없었을 것이다. 과연 독수리도 슬슬 힘들어지기 시작하는지, 저 멀리서 아래에서 반짝 빛나는 것이 보이자 독수리는 바로 저기다 싶었다. 저 빛나는 것 위로 거북이를 떨어뜨리면 등딱지는 바로 부서질 것이다. 부서지면 그때 내려와 살만 먹으면 된다. 그래, 그렇지 하고 조준한 뒤 거북이를 높은 곳에서 인사도 없이 머리 위로 떨어뜨렸다. 그런데 공교롭게도 작가의 머리가 거북이 등보다 연하기 때문에, 대머리는 참혹히 부서져 아이스킬로스는 여기서 끔찍한 최후를 맞았다. 그건 그렇다 쳐도 이해가 가지 않는 건 독수리의 생각이다. 그 머리가 작가의 머리인 줄 알고 떨어뜨린 건지, 아니면 바위로 착각하여 떨어뜨린 건지에 따라 낙운관의 적과 이 독수리를 비교할 수도 있고, 그렇지 않을 수도 있다. 주인의 머리는 아이스킬로스처럼 또 대학자처럼 반짝반짝 빛나진 않는다. 하지만 꾸벅꾸벅 졸긴 해도 다다미 여섯 장짜리 방에서 어려운 책 위에 얼굴을 드리운 이상, 학자나 작가와 같은 부류라고 간주해야 한다. 그렇다면 주인의 머리가 빠지지 않은 것은 아직 대머리가 될 자격이 없기 때문이지만, 조만간 대머리가 될 운명이 머리 위로 떨어질 것이다. 따라서 낙운관의 학생이 주인의 머리를 겨냥해 덤덤탄을 쏘는 것은 가장 시의적절한 전략이라고 볼 수 있다. 만약 적이 이 행동을 2주일 동안 계속한다면, 주인의 머리는 공포와 번민 탓에 반드시 영양 부족을 호소하며, 금귤이나 주전자, 구리 단지처럼 변화할 것이다. 또한 2주간의 포격을 받으면 금귤은 틀림없이 으깨지고, 주전자는 줄줄 새며, 구리 단지는 금이 갈 것이다. 이렇게 당연한 결과를 예상하지 못하고 끝까지 적과 전투를 계속하려고 고심하는 것은 오로지 본인 구샤미 선생뿐이다.

어느 날 오후, 나는 여느 때처럼 마루로 나와 낮잠을 자며 호랑이가 된 꿈을 꾸고 있었다. 주인에게 닭고기를 가져오라고 하자 주인이 예, 하며 허둥지둥 닭고기를 가져왔다. 메이테이 선생이 오자, 메이테이 선생에게 '기러기가 먹고 싶다. 간나베에 가서 사 와'라고 하자, 무절임과 전병을 함께 먹으면 기러기 맛이 난다고 평소처럼 헛소리를 하기에, 우람한 입을 벌려 '어흥!' 하고 겁을 주니, 하얗게 질린 메이테이 선생이 "우에노 거리의 간나베는 폐업했는데 어떻게 하죠?" 하고 말했다. "그럼 소고기로 용서해줄 테니 빨리 니시카와 상점에 가서 등심을 한 근 사와. 빨리 사 오지 않으면 네놈부터 잡아먹겠다"라고 하자 메이테이 선생은 옷자락을 걷어붙이고 달려갔다. 몸집이 커진 나는 온 툇마루를 차지하고 누워 메이테이 선생이 돌아오기를 기다리는데, 별안간 집 안에 큰 소리가 울려서, 소고기도 먹지 못한 채 꿈에서 깨고 말았다. 그때 지금까지 내 앞에 납작 엎드려 있던 주인이 갑자기 뒷간에서 뛰쳐나와 내 옆구리를 세게 걷어찼다. 아프다고 생각하는데, 주인이 이내 나막신을 신고 쪽문으로 나가서는 낙운관 쪽으로 향했다. 나는 호랑이에서 갑자기

고양이로 줄어들어서 어쩐지 민망하기도 하고 우습기도 했지만, 대단히 흥분한 주인의 기세와 옆구리를 차인 아픔으로 호랑이에 대한 일은 곧 잊어버렸다. 동시에 '주인이 드디어 전장에 나가 적과 교전을 벌이는구나, 재미있겠다' 하고 아픈 것도 참고 뒷일을 기대하며 뒷문으로 나갔다. 주인이 "도둑이야!" 하고 외치는 소리가 들렸다. 보니까 학생모를 쓴 열여덟아홉 살가량의 건장한 녀석 하나가 울타리 저편으로 넘어가고 있다. 한발 늦었다고 생각하는데, 학생모가 근거지 쪽으로 태풍처럼 도망쳤다. 주인은 '도둑이야!' 외치고 크게 효과를 봤기 때문에, 또다시 "도둑이야!" 소리 지르며 쫓아갔다. 그런데 적을 따라잡기 위해서는 주인도 울타리를 넘어야 한다. 너무 들어가면 주인도 도둑이 될 것이다. 전에도 말했듯이 주인은 대단한 흥분자다. 이 기세를 틈타 도둑을 쫓아간 이상, 자신이 도둑으로 몰려도 쫓아갈 생각인지 되돌아가는 기색 없이 울타리 아래까지 전진했다. 이제 한 걸음만 더 나가면 도둑의 영역에 들어가야 하는 순간, 적군 중에서 수염이 듬성듬성 난 장군이 뚜벅뚜벅 다가왔다. 두 사람은 울타리를 경계로 무언가 담판을 벌이고 있다. 들어보니 이런 시시한 논쟁이다.

"저 아이는 본교 학생입니다."

"학생이 대체 왜 남의 집에 침입합니까?"

"그야 공이 날아갔으니까요."

"그럼 사정을 설명하고 가지러 와야지 않습니까?"

"앞으로 주의하겠습니다."

"네, 그렇게 하시죠."

대격전이 벌어지리라 예상했던 교섭은 이렇게 산문적인 담판으로 아무 일 없이 신속히 종결되었다. 주인의 맹렬함은 그저 의욕뿐이다. 막상 닥치면 늘 이런 식으로 끝이 난다. 마치 내가 호랑이가 된 꿈에서 갑자기 고양이로 돌아온 것 같은 꼴이다. 내가 말한 작은 사건이 바로 이것이다. 작은 사건을 기술하였으니 순서대로 큰 사건을 이야기하겠다.

주인은 방문을 열고 엎드려 무언가 궁리하고 있다. 아마도 적에 대한 방어책을 구상하고 있을 것이다. 낙운관은 수업 중인지 운동장이 무척 조용했다. 단지 학교 건물의 한 교실에서 윤리 수업을 하는 소리가 손에 잡힐 듯 또렷이 들린다. 낭랑한 음성으로 제법 잘 가르친다. 그러고 보니 어제 적중에 나타나 담판을 지은 장군이다.

"……따라서 공중도덕이라는 것은 중요한 덕목으로 저 멀리 프랑스나 독일, 영국 어디에 가도 이 공중도덕이 없는 곳이 없다. 또 어떤 열등한 자라도 공중도덕을 중요하게 생각한다. 그런데 안타깝게도 우리 일본은 아직 이 점에 있어서는 외국과 견줄 수 없다. 그래서 공중도덕이라고 하면 뭔가 새로 외국에서 들여온 것처럼 생각하는 학생도 있을지 모르지만, 그건 큰 오해다. 옛날 사람들도 '공자의 도는 충서

(忠恕)로 통한다'라고 말했다. 서(恕)라는 것이 바로 공중도덕의 출처다. 나도 사람인지라 때로는 큰 소리로 노래를 불러보고 싶을 때가 있다. 그러나 내가 공부하고 있을 때 옆 교실 학생들이 노래를 불러대면 도저히 눈에 책이 들어오지 않는 게 내 성격이다. 그러니 내가 《당시선》을 큰 소리로 읊으면 기분이 맑아진다고 생각할 때조차, 혹시 나처럼 예민한 사람이 옆집에 살고 있어서 나도 모르게 그 사람을 방해하면 어쩌나 해서 그럴 때도 항상 참는다. 그러므로 여러분도 가급적 공중도덕을 지켜 남에게 민폐를 끼치는 일은 결코 해서는 안 된다……."

주인은 귀를 기울이고 듣다가 여기에 이르러서야 피식 웃었다. 잠시 이 '피식'의 의미를 설명할 필요가 있다. 빈정대기 좋아하는 사람이 이 문장을 읽는다면, 이 피식 안에 냉소가 섞여 있다고 생각할 것이다. 하지만 주인은 결코 그런 못된 남자가 아니다. 못됐다기보다는 그리 지혜로운 남자가 아니다. 주인이 왜 웃었느냐면 정말 기뻤기 때문이다. 윤리 선생이 이렇게 훈계했으니 앞으로는 영원히 덤덤탄의 난사를 면할 수 있으리라. 당분간 대머리도 되지 않을 것이다. 흥분은 한방에 고쳐지지 않겠지만 때가 되면 점차 회복될 것이다. 젖은 수건을 머리에 대고 난로를 쬐지 않아도, 수하석상을 숙소로 삼지 않아도 괜찮으리라 판단했기 때문에 피식 웃은 것이다. 20세기 오늘날에도 빚은 반드시 갚아야 한다고 정직하게 생각하는 주인이 이 수업을 진지하게 듣는 것은 당연하다.

이윽고 끝날 시간이 됐는지 수업은 뚝 끊겼다. 다른 교실의 수업도 모두 동시에 끝났다. 그러자 지금까지 실내에 봉인돼 있던 800명의 무리가 함성을 지르며 건물을 뛰쳐나왔다. 그 기세가 큰 벌집을 때려 떨어뜨린 것 같다. 붕붕, 왕왕, 창에서, 문에서, 아니 구멍이 뚫린 모든 곳에서 가차 없이 앞다투어 튀어나왔다. 이것이 큰 사건의 발단이다.

우선 벌이 진을 치는 방법부터 설명하겠다. 이런 전쟁에 무슨 진을 치느냐고 하는 것은 잘못이다. 보통 사람들은 전쟁이라고 하면 사허, 펑톈, 또는 뤼순 외에는 전쟁이 없다고 생각한다. 시 좀 아는 야만인은 아킬레우스가 헥토르의 시체를 끌고 트로이 성벽을 세 바퀴 돌았다든가, 장비가 장판교 위에서 8척짜리 뱀처럼 구부러진 창을 들고 조조의 백만 군사를 노려보아 물리쳤다든가 하는 과장된 일만 연상한다. 연상은 본인 마음이지만, 그 이외의 전쟁은 없다고 여기는 것은 적절치 못하다. 태곳적 몽매의 시대에 그런 바보 같은 전쟁이 벌어졌을지도 모르지만, 태평한 오늘날, 대일본제국 수도 중심에 그런 야만적 행동은 있을 수 없다. 소동이라고 해봤자 파출소 방화 사건 이상의 일은 일어나지 않을 것이다. 그러고 보면 와룡굴의 구샤미 선생과 낙운관 800명 건아의 전쟁은 일단 도쿄시가 생긴 이래의 대전쟁 중 하나로 꼽아야 마땅하다. 좌구명*이 언릉 전투를 기록할 때도 먼저 적의 진세부터 설명했다. 예로부터 서술에 능한 자는 모두 이 필법을 사용하는 것이 통칙으로 여겨지고 있다. 따라서 내가 벌의 진세를 이야기하는 것도 이상하지 않다. 그래서 벌의 진세가 어떠한지부터 살펴보면, 대나무 울타리 바깥쪽에 종렬을 이룬 부대가 있다. 이는 주인을 전투선 안으로 유인하는 직무를 맡은 자들로 보인다.

"항복 안 해?"

"안 해."

"다 틀렸군."

"안 무너지나."

"그럴 리 없지."

"짖어봐."

"멍멍."

"멍멍."

"멍멍멍멍."

그러고는 종대가 일제히 함성을 지른다. 종대에서 살짝 오른쪽으로 벗어나 운동장 방면에는 포대가 요충지를 차지하고 진을 치고 있다. 와룡굴을 마주하고 한 장군이 큰 방망이를 들고 대기하고 있다. 이에 맞서 10여 미터 간격을 두

---

* 중국 춘추시대 말기 노나라의 역사가.

고 또 한 사람 서 있다. 방망이 뒤에 또 한 사람이 서 있는데, 이자는 와룡굴을 쳐다보고 우뚝 서 있다. 이렇게 일직선으로 나란히 마주 보고 있는 자들이 포수(砲手)다. 어떤 사람의 주장에 따르면, 이것은 베이스볼 연습이지 결코 전투 준비가 아니라고 한다. 나는 베이스볼이 뭔지 모르는 문맹이다. 듣기로는 미국에서 수입된 놀이로 오늘날 중학교 이상의 학교에서 행해지는 운동 중 가장 유행하는 것이라고 한다. 미국은 뚱딴지같은 것만 생각해 내는 나라이니 포대로 착각할 만하다. 게다가 이웃에게 폐를 끼치는 놀이를 일본인에게 가르쳐줄 만큼 친절하다. 심지어 미국인들은 이것을 진짜 일종의 운동 놀이로 인식한다. 그러나 순수한 놀이라도 이렇게 이웃을 놀라게 하는 능력이 있는 이상, 포격용으로도 충분하다. 내 눈으로 관찰한 바로는 그들이 이 운동법을 이용해 포화의 효과를 거두려고 꾀한다고밖에 생각되지 않는다. 만물은 말하기 나름이다. 자선이라는 이름을 빌려 사기를 치고, 인스피레이션이라고 하며 흥분을 기뻐하는 자가 있는 한, 베이스볼이라는 놀이를 이용해 전쟁을 하지 말란 법도 없다. 어떤 사람의 주장은 일반 베이스볼을 말하는 것이다. 내가 기술하는 베이스볼은 이런 특별한 경우에만 하는 베이스볼, 즉 성을 공격하는 포술이다. 이제부터 덤덤탄을 발사하는 방법을 소개하겠다. 직선으로 줄지은 포열 중 한 명이 덤덤탄을 오른손에 쥐고 몽둥이 소유자에게 던진다. 덤덤탄이 무엇으로 만들어졌는지 국외자는 알 수 없다. 단단하고 둥근 돌 경단 같은 것을 가죽으로 감싸 꿰맨 것이다. 앞서 말한 대로 이 탄환이 포수 한 명의 손을 떠나 바람을 가르고 날아가면, 맞은편에 선 한 명이 방망이를 휘둘러 이것을 되받아친다. 가끔은 잘못하여 탄환이 빗나가기도 하지만, 대개는 '딱!' 하고 큰 소리를 내며 튕겨 날아간다. 그 기세는 매우 맹렬하다. 신경성 위장병인 주인의 머리를 깨는 건 일도 아닐 듯하다. 포수는 이것만 해도 충분하지만, 그 주위에는 구경꾼 겸 지원병이 구름처럼 모여 있다. '딱!' 하고 방망이가 경단을 때리자마자 와, 짝짝짝짝짝, 소리를 지르고 손뼉을 치면서 '아깝다, 맞았지? 이래도 버틸 셈이냐? 무섭지? 항복 안 해?'라고 한다. 이것뿐이라면 몰라도 되받아친 탄환이 세 발 중 한 발은 반드시 와룡굴 안으로 떨어졌다. 이것이 굴러가야 공격의 목적이 달성되는 것이다. 덤덤탄은 근래 들어 여러 곳에서 제조하는데, 상당히 고가라 아무리 전쟁이라도 그렇게 충분한 공급을 기대할 순 없다. 대개 한 부대의 포수에게 한두 개꼴로 지급된다. '딱!' 소리가 울릴 때마다 이 귀중한 탄환을 소비할 수는 없다. 그래서 그들은 탄환 줍기 부대라는 부대를 마련해 탄환을 주워 오게 한다. 떨어진 장소가 좋으면 줍는 데 그리 힘들지 않지만, 초원이나 남의 집 안으로 들어가면 주워 오기 힘들다. 그래서 평소 가능한 한 수고를 피하고자 줍기 쉬운 곳으로 떨어뜨리는데, 이번에는 그 반대다. 목적이 놀이가 아니라 전쟁에 있기 때문에 일부러 덤덤탄을 주인집에 날려 보낸다. 집 안에 떨어진 이상 집 안으로 들어가 줍지 않으면 안 된다. 집 안에 들어가는 가장 간편한 방법은 대나무 울타리를 넘는 것이다. 울타리 안에서 소란을 피우면 주인은 화를 낼 수밖에 없다. 그렇지 않으면 투구를 벗고 항복해야 한다. 고심한 나머지 머리가 점점 벗겨지는 것이다.

지금도 적군이 쏜 탄환이 조준대로 울타리를 넘어 오동나무 이파리를 흔들어 떨어뜨리고, 제2의 성벽, 즉 대나무 울타리에 명중했다. 제법 소리가 컸다. 뉴턴의 운동 제1법칙에 따르면, 만약 외부의 힘이 가해지지 않을 경우, 일단 한 번 움직이기 시작한 물체는 균일한 속도로 일직선 위를 움직인다. 만약 이 법칙에 의해서만 물체의 운동이 지배된다면 주인의 머리는 이때 아이스킬로스와 운명을 같이했을 것이다. 다행히도 뉴턴은 제1법칙을 정하는 동시에 제2법칙도 만들어주었기에 주인의 머리는 위험에서 목숨을 건졌다. 운동의 제2법칙에 따르면, 운동의 변화는 가해지는 힘에 비례하며, 그 힘이 작용하는 직선 방향에서 일어난다. 무슨 말인지 조금 이해하기 어렵지만, 덤덤탄이 대나무 울타리를 뚫고 방문을 찢어 주인의 머리를 파괴하지 않는 것은 뉴턴 덕분이다. 잠시 후 예상대로 적군이 집 안으로 들어와 "여기인가?", "더 왼쪽인가?" 하며 막대기로 풀밭을 치고 돌아다니는 소리가 난다. 모든 적이 주인집에 들어와 덤덤탄을 주울 때는 반드시 일부러 큰 소리를 낸다. 몰래 들어와 몰래 주워서는 중요한 목적을 달성할 수 없다. 덤덤탄도 귀하겠지만, 주인을 놀리는 일은 덤덤탄 이상으로 중요하다. 이번에는 멀리서도 탄의 소재지가 분명하다. 대나무 울타리에 부딪힌 소리도 들렸다. 부딪힌 곳도 알고 있다. 떨어진 위치도 알고 있으리라. 그러니 얌전히 주워 가려면 얼마든지 그럴 수 있다. 라이프니츠의 정의에 따르면, 공간은 동시에 실재할 수 있는 현상의 질서이다. '가나다라마바사'는 언제나 같은 순서로 나타난다. 버드나무 아래에는 반드시 미꾸라지가 있다. 박쥐와 저녁달은 붙어 다닌다. 울타리와 볼은 어울리지 않는다. 그러나 매일 볼을 남의 집 안에 넣는 사람의 눈에 비치는 공간은, 확실히 이 배열에 익숙해져 있다. 한눈에 보면 금방 안다. 그런데 이렇게 소란을 피우다니 필시 주인에게 전쟁을 선포하는 책략이다.

이렇게 되면 아무리 소극적인 주인이라도 전쟁에 응해야 한다. 아까 방에서 윤리 수업을 듣고 피식피식 웃던 주인은 성난 기색으로 일어섰다. 맹렬히 달려 나갔다. 돌진하여 적군 한 명을 생포했다. 주인치고는 엄청난 성과다. 엄청난 성과임에는 틀림없으나, 보니까 열네다섯 살 소년이다. 수염 난 주인의 적수로는 그다지 어울리지 않는다. 하지만 주인은 충분하다고 생각한 듯하다. 사과하는 소년을 마루 앞까지 억지로 끌고 왔다. 여기서 적의 책략에 대해 잠시 짚고 넘어갈 필요가 있다. 적은 어제 주인의 흥분한 모습을 보고, 그 기세라면 오늘도 반드시 직접 나설 것이라고 짐작했다. 그때 만일 상급생이 도망치지 못해 잡혀버리면 일이 귀찮아진다. 1학년이나 2학년 소년을 줍기 부대병으로 보내 위험을 피하는 게 상책이다. 주인이 소년을 붙잡고 불만을 퍼부어봤자, 낙운관의 명예에는 아무런 영향도 없다. 어른스럽지 못하게 소년을 상대하는 주인의 치욕만 있을 뿐이다. 적의 생각은 이러했다. 이는 보통 인간의 생각으로 지극히 당연한 것이다. 단지 적은 상대가 보통 사람이 아니라는 것을 계산하지 못했을 뿐이다. 주인에게 상식이 있었다면 어제도 뛰쳐나가지 않았다. 흥분은 보통 사람을 보통 사람 이상으로 끌어올리고, 상식이 있는 자에게 비상식을 안겨준다. 여자인지, 아이인지, 인력거꾼인지, 마부인지, 그런 분별력이 있는 동안에는 아직 흥분을 남에게 자랑할 만한 것이 못 된다. 주인처럼 상대가 되지 않는 중학교 1학년생을 생포해 전쟁 인질로 삼을 정도는 되어야 흥분자 반열에 오를 수 있다. 포로만 불쌍하게 되었다. 그저 상급생 명령에 따라 공을 줍는 잡병 역할을 하던 중, 재수 없게 비상식의 적장에서 흥분의 천재에게 쫓겨, 울타리를 넘을 새도 없이 마당에서 붙잡혔다. 이렇게 되면 적군은 한가롭게 아군의 치욕을 보고만 있을 수 없다. 너도나도 울타리를 타고 넘어와 쪽문에서 마당으로 난입한다. 연필 한 다스 정도 되는 적군들이 주인 앞에 쭉 늘어섰다. 대부분 윗도리도 입지 않았다. 흰 셔츠의 팔을 걷어붙이고 팔짱을 낀 녀석도 있다. 그런가 하면 두꺼운 흰 무명 가슴팍에 검은색으로 영문자를 수놓은 멋쟁이도 있다. 모두 용맹한 장군으로 보였다. 깊은 산속에서 간밤에 막 도착한 무사들처럼 모두가 검고 근육이 다부졌다. 중학교에 보내 공부시키기에는 아까울 정도였다. 어부나 선장이 되면 응당 국가에 도움이 될 것이다. 그들은 약속이나 한 듯 맨발에 바짓자락을 걷어 올리고, 근처 화재라도 진압하러 온 모습이다. 그들은 주인 앞에 나란히 서서 묵묵부답으로 일언반구도 하지 않는다. 주인도 입을 열지 않았다. 잠시 쌍방이 눈을 부릅뜨고 서로 노려보는데 살기가 느껴졌다.

"네 이놈들, 도둑이냐?"

주인이 신문했다. 불꽃처럼 굉장한 기세였다. 어금니로 꽉 문 분통이 불꽃이 되어 콧구멍으로 빠져나가니 몹시 화가 나 보인다. 에치고 사자의 코는 인간이 화났을 때의 모습을 형상화해서 만든 것이리라. 그게 아니고서야 그렇게 무서울 수가 없다.

"아뇨, 도둑 아닙니다. 낙운관 학생이에요."

"거짓말하지 마. 낙운관 학생이 왜 남의 집에 무단침입해?"

"학교 휘장이 달린 모자를 쓰고 있잖아요."

"가짜겠지. 낙운관 학생이라면 왜 함부로 침입했나?"

"공이 여기로 날아들었으니까요."

"왜 공이 날아들지?"

"그야 날아들었으니까요."

"괘씸한 놈들."

"앞으로는 주의할 테니 이번만 용서해주세요."

"어디서 왔는지도 모를 놈들이 남의 집 담을 넘어 침입했는데, 용서해달란 말이 그리 쉽게 나오나?"

"낙운관 학생이니까요."

"낙운관 학생이면 몇 학년인데?"

"3학년입니다."

"진짜야?"

"네."

주인은 안쪽을 돌아보며 하녀를 불렀다. 사이타마 출신 하녀가 문을 열고 "예" 하고 얼굴을 내밀었다.

"낙운관에 가서 누구 좀 데려와."

"누구를 데려올까요?"

"누구라도 상관없으니까 데려와."

하녀는 "예"라고 대답했지만, 마당 광경이 하도 이상하고, 시킨 일이 불분명한 데다, 아까부터 사건 전개가 어처구니없어서 서지도 앉지도 못하고 히히 웃고 있다. 주인은 나름대전쟁을 치르는 중이라고 생각한다. 흥분적 수완을 충분히 발휘하고 있다고 여기고 있다. 그런데 심부름꾼으로서 마땅히 자신의 편을 들어야 할 하녀가 진지한 태도로 임하지 않고 일을 시켰는데도 히히 웃고만 있다. 더욱더 흥분하지 않을 수 없다.

"누구라도 상관없으니까 데려오니까. 못 알아들어? 교장이든, 간사든, 교감이든……."

"교장 선생님을……."

하녀는 교장이라는 말밖에 알지 못한다.

"교장이든, 간사든, 교감이든 불러오라니까. 모르겠어?"

"아무도 안 계시면 심부름꾼이라도 괜찮나요?"

"바보야, 심부름꾼이 뭘 알겠어!"

그러자 하녀도 어쩔 수 없이 "네" 하고 나섰다. 하지만 시킨 일은 아직도 이해가 가지 않는다. 결국 심부름꾼을 데려오지 않을까 걱정하고 있는데, 생각지도 못한 윤리 선생이 정문으로 들어왔다. 윤리 선생이 자리에 앉기를 기다린 주인은 즉시 담판에 들어섰다.

"지금 저택 내로 이자들이 난입해서……."

주인은 시대극 같은 고풍스러운 어휘를 사용했지만, "진짜 댁네 학생이 맞소?" 하고 조금 빈정거리듯 말을 끝맺었다. 윤리 선생은 별로 놀란 기색도 없이, 아무렇지 않게 마당에 늘어선 용사들을 한번 둘러본 다음, 눈을 다시 주인에게 돌려 이렇게 대답했다.

"네, 모두 우리 학교 학생입니다. 이런 일이 없도록 주의를 주었습니다만…… 참으로 난감하네요…… 너희들 왜 울타리를 넘었지?"

과연 학생은 학생이다. 윤리 선생 앞에서는 꼼짝도 못 하고 얌전히 마당 구석에 옹기종기 모여 양 떼가 눈을 만난 듯 대기하고 있다.

"공이 넘어오는 건 어쩔 수 없겠지요. 이렇게 학교 옆에 사는 이상, 가끔은 공이 날아들 수도 있죠. 하지만…… 너무 과격합니다. 설사 울타리를 넘는다 해도 아무도 모르게 슬쩍 주워 간다면야 봐주겠지만……."

"지당하신 말씀입니다. 단단히 주의를 주겠습니다. 아무래도 학생들이 워낙 많다 보니……. 앞으로 주의해라. 만약 공이 날아가면 정문으로 와서 양해를 구하고 가져가야 해. 알겠냐? ……큰 학교다 보니 아무래도 자꾸 폐를 끼치는군요. 그래도 운동은 교육상 필요한 것이라서 이것을 금할 수는 없기 때문에 뜻하지 않게 폐를 끼칠 수도 있을 듯합니다만, 넓으신 아량으로 이해해주신다면 감사하겠습니다. 대신 앞으로는 반드시 정문으로 와서 양해를 구하고 가져가도록 하겠습니다."

"뭐, 그렇게 말씀하신다면야. 공은 아무리 넘어와도 괜찮습니다. 정문으로 와서 이유만 말하고 가면 됩니다. 그럼 이 학생들을 인계할 테니 데려가시죠. 일부러 여기까지 오시게 해서 죄송합니다."

주인은 여느 때처럼 용두사미로 마무리했다. 윤리 선생은 학생들을 데리고 정문에서 낙운관으로 물러났다. 내가 말한, 이른바 큰 사건은 이것으로 일단락되었다. 이게 무슨 큰 사건이냐고 웃는다면 웃어도 좋다. 그런 사람에게는 큰 사건이 아닐 수도 있다. 나는 주인의 큰 사건을 묘사했지 그런 사람의 큰 사건을 기록한 것은 아니다. 꼬리를 이리도 쉽게 내리느냐며 욕하는 자가 있다면, 이것이 주인의 특색임을 기억해주었으면 한다. 주인이 해학문의 소재가 되는 것 또한 이 특색에서 기인하였음을 기억해주었으면 한다. 열네다섯 살 소년을 상대하는 사람을 바보라고 한다면 나도 여기에 동의한다. 그래서 오마치 게이게쓰는 주인을 이르러 아직도 치기를 면치 못했다고 말했다.

나는 이미 작은 사건을 기술하고 지금 다시 큰 사건을 서술했으니 이제 큰 사건 뒤에 일어난 여파를 그려 전편을 매듭지을 생각이다. 내가 하는 이야기를 모두 입에서 나오는 대로 대충 주절거렸으리라고 생각하는 독자도 있을지 모르지만, 나는 결코 그런 경솔한 고양이가 아니다. 한 글자 한 구절에 우주의 심오한 철학을 담은 것은 물론이고, 그 한 글자 한 구절이 층층이 연속되면 수미(首尾)가 상응(相應)하고 전후(前後)가 상조(相照)하여, 시시콜콜한 이야기라 여기고 무심코 읽던 것이 돌연 표변(豹變)하여 예사롭지 않은 법어

(法語)가 될 것이니, 결코 드러눕거나 다리를 뻗고 다섯 줄씩 한 번에 읽는 무례를 범해서는 안 된다. 유종원은 한유의 글을 읽을 때마다 장미를 우린 물로 손을 깨끗이 씻었다고 할 정도니, 내 글도 자기 돈으로 잡지를 사서 읽어야지, 친구 것을 빌려 읽는 일은 없었으면 한다. 지금부터 할 이야기는 나 스스로 여파라고 칭하긴 했으나, 여파라면 어차피 보나 마나 시시할 테니 읽지 않겠노라 생각한다면 땅을 치고 후회할 것이다. 꼭 끝까지 정독하기를 바란다.

큰 사건이 있던 다음 날, 나는 잠시 산책이 하고 싶어져 밖으로 나왔다. 보니까 건너편 골목으로 꺾이는 모퉁이에서 가네다 씨와 스즈키 씨가 서서 이야기를 나누고 있다. 가네다 씨가 인력거를 타고 집으로 돌아가던 중, 스즈키 씨가 가네다 씨를 찾아왔다가 부재중인 것을 알고 되돌아가던 길에 두 사람이 딱 마주친 것이다. 요즘은 가네다 댁에도 재미있는 일이 없어 그쪽으로는 좀처럼 발길이 닿지 않았는데, 이렇게 보니 왠지 반가웠다. 스즈키 씨도 오랜만이라 조금 멀리서나마 지켜보는 영광을 누리고자 한다. 이렇게 마음먹고 슬금슬금 두 사람이 있는 곳으로 다가가니, 자연스레 두 사람의 대화가 귀에 들어왔다. 이건 내 잘못이 아니다. 이런 데서 말을 하는 저쪽이 나쁜 것이다. 가네다 씨는 탐정까지 붙여 우리 주인의 동태를 살피는 양심적인 사내기 때문에 내가 우연히 저들 대화를 들었다고 해서 화내는 사람은 없을 것이다. 만약 화를 내는 사람이 있다면 그는 공평의 뜻을 모르는 자다. 어쨌든 나는 두 사람의 대화를 들었다. 듣고 싶어서 들은 게 아니다. 듣고 싶지 않은데도 대화가 내 귓속으로 흘러들었다.

"방금 댁에 다녀오는 길인데, 마침 이런 데서 뵙네요."

스즈키 씨는 정중히 머리를 숙였다.

"음, 그래. 안 그래도 자네를 좀 만나고 싶었는데, 잘됐군."

"하, 거참 잘되었군요. 그런데 무슨 일로……."

"아니, 뭐 별건 아니고. 크게 상관은 없지만, 자네가 잘 해낼 것 같아서 말이야."

"제가 할 수 있는 일이라면 뭐든지 하죠. 뭔가요?"

"에, 그게……."

가네다 씨는 뜸을 들였다.

"좀 곤란하시면, 편하실 때 다시 찾아뵙겠습니다. 언제가 괜찮으세요?"

"뭐, 그렇게까지 대단한 일은 아니고. ……그럼 이왕 만났으니 부탁 하나 할까?"

"네, 괜찮으니 말씀해보세요."

"그 괴짜 말이네, 자네 옛 친구, 구샤미라 했던가?"

"네, 구샤미가 어쨌는데요?"

"아니, 어쨌다는 건 아니고. 그 사건 이후로 좀 거슬려서 말이야."

"당연하죠. 완고한 녀석이니…… 자신의 사회적 지위를 좀 생각하면 좋을 텐데 말이죠. 진짜 고집불통이라니까요."

"그러게 말이네. 돈에 굽히지도 않고, 사업가 따위니 뭐니 그런 건방진 소리를 해대니까. 그래서 사업가 솜씨 좀 보여줄까 해서 얼마 전부터 약을 좀 올려주고 있는데, 용케도 버티더군. 굉장한 고집불통이야. 놀랐네."

"아무래도 손익 개념이 부족한 녀석이라 무턱대고 오기를 부리는 거죠. 옛날부터 그랬어요. 그래봤자 자기가 손해라는 것도 모르니까 구제 불능이에요."

"아하하하, 정말 구제 불능이군. 여러 가지로 손을 써보다가 결국 학교 학생들까지 동원했네."

"그것참 묘안이군요. 효과가 있던가요?"

"이번에는 놈도 꽤 난감해하더군. 조만간 항복할 걸세."

"잘됐네요. 아무리 버텨봤자 다수한테는 못 당하죠."

"당연하지. 혼자서 뭘 어쩌겠는가. 그래서 제법 꺾인 것 같은데, 어떤 상태인지 자네가 좀 보고 왔으면 해서 말이야."

"아, 그거였군요. 문제없습니다. 당장 가보죠. 돌아가는 길에 보고드리겠습니다. 재미있겠네요. 그 고집불통이 의기소침해 있는 모습이라니, 볼만하겠어요."

"그래, 그럼 돌아오는 길에 들르게. 기다리고 있을 테니까."

"그럼 다녀오겠습니다."

 어라, 이번에도 역시 책략이다. 과연 사업가의 세력은 대단하다. 석탄재 같은 주인을 흥분시키는 것도, 번민 끝에 머리가 파리조차 미끄러워하는 것도, 그 머리가 아이스킬로스와 같은 운명에 처하게 하는 것도 모두 사업가의 세력이다. 지구가 지축을 회전하는 것은 무슨 작용인지 모르지만, 세상을 움직이는 것은 분명히 돈이다. 이 돈의 위력을 터득해 돈의 권위를 자유롭게 발휘하는 자는 사업가뿐이다. 태양이 무사히 동쪽에서 뜨고, 무사히 서쪽으로 지는 것도 모두 사업가 덕분이다. 지금까지 고집불통 가난한 선생 집에서 길러져 사업가의 공덕을 몰랐던 것은 내가 생각해도 불찰이다. 그렇다 한들 완고하고 무지한 주인도 이번에는 좀 깨달아야 할 것이다. 상황이 이런데도 완고와 무지를 밀어붙일 생각이라면 위험하다. 주인의 가장 귀중한 목숨이 위태롭다. 스즈키 씨를 만난 주인은 어떤 인사를 할까. 그 모습에서 깨달음의 정도도 저절로 분명해질 것이다. 꾸물거릴 시간이 없다. 고양이지만 주인과 관련된 일이니 심히 걱정스럽다. 서둘러 스즈키 씨를 앞질러 집으로 갔다.

 스즈키 씨는 역시 요령이 좋은 남자다. 오늘은 가네다 씨에 관한 이야기는 한마디도 하지 않고 세상 돌아가는 이야기를 재미있다는 듯 이야기한다.

"자네, 안색이 좀 안 좋은 것 같은데, 무슨 일 있나?"

"뭐, 딱히 아무 일도 없는데."

"얼굴이 창백해. 건강 조심해야 하네. 날씨가 안 좋으니까. 밤에 잠은 잘 자나?"

"응."

"무슨 걱정거리라도 있나? 내가 할 수 있는 일이라면 뭐든 돕겠네. 괜찮으니까 말해봐."

"걱정거리라니, 무슨?"

"아니, 없으면 다행이지만, 혹시라도 있으면 말이야. 걱정이 몸에 가장 독이 되니까. 세상은 웃으면서 재미있게 사는 게 제일이야. 자네 굉장히 그늘져 보여."

"웃는 것도 독이네. 무턱대고 웃었다간 죽는 수가 있어."

"농담하지 말게. 웃으면 복이 온다지 않나."

"옛날 그리스에 크리시포스라는 철학자가 있었는데, 자네는 모를 거야."

"모르네. 그자가 어쨌는데?"

"너무 웃어서 죽었어."

"뭐? 거참, 별일이네. 하지만 그건 옛날 일이니까······."

"옛날이나 지금이나 똑같지. 당나귀가 은사발에 담긴 무화과를 먹는 것을 보고 참을 수 없어 마구 웃었지. 그런데 이상하게 웃음이 멈추지 않는 거야. 결국 웃다가 죽었네."

"하하하, 그렇게까지 마구 웃을 것까지는 없지. 조금만 웃게, 적당히. 그러면 기분이 좋아질 걸세."

스즈키 씨가 계속 주인의 동정을 살피고 있는데 대문이 덜컹하고 열렸다. 손님인 줄 알았는데 아니다.

"공이 넘어와서 좀 가져가겠습니다."

하녀는 부엌에서 "네" 하고 대답했다. 학생은 뒤로 돌아갔다. 스즈키 씨는 의아한 얼굴로 저 학생은 뭐냐고 물었다.

"뒤쪽 학생이 마당에 공을 던진 거야."

"뒤쪽 학생? 뒤쪽에 학생이 사나?"

"낙운관이라는 학교가 있어."

"아, 그래. 학교가 있군. 꽤 소란스럽겠네."

"너무 시끄러워서 도무지 책을 볼 수가 없어. 내가 문부대신이라면 당장 폐교를 명할 텐데."

"하하하, 화가 많이 났군. 뭐 화나는 일이라도 있었나?"

"있고말고. 아침부터 밤까지 화가 나 미치겠어."

"그렇게 화가 나면 이사하지 그러나."

"누가 이사를 해. 그걸 말이라고 하나?"

"내게 화내도 소용없네. 뭐, 애들이잖나. 그냥 내버려둬."

"자네는 괜찮을지 몰라도 난 안 괜찮네. 어제는 교사를 불러다 담판을 지었어."

"재밌군. 미안하다고 하던가?"

"응."

이때 다시 문이 열리고 "공이 들어가서 좀 주워 갈게요"

하는 말이 들렸다.

"꽤 자주 오는군. 또 공이야?"

"응, 정문으로 들어오기로 했거든."

"그래서 저렇게 오는군. 이제야 알겠군."

"뭘 알겠다는 거야?"

"뭐긴, 공을 가지러 오는 원인 말이야."

"오늘만 벌써 열여섯 번째네."

"자네, 귀찮지 않나? 못 오게 하면 되잖아."

"못 오게 해도 또 올 테니 어쩔 수 없네."

"어쩔 수 없다면 별수 없지만, 너무 완고하게 굴지 말게. 사람이 모나면 세상살이가 힘들어지네. 둥글둥글하면 어디든 데굴데굴 쉽게 굴러가지만, 모나면 잘 안 굴러가고, 굴러갈 때마다 모난 데가 쓸려서 아파. 세상은 어차피 혼자 사는 게 아니네. 사람은 자기 뜻처럼 되지 않는다고. 저기 뭐야. 돈 있는 사람한테 대들면 본인만 손해지. 그러다가 몸 상해. 그렇다고 누가 칭찬해주지도 않고 말이야. 상대는 아무렇지도 않을걸. 앉아서 사람을 부리면 그만이니까. 다수는 못 당해. 절대 못 이긴다는 말일세. 고집도 좋지만 계속 그러면 본인 공부에 방해가 되고, 업무에 지장이 가니까 결국은 밑 빠진 독에 물 붓기야."

"죄송하지만, 지금 공이 넘어가서요. 뒷마당에 가서 좀 가져가도 될까요?"

"보게, 또 왔군."

스즈키 씨는 웃고 있다.

"웃지 말게."

주인은 얼굴이 빨개졌다.

스즈키 씨는 이제 방문의 뜻을 대충 이뤘다고 생각해서 "그럼 이만 가보겠네. 자네도 종종 놀러 오게" 하고 돌아갔다. 스즈키가 돌아가자 아마키 선생이 들어왔다. 흥분자가 스스로 흥분자라고 자칭하는 사람은 옛날부터 그리 많지 않다. 자신이 좀 이상하다고 깨달았을 때는 흥분의 절정을 이미 넘어선 상태다. 주인의 흥분은 어제의 큰 사건 때 최고조에 이르렀는데, 담판도 용두사미로 끝났지만, 어쨌든 결말이 났다. 그런데 주인은 그날 밤 서재에서 곰곰이 생각하더니 조금 이상하다는 것을 깨달았다. 낙운관이 이상한 것인지, 자신이 이상한 것인지 의심할 여지는 충분히 있지만, 좌우지간 이상하다는 것만은 틀림없다. 아무리 중학교 옆에 산다고 해도 1년 내내 짜증이 난다는 게 조금 이상하다고 생각했다. 이상하면 어떻게든 해야 한다. 어떻게 해야 하지만 딱히 도리는 없다. 역시 의사가 처방한 약이라도 먹고 짜증의 근원에 뇌물이라도 써서 위로하는 수밖에 없다. 이렇게 깨달았으니 평소 단골인 아마키 선생을 불러 진찰을 받아보기로 했다. 현명한지 어리석은지, 그 부분은 별개로, 어쨌든 자신의 흥분 상태를 깨달은 것만큼은 기특하다. 아마키 선생은 평소처럼 미소를 띠고 차분하게 "좀 어떠신가요?" 하고 말했다. 의사는 대개 '좀 어떠신가요?' 하고 묻는데, 나는 '좀 어떠신가요?'라고 묻지 않는 의사는 아무래도 믿음이 안 간다.

"선생님, 아무래도 다 틀린 것 같습니다."

"네? 왜 그런 말씀을 하세요."

"대체 의사의 약이 효과가 있긴 하나요?"

아마키 선생은 놀랐지만, 성품이 온화한 사람인지라 별로 화난 기색도 없이 "효과 없는 약은 없습니다"라고 부드럽게 대답했다.

"제 위장병은 아무리 약을 먹어도 그대로예요."

"그럴 리가요."

"그래요? 조금 괜찮아졌습니까?"

주인은 자기 위 상태를 남에게 묻는다.

"그렇게 하루아침에 낫진 않죠. 서서히 좋아질 겁니다. 물론 지금도 아주 좋아졌고요."

"그럴까요?"

"요즘에도 짜증이 잘 나나요?"

"그럼요. 꿈에서까지 짜증이 납니다."

"운동이라도 좀 하시면 나을 텐데."

"운동하면 짜증이 더 나는데요."

아마키 선생도 기가 막히는지 "어디 한번 볼까요?" 하고 진찰을 시작한다. 진찰이 끝나기를 기다리던 주인이 갑자기 큰 소리로 물었다.

"선생님, 얼마 전에 최면술에 관한 책을 읽었는데요. 최면술로 나쁜 손버릇이나 여러 가지 병을 고칠 수 있다고 하던데 사실입니까?"

"에에, 그런 요법도 있습니다."

"요즘에도 합니까?"

"네."

"최면을 거는 게 어려울까요?"

"뭐, 그렇진 않아요. 저도 할 수 있습니다."

"선생님도 할 수 있다고요?"

"네, 한번 해볼까요? 이론상 누구나 걸린다고 하니까요. 괜찮으시다면 제가 걸어보겠습니다."

"그거 재밌겠네요. 한번 걸어보세요. 저도 예전부터 걸려보고 싶었거든요. 그런데 걸렸다가 못 깨어나면 곤란한데."

"뭐, 그럴 일은 없습니다. 그럼 시작할게요."

즉석에서 최면 상담이 이루어져 마침내 주인은 최면술에 응하게 되었다. 나는 이런 것을 처음 보기 때문에 내심 기뻐하며 방구석에서 결과를 지켜봤다. 선생은 우선 주인의 눈부터 최면을 걸기 시작했다. 하는 법을 보니, 두 눈의 윗눈꺼풀을 위에서 아래로 쓰다듬었다. 주인이 이미 눈을 감고 있음에도 불구하고 계속 같은 방향으로 쓰다듬었다. 잠시 후 선생은 주인에게 물었다.

"이렇게 눈꺼풀을 쓰다듬으니 눈이 점점 무거워지죠?"

"네, 무거워져요."

주인이 대답했다. 선생님은 여전히 쓰다듬고 또 쓰다듬으며 말했다.

"점점 무거워집니다. 괜찮나요?"

주인도 그렇게 느끼는지 아무 말 하지 않고 잠자코 있다. 동일한 마찰법이 다시 3, 4분 반복된다. 마지막으로 아마키 선생이 말했다.

"자, 이제 눈을 뜰 수가 없습니다."

가엾게도 주인의 눈이 망가지고 말았다.

"이제 못 뜨나요?"

"네, 이제 뜰 수 없습니다."

주인은 잠자코 눈을 감고 있다. 나는 주인이 이제 장님이 된 줄 알았다. 잠시 후 선생이 말했다.

"떠볼 테면 떠보시죠. 도저히 뜰 수 없을 테지만."

"그런가요?"라고 말하자마자 주인은 평소대로 두 눈을 번쩍 떴다. 주인이 방실방실 웃으면서 "걸리지 않았네요"라고 하자, 아마키 선생도 똑같이 웃으면서 "에에, 걸리지 않았네요"라고 말했다. 최면술은 결국 실패로 끝났다. 아마키 선생도 돌아갔다.

그다음 온 사람이―주인집에 오늘처럼 손님이 많이 온

적은 없다. 교류가 적은 집이라 거짓말 같다. 그러나 틀림없이 왔다. 그것도 귀한 손님이 왔다. 내가 귀한 손님이라고 기술한 것은 단순히 귀한 손님이 아니기 때문이다. 내가 아까 말한 대로 큰 사건의 여파를 그려나가고 있다. 바로 이 귀한 손님이 그 여파를 그리는 데 있어서 없어서는 안 될 재료다. 이름이 뭔지는 모른다. 단지 긴 얼굴에 염소 같은 수염을 기르고 있는 마흔 안팎의 남자다. 메이테이 선생을 미학자라 한다면, 나는 이 남자를 철학자라고 부를 생각이다. 왜 철학자인가 하면, 메이테이 선생처럼 스스로 떠벌리고 다녀서가 아니라, 주인과 대화할 때의 모습을 보고 있으면 정말 철학자처럼 보이기 때문이다. 이자도 주인의 옛 동창인지, 두 사람 모두 서로를 대하는 태도가 지극히 스스럼없어 보인다.

"응, 메이테이 말이네. 그 녀석은 연못의 금붕어 먹이처럼 둥실둥실 떠다니지. 지난번에 친구를 데리고 일면식도 없는 귀족 집 앞을 지나다가 잠깐 들러 차라도 마시고 가자며 끌고 갔다는데, 정말 할 일 없는 녀석이야."

"그래서 어떻게 됐나?"

"어떻게 됐는지는 안 물어봤지만……. 하여간 타고난 별종이야. 생각이고 뭐고 아무것도 없는 금붕어 먹이지. 스즈키, 그 녀석도 여기 오는가? 허, 이치는 없지만, 세속적으로는 영리한 남자야. 금시계를 늘어뜨리고 다니는 부류지. 하지만 깊이가 없으니까 차분하질 못해서 안 되네. 원활, 원활 거리는데 원활의 뜻도 모르지. 메이테이가 금붕어 먹이면 그 녀석은 짚으로 묶은 곤약이야. 기분 나쁘게 능글거리고 덜덜 떨 뿐이지."

주인은 이 기발한 비유를 듣고 대단히 감탄한 듯 오랜만에 하하하하 웃었다.

"그럼 자네는 뭔데?"

"나? 나야 뭐, 자연산 참마쯤 될까? 진흙 속에 오랫동안 파묻혀 있는 놈 말이야."

"자네는 한결같이 태평하군. 부럽네."

"뭐, 보통 사람처럼 살 뿐이야. 별로 부러워할 만한 것도 없지. 다만 다행히도 남을 부러워할 마음은 생기지 않으니 그건 좋네."

"형편은 요즘 어떤가?"

"늘 똑같지 뭐. 부족한 듯 아닌 듯, 그래도 먹고는 살만하니 괜찮아. 걱정할 것 없네."

"나는 불쾌하고 신경질이 나서 죽겠네. 다 불만스러워."

"불만도 좋지. 불만을 표출하고 나면 기분이 괜찮아질 수도 있네. 이런 사람도 있고 저런 사람도 있으니 다 자기 뜻대로 될 순 없지. 젓가락은 남들처럼 쥐어야 밥 먹기 편하지만, 자기 빵은 자기 편할 대로 자르는 게 가장 좋지. 솜씨 좋은 양품점에서 옷을 맞추면 막 입어도 몸에 딱 맞지만, 솜씨

없는 데서 맞추면 당분간은 참아야 하네. 하지만 세상은 훌륭해서 입고 있으면 옷이 내 골격에 맞춰주니까. 지금 세상에 맞도록 부모가 잘 낳아주면 그게 행복이지. 하지만 그게 잘 안되면 세상에 맞지 않은 채로 참든가, 아니면 세상이 내게 맞출 때까지 참는 수밖에 도리가 없겠지."

"그런데 난 아무리 참아도 맞지 않을 것 같네. 걱정이야."

"맞지 않는 양복을 억지로 입으면 옷이 터지네. 싸우거나 자살하거나 소동을 일으키지. 하지만 자네는 그저 재미없다고 할 뿐, 자살은 물론 싸우지도 않지. 그 정도면 괜찮은 편이네."

"싸움은 맨날 하고 있어. 상대가 안 나와도 화가 나면 싸우는 거잖아."

"혼자서 싸운다고? 재미있군. 괜찮으니 실컷 하게."

"그게 지겨워졌네."

"그럼 그만두면 되지 않은가."

"자네 앞이라 하는 얘기네만, 자기 마음이 어디 그렇게 뜻대로 되던가?"

"음, 대체 뭐가 불만인가?"

주인은 철학자에게 낙운관 사건을 시작으로 질그릇 너구리, 핀스케, 기샤고, 그 밖의 온갖 불만을 늘어놓았다. 철학자 선생은 잠자코 듣고 있다가 이윽고 주인에게 말했다.

"핀스케나 기샤고가 무슨 말을 해도 모른 척하면 되지 않

나. 어차피 하찮은 놈들인데. 중학교 학생 따위는 신경 쓸 가치도 없고. 뭐가 방해되는데? 담판을 짓고 싸움을 해도 방해는 계속되지 않나. 나는 그런 점에서 서양인보다 옛날 일본인이 훨씬 낫다고 보네. 서양인들의 방식은 적극적이라고 해서 요즘 꽤 유행하는데, 그건 큰 결점이 있어. 우선 적극적인 것에는 끝이 없네. 끊임없이 적극적으로 해낸다고 해도, 만족이라고 하는 영역이나 완전이라고 하는 경지에 도달할 수 있는 게 아니란 말일세. 저기 노송나무가 있지? 그게 눈에 거슬려서 베어버린다? 그럼 또 저 너머 있는 하숙집이 거슬리겠지. 하숙집을 철거하면 또 그다음 집이 거슬려. 가도 가도 끝이 없다는 말이야. 서양인의 수법은 다 이렇네. 나폴레옹이든 알렉산더든 이겨서 만족한 자는 한 명도 없어. 누가 마음에 들지 않는다, 싸운다, 상대방이 굴복하지 않는다, 법정에 호소한다, 법정에서 이긴다, 이제 낙착을 지었다고 생각하면 착각이네. 마음의 낙착은 죽을 때까지 초조해한다고 해서 얻을 수 있는 게 아니야. 과두정치가 잘 안되니까 대의정치를 하지. 대의정치가 안 되니까 또 뭔가 하고 싶은 거고. 강이 건방지다고 다리를 놓고, 산이 마음에 들지 않는다고 터널을 뚫어. 교통이 불편하다고 철도를 깔아. 영원히 만족할 수 없는 거지. 그렇다고 인간이 어디까지 적극적으로 고집을 부릴 수 있겠는가. 서양 문명은 적극적, 진취적일지 모르지만, 그건 불만족스럽게 일생을 보내는 사

람이 만든 문명이네. 일본 문명은 자신 이외의 상태를 변화시켜 만족을 구하는 게 아니야. 서양과 크게 다른 점은 근본적으로 주변은 움직일 수 없다는 일대 가정하에 발달해 있는 것이네. 부모 자식 관계가 심심하다고 해서 유럽인처럼 그 관계를 개선하여 안정을 찾으려는 게 아니야. 부모 자식 관계는 애당초 움직일 수 없는 것으로서 그 관계 속에서 안정을 구할 수 있는 수단을 강구하지. 부부와 군신 관계도 마찬가지야. 무사와 상인의 구별도, 자연 그 자체를 보는 것도 그렇네. 산이 있어 이웃 마을에 가지 못하니 산을 무너뜨리겠다고 생각하는 대신, 이웃 마을에 가지 않아도 괜찮다는 생각을 해. 산을 넘지 않아도 만족한다는 마음을 기르는 것이지. 그러니 자네, 생각해보게. 불교든 유교든 분명히 근본적으로 이 문제를 고민할 것이네. 아무리 자신이 훌륭해도 세상은 도저히 뜻처럼 되는 것이 아니야. 지는 해를 되돌리는 것도, 강을 거꾸로 흐르게도 할 수 없어. 어떻게 할 수 있는 건 오직 자기 마음뿐이야. 자유로워지는 수양을 하면, 낙운관 학생이 아무리 떠들어도 아무렇지 않을 걸세. 너구리도 거슬리지 않을 거야. 핀스케 따위가 어리석은 소리를 하면 '이 바보야' 하고 그냥 넘기는 거야. 옛날 스님은 남에게 칼을 맞았을 때도 '번개가 봄바람을 가른다' 같은 멋진 말을 했다더군. 마음을 수련해 소극의 극치에 이르면 이런 신묘한 작용이 가능하지 않겠나? 나야 그런 어려운 말은 모르지만, 어쨌든 서양인 식의 적극주의만이 좋다고 생각하는 건 조금 잘못된 것 같아. 실제로 자네가 아무리 적극적으로 움직인다 해도 학생이 자네를 놀리러 오는 것을 어떻게 할 수는 없지 않은가. 자네 권력으로 그 학교를 폐쇄하든지, 아니면 상대방이 경찰에 고발할 만큼 나쁜 짓을 하면 몰라도, 그렇지 않은 한 아무리 적극적으로 나서봤자 이길 수가 없어. 만약 적극적으로 나선다면 돈 문제가 되네. 다수에게는 이길 수 없는 문제가 돼. 다시 말하면, 자네가 부자에게 머리를 숙여야 한다는 말이 되지. 무리에게 기댄 아이에게 두려워해야 한다는 말이 돼. 자네 같은 가난한 사람이, 심지어 혼자서 적극적으로 싸우려는 것이 애당초 자네 불만의 씨앗이야. 이제 알겠는가?"

주인은 안다고도, 모른다고도 하지 않고 듣고만 있다. 귀한 손님이 돌아간 뒤 주인은 서재로 들어가 책도 읽지 않고 무언가 생각에 잠겼다.

스즈키 군은 돈과 대중을 따르라고 주인에게 가르쳤다. 아마키 선생은 최면술로 신경을 가라앉히라고 조언했다. 마지막 귀한 손님은 소극적 수양으로 안정을 얻으라고 설법했다. 이 중 어느 쪽을 선택할지는 주인 마음이다. 다만 이대로 있진 않을 것이 틀림없다.

9

 주인은 곰보다. 메이지 유신 전에는 곰보도 꽤 많았다고 하는데, 영일동맹을 맺은 오늘날의 시점에서 보면 시대에 뒤떨어진 감이 있다. 곰보의 쇠퇴는 인구 증가와 반비례하여 가까운 장래에는 완전히 그 흔적이 사라질 것이라고 하는데, 이는 의학상 통계로부터 정밀하게 산출된 결론으로, 나 같은 고양이도 의심할 여지가 없을 정도의 명론이다. 현재 지구상에 곰보로 살아가는 인간이 몇이나 될지 모르지만, 내가 교류하는 구역 안에서 헤아려보면, 고양이 중에는 한 마리도 없다. 인간 중에는 딱 한 사람 있는데, 그 한 사람이 바로 주인이다. 안쓰럽기 그지없다.
 나는 주인의 얼굴을 볼 때마다 생각한다. 무슨 업보로 이런 묘한 얼굴을 하고도 염치도 없이 20세기의 공기를 호흡하며 살까. 옛날 같으면 조금 영향력을 행사했을지 몰라도 모든 곰보가 팔뚝 주사로 물러나라는 명령을 받은 지금, 의연하게 코와 볼 위에 진을 치고 완강히 버티는 것은 자랑이 아닐뿐더러, 오히려 곰보의 체면과 관계된 문제다. 할 수만 있다면 지금 당장 없애는 게 좋을 듯하다. 곰보 자신도 불안함을 느낄 게 틀림없다. 아니면 지금처럼 세력이 부진할 때, 지는 해를 중천으로 되돌리겠다는 각오로 그렇게 뻔뻔하게 얼굴 전체를 점령하고 있는지도 모른다. 그렇다면 이 곰보는 결코 경멸의 뜻으로 여겨서는 안 된다. 거침없는 세속의 흐름에 항거하는 만고불변한 구멍의 집합체로, 우리의 존경을 받을 만한 울퉁불퉁이라고 해도 좋다. 단지 지저분해 보인다는 게 결점이다.

주인이 어렸을 때 우시고메의 야마부시초에 아사다 소하쿠라는 유명한 한의사가 있었는데, 이 노인이 왕진을 갈 때면 반드시 가마를 타고 느릿느릿 갔다고 한다. 그런데 소하쿠가 죽고 그의 양자가 대를 잇자, 가마가 곧 인력거로 바뀌었다. 그러니 양자가 죽고 다시 또 그의 양자가 대를 이으면, 갈근탕*이 안티피린**으로 바뀔지도 모른다. 가마를 타고 도쿄 시내를 누비는 것은 소하쿠 때도 별로 보기 좋은 모습은 아니었다. 태연하게 그럴 수 있었던 것은 낡은 풍습을 버리지 못한 자와 기차에 실려 가는 돼지와 소하쿠뿐이었다.

---

* 주로 감기약으로 쓰이는 갈근을 넣어 만든 탕약.
** 최초의 해열진통제.

주인의 곰보도 보기 안 좋다는 점에서는 소하쿠의 가마와 같고, 남들이 보기에 딱할 정도지만, 한의사 못지않게 고집 센 주인은 의연히 고성낙일의 곰보를 천하에 드러내면서 매일 등교하여 영어를 가르치고 있다.

이처럼 앞 세기의 기념을 만면에 새기고 교단에 선 그는, 학생에게 수업 이외의 대단한 훈계를 늘어놓고 있음이 틀림없다. 그는 '원숭이에게는 손이 있다'라는 영어 문장을 반복하는 것보다 '곰보가 안면에 미치는 영향'이라는 주제를 거침없이 해석해 무언중에 그 답안을 학생들에게 주고 있다. 만약 주인과 같은 사람이 교사로 존재하지 않는 날에는 학생들은 이 문제를 연구하기 위해 도서관 혹은 박물관으로 달려가 우리가 미라를 통해 이집트인을 상상하는 정도의 노력을 들여야 한다. 이런 점에서 보면 주인의 곰보도 부지불식간에 묘한 공덕을 베풀고 있다.

물론 주인이 공덕을 베풀고자 얼굴에 곰보를 심어 둔 건 아니다. 이래 봬도 종두를 맞기는 했다. 팔에 심었던 것이 불행히도 얼굴로 전염된 것이다. 그때는 아이여서 지금처럼 외모고 뭐고 무관심해서 가렵다면서 마구 얼굴을 긁어댔다고 한다. 마치 분화산이 터져 용암이 얼굴 위로 흘러내린 것처럼 부모가 낳아준 얼굴을 망쳐버렸다. 주인은 이따금 안주인에게 자신이 천연두를 앓기 전에는 피부가 백옥 같은 남자였다고 말한다. 아사쿠사의 관음상 같아 서양인이 돌아봤을 정도로 고왔다고 자랑하기까지 한다. 물론 그럴지도 모른다. 단지 증인이 없는 것이 유감이다.

아무리 공덕이 되고, 훈계가 되어도 추한 건 역시 추한 것이라, 철이 든 뒤로 주인은 곰보에 대해 걱정하기 시작하여 모든 수단을 동원하여 이 추한 모습을 없애보려고 애썼다. 그런데 소하쿠의 가마와 달리 싫다고 해서 그렇게 갑자기 버릴 수 있는 것이 아니다. 아직도 역력히 남아 있다. 이 역력함이 다소 마음에 걸리는지 주인은 길을 걸을 때마다 곰보 자국이 있는 사람을 세어본다고 한다. 그러고는 오늘 곰보를 몇 명이나 만났고, 그 곰보가 남자인지 여자인지, 마주친 장소는 오가와마치의 백화점 앞이었는지, 우에노 공원이었는지 낱낱이 일기에 적는다. 그는 곰보에 관한 지식만큼은 결코 누구에게도 지지 않을 것이라고 확신한다. 저번에 서양에서 돌아온 친구가 찾아왔을 때도 "서양인 중에도 곰보가 있는가?" 하고 물었을 정도다. 그러자 그 친구가 "글쎄" 하고 고개를 갸웃하며 골똘히 생각하더니 "거의 없어"라고 하자 "거의 없어도 조금은 있나?" 하고 심각하게 물었다. 친구는 심드렁한 얼굴로 "있어도 거지거나 허드레꾼이야" 하고 대답하자 주인은 "그래. 일본과는 좀 다르네" 하고 말했다. 철학자의 의견에 따라 낙운관과의 싸움을 단념한 주인은 서재에 틀어박혀 연신 무언가를 생각하고 있다. 그의 충고대로 정좌하고 신묘한 정신을 소극적으로 수양할 생각인지 모르나, 원래가 소심한 사람이라서 이렇게 우울하게만 있어서는 제대로 된 결과가 나올 리 없다. 그보다 차라리 영어 원서를 전당포에 맡기고 기생한테 노래라도 배우는 게 훨씬 낫겠다 싶었지만, 주인처럼 편협한 남자는 도저히 고양이의 충고 따위 귀담아듣지 않을 테니, 마음대로 하게 두는 게 좋을 것 같아 대엿새는 주인 곁에 가까이 가지도 않았다.

오늘은 그로부터 꼭 7일째 되는 날이다. 선불교에서는 7일 만에 큰 깨달음을 얻겠다며 엄청난 기세로 결가부좌를 하는 무리도 있으니, 우리 주인도 무언가 얻었을 것이다. 죽느냐, 사느냐, 무언가 정리가 됐겠지 싶어 마루에서 서재 입구까지 와 실내 동정을 살폈다.

서재는 다다미 여섯 장 크기의 남향으로, 햇볕이 잘 드는 곳에 큰 책상이 놓여 있다. 막연히 큰 책상이라고 해서는 모를 것이다. 길이 1미터 80센티에 폭 1미터 20센티에 달하는 커다란 책상이다. 물론 기성품은 아니다. 근처 목공소에 주문하여 침대 겸 책상으로 제조한 희귀한 물건이다. 무슨 연유로 이렇게 큰 책상을 만들었고, 또 무슨 연유로 그 위에서 자보겠다는 생각이 들었는지는 본인에게 물어보지 않아서 도무지 알 길이 없다. 한때의 충동으로 이런 알 수 없는 물건을 들여놓았을 수도 있고, 혹은 정신병자에게 자주 발견되는 현상처럼 아무 관계도 없는 두 개의 관념을 연상하여 책상과 침대를 마음대로 연결한 것인지도 모른다. 어쨌든 기발하다. 다만 기발하기만 할 뿐 딱히 쓸모가 없는 것이 흠이다. 나는 예전에 주인이 이 책상 위에서 낮잠을 자다가 몸을 뒤척이는 바람에 바닥에 굴러떨어지는 모습을 본 적이 있다. 그 후로 이 책상은 침대로 사용되지 않았다.

책상 앞에는 얇은 모슬린 방석이 있는데, 담뱃불에 타서 생긴 구멍이 세 개 정도 모여 있다. 안에 보이는 솜은 거무스름하다. 위 방석 위에 뒤로 돌아앉아 있는 사람이 주인이다. 쥐색으로 때 탄 허리띠를 졸라맸는데 좌우가 발바닥에 축 늘어져 있다. 이 띠에 엉겼다가 별안간 머리를 얻어맞은 게 얼마 전의 일이다. 함부로 접근할 수 있는 띠가 아니다.

아직도 생각 중일까. '쓸데없는 생각은 시간 낭비'라는 비유를 떠올리며 뒤에서 들여다보니, 책상 위에 유난히 번쩍거리는 것이 있다. 나는 무심코 눈을 두세 번 깜빡이다가 이상하다 싶어 눈이 부신 것을 참고 빛나는 것을 가만히 응시했다. 빛은 책상 위에서 움직이는 거울에서 나오는 것이었다. 주인은 대체 왜 서재에서 거울을 요리조리 휘두르고 있을까? 거울이란 으레 목욕탕에 있기 마련이다. 실제로 나는 오늘 아침 목욕탕에서 '이 거울'을 보았다. '이 거울'이라고 콕 집어 말한 이유는 이 집에 거울이 이것 하나밖에 없기 때문이다. 주인이 매일 아침 세수를 한 후 가르마를 탈 때도 이 거울을 사용한다. 주인 같은 남자도 가르마를 타느냐고 묻는 사람이 있을지 모르지만, 사실 그는 다른 일에는 무심해도 머리만큼은 유독 공을 들인다. 내가 이 집에 온 후 지금까지 주인은 아무리 더운 날에도 머리를 짧게 깎은 적이 없다. 반드시 6센티 길이를 고수하며 정성스레 가르마를 왼쪽으로 탈 뿐만 아니라 오른쪽 끝을 살짝 띄어 멋을 부린다. 이 또한 정신병의 징후일지 모른다. 이렇게 신경 쓴 가르마는 이 책상과 전혀 조화롭지 않다고 생각하지만, 남에게 해를 끼칠 만한 일은 아니기에 아무도 뭐라고 하지 않는다. 본인도 자랑스러워한다. 멋을 낸 가르마는 그렇다 치고, 왜 저렇게 머리를 기르는가 하면 실은 이런 이유에서다. 그의 곰보는 단지 그의 얼굴을 잠식했을 뿐 아니라, 이미 오래전에 정수리까지 파고들었다고 한다. 그래서 만약 보통 사람처럼 머리를 짧게 깎으면 수십 개의 곰보 자국이 드러난다. 아무리 쓰다듬고 문질러도 지워지지 않는다. 허허벌판에 반딧불을 풀어놓은 것처럼 풍류일지는 몰라도 안주인의 마음에 들지 않는 건 당연하다. 머리만 길게 기르면 보이지 않는데, 굳이 자신의 흠을 들춰낼 이유도 없다. 가능하다면 얼굴까지 털을 길러 이곳에 포진한 곰보까지 덮어버리고 싶을 정도인데, 공짜로 자라는 머리털을 굳이 돈까지 들여 깎아서는 "나는 두개골 위까지 천연두에 걸렸습니다" 하고 떠들어 댈 필요는 없는 것이다.

  이것이 주인이 머리는 기르는 이유이고, 머리를 기르는

것이 그의 머리를 가르는 원인이고, 그 원인이 거울을 보는 연유이고, 이 거울이 목욕탕에 있는 까닭이며, 그리하여 이 거울이 하나밖에 없다는 사실이다.

목욕탕에 있어야 할 거울이, 심지어 하나밖에 없는 거울이 서재에 와 있는 이상, 거울이 몽유병에 걸렸거나 주인이 목욕탕에 가져온 것이 틀림없다. 가지고 왔다면 무엇 때문에 가지고 왔을까? 어쩌면 이른바 소극적 수양에 필요한 도구일지도 모른다. 옛날에 어떤 학자가 한 고승을 찾아갔는데, 스님이 웃통을 벗고 기와를 닦고 있었다. "지금 뭐 하시는 겁니까?" 하고 물으니 "거울을 만들려고 열심히 닦는 중이네"라고 대답했다. 학자는 놀라며 "아무리 고승이라도 기와를 닦아 거울을 만드는 건 불가능합니다"라고 하자, 스님은 껄껄껄 웃으면서 "그런가? 그럼 그만둬야겠군. 아무리 책을 읽어도 도를 깨치지 못하는 것도 이와 같지 않겠는가" 하니, 주인도 그런 이야기를 듣고 목욕탕에서 거울을 들고 와 얼굴을 요리조리 비추어보고 있는지도 모른다. 상당히 어수선하군, 하며 살며시 들여다보았다.

아무것도 모르는 주인은 하나밖에 없는 거울을 아주 열심히 들여다보고 있다. 원래 거울이란 으스스한 물건이다. 야밤에 촛불을 켜고 넓은 방 안에서 혼자 거울을 들여다보려면 상당한 용기가 필요하다고 한다. 이 집 딸이 처음 내게 거울을 들이밀었을 때, 나는 기절초풍하여 집을 세 바퀴

나 돌았을 정도다. 아무리 대낮이라고 해도 주인처럼 저렇게 열심히 거울을 들여다보면 분명 본인도 제 얼굴이 무서워질 것이다. 그냥 보기만 해도 썩 기분 좋은 얼굴은 아니니까 말이다. 이윽고 주인은 "과연 지저분한 얼굴이군" 하고 혼잣말했다. 자신의 추함을 자백하다니 상당히 존경스럽다. 하는 짓은 틀림없는 미치광이지만, 하는 말은 진리다. 여기서 한 걸음 더 나아가면, 자기 자신의 추악한 면이 두려워질 것이다. 인간은 스스로 자신이 무서운 악당임을 철저하게 느낀 자가 아니면 고생을 했다고 할 수 없다. 고생을 해보지 않으면 절대로 해탈의 경지에 이를 수 없다. 주인도 이쯤 되면 "아아, 무섭다"라고 말할 법한데 그 말만은 좀처럼 하지 않는다. "과연 지저분한 얼굴이군" 하고 말한 뒤, 무슨 생각을 했는지 공기를 후 내뱉어 뺨을 힘껏 부풀렸다. 그러고는 볼록해진 뺨을 손바닥으로 두세 번 두드렸다. 무슨 주문인지 모르겠다. 그 순간 나는 왠지 이 얼굴을 어디선가 많이 본 것 같다는 느낌이 들었다. 곰곰이 생각해보니 하녀의 얼굴이다. 이참에 하녀의 얼굴을 잠깐 소개하자면, 그야말로 부풀어 오른 얼굴이다. 저번에 누가 아나모리이나리 신사에서 복어 초롱을 선물로 주었는데 그 복어 초롱처럼 부풀어 있다. 너무 부풀어서 두 눈이 모두 사라졌다. 복어는 온몸이 고루 동글동글하게 부풀어 있지만, 하녀는 온몸이 다각형이라 그 골격대로 부풀어 있어 마치 팅팅 부어 고민하는 육각

시계 같다. 하녀가 들으면 화를 낼 테니 이쯤 하고 다시 주인에게 돌아갔는데, 두 볼을 한껏 부풀린 주인이, 아까 말했듯이 손바닥으로 뺨을 두드리며 "이 정도로 피부가 팽팽해지면 곰보도 눈에 띄지 않을 텐데" 하고 또 혼잣말했다.

 이번에는 얼굴을 옆으로 돌리고 햇빛을 받은 반쪽 얼굴을 거울에 비추어본다. "이렇게 보니 아주 선명하네. 역시 정면으로 해를 봐야 평평해 보이는군. 신기하단 말이야" 하고 꽤 감탄한 모습이었다. 그러고는 오른팔을 쭉 뻗어 가능한 한 거울을 멀리 두고 가만히 응시한다. "이 정도 떨어뜨리니 그렇지도 않네. 역시 너무 가까우면 안 돼. 하기야 얼굴뿐 아니라 뭐든 그렇지" 하고 깨달음이라도 얻은 듯한 말을 한다. 그런 다음 거울을 갑자기 옆으로 돌렸다. 그리고 코를 중심으로 눈과 이마와 눈썹을 중심을 향해 한 번에 찌푸렸다. 보기에도 불쾌한 용모가 완성되었다 싶었는데 "아니, 이건 안 돼" 하고 당사자도 정신을 차린 듯 얼른 그만두었다. "어쩜 얼굴이 이리도 표독스럽지?" 하고 다소 의심스러운 모습으로 거울을 눈에서 10센티 앞까지 끌어당겼다. 오른손 집게손가락으로 코를 문지르더니 그 손가락을 책상 위에 있던 습자지 위에 꾹 찍었다. 흡수된 콧기름이 둥그렇게 종이 위에 찍혔다. 재주도 참 가지가지다. 그러더니 주인은 콧기름이 묻은 손가락으로 오른쪽 아랫눈꺼풀을 까뒤집어 흔히 말하는 '메롱'을 멋지게 선보였다. 곰보를 연구하는 것인지, 거울과 눈싸움을 하는 것인지 조금 불분명하다. 변덕이 심한 남자인지라 거울을 보다 보니 이것저것 해보고 싶은 모양이다. 그뿐만이 아니다. 선의의 마음에서 해석하자면, 주인은 깨달음의 방편으로 이렇게 거울을 상대로 다양한 몸짓을 연출하고 있는지도 모른다. 인간의 연구란 모름지기 자기 자신을 연구하는 것이다. 하늘과 땅, 산과 강, 해와 달과 별이라는 것도 모두 자기 자신의 다른 이름에 지나지 않는다. 누구도 자기가 아닌 다른 것을 연구해야 할 이유를 찾지 못한다. 만약 인간이 자신 밖으로 뛰쳐나올 수 있다면 뛰쳐나오자마자 자신은 사라지고 없다. 더구나 자신에 관한 연구는 자기 자신 말고는 아무도 해주지 않는다. 아무리 해주고 싶고, 누가 해줬으면 해도 할 수 없는 일이다. 그래서 예로부터 호걸들은 모두 자력으로 호걸이 되었다. 타인의 힘으로 자신을 알고 싶다면, 자기 대리인에게 소고기를 먹여 질긴지 부드러운지 판단하게 할 수 있을 것이다. 아침에 법을 듣고, 저녁에 도를 듣고, 서재에서 책을 손에 드는 것은 모두 스스로 깨침을 얻으려는 방편에 지나지 않는다. 타인이 설명하는 법에, 타인이 말하는 도에, 다섯 수레가 넘은 책에 자신이 있을 리 없다. 있으면 그것은 자신의 유령이다. 하긴 때에 따라서는 혼이 아예 없는 것보다야 유령이라도 있는 게 나을 수도 있다. 그림자를 좇으면 본체와 마주칠 때가 있다. 그림자는 대개 본체를 떠나지 못한다. 이런 의미에서 주인이 거울을 요리조리 비추어보고 있는 것이라면, 제법 말이 통하는 남자다. 에픽테토스 따위를 이해하지 못하면서 학자인 척하는 자보다 훨씬 낫다고 생각한다.

거울은 자만 제조기인 동시에 자만 소독기다. 만약 겉만 번지르르한 허영심으로 거울을 대한다면 이것만큼 어리석은 자를 선동하는 도구도 없다. 예로부터 자만심으로 자기 자신을 해하고 타인에게 상처를 준 역사의 3분의 2는 분명 거울이 한 짓이다. 프랑스혁명 당시 호기심 많은 의사가 개량 참수 기계를 발명해 엄청난 죄를 지은 지었듯 처음 거울을 만든 사람 역시 꿈자리가 뒤숭숭했을 것이다. 그러나 자기에게 정나미가 떨어졌을 때나 자아가 위축되었을 때는 거울을 보는 일만큼 약이 되는 것도 없다. 아름다움과 추함이 명백하다. 이런 얼굴로 지금까지 으스대며 잘도 인간으로 살아왔음을 깨달을 것이다. 그것을 깨달았을 때가 인간 생애 중 가장 고마운 때다. 스스로 자신의 어리석음을 아는 것만큼 고귀해 보이는 것은 없다. 이를 깨달은 바보 앞에서 잘난 체하는 인간들은 모두 머리를 숙이고 경외심을 가져야 한다. 본인은 당당히 자신을 경멸하고 비웃는다 해도, 보는 쪽에서는 그 당당함에 황송해하며 고개를 숙이게 된다. 주인은 거울을 보고 자신의 어리석음을 깨달을 만큼 현자는 아니다. 그러나 자기 얼굴에 새겨진 곰보 자국은 냉정히 볼 수 있는 남자다. 추한 얼굴을 자각하는 것은 천박한 마음을 깨닫는 과정이 될 것이다. 믿음직한 남자다. 이 역시 철학자에게 세뇌된 결과일지도 모른다.

 이런 생각을 하면서 상황을 좀 더 살펴보니, 아무것도 모르는 주인은 눈꺼풀을 한껏 까뒤집어 "많이 충혈됐네. 역시 만성 결막염이군" 하며 집게손가락으로 충혈된 눈을 비비기 시작했다. 가려운 건 알겠는데, 가뜩이나 빨개진 눈을 이렇게 비비면 더 심해질 것이다. 머지않아 소금에 절인 도미 눈깔처럼 썩을 게 틀림없다. 잠시 후 눈을 뜨고 거울을 보니 과연 북국의 겨울 하늘처럼 탁하다. 하기야 평소에도 그리 맑은 눈은 아니다. 과장해서 표현하자면 검은자와 흰자가 구분이 안 될 정도로 흐리멍덩하다. 그의 정신이 몽롱하여 종잡을 수 없는 것처럼, 눈도 애매하게 눈구멍 속을 떠돌고 있다. 이는 태독 때문이라고도 하고, 마마의 여파라고도 해석된다. 어려서는 버드나무벌레와 송장 개구리의 신세도 많이 졌다는데 그런 어머니의 정성도 보람없이 오늘날까지도 태어날 당시 그대로 흐리멍덩하다. 내 생각에 이는 태독이나 마마 때문이 아니다. 그의 눈알이 이처럼 혼탁하게 방황하는 이유는 그의 두뇌가 불투명한 물질로 구성되어 그 작용이 암담하고 흐리멍덩하므로, 이것이 자연스레 형체로 나타나 아무것도 모르는 어머니에게 괜한 걱정을 끼친 것이다. 연기가 피어오르니 불이 있음을 알고, 눈이 흐리니 아둔함을 증명한다. 그의 눈은 그 마음의 상징으로, 그의 마음은 엽전처럼 구멍이 뚫려 있어서 그의 눈도 엽전처럼 크게 통용되지 않는 게 틀림없다.

이번에는 수염을 배배 꼬기 시작했다. 애당초 버릇이 없는 수염이라 제멋대로 자라 있다. 아무리 개인주의가 유행하는 세상이라지만, 이렇게 제멋대로 굴면 주인에게 민폐를 끼칠 것이다. 주인도 이 점을 감안해 요즘은 혹독한 훈련을 시켜 가능한 한 계통적으로 안배하도록 노력하고 있다. 그 노력이 헛되지 않았는지 최근 들어 보조가 겨우 맞춰졌다. 그래서 지금껏 수염이 있었지만, 이제야 수염을 기른다고 자랑할 정도가 되었다. 열심히 하는 것은 성공할 때마다 고무되는 것이니, 자기 수염이 전도유망하다고 여기는 주인은 아침저녁으로 틈만 나면 수염에 대고 훈계한다. 그의 야망은 독일 황제 폐하처럼 자라고자 하는 욕구가 왕성한 수염을 기르는 데 있다. 그래서 모근의 방향을 깡그리 무시하고 수염을 한꺼번에 움켜쥐고는 위쪽으로 끌어당긴다. 수염도 고생일 것이다. 소유주인 주인조차 때로는 아파한다. 하지만 그것이 훈련이다. 싫든 좋든 마구잡이로 끌어올린다. 문외한에게는 이해할 수 없는 취미처럼 보이겠지만, 당사자는 지당한 일로 여기고 있다. 교육자가 쓸데없이 학생의 본성을 교정해 놓고, 내 공훈을 좀 보라며 자랑하는 것과 같아 전혀 비난할 이유는 없다.

주인이 혼신의 힘을 다해 수염을 조련하고 있는데, 부엌에서 다각형 하녀가 "편지 왔어요" 하며 여느 때처럼 붉은 손을 서재 안으로 쑥 들이밀었다. 오른손으로 수염을 잡고 왼손에 거울을 든 주인은 그대로 입구 쪽을 돌아봤다. 여덟 팔 자의 꼬리가 물구나무를 서 있는 듯한 수염을 보자마자 다각형은 재빨리 부엌으로 돌아가 솥뚜껑에 몸을 기대고 자지러지게 웃었다. 주인은 아무렇지도 않았다. 천천히 거울을 내려놓고 편지를 집어 들었다. 첫 번째 편지는 인쇄된 글자로 뭔가 위압적인 글자가 늘어서 있다. 읽어보니 이러했다.

다복을 축하드리며 삼가 아룁니다.
회고컨대 러일전쟁은 연전연승의 기세를 타고 평화 회복을 고하며 충성과 용기로 정의를 지키려는 장렬한 용사들은 이제 만세 소리로 개가를 올리니 국민의 환희가 이보다 클 수는 없습니다. 천황께서 선전을 포고하는 조칙을 발표하시자마자 국가와 주군을 위해 용기를 바친 용사들은 만 리의 이국에서 한서의 고난을 견디며 오로지 전투에 임하였습니다. 목숨을 나라에 바친 그 지극한 정성은 오랫동안 기억되어야 할 것입니다. 이리하여 이달로 군대의 귀국이 거의 완료하였음을 고합니다. 따라서 본회는 오는 25일을 기하여 본 구내 일천여 명의 출정 장교와 사병에게 본 구민 전체를 대표하여 일대 개선 축하회를 개최하는 동시에 군인 유족을 위로하기 위해 감사의 뜻을 표하고자 합니다. 이에 여러분의 협찬으로 이 성대한 의식을 거행하는 행복을 얻는다면 더할 나위 없는 영광일 것입니다. 모쪼록 찬성과 기부금 기부를 부탁드립니다.

보낸 이는 어느 귀족이다. 주인은 묵독하자마자 봉투에 도로 넣어 모르는 체했다. 기부금 따위는 아마 내지 않을 것이다. 얼마 전에 동북 지방 흉작 기부금을 2엔인가 3엔인가 내고 나서, 만나는 사람마다 기부금을 뜯겼다고 떠들어댔을 정도다. 기부금은 내는 것이지 뜯기는 것이 아니다. 도둑을 만난 것도 아닌데 뜯기다니 당치 않다. 그런데도 도둑이라도 맞은 것처럼 구는 주인이니, 아무리 군대를 환영한다 해도, 귀족이 권유한다 해도, 협박조로 나온다면 모를까 인쇄된 편지 정도로 순순히 돈을 내놓을 인간이 아니다. 주인 입장에서는 군대를 환영하기 전에 먼저 자신을 환영하고 싶은 것이다. 자신은 환영한 후에야 다른 것도 환영할 마음이 생길 것이다. 자신의 생계에 지장이 있는 동안에는 환영은 귀족들에게 맡겨 둘 모양인 듯하다. 주인은 두 번째 편지를 들고, "아, 이것도 인쇄군" 하고 말했다.

가을의 찬 기운이 감도는 계절, 귀하께서 더욱더 번창하시길 기원합니다.
아시다시피 본교는 재작년 이래 두세 명의 야심가의 방해로 한

때 그 피해가 극에 달하였으나, 이 또한 모두 저 신사쿠의 부덕 탓이라 여기고 스스로 깊이 반성하고 와신상담하고 괴로워한 결과 이제야 겨우 본교의 독자적인 힘으로 저희 이상에 부합한 신관 건축비 마련책을 강구하였습니다. 그것은 다름 아닌 별책 《재봉비술강요》라는 서적의 출판입니다. 본서는 저 신사쿠가 오랜 세월 연구해 온 공예상의 원리원칙을 바탕으로 살을 찢고 피를 쥐어짜는 심정으로 저술한 것입니다. 이에 본서를 보급하고자 일반 가정에서 제본 실비에 약간의 이윤을 붙여 구입을 부탁드리며, 이 분야의 발전에 일조하는 동시에 약간의 이윤을 축적하여 신관 건축비에 충당하고자 합니다. 대단히 죄송합니다만, 본교 건축비에 기부하신다고 여기시고 《재봉비술강요》한 부를 구입하시어 하녀에게라도 나눠주시고 찬동의 뜻을 표해 주시기를 간곡히 부탁드립니다.

대일본 여자 재봉 최고등 대학원
교장 누이다 신사쿠 구배(九拜)

주인은 이 정중한 서면을 냉정하게 말아서 쓰레기통에 던져 넣었다. 신사쿠 선생의 구배도, 와신상담도 아무런 도움이 되지 못한 것은 딱하다. 세 번째 편지를 집어 들었다. 세 번째 편지는 매우 색다른 광채를 내뿜고 있다. 홍백의 가로줄 무늬 봉투가 이발소 간판처럼 화려한 가운데, '진노 구샤미 선생 좌하'라고 예서체로 굵게 쓰여 있다. 내용은 어떤지 몰라도, 봉투만큼은 아주 훌륭했다.

혹 내가 천하를 다스린다면 한입에 서강(西江)의 물을 꿀꺽하듯 삼킬 것이고, 혹 천하가 나를 다스린다면 나는 곧 길가의 티끌일 뿐일지어다. 천하와 나 사이에는 대체 무슨 교섭이 있는가. ……처음 해삼을 맛본 자는 그 담력을 존경해야 할 것이고, 처음 복어를 맛본 사내는 그 용기를 중히 여길지어다. 해삼을 먹을 수 있는 자는 신란*의 재림이요, 복어를 먹을 수 있는 자는 니치렌**의 분신이다. 구샤미 선생 같은 이는 그저 박고지 초된장 무침만 알 뿐. 박고지 초된장 무침을 먹고 천하의 선비가 된 자를 나는 아직 보지 못하였다.

벗도 그대를 팔아치울 것이요, 부모도 그대를 버릴 것이요, 애인도 그대를 차버릴 것이요, 부귀는 애당초 꿈도 꾸기 어려울 것이요, 지위와 녹봉은 하루아침에 잃을 것이요, 그대 머릿속에 간직된 학문에는 곰팡이가 필 것이다. 그대여, 무엇을 의지하려 하는가. 천지 아래 무엇에 기대려 하는가. 신?

무릇 신이란 인간이 고통 끝에 날조한 토우(土偶)일 뿐, 인간의 애달픈 똥이 응결된 썩은 내 풍기는 주검일 뿐, 믿을 수 없는 것을 믿어놓고 편안하다 하는가. 쯧쯧, 취객이 헛소리를 지껄이며

---

* 일본 가마쿠라 시대 전반에서 중기에 걸쳐 활약했던 고승.
** 일본 가마쿠라 시대의 승려로 가마쿠라 불교 종파인 니치렌종의 창시자다.

휘청휘청 무덤으로 향한다. 기름이 다하면 등불은 저절로 꺼진다. 업이 다하면 무엇이 남는가. 구샤미 선생, 부디 차라도 한잔 하시게…….

사람을 사람이라 여기지 않으면 두려워할 것도 없다. 사람을 사람으로 여기지 않는 자가, 나를 나로 여기지 않는 세상에 분개하는 것은 어찌 된 일인가. 부귀영달을 누리는 선비는 사람을 사람으로 여기지 않을 때 한층 기세가 등등해진다. 하지만 남이 나를 나로 여기지 않을 때는 얼굴을 붉히며 화를 낸다. 멋대로 화를 내보라지. 이 바보야…….

내가 사람을 사람이라 여길 때, 남이 나를 나라고 여기지 않을 때, 투덜이는 하늘에서 발작적으로 내려온다. 이 발작적 활동을 이름하여 혁명이라 한다. 혁명은 투덜이가 일으키는 것이 아니다. 부귀영달을 누리는 자가 기꺼이 일으키는 것이다. 조선에는 인삼이 많은데, 선생은 무슨 까닭으로 드시지 아니하는가.

스가모에서
덴도 고해이 재배(再拜)

신사쿠 군은 구배였는데 이 남자는 재배뿐이다. 기부금 부탁이 아닌 만큼 일곱 배는 더 건방지다. 기부금 부탁은 아니지만, 대신에 아주 난해하다. 어느 잡지에 보내도 버려질 가치가 충분히 있어, 두뇌가 불투명한 주인은 반드시 이 편지를 갈가리 찢어 버리리라 예상했는데, 몇 번이고 읽고 또 읽는다. 이런 편지에 어떤 의미가 있지 않을까 싶어 끝까지 그 의미를 파헤쳐보기로 결심했는지도 모른다. 무릇 천지간에 알 수 없는 것이 많으나, 의미를 부여하면 의미 없는 것이 하나도 없다. 어떤 어려운 문장이라고 해석하려고만 하면 쉽게 해석할 수 있는 법이다. 인간이 바보든, 영리하든 쉽게 알 수 있다. 그뿐만이 아니다. 인간을 개라 하든, 돼지라 하든, 딱히 괴로울 만한 명제가 아니다. 산은 낮다고 해도 되고, 우주는 좁다고 해도 무방하다. 까마귀가 희고, 소문난 미인이 추녀이고, 구샤미 선생이 군자로 통하지 말란 법은 없다. 그러므로 이런 무의미한 편지도 어떤 이치를 잘만 갖다 붙이면 어떻게든 의미는 통한다. 특히 주인처럼 모르는 영어를 억지로 갖다 붙여 설명해 온 남자는 더욱더 의미를 부여하고 싶어 한다. "날씨가 안 좋은데 왜 굿모닝이에요?"라는 학생의 질문에 이레를 고민하고, 콜럼버스를 일본어로 뭐라고 하느냐는 물음에 사흘 밤낮을 꼬박 궁리하는 남자에게는, 박고지 초된장 무침이 천하의 선비가 되든, 조선 인삼을 먹고 혁명을 일으키든 자의적 의미는 곳곳에서 샘솟기 마련이다. 주인은 잠시 후 이 난해한 문장을 굿모닝 유의 질문으로 판단했는지 "꽤 의미심장하군. 아무래도 철학을 깊이 연구한 사람이 틀림없어. 대단한 식견이야"라고 극찬했다. 이 한마디만으로도 주인의 아둔함을 충분히 알 수 있으나, 뒤집어 생각하면 조금 당연한 부분도 있다. 주인은 모르는 것을 두려워하는 버릇이 있다. 이것은 아마 주인에게 국한된 문제가 아닐 것이다. 모르는 것에는 무시할 수 없는 뭔가가 잠복해 있어서, 측정할 수 없는 부분에는 왠지 고상함을 느끼기 마련이다. 그래서 보통 사람은 모르는 것을 아는 것처럼 거들먹대고, 학자는 아는 것을 알 수 없도록 강의한다. 대학 강의에서 모르는 것을 떠벌리는 자는 평판이 좋고, 아는 것을 설명하는 자는 인기가 없다는 점만 봐도 알 수 있다. 주인이 이 편지에 탄복한 것도 의미가 명료하기 때문이 아니다. 그 취지가 어디에 있는지 파악하기 어렵기 때문이다. 난데없이 해삼이 튀어나오고 애달픈 똥이 등장하기 때문이다. 그래서 주인이 이 글을 존경하는 유일한 이유는 도가에서 《도덕경》을 존경하고, 유가에서 《역경》을 존경하며, 선가에서 《임제록》을 존경하는 것처럼 그 내용을 전혀 알지 못하기 때문이다. 다만, 전혀 모른다고 하면 마음이 편치 않으니 제멋대로 주석을 달아 아는 체한다. 모르는 것을 안다고 착각하고 존경하는 것은 예로부터 유쾌한 일이다. 주인은 공손하게 예서체 명필을 감아 책상 위에 올려두고는 팔짱을 끼고 명상에 잠겼다.

그때 "아무도 안 계시는가!" 하고 현관에서 큰 소리로 부르는 소리가 났다. 목소리는 메이테이 선생 같은데, 어울리지 않게 자꾸만 집주인을 부른다. 주인은 아까부터 서재에서 그 소리를 들었지만, 팔짱을 낀 채 꿈쩍도 하지 않았다. 마중은 주인의 역할이 아니라는 주의인지, 주인은 결코 서재에서 대꾸해본 적이 없다. 하녀는 조금 전에 빨랫비누를 사러 나갔다. 안주인은 화장실에 있다. 그러면 내가 나갈 수밖에 없는데 나도 나가는 것은 싫다. 그러자 손님은 신발을 벗고 마루로 뛰어올라 장지문을 열고 성큼성큼 들어왔다. 주인도 주인이지만, 손님도 손님이다. 방 쪽으로 갔나 했는데 장지문을 두세 번 여닫더니 서재 쪽으로 온다.

"어이, 장난하나? 뭐 하는 거야, 손님 왔는데."

"어, 자넨가?"

"어, 자넨가라니. 여기 있었으면 뭐라고 대답을 해야지. 빈집 같잖아."

"응, 생각할 게 좀 있어서."

"생각 중이라도 들어오라는 말 정도는 할 수 있잖아."

"할 수도 있겠지."

"여전히 똥배짱이군."

"아까부터 정신 수양 중이었거든."

"하여간 별나기는. 정신 수양한답시고 대꾸를 안 하는 날은 손님이 곤란하겠군. 너무 그러고 있어도 안 좋아. 사실 나 혼자 온 게 아니네. 대단한 손님을 모시고 왔지. 잠깐 나가서 만나보게."

"누구를 데려왔는데?"

"일단 좀 나가서 만나봐. 자네를 꼭 좀 보고 싶다고 하니까."

"누구냐니까."

"누구면 어떤가. 일어나래도."

주인은 팔짱을 낀 채 일어나면서 "또 놀려 먹이려는 게지?" 하고 마루로 나와 아무 생각 없이 손님방으로 갔다. 그러자 한 노인이 도코노마를 정면으로 마주하고 숙연하게 앉아 있었다. 주인은 자기도 모르게 두 손을 빼고 문 옆에 앉았다. 이래서는 노인과 같은 서향이라 쌍방이 인사를 나눌 도리가 없다. 옛날 사람은 예의범절에 까다롭기 마련이다.

"자, 어서 저쪽으로."

손님은 도코노마 쪽을 가리키며 주인을 재촉했다. 주인은 두세 해 전까지만 해도 어디에 앉아도 상관없다고 생각했는데, 그 후 누군가에게서 도코노마 강의를 듣고, 도코노마가 상석이라는 사실을 알게 되면서 그쪽에는 얼씬도 하지 않는 남자다. 더군다나 생면부지의 연장자가 앉아 있는데 상석을 차지할 수는 없는 노릇이다. 인사조차 제대로 할 수 없다. 일단 머리를 숙이고 "자, 어서 저쪽으로" 하고 상대편의 말을 똑같이 반복했다.

"아니, 그건 예의가 아니지요. 어서 저쪽으로."

"아닙니다. 그러시면…… 부디 저쪽으로."

주인은 적당히 상대편의 말투를 흉내 냈다.

"정말 겸손하시군요. 오히려 제가 다 황송합니다. 부디 사양하지 마시고 어서 저쪽으로."

"겸손하시군요…… 황송하니…… 부디."

주인은 얼굴이 빨개져서는 우물쭈물한다. 정신 수양도 별 효과가 없는 듯하다. 메이테이 선생은 문 뒤에 서서 웃으며 보고 있다가, 이때다 싶었는지 뒤에서 주인의 엉덩이를 밀면서 "좀 가게. 그렇게 문에 붙어 있으면 내가 앉을 데가 없잖아. 사양하지 말고 어서 앞으로 가" 하고 억지로 끼어 앉았다. 주인은 어쩔 수 없이 앞으로 갔다.

"구샤미, 이분이 내가 자네에게 누누이 얘기한 시즈오카의 백부님이시네. 백부님, 이 사람이 구샤미입니다."

"예, 처음 뵙소이다. 매번 메이테이가 찾아와 신세를 지는 듯하여, 언젠가 찾아뵙고 고견을 청해야지 했는데, 마침 오늘 근처에 일이 있어 인사 겸 찾아왔으니, 모쪼록 얼굴이라도 익히고 앞으로 잘 부탁드리겠소이다."

노인은 고풍스러운 말을 유창하게 늘어놓았다. 주인은 교류가 적고 안 그래도 말수가 없는 데다 이런 고풍스러운 노인과는 만나본 적이 거의 없어서, 어쩔 줄 몰라 쩔쩔매는 와중에 그런 말까지 유창히 흘러나오니, 조선 인삼도 이발소 간판 같은 봉투도 까맣게 잊어버리고 난처한 나머지 알 수 없는 대답을 했다.

"저도…… 저도…… 좀 찾아뵈려던 참에…… 아무쪼록

잘 부탁……."

주인은 이렇게 말하고 고개를 살짝 들어보니 노인이 아직도 고개를 숙이고 있어 깜짝 놀라 황송해하며 다시 머리를 바닥에 붙였다.

노인이 적당한 때를 가늠하여 고개를 들고 말했다.

"저도 원래는 이쪽에 집이 있어서 오랫동안 쇼군님 아래서 살았는데, 에도 막부가 무너지고 저쪽으로 간 후로는 줄곧 그곳에만 있었소. 지금 와서 보니 어디가 어딘지 통 분간이 안 돼서 메이테이가 동행해주지 않으면 용무를 볼 수가 없군요. 상전벽해라고는 하나, 건국 이래 300년이나 이어진 쇼군 가문이……."라고 말하기 시작하자, 메이테이 선생이 안 되겠는지 끼어들었다.

"백부님, 쇼군 가문이 고마울지 모르지만 메이지 시대도 훌륭합니다. 옛날에는 적십자 같은 것도 없었잖아요."

"그건 없었지. 적십자라고 칭하는 건 전혀 없었어. 특히 황족의 얼굴을 뵙는 것은 메이지 시대가 아니면 불가능한 일이야. 나야 오래 산 덕에 이렇게 오늘 총회에도 참석하고 황자 전하의 목소리도 들었으니 이제 죽어도 여한이 없다."

"이렇게 오랜만에 도쿄 구경을 하시게 된 것만으로도 좋은 일이죠. 구샤미, 백부님은 이번에 적십자 총회가 있어서 일부러 시즈오카에서 올라오셨네. 오늘 우에노에 갔다가 지금 막 돌아오는 길이야. 그래서 지난번에 내가 시로키야에 주문한 프록코트를 입고 있으시지."

과연 프록코트를 입고 있다. 프록코트를 입었으나, 몸에 전혀 안 맞는다. 소매는 너무 길고 옷깃은 벌어져 있고 등은 붕 뜨고 겨드랑이는 치켜 올라가 있다. 아무리 엉망진창으로 만들려 해도 이렇게까지 공을 들여 망칠 수는 없을 것이다. 게다가 흰 셔츠와 흰 옷깃이 따로 놀아 턱을 들면 그 사이로 울대가 보인다. 무엇보다 까만 넥타이가 옷깃에 달린 것인지 셔츠에 달린 것인지 분명치 않다. 프록코트는 그래도 참아줄 만하지만, 백발을 틀어 올린 상투는 정말이지 기괴하다. 평판 자자한 쇠부채는 어떤가 하고 살펴보니 무릎 옆에 바짝 놓여 있다. 주인은 이때 겨우 본심으로 돌아와 정신 수양의 결과를 노인의 복장에 마음껏 응용하다가 놀랐다. 설마 메이테이가 이야기한 정도는 아니겠지 했는데, 만나보니 그 이상이었다. 만약 자신의 곰보가 역사적 연구의 소재가 된다면, 이 노인의 상투와 쇠부채는 분명 그 이상의 가치가 있다. 주인은 어떻게든 이 부채의 유래를 들어보고 싶었지만, 차마 대놓고 물어볼 수는 없고, 그렇다고 말을 안 하자니 그것도 예의가 아닌 듯하여 "사람이 꽤 많았겠네요" 하고 지극히 평범한 질문을 했다.

"인파가 굉장했소이다. 그 사람들이 나를 힐금힐금 쳐다봤지요. 요즘 사람들은 호기심이 많아진 것 같아요. 옛날에는 그렇지 않았는데."

"예, 그렇지요. 옛날에는 그렇지 않았던 듯하온데 말입니다."

주인은 노인처럼 말했다. 이는 주인이 아는 체를 한 것이 아니다. 그저 몽롱한 두뇌에서 적당히 흘러나온 언어라고 보면 된다.

"그리고 말이지요. 모두 이 투구망치를 쳐다보기에."

"그 쇠부채 꽤 무겁지 않나요?"

"구샤미, 한번 들어봐. 제법 묵직해. 백부님, 줘보세요."

노인은 묵직하다는 듯 집어 들어 "실례하지요" 하고 주인에게 건넸다. 교토의 곤카이코묘지에서 참배인들이 렌쇼보*의 칼을 받드는 것처럼 구샤미 선생은 잠시 들고 있다가 "과연" 하고 말하더니 노인에게 돌려주었다.

"모두가 이것을 보고 쇠부채라고 하는데, 이건 투구망치라는 것으로 쇠부채와는 전혀 다른 물건……."

"네? 무엇에 쓰는 물건인가요?"

"투구를 깨서 적이 정신을 못 차릴 때 단칼에 처리하는 것이지요. 구스노키 마사시게** 시대부터 사용한 듯하고……."

"백부님, 그럼 마사시게의 투구망치인가요?"

"아니, 이건 누구 것인지 몰라. 하지만 오래된 물건이지.

---

* 가마쿠라 초기의 무장.
** 남북조 시대의 무장.

겐무 시대(1334~1338) 때 만들어졌을지도."

"겐무 시대 것인지는 모르겠고, 간게쓰 군이 진땀 꽤 흘렸네. 구샤미, 오늘 돌아오는 길에 마침 대학을 지나는 길이기에 이과대에 들러 물리 실험실을 구경했는데 말이야. 이 투구망치가 쇠라서 자력 기계가 망가지는 통에 한바탕 난리가 났었네."

"아니, 그럴 리 없어. 이건 겐무 시대의 쇠로 성분이 좋은 쇠니까 결코 그럴 일은 없지."

"성분이 좋은 쇠고 뭐고 소용없죠. 간게쓰가 그리 말했으니까요."

"간게쓰라면 그 유리구슬을 갈던 사내 말이냐? 한창 젊을 땐데 딱하군. 뭔가 다른 일도 있을 터인데."

"딱하지만 그것도 연구예요. 그 구슬을 다 갈아야 훌륭한 학자가 될 수 있으니까요."

"구슬을 갈아서 훌륭한 학자가 될 수 있다면 누구나 다 하게? 나도 하겠구나. 유리 가게 주인도 하고. 중국에서는 그런 일 하는 사람을 옥인(玉人)이라 하는데 신분이 아주 천하지."

노인은 말하면서 은근히 주인의 동의를 구했다.

"그렇군요."

주인은 황송해했다.

"요즘 학문은 모두 형이하학이라 그럴듯해 보이지만, 전혀 실용적이지가 않아요. 그와 달리 옛날 사무라이는 모두 목숨이 달린 일이니 실제 상황에서 당황하지 않도록 마음 수양을 했지요. 아시다시피, 구슬을 갈거나 철사를 엮는 것처럼 쉬운 일이 아니었소."

"그렇군요."

주인은 역시 황송해했다.

"백부님, 마음 수양이란 구슬을 가는 대신 팔짱을 끼고 앉아서 해야 하는 것이지요?"

"그건 아니지. 결코 그리 간단한 일이 아니야. 맹자께서는 구방심(求放心)이라 하셨고. 소강절(邵康節)은 심요방(心要放)을 설파하셨지. 또 불가에서는 중봉 선사라는 자가 구불퇴전(具不退轉)이라는 것을 가르쳤네. 그리 쉽게는 어림도 없어."

"도저히 무슨 말씀인지 모르겠는데요. 대체 어떻게 해야 할까요?"

"다쿠안 선사의 《부동지묘록》이라는 책을 읽어본 적이 있느냐?"

"아뇨, 들어본 적도 없어요."

"마음을 어디에 두어야 하는가. 적의 움직임에 마음을 두면, 적의 움직임에 마음을 빼앗긴다. 적의 칼에 마음을 두면, 적의 칼에 마음을 빼앗길 것이요, 적을 베려는 생각에 마음을 두면 적을 베려는 생각에 마음을 빼앗길 것이요, 내 칼에 마음을 두면 내 칼에 마음이 빼앗길 것이요. 내가 베이지 않으려는 생각에 마음을 두면, 베이지 않으려는 생각에 마음을 빼앗길 것이요, 남의 자세에 마음을 두면, 남의 자세에 마음을 빼앗길 것이다. 이처럼 마음은 어디에도 둘 곳이 없다고 쓰여 있지."

"안 잊어버리시고 잘 외시네요. 백부님도 기억력이 꽤 좋으시군요. 이렇게 긴 걸 말이죠. 구샤미, 알겠나?"

"그렇군."

이번에도 '그렇군'으로 끝내버렸다.

"음, 자네. 그렇지 않은가, 마음을 어디에 두어야 하는가. 적의 움직임에 마음을 두면, 적의 움직임에 마음을 빼앗길 것이요, 적의 칼에 마음을 두면……."

"백부님, 구샤미도 그런 건 잘 알고 있어요. 요즘 매일 서재에서 정신 수양만 하고 있거든요. 손님이 와도 내다보지 않을 정도로 마음을 놓고 있으니 괜찮아요."

"아, 기특한 일이네. 너도 같이 하면 좋겠구나."

"헤헤헤, 그럴 틈이 어디 있나요. 백부님이 한가하시니 남들도 놀고 있다고 생각하시는 거죠?"

"실제로 놀고 있지 않느냐."

"한중망이니까요."

"그렇게 엉터리니까 수양을 해야 한다는 거야. 망중한이라는 말은 있어도 한중망이라는 말은 들어본 적이 없어. 그렇지 않은가, 구샤미 군?"

"네, 전혀 못 들어본 것 같습니다."

"하하하하, 백부님께는 못 당한다니까요. 그나저나 백부님, 오랜만에 도쿄 장어 어떠세요? 지쿠요에서 한턱내겠습니다. 전철로 가면 금방이에요."

"장어도 좋지만, 이제 곧 스이하라와 약속이 있어서 나는 이만 실례해야겠네."

"아아, 스기하라 그 할아버님도 잘 계시죠?"

"스기하라가 아니라 스이하라야. 그렇게 자꾸 잘못 말하면 곤란하지. 남의 이름을 잘못 부르는 건 실례다. 조심하거라."

"스기하라라고 쓰잖아요."

"스기하라라고 쓰고, 스이하라라고 읽는 거다."

"희한하네요."

"뭐가 희한해. 명목(名目) 읽기라고 해서 옛날부터 있던 거야. 지렁이는 메미즈라 쓰고 미미즈라고 읽지. 두꺼비를 가이루라고 읽는 것도 마찬가지야."

"네? 신기하네요."

"두꺼비를 패대기쳐 죽이면 뒤집히지. 뒤집힌다는 뜻의 가에루가 명목 읽기 하면 가이루라고 한다. 대나무 등으로 틈을 내 만든 울타리를 뜻하는 스키가키를 스이가이, 돋아난 줄기를 뜻하는 구키타치를 구쿠다치. 모두 마찬가지야.

스이하라를 스기하라라고 부르면 촌스러워. 주의하지 않으면 사람들이 웃는다."

"그럼 스이하라 할아버님께 지금 가셔야 하나요? 흐음."

"싫으면 너는 안 가도 된다. 나 혼자 갈 터이니."

"혼자 가실 수 있으세요?"

"걸어가긴 어렵지. 인력거를 불러라, 여기서 타고 가게."

주인은 분부를 받들겠다는 듯 즉시 하녀를 인력거꾼네로 보냈다. 노인은 장황하게 인사를 하고 상투 머리에 중절모를 쓰고 돌아갔다. 메이테이 선생은 따라가지 않고 남았다.

"저분이 자네 백부님이라고?"

"저분이 내 백부님이시네."

"그렇군."

주인은 다시 방석에 앉자마자 팔짱을 끼고 생각에 잠겼다.

"하하하, 호걸이시지. 나도 저런 백부님을 둬서 행복하네. 어디를 모시고 가도 저러셔. 자네, 놀랐지?"

메이테이 선생은 주인을 놀라게 했다는 생각에 크게 기뻐했다.

"뭐 그리 놀라진 않았네."

"놀라지 않았다면 담력이 센 거야."

"그래도 자네 백부님 꽤 훌륭하신 면이 있는 것 같아. 정신 수양을 주장하셔서 정말 감명받았네."

"감명을 받아? 자네도 나중에 환갑쯤 되면 백부님처럼 시대에 뒤떨어질지도 모르네. 주의하게. 그런 거 물려받아 봤자 좋을 거 없으니까."

"자네는 시대에 뒤떨어질까 봐 걱정하지만, 시대에 뒤떨어진 것이 더 훌륭한 경우도 있네. 먼저 작금의 학문이라는 건 앞으로 나아갈 뿐, 어디까지 가도 끝이 없지. 도저히 만족할 수 없어. 그런 점에서 동양의 학문은 소극적이지만 깊은 맛이 있지. 마음 그 자체를 수양하니까."

주인은 얼마 전에 철학자에게 들은 말을 자기 말인 양 읊었다.

"멋진 말이군. 왠지 야기 도쿠센 군이 한 말 같은데."

야기 도쿠센이라는 이름을 듣고 주인은 깜짝 놀랐다. 실은 얼마 전에 와룡굴을 찾아와 주인에게 설교를 늘어놓고 유유히 돌아간 철학자가 바로 야기 도쿠센이고, 지금 주인이 점잔을 빼고 한 이야기가 바로 야기 도쿠센의 말을 그대로 인용한 것이기 때문이다. 메이테이 선생이 당연히 모를 줄 알았는데 그가 도쿠센이란 이름을 꺼내는 바람에 밤새 세운 가짜 콧대가 순식간에 납작해져 버렸다.

"자네 도쿠센의 지론을 들어본 적 있나?"

주인은 위험하다고 생각해 넌지시 물어봤다.

"듣다마다. 그 친구 말은 10년 전 학교 때나 지금이나 하나도 바뀐 게 없어."

"진리는 그리 쉽게 바뀌는 것이 아니니 바뀌지 않는 것이 더 믿음이 가지 않나."

"뭐, 그렇게 생각하는 사람이 있으니 도쿠센도 계속하는 거겠지. 먼저 야기라는 성부터가 좋잖아. 수염이 염소* 같으니까. 게다가 그 친구도 기숙사 시절부터 그 모습 그대로야. 도쿠센이라는 이름은 또 어떤가. 옛날에 우리 집에 묵으러 왔을 때도 그 소극적 수양이라는 이론을 설명했지. 똑같은 말을 계속 떠들어대서 내가 '자네, 이제 자야지' 하자, '아니, 난 안 졸리네' 하며 태연한 얼굴로 또 소극론을 펼쳐서 애 좀 먹었네. 어쩔 수 없이 '자네는 안 졸려도, 나는 너무 졸리니 제발 잠 좀 자게' 하고 부탁해서 재운 것까지는 좋았는데, 그날 밤 쥐가 나와 도쿠센의 코끝을 물어뜯는 통에 밤중에 난리가 났네. 도쿠센은 깨달은 듯한 말을 하지만 목숨은 역시 아까운지 걱정이 이만저만이 아니야. '쥐 독이 온몸으로 퍼지면 큰일이네. 자네가 어떻게 좀 해주게' 하며 자꾸 우는소리를 해서 아주 학을 뗐네. 그래서 하는 수 없이 부엌에 가서 종이 쪼가리에 밥알을 붙이고 둘러댔지."

"어떻게?"

"'이건 외제 고약인데, 최근에 독일 명의가 발명했대. 인도인이 독사에 물렸을 때 사용하면 즉효가 있다니까 이것만

---

* 염소를 일본어로 '야기'라고 한다.

붙여두면 괜찮아'라고 말이야."

"자네는 그때부터 속이는 데 도가 텄군."

"……그랬더니 착한 도쿠센은 진짜라고 믿고 안심하고 푹 잠들었지. 다음 날 일어나 보니 고약 밑에 실밥이 염소수염에 붙어 매달려 있더군. 정말 우스꽝스러웠네."

"그래도 그때보다 훨씬 훌륭해진 것 같던데."

"최근에 만났나?"

"일주일 전쯤 와서 오랫동안 이야기를 나누다 갔네."

"어쩐지 도쿠센의 소극설을 말한다 했네."

"실은 그때 엄청 감동했거든. 나도 분발해서 수양을 하자고 결심했네."

"분발은 괜찮지만 말이야. 너무 남의 말을 곧이곧대로 받아들이면 바보 취급당해. 도대체가 자네는 왜 그렇게 남의 말을 곧이곧대로 믿지? 도쿠센도 입만 살았지, 막상 닥치면 도긴개긴이야. 자네 9년 전 대지진 기억하지? 그때 기숙사 2층에서 뛰어내려 다친 사람은 도쿠센뿐이야."

"그 일에 대해 꽤 장황하게 설명하지 않았나?"

"그래, 본인 말로는 아주 고마운 일이라더군. 선(禪)의 기봉은 예리해서, 이른바 전광석화 같은 속도로 사물에 대응할 수 있다, 다른 사람들이 지진이라며 우왕좌왕할 때 2층 창문에서 뛰어내린 건 자신뿐이라며 수양의 효과가 나타난 것이라며 기뻐했었지. 다리를 절룩거리면서 말이야. 지기 싫어하는 친구야. 하여간 선(禪)이니 불(佛)이니 하며 떠드는 패거리만큼 수상한 것도 없어."

"그런가."

구샤미 선생은 다소 기가 꺾였다.

"저번에 와서도 선종 스님의 잠꼬대 같은 소리를 해댔지?"

"응. '번개에 봄바람을 가른다'인가 하는 구절을 가르쳐줬어."

"그 번개 말이네. 10년 전에도 하던 말을 지금도 하다니 이상하지 않나. 무각선사의 번개라고 하면 기숙사 안에서 모르는 사람이 없을 정도였어. 심지어 어떨 때는 서두르다가 거꾸로 '봄바람이 번개를 가른다'고 해서 웃겼지. 다음에 시험해보라고. 도쿠센이 침착하게 말할 때 자네가 끼어들어봐. 그러면 금세 당황해서 이상한 소리를 해댈 테니."

"자네 같은 악당을 만나면 못 당하겠군."

"누가 악당인지 모르지. 나는 자기가 선승이라는 둥 깨달았다는 둥 하는 자가 정말 싫어. 우리 집 근처에 난조인이라는 절이 있는데, 그곳에 나이가 팔십 정도 된 스님이 있어. 저번에 소나기가 왔을 때 그 절에 번개가 쳐서 정원에 있던 소나무가 쪼개졌지. 그런데 스님이 너무 태연한 거야. 알고 보니 귀가 멀었더라고. 그럼 태연할 수밖에. 대개가 그렇네. 도쿠센도 혼자서 깨달으면 그만이지, 걸핏하면 사람을 끌어들이니까 나빠. 실제로 도쿠센 때문에 애먼 두 사람만 정신이 나갔다니까."

"누구?"

"한 명은 리노 도젠인데, 도쿠센 때문에 선학에 심취해서 가마쿠라에 갔다가 결국 출가하더니 미쳐버렸어. 엔가쿠지 절 앞에 기차 건널목 있지? 그 건널목으로 뛰어들어 레일 위에서 좌선했네. 저쪽에서 오는 기차를 세워보겠다며 큰소리쳤지. 다행히 기차가 서주어 목숨만은 건졌지만, 이번에는 불에 뛰어들어도 타지 않고, 물에 들어가도 빠져 죽지 않는 금강불괴의 몸이라며 절 연못에 훌쩍 뛰어들었네. 보글보글 거품이 올라왔지."

"죽었나?"

"그때도 다행히 지나가던 스님이 도와주었는데, 그 후 도쿄로 돌아와서는 결국 복막염으로 죽고 말았네. 사인은 복막염이지만, 복막염의 원인은 승당에서 보리밥과 시래기만 먹은 탓이니 결국은 도쿠센이 간접적으로 죽인 거나 다름없어."

"무턱대고 심취하는 것도 선악이 있군."

주인은 조금 꺼림칙한 표정을 지었다.

"정말 그래. 도쿠센에게 당한 자가 동창 중에 한 명 더 있네."

"위험하군. 누군데?"

"다치마치 로바이. 그자도 도쿠센한테 넘어가서 장어가 승천했다는 둥, 그런 말만 하다가 결국 진짜가 되고 말았네."

"진짜라니, 뭐가?"

"결국 장어가 승천하고 돼지가 신선이 되었다는 말이야."

"야기가 도쿠센(獨仙)이라면, 다치마치는 부타센(豚仙, 돼지 신선)이야. 그만큼 식탐이 많은 남자도 없었는데, 식탐과 스님의 심술이 동시에 발병했으니 방법이 없지. 처음에는 우리도 눈치채지 못했지만, 지금 생각해보면 묘한 말만 늘어놓았어. 우리 집에 와서 '자네, 저 소나무로 돈가스가 날아오진 않는가, 우리 고향에서는 어묵이 널빤지에 올라타 헤엄을 치네' 하고 자꾸 이상한 소리를 해대더군. 그저 말로만 떠들 때는 괜찮았는데, 자기랑 집 밖에 있는 시궁창으로 밤빵을 캐러 가자고 재촉할 때는 나도 두손 두발 다 들었네. 그러고 이삼일이 지나자 결국 돼지 신선이 되어 스가모 정신병원에 수용되고 말았지. 애당초 돼지는 미치광이가 될 자격도 없는데, 이게 다 도쿠센 때문이네. 도쿠센의 세력이 만만치가 않아."

"흠, 지금도 스가모에 있나?"

"있고말고. 스스로 미쳤다고 대기염을 토하고 있네. 요즘은 다치마치 로바이라는 이름이 재미없다며 스스로 덴도 고헤이(天道公平)라 칭하며 천도(天道)의 화신을 자처하고 있지. 아주 섬뜩하네. 자네도 한번 찾아가 봐."

"덴도 고헤이?"

"그래, 덴도 고헤이. 미치광이 주제에 멋진 이름을 붙였지. 가끔은 고헤이(孔平)라고 쓰기도 해. 그리고 세상 사람들이 방황하고 있으니 반드시 구원해주고 싶다며 친구든 누구든 무작정 편지를 보내는 거야. 나도 네다섯 통 받았는데, 개중에는 꽤 장문의 편지가 있어서 추가 우푯값을 두 번이나 물었네."

"그럼 우리 집에 온 편지도 로바이가 보낸 건가?"

"자네한테도 왔나? 묘하군. 역시 붉은 봉투겠지?"

"응, 가운데가 빨갛고 좌우가 하얀색. 독특한 봉투였네."

"그 봉투 말이네. 일부러 중국에서 가져온 것이라 하던데. '하늘의 도는 희고, 땅의 도도 희며, 사람은 중간에 있어 붉다'라는 부타센의 격언을 표현한다고 하더군······."

"꽤 의미심장한 봉투군."

"미친 만큼 대단히 공을 들였어. 그리고 미쳐도 식탐만은 여전한지 번번이 음식 이야기는 꼭 들어가니까 기묘해. 자네 편지에도 썼나?"

"응, 해삼 이야기가 있어."

"로바이는 해삼을 좋아했으니까 그럴 만도 하지. 그리고?"

"그리고 복어랑 조선 인삼인가 뭔가가 쓰여 있어."

"복어와 조선 인삼의 조합이라니 굉장한데. 아마 복어를 먹고 탈이 나면 조선 인삼을 달여 마시라는 이야기겠지."

"그 소리가 아닌 듯한데."

"상관없네. 어차피 미치광이가 하는 소리니까. 그게 다인가?"

"또 있어. 구샤미 선생, 차라도 한잔하시게, 라는 구절이 있었네."

"아하하하, 그건 좀 심했군. 그런 식으로 자네를 크게 한 방 먹인 거로군. 훌륭해. 덴도 고헤이 군 만세!"

메이테이 선생은 신이 나서 크게 웃기 시작했다. 주인은 적잖은 존경심으로 반복해서 읽은 편지의 발신인이 미치광이라는 사실을 알고 나니, 근래의 열심과 고심이 왠지 헛수고가 된 것 같아서 화가 나기도 하고, 또 정신병자의 글을 그렇게까지 공들여 음미했다고 생각하면 부끄럽기도 했다. 마지막으로 미치광이의 작품에 이 정도로 감탄한 자신도 머리에 다소 이상이 생긴 건 아닌가 하는 의심도 들어, 분노와 수치와 걱정이 뒤섞인 상태에서 어딘가 안절부절못하고 있다.

그때 현관문이 활짝 열리고 무거운 구둣발 소리가 두 번 들리는가 싶더니 "저기, 실례합니다"라는 큰 소리 났다. 주인의 엉덩이가 무거운 데 반해 메이테이 선생은 매우 가벼운 남자이기에 하녀가 나가기도 전에 "들어오시오" 하면서 현관으로 달려 나갔다. 남의 집에 함부로 들어오는 건 민폐지만, 일단 남의 집에 들어오고 나면 서생처럼 손님을 열심히 맞으니 무척 편리하다. 아무리 메이테이 선생이라도 손님은 손님이다. 손님이 현관으로 출장을 가는데 주인인 구샤미 선생이 방에 들어앉아 가만히 있을 수는 없다. 보통 사람이라면 바로 뒤따라 나가겠지만, 구샤미 선생 아니던가. 태연히 방석에 엉덩이를 붙이고 있다. 다만 엉덩이를 붙이고 있는 것과 앉아 있는 것은, 느낌은 사뭇 비슷해도 그 본질이 상당히 다르다.

현관으로 뛰어나간 메이테이 선생이 뭔가 계속 말을 하다가 이윽고 안쪽을 향해 소리쳤다.

"어이, 주인장. 수고스럽겠지만 좀 나와보게. 자네가 아니면 안 된다네."

주인은 하는 수 없이 팔짱을 낀 채 어슬렁어슬렁 나왔다. 보니까 메이테이 선생은 명함 한 장을 쥔 채 쪼그리고 앉아 이야기를 나누고 있다. 매우 위엄이 없는 자세다. 명함에는 '경시청 형사 요시다 도라조'라고 쓰여 있다. 도라조 형사 옆에는 스물대여섯으로 보이는 키가 크고 멋있는 사내가 서 있다. 묘하게 이 남자도 주인처럼 팔짱을 낀 채 말없이 서 있다. 왠지 낯익은 얼굴 같아서 요리조리 뜯어보니 낯익은 정도가 아니다. 요전에 심야에 방문하여 참마를 훔쳐 간 도둑이다. 어라, 이번에는 대낮에 현관으로 버젓이 들어왔다.

"어이, 이분은 형사님인데 요전번 도둑을 잡았으니 자네한테 출두하라는 말을 전하러 일부러 오셨다네."

주인은 그제야 형사가 찾아온 이유를 알았는지 머리를 숙이고 도둑에게 정중히 인사했다. 도둑 쪽이 도라조 형사보다 더 남자다워 보였기 때문에 도둑을 형사라고 지레짐작한 것이다. 도둑도 분명 놀랐겠지만, 내가 도둑이요, 할 수도 없는 노릇이니 시치미를 떼고 서 있다. 팔짱은 여전히 끼고 있다. 하기야 수갑을 차고 있으니 팔을 꺼내고 싶어도 꺼낼 도리가 없다. 일반 사람이라면 이 모습으로 대충 짐작이 가능하겠지만, 우리 주인은 요즘 사람답지 않게 관리나 경찰을 무턱대고 존경하는 버릇이 있다. 관직의 위세란 매우 무서운 것이라고 여긴다. 물론 이론상으로 말하자면, 경찰을 마치 자신들이 낸 세금으로 고용한 파수꾼 정도로 알고 있지만, 실제로 만나면 매우 굽실거린다. 주인의 아버지는 그 옛날 변두리 촌장으로, 윗사람에게 굽실굽실 고개를 숙이며 살던 습관이 있었는데, 그 습관이 자식에게까지 대물림되었는지도 모른다. 참으로 딱하기 그지없다.

형사는 이 모습이 우스운지 히죽히죽 웃으며 말했다.

"내일 오전 9시까지 니혼즈쓰미 분서로 오세요. 도난품이 뭐였지요?"

"도난품은……." 하고 주인은 입을 열었지만, 공교롭게도 대부분 잊어버렸다. 기억하는 것이라곤 다타라 산페이의 참마뿐이다. 참마 따위는 아무래도 상관없으나, '도난품은…….' 하고 말해 놓고 다음이 나오지 않으면, 정말 바보 같아서 체면이 깎일 것이다. 남이 도난당한 것이면 몰라도, 자기가 도난당하고서 똑바로 대답을 못 하는 것은 스스로 멍청이임을 증명하는 꼴이라고 생각해서 과감하게 "도난품은 참마 한 상자"라고 또박또박 말했다. 도둑은 이 상황이 몹시 웃기는지 고개를 숙여 옷깃에 턱을 넣었다. 메이테이는 "아하하하" 웃으며 "참마가 굉장히 아까웠나 보군" 하고 말했다. 형사만 의외로 진지했다.

"참마는 없었던 것 같은데 다른 물건은 대부분 찾은 것 같습니다. 뭐, 와보시면 알 겁니다. 그리고 물건을 돌려 드리려면 인수증을 작성하셔야 하니 잊지 말고 도장 가져오세요. 9시까지는 오셔야 합니다. 니혼즈쓰미 분서입니다. 아사쿠사 경찰서 관내 니혼즈쓰미 분서요. 그럼 이만 가보겠습니다."

형사는 혼자서 죽 읊고 돌아갔다. 도둑도 따라서 문을 나섰다. 손을 뺄 수 없으니 문을 활짝 열어둔 채 가버렸다. 황송해하면서도 불만스러운지 주인은 부루퉁한 얼굴로 문을 꽝 닫았다.

"아하하하, 자네는 형사를 매우 존경하는군. 항상 그렇게 공손한 태도를 보이면 좋을 텐데, 형사한테만 공손하니 문제야."

"그야 일부러 알려주러 왔으니까."

"알려주는 게 저쪽 업무니까. 적당히 대해도 충분하네."

"하지만 그냥 업무가 아니잖나."

"물론 그냥 업무가 아니지. 탐정이라는 께름칙한 일이야. 당연히 열등한 직업이고."

"자네 그런 말 하면 험한 꼴 당하네."

"하하하, 그럼 형사 욕은 그만두지. 형사를 존경하는 건 그렇다 쳐도 도둑까지 존경해서 좀 놀랐네."

"누가 도둑을 존경했다고 그래?"

"자네가 그랬지."

"내가 도둑을?"

"자네가 도둑한테 인사했잖아."

"언제?"

"아까 고개를 숙이고 인사했잖아."

"바보 같은 소리, 형사인 줄 알았으니까 그랬지."

"형사가 그런 꼴로 있나?"

"형사니까 그런 꼴로 있을 수 있지."

"우기기는."

"자네야말로 우기지 말게."

"첫째, 형사가 남의 집에 찾아와 그렇게 품속에 손을 놓고 서 있겠나?"

"형사라고 해서 품속에 손을 못 넣으라는 법 없지."

"그렇게 바득바득 우기면 어쩔 수 없지만, 자네가 인사를 하는데도 그놈은 계속 가만히 서 있었잖아."

"형사니까 그럴 수 있지."

"끝까지 우긴다 이거지. 아무리 말해도 들어먹질 않는군."

"자네 말을 왜 듣나? 말끝마다 도둑, 도둑 하는데, 그날 자네가 도둑을 목격한 것도 아니잖아. 혼자 생각하고 혼자 고집을 부리고 있어."

메이테이 선생도 이쯤 되자 도저히 말이 안 통하는 작자라고 생각했는지 평소와 다르게 입을 다물어버렸다. 주인은 오랜만에 메이테이 선생을 납작하게 눌러줬다고 생각하는지 자신만만한 모습이었다. 메이테이 선생 입장에서는 주인의 가치는 고집을 부린 만큼 떨어졌는데, 주인 입장에서는 고집을 부린 만큼 메이테이 선생보다 더 대단해진 셈이다. 세상에는 이렇게 어이없는 일도 더러 있다. 고집을 부려 이겼다고 생각하는 동안, 본인의 인물 시세는 곤두박질친다. 이상하게도 고집을 부린 당사자는 죽을 때까지 자신의 체면을 세웠다고 생각하는데, 그 후로 남이 경멸하며 상대해주지 않으리라고는 꿈에도 깨닫지 못한다. 이런 행복을 돼지적 행복이라고 하는 것 같다.

"그건 그렇고, 내일 갈 건가?"

"가야지, 그럼. 9시까지 오라니까 8시에는 나가야지."

"학교는 어쩌고?"

"쉬지, 뭐. 그깟 학교."

주인은 쏘아붙이듯 말했는데 그 기세가 대단했다.

"대단한 기세군. 쉬어도 되는가?"

"되고말고. 우리 학교는 월급제니까 공제될 염려는 없어, 괜찮아" 하고 주인은 솔직히 말해버렸다. 아무리 교활해지려 해도 단순한 사람은 티가 난다.

"자네, 가는 건 좋은데 찾아갈 줄 아나?"

"알 게 뭐야. 인력거 타고 가면 되겠지."

주인은 뾰로통하게 대답했다.

"시즈오카 백부님만큼이나 도쿄에 정통하니 황송하군."

"얼마든지 황송하게."

"하하하, 니혼즈쓰미 분서라는 데는 보통 지역이 아니야. 요시와라야."

"뭐?"

"요시와라라고."

"유곽이 있는 그 요시와라?"

"그래. 요시와라는 도쿄에 한 군데밖에 없어. 어때, 가볼 텐가?"

메이테이 선생이 다시 주인을 놀리기 시작했다. 주인은 요시와라라는 말을 듣고, 다소 머뭇거리는 모습이었으나, 곧 생각을 돌려 "요시와라건 유곽이건 일단 간다고 해 놨으니 무슨 일이 있어도 가야지!" 하고 괜히 힘을 잔뜩 주며 말했다. 어리석은 자는 이런 데서 고집을 부리는 법이다.

메이테이 선생은 "뭐, 재미있을 거네. 잘 보고 오게" 하고 말했을 뿐이다. 일대 파란을 일으킨 형사 사건은 이렇게 일단락되었다. 메이테이 선생은 그러고 나서 한참을 떠들다 해 질 녘이 되자, 너무 늦게 가면 백부님께 혼난다며 집으로 돌아갔다.

메이테이 선생이 돌아가고, 주인은 저녁을 대충 때운 뒤 다시 서재로 돌아온 팔짱을 끼고 다음과 같이 생각하기 시작했다.

'내가 감동하여 깊이 본받으려 한 야기 도쿠센도 메이테이의 말에 따르면 딱히 본받을 것도 없는 인간인 듯하다. 게다가 그가 주장하는 지론은 무언가 비상식적이고 메이테이의 말마따나 다소 정신병적 계통에 속한 것 같기도 하다. 심지어 그는 두 명의 미치광이 부하도 거느리고 있다. 매우 위험하다. 분별없이 다가갔다가는 같은 계통으로 끌려 들어갈지도 모른다. 내가 문장을 보고 경탄한 나머지, 이자야말로 대단한 견식을 갖춘 위인이 틀림없다고 생각한 덴도 고헤이, 실명 다치마치 로바이는 완전히 미치광이로 지금 스가모 병원에 갇혀 있다. 메이테이가 한 소리가 허풍일지라도, 그가 정신병원에서 활개를 치며 천도의 화신을 자처하는 것은 아마 사실일 것이다. 어쩌면 나도 조금 미쳤을지 모른다. 유유상종, 이라는 말도 있듯 미치광이의 말에 감동한 이상, 적어도 그 글에 동정을 표한 이상은 나 또한 미치광이와 인연이 있는 사람일 것이다. 설사 같은 틀에 주조되진 않았을지라도 미치광이와 처마를 맞대고 이웃해 산다면, 나도 모르게 경계의 벽을 하나 뚫고 들어가 같은 방 안에서 무릎을 맞대고 담소를 나누었을지도 모른다. 그렇다면 큰일이다. 그러고 보니 요새 들어 내 뇌의 작용이 내가 생각해도 놀랄 만큼 기묘하다. 뇌의 점액에 10분의 1의 화학적 변화는 그렇다 쳐도, 어쨌든 의지의 작용으로 나타난 내 행동과 말이 이상하게도 중용을 잃은 부분이 많다. 혀 위에 물이 샘솟지 않고, 겨드랑이 아래에 시원한 바람이 부는 것도 아니니 혀 위와 겨드랑이 아래는 딱히 문제가 없는데, 잇몸에서는 미친 냄새가 나고 근육에 미친 기운이 있으니 어쩌면 좋단 말인가. 정말 큰일이다. 어쩌면 이미 환자가 된 건 아닐까. 다행히 아직까진 사람에게 상처를 주거나 세상에 방해가 되는 일은 하지 않았으니, 마을에서 쫓겨나지 않고 도쿄 시민으로서 존재하는 건 아닐까. 이건 소극적이냐 적극적이냐의 문제가 아니다. 우선 맥박부터 검사해야 한다. 하지만 맥박에는 이상이 없는 듯하다. 머리가 뜨겁나? 딱히 열이 나는 것 같지는 않다. 그러나 아무래도 걱정이다.

이렇게 나와 미치광이만 놓고 비교해 가며 비슷한 점만 따져서는 아무래도 미치광이의 영역을 벗어날 수 없을 것 같다. 방법이 잘못되었다. 미치광이를 표준으로 삼아 나를 그쪽에 갖다 붙여 해석하기 때문에 이런 결론이 나오는 것이다. 만약 건강한 사람을 기준으로 삼고 그 곁에 나를 놓고 따져보면 반대의 결과가 나올지도 모른다. 그럼 우선 가까운 사람부터 시작해야 한다. 첫째, 오늘 온 프록코트 차림의 백부님은 어떤가? 마음을 어디에 두어야 하는가……, 그 말도 조금 수상하다. 둘째, 간게쓰 군은 어떤가? 도시락까지 싸 들고 다니면서 아침부터 밤까지 구슬만 갈고 있다. 이쪽도 마찬가지다. 셋째, ……메이테이? 그 녀석은 장난치는 것을 천직으로 알고 있다. 완전히 양성(陽性) 미치광이가 틀림없다. 넷째……, 가네다 부인. 그 악독한 품성은 전부 상식을 벗어난다. 지극히 미친 여편네다. 다섯째는 가네다 차례다. 가네다를 직접 본 적은 없지만, 일단 자기 부인을 공손히 떠받들며 금실 좋게 살고 있으니, 비범한 인간으로 봐도 무방할 것이다. 비범함은 미치광이의 또 다른 이름이므로 일단 이자도 동류로 간주해도 상관없다. 그리고…… 아직 많다. 낙운관의 군자들이다. 나이로 말하자면 아직 새싹이지만, 미쳐 날뛰는 점에서는 세상 누구도 따라올 자가 없다. 이렇게 헤아려보니 대개가 비슷한 부류인 것 같다. 뜻밖에 마음이 놓였다. 어쩌면 사회는 모두 미치광이의 집회인지도 모른다. 미치광이들이 모여 미친 듯이 싸우고, 서로 으르렁거리고 욕하고 빼앗고, 그 전체가 단체로서 세포처럼 파괴되었다가 다시 생기고 다시 생겼다가 파괴되면서 살아가는 것을 사회라고 하는지도 모른다. 그중에서 다소 이치를 알고 분별 있는 자는 오히려 방해되니까 정신병원이라는 곳을 만들어 그곳에 처넣고 나오지 못하게 하는 것은 아닐까. 그렇다면 정신병원에 유폐된 자는 보통 사람이고, 병원 밖에서 설치는 자는 되레 미치광이다. 미치광이도 고립되어 있는 동안에는 어디까지나 미치광이가 되어버리지만, 단체를 이루어 세력이 생기면 건전한 인간으로 바뀔지 모른다. 큰 미치광이가 금력과 위력을 남용해 다수의 작은 미치광이를 부려 난폭한 짓을 벌여도 사람들로부터 훌륭한 남자라고 칭찬받는 예가 적지 않다. 뭐가 뭔지 모르겠다.'

이상은 주인이 그날 밤, 형형한 등불 아래서 심사숙고했을 때의 심적 작용을 있는 그대로 묘사한 것이다. 그의 불투명한 뇌는 여기서도 분명히 나타나고 있다. 그는 카이저를 닮은 팔자수염을 길렀음에도 불구하고 미치광이와 정상인조차 제대로 구별할 수 없을 정도로 어리석다. 그뿐만 아니라 그는 모처럼 이 문제를 제기하여 자신의 사고력에 호소했으나 끝내 아무런 결론에 도달하지 못하고 그만두고 말았다. 어떤 문제이건 그는 철저하게 생각하는 뇌력이 없는 남자다. 결론이 막연하여 그의 콧구멍에서 뿜어져 나오는 담배 연기처럼 막연하다는 것이 그의 논리에서 유일한 특색으로 기억해야 할 사실이다.

나는 고양이다. 고양이 주제에 어떻게 주인의 심중을 이렇게나 정밀하게 묘사할 수 있을지 의심하는 자도 있을지 모르지만, 이 정도 일은 고양이에게 아무것도 아니다. 나는 독심술을 터득했다. 언제 터득했느냐는 그런 쓸데없는 질문은 하지 마시라. 어쨌든 터득했다.

인간의 무릎에 올라가 졸다가 내 보드라운 털옷을 인간의 배에 살며시 문지른다. 그러면 전기가 찌릿하면서 그의 심중이 손에 잡힐 듯 내 심안에 비친다. 얼마 전에는 주인이 다정하게 내 머리를 쓰다듬으면서, 갑자기 '이 고양이의 가죽을 벗겨 조끼로 만들면 얼마나 따뜻할까' 하는 당치도 않은 생각을 즉시 알아차리고서 섬뜩함을 느낀 적도 있다. 무서운 일이다. 그날 밤 주인의 머릿속에 일어난 이상의 생각도 그런 방법으로 여러분에게 알릴 수 있게 된 것을 영예로 생각하는 바이다. 주인은 '뭐가 뭔지 모르겠다'까지 생각하고 그 후에는 쿨쿨 잠들어버렸다. 내일이 되면 무엇을 어디까지 생각했는지 분명 까맣게 잊어버릴 것이다. 앞으로 혹시 주인이 미치광이에 대해 생각할 일이 생긴다면, 다시 한번 처음부터 시작해야 할 것이다. 그러면 어떤 경로를 택해 어떤 식으로 '뭐가 뭔지 모르겠다'가 될지는 장담할 수 없다. 하지만 몇 번을 다시 생각해도 몇 개의 경로를 거쳐도 결국에는 '뭐가 뭔지 모르겠다'는 결론에 도달할 것은 확실하다.

10

"여보, 벌써 7시예요."

장지문 너머로 안주인이 말했다. 주인은 일어났는지 아직 자고 있는지, 돌아누운 채 대답도 하지 않는다. 대답을 하지 않는 것은 이 남자의 버릇이다. 꼭 뭔가 대답을 해야 할 때는 '응'이라고 한다. '응'도 순순히 나오지 않는다. 사람이 대답하기 귀찮을 정도로 게을러지면, 이것도 어딘가 나름 멋이 있지만, 이런 사람은 여자에게 호감을 사본 적이 없다. 현재 동반자인 안주인한테조차 별로 사랑받지 못하는 것만 봐도 알 수 있다. 부모 형제에게 외면당하는 판국에, 생판 모르는 유녀에게 사랑받을 리가 없다. 아내에게도 사랑받지 못하는 주인이 세상의 일반 숙녀에게 인기 있을 리 없다. 이성에게 눈곱만큼도 인기가 없는 주인을 이렇게 폭로할 필요는 없으나, 사주팔자 때문에 부인에게 사랑받지 못한다는 논리로 뜻밖의 착각을 하는 듯하여, 자각에 도움이 되지 않을까 하는 친절한 마음에서 조금 덧붙이려는 것이다.

깨우라는 시각에 시간이 되었다고 알려줘도 상대방이 그 주의를 무시하는 한, 주의를 준 사람에게 '응'이라는 대답조차 하지 않는 한, 그 잘못은 남편에게 있지, 아내에게 있는 게 아니라고 단정한 안주인은 '늦어도 몰라요'라는 자세로 빗자루와 먼지떨이를 들고 서재 쪽으로 가버렸다. 이윽고 탁탁하고 서재를 털어 내는 소리가 났다. 안주인은 여느 때처럼 청소를 시작했다. 도대체 청소의 목적은 무엇일까? 운동을 위해서인지, 유희를 위해서인지, 청소 담당이 아닌 내가 상관할 바는 아니니 모르는 체하면 그만이지만, 안주인의 청소법을 잠깐 살펴보자면 매우 무의미하다고 할 수 있다. 무엇이 무의미하냐면 안주인은 단순히 청소를 위한 청소를 하기 때문이다. 먼지떨이로 대충 방문을 쓱 훑고, 빗자루로 일단 방바닥을 쓸어 낸다. 이로써 청소가 다 되었다고 해석한다. 청소의 원인 및 결과에 대해서는 조금도 책임지지 않는다. 그래서 깨끗한 곳은 항상 깨끗하지만, 쓰레기가 있는 곳, 먼지가 쌓여 있는 곳은 언제나 쓰레기와 먼지로 가득하다. 고삭희양(告朔餼羊)*이라는 고사도 있으므로, 이런

---

* 매월 초하루 제사 때 바치는 희생양이라는 뜻으로, 비록 형식뿐인 예라 할지라도 없애는 것보다는 낫다는 비유.

청소법이라도 하지 않는 것보다는 나을지도 모른다. 하지만 청소를 해도 딱히 주인에게 도움이 되지는 않는다. 도움이 되지 않는 일을 매일 수고스럽게 하는 것이 안주인의 훌륭한 점이다. 안주인에게 청소란 오랜 습관으로, 기계적 연상을 바탕으로 강하게 결합해 있는데도, 청소법에 관해서만큼은 안주인이 아직 태어나지도 않은 이전처럼, 먼지떨이와 빗자루가 발명되지 않은 옛날처럼 전혀 향상되지 않았다. 생각건대, 이 양자의 관계는 형식 논리학의 명제처럼 그 내용과 관계없이 결합한 것이리라.

나는 주인과 달리 원래 일찍 일어나는 편이라 벌써 배가 고팠다. 식구 누구도 밥상을 받지 않았으니 고양이 처지에 먼저 아침을 얻어먹을 수는 없다. 그것이 고양이의 비참한 신세지만, 내 밥그릇에서 국물 냄새가 맛있게 피어오르는 걸 생각하니 도저히 참을 수가 없었다. 소용없는 것을 소용없는 줄 알면서도 기대할 때는, 그 기대만을 머릿속에 그리며 움직이지 않고 침착하게 있는 것이 상책이지만, 그렇게 하기가 쉽지 않아서 마음의 기대와 실제가 맞는지 아닌지 꼭 시험해보고 싶어진다. 시험해보면 반드시 실망할 텐데도, 최후의 실망을 스스로 사실로 받아들일 때까지는 인정할 수 없다. 나는 참을 수 없어 부엌으로 기어들어 갔다. 우선 부뚜막 구석에 있는 내 밥그릇 속을 들여다보니, 아니나 다를까, 엊저녁에 다 핥아먹고 난 그대로였다. 그 텅 빈

그릇에 초가을의 햇빛이 신비롭게 창문으로 새어들고 있었다. 하녀는 이미 갓 지은 밥을 밥통에 옮기고, 풍로에 얹은 냄비 안을 휘휘 젓고 있다. 솥 주위에는 끓어올라 흘러넘친 밥물이 버석버석 달라붙어 어떤 것은 닥종이를 붙인 것처럼 보였다. 이제 밥도 국도 다 되었으니 그만 줘도 되지 않나 생각했다. 이런 때 가만있어 봤자 득 될 게 없다. 설사 내 바람대로 되지 않는다 해도 어차피 손해는 아니니, 과감히 아침밥을 달라고 재촉해야 한다. 아무리 객식구라 해도 배고픈 건 다 똑같다. 이렇게 생각한 나는 야옹야옹하며 응석을 부리듯, 호소하는 듯, 원망하는 듯 울어보았다. 하녀는 도무지 돌아볼 기색이 없다. 선천적으로 여기저기가 각이 져서 인정머리가 없다는 것은 익히 알고 있지만, 잘 울어서 동정을 일으키는 것이 내 수완이다. 이번에는 냐공냐공 울어보았다. 그 울음소리는 내가 생각해도 비장한 음색을 띠어 고향을 떠난 나그네의 향수를 자아내기에 충분했다. 하녀는 조금도 돌아보지 않았다. 이 여자는 귀가 안 들리는 건지도 모른다. 들리지 않는데 하녀로 일할 리는 없지만, 어쩌면 고양이 울음소리만 못 듣는 난청인지도 모른다. 세상에는 색맹이라는 병이 있는데, 본인은 완전한 시력을 갖추었다고 생각해도, 의사는 이를 두고 장애라고 한다. 하녀는 성맹(聲盲)일 것이다. 성맹도 불구가 틀림없다. 불구자 주제에 굉장히 시건방지다. 내가 밤중에 볼일이 있어 아무리 열어달라고 사정해도 결코 열어준 적이 없다. 어쩌다 나가게끔 열어 줘도 이번에는 순순히 들어오지 못하게 한다. 여름에도 서리는 해롭다. 하물며 그 서리를 맞고 처마 밑에서 일출을 기다리는 일이 얼마나 괴로운지 상상하기 어려울 정도다. 지난번에 문을 닫고 열어주지 않은 날에는 들개의 습격을 받아 큰일 날 뻔한 것을 간신히 헛간 지붕으로 뛰어올라 밤새도록 떨었던 적도 있다. 이것은 모두 하녀의 몰인정에서 비롯된 불상사다. 이런 자를 상대로 울어봤자 반응이 있을 리는 없지만, '시장이 반찬이다', '목마른 자가 우물 판다'라는 속담도 있으니 일단 뭐든 해야겠다 싶었다. 냐고오우냐고옹 구 하고 세 번째는 주의를 환기하기 위해 더욱 복잡한 울음소리를 내보았다. 나로서는 베토벤의 심포니에도 뒤지지 않는 미묘한 음색이라고 확신하나 하녀에게는 아무런 울림도 주지 못한 것 같다. 하녀는 갑자기 무릎을 꿇고 판자를 들춰 그 안에서 기다란 참숯 하나를 끄집어냈다. 그리고 그 기다린 참숯을 화로 모서리에 탁탁 치니까 세 개 정도로 쪼개지더니 근처가 숯가루로 까매졌다. 국물 속에도 조금 들어간 것 같다. 하지만 그런 일에 신경 쓸 여자가 아니다. 곧바로 쪼개진 세 개의 숯을 냄비 아래 아궁이에 밀어 넣었다. 도저히 나의 심포니에는 귀를 기울일 마음이 없어 보였다. 어쩔 수 없이 초연히 거실 쪽으로 돌아가려고 목욕탕 옆을 지나는데, 여기는 지금 여자아이 셋이 세수를 하는 중이라 복작

복작하다.

세수를 한다고는 하는데, 위로 두 아이는 유치원생이고 셋째는 언니 꽁무니를 쫓아가기도 힘든 아기라 제대로 얼굴을 씻고 깔끔히 단장할 리가 없다. 가장 작은 아이가 양동이 안에서 젖은 걸레를 끄집어내 계속 얼굴을 문지르고 다녔다. 걸레로 세수를 하면 분명 찝찝할 터인데, 지진이 날 때마다 재미있다고 하는 아이니 이 정도 짓은 놀랄 일도 아니다. 어쩌면 야기 도쿠센보다 더 세상 이치를 깨달았는지도 모른다. 과연 장녀는 장녀인지라 스스로 가장 언니라고 생각한 첫째는 들고 있던 양치컵을 내동댕이치고 "아가야, 그건 걸레야" 하며 걸레를 뺏으려고 했다. 아기도 고집이 세서 언니의 말을 조금도 들으려고 하지 않았다. "시―러, 바부" 하고 말하면서 아기는 걸레를 도로 잡아당겼다. 이 '바부'라는 말이 어떤 의미이며, 어떤 어원을 가졌는지 아무도 모른다. 다만 이 아기가 떼를 쓸 때 가끔 사용될 뿐이다. 언니와 아가가 서로 잡아당기니 물을 머금은 걸레 가운데에서 아기 발로 물방울이 후드득 떨어졌다. 발뿐이라면 괜찮지만 무릎 부위가 흠뻑 젖었다. 아기는 이래 봬도 겐로쿠를 입고 있다. 언니는 중간 크기의 무늬가 있는 옷이면 뭐든지 겐로쿠라고 한다. 도대체 누구한테 배웠는지 모르겠다.

"아가야, 겐로쿠가 젖으니까 그만해. 응?"

언니가 어른스럽게 말했다. 이 언니는 얼마 전까지만 해도 겐로쿠를 스고로쿠*로 잘못 알고 있던 똑똑한 아이다.

겐로쿠 하니까 생각난 김에 말하자면, 이 아이는 말을 자주 틀려 사람들을 어이없게 만든다. 불이 났을 때 불똥(히노코)이 날아온다고 해야 하는데 버섯(기노코)이 날아온다고 하질 않나, 오차노미소** 여학교에 가거나 에비스***와 다이도코로****를 나란히 이야기하기도 하고 어떤 때는 '나는 와라다나*****의 아이가 아니야'라고 하는데, 잘 물어보면 우라다나******와 와라다나를 혼동해서 한 말이다. 주인은 이런 실수를 들을 때마다 웃지만, 본인이 학교에 나가 영어를 가르칠 때는 이보다 더 웃긴 오류를 진지하게 학생들에게 들려줄 것이다. 아기는—자신은 아가라고 하지 않는다. 항상 아아라고 한다— 겐로쿠가 젖은 것을 보고 "겐도코 차거" 하며 울기 시작했다. 하녀는 부엌에서 뛰어나와 걸레를 들어 옷을 닦아줬다. 이런 소란에도 비교적 조용했던 아이는 둘째 슨코 양이다. 슨코 양은 등을 보이고 앉아 선반 위에서 굴러떨어진 화장품을 열고 계속 화장을 하고 있다. 분가루를 묻혀 손가락으로 콧등을 쓱 문지르자 세로로 하얀 줄이 생겨 코의 형

---

* 주사위 놀이.
** 차의 된장국이라는 뜻. 원래는 지명 오차노미즈가 맞다.
*** 일본 전통 민간신앙에서 숭배하는 칠복신 중 하나.
**** 부엌이라는 뜻. 원래는 칠복신 중 하나인 다이코쿠텐이라고 해야 맞다.
***** 초가집이라는 뜻.
****** 뒷골목 집이라는 뜻.

태가 또렷해졌다. 그런 다음 손가락을 옮겨 뺨 위를 문지르니 그곳에 또 하얀 원이 생겼다. 이때 하녀가 들어와 아기 옷을 닦는 김에 슨코의 얼굴도 닦아버렸다. 슨코는 약간 불만스러운 표정을 지었다.

 나는 이 광경을 옆에서 보고, 거실에서 주인의 침실로 와 이제 일어났나 하고 살짝 들여다보니, 주인의 머리가 어디에도 보이지 않는다. 그 대신 250밀리 전후의 넓적한 발 하나가 이불 밖으로 비어져 나와 있다. 머리가 나와 있으면 안주인이 깨울까 봐 이불 속으로 파고든 것이다. 거북이 같은 남자다. 그런데 서재 청소를 마친 안주인이 다시 먼지떨이와 빗자루를 들고 왔다. 그리고 아까처럼 문 앞에서 "아직 안 일어났어요?" 하고 말한 채, 잠시 서서 머리가 나오지 않은 이불을 쳐다봤다. 이번에도 대답이 없다. 안주인은 두 발짝 더 나아가 빗자루로 바닥을 툭툭 치면서 "아직도 자요, 여보?"라고 거듭 대답을 기다렸다. 이때 주인은 이미 깨어 있었다. 잠이 깼으니 안주인의 습격에 대비하기 위해 미리 이불 속에 머리를 넣은 것이다. 머리만 내밀지 않으면 넘어갈 수도 있지 않을까 하고 헛된 기대를 하며 누워 있는데, 그냥 넘어가긴 틀린 것 같다. 첫 번째 목소리는 문지방 위라 2미터는 떨어져 있어서 안심했는데, 툭툭 친 빗자루가 어느새 1미터 거리로 바짝 다가와 조금 놀랐다. 그뿐만 아니라 두 번째 "아직도 자요, 여보?"가 거리나 음량에서 아까보다

배 이상의 기세로 이불 속까지 들렸기 때문에, 더는 안 되겠다는 각오를 하고, 작은 소리로 "응" 하고 대답했다.

"9시까지 가야 되잖아요. 빨리 안 일어나면 늦어요."

"지금 일어나."

이불자락 밖에다 대고 이렇게 대답하는데 참으로 가관이다. 매번 이런 식이라서 이제 일어나겠지 하고 안심하면 또 자리에 눕는 통에 방심할 수 없던 안주인은 "자, 일어나요" 하고 다그친다. 일어난다고 말했는데 또 일어나라고 채근하면 화가 나는 법이다. 주인처럼 제멋대로인 사람은 더욱 화가 난다. 주인은 머리부터 뒤집어쓰고 있던 이불을 한 번에 걷어찼다. 보니까 큰 눈을 번쩍 뜨고 있다.

"뭐가 이렇게 시끄러워. 일어난다고 했잖아."

"일어난다고 해 놓고 안 일어나잖아요."

"누가 언제 그런 거짓말을 했어?"

"늘 그러잖아요."

"바보 같긴."

"누가 바보인지 모르겠네요."

아내가 씩씩대며 빗자루를 짚고 머리맡에 서 있는 모습이 용맹스러웠다. 이때 뒷집 인력거꾼네 아이 얏 짱이 갑자기 큰 소리로 으앙 하고 울음을 터뜨렸다. 얏 짱은 주인이 화를 내면 반드시 울음을 터뜨리도록 명령을 받은 것이다.

인력거꾼네 아줌마는 주인이 화를 낼 때마다 얏 짱을 울려서 용돈을 벌지는 모르지만, 얏 짱에게는 고역이다. 이런 엄마를 둔 탓에 아침부터 밤까지 계속 울어야 한다. 주인이 그런 사정을 헤아려 화내는 것을 조금만 자제한다면, 얏 짱의 수명이 조금은 연장될 텐데, 아무리 가네다 씨에게 부탁을 받았다고 해도 이런 어리석은 짓을 하는 것은 덴도 고헤이보다 심하다고 판단해도 좋을 것이다. 화를 낼 때마다 울어야 한다면 그나마 여유가 있지만, 가네다 씨가 동네 건달을 고용해 너구리라고 놀릴 때마다 얏 짱은 울어야 한다. 주인이 화를 낼지 안 낼지 아직 확실치 않지만, 반드시 화를 낼 것이라고 예상하고 미리 얏 짱을 울려 둔다. 이렇게 되면 주인이 얏 짱인지, 얏 짱이 주인인지 분명치 않게 된다. 주인을 놀리는 데 수고는 들지 않는다. 얏 짱을 조금 나무라기만 하면 아무런 어려움 없이 주인의 따귀를 친 셈이 된다. 옛날에 서양에서 범죄자를 사형시킬 때, 당사자가 국경 밖으로 도망가 잡지 못할 경우에는 인형을 만들어 인간 대신 화형에 처했다고 하는데, 그들 중에도 서양 고사에 통달한 군사가 있는지 좋은 계략을 세운 것이다. 낙운관과 얏 짱의 엄마는 힘없는 주인에게 있어서 골칫덩이일 것이다. 그 밖에도 골칫덩이는 여럿 있다. 어쩌면 온 동네 사람이 골칫덩이일지도 모르지만, 지금은 관계가 없으니 차차 소개하기로 한다.

얏 짱의 울음소리를 들은 주인은 아침부터 몹시 짜증이

난 듯 벌떡 이불 위로 몸을 일으켰다. 이렇게 되면 정신 수양도 야기 도쿠센도 모두 소용없다. 자세를 고쳐 앉고 양손으로 두피가 벗겨질 정도로 머리를 벅벅 긁었다. 한 달째 쌓인 비듬이 목덜미와 잠옷 깃으로 마구 떨어졌다. 대단한 장관이다. 수염은 어떤가 하고 보니 이 또한 놀라우리만치 벌떡 일어나 있다. 주인이 화를 내고 있는데 자기만 침착하게 굴어서는 미안하다는 생각이 들었는지, 한 올 한 올이 짜증을 내며 사방팔방 맹렬한 기세로 돌진하고 있다. 이것도 꽤 볼만한 구경거리다. 어제는 거울 앞이라고 점잖게 독일 황제 폐하 흉내를 내며 정렬한 모습이었지만, 하룻밤 자고 나니 훈련이고 뭐고 즉시 본래 모습을 되돌아간 것이다. 마치 주인이 하룻밤 동안 쌓은 정신 수양이 다음 날이 되면 닦인 듯 깨끗이 사라지고 타고난 야생 멧돼지 성향이 전면으로 드러난 것과 같다. 이런 난폭한 수염을 가진 난폭한 남자가 용케 지금까지 잘리지 않고 교사로 일해왔다고 생각하니 비로소 일본이 넓다는 것을 알겠다. 넓으니까 가네다 씨와 가네다 씨의 개들이 인간으로 통용되고 있는 것이리라. 그들이 인간으로 통용되는 동안에는 주인도 면직될 이유가 없다고 확신하는 모양이다. 막상 그때가 되면 스가모 정신병원에 엽서를 보내 덴도 고헤이에게 물어보면 금방 알 수 있는 일이다.

이때 주인은 어제 소개한 혼돈과도 같은 태고의 눈을 한껏 부릅뜨고 맞은편 선반을 뚫어지게 보았다. 높이 한 칸을 가로로 나누어 위아래에 각각 두 개의 문을 단 것이다. 아래쪽 선반은 이불자락과 스치는 거리에 있어 몸을 일으킨 주인이 눈만 뜨면 자연스레 이곳에 시선이 닿게 되어 있다. 보니까 무늬 있는 종이가 군데군데 찢어져 조잡한 속지가 노골적으로 보였다. 속지에는 여러 가지가 있다. 어떤 것은 인쇄판이고 어떤 것은 육필이다. 어떤 것은 뒤집혀 있고 어떤 것은 거꾸로다. 주인은 이 속지를 보자 뭐라고 쓰여 있는지 읽고 싶어졌다. 지금까지 인력거꾼네 아줌마라도 붙잡아 코를 소나무에 문질러주고 싶을 만큼 화가 났던 주인이 갑자기 이 폐지를 읽어보고 싶어진 건 이상한 노릇이지만, 이런 양성 짜증 환자에게는 흔히 있는 일이다. 아이가 울 때 모나카 하나만 갖다 대면 바로 웃는 것과 같은 현상이다. 주인이 옛날에 절에서 하숙할 때, 옆방에 비구니가 대여섯 명 있었다. 본디 비구니란 심술궂은 여자 중에서도 가장 심술궂은 축에 속하는데, 이 비구니들이 주인의 성깔을 간파했는지 냄비를 두드리면서 "울다가 웃으면 엉덩이에 뿔 난다" 하며 장단을 맞춰 노래했다고 한다. 이때부터 주인은 비구니가 몹시 싫어졌다고 하는데, 어쨌든 아주 틀린 말이 아니다. 주인은 남보다 두 배 이상 웃거나 기뻐하거나 슬퍼하는 대신, 뭐든 오래가지 않는다. 좋게 말하면 집착이 없고 감정 표현이 풍부하다고 할 수 있겠지만, 이를 속어로 번역해 쉽게 말하면, 깊이가 없고 가볍고 고집만 센 변덕쟁이다. 이런 사람이다 보니 싸움이라도 할 기세로 벌떡 일어나 갑자기 마음을 바꾸어 선반의 속지를 읽는 것도 이상한 일이 아니다. 가장 먼저 눈에 띈 것은 거꾸로 선 이토 히로부미의 사진이다. 위를 보니 메이지 11년 9월 28일 자다. 조선 통감 이토는 이때부터 신문에 박힌 모양이다. 이 사람은 이 무렵 무엇을 하고 다녔을까? 잘 보이지 않는 곳을 꾸역꾸역 읽어보니 대장경*이라고 쓰여 있다. 과연 대단하다. 아무리 거꾸로 붙어 있어도 대장경이다. 조금 왼쪽을 보니 이번에는 대장경에 누워 낮잠을 자고 있다. 당연하다. 물구나무로는 그리 오래 서 있을 도리가 없다. 아래쪽에 큼지막하게 '너는'이라고 찍힌 두 글자만 보인다. 그다음을 보고 싶지만 아쉽게도 가려져 있다. 다음 줄에는 '빨리'라는 두 글자만 보인다. 이것도 읽고 싶지만 보이지 않았다. 만약 주인이 경시청 탐정이라면 남의 것도 개의치 않고 잡아 뜯어냈을지도 모른다. 탐정 중에는 고등교육을 받은 자가 없으니 사실을 알아내기 위해서는 무엇이든 한다. 그래서는 곤란하다. 바라건대 조금 자제해주었으면 한다. 자제하지 않고 알아낸 사실은 받아들이지 않았으면 좋겠다. 듣자 하니 그들은 죄 없는 양민에게 죄를 뒤집어씌우기까지 한단다. 양민이 돈을 주고 고용한 자가

---

* 일본의 재정을 관장하는 대장성의 장관.

고용주에게 죄를 뒤집어씌운다면 이 또한 대단한 미치광이다. 다음으로 눈을 돌려 정중앙을 보니 오이타현이 공중제비를 돌고 있다. 이토 히로부미조차 거꾸로 서 있는 판국에 오이타현이 공중제비를 도는 건 당연하다. 주인은 여기까지 읽은 뒤 두 주먹을 불끈 쥐고 천장 높이 뻗었다. 하품할 준비를 하는 것이다.

고래의 울음소리 같은 하품이 일단락되자 주인은 느릿느릿 옷을 갈아입고 세수를 하러 목욕탕으로 갔다. 안주인은 이불을 개고 여느 때처럼 청소를 시작했다. 주인의 세수법도 10년 동안 한결같다. 앞서 소개했듯이 여전히 웩웩거린다. 이윽고 가르마를 타고 수건을 어깨에 걸치고 거실로 나가 초연히 긴 화로 옆에 자리를 잡았다. 긴 화로라 하면 결이 살아 있는 느티나무에 재를 넣는 안쪽에 동을 입혀 놓고, 갓 머리를 감은 여자가 한쪽 무릎을 세우고 긴 담뱃대로 화로 가장자리를 두드리는 모습을 상상하는 사람도 있을 텐데, 우리 구샤미 선생의 화로는 그다지 자랑할 만한 것이 못 된다. 무엇으로 만들었는지 문외한은 짐작도 할 수 없을 정도로 고아한 것이다. 화로는 반질거리게 꼼꼼히 닦아서 보관해야 하는데, 이 물건은 느티나무인지 벚나무인지 오동나무인지 애당초 불분명한 데다 거의 닦질 않아서 꼬질꼬질하다. 이런 것을 어디서 사 왔느냐 하면 결코 산 기억이 없다. 그렇다면 받았냐고 하니까 준 사람도 없다고 한다. 그러면 훔쳤냐고 따지니 어쩐지 그 부분이 애매하다. 옛날에 친척 중에 노인이 있었는데, 그 노인이 죽었을 때 당분간 집을 봐달라는 부탁을 받은 적이 있다. 그런데 그 후 집을 마련해 노인 집을 떠날 때, 거기서 자기 것처럼 쓰던 화로를 아무 생각 없이 무심코 가져와 버렸다고 한다. 조금 질이 나쁜 것 같다. 생각하면 나쁜 짓 같지만, 세상에 왕왕 있는 일이라고 생각한다. 은행원도 매일 남의 돈을 취급하다 보니 남의 돈이 자기 돈처럼 보인다고 한다. 공무원은 국민의 머슴이다. 볼일을 봐주기 위해 어떤 권한을 위임받은 대리인이다. 그런데 위임받은 권력을 등에 업고 매일 사무를 처리하다 보면, 이것을 자신이 소유한 권력인 양 국민은 이에 대해 군말할 이유가 없다고 착각한다. 이런 사람이 세상에 가득한 이상, 화로 사건을 들먹이며 주인에게 도둑 근성이 있다고 단정할 수는 없다. 만약 주인에게 도둑 근성이 있다면, 세상 모든 사람에게 도둑 근성이 있다.

화로 옆에 진을 치고 식탁을 앞에 둔 주인의 삼면에는 조금 전에 걸레로 세수를 하던 아기와 오차노미소 학교에 간다는 돈코와 화장품에 손가락을 쑤셔 넣은 슨코가 어느새 모여 앉아 아침밥을 먹고 있다. 주인은 일단 이 세 딸의 얼굴을 공평히 바라봤다. 돈코의 얼굴은 칼의 코등이처럼 윤곽이 둥그렇다. 슨코도 그 언니의 그 동생답게 얼굴이 쟁반같이 둥그렇다. 아기만 유달리 얼굴이 길쭉하다. 다만, 세로로 길면 세상에 그런 얼굴도 적지 않지만, 이 이가의 얼굴은 가로로 길다. 아무리 유행이 쉽게 변한다지만, 옆으로 긴 얼굴이 유행하는 일은 없을 것이다. 주인은 자기 자식이지만 생각이 많아질 때가 있다. 아이들은 성장한다. 그것도 죽순이 대나무로 변하는 기세로 자란다. 주인은 아이들이 컸다고 새삼 생각할 때마다 뒤에서 누군가 쫓아오는 것 같아 불안하다. 아무리 어리석은 주인이라도 세 딸이 여자라는 것 정도는 알고 있다. 여자인 이상 어떻게든 시집을 보내야 한다는 것도 알고 있다. 알고는 있지만 시집보낼 능력이 없다는 것도 자각하고 있다. 그래서 자기 자식이지만 조금 막막한 느낌이 있다. 막막하면 처음부터 만들지 않으면 되는데, 그것이 인간이다. 인간의 정의를 말하자면 달리 아무것도 없다. 그저 쓸데없는 것을 만들어 내어 스스로 고통받는 자라고 하면, 그것으로 충분하다.

과연 아이들은 대단하다. 아버지가 이렇게 처치 곤란에 처해 있는 줄은 꿈에도 모르고 즐겁게 밥을 먹고 있는데, 그중 가장 처치 곤란한 것은 아기다. 아기는 올해 세 살이라서 안주인이 일부러 식사 때는 세 살배기에게 적당한 작은 젓가락과 밥그릇을 주지만 아기는 결코 말을 듣지 않는다. 기필코 언니 밥그릇과 젓가락을 빼앗아 쥐기 불편한 것을 억지로 써 보려 한다. 세상에는 무능하고 재주 없는 소인일수록 더없이 설치며 분에 넘치는 관직에 오르고 싶어 하는데, 그러한 싹

수는 이미 유아기부터 보이기 시작한다. 그러니 결코 교육이나 훈도로 고칠 수 없으니 빨리 포기하는 것이 좋다.

아기는 옆에서 빼앗은 위대한 밥그릇과 장대한 젓가락을 전유하고 거칠게 휘둘렀다. 능숙하지 못한 것을 함부로 쓰려다 보니, 행동이 난폭해지지 않을 수 없다. 아기는 우선 젓가락 아래를 한 번에 잡고 끙끙대며 밥공기에 쑤셔 넣었다. 밥그릇 안에는 밥이 8할 정도 담겨 있고, 그 위에 된장국이 가득 차 있다. 젓가락의 힘이 밥그릇에 전달되자마자 지금까지 그럭저럭 균형을 유지하던 것이 갑작스러운 습격으로 30도 정도 기울었다. 동시에 된장국이 사정없이 가슴 언저리로 줄줄 흘렀다. 그만한 일로 순순히 물러날 아기가 아니다. 아기는 폭군이다. 이번에는 쑤셔 넣은 젓가락을 힘껏 위로 올렸다. 그리고 작은 입을 테두리로 가져가 튀어 오른 밥알을 입안 가득 욱여넣었다. 입에서 새어 나온 밥알은 누런 국물과 화합하여 콧등과 볼과 턱에 얏 하고 달라붙었다. 달라붙지 못하고 바닥에 흩어진 것이 수두룩하다. 상당히 무분별한 식사법이다. 나는 삼가 유명한 가네다 씨 및 천하의 세력가에게 충고한다. 그대들이 타인을 다루는 것은 아기가 밥그릇과 젓가락을 다루는 것과 같아서, 그대들의 입속에 뛰어드는 밥알은 지극히 적다. 필연적으로 뛰어드는 것이 아니라 망설이며 뛰어드는 것이다. 부디 재고해주기를 바란다. 세상 물정에 밝은 수완가에게도 어울리지 않는 짓이다. 언니 돈코는 자신의 젓가락과 밥그릇을 아기에게 빼앗겨 어울리지 않게 작은 것을 가지고 아까부터 참고 있으나, 작아도 너무 작아서 밥을 한 그릇 담아도 세 입이면 다 먹어버린다. 그래서 밥통 쪽에 자주 손이 간다. 벌써 네 공기를 퍼먹고 이번이 다섯 공기째다. 돈코는 밥통을 열어 큰 주걱을 들고 잠시 바라봤다. 먹을까 말까 망설이고 있는 듯한데, 마침내 결심했는지 누룽지가 없을 것 같은 부분을 골라 한 주걱 푼 것까지는 무난했지만, 그것을 뒤집어 밥그릇에 넣자 미처 들어가지 못한 밥이 덩어리째 바닥 위로 굴러 떨어졌다. 돈코는 놀라는 기색도 없이 엎은 밥을 정성껏 줍기 시작했다. 주워서 어쩌나 봤더니 몽땅 밥통 안에 도로 넣었다. 좀 지저분하다.

아기가 큰 활약을 펼치며 젓가락을 치켜들었을 때 마침 돈코도 밥을 공기에 다 퍼 담았다. 과연 언니는 언니인지, 아기 얼굴을 보다 못해 "어머, 아가. 이게 뭐야, 얼굴이 밥알 투성이잖아"라면서, 곧바로 아기 얼굴 청소에 착수했다. 먼저 콧등에 있던 것을 제거한다. 제거해서 버릴 줄 알았는데, 곧장 자기 입속에다 넣어서 놀라웠다. 그러고는 아기 뺨에 손을 가져다 댔다. 여기에는 꽤 무리 지어 있어 양 뺨을 합치면 족히 스무 알은 될 것이다. 언니는 한 알 한 알 정성껏 떼어 먹더니 이윽고 동생 얼굴에 있는 놈을 하나도 남김없이 먹어치웠다. 그때 지금껏 얌전히 단무지를 베어 먹던 슨코가 갑자기 된장국 안에서 고구마 조각을 건져 입속에 쏙 던져 넣었다. 여러분도 알다시피 국에 끓인 고구마처럼 뜨거운 것도 없다. 어른도 주의하지 않으면 덴 것처럼 화끈거린다. 하물며 슨코처럼 경험이 부족한 아이는 당연히 낭패를 볼 수밖에 없다. 슨코는 "으악!" 하면서 입속에 든 고구마를 밥상 위에 뱉어냈다. 그 두세 조각이 어찌 된 일인지 아기 앞까지 미끄러져 와 마침 적당한 거리에서 멈췄다. 아기는 고구마를 아주 좋아한다. 아주 좋아하는 고구마가 눈앞에 날아왔으니 얼른 젓가락을 내동댕이치고 손으로 움켜잡고 맛있게도 먹어치웠다.

아까 전부터 이 모습을 지켜보던 주인은 한마디도 하지 않고 오로지 자기 밥과 국을 먹었고, 이때는 이미 이쑤시개로 이를 쑤시는 중이었다. 주인은 딸의 교육에 관해 절대적 방임주의를 취하는 것으로 보인다. 앞으로 세 아이가 여학생이 되어 셋 다 약속이나 한 듯 남자와 눈이 맞아 가출한다 해도, 여전히 제 밥과 국을 먹으며 태연하게 지켜볼 것이다. 주인은 무능력하다. 하지만 요즘 세상에 능력 있다는 사람을 보면, 거짓말로 사람을 낚고, 산 자의 눈을 뽑고, 허세를 부려 사람을 농락하고, 낫을 들고 사람을 모함하는 일밖에 할 줄 모르는 듯하다. 중학생 소년들까지 보고 흉내 내 이렇게 해야 힘이 있다고 착각하며, 원래는 얼굴을 붉혀야 할 일을 당당하게 이행하며 미래의 신사라고 여기고 있다. 이런 자를 능력 있다고 할 수는 없다. 불량배라고 해야 한다. 나도 일본의 고양이니까 다소 애국심이 있다. 이런 불량배를 볼 때마다 한 대 치고 싶다. 이런 자가 한 사람이라도 늘어나면 국가는 그만큼 쇠퇴한다. 이런 학생은 학교의 치욕이고, 이런 국민은 국가의 치욕이다. 치욕임에도 불구하고 세상에 우르르 몰려다니니 이해하기 어렵다. 일본인은 고양이만큼의 기개도 없는 듯하다. 한심한 일이다. 이런 불량배들에 비하면 주인이 더 훌륭하다. 패기는 없지만 훨씬 낫다. 무능한 것이 더 낫다. 약삭빠르지 않은 것이 더 낫다.

이렇게 무능한 식사법으로 무사히 식사를 마친 주인은 이윽고 양복 차림으로 인력거를 타고 니혼즈쓰미 분서로 출두하기에 이르렀다. 대문을 열고 인력거꾼에게 니혼즈쓰미라는 곳을 아느냐고 묻자 인력거꾼이 헤헤헤 웃었다.

"유곽이 있는 요시와라 부근의 니혼즈쓰미 말이네."

이렇게 확인시키는 모습이 조금 우스웠다.

주인이 드물게 인력거로 외출하고, 안주인이 여느 때처럼 식사를 마치고 "자, 학교 가야지. 늦겠다" 하고 재촉하자, 아이들은 태평하게 "어, 오늘은 쉬는 날인데" 하고 채비할 기색이 없다. "무슨 쉬는 날이야, 빨리 챙겨" 하고 꾸짖자, "어제 선생님이 쉬는 날이라고 했단 말이에요" 하며 언니가 좀처럼 움직이려고 하지 않았다. 안주인도 이쯤 되자 조금 이상하게 느껴졌는지 선반에서 달력을 꺼내 보니 빨간 글씨로 공휴일이 적혀 있다. 주인은 공휴일인지도 모르고 학교에 결근계를 낸 것이다. 안주인도 모르고 우체통에 넣었을 것이다. 다만 메이테이 선생이 실제로 몰랐는지, 알고도 모르는 체했는지가 조금 의문이다. 깜짝 놀란 안주인은 "그럼 모두 얌전히 놀아라" 하고 평소처럼 반짇고리를 꺼내 바느질을 시작했다.

그 후 30분 동안은 집 안이 평온하여 이야깃거리가 될 만한 사건도 일어나지 않았는데, 묘한 손님이 불쑥 찾아왔다. 열일고여덟쯤 돼 보이는 여학생이다. 굽이 휜 구두를 신고 보라색 바지를 질질 끌며 머리를 주판알처럼 부풀린 모습으로 부엌문을 통해 제멋대로 들어왔다. 이 여자는 주인의 조카다. 학생이라는데 일요일에 가끔 와서 삼촌과 싸우고 돌아가는, 유키에(雪江)라는 이름이 예쁜 아가씨다. 물론 얼굴은 이름값을 못 하고, 나가서 조금만 걷다 보면 꼭 만나게 되는 인상이다.

"숙모님, 저 왔어요."

유키에 양은 거실로 성큼성큼 들어와 반짇고리 옆에 앉았다.

"어머, 이른 아침부터……"

"대제일*이잖아요. 아침에 잠깐 뵈려고 8시 반쯤 나와서

---

* 일본 황실에 중요한 제사가 있는 날.

서둘러 왔어요."

"그래, 무슨 일이라도 있니?"

"아뇨. 그냥 너무 오랫동안 안 온 것 같아서 잠깐 들른 거예요."

"잠깐이 아니라도 좋으니까 천천히 놀다 가렴. 곧 삼촌도 돌아올 테니."

"삼촌이 벌써 어디를 가셨어요? 별일이네요."

"응, 오늘은 희한한 데를 갔어. ……경찰서에 갔거든. 별일이지?"

"어머, 왜요?"

"지난봄에 든 도둑이 잡혔대."

"그래서 확인하러 가신 거예요? 성가시네요."

"물건을 찾았다나 봐. 도둑맞은 물건이 나왔다고 가져가라고 어제 형사가 일부러 찾아왔어."

"아, 그럼 그렇지. 삼촌이 이렇게 일찍 나갈 리가 없죠. 평소 같으면 지금 주무실 시간인데."

"삼촌만큼 늦잠꾸러기도 없으니까……. 그러다 깨우면 벌컥 화를 내고 말이야. 오늘 아침에도 7시까지 꼭 깨우라고 해서 깨웠는데 이불 속에 숨어서 대답도 안 하는 거야. 걱정돼서 다시 깨우니까 이불 속에서 뭐라고 하더라고. 정말 어이가 없으려니까."

"왜 그렇게 잠이 많을까요? 분명 신경쇠약일 거예요."

"글쎄, 왜 그럴까."

"삼촌은 정말 화가 많아요. 그래도 학교는 잘 다니시네요."

"학교에서는 점잖다 하더구나."

"그럼 더 나쁘잖아요. 꼭 곤약 염라대왕 같아요."

"뭐?"

"곤약 염라대왕이요. 밖에서는 곤약처럼 흐물대고 집에서만 염라대왕 행세를 하니까요."

"화만 내는 게 아냐. 남이 오른쪽이라고 하면 왼쪽으로 가고, 왼쪽이라고 하면 오른쪽으로 가. 뭐든 남의 말을 듣는 법이 없어. 완전 고집불통이라니까."

"청개구리예요. 삼촌은 그게 취미인 거죠. 그러니까 뭔가 시켜야 할 때 반대말을 하면 내 뜻대로 돼요. 지난번에 양산을 사주셨을 때도 제가 일부러 '필요 없어, 필요 없대도' 하니까 필요 없을 리가 있겠냐며 바로 사주시더라고요."

"호호호호, 똑똑하네. 나도 이제부터 그래야겠다."

"그렇게 하세요. 안 그럼 손해예요."

"저번에 보험회사 사람이 와서 꼭 보험에 들라고 권한 일이 있었어. 이런 이익이 있네, 저런 이익이 있네 하면서 한 시간 동안 이야기를 했는데 결국 안 들더라. 우리 집은 저축도 없고, 아이가 이렇게 셋이나 있으니 보험이라도 들면 마음이 좀 놓일 텐데, 그런 일에는 전혀 신경을 안 쓰니까."

"그렇죠, 사람 일이 어떻게 될지도 모르는데 불안하죠."

열일고여덟 소녀답지 않게 아줌마 같은 소리를 했다.

"그 대화를 뒤에서 듣고 있는데 얼마나 재밌던지. '물론 보험의 필요성을 인정하지 않는 것은 아니다. 필요하기 때문에 회사도 존재하는 게 아니겠느냐. 하지만 죽지도 않을 건데 보험에 가입할 필요가 없지 않느냐'고 고집을 피우는 거야."

"삼촌이요?"

"응. 그래서 보험회사 남자가 '죽지 않으면 물론 보험회사는 필요 없죠. 하지만 인간의 생명이란 질긴 것 같으면서도 약해서, 언제 소리 소문 없이 위험이 닥칠지 모릅니다'라고 하자, 삼촌은 '괜찮소. 나는 죽지 않기로 결심했으니까'라고 못 말리는 소리를 하는 거야."

"결심해도 죽죠. 저도 꼭 합격할 생각이었는데 결국 낙제하고 말았으니까요."

"보험회사 사람도 그렇게 말했어. '수명은 자기 뜻대로 되지 않습니다. 결심해서 오래 살 수 있다면 죽는 사람이 아무도 없겠지요'라고 말이야."

"보험회사 사람 말이 맞죠."

"맞지, 그럼. 근데 그걸 몰라. '아니, 절대 죽지 않아. 맹세코 죽지 않아' 하고 큰소리치는 거야."

"별나네요."

"별나고말고, 엄청 별나지. 보험료를 낼 바에야 은행에 저금하는 것이 훨씬 낫다며 끝까지 버텼어."

"저금이 있어요?"

"있겠니. 자기가 죽은 뒤의 일은 전혀 생각하지 않아."

"정말 걱정이네요. 왜 그럴까요? 여기 오시는 분들도 삼촌 같은 사람은 한 분도 없죠?"

"있을 리가 없지. 비할 데가 없는 양반이야."

"스즈키 씨에게 조언을 좀 부탁하시면 어때요? 그렇게 온화한 분이라면 흔쾌히 해주실 것 같은데요."

"그게, 스즈키 씨는 우리 집에서 평판이 안 좋아."

"모든 게 반대네요. 그럼 그분은요? 그 점잖으신……."

"야기 씨?"

"네."

"야기 씨라면 학을 뗄 지경이야. 어제 메이테이 씨가 와 험담을 해대서 이제 소용없어."

"아니, 왜요? 그런 점잖고 점잖으신 분을……. 얼마 전에는 학교에서 연설도 하셨어요."

"야기 씨가?"

"네."

"야기 씨가 유키에 학교 선생님이야?"

"아뇨, 선생님은 아닌데요. 숙덕부인회(淑德婦人會) 때 초대되셔서 연설해주셨어요."

"재밌었니?"

"그게, 그렇게 재미있진 않았어요. 근데 그 선생님 얼굴이 길잖아요. 거기다 신선처럼 수염을 기르고 있어서 모두 감탄하면서 들었어요."

"어떤 이야기인데?"

안주인이 묻고 있는데 마루 쪽에서 유키에 양의 말소리를 듣고 세 아이가 우당탕 거실로 난입했다. 지금까지는 대나무 울타리 밖 빈터로 나가 놀았을 것이다.

"와, 유키에 언니가 왔다!"

두 언니는 기쁜 듯이 외쳤다.

"그렇게 떠들지 말고 모두 조용히 앉아 있어. 유키에 언니가 지금 재미있는 이야기를 하는 중이니까."

안주인은 이렇게 말하고 하던 일을 구석으로 치웠다.

"유키에 언니, 무슨 이야기? 나, 이야기 엄청 좋아해"라고 말한 것은 돈코고 "또 '가치가치야마'* 이야기야?"라고 물은 것은 슨코다.

"아이도 이야기" 하고 말한 셋째는 언니들 사이로 무릎을 앞으로 내밀었다. 다만 이것은 이야기를 듣겠다는 것이 아니라 아기가 직접 이야기를 하시겠다는 뜻이다.

"어머, 또 아가가 이야기하려나 보네" 하고 언니가 웃자,

---

* 일본의 전래동화. 너구리에게 아내를 잃은 할아버지를 위해 토끼가 원수를 갚는 이야기다.

안주인이 "아가는 나중에 하렴. 유키에 언니 이야기가 끝나고 나서" 하고 아기를 달랬다.

"시─러, 바부."

아기가 소리를 질렀다.

"오구 그래그래, 아가부터 하자. 무슨 이야기?"

유키에 양이 양보했다.

"네에, 아아야, 아아야, 어디 가니?"

"재미있네, 그리고?"

"나는 논에 벼를 베러."

"오구, 잘하네."

"네가 오민 방해된다."

"오민이 아니라, 오면이야."

돈코가 끼어들었다. 아기는 여전히 "바부" 하고 꾸짖으며 즉시 언니를 물리쳤다. 그러나 언니의 참견 때문에 이야기를 잊어버려 뒤가 나오지 않는다.

"아가, 그게 끝이야?"

유키에 양이 물었다.

"있잖아. 방귀는 싫어. 뽕, 뽕뽕 하니까."

"호호호호, 지저분해라. 누구한테 그런 걸 배웠니?"

"하녀한테."

"하녀가 잘못했네. 그런 걸 가르치고."

안주인이 쓴웃음을 지으며 "자, 이번에는 유키에 차례야.

아가는 얌전히 들어야 해요" 하고 말하자, 폭군도 이해했는지 당분간은 입을 다물었다.

"야기 선생님 연설은 이런 내용이었어요."

유키에 양이 마침내 입을 열었다.

"옛날 어느 네거리 한복판에 큰 돌부처가 있었대요. 그런데 그곳이 말과 수레가 다니는 매우 번잡한 데라 방해가 되었대요. 어쩔 수 없이 동네 사람들은 이 돌부처를 한쪽으로 옮기자고 했대요."

"그거 진짜 있었던 얘기야?"

"글쎄요, 그런 말씀은 딱히 안 하셔서요. 그래서 모두가 어떻게 옮길지 논의하는데, 동네에서 가장 힘이 센 사내가 '그게 뭐 일인가요. 제가 해보죠' 하고 혼자 그 네거리로 가 웃통을 벗어 던지고 땀을 흘리며 들어보았지만, 꿈쩍도 하지 않았대요."

"꽤 무거운 돌부처구나."

"네, 그래서 그 남자가 지쳐서 집에 가 자버리는 통에 동네 사람들은 다시 의논을 했대요. 그러자 이번에는 동네에서 가장 똑똑한 남자가 '저한테 맡기세요. 제가 한번 해보겠습니다' 하며 찬합에 떡을 가득 넣고 부처 앞에 가서 '여기까지 와보세요' 하면서 떡을 보였대요. 부처도 식탐이 강해서 떡에 낚일 줄 알았는데 조금도 움직이지 않았대요. 똑똑한 남자는 이 정도로는 안 되겠다는 생각에, 이번에는 호리병에 술을 넣어, 한 손에는 호리병을 들고 다른 한 손에는 작은 술잔을 든 채 다시 부처 앞으로 가서 '자, 마시고 싶죠? 마시고 싶으면 여기까지 오세요.' 하면서 세 시간을 놀려댔지만 역시 움직이지 않았대요."

"유키에 언니, 부처님은 배가 안 고파?" 하고 돈코가 묻자 "떡 먹고 싶다" 하고 슨코가 말했다.

"똑똑한 사람은 두 번 다 실패하자, 이번에는 가짜 돈을 잔뜩 만들어서 '자, 가지고 싶죠? 욕심나면 가져가시죠'라며 지폐를 줄 듯 말 듯 해봤지만, 이 방법도 전혀 통하질 않았대요."

"음, 삼촌을 조금 닮았네."

"네, 꼭 삼촌 같죠. 결국 똑똑한 사람도 정나미가 떨어져서 그만뒀대요. 그다음에는 큰 나팔을 부는 나팔수가 '제가 치워드릴 테니 안심하세요.' 하며 어렵지 않다는 듯 나섰대요."

"그 나팔수는 어떻게 했는데?"

"그게 재미있어요. 처음에는 순사 옷을 입고 가짜 수염을 달고 부처 앞에 와 '어이, 이봐, 순순히 움직이지 않으면 댁한테 좋을 게 하나도 없어. 경찰에서 가만두지 않을 거야' 하고 을러댔대요. 요즘 세상에 경찰이 을러대봤자 아무도 안 듣지만요."

"그렇지. 그래서 부처님은 움직였어?"

"움직일 리가 없죠. 삼촌인데."

"하지만 삼촌은 경찰이라면 꼼짝 못 해."

"어머, 그런 얼굴로요? 그럼 그렇게 무서워할 것도 없겠네요. 그래도 부처님은 움직이지 않았대요. 태연했대요. 그래서 나팔수는 몹시 화가 나서 순사 옷을 벗고 가짜 수염은 쓰레기통에 던진 뒤 이번에는 부자 복장을 하고 나왔대요. 요즘 세상으로 치면 이와사키 남작 같은 얼굴로요. 웃기죠?"

"이와사키 같은 얼굴이 어떤 얼굴인데?"

"그냥 큰 얼굴이죠. 그러고는 아무것도 하지 않고, 아무 말도 하지 않고 부처 주변을 담배를 피우며 걸었대요."

"왜 그런 거야?"

"부처님을 얼떨떨하게 만드는 거예요."

"꼭 만담가 이야기 같네. 그래서 얼떨떨하게 만들었어?"

"소용없죠. 상대는 돌인데요. 속임수도 대충 하면 좋을 텐데, 이번에는 전하로 변장했대요. 바보같이."

"음, 그때도 전하가 있었나?"

"있었나 보죠. 야기 선생님이 그렇게 말씀하셨어요. 분명 전하로 변장했다고요. 황공하지만 변장했다고. 그런데 불경스럽지 않나요? 나팔수 주제에."

"전하면, 어느 전하를 말하는 거지?"

"어느 전하라뇨, 어느 전하든 불경스럽죠."

"그렇지."

"전하도 소용없었대요. 나팔수도 더는 안 되겠는지 '제 능력으로 부처님은 어찌할 도리가 없네요' 하고 항복했대요."

"쌤통이네."

"네, 그런 김에 징역이라도 살게 했음 좋았을 텐데요……. 동네 사람들은 애타는 마음에 다시 회의를 열었지만 이제 맡겠다는 사람이 아무도 없어서 곤란해졌대요."

"그게 끝이야?"

"아직 남았어요. 마지막으로 인력거꾼과 건달들을 많이 고용해서 부처님 주위에서 왁자지껄하게 떠들었대요. 부처님을 괴롭혀서 못 견디게 만들어보자는 생각에 밤낮으로 번갈아 가며 떠들어댔대요."

"수고들이 많네."

"그런데도 별 소득이 없는 거예요. 부처님도 상당히 고집쟁이죠."

"그래서 어떻게 됐어?"

돈코가 열심히 물었다.

"그래서 아무리 매일 떠들어대도 별 소득이 없어 모두 맥이 풀렸는데, 인력거꾼과 건달들은 며칠이 지나든 어차피 일당쟁이니까 기꺼이 떠들었대요."

"유키에 언니, 일당이 뭐야?"

슨코가 질문했다.

"일당이란 건 말이야, 돈을 말하는 거야."

"돈을 받아서 뭐 하는데?"

"돈을 받아서 말이야. ………호호호호, 이야, 슨코. 그래서 숙모, 매일 밤낮으로 소란을 피웠는데요. 그 동네에 다케라고, 외톨이 바보가 있었대요. 그 바보가 이 소동을 보고 '너희 왜 그렇게 떠들어? 몇 년을 해도 부처님이 눈 하나 깜빡할 것 같아? 딱한 것들'이라고 말했대요."

"바보 주제에 대단하네."

"아주 굉장한 바보거든요. 모두가 바보 다케가 하는 소리를 듣고, 어차피 안 되겠지만, 밑져봤자 본전이니 한번 시켜나 보자 해서 다케한테 부탁하니, 다케는 군말 없이 알았다고 했대요. 그러고는 소란 피우지 말고 조용히 하라며 인력거꾼과 건달들을 물러나게 한 뒤, 표연히 부처님 앞으로 나섰대요."

"유키에 언니, 표연은 바보 다케의 친구야?"

돈코가 중요한 곳에서 생각지 못한 질문을 해서 안주인과 유키에 양이 폽 하고 웃음을 터뜨렸다.

"아니, 친구가 아니야."

"그럼 뭐야?"

"표연이란 건 말이야. ……뭐라고 해야 좋을까."

"뭔지 몰라?"

"그게 아니라, 표연이란 건 말이야……."

"응."

"다타라 산페이 씨 알지?"

"응, 참마를 줬어."

"그 다타라 씨를 본 듯한 느낌이야."

"다타라 씨가 표연해?"

"응, 대충 그래. 그래서 바보 다케가 부처님 앞에서 팔짱을 끼고 '부처님, 동네 사람들이 부처님께 움직여달라고 하니까 움직여주세요.' 하니까 바로 '그래? 진작 말하지 그랬나' 하며 서서히 움직이기 시작했대요."

"이상한 부처님이네."

"그다음이 연설이에요."

"또 있어?"

"네, 야기 선생님이 '오늘은 부인회 모임입니다만, 제가 굳이 이런 말씀을 드리는 이유는 조금 생각이 있어서입니다. 이렇게 말씀드리면 실례가 될지도 모르겠습니다만, 여자는 자칫하면 지름길로 가지 않고 오히려 멀리 돌아가는 방식을 취하는 폐단이 있습니다. 당연히 이는 여자에게만 국한된 이야기가 아닙니다. 메이지 시대에는 남자도 문명의 폐해로 다소 여성스러워졌기에, 자주 쓸데없는 수단과 노력을 들이며, 이것이 정당한 방식이다, 신사가 해야 할 방침이다, 라고 오해하는 사람이 많은 듯한데, 이들은 개화에 속박된 기형아입니다. 따로 논할 필요가 없지요. 다만, 부인들께서는 되도록 방금 말씀드린 옛이야기를 기억하시어 어떤 상황에 봉착했을 시, 모쪼록 바보 다케처럼 정직하게 일을 처리해주셨으면 합니다. 여러분이 바보 다케가 된다면 부부 간, 고부간 갈등의 3분의 1은 분명히 줄어들 것입니다. 인간은 꿍꿍이가 있을수록 그 꿍꿍이가 탈이 되어 불행의 근원이 되므로, 많은 부인이 보통 남자보다 불행한 이유는 전적으로 꿍꿍이가 너무 많기 때문입니다. 부디 바보 다케가 되어주세요.' 하고 연설하셨어요."

"에, 그래서 유키에는 바보 다케가 되려고?"

"아뇨, 바보 다케라니. 그런 사람은 되고 싶지 않아요. 가네다 도미코 씨는 무례하다며 불같이 화를 냈어요."

"가네다 도미코 씨라면 저 건너 골목에 사는?"

"예, 그 하이칼라요."

"그 사람도 유키에네 학교에 다니니?"

"아뇨, 그냥 부인회라서 방청하러 온 거예요. 진짜 하이칼라예요. 정말 놀랐어요."

"굉장히 미인이라고 하던데."

"보통이에요. 자랑할 정도는 아니고요. 그렇게 화장하면 다 예뻐 보일걸요?"

"그럼 유키에가 그 여자처럼 화장하면 두 배는 더 예뻐지겠네."

"어머, 몰라요. 근데 그 여자는 화장을 심하게 떡칠했어요. 돈이 아무리 많다지만……."

"화장을 심하게 떡칠해도 돈이 있는 게 좋지 않아?"

"그야 그렇지만……. 그 여자야말로 바보 다케가 되는 게 좋을 거예요. 아주 거만하거든요. 얼마 전에도 어떤 시인이 자기한테 신체시집을 바쳤다고 여기저기 떠벌리고 다녔거든요."

"도후 씨지?"

"어머, 그분이 바친 거예요? 눈이 삐었나 봐요."

"그래도 도후 씨는 엄청 진지해. 자기가 그러는 걸 당연하다고 생각하거든."

"그런 사람이 있으니까 안 되는 거예요. 아참, 또 재밌는 일이 있어요. 지난번에 그 여자 집에 누가 연애편지를 보냈대요."

"어머, 창피하지도 않나. 누구야, 그런 짓을 한 게?"

"누군지는 모른대요."

"이름이 없었대?"

"이름이 쓰여 있긴 한데 들어본 적도 없는 사람이래요. 그리고 아주 장문의 편지였대요. 이런저런 묘한 말들도 적혀 있었다던데요. 내가 당신을 사랑하는 것은 마치 종교인이 신을 동경하는 것과 같다느니, 당신을 위해서라면 제단에 바치는 어린 양이 되어 도살당하더라도 최고의 명예라느니, 심장의 형태가 삼각형이고, 삼각형 중심에 큐피드의 화살이 명중했다느니…….."

"그거 진짜야?"

"진짜예요. 제 친구 중에 그 편지를 본 애가 셋이나 있으니까요."

"이상한 여자네. 그런 걸 과시하고 말이야. 간게쓰 씨에게 시집갈 거라던데 그런 사실이 세상에 알려지면 곤란하지 않나."

"곤란하긴요, 얼마나 잘난 척을 하는데요. 이번에 간게쓰 씨가 오면 알려주세요. 간게쓰 씨는 전혀 모르시죠?"

"글쎄, 그분은 학교에서 구슬만 갈고 있으니 아마 모를 거야."

"간게쓰 씨는 정말로 그 여자랑 결혼할 생각일까요? 안됐어요."

"왜? 돈 있으니 여차하면 힘이 되고 좋잖아."

"숙모는 맨날 돈, 돈 하시니 품위가 없어 보여요. 돈보다 사랑이 중요하죠. 사랑이 없으면 부부 관계는 성립될 수 없어요."

"그래, 그럼 유키에는 어떤 곳으로 시집가고 싶은데?"

"거야 모르죠. 아직 아무도 없는데요, 뭘."

유키에 양과 안주인이 결혼 사건에 대해 뭔가 열띤 대화를 하고 있는데, 아까부터 무슨 말인지도 모르면서 듣고 있던 돈코가 갑자기 입을 열었다.

"나도 시집가고 싶다."

이 무모한 희망에는 청춘의 마음으로 가득 차 크게 동정받아야 할 유키에 양도 할 말을 잊었지만, 안주인은 비교적 아무렇지 않은 모습으로 "어디로 가고 싶어?" 하고 웃으면서 물었다.

"나는 있잖아, 야스쿠니 신사로 시집가고 싶은데, 스이도 다리를 건너기 싫어서 어떻게 할지 고민 중이야."

안주인과 유키에 양은 이 명답을 듣고 뭐라고 되물을 용기도 없어 웃음을 터뜨렸는데, 그때 둘째 슨코가 언니에게 이렇게 물었다.

"언니도 야스쿠니가 좋아? 나도 무지무지 좋아하는데. 같이 야스쿠니로 시집가자. 응? 싫어? 싫어도 좋아. 나 혼자 인력거 타고 후딱 가버려야지."

"아이도 갈래."

결국 아기까지 야스쿠니로 시집가게 되었다. 이렇게 세 딸이 나란히 야스쿠니로 시집가게 되면, 주인도 틀림없이 편할 것이다. 그때 인력거가 달카당달카당 소리를 내며 대문 앞에 멈추는가 싶더니, 곧 위세 좋게 "다 왔습니다요" 하는 목소리가 들렸다. 주인이 니혼즈쓰미 분서에서 돌아온 모양이다. 인력거꾼이 내미는 커다란 보따리를 하녀에게 받아 들게 하고, 주인은 유유히 거실로 들어왔다.

"어, 왔어?"

주인은 유키에 양에게 인사하면서 그 유명한 긴 화로 옆에, 손에 든 호리병 비슷한 물건을 툭 던졌다. 호리병 비슷하다고 한 것은 완전한 호리병도 아니고 그렇다고 꽃병 같지도 않은, 그저 이상한 생김새를 한 일종의 도기라서 어쩔 수 없이 그렇게 말한 것이다.

"이상하게 생긴 호리병이네요. 경찰서에서 받아 오신 거예요?"

유키에 양이 쓰러진 호리병을 일으키면서 삼촌에게 물었다. 삼촌은 유키에 양의 얼굴을 보면서 자랑했다.

"어때, 멋지지?"

"멋지다고요? 그게요? 별로 안 멋진데요. 기름병 같을 걸 왜 가지고 오셨대요?"

"기름병이라니, 그런 무미건조한 말을 하면 섭섭하지."

"그럼 뭔데요?"

"꽃병."

"꽃병이라 하기에는 입구가 너무 작고 몸통이 너무 볼록한데요."

"그게 멋이라는 거야. 너도 참 보는 눈이 없구나. 숙모랑 똑같네. 난감하다, 난감해."

주인은 혼자서 기름병을 들어 장지문 쪽을 향하게 두고 바라보고 있다.

"아무리 보는 눈이 없대도 그런 기름병을 경찰서에서 받아 오진 않아요. 그렇죠, 숙모?"

숙모는 대답할 새도 없이 보따리를 풀어 눈을 부릅뜨고 도난품을 검사하고 있다.

"어머, 이게 뭐야. 도둑도 진보했네. 전부 빨아 놨어요. 이것 좀 봐요, 여보."

"누가 경찰서에서 기름병을 받아 와. 기다리기가 지루해서 여기저기 산책하다가 찾아낸 거야. 너야 모르겠지만 이래 봬도 진품이란다."

"너무 진품인데요. 대체 삼촌은 어디를 산책한 거예요?"

"어디긴, 니혼즈쓰미지 근처지. 요시하라에도 가봤고. 꽤 번화한 곳이던데. 입구의 철문을 본 적 있나? 없겠지?"

"봤을 리가 없죠. 매춘부가 있는 요시와라에 갈 이유가 전혀 없죠. 삼촌은 선생님이면서 그런 곳에 자주 가시나 봐요. 정말 놀랍네요. 그렇죠, 숙모? 숙모!"

"응, 그래. 아무래도 물건이 부족한 것 같아요. 다 가져온 거예요?"

"못 가져온 건 참마뿐이야. 9시에 출두하라면서 11시까지 기다리게 하는 법도 있나. 이래서 일본 경찰이 안 되는 거야."

"일본 경찰이 안 된다고 요시와라를 산책하시면 안 되죠. 그런 일이 알려지면 면직될 거예요. 그렇죠, 숙모?"

"응응, 그렇지. 여보, 내 허리띠 한쪽이 없어요. 뭔가 부족하다 싶더라니."

"허리띠 한 쪽쯤은 포기하지 그래. 나는 세 시간이나 기다리는 통에 소중한 시간을 반나절이나 허비했어."

주인은 옷을 갈아입고 태연하게 화로에 기대어 기름병을 바라보고 있다. 안주인도 체념하고 돌아온 물건을 그대로 선반에 넣고서 자리로 돌아왔다.

"숙모, 이 기름병이 진품이래요. 지저분하지 않나요?"

"그걸 요시와라에서 사 왔어요? 맙소사."

"뭐가 맙소사야. 아무것도 모르는 주제에."

"그래도 그런 항아리는 요시와라가 아니어도 어디든 있잖아요."

"아니, 없어. 흔한 물건이 아니야."

"삼촌은 정말 돌부처예요."

"아직 어린 녀석이 또 건방진 소리를 한다. 아무래도 요즘 여학생은 입이 험해서 탈이야. 《온나다이가쿠》* 좀 읽어라."

"삼촌은 보험을 싫어하시죠? 여학생과 보험 중 어느 쪽이 더 싫어요?"

"보험이 싫진 않아. 필요한 거니까. 미래를 생각하는 사람이라면 누구나 들지. 여학생은 무용지물이고."

"무용지물이래도 상관없어요. 보험에 들지도 않았으면

---

* 에도 중기 이후 널리 보급된 여자 교훈서.

서."

"다음 달부터 들 거다."

"진짜요?"

"진짜고말고."

"하지 마세요, 보험 같은 거. 그보다 현금으로 뭘 좀 사는 게 좋겠어요. 그렇죠, 숙모?"

숙모는 싱글싱글 웃고 있다. 주인은 진지하게 말했다.

"네가 백 살이고 이백 살이고 살 줄 알고 그런 태평한 말을 하는 모양인데, 좀 더 이성적으로 생각해봐라. 보험의 필요성을 느끼는 건 당연해. 다음 달부터 꼭 들 거다."

"그래요, 그럼 어쩔 수 없죠. 하지만 지난번처럼 양산을 사주실 돈이 있다면 보험에 가입하는 게 나을 수도 있어요. 내가 필요 없다고 했는데도 굳이 사주셨잖아요."

"그렇게 필요 없었나?"

"네, 양산 같은 거 바란 적 없어요."

"그럼 돌려주련? 마침 돈코가 갖고 싶어 하니 돈코한테 주면 되겠다. 오늘 갖고 왔니?"

"어머, 너무하잖아요. 너무 심하신 거 아니에요? 모처럼 사주고선 돌려달라니."

"필요 없다고 하니까 돌려달라는 거야. 하나도 너무할 것 없는데."

"필요 없긴 필요 없지만 너무해요."

"필요 없으니까 돌려달라는데 뭐가 너무하다는 거야?"

"그래도."

"그래도라니, 뭐가?"

"그래도 너무해요."

"어리석긴, 같은 말만 반복하고."

"삼촌도 같은 말만 반복하시잖아요."

"네가 반복하는데 별수 있나. 언제는 필요 없다며?"

"그렇긴 한데요. 필요 없는 건 필요 없는 거고. 돌려주긴 싫거든요."

"놀랍다. 말도 안 통하는 데다 고집까지 세니까 답이 없네. 너희 학교에서는 윤리학은 안 가르치니?"

"상관없어요, 어차피 난 무식하니까 계속 말해보시죠. 남의 물건을 줬다 뺏다니, 피 한 방울 안 섞인 남도 그런 야속한 말은 안 해요. 바보 다케 흉내라도 내시죠."

"무슨 흉내를 내?"

"좀 정직하고 담백하라는 의미에서 하는 말이에요."

"꼴통 주제에 고집까지 세구나. 그러니까 낙제를 했지."

"낙제했다고 삼촌한테 학비 달란 말 안 할 테니까 걱정하지 마세요."

유키에 양은 이쯤 되자 더는 감정을 주체할 수 없는지 보라색 바지 위로 눈물을 떨어뜨렸다. 주인은 어이가 없어서 그 눈물이 어떤 심리작용에 기인하는지를 연구하는 듯 바지

위에 고개를 떨군 유키에 양의 얼굴을 바라봤다. 그때 하녀가 부엌에서 붉은 손을 문지방 너머로 가지런히 모으고 "손님이 오셨어요" 하고 말했다.

"누가 온 거야?"라고 주인이 묻자 "학교 학생이라던데요"라고 하녀는 유키에 양의 우는 얼굴을 곁눈질로 보면서 대답했다. 주인은 손님방으로 갔다. 나도 취재 겸 인간 연구를 위해 주인을 따라 조용히 마루로 갔다. 인간을 연구하려면 뭔가 소동이 있을 때를 골라야 성과가 있다. 평소에는 대부분 그냥 보통 사람들이기 때문에 보고 들어도 평범해서 별 재미가 없다. 그러나 막상 일이 벌어지면 이 평범함이 갑자기 신묘한 작용을 일으키며 기묘한 것, 이상한 것, 기이한 것, 색다른 것 등 한마디로 하면 고양이가 보기에 굉장히 공부가 되는 사건들이 여기저기서 마구 모습을 드러낸다. 유키에 양의 눈물 같은 게 바로 그런 현상 중 하나다. 이처럼 불가사의하고 예측 불가능한 마음을 가진 유키에 양도 안주인과 이야기를 나누는 동안에는 평범했지만, 주인이 돌아와 기름병을 내던지자마자 곧바로 죽은 용에 증기 펌프를 뿌린 것처럼, 갑자기 그 심연에서 알 수 없는 교묘한, 미묘한, 기묘한, 영묘한, 천성을 아낌없이 드러냈다. 그러나 그 천성은 천하의 여성에게 공통된 성질이다. 다만 아쉽게도 쉽사리 나타나지 않는다. 아니, 나타나기는 온종일 끊임없이 나타나지만, 이처럼 현저하게, 명백하게, 분명하게, 솔직하게 나타나지는 않는다. 다행히 주인처럼 내 털을 걸핏하면 거꾸로 쓰다듬고 싶어 하는 비뚤어진 괴짜가 있기에 이런 희극도 관람할 수 있는 것이다. 주인 뒤만 쫓아다니면, 어디를 가든 무대 위 배우가 저절로 공연할 것이다. 재밌는 남자를 주인으로 모시게 된 덕분에 비록 짧은 고양이의 생애지만, 상당히 많은 경험을 한다. 고마운 일이다. 이번 손님은 누구일까?

보아하니 나이는 열일고여덟 살쯤, 유키에 양 또래의 학생이다. 큰 머리를 속이 훤히 보일 정도로 깎고 경단처럼 동글동글한 코를 얼굴 한복판에 붙인 모습으로 접객실 구석에서 기다리고 있다. 딱히 이렇다 할 특징은 없는데 머리통만 무진장 크다. 머리를 빡빡 깎아도 저렇게 큰데, 주인처럼 길게 기르면 당연히 눈길을 끌게 될 것이다. 이런 관상은 학문에 소질이 없다는 것이 전부터 펼쳐온 주인의 지론이다. 실제로 그럴지도 모르지만, 얼핏 보면 나폴레옹처럼 참으로 장관이다. 옷은 보통 학생처럼 사쓰마산인지 구루메산인지 이요산인지 모르겠는데, 어쨌든 감색에 흰 잔무늬가 있는 옷소매를 짧게 걷어붙이고, 속에는 셔츠도 속옷도 안 입은 것 같다. 맨살에 겹옷과 맨발은 으레 건방져 보이기 마련인데, 이 학생은 뭔가 괴로워 보인다. 특히 다다미 위에 도둑처럼 엄지발가락 자국이 세 군데가 찍힌 건 모두 맨발의 책임이다. 그는 네 번째 발가락 자국 위에 똑바로 앉아 공손하게 기다리고 있다. 공손히 앉아 있는 사람이 얌전히 기다리고 있는 것은 특별히 신경 쓸 일도 아니지만, 까까머리 무법자가 이런 모습으로 있으니 어쩐지 어색하다. 길 가다 선생을 만나도 인사하지 않는 것을 자랑으로 여기는 학생이 30분이라도 남들처럼 앉아 있는 것은 여간 괴로운 일이 아니다. 그런 학생이 원래가 공손하고 겸손한 군자나 성덕의 장자인 양 앉아 있으니, 본인은 고통이지만 옆에서 보면 상당히 웃긴다. 교실이나 운동장에선 마구 날뛰는 자가 어쩌면 이렇게 자기를 속박하는 힘을 갖추었을까 싶어 불쌍한 한편으로 우습기도 하다. 이렇게 한 사람씩 상대하면, 아무리 우매한 주인이라 해도 학생에 대해 약간의 무게감이 있어 보인다. 주인도 필시 의기양양할 것이다. 티끌 모아 태산이라고 하니 미미한 학생도 여럿이 모이면 만만치 않은 단체가 되어 배척 운동과 파업을 일으킬지도 모른다. 이것은 흡사 겁쟁이가 술을 마시고 대담해지는 현상과 같다. 무리를 믿고 까부는 것은 다수에 취해 제정신을 잃은 것이라고 인정해도 무방할 것이다. 그러니 이렇게 공손하다기보다 오히려 기운 없이 문에 찌그러져 있는 이런 학생은, 아무리 노후하다고 해도 적어도 선생이라는 이름이 붙은 주인을 경멸할 수는 없다. 우습게 볼 수가 없다.

주인은 방석을 밀면서 "자, 앉지"라고 했지만, 까까머리는 굳은 채로 "예" 하고 움직이지 않았다. 눈앞에 낡은 방석이 있고 그 뒤에 살아 있는 대두가 우두커니 앉아 있는 모습이 묘하다. 방석은 앉기 위한 것이지 쳐다보라고 안주인이 사다 놓은 게 아니다. 방석에 사람이 앉지 않으면 방석의 명예를 훼손하는 것으로, 이를 권유한 주인 또한 체면이 깎이게 된다. 주인의 체면을 깎으면서까지 방석과 눈싸움을 하는 까까머리 군은 결코 방석 자체를 싫어하는 것이 아니다. 실은 할아버지 제사 때 말고는 정식으로 꿇어앉아 본 적이 거의 없기 때문에, 아까부터 이미 저린 증상이 나타나 조금 난처해하는 것이다. 그런데도 방석에 앉지 않는다. 방석이 하릴없이 기다리고 있음에도 불구하고 앉지 않는다. 주인이 "자, 앉지"라고 하는데 앉지 않는다. 한 고집 하는 까까머리다. 이렇게 사양할 거면 여럿이 있을 때도 조금만 더 사양하면 좋았을 텐데, 학교에서도, 하숙집에서도 조금만 더 사양하면 좋았을 텐데. 쓸데없는 곳에서 겸손을 떨고, 해야 할 때는 겸손하지 않다. 아니, 크게 행패를 부린다. 질이 안 좋은 까까머리다.

그때 뒤의 장지문이 스르륵 열리고 유키에 양이 공손히 까까머리 앞에 차를 한 잔 내려놓았다. 평소라면 '새비지티'가 나왔다며 놀릴 테지만, 주인 한 사람 앞에서조차 쩔쩔매고 있는데, 묘령의 아가씨가 학교에서 배운 정식 예법과 공손한 손놀림으로 찻잔을 내미니 까까머리는 어쩔 줄 몰라 했다. 유키에 양은 장지문을 닫으면서 싱긋 웃었다. 그러고 보면 유키에 양은 또래치고 상당히 대단하다. 까까머리에 비하면 훨씬 담력이 세다. 특히 조금 전 분해서 눈물을 뚝뚝 흘린 뒤라 이 '싱긋'이 더욱 돋보였다.

유키에 양이 나간 후, 두 사람은 잠시 아무 말 없이 가만히 있었지만, 이래서는 안 되겠다 싶은 주인이 마침내 입을 열었다.

"자네, 이름이 뭐라고?"

"후루이……."

"후루이? 후루이 뭐지? 이름이."

"후루이 부에몬."

"후루이 부에몬. 과연, 꽤 긴 이름이군. 요즘 이름이 아니야. 옛날 이름이지. 4학년이지?"

"아닙니다."

"3학년이야?"

"아닙니다. 2학년입니다."

"갑반인가?"

"을반입니다."

"을반이면 내가 맡은 반인데. 그렇군."

주인은 감탄했다. 사실 이 대두는 입학할 때부터 주인의 눈에 띄었던 터라 결코 잊을 리가 없다. 그뿐만 아니라 가끔은 꿈까지 꿀 정도로 감명받은 머리다. 다만, 태평한 주인은 이 머리와 이 고풍스러운 이름을 연결하고, 이렇게 연결된 것을 다시 2학년 을반으로 연결할 수는 없었던 것이다. 그래서 꿈까지 꿀 정도로 감명받은 머리가 자기 반 학생이라는 말을 듣고, 무심코 그렇구나 하고 속으로 손뼉을 친 것이다. 하지만 이 큰 머리에 옛날 이름을 가진, 더군다나 자기 반 학생이 무엇 때문에 지금 찾아왔는지 도무지 짐작할 수 없다. 원래 인기가 없는 주인이기에 명절이건 연말이건 학생이 찾아오는 일은 거의 없다. 찾아온 학생은 후루이 부에몬이 처음이라고 할 정도이니 진객이나, 찾아온 이유를 몰라서 주인도 몹시 난처한 듯하다. 이렇게 재미없는 사람 집에 그냥 놀러 올 리도 없고, 또 사직 권고를 위해 왔다면 좀 더 의기양양하게 앉아 있을 것이다. 그렇다고 부에몬 군이 여기에 일신상 볼일이 있다거나 상담을 해올 리도 없으니 아무리 생각해봐도 주인은 알 수가 없다. 부에몬 군의 모습을 보니, 어쩌면 당사자조차 무슨 연유로 여기까지 왔는지 확실히 알지 못할지도 모른다. 어쩔 수 없이 주인은 마침내 대놓고 묻기 시작했다.

"자네, 놀러 왔는가?"

"아닙니다."

"그럼 무슨 볼일이 있나?"

"네."

"학교 일인가?"

"네, 조금 드릴 말씀이 있어서……."

"음, 무슨 일로? 자, 말해보게."

그런데 부에몬 군은 고개를 숙인 채 아무 말도 하지 않았다. 원래 부에몬 군은 중학교 2학년 치고는 말을 꽤 잘하는 학생으로, 머리가 큰 데 비해 뇌력이 발달하지는 않았지만, 떠드는 일만큼은 반 학생 누구보다 뛰어나다. 실제로 얼마 전에 콜럼버스가 일본어로 뭐라고 하는지 알려달라고 해서 주인을 난처하게 한 자가 바로 부에몬 군이다. 그런 학생이 머뭇거리고 있으니 뭔가 중요한 할 말이 있는 듯하다. 단순히 겸손해서라고는 도저히 생각되지 않는다. 주인도 조금 미심쩍어했다.

"할 얘기가 있다며, 어서 말해."

"말씀드리기 조금 어려워서요……."

"말하기가 어려워?"

주인은 말하면서 부에몬 군의 얼굴을 보았지만, 상대는 여전히 고개를 숙이고 있으므로 무슨 일인지 도통 모르겠다. 하는 수 없이 말투를 조금 부드럽게 바꿔 말했다.

"무슨 말이든 괜찮아. 여기 나 말고 듣는 사람도 아무도 없어. 나도 다른 사람한테 말하지 않을 테니."

"말씀드려도 될까요?"

부에몬 군은 여전히 망설인다.

"그럼, 되지."

주인은 멋대로 판단했다.

"그럼 말씀드릴게요."

학생은 까까머리를 번쩍 치켜들고 주인 쪽을 눈부신 듯 바라보았다. 그 눈이 세모꼴이다. 주인은 볼을 부풀리고 담배 연기를 내뿜으면서 고개를 살짝 옆으로 돌렸다.

"실은 그게…… 난처하게 되어서……."

"뭐가?"

"뭐냐면요. 아주 난처한 일이 있어서 찾아왔습니다."

"그러니까 뭐가 난처한데?"

"그런 짓을 할 생각은 없었는데, 하마다가 빌려달라고 사정해서."

"하마다라면 하마다 헤이스케 말인가?"

"네."

"하마다에게 하숙비라도 빌려줬나?"

"그런 걸 빌려준 게 아닙니다."

"그럼 뭘 빌려줬지?"

"이름을 빌려줬어요."

"하마다가 자네 이름을 빌려서 뭘 했는데?"

"연애편지를 보냈습니다."

"뭘 보내?"

"그래서 이름은 싫고 우편함에 넣는 역할만 하겠다고 했습니다."

"무슨 소리인지 모르겠군. 대체 누가 뭘 어쨌다는 거야."

"연애편지를 보냈어요."

"연애편지를 보냈어? 누구한테?"

"그러니까 말씀드리기 어렵다고 한 거예요."

"그럼 자네가 누구한테 연애편지를 보냈는데?"

"아뇨, 제가 아니라요."

"하마다가 보냈어?"

"하마다도 아니에요."

"그럼 누가 보낸 건가?"

"누군지 모르겠어요."

"무슨 소리인지 하나도 모르겠군. 그럼 아무도 보내지 않았다는 건가?"

"이름만 제 이름이에요."

"이름만 자네 이름이라, 무슨 말인지 알아들을 수가 없잖아. 좀 더 조리 있게 말해봐. 그 연애편지를 받은 사람은 누구인가?"

"가네다라고, 건너편 골목에 사는 여자입니다."

"가네다라면 사업가 말인가?"

"네."

"그럼 이름을 빌려줬다는 건 무슨 소리지?"

"그 여자가 하이칼라에 건방을 떨어대서 연애편지를 보냈어요. 하마다가 이름이 없으면 안 된다고 해서, 그럼 네 이름을 쓰라고 하니까, 자기 이름은 시시하다고, 후루이 부에몬이 더 근사하다고 해서 결국 제 이름을 빌려준 겁니다."

"그래서 자네, 그 여자를 아나? 교제라도 한 거야?"

"교제고 뭐고 없어요. 얼굴 한 번 본 적 없으니까요."

"막 나가는군. 얼굴도 모르는 여자한테 연애편지를 보내다니, 무슨 생각으로 그런 짓을 했지?"

"그냥 다들 그 여자가 건방지고 잘난 척한다고 해서 놀려준 거예요."

"더 가관이군. 그럼 자네 이름을 공공연하게 적어 보낸 거네."

"네, 글은 하마다가 썼고요. 제가 이름을 빌려주고 엔도가 밤에 그 집까지 가서 우편함에 넣고 왔습니다."

"그럼 셋이 공동으로 했군."

"네, 그런데 나중에 생각해보니 만약 들켜서 퇴학이라도 당하면 큰일이겠다 싶어서요. 이삼일 동안 잠도 못 자고 멍하니 있었습니다."

"또 바보 같은 짓을 했군. 그래서 분메이중학교 2학년 후루이 부에몬이라고 썼나?"

"아뇨, 학교 이름은 쓰지 않았습니다."

"학교 이름은 안 썼다니 다행이군. 학교 이름까지 썼으면 그야말로 분메이중학교의 망신 아닌가."

"어떻게 될까요, 퇴학당하나요?"

"글쎄."

"선생님, 제 아버지는 아주 엄하신 데다 어머니는 계모라서 만약 퇴학이라도 당하는 날엔 큰일 납니다. 정말 퇴학당하나요?"

"그러니까 행동을 조심했어야지."

"그러려고 한 건 아닌데 어쩌다 보니 그렇게 된 거예요. 퇴학당하지 않게 무슨 방법이 없을까요?"

부에몬 군은 울먹이는 소리로 자꾸 애원했다. 장지문 뒤에서는 아까부터 안주인과 유키에 양이 킥킥 웃고 있다. 주인은 끝까지 거드름을 피우며 "글쎄"를 연발하고 있다. 상당히 재미있다. 내가 재미있다고 하면, 뭐가 그리 재미있냐고 묻는 사람이 있을지도 모른다. 묻는 게 당연하다. 인간이든, 동물이든, 자기 자신을 아는 것은 삶에서 중요한 일이다. 인간이 자신을 알 수 있다면, 인간도 인간으로서 고양이보다 존경을 받아도 좋다. 그때는 나도 이런 장난스러운 글을 쓰는 게 멋쩍을 테니 그만둘 생각이다. 그러나 스스로 자신의 코 높이를 알지 못하는 것처럼 자신이 어떤 사람인지 짐작하기 어려우니 평소 경멸하는 고양이에게까지 비슷한 질문을 던지는 것이다. 인간은 건방지지만 역시 어딘가 좀 모자라다. 만물의 영장이라고 우쭐대지만 이까짓 사실도 이해하지 못한다. 한술 더 떠 태연자약하게 구는 모습을 보면 큰 소리로 웃고 싶어진다. 그들은 만물의 영장을 등에 업고 자기 코가 어디에 있는지 가르쳐달라고 난리다. 그렇다면 만물의 영장에서 사직해야 하지 않나 싶지만, 어째서인지 죽어도 놓으려고 하지 않는다. 이렇게 버젓이 모순을 저지르고도 아무렇지 않게 있으니 애교가 된다. 애교가 되는 대신 바보로 만족해야 한다.

내가 지금 부에몬 군과 주인과 유키에 양을 재미있어하는 이유는, 단지 외부의 사건과 우연이 마주쳐 그 충돌의 파동이 엉뚱한 곳으로 전달되었기 때문이 아니다. 실은 그 충돌의 파동이 인간 마음에 저마다 고유의 음색을 일으키기 때문이다. 첫째로 주인은 이 사건에 대해 오히려 냉담하다. 부에몬 군의 아버지가 아무리 엄하고, 어머니가 계모인들 그다지 놀랍지 않다. 부에몬 군이 퇴학당하는 것은 자신이 면직되는 것과는 느낌이 사뭇 다르다. 천 명 가까운 학생이 모두 퇴학당한다면, 교사도 의식주가 궁해질지 모르나, 후루이 부에몬 군 한 사람의 운명이 어떻게 바뀌든, 주인의 생계와는 거의 관계가 없다. 관계가 희미한 곳에는 동정도 자연히 희미해진다. 생면부지의 남을 위해 눈살을 찌푸리거나 코를 풀거나 탄식을 하는 것은 전혀 자연스럽지 않다. 인간이 그렇게 정이 많고 동정심이 깊은 동물일 리 없다. 그저 세상에 태어난 세금으로 가끔 교제를 위해 눈물을 흘리거나 안쓰러운 표정을 지어 보일 뿐이다. 말하자면, 이런 가면술은 사실 뼈를 깎는 예술이다. 이런 가면술에 능한 사람은 예술적 양심이 강한 사람이라고 불리며 세상에서 매우 귀하게 여겨진다. 그래서 남에게 귀하게 여겨지는 인간만큼 수상한 자도 없다. 시험해보면 금방 안다. 이런 점에서 주인은 오히려 어설픈 부류에 속한다고 할 수 있다. 귀하게 여겨지지 않으니 내부의 냉담함을 의외로 숨기지 않고 드러낸다. 그가 부에몬 군에게 "글쎄"를 반복하는 것만 봐도 잘 알 수 있다. 여러분은 냉담하다고 해서 결코 주인과 같은 착한 사람을 미워해서는 안 된다. 냉담함은 인간 본래의 성질로, 그 성질을 감추려고 애쓰지 않는 자는 정직한 사람이다. 만약 여러분이 이럴 때 냉담함 이상을 바란다면 그야말로 인간을 과대평가한 것이다. 정직마저 바닥난 세상에 그 이상을 기대하는 것은 바킨의 소설 속 등장인물들이 소설 밖으로 뛰쳐나와 옆집으로 이사 오지 않는 한은 있을 수 없는 무리한 주문이다. 주인 이야기는 일단 이쯤 하고, 이번에는 거실에서 웃는 여자들 이야기를 하자면, 그녀들은 주인의 냉담함을 한 발짝 앞서 걸어가며, 우스꽝스러운 영역에 뛰어들어 기뻐하고 있다. 이 여성들에게는 부에몬 군이 괴로워하는 연애편지 사건이 부처님 말씀처럼 감사하다. 이유 없이 그냥 고맙다. 굳이 파헤쳐 보자면 부에몬 군의 난처함이 고마운 것이다. 여자들에게 물어보시라. '당신은 남이 곤란해하는 모습을 보고 재미있다며 웃습니까?'라고. 질문을 받은 사람은 이런 질문을 던진 자를 바보라고 할 것이다. 바보라고 하지 않으면, 일부러 이런 질문을 던져 숙녀의 품위를 모욕했다고 할 것이다. 모욕했다고 생각하는 것은 사실일지 몰라도, 타인의 곤경을 비웃는 것도 사실이다. 앞으로 내 성품을 모욕하는 것을 직접 보여드릴 테니 뭐라고 하지 마세요, 라고 미리 못 박아 두는 것과 다름없다. 나는 도둑질을 한다, 그러나 결코 부도덕하다고 해서는 안 된다, 만약 부도덕하다고 한다면 내 얼굴에 먹칠을 하는 것이다, 나를 모욕하는 것이다, 라고 주장하는 것과 같다. 여자는 꽤 영리하다. 생각에 조리가 있다. 적어도 인간으로 태어난 이상, 밟히거나 차이거나 야단맞거나, 심지어 사람이 돌아보지 않을 때도 태연하게 있을 각오가 필요할 뿐만 아니라, 침을 맞고, 똥을 뒤집어쓰고, 큰소리로 비웃음당하는 것을 기쁘게 여겨야 한다. 그렇지 않으면 이렇게 영리한 여자들과 교제할 수 없다. 부에몬 군도 엉뚱한 실수 때문에 무척 송구스러워하고 있는데, 이렇게 송구스러워하는 사람을 뒤에서 비웃는 것이 실례라는 정도는 알고 있을지도 모르나, 그것은 나이 어린 사람의 치기로, 남이 실례를 했을 때 화내는 것을 상대방이 소심하다고 하니까, 그런 말을 듣는 게 싫다면 얌전히 있는 게 좋다. 마지막으로 부에몬 군의 심정을 잠깐 소개하겠다. 부에몬 군은 걱정의 화신이다. 그 위대한 두뇌는 나폴레옹의 두뇌가 공명심으로 충만한 것처럼 걱정으로 부풀어 있다. 때때로 그 동글동글한 코가 실룩실룩 움직이는 것은, 걱정이 안면신경에 전달되어 반사작용처럼 무의식적으로 활동하는 현상이다. 그는 커다란 총탄을 삼켜버린 것처럼 뱃속에 어떻게 할 수 없는 덩어리를 품고, 요 이삼일 동안 어떻게 대처해야 할지 몰라 끙끙대고 있다. 마땅한 해결책이 없고 너무 절박한 나머지, 담임이라는 사람을 찾아가면 어떻게든 도와주겠지 싶어, 싫은 사람 집에 큰 머리를 숙이고 찾아온 것이다. 그는 평소 학교에서 주인을 놀리거나 동급생을 선동하여 곤란하게 한 일은 까맣게 잊고 있다. 아무리 놀리고 곤란하게 해도 담임이라는 이름이 붙은 이상은 걱정해줄 게 틀림없다고 믿고 있는 듯하다. 상당히 단순하다. 담임은 주인이 좋아서 맡은 게 아니다. 교장의 명령으로 어쩔 수 없이 맡은, 말하자면 메이테이 선생의 백부가 쓰고 있는 중절모 같은 것이다. 그저 이름뿐이다. 단지 이름뿐이어서는 어떻게 할 수가 없다. 이름이 실제로 도움이 된다면 유키에 양은 이름만으로 맞선이 성사되고도 남았다. 부에몬 군은 그저 제멋대로일 뿐만 아니라 타인이 자기에게 반드시 친절해야 한다는, 인간을 과대평가한 가정에서 출발하고 있다. 웃음거리가 될 줄은 몰랐을 것이다. 부에몬 군은 담임 집에 찾아와 분명 인간에 대한 하나의 진리를 발견했을 것이다. 그는 이 진리 덕분에 앞으로 점점 더 진짜 인간이 될 것이다. 타인의 걱정에 냉담해질 것이다. 타인이 난처해할 때는 큰 소리로 웃을 것이다. 이로써 천하는 미래의 부에몬 군으로 채워질 것이다. 가네다 씨와 가네다 부인으로 채워질 것이다. 나는 부에몬 군이 한시라도 빨리 자각하여 진짜 인간이 되기를 간절히 희망한다. 그렇지 않으면 아무리 걱정하고, 아무리 후회하고, 아무리 선을 향하는 마음이 간절하다 한들 가네다 씨와 같은 성공은 얻을 수 없다. 아니, 사회는 머지않아 부에몬 군을 인간의 거주지 밖으로 추방할 것이다. 분메이 중학교에서 퇴학당하는 정도로 끝나지 않을 것이다.

이런 생각을 하며 재미있어하고 있는데, 문이 열리더니 현관문 뒤에서 얼굴 반쪽이 스윽 나타났다.

"선생님."

주인은 부에몬 군에게 '글쎄'만 반복하고 있다가 현관에서 '선생님' 하는 소리에 누굴까 하고 그쪽을 쳐다봤다. 문에서 반쯤 드러난 얼굴은 바로 간게쓰 군이었다.

"자넨가, 어서 들어오게."

주인은 말만 그렇게 하고 여전히 앉아 있다.

"손님이 있나 보군요."

간게쓰 군은 아직도 얼굴을 반만 드러낸 채 되물었다.

"뭐 괜찮네, 어서 들어오게."

"실은 잠시 선생님을 모시러 온 건데요."

"어디를 가려고? 또 아카사카인가? 그쪽은 이제 싫네. 지난번에 생각 없이 걸었다가 다리가 몽둥이처럼 부었네."

"오늘은 괜찮을 겁니다. 오랜만에 같이 나가시죠?"

"어디 가는데? 자자, 일단 들어와."

"우에노에 가서 호랑이 울음소리나 들을까 해서요."

"시시하군. 그보다 잠시 올라오게."

간게쓰 군은 멀리서는 도저히 담판을 지을 수 없다고 생각했는지 신발을 벗고 슬금슬금 들어왔다. 여느 때처럼 엉덩이에 천을 덧댄 쥐색 바지를 입고 있는데, 이는 유행 때문도, 엉덩이가 무거워 해졌기 때문도 아니다. 본인의 변명에 의하면, 최근 자전거 연습을 시작했는데 국부에 비교적 많은 마찰이 가해지기 때문이란다. 미래의 아내로 주목하고 있는 사람에게 연애편지를 보낸 사랑의 원수인 줄은 꿈에도 모르고 "실례하겠네" 하고 부에몬 군에게 가볍게 인사하고 툇마루 가까운 곳에 자리를 잡았다.

"호랑이 울음소리 들어봤자 시시할 것 같은데."

"네, 지금이야 그렇죠. 여기저기 산책하다가 밤 11시쯤에 우에노로 갈 겁니다."

"흐음."

"그러면 공원 안의 노목 숲이 굉장할 거예요."

"글쎄, 낮보다야 조금 한산하겠지."

"그래서 되도록 숲이 무성하고, 낮에도 인적이 드문 곳을 골라 걷다 보면 어느새 속세에서 벗어나 산속을 헤매는 듯한 기분이 들 겁니다."

"그런 기분이 들면 뭐가 어떻게 되는데?"

"그런 기분으로 잠시 서 있으면 곧 동물원 안에서 호랑이가 웁니다."

"그렇게 딱 맞춰서 울겠나?"

"틀림없이 울 겁니다. 그 울음소리가 낮에도 이과대학에 들릴 정도니까요. 조용하고 이슥한 밤에 인적은 없는데 소름이 끼치면서 귀신 냄새가 코를 찌를 때……"

"귀신 냄새가 코를 찌르다니 무슨 소리인가?"

"왜 그런 말들 하잖습니까, 무서울 때."

"그런가, 못 들어본 것 같은데. 그래서?"

"호랑이가 우에노의 늙은 삼나무 잎사귀를 모조리 떨어뜨릴 기세로 울 겁니다. 굉장할 겁니다."

"그야 굉장하겠지."

"어떻습니까, 모험을 떠나지 않으실래요? 분명 유쾌하실 겁니다. 한밤중 들어보지 않았다면 호랑이 울음소리를 들어봤다고 할 수 없지요."

"글쎄."

주인은 부에몬의 애원에 냉담했던 것처럼, 간게쓰 군의 탐험에도 냉담했다. 이때까지 묵묵히 호랑이 이야기를 부러운 듯 듣고 있던 부에몬 군은 주인의 '글쎄'라는 말에서 새삼 자신의 처지를 떠올렸는지 "선생님, 저는 너무 걱정됩니다. 어떻게 하면 좋을까요?" 하고 다시 물었다. 간게쓰 군은 의아한 얼굴로 학생의 커다란 머리를 보았다. 나는 생각해야 할 게 있어서 잠깐 실례하고 거실로 돌아갔다.

거실에서는 안주인이 킥킥거리며 교토산 싸구려 찻잔에 반차를 가득 따라 안티몬 찻잔 받침 위에 올려놓으며 말했다.

"유키에, 이것 좀 갖다주고 올래?"

"제가요? 싫어요."

"왜?"

안주인은 조금 놀란 모습으로 웃음을 그쳤다.

"왜라뇨, 그냥 싫어요."

유키에 양은 갑자기 시침 뚝 떼고 옆에 있던 〈요미우리 신문〉을 덮치듯 눈을 떨어뜨렸다. 안주인은 일단 협상을 시작했다.

"어머, 오늘 이상하네. 간게쓰 군이야. 괜찮아."

"그래도 전 싫어요."

유키에 양은 〈요미우리 신문〉에서 눈을 떼지 않았다. 이런 때 한 글자도 눈에 들어오지 않겠지만, 읽지 않은 것을 들추어내면 또 울기 시작할 것이다.

"부끄러울 게 뭐 있어."

이번에는 안주인이 웃으며 일부러 찻잔을 〈요미우리 신문〉 위로 밀었다.

유키에 양이 "어머, 얄궂다"라며 찻잔 밑 신문을 빼내려다가 접시에 걸려 차가 쏟아지는 바람에 신문 위에서 다다미 틈새로 흘러 들어갔다.

"그것 봐라" 하고 안주인이 말하자 유키에 양이 "어머, 큰일이네" 하며 부엌으로 달려갔다. 걸레라도 가지고 올 모양이다. 나는 이 희극이 조금 재미있었다.

간게쓰 군은 아무것도 모르고 손님방에서 이상한 소리를 하고 있다.

"선생님, 장지를 새로 발랐네요. 누가 발랐습니까?"

"여자가 발랐네. 잘 발랐지?"

"네, 수준급이네요. 가끔 오는 아가씨가 발랐나요?"

"응, 그 아이도 거들었지. 이 정도면 시집갈 자격이 충분하다고 우쭐대고 있어."

"아, 그렇군요" 하고 말하면서 간게쓰 군은 장지문을 쳐다보고 있다.

"이쪽은 평평한데 오른쪽 끝은 종이가 좀 남고 울었네요."

"그쪽부터 발라서 그래. 가장 경험이 부족할 때 한 곳이라서."

"그렇군요. 좀 서투네요. 저 표면은 초월 곡선이라 보통 펑션(Function, 함수)으로는 도저히 나타낼 수 없습니다."

간게쓰 군이 이학사답게 어려운 말을 하자 주인이 "그런가" 하고 어정쩡한 대답을 했다. 이런 상황에서는 아무리 탄원해봤자 도저히 가망이 없다고 판단한 부에몬 군은 갑자기 위대한 두개골을 다다미 위에 처박고 말없이 결별의 뜻을 표했다. 주인은 "돌아가려고?" 하고 말했다. 부에몬 군은 넓적한 삼나무 나막신을 끌고 힘없이 문을 나섰다. 가엾다. 저렇게 두면 바위 위에 '암두(巖頭)의 음(吟)'이라고 남기고 게곤 폭포에 몸을 던질지도 모른다.* 따지고 보면 가네다 댁 딸의 하이칼라와 건방에서 비롯된 일이다. 만약 부에몬 군이 죽으면 유령이 되어 그 딸을 죽이는 게 좋을 것이다. 그런 여자가 세상에서 한두 명 사라진다 해도 남자도 조금도 아쉬울 게 없다. 간게쓰 군도 좀 더 아가씨다운 여자를 얻는 게 좋다.

"선생님 학생인가요?"

"응."

"머리가 상당히 크네요. 공부는 잘하나요?"

"머리 크기에 비해서는 보잘것없지만, 가끔 묘한 질문을 하네. 얼마 전에 콜럼버스를 일본어로 뭐라고 하느냐고 물어서 아주 진땀을 뺐지."

"머리가 너무 크니까 그런 쓸데없는 질문을 하는 거죠. 그래서 뭐라고 하셨어요?"

"어? 그냥 적당히 번역해줬네."

"그래도 해주긴 하셨네요. 정말 대단하십니다."

---

* 실제로 1903년에 소세키의 제자가 바위 위에 '암두의 음'이란 유서를 남기고 게곤 폭포에서 투신자살했다.

"애들은 그렇게 해주지 않으면 신뢰하지 않으니까."

"선생님도 정치인이 다 되셨네요. 하지만 아까 같은 모습으로는 힘이 하나도 없어 보여서 선생님을 골탕 먹일 것 같진 않은데요."

"오늘은 조금 기를 못 펼 만하지. 바보 같은 놈이야."

"무슨 일인데요? 잠깐 봤는데도 무척 가여워 보이더군요. 대체 무슨 일입니까?"

"정말 어리석은 짓을 했네. 가네다 씨 딸한테 연애편지를 보냈어."

"네? 저 대두가요? 요즘 학생들 참 대단하네요. 놀랍습니다."

"자네도 걱정되겠지만······."

"전혀 걱정되지 않습니다. 오히려 재밌는데요. 연애편지를 아무리 보내도 전 괜찮습니다."

"그래, 자네가 안심된다면야 상관없지만······."

"상관없어요. 저는 정말 상관없습니다. 하지만 그 대두가 연애편지를 썼다는 건 조금 놀랍군요."

"그게 말이야. 놀리려고 썼다는군. 그 아가씨가 하이칼라에다 건방을 떤다고 놀려주자고 셋이 작당해서······."

"셋이서 편지 한 통을 가네다 댁 아가씨한테 보냈다고요? 희한하네요. 1인분의 서양 요리를 세 사람이 먹는 격이잖아요."

543

"그런데 분담을 했다더군. 한 녀석은 글을 쓰고, 한 녀석은 우편함에 넣고, 또 한 녀석을 이름을 빌려줬다네. 그래서 지금 온 놈이 이름을 빌려준 녀석인데, 이 녀석이 제일 문제야. 가네다 씨 딸 얼굴도 본 적이 없대. 어쩌다 그런 엉뚱한 짓을 벌인 건지."

"요새 들어 가장 큰 사건이네요. 걸작이에요. 저 대두가 여자한테 연애편지를 보내다니 재미있지 않습니까?"

"별일 없어야 할 텐데."

"괜찮을 겁니다. 상대가 가네다 댁인데요."

"그래도 자네가 결혼할지도 모르는 사람 아닌가."

"그래도 상관없습니다. 가네다 따위, 아무 상관 없어요."

"자네는 상관없어도……."

"뭐 그쪽도 상관하지 않을 거예요. 괜찮습니다."

"그럼 그건 괜찮다 치고, 아무튼 당사자가 지나고 보니 갑자기 양심의 가책을 받아 겁이 나니까, 걱정돼서 우리 집에 상담하러 온 거야."

"아, 그래서 그렇게 풀이 죽어 있었군요. 소심한 학생인가 봅니다. 선생님은 뭐라고 해주셨어요?"

"본인이 퇴학당할까 봐 그게 가장 걱정인가 보더군."

"왜 퇴학을 당하죠?"

"나쁘고 부도덕한 짓을 했으니까."

"뭐, 부도덕하다고 할 정도도 아니지 않나요? 상관없을 것 같은데. 가네다 댁에서는 명예롭게 생각해서 분명 퍼뜨리고 다닐 테니까요."

"설마."

"어쨌든 불쌍하네요. 그런 짓이 나쁘다고는 해도 그렇게 걱정하다가 젊은 이 하나만 죽어나게 생겼네요. 머리는 커도 인상은 그리 나쁘지 않던데요. 코도 실룩거리는 게 귀여워요."

"자네도 메이테이처럼 어지간히 태평한 말을 하는군."

"뭐, 이게 시대 풍조니까요. 선생님은 너무 구식이라 뭐든지 어렵게 해석하시는 경향이 있어요."

"하지만 바보 같잖아. 알지도 못하는 사람한테 장난으로 연애편지나 보내고, 너무 몰상식해."

"장난은 대개 상식을 벗어나지요. 도와주시죠. 다 공덕이 될 겁니다. 저러다간 게곤 폭포로 가겠어요."

"그런가."

"그럼요. 좀 더 분별력 있는 다 큰 어른들도 그보다 더 심한 못된 장난을 쳐도 모르는 체하잖습니까. 저 학생을 퇴학시킨다면, 그런 자들도 닥치는 대로 추방해야 공평하지 않을까요?"

"그건 그렇지."

"그래서 어떻습니까? 우에노로 호랑이 울음소리를 들으러 가시는 건?"

"호랑이?"

"네, 가시죠. 실은 이삼일 안에 고향을 잠시 다녀와야 할 일이 생겨서 당분간 어디에도 동행할 수 없어서요. 오늘은 꼭 같이 산책하고 싶어서 왔습니다."

"그래, 고향에 다녀온다고? 무슨 볼일이라도 있나?"

"네, 일이 좀 생겨서요. 아무튼 나가시죠."

"그래, 그럼 나가볼까."

"자, 가시죠. 오늘은 제가 맛있는 걸 대접하겠습니다. 그런 다음 운동을 하고 우에노로 가면 딱 적당하겠네요."

간게쓰 군이 자꾸 재촉하니까 주인도 궁금한 마음이 들어 함께 외출했다. 뒤에서는 안주인과 유키에 양이 깔깔깔 웃고 있었다.

11

 도코노마 앞에 바둑판을 사이에 두고 메이테이 선생과 도쿠센 선생이 마주 앉아 있다.
 "그냥은 안 하지. 지는 쪽이 한턱내는 걸로 하세. 알겠나?"
 메이테이 선생이 다짐을 두자 도쿠센 선생이 여느 때처럼 염소수염을 잡아당기며 이렇게 말했다.
 "그러면 모처럼 하는 고상한 놀이가 속된 것이 돼버리지 않나. 내기 따위로 승부에 마음을 빼앗기면 흥이 떨어지네. 승패에 연연하지 말고, 흰 구름이 저절로 산봉우리를 지나 유유히 흘러가는 심정으로* 돌을 놓아야 깊은 맛을 알 수 있지."

* 도연명의 시구절.

"또 시작이군. 그런 신선을 상대하면 힘들지.《열선전(列仙傳)》*에 등장하는 인물인가 보군."

"무현금**을 타는 게지."

"무선전신을 보낸다는 말인가?"

"아무튼 시작하세."

"자네가 흰 돌을 잡을 텐가?"

"아무렴 상관없네."

"과연 신선답게 대범해. 자네가 흰 돌이면 자연의 이치로 나는 검은 돌이군. 자, 두게나. 어디든 둬보게."

"검은 돌부터 두는 게 규칙일세."

"그렇군. 그렇다면 겸손하게 정석대로 여기다 둬야지."

"정석에 그런 건 없네."

"없어도 상관없어. 새로 개발한 정석이니까."

나는 우물 안 고양이라 바둑판이라는 물건을 근래에 와서 처음 보았는데, 보면 볼수록 묘하게 생겼다. 넓지도 않은 네모난 나무판을 쩨쩨하게 다시 칸칸이 나누고 눈이 핑핑 돌아갈 정도로 어수선하게 흰 돌과 검은 돌을 늘어놓는다. 그러고선 이겼네, 졌네, 죽었네, 살았네, 땀을 뻐질뻐질 흘리면서 호들갑을 떤다. 기껏해야 사방 30센티 면적이다. 고양이 앞발로 한 번 할퀴기만 해도 엉망진창이 된다. 끌어모아

---

* 중국 최초의 신선 설화집.
** 줄 없는 거문고. 줄이 없어도 마음속으로는 울린다는 뜻이다.

이으면 초가집이 되고, 풀어놓으면 다시 들판이 된다. 쓸데없는 장난질이다. 팔짱을 끼고 바둑판을 바라보는 편이 훨씬 속 편하다. 게다가 처음 30, 40수까지는 돌을 늘어놓는 방식이 별로 눈에 거슬리지 않는데, 마지막 결전의 순간에 곁눈질로 보면 꼴이 말이 아니다. 흰 돌과 검은 돌이 바둑판에서 흘러내릴 정도로 서로 밀치락달치락하고 있다. 갑갑하다고 옆에 있는 놈에게 비켜달라고 할 수도 없고, 방해된다며 앞 선생한테 나가라고 명령할 권리도 없다. 천명이라 여기고 포기한 채 옴짝달싹 못 하고 가만히 웅크리고 있을 수밖에 없다. 바둑을 발명한 것은 인간이므로, 인간의 취향이 국면에 나타난다고 하면, 갑갑한 바둑돌의 운명은 옹졸하고 쩨쩨한 인간의 성품을 대표한다고 해도 무방하다. 인간의 성품을 바둑알의 운명으로 점쳐본다면, 인간이란 천공해활의 세계를 스스로 좁혀, 자신이 두 발로 서 있는 자리 밖으로는 절대로 발을 내딛지 못하도록 잔재주를 부려서 자기 영역에 줄을 치는 것을 좋아한다 하지 않을 수 없다. 한마디로 인간이란 고통을 굳이 사서 하는 존재라고 평해도 좋을 것이다.

　태평한 메이테이 선생과 신선 같은 도쿠센 선생은 무슨 생각인지 오늘따라 선반에서 해묵은 바둑판을 꺼내 이 숨 막히게 답답한 장난을 시작했다. 과연 두 사람이 모였으니, 처음에는 흰 돌과 검은 돌이 그들 뜻대로 자유로이 오갔지만, 바둑판의 넓이에 한계가 있어 돌을 놓을 때마다 점점 칸이 채워지니 아무리 태평하고, 아무리 신선 같다 한들 갈수록 답답해지는 건 당연지사다.

"메이테이, 자네 바둑은 난폭하군. 그런 곳에 치고 들어오는 법은 없네."

"선승의 바둑에는 그런 법이 없을지 모르나, 혼인보*에는 있으니 어쩔 수 없지."

"하지만 그러다 죽을 텐데."

"신(臣), 죽음도 불사하거늘 하물며 돼지 어깨쯤이야.** 일단 이렇게 가보지."

"그렇게 나오셨겠다. 좋네. 남쪽에서 훈풍이 불어오니 궁궐이 선선하구나.*** 이렇게 이어붙이면 되지."

"이런, 이렇게 나오다니, 역시 대단하네. 설마 그리 둘 이야. 그럼 치지만 말아주게, 하치만 종을.**** 이러면 어쩔 텐가?"

"어떻게 하긴. 단칼에 내리쳐야지⋯⋯ 아, 귀찮아. 과감히 베어야겠군."

"이야, 큰일이군. 거기가 끊기면 죽는데. 그럴 순 없지. 좀

---

* 일본에서 오래전부터 내려오는 4대 바둑 가문 중 하나.
** 《사기》의 〈항우본기〉에 나오는 고사를 비튼 것.
*** 당나라 문종이 신하와 주고받은 시.
**** 하치만 종은 도쿄에서 가장 큰 신사인 하치만궁에서 때를 알리는 종으로, 유곽이 있는 요시와라와 가까워 남녀의 이별을 아쉬워할 때 자주 쓰이는 표현이다.

물러주게."

"그러게 아까부터 말하지 않았나. 이런 데로 들어오면 안 된다고."

"잘못 기어들어와 실례했습니다. 이 흰 돌을 좀 물러주게."

"그것도 무르라고?"

"내친김에 그 옆의 것도 물러줘."

"이봐, 너무 뻔뻔하잖아."

"Do you see the boy?* 에이, 우리 사이에 왜 이러나. 그러지 말고 한 번만 봐줘. 죽느냐 사느냐의 문제잖아. '잠깐, 잠깐' 하면서 객석 통로에서 무대로 뛰어나가는 길이란 말이야."**

"난 그런 거 모르네."

"몰라도 좋으니 좀 물러줘."

"자네 아까부터 여섯 번이나 물렀지 않나."

"기억력도 좋네. 다음에 내가 두 배 물러주겠네. 그러니 좀 물러줘. 자네도 고집불통이군. 좌선 같은 걸 했는데도 그리 팍팍해서야."

"하지만 이 돌이 안 죽으면 내가 질 것 같은데……."

---

* '이봐, 너무 뻔뻔하잖아(즈즈시이제, 오이)'의 일본어 발음과 '두 유 씨 더 보이' 발음이 비슷해서 잘못 들은 척하고 있다.
** 가부키 〈시바라쿠(잠깐)〉에 나오는 장면.

"자네는 처음부터 져도 상관없다는 식이지 않았나."

"난 져도 상관없는데 자네한테는 지고 싶지 않군."

"도를 잘못 닦았군. 여전히 봄바람이 번개를 가르는 격이군."

"봄바람이 번개를 가르는 게 아니라 번개가 봄바람을 가르는 걸세. 자네 거꾸로 말했어."

"하하하하, 거꾸로 해도 모를 줄 알았는데 역시 예리해. 그럼 어쩔 수 없으니 포기해야 하나."

"생사사대 무상신속(生死事大 無常迅速)*이니, 포기하시지."

"아멘."

메이테이 선생은 이번에는 뜬금없는 곳에 돌 하나를 내려놓았다. 도코노마 앞에서 메이테이 선생과 도쿠센 선생이 열심히 승패를 다투고 있는데, 손님방 입구에 간게쓰 군과 도후 군이 나란히 있고, 그 옆에 주인이 누렇게 뜬 얼굴로 앉아 있다. 간게쓰 군 앞에 말린 가다랑어 세 마리가 벌거벗은 채 다다미 위에 가지런히 배열된 모습이 참으로 가관이다.

이 가다랑어포는 간게쓰 군 주머니에서 나왔다. 벌거숭이지만 막 꺼냈을 때는 손바닥에 온기가 전해질 만큼 따뜻했다. 주인과 도후 군이 묘한 눈빛으로 가다랑어를 보고 있는

---

* 삶에서 영원한 것은 없으며 빨리 사라진다는 뜻.

데, 간게쓰 군이 이윽고 입을 열었다.

"실은 나흘 전쯤 고향에서 돌아왔는데, 이런저런 일들이 있어서 여기저기 다니느라고 차마 오질 못했습니다."

"서두를 게 뭐 있나."

주인은 여느 때처럼 무뚝뚝하게 말했다.

"서두르지 않아도 되지만, 이 선물을 빨리 전해드리지 못할까 걱정되어."

"가다랑어포 아닌가."

"예, 고향 특산품입니다."

"특산품이라도 그런 건 도쿄에도 있을 것 같은데."

주인은 가장 큰 놈을 하나 집어 들고 코끝으로 가져가 냄새를 맡아본다.

"냄새로는 좋은 가다랑어포인지 알 수가 없습니다."

"그럼 조금 크다고 특산품이라는 건가?"

"한번 드셔보시죠."

"어차피 먹기야 하겠지만. 요놈은 대가리가 좀 뜯긴 것 같은데?"

"그래서 빨리 못 가져오면 어쩌나 걱정이라고 한 겁니다."

"왜?"

"쥐가 갉아 먹었으니까요."

"그럼 위험하지. 잘못 먹으면 페스트에 걸려."

"뭐, 괜찮습니다. 그 정도 갉아 먹었다고 해서 해가 되진 않아요."

"대체 쥐가 어디서 갉아 먹었는가?"

"배 안에서요."

"배 안? 어쩌다?"

"넣을 데가 없어서 바이올린과 함께 자루 속에 넣고 배를 탔더니 그날 밤에 당했습니다. 가다랑어뿐이라면 좋겠지만, 소중한 바이올린 몸통까지 역시 가다랑어포로 착각했는지 조금 갉아 먹었더군요."

"덤벙대는 쥐군. 배 안에서 살다 보니 분별력이 떨어진 건가."

주인은 누구도 알아들을 수 없는 말을 하며 여전히 가다랑어포를 바라보고 있다.

"뭐, 쥐니까 어디 살든 덤벙대겠죠. 그래서 하숙집에 갖다 두면 또 당할까 봐요. 불안해서 밤마다 이불 속에서 안고 잤습니다."

"좀 지저분할 것 같은데."

"그러니까 드시려면 씻어서 드세요."

"그래도 찝찝한데."

"그럼 양잿물에라도 담갔다가 박박 닦으면 되죠."

"바이올린도 안고 잤나?"

"바이올린은 너무 커서요, 안고 잘 수가 없……."

그때 저쪽에서 메이테이 선생이 간게쓰 군의 말을 자르고 큰 소리로 이쪽 이야기에도 끼어들었다.

"뭐? 바이올린을 안고 잤다고? 그것참 풍류로군. '가는 봄이여, 비파를 안은 무거운 마음'이라는 하이쿠도 있네만, 그건 아주 먼 옛날 일이지. 메이지의 수재는 바이올린을 안고 자지 않고선 옛사람을 능가할 수 없어. '잠옷 자락에 기나긴 밤을 지키는 바이올린이여'는 어떤가? 도후 군, 신체시로 쓸 수 있겠나?"

"신체시는 하이쿠와 달리 그렇게 급하게 지을 수 없습니다. 그러나 일단 완성되면 영혼을 울리는 묘한 울림이 있지요."

도후 군은 진지하게 대답했다.

"그런가. 영혼은 겨릅을 태워 불러들일 줄 알았는데, 역시 신체시의 힘으로도 부를 수 있단 말이지?"

메이테이 선생은 바둑을 제쳐두고 놀리는 데 여념이 없다.

"그런 쓸데없는 소리를 하다가는 또 질 텐데."

주인은 메이테이 선생에게 주의를 주었다. 메이테이 선생은 그런 말을 듣고도 태연하게 말했다.

"이기고 싶어도, 지고 싶어도, 상대가 가마솥에 든 문어나 다름없으니 나도 무료해서 어쩔 수 없이 바이올린 무리에 낀 거네."

그러자 상대인 도쿠센 선생이 다소 격한 어조로 내뱉었다.

"이제 자네 차례야. 언제까지 기다려야 하나?"

"어? 벌써 됐나?"

"됐고말고. 둔 지가 언젠데."

"어디에?"

"이 흰 돌을 비스듬히 이었네."

"그렇단 말이지. 이 흰 돌을 이어서 지겠다는 건가? 그렇다면 나는, 나는, 나는, 하다가 아무래도 날이 저물겠군. 아무래도 좋은 수가 없어. 자네, 한 수 더 두게 해줄 테니 마음대로 놓게."

"그런 바둑이 어디 있나?"

"그런 바둑이 어디 있나, 라고 하면 내가 둬야지. 그럼 이 귀퉁이에 좀 구부러지게 둘까? 간게쓰 군, 자네 바이올린은 싸구려라 쥐가 우습게 보고 갉아 먹은 거야. 분발해서 좀 더 좋은 것을 사게. 내가 이탈리아에서 삼백 년 된 골동품을 가져다줄까?"

"제발 부탁드립니다. 그런 김에 결제까지 부탁드리고 싶은데요."

"그런 고물이 무슨 도움이 되겠나?"

아무것도 모르는 주인이 메이테이 선생을 몰아붙였다.

"자네는 고물 인간과 고물 바이올린을 동일시하는 모양이군. 고물 인간이라도 가네다 아무개 같은 자는 지금도 유행하고 있지 않은가. 하지만 바이올린은 오래될수록 좋은 것이네. 자, 도쿠센, 빨리 두게. 게이마샤의 대사는 아니지만, 가을 해는 금방 지니까 말이야."

"자네처럼 성질 급한 사람과 바둑 두는 건 고통이야. 생각할 틈을 안 주니까. 어쩔 수 없이 여기에다 둬서 집을 지어야겠군."

"이런, 결국 살려줘 버렸네. 아깝군. 설마 거기에 두진 않겠지, 하고 잠깐 잡담하면서 초조했는데 역시 소용없군."

"당연하지. 자네는 바둑을 두는 게 아니야. 어물쩍 속이려는 거지."

"그게 혼인보식, 가네다식, 현대 신사식이야. 이봐, 구샤미 선생, 역시 도쿠센은 가마쿠라에 가서 맨날 장아찌를 먹는 신선이니만큼 무엇에도 동요하지 않는군. 정말 감동했어. 바둑은 형편없어도 배짱만은 두둑하군."

"그러니 자네처럼 배짱이 없는 사내는 흉내라도 좀 내는 게 좋겠네."

주인이 돌아앉은 채 대답하자, 메이테이 선생이 크고 붉은 혀를 쏙 내밀었다. 도쿠센 선생은 조금도 개의치 않고 "자, 자네 차례네" 하고 다시 상대를 재촉했다.

"자네는 바이올린을 언제부터 시작했지? 나도 좀 배워볼까 하는데, 꽤 어려운 것 같더라고."

---

* 샤미센 반주로 이야기하는 기다유부시 〈코이뇨보소메와케타즈나〉에 비슷한 대사가 나온다. 게이마샤는 〈코이뇨보소메와케타즈나〉의 주인공이다.

도후 군이 간게쓰 군에게 물었다.

"응, 그래도 웬만큼은 누구나 할 수 있어."

"같은 예술 분야니까 시가에 취미가 있는 사람은 역시 음악도 빨리 익히지 않을까, 하고 내심 기대 중인데, 어쩌려나."

"좋지. 자네라면 분명 잘할 거야."

"자네는 언제부터 시작했나?"

"고등학생 때부터. 선생님, 제가 바이올린을 왜 배우게 되었는지 말씀드렸던가요?"

"아니, 아직 못 들었는데."

"고등학생 때 바이올린 선생이라도 만나서 배웠나?"

"아니, 독학했네."

"정말 천재구나."

"독학했다고 다 천재라고 할 수도 없지."

간게쓰 군은 심드렁하게 말했다. 천재라는 말을 듣고 심드렁한 사람은 간게쓰 군뿐일 것이다.

"그건 아무래도 상관없지만, 어떤 식으로 독학했는지 좀 알려주게. 참고하고 싶으니까."

"얘기하는 거야 어렵지 않지. 선생님, 얘기해볼까요?"

"응, 얘기해보게."

"요즘은 바이올린 케이스를 들고 다니는 젊은이들이 많지만, 그 시절에는 고등학생 중에 서양 음악을 하는 사람은 거의 없었습니다. 특히 제가 다니던 학교는 시골 중에서도 시골이라 나막신조차 없을 정도로 소박한 곳이었기에, 학교 학생 중 바이올린을 켜는 이는 물론 단 한 명도 없었지요……."

"뭔가 저쪽에서 재밌는 이야기가 시작된 것 같은데. 도쿠센, 적당히 하고 끝내는 게 어떤가?"

"아직 마무리되지 않은 데가 두세 군데 있어."

"있어도 상관없네. 웬만한 곳은 다 자네한테 진상하겠네."

"그렇다고 넙죽 받을 수야 없지."

"선(禪)을 공부한 사람답지 않게 깐깐하군. 그럼 단번에 끝내주지. 간게쓰 군, 왠지 꽤 재미있을 것 같은데. 그 고등학교지? 학생들이 맨발로 등교한다는……."

"그렇진 않습니다."

"하지만 모두 맨발로 군대식 체조를 하고 우향우를 해서 발바닥에 군살이 배겼다 하던데?"

"설마요. 누가 그런 말을 했습니까?"

"누구면 어떤가. 그리고 도시락으로 커다란 주먹밥 하나를 여름밀감처럼 허리춤에 매달고 와서 먹는다고 하던데. 먹는다기보다 입에 쑤셔 넣는다고 해야 하나. 그러면 속에서 매실장아찌가 나온다며. 이 매실장아찌가 나오기만을 기대하면서 소금기 없는 부분을 일사불란하게 먹어치우며 돌진한다고 하던데, 과연 혈기 왕성하지 않은가. 도쿠센, 자네 마음에 쏙 드는 이야기일 텐데."

"소박하고 강건하고 장래가 촉망되는 기풍이군."

"장래가 촉망되는 게 또 있네. 그곳에는 재떨이가 없다던데. 내 친구가 그곳에서 일할 때도 도게쓰보라는 표시가 있는 재떨이를 사러 나갔는데, 도게쓰보는커녕 재떨이라고 부를 만한 것이 한 개도 없었다고 하더군. 이상해서 물어보니, 재떨이는 뒤쪽 대숲에 가서 잘라 오면 누구나 만들 수 있으니 팔 필요가 없다고 태연하게 대답했다더군. 이것도 소박하고 강건한 기풍을 보여주는 미담이겠지. 안 그런가, 도쿠센?"

"음, 그야 그렇지만, 여기에 공배를 하나 둬야겠군."

"그래. 공배, 공배, 공배. 이제 됐나? 난 그 이야기를 듣고 참으로 놀랐네. 그런 곳에서 자네가 바이올린을 독학한 건 대견한 일이야. 《초사》*에 보면 '고독하여 의지할 데가 없다'라는 말이 있는데, 간게쓰 군은 진정한 메이지의 굴원**이네."

"굴원은 싫습니다."

"그럼 금세기의 베르테르라 하지. 뭐 돌을 메우고 집을 세라고? 되게 따지기 좋아하는 성질이군. 세보지 않아도 내가 진 게 확실해."

* 중국의 고전 시가 작품집.
** 중국 전국 시대 초나라의 정치가이자 시인.

"하지만 매듭은 지어야 할 것 아닌가."

"그럼 자네가 해주게. 난 지금 계산이나 할 때가 아니야. 이 금세기의 천재 베르테르 군이 바이올린을 배우게 된 일화를 듣지 않으면 조상님을 뵐 면목이 없으니 실례 좀 하겠네."

메이테이 선생이 자리를 떠나 간게쓰 군에게 왔다. 도쿠센 선생은 정성스레 흰 돌을 집어 흰 집을 메우고, 검은 돌을 집어 검은 집을 메우며 입으로 열심히 계산하고 있다. 간게쓰 군은 이야기를 이어갔다.

"그 지방 풍속이 이미 그런 데다, 제 고향 사람들이 또 워낙 완고해서 조금이라도 유약한 사람이 있으면, 다른 지방 학생들한테 안 좋은 소문이 난다고, 무턱대고 엄중한 제재를 가하는 통에 상당히 성가셨습니다."

"자네 고향 사람들은 정말 융통성이 없군. 애당초 감색 무지 바지를 입을 때부터 알아봤네. 진짜 별나기도 하지. 그리고 해풍을 맞아서 그런지 정말 피부가 까매. 남자는 괜찮지만, 여자가 그러면 곤란하지."

메이테이 선생 한 사람이 끼어들자 정작 중요한 이야기가 어디론가 날아가 버렸다.

"여자도 그렇게 까맣습니다."

"그래도 데려가는 사람이 있나 보군."

"고향 사람들이 다 까마니까 어쩔 수 없죠."

"불행이군. 그렇지, 구샤미?"

"까만 게 낫지. 어설프게 하얬다간 거울을 볼 때마다 자만할 테니까. 여자란 어쩔 수 없는 물건이라서 말이야."

주인은 탄식하며 한숨을 푹 내쉬었다.

"하지만 그 지역 사람들이 다 까맣다면, 까만 사람들이 자만하지 않을까요?"

도후 군이 그럴싸한 질문을 던졌다. "좌우지간 여자는 하등 쓸모가 없는 존재들이야"라고 주인이 말하자 "그런 말을 하면, 제수씨가 나중에 기분 나빠하네"라고 메이테이 선생이 웃으면서 주의를 주었다.

"뭐, 상관없네."

"집에 안 계시나?"

"애들 데리고 아까 나갔거든."

"어쩐지 조용하더라니. 어디 갔는데?"

"어딘지는 몰라. 마음대로 나다니니까."

"그럼 마음대로 돌아오나?"

"뭐, 그렇지. 자네는 독신이라 좋겠네."

주인이 말하자 도후 군이 다소 불만스러운 표정을 지었다. 간게쓰 군은 히죽히죽 웃었다. 메이테이 선생은 이렇게 말했다.

"아내가 생기면 다 그렇게 생각하지. 그렇지, 도쿠센? 자네도 집사람 때문에 힘들지 않나?"

"뭐? 잠깐만. 4, 6은 24, 25, 26, 27. 좁다 싶더니 46집이군. 좀 더 이겼을 줄 알았는데, 세어보니 겨우 18집 차이네. 근데 뭐라고?"

"자네도 집사람 때문에 힘들지 않냐고."

"아하하하하, 별로 힘들지도 않네. 우리 집사람은 원래부터 나를 사랑했거든."

"아, 실례했네. 이래야 도쿠센이지."

"도쿠센 선생님만이 아닙니다. 그런 예는 얼마든지 있어요."

간게쓰 군이 천하의 아내들을 대신하여 잠시 변호의 수고를 맡았다.

"저도 간게쓰 군 의견에 찬성합니다. 제 생각에 인간이 절대의 영역에 들어가는 길은 오직 두 가지뿐인데, 그 두 가지 길은 바로 예술과 사랑입니다. 부부의 사랑은 그 하나를 대표하는 것이기 때문에 인간은 반드시 결혼을 해서 이 행복을 다하지 않으면 하늘의 뜻을 저버리는 것이라고 생각합니다. 어떻게 생각하세요, 선생님?"

도후 군은 여전히 진지하게 말하며 메이테이 선생 쪽으로 돌아앉았다.

"훌륭한 의견이군. 나 같은 사람은 절대의 영역에 도저히 들어갈 수 없겠어."

"아내를 얻으면 더욱 들어가기 힘들지."

주인은 힘들다는 표정으로 말했다.

"어쨌든 저희 같은 미혼 청년은 예술의 영묘한 기운을 받아 향상일로(向上一路)*를 개척하지 않으면 인생의 의의를 알 수 없으니, 우선 바이올린이라도 배워볼까 하여 아까부터 간게쓰 군의 경험담을 듣고 있는 것입니다."

"그래 맞아, 베르테르 군의 바이올린 이야기를 듣고 있었지. 더는 방해하지 않을 테니."

메이테이 선생이 겨우 칼끝을 거두자 "향상일로는 바이올린 같은 것으로 열리는 게 아니네. 그런 유희 삼매경으로 우주의 진리를 알게 된다면 큰일이지. 이 땅의 사정을 알려면 역시 낭떠러지에서 죽다 살아날 정도의 기백이 없으면 안 되네" 하고 도쿠센 선생이 의기양양하게 도후 군에게 훈계조의 설교를 한 것까지는 좋았으나, 정작 도후 군은 선종의 선 자도 모르는 사내라 감탄한 기색 하나 없이 말했다.

"음, 그럴지도 모르지만, 역시 예술은 갈망의 극치를 표현한 것이기에 저는 도저히 이것을 버릴 수 없습니다."

"버릴 수 없다면 자네가 원하는 대로 바이올린 얘기를 들려주지. 그래서 지금까지 말씀드린 바와 같이 저도 바이올린 연습을 시작하기까지 꽤 고민을 많이 했습니다. 우선 바이올린을 사는 것부터 힘들었어요, 선생님."

---

* 절대의 진리에 이르는 길.

"그렇겠지, 나막신도 없는 곳에 바이올린이 있을 리가 없지."

"아뇨, 있기는 있었습니다. 돈도 전부터 모아두었기 때문에 지장은 없었지만, 도저히 살 수가 없었어요."

"왜?"

"좁은 동네다 보니 사면 금방 들키고 마니까요. 그럼 이내 건방지다느니 하며 제재를 가할 게 뻔했지요."

"천재는 옛날부터 박해받았으니까."

도후 군은 크게 동정을 표했다.

"또 천재인가. 제발 그 천재 소리는 그만했으면 하는데. 그래서 매일 산책을 하고 바이올린이 있는 가게 앞을 지날 때마다 '저걸 살 수만 있다면 좋을 텐데, 손에 넣으면 기분이 어떨까, 아 갖고 싶다, 아아 갖고 싶어'라고 생각하지 않은 날이 없었습니다."

"그랬겠지" 하고 평한 이는 메이테이 선생이고, "이상한 데 집착하는군" 하며 이해하지 못한 이는 주인이며, "역시 자네는 천재야" 하고 감탄한 이는 도후 군이다. 단지 도쿠센 선생만이 수염을 배배 꼬고 있다.

"그런 곳에 어떻게 바이올린이 있었는지 의아해하실 수도 있지만, 생각해보면 당연한 일입니다. 그 지역에도 여학교가 있었고, 그 학교 여학생은 매일 바이올린을 연습해야 했으니까요. 물론 좋은 물건은 없었습니다. 바이올린이라는 이름이 겨우 붙어 있을 만한 것이었지요. 그래서 가게에서도 딱히 중요하게 여기지 않아 두세 개를 한꺼번에 가게 앞에 매달아 두었습니다. 그런데 말이지요, 가끔 산책을 하다 가게 앞을 지날 때 바람이 불거나 꼬마들 손이 닿으면 소리가 날 때가 있었습니다. 그 소리를 들으면 갑자기 심장이 터질 것만 같아서 안절부절못했지요."

"위험하군. 물지랄, 인간지랄, 지랄에도 여러 종류가 있는데, 자네는 베르테르인 만큼 바이올린지랄이었군" 하고 메이테이 선생이 놀리자 "아뇨, 저 정도는 감각이 예민해야 진정한 예술가가 될 수 있어요. 천재가 분명하네" 하고 도후 군은 점점 더 감탄했다.

"네, 말씀대로 지랄일 수도 있지만, 그 음색만큼은 아주 묘했습니다. 그 후로 지금까지 오랫동안 바이올린을 켜왔지만, 그때처럼 아름다운 소리가 난 적은 없습니다. 음, 뭐라 형용하면 좋을까요, 도저히 말로 표현할 수 없습니다."

"은쟁반에 옥구슬 굴러가는 소리 같다고 하지 않은가."

도쿠센 선생이 어려운 말을 꺼냈지만, 아무도 반응을 해 주지 않아 딱했다.

"매일 가게 앞을 산책하면서, 그 묘한 소리를 들은 건 단 세 번이었습니다. 세 번째에는 어떻게든 그 바이올린을 사야겠다고 결심했지요. 설사 고향 사람들에게 질타받고, 다른 지역 사람들에게 경멸당하더라도, 자칫 잘못되어 퇴학

처분을 당하는 한이 있더라도 이것만은 반드시 사리라 다짐했습니다."

"그러니까 천재라는 거야. 천재가 아니면 그런 다짐을 할 수 없지. 부럽네. 나도 어떻게든 그런 맹렬한 느낌을 일으켜 보려고 오래전부터 애를 쓰고 있지만, 쉽지 않네. 음악회도 찾아가 열심히 듣고는 있는데 아무래도 그런 감흥이 일지 않아."

도후 군이 자꾸 부러워했다.

"감흥이 일지 않는 게 행운인 거야. 지금이야 아무렇지 않게 말할 수 있지만, 그때의 고통은 도저히 상상할 수 있는 종류의 것이 아니었네. 그러다 선생님, 드디어 분발해서 샀습니다."

"흠, 어떻게?"

"11월 덴초세쓰* 전날 밤이었습니다. 집안사람들 모두 온천 여행을 갔기 때문에 집 안에는 한 사람도 없었지요. 그날 저는 아프다는 핑계로 학교도 쉬고 누워 있었습니다. 오늘 밤에는 꼭 나가서 갖고 싶은 바이올린을 사 오자고 이불 속에서 그 생각만 했어요."

"꾀병을 부려 학교까지 쉬었단 말인가?"

"네, 그렇습니다."

---

* 메이지 천황의 생일.

"역시 조금 천재군."

메이테이 선생도 다소 놀란 모습이었다.

"이불 속에서 고개를 내밀고 있자니, 해가 너무 더디 저물어서 견딜 수가 없었습니다. 하는 수 없이 머리까지 이불을 뒤집어쓰고 눈을 감은 채 기다려보았으나, 역시 소용없었습니다. 다시 고개를 내밀자 강렬한 가을 햇살이 2미터 남짓한 장지문에 쨍쨍 내리쬐자 짜증이 솟구쳤습니다. 문 위쪽으로는 기다란 그림자가 한 번씩 가을바람에 둥실거렸습니다."

"뭔가, 그 기다란 그림자라고 하는 게."

"떫은 감 껍질을 벗겨 처마에 매달아 둔 곶감이요."

"흠, 그리고?"

"어쩔 수 없이 이부자리에서 나와 장지문을 열고 툇마루로 나가 곶감 하나를 빼 먹었습니다."

"맛있었나?"

주인은 어린애 같은 질문을 했다.

"맛있었습니다. 도쿄 같은 데서는 도저히 상상할 수 없는 맛이죠."

"감은 됐고, 그리고 나서 어떻게 됐나?"

이번에는 도후 군이 물었다.

"그러고 나서 다시 이불 속으로 파고들어 눈을 감은 채 얼른 날이 저물기를 신령님과 부처님께 빌었습니다. 한 서너 시간 지났겠다 싶었을 즈음, 이제 저물었겠지 하고 고개를 내밀었는데, 강렬한 가을 햇살이 여전히 2미터 남짓한 장지문을 쨍쨍 비추고 위쪽으로 기다란 그림자가 둥실거리고 있었습니다."

"그 얘긴 들었네."

"몇 번 더 남았습니다. 그러고는 이부자리에서 나와 장지문을 열고 곶감 하나를 빼 먹은 뒤 다시 이불 속으로 파고들어가 빨리 날이 저물기를 은밀히 신령님과 부처님께 빌었습니다."

"역시 한 얘기 아닌가."

"선생님, 너무 그렇게 조바심 내지 마시고 들어보세요. 그러고 나서 한 서너 시간 이불 속에서 참고 버티다가 이번에는 정말 저물었겠지 하고 쑥 고개를 내밀어 보니, 눈부신 가을 햇살은 여전히 2미터 남짓한 장지문을 비추고, 위쪽으로는 기다란 그림자가 둥실거리고 있었습니다."

"언제까지 같은 소리만 할 텐가?"

"그러고 나서 이부자리에서 나와 장지문을 열고 툇마루로 나가 곶감 하나를 빼 먹고······."

"또 감을 먹었는가? 계속 감만 먹다 끝나겠군."

"저도 감질이 나서요."

"자네보다 듣는 쪽이 훨씬 더 감질나네."

"선생님은 너무 성급하셔서 이야기하기가 곤란하네요."

"듣는 쪽도 조금 곤란해."

도후 군도 넌지시 불만을 토로했다.

"여러분이 그렇게 힘들어하시니 어쩔 수 없네요. 대충 하고 끝내겠습니다. 결국 저는 곶감을 빼 먹고 이불 속으로 파고들고 곶감을 빼 먹고, 마침내 처마에 매달아 놓은 곶감을 몽땅 다 먹어치웠습니다."

"다 먹었으면 날도 저물었겠군."

"그런데 그렇지 않았습니다. 제가 마지막 곶감을 빼 먹고 이제 저물었겠지 하고 고개를 내밀어 보니, 여전히 강렬한 가을 햇살이 2미터 남짓한 장지문을 비추고……."

"난 이제 됐네. 가도 가도 끝이 없으니."

"말하는 저도 질립니다."

"하지만 그 정도 끈기가 있다면 웬만한 일은 다 이뤄내겠군. 이대로 가다가는 내일 아침까지 가을 햇살이 쨍쨍하겠어. 대체 언제쯤 바이올린을 살 생각인가?"

그 대단한 메이테이 선생도 더는 참을 수 없는 듯 보였다. 오직 도쿠센 선생만은 태연하게 내일 아침까지도, 모레 아침까지도, 아무리 가을 햇살이 쨍쨍히 비춰도 상관없다는 듯, 조금도 동요하지 않았다. 간게쓰 군도 침착하게 말했다.

"언제 바이올린을 살 생각이냐고 하시는데, 밤이 되면 당장 사러 나갈 생각이었습니다. 다만 유감스럽게도 언제 고개를 내밀어도 가을 햇살이 쨍쨍하니까요. 아니, 그 당시 저의 괴로움을 표현하자면, 지금 여러분이 감질내는 그런 정도가 아니었습니다. 저는 마지막 곶감을 빼 먹었는데도 불구하고 여전히 날이 저물지 않은 것을 보고 저도 모르게 눈물을 흘리고 말았습니다. 도후 군, 난 정말 절망스러워서 울었네."

"그랬겠지, 예술가는 원래 정도 많고 한도 많으니까 운 건 동정하지만, 이야기는 좀 더 빨리 진행할 수는 없겠나."

도후 군은 사람이 좋아서, 한없이 진지하고 우스꽝스러운 말들을 해댔다.

"나도 그러고 싶은 마음은 굴뚝같지만, 아무래도 날이 저물지 않아서 말이야."

"그렇게 날이 저물지 않으면 듣는 쪽도 곤란하니까 그만두지."

주인은 더는 참을 수 없는지 입을 열었다.

"그만두면 더 곤란합니다. 이제부터가 정말 재밌으니까요."

"그럼 들을 테니 이제 날이 저물었다고 치게."

"그럼 조금 무리한 주문입니다만, 선생님께서 그리 말씀하시니 이쯤에서 억지로 날이 저문 것으로 하겠습니다."

"잘됐군."

도쿠센 선생이 해맑게 말하자 모두 웃음을 터뜨렸다.

"드디어 밤이 되자 일단 안심이 되어 한숨 돌리고 구라카

케무라의 하숙집을 나섰습니다. 저는 원래 시끄러운 곳을 싫어하는 터라 일부러 편리한 시내를 피해 인적 드문 한촌의 조촐한 농가에서 잠시 기거했습니다."

"인적이 드물다는 건 너무 과장 아닌가?" 하고 주인이 항의하자 "조촐한 농가라는 것도 과장 아닌가? 도코노마 없는 다다미 넉 장 반짜리 방 정도로 해 두는 게 사실적이고 재미있네" 하고 메이테이 선생도 불만을 토했다. 도후 군만이 "사실이야 어떻든 시적인 표현이라 좋네" 하고 칭찬했다. 도쿠센 선생은 진지한 얼굴로 물었다.

"그런 곳에 살면 학교 다니기가 힘들었겠군. 몇 리쯤 되나?"

"학교까지 500미터 정도밖에 안 됩니다. 학교가 원래 한촌에 있어서요……."

"그럼 그 주변에 하숙하는 학생들이 꽤 많았겠군."

도쿠센 선생이 좀처럼 넘어갈 생각을 하지 않았다.

"네, 대부분의 농가에 한두 명은 꼭 있었습니다."

"그런데 인적이 드물었단 말인가?"

도쿠센 선생이 정면으로 공격했다.

"네, 학교만 없었다면 매우 인적이 드문 곳입니다. ……그래서 그날 밤은 손으로 짠 무명 솜옷 위에 금 단추가 달린 교복 외투를 입고 외투에 달린 모자를 푹 뒤집어쓴 채 되도록 남의 눈에 띄지 않도록 주의를 기울였습니다. 마침 감나

무잎이 지는 계절이라 하숙집에서 난고 가도로 나가는 길목에 낙엽이 수북했지요. 한 걸음 한 걸음 내디딜 때마다 바스락거리는 소리가 신경 쓰였습니다. 누가 뒤따라올 것만 같아 너무 불안했지요. 뒤돌아보니 도레이지의 울창한 숲이 어둠 속에서 어렴풋이 보였습니다. 이 도레이지라는 절은 마쓰다이라 가문의 위패를 모시는 곳으로, 고신산 기슭에 있습니다. 제 하숙집에서 100미터 정도밖에 떨어져 있지 않은 그윽하고 조용한 사찰이지요. 숲 위로는 쉴 새 없이 별이 빛나고, 은하수가 나가세가 강을 비스듬히 가로질러 그 끝은…… 그 끝은, 그게 말이죠. 아무튼 하와이 쪽으로 흐르고 있었습니다……."

"하와이는 좀 뜬금없는데."

메이테이 선생이 말했다.

"난고 가도를 따라 200미터쯤 가서 다카노다이마치에서 시내로 들어가 고조마치를 지나고, 센고쿠마치를 돌아 구이시로초를 옆으로 보고 도리초 1가, 2가, 3가를 차례로 지나쳐 오와리초, 나고야초, 샤치호코초, 가마보코초……."

"그렇게 여러 마을을 지나지 않아도 되네. 그래서 바이올린을 샀는가, 안 샀는가?"

주인이 답답한 듯 물었다.

"악기가 있는 가게는 가네젠, 즉 가네코 젠배 댁이니 아직 멀었습니다."

"멀어도 좋으니 빨리 사는 게 좋겠군."

"알겠습니다. 그래서 가네젠 댁에 와보니 가게에는 등불이 쨍쨍 켜져……."

"또 쨍쨍인가, 자네의 그 쨍쨍이 한두 번으로 끝나지 않으니까 이야기가 늘어지는 거야."

이번에는 메이테이 선생이 방어선을 쳤다.

"아뇨, 이번의 쨍쨍은 여기서 한 번만 등장하니 그리 걱정하실 것 없습니다. ……보니까 예의 그 바이올린이 은은하게 가을의 등불을 반사해 둥그스름한 몸통이 차가운 빛을 띠고 있었습니다. 팽팽한 현의 일부만이 반짝반짝 하얗게 눈에 비쳤습니다……."

"서술 방식이 뛰어나군."

도후 군이 칭찬했다.

"저거다, 저 바이올린이다, 하고 생각하니 갑자기 심장이 두근거리고 다리가 후들거렸습니다……."

"흥."

도쿠센 선생이 코웃음을 쳤다.

"무작정 뛰어가 주머니에서 지갑을 꺼내고 거기서 5엔짜리 지폐를 두 장 꺼내……."

"드디어 샀는가?"

주인이 물었다.

"사려고 했는데, '아, 잠깐만. 지금이 가장 중요한 때다, 섣

불리 행동했다가는 실패할 거야. 관두자.' 하고 아슬아슬한 순간에 마음을 접었습니다."

"뭐야, 아직도 안 샀어? 바이올린 하나 가지고 아주 사람을 잡는군."

"그런 게 아닙니다. 아직 살 수 없으니 어쩔 수 없지요."

"왜?"

"아직 초저녁이라서 사람들이 많이 다니니까요."

"무슨 상관인가. 사람이 200명이 다니든, 300명이 다니든, 자네 진짜 이상한 사람이군."

주인이 몹시 언짢아했다.

"단순히 길을 걷는 사람이면 천 명이든, 2천 명이든 상관없지만, 소매를 걷어붙인 학생들이 몽둥이를 들고 배회하고 있으니 쉽게 살 수가 없었습니다. 그중에는 침전당(沈澱黨)이라고 불리는, 반에서 밑바닥을 기면서도 좋아 죽는 무리도 있었거든요. 그런 녀석들은 유도를 상당히 잘합니다. 그래서 좀처럼 바이올린에 손을 댈 수가 없었죠. 무슨 일을 당할지 모르니까요. 저도 바이올린은 너무 갖고 싶었지만, 목숨은 아까워합니다. 바이올린을 켜고 죽느니 켜지 않고 사는 쪽이 더 낫잖아요."

"그럼 결국 안 샀다는 이야기군."

주인이 확인했다.

"아니요, 샀습니다."

"진짜 감질나게 하는군. 살 거면 빨리 사지. 싫으면 안 사도 좋으니 빨리 끝내게."

"에헤헤헤헤, 세상일이란 게 어디 자기 뜻대로만 되나요" 하고 말하면서 간게쓰 군은 담배에 불을 붙여 피우기 시작했다.

주인은 귀찮아졌는지 벌떡 일어나 서재로 들어가더니 낡은 영어 원서 한 권을 들고나와 엎드려서 읽기 시작했다. 도쿠센 선생은 어느새 도코노마 앞으로 물러나 홀로 바둑과 씨름하고 있다. 모처럼 시작한 이야기가 너무 길어지다 보니 청중이 하나둘 줄어, 남은 사람은 예술에 충실한 도후 군과 긴 이야기에도 물러서 본 적이 없는 메이테이 선생뿐이었다.

담배 연기를 후우, 세상에 거침없이 길게 뿜어낸 간게쓰 군은, 이윽고 전과 같은 속도로 이야기를 계속했다.

"도후 군, 난 그때 이렇게 생각했네. '초저녁은 도저히 안 되겠다. 그렇다고 한밤중에 오면 가네젠이 자고 있을 테니 더 안 된다. 학생들이 집으로 돌아가고, 가네젠도 아직 잠들지 않을 때를 파악한 뒤에 오지 않으면 모처럼의 계획이 수포가 된다. 하지만 그 시간을 잘 가늠하기가 어렵다'라고 말이야."

"그야 당연히 어렵겠지."

"그래서 나는 그 시간을 대충 10시쯤으로 잡았네. 그래서 그때부터 10시까지는 어딘가에서 시간을 보내야 했지. 집에 갔다가 다시 나오자니 힘들고, 친구 집에 가서 잡담이나 하자니 왠지 껄끄러워서 하는 수 없이 그때까지 시내를 산책하기로 했어. 평소에는 좀 어슬렁거리다 보면 두세 시간은 훌쩍 가버리는데, 그날 밤은 어찌나 시간이 안 가던지. 일각이 여삼추라는 말을 실감했네."

간게쓰 군은 정말 그렇게 느꼈다는 듯 일부러 메이테이 선생 쪽을 보았다.

"'기다리는 몸이 괴롭구나, 고타쓰여'라는 옛말도 있으니까. 또 기다리게 하는 사람보다 기다리는 사람이 더 괴로운 법이니 처마에 매달린 바이올린도 괴로웠겠으나, 정처 없이 떠도는 탐정처럼 자네는 더욱더 괴로웠겠지. 괴로운 모습이 상갓집 개 같구나. 아니, 사실 집 없는 개만큼 딱한 것도 없지."

"개는 좀 심한데요. 이래 봬도 아직 개와 비교된 적은 한 번도 없었습니다."

"난 자네 얘기를 들으니 왠지 옛 예술가의 전기를 읽는 것 같아 동정을 금할 길이 없네. 개와 비교한 건 선생님의 농담이니 신경 쓰지 말고 계속 이야기하게."

도후 군이 위로했다. 물론 간게쓰 군은 위로받지 않아도 이야기를 계속할 생각이었다.

"그러고 나서 오카치마치에서 핫키마치를 지나 료가에

초에서 다카조마치로 나온 뒤 현청 앞에서 늙은 버드나무의 숫자를 세고, 병원 옆에서 창문의 불빛을 세고, 곤야바시 다리 위에서 담배 두 개비를 피우고, 그리고 시계를 보았네……."

"10시가 되었는가?"

"안타깝게도 아직 안 되었습니다. 곤야바시 다리를 건너서 강을 따라 동쪽으로 올라가니 장님 세 명이 있었습니다. 그리고 개가 왈왈 짖어댔습니다, 선생님……."

"긴긴 가을밤에 강변에서 개가 짖어대다니 조금 연극 같군. 자네는 도망자 신세고 말이야."

"무슨 나쁜 짓이라도 했나?"

"이제부터 하려는 참이네."

"바이올린을 사는 게 나쁜 짓이라면, 음악학교 학생들은 모두 죄인이게."

"남이 인정하지 않는 일을 하면, 아무리 좋은 일을 해도 죄인이지. 그러니 세상에 죄인만큼 믿지 못할 것도 없어. 예수도 그런 세상에 태어났으면 죄인이고, 미남 간게쓰 군도 그런 곳에서 바이올린을 사면 죄인이지."

"그럼 죄인이라고 해두죠. 죄인이 돼도 상관없지만, 10시가 되지 않아 죽을 맛이었습니다."

"다시 한번 마을 이름을 따져보지 그러나. 그걸로도 부족하면 또 가을날을 쨍쨍 비추고, 그래도 그 시간이 안 되면,

또 곶감을 세 줄이나 먹고 말이야. 언제까지고 들을 테니 10시가 될 때까지 해보게."

간게쓰 군이 히죽히죽 웃었다.

"그렇게 먼저 선수를 치시니 항복하는 수밖에 없겠네요. 그럼 한발 건너뛰어 10시가 되었다고 치겠습니다. 그런데 약속했던 10시가 되어 가네젠 앞에 와보니, 밤이 차서 그런지 번잡하던 료가에초도 거의 인적이 끊어져 맞은편에서 들려오는 나막신 소리마저 쓸쓸한 기분이었습니다. 가네젠의 큰문은 이미 닫혀 있고, 쪽문만 열려 있었습니다. 저는 왠지 개에게 쫓기는 심정으로 쪽문을 열고 들어갔는데, 조금 섬뜩했습니다."

이때 주인이 지저분한 책에서 잠시 눈을 떼고 물었다.

"자네, 바이올린은 샀는가?"

"지금 막 사려는 참입니다."

도후 군이 대답했다.

"아직도 안 샀어? 진짜 오래도 걸리는군."

주인은 혼잣말처럼 말하고 다시 책을 읽었다. 도쿠센 선생은 묵묵히 흰 돌과 검은 돌로 바둑판을 거의 다 메웠다.

"과감히 뛰어 들어가 모자를 뒤집어쓴 채 바이올린을 달라고 하자, 난로 주위에 모여 이야기를 나누던 네댓 명의 점원들이 놀라며 일제히 제 얼굴을 쳐다보았습니다. 저는 무심코 오른손을 들고 모자를 쑥 앞으로 당겼습니다. 바이올린을 달라고 두 번 말하자, 맨 앞에서 내 얼굴을 빤히 쳐다보던 어린 남자 직원이 '예' 하고 떨떠름한 대답을 하더니 일어서서 가게 앞에 매달아 놓은 것을 서너 개 한꺼번에 내려서 가져왔습니다. 얼마냐고 물으니 5엔 20전이라고 했습니다……."

"어이, 그렇게 싼 바이올린도 있나? 장난감 아니야?"

"값이 다 똑같냐고 물으니 '예, 다 똑같아요. 모두 공들여 잘 만든 거예요'라고 하기에 지갑에서 5엔 지폐와 은화 20전을 꺼내 건네고, 준비한 큰 보자기를 꺼내 바이올린을 쌌습니다. 그러는 동안 가게 점원들은 이야기를 멈추고 제 얼굴을 물끄러미 쳐다보고 있었죠. 얼굴을 모자로 가려서 들킬 염려는 없었지만, 왠지 마음이 급해서 한시라도 빨리 가게 밖으로 나가고 싶었습니다. 보따리를 겉옷 밑에 넣고 가게를 나서는데 점원들이 한목소리로 '감사합니다' 하고 큰 소리로 인사해서 가슴이 철렁했습니다. 거리로 나와 잠시 둘러보니 다행히도 아무도 없는 것 같았으나, 한 100미터쯤 떨어진 저쪽에서 두세 명이 온 시내에 울려 퍼질 정도로 시가를 노래하며 오는 겁니다. '이거 큰일 났군' 하며 가게 모퉁이를 서쪽으로 꺾어 도랑 옆 야쿠오지 길로 나와서는 한 노키무라에서 고신산 기슭으로 나와 하숙집으로 돌아왔습니다. 하숙집에 돌아와 보니 벌써 새벽 2시 10분 전이었습니다."

"밤새 돌아다닌 셈이네."

도후 군이 딱한 듯 말하자 "드디어 끝났군. 이런, 아주 긴 여정의 주사위 놀이로군그래" 하고 메이테이 선생이 휴 한숨을 쉬었다.

"이제부터가 진짜입니다. 지금까지는 단순히 서막에 불과해요."

"아직도 남았나? 자네, 보통이 아니군. 웬만한 사람들은 다 나가떨어지겠어."

"어쨌든 여기서 그만두면 부처를 만들어놓고 혼을 불어넣지 않은 것이나 다름없으니 좀 더 이야기하겠습니다."

"이야기하는 거야 물론 자네 마음이지. 듣는 김에 듣겠네만."

"어떻습니까, 구샤미 선생님도 들으셔야죠. 이제 바이올린을 사버렸는데요, 네, 선생님?"

"이번에는 바이올린을 파는 이야기인가? 파는 건 듣지 않겠네."

"아직 팔 때가 아닙니다."

"그럼 더 듣지 않아도 되네."

"정말 곤란하군, 도후 군, 자네밖에 없네, 열심히 들어주는 사람은. 조금 김새지만 뭐 어쩔 수 없지, 대충 하고 끝내겠네."

"대충 하지 않아도 되니까 천천히 얘기해. 아주 재밌어."

"바이올린은 겨우 손에 넣었지만, 일단 둘 데가 없다는 게 가장 큰 문제였네. 내 방은 사람들이 자주 들락거리니까, 아무 데나 걸어놓거나 세워두면 바로 눈에 띄지. 구덩이를 파서 묻으면 파내기가 번거로울 테고."

"그래서 천장에라도 숨겼나?"

도후 군은 태평한 말을 했다.

"천장은 없어. 농가잖아."

"그럼 곤란하겠군. 어디에 두었나?"

"어디에 두었을 것 같나?"

"모르겠는데. 두껍닫이?"

"아니."

"이불에 싸서 벽장 속에 넣었나?"

"아니."

도후 군과 간게쓰 군이 바이올린을 숨긴 곳에 대해 문답을 나누고 있는 사이, 주인과 메이테이 선생도 뭔가 계속 이야기를 나누고 있다.

"이거 뭐라고 읽나?"

주인이 물었다.

"뭐?"

"여기 둘째 줄."

"음, Quid aliud est mulier nisi amiciti inimica…… 자네, 이거 라틴어 아닌가?"

"라틴어라는 건 알겠는데, 뭐라고 읽느냐고."
"자네, 평소에 라틴어 읽을 수 있다고 했잖아."
메이테이 선생도 위험하다고 생각해 잠시 주춤했다.
"물론 읽을 수 있지. 읽을 순 있는데 무슨 말이냐는 거야."
"'읽을 순 있는데 무슨 말이냐는 거야'는 좀 심하군."
"아무튼 영어로 번역해보게."
"'보게'는 심하군. 꼭 졸병 취급하는 것 같잖아."
"졸병이고 뭐고, 무슨 말이냐니까."
"뭐, 라틴어 같은 건 접어두고, 잠시 간게쓰 군 이야기나 들어볼까. 지금이 중요한 순간이라고. 결국 들킬 것인가, 말 것인가 하는 위기일발의 상황이야. 간게쓰 군, 그래서 어떻게 되었나?"

메이테이 군이 갑자기 흥미를 보이며 또 바이올린 무리에 끼었다. 주인은 안타깝게도 혼자 남겨졌다. 간게쓰 군은 이에 힘입어 숨긴 곳을 설명했다.

"결국 오래된 고리짝에 숨겼습니다. 고향을 떠날 때 할머니께서 주신 고리짝인데, 할머니가 시집올 때 가져온 것이라고 합니다."

"그거 골동품이군. 바이올린과는 어째 좀 안 어울리지만. 그렇지, 도후 군?"
"네, 좀 안 어울리네요."
"천장도 안 어울리잖아."

간게쓰 군이 도후 군에게 한 소리 했다.

"어울리진 않지만 하이쿠는 되니 안심하게. '가을, 쓸쓸히 고리짝에 감춘 바이올린.' 어떤가?"

"선생님, 하이쿠 좀 하시네요."

"오늘만이 아니지. 언제든 마음속에 준비되어 있네. 내가 하이쿠에 얼마나 조예가 깊었는데, 돌아가신 시키* 선생도 혀를 내둘렀을 정도였지."

"선생님, 시키 선생님과 교류를 하셨습니까?"

정직한 도후 군이 솔직한 질문을 던졌다.

"뭐 만나지는 않았어도, 무선전신으로 서로 마음을 나누었지."

메이테이 선생이 터무니없는 말을 하자 도후 군은 어이가 없어서 입을 다물고 말았다. 간게쓰 군은 웃으면서 다시 이야기를 이어나갔다.

"그래서 숨길 곳은 생겼는데, 이번엔 꺼내는 게 문제였습니다. 그냥 꺼내서 남의 눈을 피해 쳐다보는 정도야 가능하겠지만, 바라만 보는 게 무슨 소용이겠습니까. 켜지 않으면 아무 쓸모가 없지요. 하지만 켜면 소리가 나고, 소리가 나면 금방 들킵니다. 무궁화 울타리를 하나 두고 남쪽에는 침전당의 우두머리가 하숙을 하고 있으니 매우 위태로웠지요."

---

* 마사오카 시키, 일본의 문학가로 나쓰메 소세키의 친구다.

"난감했겠네."

도후 군이 안쓰럽다는 듯 장단을 맞췄다.

"그래, 난감했겠군. 소리가 나니까. 고고노 쓰보네*도 소리 때문에 쫓겨나지 않았나. 뭔가를 훔쳐 먹거나 위조지폐를 만드는 일이라면 그나마 낫지만, 음악은 숨길 수 없으니까 말이야."

"소리만 나지 않는다면 어떻게든 해보았을 텐데……."

"잠깐만. 소리만 나지 않는다면, 이라고 했는데, 소리가 나지 않아도 숨길 수 없는 게 있네. 옛날에 우리가 고이시카와에 있는 한 절에서 자취하던 시절에 스즈키 도주로라는 자가 있었는데 말이야. 그이가 음식에 넣는 맛술을 너무 좋아해서 맥주병에 맛술을 담아 놓고 혼자 즐겨 마셨네. 어느 날, 도주로가 산책하러 나간 사이에, 그러면 안 되는데 구샤미가 조금 훔쳐 마셨어……."

"내가 언제 스즈키의 맛술 따위를 마셨다고 그래, 자네가 마셨지."

주인이 버럭 소리를 질렀다.

"이런, 책을 읽고 있어서 괜찮겠거니 했는데 역시 다 듣고 있었군. 방심할 수 없는 남자야. 자네는 하여간 귀도 밝고 눈도 밝다니까. 그리 듣고 보니 나도 마신 것 같네. 나도

---

* 헤이안 시대 말기 다카쿠라 천황이 총애했던 시녀.

마시긴 마셨지만, 들킨 건 자네잖아. 간게쓰 군, 도후 군, 들어보게. 구샤미는 원래 술을 못 마셔. 그런데 남의 맥주라고 열심히 퍼마시다가 얼굴이 시뻘겋게 달아오른 거야. 차마 눈 뜨고는 못 볼 지경이었지……."

"그 입 좀 다물게. 라틴어도 모르는 주제에."

"하하하하, 그런데 도주로가 돌아와 맥주병을 흔들어보니 절반 이상이 빈 거야. 아무래도 누가 마신 게 틀림없다고 둘러보니 구샤미가 구석에서 붉은 진흙을 떡칠한 인형처럼 굳어 있는 게 아닌가……."

세 사람은 엉겁결에 폭소를 터뜨렸다. 주인도 책을 읽으면서 키득키득 웃었다. 도쿠센 선생만 혼자 바둑에 너무 열중해 조금 피곤했는지 어느새 바둑판에 엎드려 꾸벅꾸벅 졸고 있었다.

"소리는 나지 않았지만 들킨 일이 또 있네. 옛날에 내가 우바코 온천에 갔다가 어떤 노인과 한방에 묵은 적이 있네. 도쿄에서 포목점인가 뭔가를 한다더군. 뭐, 방만 같이 쓰니까 포목점이든 헌 옷 가게든 상관없지만, 한 가지 곤란한 일이 생겨버렸어. 우바코에 도착한 지 사흘 만에 내 담배가 똑 떨어져버린 거야. 자네들도 알겠지만 우바코라는 곳은 산속 외딴집이라 온천에 들어가 밥을 먹는 것 말고는 할 게 없는 불편한 데지 않나. 그런 곳에서 담배가 떨어졌으니 큰일이었지. 자고로 물건이란 없으면 더욱 갖고 싶어지는 법. 담배가 없다고 생각하니, 갑자기 담배가 너무 피우고 싶은 거야. 그런데 얄밉게도 그 노인이 보자기에 담배를 가득 준비해서 산에 올라왔더군. 그것을 조금씩 꺼내서는 사람 앞에 책상다리를 하고 앉아 약 올리듯이 뻐끔뻐끔 피워대는 거야. 그냥 피우기만 하면 참겠는데, 나중에는 연기로 도넛을 만들었다가, 위로도 내뿜고 옆으로도 내뿜고, 누워서도 내뿜고, 코로 연기를 재빨리 들락거리게 하더라고. 그야말로 뽐뽐한 거지."

"뽐뽐하다니, 그게 뭔가요?"

"옷이나 장신구라면 뽐내겠지만, 담배니까 뽐뽐하는 거지."

"흐음, 그런 괴로운 일을 견디느니 차라리 달라고 하시죠."

"그렇게는 못 하지. 나도 남잔데."

"아, 남자는 달라고 하면 안 되나요?"

"할 수야 있지만, 난 그런 소리 안 하지."

"그래서 어떻게 하셨어요?"

"달라고 안 하고 훔쳤네."

"허, 맙소사."

"그 노인네가 수건을 차고 탕으로 가길래, 이때다 싶어 연달아 뻑뻑 피워댔지. 그런데 '아, 바로 이 맛이야' 하고 생각할 겨를도 없이, 장지문이 드르륵 열려 돌아보니 담배 주인이더라고."

"탕에 간 거 아니었어요?"

"탕에 들어가는 길에 돈주머니를 놓고 온 게 생각나 복도에서 되돌아온 거야. 누가 돈주머니를 훔쳐 간다고 말이야, 그것부터가 괘씸하지."

"뭐라고 할 수도 없겠네요. 담배 슬쩍하는 솜씨가 예사롭지 않으신데."

"하하하하, 노인네가 보는 눈이 있나 보지. 돈주머니는 그렇다 치고, 노인네가 장지문을 열자 이틀간 참다 피워댄 담배 연기가 숨 막힐 듯 방 안에 자욱하니까 바로 들통이 났네."

"영감님이 뭐라고 하시던가요?"

"역시 연륜은 무시 못 해. 아무 말 없이 담배 50, 60개비를 얇은 종이에 싸서 '실례지만, 이런 변변치 못한 담배라도 괜찮다면 피우시지요' 하고는 다시 탕으로 가더군."

"그런 게 에도 취향이라는 걸까요?"

"에도 취향인지, 포목점 취향인지 모르겠지만, 그 후로 난 노인과 2주 동안 재미나게 지내다 돌아왔네."

"담배는 2주 내내 영감님 신세를 졌나요?"

"뭐 그렇지."

"바이올린 이야기는 이제 다 끝났나?"

주인은 책을 덮고 일어나면서 드디어 항복을 선언했다.

"아직입니다. 지금부터가 재밌습니다. 마침 재미있는 부분이니 들어보세요. 바둑판 위에서 낮잠 중인 선생님, …… 존함이 어떻게 된다고 하셨지요. 아, 도쿠센 선생님, 도쿠센 선생님도 들어주셨으면 좋겠습니다. 어떤가요? 그렇게 주무시면 몸에 해로운데, 이제 깨워도 되지 않을까요?"

"어이, 도쿠센, 일어나. 재미있는 얘기를 한다네. 그만 일어나. 그렇게 자면 오히려 독이네. 아내가 걱정해."

"응"하고 얼굴을 든 도쿠센 선생의 염소수염을 타고 한 줄기 침이 길게 흘러내려, 달팽이가 기어간 흔적처럼 미끈하게 빛나고 있다.

"아아, 잘 잤다. 산 위의 흰 구름, 내 나른함을 닮았구나, 아아, 기분 좋게 잘 잤네."

"푹 잔 건 모두가 인정하니, 그만 일어나는 게 어떤가?"

"그만, 일어날 때도 됐지. 뭐, 재미있는 이야기라도 있는가."

"이제 드디어 바이올린을…… 어떻게 한다고 했지, 구샤미?"

"어떻게 할 건지 도무지 짐작이 안 가네."

"이제 드디어 켤 참입니다."

"이제 드디어 바이올린을 켤 참이라네. 이리 와서 들어봐."

"아직도 바이올린인가? 허 참."

"자네야 무현금을 켜는 무리니 곤란하지 않겠지만, 간게쓰 군은 바이올린을 끼익끼익 켜대면 이웃들한테 소리가 날 테니 고민이 이만저만이 아니네."

"그래? 간게쓰 군, 이웃에게 들리지 않게 바이올린 켜는 법을 모르는가?"

"모릅니다. 있다면 한 수 가르쳐주십시오."

"가르쳐주지 않아도 노지백우(露地白牛)*를 보면 금방 알 텐데" 하고 도쿠센 선생이 알 수 없는 말을 했다. 간게쓰 군은 아직 잠이 덜 깨서 저런 기이한 소리를 하는 것이라고 판단하여 일부러 상대하지 않고 이야기를 계속했다.

"가까스로 한 가지 묘안을 생각해 냈습니다. 다음 날은 덴초세쓰라 아침부터 집에서 고리짝 뚜껑을 열었다 닫았다 안절부절못하다가, 드디어 날이 저물어 고리짝 밑에서 귀뚜라미가 울기 시작했을 때 큰맘 먹고 바이올린과 활을 꺼냈습니다."

"드디어 꺼냈네" 하고 도후 군이 말하자 "무턱대고 켰다간 위험할 텐데" 하고 메이테이 선생이 주의를 주었다.

"우선 활을 잡고 위아래로 훑어보니……."

"어설픈 칼 장수도 아니고."

메이테이 선생이 냉정히 비평했다.

---

* 노지에 풀어 둔 흰 소라는 뜻으로 한 점의 번뇌도 없는 평안한 경지를 말한다.

"실제로 이게 제 영혼이라 생각하니, 긴긴밤 등불 아래 시퍼렇게 날이 선 명검을 뽑아 들 때와 같은 기분이 들었습니다. 저는 활을 쥔 채 부르르 떨었습니다."

"정말 천재야"라고 말하는 도후 군에게 "정말 지랄이야" 하고 메이테이 선생이 덧붙였다. 주인은 "빨리 켰으면 좋겠군" 하고 말했다. 도쿠센 선생은 난처한 표정을 지었다.

"다행히도 활은 아무런 문제가 없었습니다. 이번에는 바이올린을 등불 옆으로 가져와 앞뒤를 꼼꼼히 살폈습니다. 그러는 5분 동안 고리짝 밑에서는 시종 귀뚜라미가 울고 있었다고 생각해주십시오."

"그렇게 생각할 테니 안심하고 켜기나 하게."

"아직 안 켭니다. 다행히 바이올린도 흠집 하나 없었습니다. 이 정도면 되었다 하고 벌떡 일어나……."

"어디 가나?"

"좀 잠자코 들어보세요. 그렇게 매번 방해를 하시니 이야기를 할 수 없잖습니까."

"여보게들, 잠자코 있으라잖아. 쉿쉿."

"떠드는 건 자네뿐이네."

"응, 그래. 실례했네, 경청, 경청."

"바이올린을 옆구리에 끼고 짚신을 신고서 사립문 밖으로 두세 걸음 나섰다가, 아니지, 가만."

"또 시작이군. 어디선가 또 정전이 될 줄 알았지."

"이제 돌아가봤자 곶감도 없네."

"유감스럽지만 선생님들께서 그렇게 훼방을 놓으신다면, 도후 군 한 사람만 상대하는 수밖에 도리가 없습니다. 그래서 말이야, 도후 군. 두세 걸음 나섰다가, 다시 돌아와 고향을 떠날 때 3엔 20전 주고 산 빨간 담요를 머리부터 뒤집어 쓰고, 등불을 후 불어서 껐어. 그러자 사방이 어둠에 깔려 짚신의 소재지가 불분명해지고 말았네."

"대체 어딜 가려는 건가?"

"그냥 들어봐. 가까스로 짚신을 찾아 신고 밖으로 나가니, 별이 달처럼 빛나는 밤에 떨어진 감잎, 빨간 담요에 바이올린이라니. 오른쪽으로 쭉 가서 언덕길을 올라 고신산에 접어들자 도레이지의 종이 댕 하고 담요를 통해, 귀를 통해, 머릿속으로 울려 퍼졌네. 몇 시였을 것 같나, 자네?"

"모르겠네."

"9시야. 그때부터 가을의 긴긴밤을 나 홀로 오다이라는 곳까지 900미터의 산길을 올라가는데, 평소의 겁 많은 나라면 견딜 수 없이 무서웠겠지만, 한 가지 일에만 집중하니까 신기하게도 무섭거나 그런 감정이 털끝만치도 들지 않았어. 오직 바이올린을 켜고 싶다는 생각에 가슴이 벅차오르기만 하니 묘한 일이지. 고신산 남쪽에 있는 오다이라는 곳은 날씨 좋은 날 올라가 보면 적송 사이로 아랫마을이 한눈에 내려다보일 정도로 풍광이 좋은 평지네. 넓이는 한 100평쯤 될까, 한가운데는 다다미 넉 장 크기의 바위가 있고, 북쪽은 우노누마라는 연못으로 이어지는데, 연못 주위에는 세 아름이나 되는 녹나무만 있네. 산속이라서 사람 사는 집이라곤 장뇌(樟腦)를 채취하는 오두막 한 채뿐, 연못 근처는 낮에도 그다지 기분 좋은 장소는 아니야. 다행히 공병들이 훈련을 위해 길을 내놨기에 오르는 데는 고생스럽지 않았네. 겨우 바위 위에 올라 담요를 깔고 일단 그 위에 앉았지. 그렇게 추운 밤에 오른 건 처음이었으니까, 바위 위에 앉아 잠시 숨을 돌리자, 주위의 적막함이 점점 마음속 깊숙이 스미더군. 이럴 때 사람의 마음을 어지럽히는 것은 오직 무섭다는 느낌뿐이니, 이 느낌만 없애 교교하고 열렬한 기운만 남게 되지. 20분쯤 멍하게 있으니 왠지 수정으로 만든 궁전에서 혼자 살고 있는 기분이 들더군. 게다가 혼자 사는 내 몸이, 아니 몸만이 아니라, 묘하게도 마음도 영혼도 모두 한천 같은 것으로 만든 것처럼 투명해져서 내가 수정궁전에 있는 것인지, 내 마음속에 수정궁전이 있는 것이니 알 수 없게 되었네……."

"엉뚱하게 흘러가는군."

메이테이 선생이 진지하게 놀리자, 뒤이어 도쿠센 선생이 "신비롭군" 하고 조금 감탄한 듯이 말했다.

"만약 이 상태가 오래 계속되었다면, 저는 이튿날 아침까지 애써 가져간 바이올린도 켜지 않고 멍하니 바위 위에 앉아 있었을지도 모릅니다……."

"여우라도 있는 곳인가."

도후 군이 물었다.

"이렇게 자타의 구별도 사라지고, 살았는지 죽었는지조차 가늠되지 않을 때, 갑자기 뒤쪽 오래된 연못 안에서 '꺅!' 하는 비명이 들렸지."

"드디어 나왔군."

"그 소리가 멀리 메아리치며 온 산의 가을 나뭇가지를 바람과 함께 건너왔다 싶을 때 퍼뜩 정신이 들었네……."

"이제야 마음이 놓이는군."

메이테이 선생이 가슴을 쓸어내리는 시늉을 했다.

"대사일번건곤신(大死一番乾坤新)*이로다" 하고 말하며 도쿠센 선생이 눈짓했다. 간게쓰 군에게는 전혀 통하지 않았다.

"그렇게 정신을 차리고 주위를 둘러보니 고신산 전체가 쥐 죽은 듯 고요해서 빗방울 소리조차 나지 않았어. 그렇다면 방금 그 소리는 뭐였을까 하고 생각했네. 사람 소리치고는 너무 날카롭고, 새소리치고는 너무 크고, 원숭이 소리치고는…… 설마 이 근처에 원숭이는 없겠지. 그럼 뭘까? 무엇일까, 하는 의문이 머릿속에 일어나자, 이를 풀기 위해 지금

---

* 죽기 직전까지 가야 새로운 경지가 열린다는 뜻.

까지 조용했던 것들이 마구 뒤섞여 어지럽게, 마치 코노트 전하*를 환영할 때처럼 광란의 모습으로 뇌리를 뛰어다녔네. 그러는 동안 온몸의 모공이 갑자기 열리더니 소주를 끼었은 정강이처럼 용기, 담력, 분별, 침착 등으로 불리는 손님들이 스르르 증발해 갔어. 심장이 갈비뼈 아래서 스테테코**를 추기 시작했지. 두 다리가 연에 단 장식처럼 후들대기 시작했어. 도저히 참을 수가 없었네. 서둘러 담요를 뒤집어쓰고 바이올린을 옆구리에 낀 채 바위를 비틀비틀 뛰어내려 산기슭 쪽으로 쏜살같이 내달려 숙소로 돌아오자마자 이불을 둘둘 말고 자버렸지. 지금 생각해봐도 그렇게 섬뜩했던 일은 없었네, 도후 군."

"그리고?"

"끝이네."

"바이올린은 안 켜?"

"켜고 싶어도 켤 수가 없지. '꺅!' 하는데. 자네도 그런 상황이면 분명 못 켰을걸."

"이야기가 뭔가 부족한 것 같은데."

"그래도 이게 사실이니까. 어떤가요, 선생님?"

간게쓰 군은 좌중을 둘러보며 득의양양한 모습을 보였다.

---

* 코노트의 아서 왕자. 빅토리아 여왕의 아들로 1906년에 메이지 천황에게 고타 훈장을 수여하기 위해 일본을 방문했으며, 각지에서 성대한 환영을 받았다.
** 메이지 시대에 큰 인기를 누린 우스꽝스러운 춤.

"하하하하, 훌륭해. 거기까지 가져가느라 상당히 고생했겠군. 난 샌드라 벨로니*가 동방 군자의 나라에 출현하는 줄 알고 지금까지 진지하게 듣고 있었네."

메이테이 선생은 누군가 샌드라 벨로니에 관해서 물어봐 주지 않을까 싶었으나, 아무도 질문하지 않아 직접 설명했다.

"샌드라 벨로니가 숲속 달빛 아래서 하프를 연주하며 이탈리아풍의 노래를 부르는 장면은 자네가 고신산에 바이올린을 가지고 오른 것은 느낌은 비슷할지언정 기량은 다르네. 안타깝게도 그녀는 달에 사는 선녀를 놀라게 했지만, 자네는 오래된 연못에 사는 너구리 귀신에게 놀라는 바람에 아슬아슬한 장면에서 익살과 숭고라는 큰 차이를 낳았어. 상당히 유감스럽겠군."

"그리 유감스럽지는 않습니다."

간게쓰 군은 의외로 태연했다.

"산 위에서 바이올린을 켜려고 하다니, 그렇게 하이칼라 같은 짓을 하니까 놀랄 수밖에."

이번에는 주인이 혹평을 가했다.

"호남아가 귀신 굴에서 삶을 영위하는구나. 안타깝도다."

도쿠센 선생은 탄식했다. 간게쓰 군은 도쿠센 선생이 하

---

* 영국의 소설가 메러디스의 소설 《샌드라 벨로니》의 여주인공.

는 모든 말을 이해할 수 없었다. 간게쓰 군뿐만이 아니라, 아마 아무도 이해하지 못할 것이다.

"그건 그렇고, 간게쓰 군. 요즘에도 학교에 가서 유리구슬만 갈고 있는가?"

잠시 후 메이테이 선생이 화제를 돌렸다.

"아뇨, 얼마 전에 고향에 다녀오느라 잠시 중단한 상태입니다. 구슬 가는 것도 질려서 실은 그만둘까 생각 중입니다."

"구슬을 갈지 않으면 박사가 못 될 것 아닌가."

주인은 살짝 인상을 찌푸렸지만, 정작 당사자는 태평하게 말했다.

"박사요? 에헤헤헤헤. 박사라면 이제 안 돼도 상관없습니다."

"하지만 결혼이 늦어지면 양쪽 다 곤란할 텐데."

"결혼이라뇨, 누구 결혼 말입니까?"

"그야 자네지."

"제가 누구와 결혼하는데요?"

"가네다의 딸이랑."

"예에?"

"예에라니, 그리 약속한 것 아닌가?"

"약속 같은 거 한 적 없습니다. 그런 말을 퍼트리는 건 그쪽 자유겠지요."

"녀석 말하는 거 보게. 안 그런가, 메이테이? 자네도 이미 아는 얘기잖나."

"아는 얘기라니, 코 사건 말인가? 그 사건이라면 자네와 나만 알고 있는 게 아니라, 공공연한 비밀로 온 천하에 알려진 사실 아닌가? 안 그래도 〈요로즈초〉 같은 일간 신문사에서 신랑신부라는 표제로 두 사람의 사진을 지면에 싣는 영광을 언제쯤 누릴 수 있냐며 나한테 물어보러 와 성가셔 죽겠네. 도후 군은 석 달 전에 이미 〈원앙가〉라는 일대 장편시를 지어놓고 대기하고 있는데, 간게쓰 군이 박사가 못 되어 애써 만든 걸작을 썩히게 될까 봐 걱정돼 죽겠다는군. 어이, 도후 군, 그렇지?"

"아직 걱정하실 정도는 아니지만, 어쨌든 진솔한 작품을 발표할 생각입니다."

"그것 보게, 자네가 박사가 되느냐 마느냐에 따라 사방팔방으로 엄청난 영향을 미칠 것이네. 정신 바짝 차리고 유리 구슬을 갈게나."

"헤헤헤헤, 여러 가지로 심려를 끼쳐드려 죄송하지만, 이제 박사는 되지 않아도 됩니다."

"왜지?"

"왜라뇨, 제게는 이제 어엿한 아내가 있으니까요."

"아니, 굉장한데? 언제 비밀 결혼을 했단 말인가? 구샤미, 방금 들었겠지만 간게쓰 군한테 이미 처자식이 있다고 하네."

"아이는 아직 없습니다. 결혼한 지 한 달도 안 됐으니 아이가 있으면 안 될 일이죠."

"대체 언제 어디서 결혼을 했지?"

주인은 예심판사 같은 질문을 했다.

"언제긴요. 고향에 가니 짠, 하고 집에서 기다리고 있던데요. 오늘 선생님께 가져온 이 가다랑어포도 결혼 축하 선물로 친척에게 받은 겁니다."

"고작 세 마리 가지고 축하하다니, 인색하군."

"아뇨, 많이 받았는데 그중에서 세 마리만 가져온 겁니다."

"그럼 자네 고향 여자겠군. 역시 피부가 까맣겠지?"

"네, 새까맣습니다. 제게 딱이지요."

"그래서 가네다 쪽은 어떻게 할 셈인가?"

"어떻게 하고 말고도 없습니다."

"그건 좀 도리가 아니지 않나. 그렇지, 메이테이?"

"그렇지도 않아. 다른 데 시집가도 마찬가지일 텐데. 어차피 부부란 어둠 속에서 마주 보는 것과 같네. 요컨대 마주 보지 않아도 될 것을 일부러 마주 보게 만드니 쓸데없는 짓이야. 어차피 쓸데없는 짓이라면 누가 누구와 마주하든 상관없지 않겠나. 딱한 건 그저 〈원앙가〉를 지은 도후 군 정도지."

"뭐 〈원앙가〉야 사정에 따라 이쪽으로 방향을 틀어도 좋습니다. 가네다 댁 결혼식에는 다시 지으면 되니까요."

"역시 시인이라 그런지 자유자재로군."

"가네다 쪽에는 양해를 구했나?"

주인은 아직도 가네다를 신경 쓰고 있다.

"아뇨, 양해를 구할 이유가 없죠. 제 쪽에서 먼저 따님을 달라거나 청혼한 적이 없으니 그냥 있으면 충분합니다. 아니, 그냥 있어도 충분합니다. 지금쯤 탐정이 열 명, 스무 명씩 붙어 시시콜콜 보고하고 있을 테니 다 알고 있을 겁니다."

탐정 소리를 들은 주인이 갑자기 언짢은 표정을 지으며 "흥, 그렇다면 그냥 있게" 하고 말했지만, 그래도 성에 차지 않았는지 탐정에 대하여 대단한 의견이라도 되는 양 늘어놓았다.

"방심할 때 남의 호주머니를 터는 게 소매치기요, 방심할 때 남의 심중을 낚는 게 탐정이네. 어느 틈에 덧문을 열고 남의 물건을 훔치는 자가 도둑이요, 어느 틈에 입을 놀려 사람의 마음을 읽는 것이 탐정이네. 다다미 위에 칼을 꽂고 강제로 남의 돈을 갈취하는 것이 강도요, 으름장을 놓아 남의 뜻을 강제하는 것이 탐정이네. 그러니 탐정이라는 놈은 소매치기, 도둑, 강도의 족속으로 도저히 상종 못 할 비열한 놈들이야. 그런 놈들의 말을 들으면 버릇이 되네. 절대 지지 말게."

"뭐, 괜찮습니다. 탐정이 천 명이든, 2천 명이든, 대열을 갖추고 습격해 온다 한들 겁나지 않습니다. 구슬 갈기의 명인 이학사 미즈시마 간게쓰 아닙니까."

"아주 훌륭해. 역시 신혼 학사라 그런지 원기가 왕성하군. 그런데 구샤미. 탐정이 소매치기, 도둑, 강도와 동족이라면 그 탐정을 고용한 가네다 같은 사람은 뭐와 동족인가?"

"구마사카 조한* 정도겠지."

"구마사카라니 딱이군. '하나였던 조한이 둘이 되어 죽었느니라'** 하는데, 그런 고리대금으로 재산을 불린 건너편 골목의 조한 같은 놈은 고집쟁이에 욕심쟁이라서 몇 동강이 나더라도 사라질 것 같지 않네. 그런 놈한테 걸리면 불행이야. 평생 화가 될 걸세, 간게쓰 군. 조심해."

"뭐, 괜찮습니다. '거기, 어마어마한 도선생이여, 그대의 솜씨는 익히 알고 있다. 그래도 기어이 쳐들어올 테냐' 하고 혼쭐을 내주죠."

간게쓰 군은 태연자약하게 호쇼류***로 기염을 토했다.

"해서 하는 말인데, 20세기 인간은 대체로 탐정처럼 되는 경향이 있는데, 이건 어째서인가?"

---

* 헤이안 말기 시대의 전설적인 도적.
** 미나모토노 요시쓰네가 구마사카 조한 일당을 물리치고 조한을 칼로 두 동강 내는, 요쿄쿠의 한 장면이다.
*** 일본의 전통 가면극인 노가쿠 유파를 총칭하는 말.

도쿠센 선생은 역시 그답게 현안과는 관계없는 초연한 질문을 던졌다.

"물가가 비싼 탓이겠지요."

간게쓰 군이 대답했다.

"예술적 취향을 이해하지 못해서겠지요."

도후 군이 대답했다.

"인간에게 문명의 뿌리가 자라 별사탕처럼 뾰족해졌기 때문이지."

메이테이 선생이 대답했다.

이번에는 주인 차례다. 주인은 거드름을 피우는 말투로 이런 이야기를 시작했다.

"그건 내가 꽤 오랫동안 생각해 온 일이네. 내 해석에 따르면 현대인의 탐정적 경향은 전적으로 개인의 자각심이 너무 강한 것이 원인이지. 내가 자각심이라고 명명한 것은 도쿠센이 말하는 견성성불*이라든가, 자기는 천지와 동일체라든가 하는 깨달음 같은 것과는 다르네……."

"이런, 얘기가 꽤 어려워진 것 같군. 구샤미, 자네가 먼저 이렇게 심오한 의견을 꺼낸 이상, 나도 나중에 현대 문명에 대한 불평을 당당히 말하겠네."

"마음대로 해. 할 말도 없는 주제에."

---

* 자기 본래의 성품을 깨달아 부처가 됨을 이르는 말.

"그런데 있네. 엄청 많지. 자네 지난번에는 형사를 신처럼 떠받들더니, 오늘은 또 탐정을 소매치기, 도둑에 비교하다니 완전히 모순덩어리군. 나는 시종일관 부모가 태어나기 전부터 지금에 이르기까지 한 번도 내 지론을 바꾼 적이 없는 남자야."

"형사는 형사고, 탐정은 탐정이지. 지난번은 지난번이고 오늘은 오늘이네. 지론이 바뀌지 않은 건 발전하지 않았다는 증거야. 애당초 아주 어리석은 인간은 바뀌지 않는다고 하던데 그게 딱 자네군."

"좀 가혹한데. 탐정도 그렇게 정면충돌해 오니 귀여운 구석이 있군."

"내가 탐정이라는 건가?"

"탐정이 아니니까 정직해서 좋다는 거야. 싸움은 그만두지. 자, 그 심오한 의견의 다음을 들어보세."

"요즘 사람의 자각심이라 하는 것은 자신과 타인의 이해관계에 큰 차이가 있다는 사실을 너무 잘 알고 있다는 것이네. 그리하여 이러한 자각심이 있는 자는 문명이 발달함에 따라 나날이 예민해지기 때문에, 결국에는 일거수일투족도 자연스럽게 할 수 없게 되지. 헨리*라는 사람이 스티븐슨을 평가하길, 그는 거울이 걸린 방에 들어가 거울 앞을 지날 때

---

* 영국의 시인, 작가, 비평가, 편집자로 대표작은 《인빅투스》다. 로버트 루이스 스티븐슨의 《보물섬》에서 선장으로 등장하는 롱 존 실버에 영감을 준 인물이다.

마다 자기 모습을 비춰보지 않으면 직성이 풀리지 않을 정도로, 한시도 자신을 잊은 일이 없는 사람이라고 평했는데, 이는 오늘날의 추세를 여실히 보여주네. 잠을 자도 나, 깨도 나, 이런 내가 항시 따라다니니, 인간의 언행이 인공적으로 쩨쩨해져 자기 자신도 갑갑해지고, 세상도 괴롭기만 하지. 마치 맞선을 본 젊은 남녀의 마음으로 아침부터 밤까지 살아야 해. 유유자적이니 침착함이니 하는 말은 글자는 있어도 의미는 없는 말이 되어버렸어. 이런 점에서 현대인은 탐정적인 게지. 도둑적인 거고. 탐정은 남의 눈을 속여 자신에게만 이로운 일을 하려는 장사치니까 자연히 자각심이 강해지지 않으면 안 되네. 도둑도 잡히면 어쩌지, 들키면 어쩌나, 하는 걱정이 머릿속을 떠나지 않으니 자연이 자각심이 강해질 수밖에 없어. 현대인은 자나 깨나 오로지 자신에게 이익이 될까, 손해가 될까만 생각하니까 자연히 탐정과 도둑처럼 자각심이 강해지지 않을 수 없지. 온종일 두리번두리번, 살금살금, 무덤에 들어갈 때까지 한시도 마음을 놓을 수 없는 것이 현대인의 심정이네. 문명의 저주야. 어이없는 일이지."

"과연 재밌는 해석이로다."

도쿠센 선생이 말했다. 이런 문제가 나오면 도쿠센 선생은 좀처럼 가만히 있지 못한다.

"구샤미의 설명은 내 뜻과 완벽히 일치하네. 옛사람들은 자신을 망각하라고 가르치곤 했지. 요즘 사람들은 자신을 잊지 말라고 가르치니 완전히 다르네. 온종일 자기라는 의식으로 충만해 있어. 그러니 하루 내 태평한 때가 없지. 언제나 초열지옥이야. 천하의 어떤 약도 자신을 망각하는 것만큼 좋은 약도 없네. 삼경월하입무아(三更月下入無我)*란 이런 경지를 노래한 것일세. 요즘 사람들은 친절을 베풀어도 자연스럽지가 않아. 영국 사람들이 나이스(Nice)라며 자랑하는 행위도 의외로 자각심이 넘쳐서 그런 것이지. 영국 왕세자가 인도에 놀러 가서 인도 왕족과 함께 식사할 때, 그 왕족이 왕세자와 함께 있다는 사실을 깜빡하고 그만 자기 나라 식으로 감자를 손으로 집어 접시에 놓고 나서는 나중에 얼굴이 새빨개져 몹시 부끄러워했네. 그러자 왕세자는 모르는 체하고 자신도 두 손가락으로 감자를 집어 접시를 놓았다고 하더군……."

"그게 영국 취향인가요?"

간게쓰 군이 질문했다.

"난 이런 이야기를 들었네."

주인이 뒤이어 덧붙였다.

"영국의 어느 병영에서 연대 장교 여럿이서 한 하사관을 대접한 적이 있네. 식사가 끝나고 손 씻는 물을 유리그릇에

---

* 달빛 아래 무아지경에 들어간다는 뜻이다.

담아 내왔는데, 이 하사관이 연회에 익숙지 않은 모양인지 유리그릇을 입에 대고 벌컥벌컥 마셔버렸네. 그러자 연대장이 갑자기 하사관의 건강을 축하한다면서 자신도 핑거볼에 담긴 물을 단숨에 들이켰다고 해. 그래서 거기에 있던 장교들도 질세라 유리그릇을 들고 하사관의 건강을 축하했다는군."

"이런 이야기도 있네."

잠자코 있는 걸 싫어하는 메이테이 선생이 말했다.

"칼라일이 처음 여왕을 알현했을 때, 궁정의 예법을 개의치 않는 괴짜라 갑자기 '어디 앉아 볼까' 하면서 털썩 의자에 앉았어. 그런데 여왕 뒤에 서 있던 많은 시종과 궁녀들이 모두 낄낄대기 시작했네. ……아니, 낄낄대진 않고, 낄낄대려고 했네. 그러자 여왕이 뒤를 돌아 뭔가 신호를 주자, 많은 시종과 궁녀들이 어느새 모두 의자에 앉아, 칼라일은 체면을 잃지 않았다고 해. 상당히 공들인 친절인 거지."

"칼라일이라면 모두가 서 있어도 태연했을 것 같은데요."

간게쓰 군이 단평을 시도했다.

"친절한 자각심은 뭐 괜찮지."

도쿠센 선생이 나섰다.

"자각심이 있는 만큼 친절을 베푸는 데도 힘이 드네. 안타까운 일이야. 문명이 발달함에 따라 살벌한 기운이 사라지고, 개인과 개인의 교류가 온화해진다고 하는데, 그건 착각이네. 이렇게 자각심이 강해서야 어떻게 온화해진단 말인

가. 얼핏 보면 지극히 조용해서 무탈한 것 같으나, 서로 매우 괴로워하지. 마치 스모 선수가 모래판 한복판에서 양팔을 맞잡고 버티는 것과 같지. 옆에서 보기엔 지극히 평온하지만, 당사자들의 뱃살은 파도를 치고 있지 않은가."

"싸움도 옛날에는 힘으로 상대를 제압했기 때문에 오히려 죄가 덜 됐지만, 요즘은 꽤 교묘해져서 자각심이 훨씬 심해졌지."

메이테이 선생 순서가 돌아왔다.

"베이컨에 따르면, 자연의 힘에 순응해야 자연을 이길 수 있다고 하는데, 오늘날 싸움은 바로 베이컨의 이론대로 되었으니 신기하지. 마치 유도 같은 거지. 적의 힘을 이용해 적을 쓰러뜨리려고 하니까……."

"혹은 수력발전 같은 것이지요. 물의 힘을 거스르지 않고 도리어 이를 전력으로 바꿔 생활에 도움이 되게 하니……."

간게쓰 군이 말하자 도쿠센 선생이 바로 그 뒤를 이어받았다.

"그러니 빈곤할 때는 빈곤에 얽매이고, 부유할 때는 부에 얽매이고, 슬플 때는 슬픔에 얽매이고, 기쁠 때는 기쁨에 얽매이는 거라네. 재주꾼은 재주 때문에 무너지고, 지혜로운 자는 지혜에 무너지고, 구샤미 같은 신경질쟁이는 신경질을 이용하기만 하면 바로 뛰쳐나가 적의 속임수에 걸려들지……."

"옳소, 옳소!"

메이테이 선생이 손뼉을 치자 구샤미 선생이 히죽히죽 웃으며 "이래 봬도 그렇게 쉽게 걸려들지 않네" 하고 대답하자, 다들 웃음을 터뜨렸다.

"그런데 가네다 같은 사람은 무엇에 망할까?"

"마누라는 코로 망하고, 가네다는 업보로 망하고, 졸병들은 탐정으로 망하려나."

"딸은?"

"딸은…… 딸은 본 적이 없어서 뭐라고 할 수 없지만…… 일단 옷으로 망하거나 음식으로 망하거나 술로 망하거나 하겠지. 설마 사랑으로 망하겠나. 어쩌면 소토바고마치*처럼 객사할지도 모르고."

"그건 좀 심하네요."

신체시를 바친 도후 군이 이의를 제기했다.

"그러니까 응무소주 이생기심(應無所住 以生其心)**이라는 건 중요한 말이네. 그런 경지에 이르지 않으면 인간은 괴로움에서 벗어날 수 없지."

도쿠센 선생이 자꾸 혼자서만 깨달음을 얻은 양 말을 했다.

"잘난 척 좀 그만하게. 자네 같은 이는 까딱하다간 봄바람을 가르는 번개에 맞아 쓰러질지도 몰라."

---

* 늙은 처녀가 광란에 빠져 정처 없이 떠도는 모습을 그린 이야기다.
** 《금강경》에 나오는 구절로 머무는 바 없이 마음을 내라는 뜻이다.

"좌우지간 이 기세로 문명이 발달해 간다면 난 살기 싫네."

주인이 입을 열었다.

"사양은 필요 없으니 죽지 그러나."

메이테이 선생이 말이 떨어지자마자 잘라버렸다.

"죽는 건 더 싫어."

주인이 고집을 부렸다.

"태어날 때는 누구도 숙고하며 태어나지 않지만, 죽을 때는 누구나 고심하나 봅니다."

간게쓰 군이 냉정한 격언을 뱉었다.

"돈을 빌릴 때는 아무 생각 없이 빌리지만, 갚을 때는 모두 걱정하는 것과 마찬가지지."

이럴 때 바로 대꾸할 수 있는 메이테이 선생뿐이다.

"빚 갚는 걸 생각하지 않는 자가 행복한 것처럼, 죽을 걸 생각하지 않는 자가 행복한 게지."

도쿠센 선생은 세상을 벗어나 초연한 모습이었다.

"자네 말인즉 뻔뻔한 자가 깨달은 사람이겠네."

"그렇지, 선종의 가르침에 '철우면 철우심, 우철면 우철심(鐵牛面 鐵牛心, 牛鐵面 牛鐵心)'*이라는 것이 있네."

"그럼 자네가 그 표본이라는 건가?"

"그렇지도 않네. 그러나 죽음을 걱정하게 된 것은 신경쇠

---

* 쇠로 된 소처럼 움직이지 않는 마음이라는 뜻이다.

약이라는 병이 생긴 이후의 일이지."

"아무렴 자네는 어느 모로 보나 신경쇠약 이전의 백성이네."

메이테이 선생과 도쿠센 선생이 알 수 없는 말을 주고받는 동안, 주인은 간게쓰 군과 도후 군을 상대로 연신 문명에 대한 불만을 쏟아내고 있다.

"어떻게 빌린 돈을 갚지 않고 넘어가느냐가 문제네."

"그런 문제는 없습니다. 돈을 빌렸으면 갚아야지요."

"뭐 의견일 뿐이니, 잠자코 들어보게. 어떻게 빌린 돈을 갚지 않고 넘어가느냐 문제인 것처럼, 어떻게 죽지 않고 넘어가느냐가 문제네. 아니, 문제였네. 연금술이 바로 이것이지. 하지만 모든 연금술은 실패했네. 인간은 결국 죽을 수밖에 없다는 사실이 분명해진 셈이지."

"그건 연금술 이전부터 분명했습니다."

"아니, 의견일 뿐이니 잠자코 들어보라니까. 자자, 결국 죽을 수밖에 없다는 사실이 분명해졌을 때 두 번째 문제가 발생하네."

"흠."

"어차피 죽는다면 어떻게 죽느냐, 이것이 두 번째 문제야. 〈자살 클럽〉*은 이 두 번째 문제와 함께 생겨날 운명이었

---

*로버트 루이스 스티븐슨의 단편 소설집 《신 아라비안나이트》에 수록된 작품이다.

어."

"그렇군요."

"죽는 건 고통스럽지, 그러나 죽지 못하면 더욱 고통스럽네. 신경쇠약에 걸린 국민에게는 살아 있는 것이 죽는 것보다 더한 고통이야. 그래서 죽음을 걱정하지. 죽기 싫어서 걱정하는 게 아니네. 어떻게 죽는 게 가장 좋을지 걱정하는 거야. 다만 대다수 사람은 지혜가 부족하니까 그냥 내버려두어도, 세상이 괴롭혀 죽여준다네. 하지만 괴짜들은 세상으로부터 허무하게 괴롭힘을 당하며 죽어가는 것에 만족하지 않아. 필시 죽는 법에 대해 여러 가지로 궁리한 끝에 새로운 명안을 내놓지. 그래서 향후 세계의 추세는 자살자가 증가하고, 그 자살자가 모두 독창적인 방법으로 세상을 떠날 것이 분명하네."

"상당히 뒤숭숭해지겠군요."

"그렇겠지. 꼭 그렇게 될 거야. 아서 존스*라는 사람이 쓴 각본 중에 자꾸 자살을 주장하는 철학자가 있는데……."

"그래서 자살했습니까?"

"아쉽게도 하지 않았네. 하지만 앞으로 천 년만 지나면 모두 실행할 게 틀림없어. 만 년 후에는 죽음이라고 하면 자살 말고는 다른 방법이 존재하지 않는 것처럼 여겨질 걸세."

---

* 영국의 극작가로 대표작은 《성자와 죄인》이다.

"큰일 나겠는데요."

"그렇겠지, 반드시 그렇게 될 거야. 그렇게 되면 자살에 관한 연구가 상당히 축적되어 훌륭한 과학이 되고, 낙운관 같은 중학교에서도 윤리 대신 자살학이 정규 과목이 되겠지."

"희한하네요. 저도 청강하고 싶을 정도인데요. 메이테이 선생님, 들으셨습니까? 구샤미 선생님의 명강을."

"들었네. 그때가 되면 낙운관의 윤리 선생은 이렇게 말하겠지. 여러분, 공중도덕이라는 야만적인 풍습을 지켜서는 안 됩니다. 세계의 청년으로서 여러분이 가장 주의해야 할 의무는 자살입니다. 하지만 자신이 좋아하는 건 남에게 베풀어도 좋은 것이니, 자살에서 한 발 전진하여 타살을 해도 좋습니다. 특히 저 밖에 있는 가난한 선생 진노 구샤미 같은 사람은 살아 있는 것이 상당히 고통스러워 보이므로, 한시라도 빨리 죽여주는 것이 여러분의 의무입니다. 그렇더라도 옛날과 달리 오늘날은 문명이 발달한 시대이니, 창이나 언월도,* 총포나 활 같은 무기류를 사용하는 비겁한 행동을 해서는 안 됩니다. 단지 넌지시 빈정대는 고상한 기술로, 놀려 죽이는 것이 본인을 위해서도 좋고 또 여러분의 명예도 될 것입니다……."

---

* 초승달처럼 생긴 옛날 무기 중 하나다.

"과연 흥미로운 강의네요."

"아직 재미난 부분이 더 남았네. 오늘날 경찰이 존재하는 주된 목적은 인민의 생명과 재산을 보호하는 일이지. 그런데 그때가 되면 경찰은 개를 때려잡듯 곤봉으로 천하의 국민들을 때려죽일 거야."

"왜요?"

"왜긴, 요즘 사람들에게는 생명이 소중하니까 경찰이 보호해주지만, 그때의 국민들은 살아 있는 게 고통이니까 경찰이 자비를 베풀어 죽여주는 거지. 하긴 눈치가 있는 사람들은 대개 자살을 해버리니까, 경찰한테 맞아 죽는 자들은 아무런 의욕이 없거나 자살 능력이 없는 백치 또는 불구자들에 한할 테지. 그래서 경찰 손에 죽고 싶은 인간은 문에 팻말을 걸어두는 거야. '맞아 죽고 싶은 남자 있음' 또는 '죽고 싶은 여자 있음' 이렇게 걸어두면 경찰이 편할 때 찾아와 소원대로 당장 처리해주는 거지. 시신은 어떡하냐고? 시신은 경찰이 수레를 끌고 와 싣고 가는 거야. 또 재미있는 일이 생각났네."

"정말 선생님의 농담은 끝이 없군요."

도후 군은 크게 감탄했다. 그러자 도쿠센 선생이 여느 때처럼 염소수염에 신경을 쓰면서 느릿느릿 말을 꺼냈다.

"농담이라고 하면 농담이겠지만, 예언이라고 하면 예언일지도 모르네. 진리에 철저하지 못한 자는 자칫 눈앞의 현상 세계에 속박되어 물거품 같은 몽환을 영원한 사실이라 인정하고 싶어 하기 마련이라서, 조금 엉뚱한 이야기를 하면, 곧바로 농담으로 치부해버리지."

"'연작이 어찌 대붕의 뜻을 알리오'*군요."

간게쓰 군이 선생님의 역량에 두 손 들었다는 듯이 말하자, 도쿠센 선생이 그렇다는 표정으로 이야기를 계속했다.

"옛날 스페인에 코르도바라는 곳이 있었네……."

"지금도 있지 않나요?"

"있는지도 모르지. 지금이냐 옛날이냐 문제는 제쳐두고, 아무튼 그곳에서는 저녁때 사원에서 종이 울리면 집집에서 여자들이 나와 강에 가 수영하는 풍습이 있었다네……."

"겨울에도 했나요?"

"그 부분은 정확히 모르겠네만, 좌우지간 노소 귀천 구별 없이 강으로 뛰어들었네. 다만 남자는 한 명도 들어가지 않고, 그냥 멀리서 보고만 있었지. 멀리서 보고 있으면 모색 창연한 물결 위에 하얀 살갗이 어슴푸레 움직였지……."

"시적이네요. 신체시가 되겠어요. 어디라고 하셨죠?"

도후 군은 나체 이야기만 나오면, 몸이 앞으로 나온다.

"코르도바. 그런데 여기 사는 한 젊은이가 여자와 함께 수영을 할 수도 없고, 멀리서는 그 모습이 잘 보이지 않으니 아쉬운 마음에 장난을 좀 쳤네……."

---

* 소인배들이 어찌 큰 사람의 뜻을 알겠느냐는 의미.

"오오, 어떻게 말인가?"

장난이라는 말에 메이테이 선생이 몹시 기뻐했다.

"사원 종지기에게 뇌물을 써 일몰을 알리는 종을 한 시간 일찍 치게 한 거야. 여자들은 경솔한 존재인지라 종이 울렸다며 하나둘 강가로 모여들어 속옷 바람으로 풍덩풍덩 물속에 뛰어들었네. 뛰어들기는 했는데, 평소와 다르게 해가 지지 않는 거야."

"가을 햇살이 쨍쨍 쏟아졌겠군."

"다리 위를 보니 남정네들이 서서 쳐다보고 있지 않은가. 부끄러워도 어쩔 도리가 없으니 얼굴만 붉혔다고 하네."

"그래서?"

"그러니까 말이네, 인간은 그저 눈앞의 습관에 현혹되어 근본 원리를 잊기 쉬우니 조심하지 않으면 안 된다는 거야."

"과연 눈물 나게 고마운 설교군. 눈앞의 습관에 현혹되는 이야기를 나도 하나 해볼까. 얼마 전에 어떤 잡지를 읽었는데, 사기꾼에 관한 소설이 있었네. 내가 여기서 서화 골동품점을 열었다고 하세. 그럼 가게 앞에 대가의 족자나 명인의 도구를 늘어놓겠지. 물론 가짜가 아니라 정직한 고급품들만 말이야. 고급품이니까 응당 비싸겠지. 그런데 유별난 손님이 찾아와 이 모토노부*의 족자가 얼마냐고 물어. 내가 600엔이

---

* 일본의 화가이자 서예가.

라 하니까 그 손님이 갖고 싶기는 한데 수중에 600엔이 없으니 아쉽지만 일단 보류하겠다는 거야."

"그렇게 말하기로 정해져 있나?"

주인은 여전히 꾸밈없이 말을 했다. 메이테이 선생은 태연한 얼굴로 이야기를 이어갔다.

"아니, 소설이잖아. 말했다고 치자는 거야. 그래서 내가 값은 괜찮으니 마음에 들면 가져가라고 해. 그러자 손님은 그렇게는 할 수 없다면서 머뭇거리지. 그래서 내가 '그럼 월부로 하시죠, 월부도 조금씩 오래 갚는 것으로요, 어차피 앞으로 단골이 되실 테니, 아니 사양하실 것 없습니다, 한 달에 10엔 정도면 어떻겠습니까, 아니, 5엔이라도 상관없습니다.' 내가 이렇게 아주 싹싹하게 말하는 거야. 그리고 나와 손님 사이에 두세 번의 문답이 오가고, 내가 모토노부의 족자를 600엔, 그러니까 매달 10엔씩 받는 조건으로 넘기는 거야."

"타임스에서 브리태니커 백과사전을 파는 것과 같군요."

"타임스의 조건은 명확하지만, 내 경우는 아주 불명확하지. 이제부터 교묘한 사기가 전개되니 잘 들어봐. 월 10엔씩 600엔을 갚으려면 몇 년이 걸리지, 간게쓰 군?"

"물론 5년이지요."

"맞아, 5년이지. 그런데 5년이란 세월이 길다고 생각하나, 짧다고 생각하나, 도쿠센?"

"일념만년 만년일념(一念萬年 萬年一念)이라 했으니 짧다면 짧고, 길다면 길겠지."

"뭐야, 그거 도카(道歌)*인가? 상식 없는 도카군. 아무튼 거기서 5년 동안 매달 10엔씩 갚는 거니까 손님은 60회를 내면 되네. 그러나 습관이란 무서운 것이라 매달 같은 일을 60번이나 반복하다 보면 61회에도 역시 10엔을 납부하게 될 걸세. 62회에도 10엔을 내겠지. 62회, 63회, 회를 거듭할수록 기일이 오면 10엔을 내지 않고는 못 배기거든. 인간은 똑똑한 듯해도 습관에 미혹되어 근본을 잊는다는 치명적인 약점이 있지. 그 약점을 이용해 내가 계속 매달 10엔씩 이득을 보는 거야."

"하하하하, 그렇게 쉽게 잊어버리진 않을 것 같은데요"라고 말하며 간게쓰 군이 웃자 주인은 다소 진지하게 "아니, 그런 일은 실제로 있네. 난 대학 때 학자금으로 빌린 돈을 매달 계산해보지도 않고 갚아 나갔는데, 나중에는 학교에서 먼저 그만 내도 된다고 하더군" 하고 자신의 수치심을 인간 일반의 수치심처럼 공언했다.

"거봐, 그런 사람이 있다니까. 그러니까 내가 아까 말한 문명의 미래기를 듣고 농담이라며 웃는 자는 60회면 끝나는 월부를 평생 내고도 정당하다고 생각하는 사람이야. 특히

---

* 도덕이나 교육적 내용을 노래한 일본 고유의 시.

간게쓰 군이나 도후 군처럼 경험이 부족한 청년들은 내 말을 새겨듣고 속지 않도록 주의해야 하네."

"잘 알겠습니다. 월부는 반드시 60회만 내도록 하겠습니다."

"아니, 농담 같지만, 실제로 참고가 되는 이야기네, 간게쓰 군."

도쿠센 선생이 간게쓰 군에게 말했다.

"예를 들자면, 지금 구샤미나 메이테이가, 자네가 아무 말 없이 결혼한 게 온당치 않으니 가네다인가 하는 자한테 사죄하라고 충고한다면 자네는 어쩔 텐가? 사죄할 건가?"

"사죄만큼은 사양하겠습니다. 그쪽에서 제게 사과한다면 모를까, 제가 그럴 마음은 없습니다."

"경찰이 자네한테 사과하라고 명령한다면 어쩌겠나?"

"더욱 사양하지요."

"대신이나 귀족이 사과하라면 어떻게 하겠나?"

"더더욱 사양하지요."

"거보게. 옛날하고 지금은 그만큼 달라졌네. 옛날에는 나라님의 위광이면 뭐든 할 수 있는 시대였어. 그다음 시대에는 나라님의 위광으로도 할 수 없는 일이 생겨났지. 지금은 제아무리 전하나 각하라도 개인의 인격을 함부로 무시할 수 없는 세상이네. 극단적으로 말하면 상대방에게 권력이 있으면 있을수록, 무시당하는 쪽은 불쾌감을 느끼고 반항

하는 세상이지. 그래서 요즘은 옛날과 달리 오히려 나라님 위광 때문에 할 수 없는 일이 생기는, 새로운 현상이 생겨난 시대지. 옛사람들은 도저히 생각할 수 없는 일이 이치로 통하는 세상이야. 세태나 인정의 변천이란 알 수 없는 것이라서 메이테이가 말한 미래도 농담이라면 농담에 불과하겠지만, 그런 현상을 설명한 것이라면 꽤 훌륭한 이야기가 아닌가."

"이렇게 말해주는 벗이 있으니 미래기를 계속 말하고 싶어지는군. 도쿠센의 말처럼 요즘 세상에 나라님의 위광을 등에 업거나, 이삼백 개의 죽창을 믿고 억지로 밀고 나가려는 것은, 마치 가마를 타고 기어코 기차와 경쟁하려고 아등바등하는, 시대에 뒤떨어진 고집불통이지. 뭐, 고집쟁이 고리대금업자 조한 선생 같은 인물이니, 잠자코 솜씨나 구경하면 될 일이지만, 내 미래기는 그런 임시방편의 작은 문제가 아니네. 인간 전체의 운명에 관한 사회적 현상이니까 말이야. 오늘날 문명의 경향을 잘 살펴 먼 미래의 추세를 점치자면, 결혼은 불가능한 일이 될 걸세. 놀라지 말게. 사유는 이러하네. 앞서 말했듯이 요즘은 개성이 중심인 세상이야. 남편이 한 가족을 대표하고, 군수가 한 군을 대표하고, 영주가 한 영지를 대표하던 시절에는 대표자 이외의 인간에게는 인격이 전혀 없었네. 있어도 인정받지 못했지. 그러던 것이 확 바뀌자, 모든 생존자가 개성을 주장하기 시작하고, 누구에게나 너는 너, 나는 나라고 말하는 세상이 되었어. 두 사람이 길에서 마주치면, '네가 인간이면 나도 인간이다' 속으로 싸움을 하면서 지나치지. 그만큼 개인이 강해진 거야. 개인이 평등하게 강해졌다는 것은 개인이 평등하게 약해졌다고도 할 수 있지. 사람들이 나를 해치기 어려웠다는 점에서 보면 확실히 나는 강해졌지만, 좀처럼 남 일에 끼어들 수 없게 된 점에서 보면 분명히 옛날보다 약해진 것이야. 강해지는 건 기쁘지만, 약해지는 건 아무도 달가워하지 않기 때문에, 남이 털끝 하나라도 건들지 못하도록 나의 강한 면을 끝까지 고수함과 동시에, 적어도 남에 대해서는 털끝의 반만큼이라도 침해하려고 남의 약점을 억지로라도 들춰내고 싶어지지. 이렇게 되면 사람과 사람 사이에 공간이 없어져 사는 게 갑갑해지네. 자신을 있는 힘껏 팽창시켜 터질 듯이 부푼 채로 괴로워하며 살아가게 돼. 괴로우니까 다양한 방법으로 개인과 개인 사이에서 여유를 찾지. 이렇게 인간이 자업자득으로 괴로워하고, 괴로운 나머지 생각해 낸 첫 번째 방안이 부모와 자식이 별거하는 제도네. 일본에서도 산속에 들어가 보게. 한집 안에 온 식구들로 득실득실해. 주장할 개성도 없고, 있어도 주장하지 않으니 별문제 없겠지만, 문명의 백성은 아무리 부모 자식 사이라도 서로 자기주장을 펼치지 않으면, 그만큼 손해기 때문에 양자의 안전을 위해 별거할 수밖에 없네. 유럽은 문명이 발달했으니 일본보다 빠르게 이 제도가 시행되었어. 어쩌다 부모와 자식이 함께 사는 경우도 있지만, 아들이 아버지한테 돈을 빌려도 이자를 내야 하거나 남처럼 하숙비를 지불하기도 하지. 부모가 자식의 개성을 인정하고 존중해야 이런 미풍도 성립하네. 이런 풍습은 하루속히 일본에 들여와야 해. 친척들은 이미 오래전부터 떨어져 살고 있고, 부모 자식은 이제라도 떨어져 살게 되어 그나마 견디고 있는 듯하지만, 개성의 발전과 그 발전에 따라 이에 대한 존경심도 무제한으로 늘어날 것이므로, 아직도 떨어져 살지 않는다면 편안히 살 수 없을 걸세. 하지만 부모 형제가 서로 떨어져 사는 오늘날에는 더는 떨어질 게 없으니, 최후의 방안으로 부부가 갈라서게 되는 거지. 요즘 사람들은 같이 살면 부부라고 생각해. 그런데 큰 착각이야. 같이 살려면 개성이 충분히 맞아야 해. 옛날 같으면 불만이 없었지. 일심동체라 해서 겉으로는 두 사람이지만, 실은 한 사람이었거든. 그래서 해로동혈이니 뭐니 하면서 죽어서도 한 구멍 속 너구리처럼 되는 거야. 야만적인 일이지. 요즘은 그렇게 안 하잖아. 남편은 어디까지나 남편이고, 아내는 어디까지나 아내니까. 그 아내가 여학교에서 치마바지를 입고 확고한 개성을 단련하여 올림머리를 한 채로 쳐들어오니, 도저히 남편 뜻대로 될 리가 없지. 또 남편의 뜻대로 되는 아내라면 아내가 아니라 인형이니까. 현명한 아내일수록 개성은 굉장할 정도로 발달하네. 개성이 발달할 수록 남편과는 맞지 않지. 맞지 않으면 당연히 남편과 충돌해. 그래서 현명한 아내라는 수식어가 붙은 이상은 아침부터 밤까지 남편과 충돌하는 거야. 참으로 좋은 일이지만, 현명한 아내를 맞이하면 맞이할수록 쌍방 모두 괴로움의 정도는 커지지. 부부 사이에 물과 기름처럼 확연한 경계가 있는데, 그게 안정되어 그 경계가 수평선을 유지하면 몰라도, 물과 기름이 서로 작용하니 집안이 대지진이라도 난 것처럼 들썩거리는 것이지. 여기서부터 인간은 부부 동거가 서로에게 손해라는 것을 점점 깨닫게 되는 것이네."

"그래서 부부가 헤어지는 건가요? 걱정이네요."

간게쓰 군이 말했다.

"헤어지지. 분명 헤어질 거야. 천하의 부부는 모두 헤어지게 돼 있어. 지금까지는 함께 사는 것이 부부였지만, 앞으로는 동거하는 자들을 부부의 자격이 없는 사람처럼 간주할 것이야."

"그러면 저 같은 사람은 자격이 없는 쪽이겠네요."

간게쓰 군은 중요한 순간에 아내 자랑을 했다.

"메이지 시대에 태어나 다행이지. 나 같은 사람은 미래기를 창조할 만큼 두뇌가 시대보다 한두 걸음은 앞서 있으니, 독신으로 사는 거야. 사람들은 실연의 후유증이라는 둥 떠들어대는데, 그렇게 근시안적으로 구니 참으로 가련할 정도로 천박한 거지. 그거야 어쨌든 미래 이야기를 계속하겠네.

그때 한 철학자가 하늘에서 내려와 전대미문의 진리를 주장했어. 그 주장은 이러했네. 인간은 개성의 동물이다, 개성을 없애면 인간을 없애는 것과 같은 결과를 초래한다. 적어도 인간의 의의를 다하기 위해서는 어떠한 대가를 치르더라도 개성을 유지함과 동시에 발전시켜야 한다, 누습에 얽매여 마지못해 결혼을 집행하는 것은 인간의 자연스러운 경향에 반하는 야만적 풍습이다, 개성이 발달하지 않은 몽매의 시대라면 몰라도, 문명의 시대인 오늘날에도 이런 병폐에 빠져 전혀 돌아보지 않은 것은 그릇된 생각이다. 개화의 최고조에 달한 오늘날 두 개의 개성이 보통 이상으로 친밀하게 연결되어야 할 이유는 없다. 이렇게 명백한 이유가 있음에도 불구하고 무지한 청춘남녀가 한때의 열정에 이끌려 함부로 결혼식을 자행하는 것은 도리를 모르는 까닭이다. 나는 인간의 도리를 위해, 문명을 위해, 이들 청춘남녀의 개성을 보호하기 위해 전력을 다해 이 야만적인 풍습에 저항하지 않을 수 없다……."

"선생님, 저는 그 주장에 전적으로 반대합니다."

이때 도후 군이 손바닥으로 무릎을 탁 치며 말했다.

"저는 세상에서 사랑과 아름다움만큼 고귀한 것은 없다고 생각합니다. 우리를 위로하고, 우리를 완전하게 하며, 우리를 행복하게 하는 건 바로 사랑과 아름다움입니다. 우리의 정서를 우아하게 하고, 품성을 고결하게 하며, 감정을 세

련되게 하는 건 바로 이 두 가지 덕분입니다. 그래서 우리는 어느 세상에 태어나도 이 두 가지를 잊을 수 없는 것입니다. 이 두 가지가 현실 세계에 나타나면 사랑은 부부라는 관계가 됩니다. 아름다움은 시가와 음악이라는 형식으로 나뉩니다. 그러므로 적어도 인류가 지구 표면에 존재하는 한 부부와 예술은 절대 사라지지 않을 것입니다."

"사라지지 않으면 좋겠지만, 지금 철학자가 말한 대로 틀림없이 사라질 테니까 어쩔 수 없다고 포기하는 거지. 무엇이 예술인가? 예술도 부부와 같은 운명으로 귀착되는 거야. 개성의 발달이란 곧 개성의 자유라는 뜻이겠지. 개성의 자유라는 의미는 나는 나, 남은 남이라는 뜻일 테고. 그런 예술 따위가 어떻게 존재할 수 있겠나. 예술이 번창하는 이유는 예술가와 향락자 사이에 개성이 일치하기 때문일 거야. 자네가 아무리 신체시를 짓는 시인이라고 해도 자네의 시를 읽고 재미있다는 사람이 하나도 없다면, 자네의 신체시도 딱하지만, 자네 말고는 다른 독자가 사라지겠지. 〈원앙가〉를 지어봐야 소용없는 거라고. 다행히 메이지 시대인 오늘날 태어났으니 천하가 모두 애독하겠지만……."

"아뇨, 그 정도는 아닙니다."

"지금도 그 정도가 아니라면, 인문이 발달한 미래, 즉 예의 일대 철학자가 나와 비혼론을 주장하게 되면 아무도 읽지 않을 거야. 아니 자네가 쓴 시라서 안 읽는 게 아니네. 사람들 각자가 특별한 개성을 가지고 있으니, 남이 지은 시문 따위 하나도 재미없을 거라는 말이야. 실제로 지금도 영국 등지에서는 이러한 경향이 뚜렷이 나타나고 있네. 지금 영국 소설가 중 가장 개성 있는 작품을 쓴다는 메러디스를 보게, 제임스를 봐. 읽는 사람이 극히 드물잖아. 적을 수밖에. 그런 작품은 그런 개성이 있는 사람이 아니고서야 재미있지 않으니 어쩔 수 없지. 이러한 경향이 점점 발달하여 혼인을 부도덕하게 여기는 시대가 오면 예술도 완전히 사라지게 돼. 자네가 쓴 것은 내가 이해하지 못하고, 내가 쓴 것은 자네가 이해하지 못하는 날, 자네와 나 사이에는 예술이고 뭐고 있을 수 없겠지."

"그야 그렇지만, 저는 아무래도 직각적으로 그렇게 생각되지 않습니다."

"자네가 직각적으로 그렇게 생각하지 않는다면, 나는 곡각적으로 그렇게 생각하네."

"곡각적일지도 모르네만."

이번에는 도쿠센 선생이 말을 꺼냈다.

"어쨌든 인간에게 개성의 자유를 허락하면 허락할수록 서로가 갑갑해진다는 것은 틀림없네. 니체가 초인 같은 것을 내세운 것도, 순전히 이 갑갑함을 해소할 길이 없어 어쩔 수 없이 그런 철학으로 변형시킨 것이네. 얼핏 그의 이상처럼 보이지만, 그건 이상이 아니라 불평이라네. 개성이 발달한 19세기에 위축되어 옆 사람에게 편히 뒤척이지도 못하니까, 자포자기한 나머지 그런 난폭한 글을 휘갈긴 거지. 그 글을 읽으면 가슴이 벅차오른다기보다 오히려 안쓰러워지네. 그 목소리는 용맹하게 정진하는 목소리가 아니야. 원통하고 분하다는 소리지. 그도 그럴 것이 옛날에는 위대한 사람 하나가 나타나면 천하의 모든 사람이 그 휘하에 모였으니 유쾌했을 거야. 이런 유쾌함이 현실에서 일어났다면 애써 니체처럼 붓과 종이의 힘으로 그것을 책 위에 드러낼 필요는 없었겠지. 그러니 호메로스든 체비 체이스든 똑같이 초인적인 성격을 그려내도 느낌이 전혀 다르지. 그런데 니체의 시대는 그렇지 않았네. 영웅은 한 사람도 나오지 않았지. 나온다고 해도 아무도 영웅이라며 떠받들지 않았어. 옛날에는 공자가 단 한 사람이었으니 공자도 세력을 떨쳤겠지만, 지금은 공자가 여럿이지 않은가. 어쩌면 천하가 모조리 공자일지도 몰라. 그러니 나는 공자요, 으스대도 통하질 않아. 통하지 않으니까 불만인 거야. 불만이니까 초인 따위를 책에서만 휘갈기는 거야. 우리는 자유를 원해서 자유를 얻었네. 그런데 자유를 얻고 나니, 부자유를 느끼고 곤란해하고 있어. 그러니 서양 문명 따위는 얼핏 좋아 보여도 결국 안 되는 거야. 이에 반해 동양에서는 예부터 마음을 수양했어. 그쪽이 옳아. 개성이 발달한 결과 모두 신경쇠약에 걸려 감당할 수 없게 되었을 때, 비로소 '덕이 뛰어난 임금의 백성은 마음이 편안하다"는 말의 가치를 발견하게 될 테니까. 무위이화"라는 말을 무시할 수 없음을 깨닫게 되는 거지. 하지만 깨닫게 돼도 그때는 늦었지. 알코올중독이 되고 나서야 아아, 술을 안 마셨으면 좋았을 텐데, 하고 후회하는 것과 같으니까."

"선생님들은 꽤 염세적인 말씀을 하시는 듯한데, 저는 이상하네요. 여러 이야기를 들었는데도 아무런 감흥이 없습니다. 어찌 된 걸까요?"

간게쓰 군이 말했다.

"그야 아내를 막 얻었으니까."

메이테이 선생이 곧바로 해석했다. 그러자 주인이 갑자기 이런 말을 꺼냈다.

"아내를 얻고, 여자는 좋은 것으로 생각하면 큰 착각이네. 참고하라고 내가 재미있는 걸 읽어줄 테니, 새겨듣게"라며 방금 서재에서 꺼내온 낡은 책을 들고 "이 책은 오래된 책인데도 불구하고 여자의 나쁜 점을 낱낱이 꿰뚫고 있네"라고 하자 간게쓰 군이 "좀 놀랍군요. 대체 언제 나온 책입니까?"라고 물었다.

"토머스 내시라는 16세기 영국 작가의 저서네."

"정말 놀라운데요. 그 당시 이미 아내 험담을 한 사람이

---

* 《논어》에 나오는 구절로 공자가 요 임금의 덕을 칭송하는 말.
** 《노자》에 나오는 구절로 성인의 덕이 크면 백성들이 진심으로 따르게 된다는 말.

있었나요?"

"여자에 대한 험담이 여럿 있지만, 그중에 자네 아내한테도 해당하는 얘기가 있으니 듣는 게 좋겠군."

"예, 들을게요. 감사합니다."

"우선 옛 현인들의 여성관을 소개한다고 쓰여 있네. 응? 듣고 있나?"

"다들 듣고 있어. 독신인 나까지도 듣고 있네."

"아리스토텔레스 이르기를, 여자는 어차피 쓸모없는 존재이니 아내를 얻으려면 몸집이 큰 사람보다는 작은 사람을 얻어야 한다. 쓸데없이 덩치만 큰 것보다는 작은 것이 덜 재앙적이니……."

"간게쓰 군의 아내는 덩치가 크나, 작나?"

"쓸데없이 덩치만 큰 쪽입니다."

"하하하하, 거참 재밌는 책이군. 어서 다음을 읽어보게."

"어떤 사람이 묻기를, 최대 기적이란 무엇인가. 현자가 답하기를, 정숙한 부인……."

"그 현자란 게 누구입니까?"

"이름은 안 적혀 있네."

"보나 마나 실연당한 현자겠지요."

"다음에는 디오게네스가 나와. 어떤 사람이 묻기를, 아내는 언제 얻어야 하는가. 디오게네스가 답하기를, 청년은 아직 이르고 노인은 이미 늦었느니, 라고 쓰여 있군."

"그 선생, 술독에 빠져 생각했군."

"피타고라스가 이르기를, 천하에 세 가지 무서운 것이 있으니, 그것은 불, 물, 여자다."

"그리스 철학자들도 의외로 어설픈 소리를 하는군. 나로 말하자면, 천하에 무서운 것이 없네. 불 속에 뛰어들어도 타지 않고, 물속에 들어가도 가라앉지 않고……."

도쿠센 선생은 잠시 말문이 막혔다.

"여자를 만나도 반하지 않는다겠지."

메이테이 선생이 구원병으로 나섰다. 주인이 얼른 뒤를 읽었다.

"소크라테스는 인간의 최대 난제가 부녀자를 다루는 일이라 하였다. 데모스테네스가 이르기를, 만일 적을 괴롭히고자 한다면, 내 여자를 적에게 넘기는 것보다 좋은 계책은 없다. 가정의 풍파로 밤낮 가리지 않고 그를 고달프게 하여 일어설 수조차 없게 하기 때문이다. 세네카는 부녀자와 무학(無學)을 세계 제2대 재앙이라 하였고, 마르쿠스 아우렐리우스는 여자란 제어하기 어렵다는 점에서 선박과 닮았다 하였으며, 플라우투스는 여자가 아름다운 옷으로 치장하는 성질을 타고난 추함을 감추려는 졸렬한 책략에 바탕을 둔 것이라 여겼다. 일찍이 발레리우스가 친구 아무개에게 글을 써 이르기를, 천하에 여자가 은밀히 하지 못하는 일이 없으니, 바라건대 하늘은 이를 가엾게 여기시어, 부디 여자들의 술책에 빠지지 않게 하기를. 그가 또 이르기를, 여자란 무엇인가, 우애의 적이 아닌가, 피할 수 없는 괴로움이 아닌가, 필연적인 해악이 아닌가, 자연의 유혹이 아닌가, 꿀과 비슷한 독이 아닌가, 만일 여자를 버리는 것이 부덕하다면 그들을 버리지 않는 것은 더 큰 죄라 하지 않을 수 없다……."

"이제 됐습니다, 선생님. 어리석은 아내 험담을 듣는 건 그 정도면 충분합니다."

"아직 4, 5쪽 더 남았으니 듣는 김에 다 듣는 것이 어떤가?"

"이쯤 하는 것이 좋겠네. 마나님께서 돌아오실 시간 아닌가."

메이테이 선생이 놀려대자 거실 쪽에서 "기요! 기요!" 하고 안주인이 하녀를 부르는 소리가 들렸다.

"자네 이제 큰일 났네. 안부인이 오셨군."

"으ㅎㅎㅎㅎ."

주인은 웃으면서 "상관없네" 하고 말했다.

"제수씨, 제수씨. 언제 돌아오셨습니까?"

거실에서 아무런 대답이 없다.

"제수씨, 방금 한 얘기 들으셨어요? 네?"

아직 답이 없다.

"방금 한 얘기는 구샤미 생각이 아닙니다. 16세기 내시라는 사람이 한 말이니 안심하세요."

"몰라요."

안주인이 멀리서 간단히 대답했다. 간게쓰 군이 히죽히죽 웃었다.

"모르고 실례했습니다, 아하하하하."

메이테이 선생이 마구 웃고 있는데, 문이 거칠게 열리고 아무런 말도 없이, 쿵쿵 발소리가 들리는가 싶더니, 손님방 장지문이 난폭하게 열리고 다타라 산페이 군의 얼굴이 그 사이로 나타났다.

오늘 산페이 군은 평소와 달리, 새하얀 셔츠에 갓 맞춘 프록코트로 입고 있었는데, 취기가 오른 상태였다. 오른손에 줄로 묶은 묵직한 맥주 네 병을 가다랑어포 옆에 내려놓자마자 인사도 없이 털썩 주저앉았는데, 그 편히 앉은 모습이 늠름한 무사 같았다.

"선생님, 위장병은 요즘 어떻습니까? 이렇게 집에만 계시니 속이 안 좋죠."

"아직 속이 안 좋다는 말은 하지 않았네."

"안색이 좋지 않으니까요. 선생님 얼굴이 누렇게 떴습니다. 요즘엔 낚시가 좋아서요. 지난번 일요일에 시나가와에 배를 빌려 다녀왔습니다."

"뭐 좀 잡았나?"

"한 마리도 못 잡았습니다."

"못 잡아도 재미있는가?"

"호연지기를 기르고 싶어서요. 여러분은 낚시하러 가본 적 있으세요? 재밌습니다, 낚시. 큰 바다를 작은 배로 돌아다니니까요."

산페이 군은 아무에게나 물었다.

"나는 작은 바다를 큰 배로 돌아다니고 싶네."

메이테이 선생이 대답했다.

"이왕 잡는 거 고래나 인어라도 낚아야 재밌죠."

간게쓰 군이 대답했다.

"그런 게 잡히겠어요? 문학자가 상식이 없네요."

"저는 문학자가 아닙니다."

"그래요, 그럼 당신 뭐 하는 사람인데요? 저 같은 비즈니스맨은 상식이 제일 중요한데. 선생님, 저는 근래에 제법 상식이 풍부해졌습니다. 아무래도 그런 곳에 있으면, 주변에 다 그런 사람들뿐이니 저절로 그렇게 됩니다."

"어떻게 되는데?"

"담배만 해도 그렇습니다. 아사히나 시키시마를 피워서는 체면이 영 안 살죠."

산페이 군은 필터에 금박을 입힌 이집트 담배를 꺼내 후우후우 피우기 시작했다.

"그렇게 사치 부릴 돈이 있나?"

"돈은 없지만, 앞으로 어떻게든 되겠죠. 이 담배를 피우면 신용이 아주 달라집니다."

"간게쓰 군이 구슬을 가는 것보다 편한 신용이라 좋군. 수고스럽지도 않고, 손쉬운 신용이야."

메이테이 선생이 간게쓰 군에게 말하자, 간게쓰 군이 뭐라고 대답하기도 전에 산페이 군이 끼어들었다.

"당신이 간게쓰 씨입니까? 결국 박사가 못 됐나 보군요. 당신이 박사가 되지 못해서 제가 하기로 했습니다."

"박사를 말인가?"

"아뇨, 가네다 댁 따님과 결혼 말입니다. 사실 안타깝다고 생각합니다. 하지만 그쪽에서 데려가라고 사정사정해서 결국 결혼하기로 했습니다, 선생님. 그래도 간게쓰 씨에게는 도리가 아닌 듯하여 걱정입니다."

"모쪼록, 사양 마시고"라고 간게쓰 군이 말하자, 주인은 "자네가 데려오고 싶다면, 데려와도 좋겠지"라고 애매한 대답을 했다.

"듣던 중 경사스러운 일이군. 그러니 어떤 딸을 두었든 걱정할 필요가 없는 거야. 누가 데려가나 했더니, 아까 내가 말한 대로, 이렇게 훌륭한 신사 사위가 생겼잖아. 도후 군, 신체시의 소재가 생겼네. 어서 시작하게."

메이테이 선생이 평소에 하듯 농담처럼 말하자 도후 군이 말했다.

"당신이 도후 씨입니까? 결혼식 때 뭔가 지어주실 수 있나요? 바로 인쇄해서 여러분께 보내드리겠습니다.《다이요

(太陽)》*에도 실어달라 하고요."

"예, 뭐라도 지어보죠. 언제쯤 필요하십니까?"

"아무 때나 좋습니다. 이미 지어놓은 거라도 상관없어요. 피로연 때 거하게 대접하겠습니다. 샴페인을 마시게 해드리죠. 샴페인 마셔본 적 있습니까? 샴페인, 맛있습니다. 선생님, 피로연 때 악사를 부를 생각인데, 도후 씨 작품에 곡을 붙여 연주하면 어떨까요?"

"마음대로 하게."

"선생님, 곡을 부탁드려도 될까요?"

"말도 안 되는 소리."

"여기 계신 분 중에 음악 하실 수 있는 분 누구 없나요?"

"낙제 후보자 간게쓰 군이 바이올린의 귀재네. 부탁해봐. 하지만 샴페인 정도로는 어림도 없는 남자지."

"샴페인도 말이지요, 한 병에 4엔이나 5엔 하는 건 좋지 않습니다. 제가 대접하는 건 그런 싸구려가 아니에요. 간게쓰 씨, 곡 하나 부탁드려도 될까요?"

"네, 만들어드리고 말고요. 한 병에 20전짜리 샴페인이라도 만들어드리겠습니다. 원하시면 공짜라도 만들어드리지요."

"공짜로 부탁드릴 순 없지요. 사례는 하겠습니다. 샴페인

---

* 1895년부터 1928년까지 발행된 일본의 근대 종합잡지.

이 싫으시면 이런 사례는 어떻습니까?"

다타라 군이 상의 안주머니에서 일고여덟 장의 사진을 꺼내 방바닥 위에 팔랑팔랑 떨어뜨렸다. 상반신 사진이 있다. 전신사진이 있다. 서 있는 모습의 사진이 있다. 앉아 있는 모습의 사진이 있다. 치마바지 차림의 사진이 있다. 예복 차림의 사진이 있다. 올림머리를 한 사진이 있다. 온통 묘령의 여자뿐이다.

"선생님, 후보자가 이만큼 있습니다. 간게쓰 씨와 도후 씨에게 이 중 누구든 보답으로 소개해드리죠. 이 사람은 어떻습니까?"

산페이 군은 사진 한 장을 간게쓰 군에게 들이밀었다.

"좋습니다. 꼭 소개해주세요."

"이쪽은 어떻습니까?"

또 한 장을 들이밀었다.

"그쪽도 좋습니다. 꼭 소개해주세요."

"어느 쪽을요?"

"어느 쪽이든 좋습니다."

"바람기가 좀 있네요. 선생님, 이쪽은 박사의 조카입니다."

"그런가."

"이쪽은 성격이 아주 좋습니다. 나이도 어리고요. 이제 열일곱이거든요. ……이 아가씨는 지참금이 천 엔이나 있습니다. ……이 아가씨는 지사의 딸이에요."

다타라 군은 혼자 떠들어댔다.

"그 아가씨를 모두 소개받을 순 없을까요?"

"다요? 욕심이 너무 지나치군요. 일부다처주의입니까?"

"다처주의는 아니지만, 육식론자이긴 합니다."

"뭐가 됐든, 빨리 치우게."

주인이 꾸짖듯 쏘아붙이자 산페이 군이 "그럼 전부 소개받지 않는다는 거죠" 확인하면서 사진을 한 장 한 장 주머니에 넣었다.

"뭔가, 그 맥주는."

"선물입니다. 미리 축하하려고 모퉁이 술집에서 사 왔습니다. 한잔하시지요."

주인은 손뼉을 쳐서 하녀를 불러 뚜껑을 따게 했다. 주인, 메이테이, 도쿠센, 간게쓰, 도후, 다섯 명이 정중히 잔을 들어 산페이 군의 여자 복을 축하했다. 산페이 군이 매우 유쾌한 모습으로 "여기 계신 모든 분을 피로연에 초대하겠습니다. 다들 와주시겠습니까? 와주실 거죠?" 하고 묻자, "난 싫네" 하고 주인이 망설임 없이 대답했다.

"왜요? 제 인생에 한 번뿐인 큰 행사입니다. 오지 않으시겠다니요. 좀 몰인정하십니다."

"난 몰인정하지 않지만, 가지 않겠네."

"입을 옷이 없으세요? 예복 정도는 어떻게든 마련하겠습니다. 사람들 앞에도 좀 나서시는 게 좋지 않을까요, 선생님. 유명한 분들도 소개해드리겠습니다."

"딱 질색이네."

"위장병이 나을 거예요."

"낫지 않아도 상관없네."

"그리 고집을 부리시면 어쩔 수 없고요. 선생님은 어떠신 가요? 와주실 건가요?"

"나 말인가? 꼭 가지. 가능하다면 중매쟁이의 영광을 누리고 싶을 정도네. '샴페인의 삼삼구도˚와 봄날 저녁.' 뭐, 중매쟁이가 스즈키 도주로라고? 내 그럴 줄 알았네. 유감이네만 어쩔 수 없지. 중매쟁이가 둘이면 너무 많잖아. 그냥 난 하객으로 참석하겠네."

"선생님은 어떻습니까?"

"나 말인가, 일간풍월 한생계, 인조백빈 홍료간(一竿風月 閑生計, 人釣白蘋 紅蓼間)˚˚이니."

"뭔가요? 《당시선》입니까?"

"뭔지 모르네."

"모르신다고요? 곤란하군요. 간게쓰 씨는 와주시겠지요? 지금까지의 관계도 있으니까."

˚ 신랑 신부가 혼례식 때 세 개의 잔으로 세 번씩 모두 아홉 번의 술을 주고받는 일.
˚˚ 낚싯대를 벗 삼아 유유히 살며, 하얀 부평초와 붉은 여뀌꽃 피는 물가에서 낚시를 즐긴다는 뜻.

"꼭 가겠습니다. 제가 만든 곡을 악사가 연주하는데 못 듣는 건 유감이니까요."

"그렇고말고요. 도후 씨는 어떻습니까?"

"가야죠. 전 두 분 앞에서 신체시를 낭송하고 싶습니다."

"그거 유쾌하겠네요. 선생님, 저는 태어나서 이렇게 유쾌한 적이 없습니다. 그런 의미에서 맥주 한 잔 더 하겠습니다."

산페이 군은 자신이 사 온 맥주를 혼자 벌컥벌컥 들이켜고는 얼굴이 벌게졌다.

짧은 가을 해도 어느덧 저물고, 담배꽁초가 어지럽게 흩어져 있는 화로 속을 보니 불은 진작 꺼져 있었다. 역시 태평한 이들도 흥이 거의 다 떨어졌는지 "꽤 늦었군. 슬슬 가 볼까"라며 도쿠센 선생이 일어섰다. 이어서 저마다 "나도 가야겠다"라고 말하면서 현관으로 나섰다. 잔치가 끝난 뒤처럼 방 안이 쓸쓸해졌다.

주인은 저녁 식사를 마치고 서재로 들어갔다. 안주인은 옷의 깃을 여미고, 색바랜 옷을 꿰매고 있다. 아이들은 베개를 나란히 하고 잠들었다. 하녀는 씻으러 갔다.

태평해 보이는 사람들도 마음속 깊은 곳을 두드려보면 어딘가 슬픈 소리가 난다. 깨달음을 얻은 듯한 도쿠센 선생의 두 발도 땅이 아니면 밟지 않는다. 매사 무사태평해 보이는 메이테이 선생의 세상은 그림 속 세상이 아니다. 간게쓰 군은 구슬 갈기를 그만두고 마침내 고향에서 부인을 데리고 왔다. 이것이 순리다. 순리가 오래가면 지겨워질 것이다. 도후 군도 앞으로 10년이 지나면 무턱대고 신체시를 바치는 일이 잘못이라는 걸 깨닫게 될 것이다. 산페이 군은 물에 사는 사람인지, 산에 사는 사람인지 판단하기 어렵다. 평생 샴페인을 대접하며 의기양양해 할 수 있으면 좋겠다. 스즈키 도주로 씨는 어디까지고 굴러갈 것이다. 구르다 보면 진흙도 묻으리라. 진흙이 묻어도 구르지 않는 자보다는 세력이 넓어질 것이다. 고양이로 태어나 인간 세상에 산 지도 벌써 2년이 넘었다. 스스로 이만큼 식견 있는 고양이는 또 없으리라 생각했는데, 얼마 전에 일면식도 없는 무르*라는 동족이 난데없이 나타나 기염을 토하는 바람에 조금 놀랐다. 잘 들어보니, 실은 100년 전에 죽었는데, 문득 호기심에 일부러 유령이 되어 나를 놀라게 하려고 멀리 저승에서 출장을 왔다고 한다. 이 고양이는 어머니를 만나러 갈 때 인사의 표시로 생선 한 마리를 물고 나갔다가 도중에 끝내 참지 못하고 자신이 먹어버린 불효자인 만큼, 재주도 인간에게 뒤지지 않을 정도여서 어느 날은 시를 지어 주인을 놀라게 한 적도 있다. 이런 호걸이 한 세기 전에 출현했다면, 나처럼 변변치 못한 놈은 진작에 관두고 무하유향(無何有鄕)**으로 돌아가도

---

* 호프만의 소설 《고양이 무르의 인생관》 속 주인공.
** 아무것도 없는 세계 즉, 장자가 추구한 무위자연의 이상향을 말한다.

좋았을 것이다.

주인은 조만간 위장병으로 죽을 것이다. 가네다 영감은 욕심 때문에 이미 죽은 것이나 다름없다. 가을의 나뭇잎은 거의 다 떨어졌다. 죽음은 만물의 정해진 운명이니, 살아도 별로 도움이 되지 않는다면 일찍 죽는 것이 현명할지도 모른다. 여러 선생의 말에 따르면, 인간의 운명은 자살로 귀결된다고 한다. 방심하면 고양이도 그런 갑갑한 세상에 태어나게 된다. 무서운 일이다. 어쩐지 기분이 울적해졌다. 산페이 군이 들고 온 맥주라도 마시고 기운을 좀 차려야겠다.

부엌으로 갔다. 가을바람에 문이 덜컹거리고, 문틈으로 들어온 바람 때문인지 등불은 어느새 꺼졌지만, 달밤인지 창문에 그림자가 비친다. 쟁반 위에 컵이 세 개 놓여 있고, 그중 두 개에 갈색 물이 반쯤 들어 있다. 유리 안에 든 것은 뜨거운 물이라도 차갑게 느껴진다. 하물며 추운 밤, 달빛에 비쳐 고요히 불쏘시개를 넣어 끄는 항아리와 나란히 놓여 있는 액체다 보니, 입술에 대기도 전에 한기가 느껴져 마시고 싶지도 않다. 하지만 뭐든 해보는 게 좋다. 산페이 군은 저걸 마시고 나서 얼굴이 벌게져 뜨거운 숨을 토해 냈다. 고양이도 마시면 기분이 좋아지지 말란 법은 없다. 어차피 파리 목숨이다. 뭐든 살아 있는 동안 해볼 일이다. 죽고 나서 '아아, 아쉽다' 하며 무덤 속에서 후회해봤자 소용없다. 눈 딱 감고 마셔보자, 과감히 혀를 넣고 핥짝거렸는데 깜짝 놀랐다. 왠지 혀끝이 바늘에 찔린 것처럼 찌릿했다. 인간은 무슨 취향으로 이런 썩은 것을 마시는지 모르겠으나, 고양이에게는 도저히 마실 게 못 된다. 아무래도 고양이와 맥주는 궁합이 맞지 않나 보다. 그만두자 하고 쏙 내민 혀를 끌어당기다가 생각을 고쳤다. 인간은 입버릇처럼 좋은 약은 입에 쓰다면서 감기에 걸리면 얼굴을 찡그리고 이상한 것을 마신다. 마시니 낫는 건지, 그냥 두면 나을 건데도 마시는 건지 지금까지 의문이었는데 마침 잘됐다. 이 문제를 맥주로 해결해보자. 마시고 뱃속까지 쓰면 그걸로 그만, 만약 산페이 군처럼 정신 못 차릴 정도로 유쾌해지면 뜻밖의 횡재니 동네 고양이들에게도 가르쳐주면 좋을 것이다. 뭐 어떻게 되기야 하겠어, 하늘에 운을 맡기고 해치우리라 마음먹은 뒤 다시 혀를 내밀었다. 눈을 뜨고 있으면 마시기 힘들어, 눈을 꼭 감고 다시 할짝할짝 핥기 시작했다.

참고 참으며 겨우 맥주 한 잔을 다 마셨을 때 묘한 현상이 일어났다. 처음에는 혀가 얼얼하고, 입안이 외부에서 압박하는 것처럼 괴로웠으나, 마실수록 편해지더니, 한 잔 다 마시자 딱히 힘들지도 않았다. 이제 괜찮겠지 하고 두 잔째는 어렵지 않게 해치웠다. 내친김에 쟁반 위에 엎질러진 것도 닦아내듯 핥아 뱃속에 꾸역꾸역 넣었다.

그러고 나서 잠시 내 상태를 살피기 위해 가만히 웅크리고 있었다. 몸이 점점 뜨거워졌다. 눈언저리가 멍했다. 귀가 달아올랐다. 노래가 부르고 싶어졌다. 〈고양이다, 고양이〉 노래에 맞춰 춤을 추고 싶어졌다. 주인도, 메이테이도, 도쿠센도 '옜다, 똥이나 먹어라' 하는 심정이 되었다. 가네다 영감탱이를 할퀴어주고 싶었다. 안주인의 코를 물어뜯고 싶어졌다. 별별 생각이 다 들었다. 마지막에는 비틀비틀 일어서고 싶어졌다. 일어나니 휘청휘청 걷고 싶어졌다. 요것 참 재밌네, 밖으로 나가고 싶어졌다. 나가니 달님에게 인사하고 싶어졌다. 정말이지 기분이 좋았다.

기분 좋게 취한다는 게 이런 거구나 하면서, 여기저기 정처 없이 걷는 것 같기도, 아닌 것 같기도 한 기분으로 비틀비틀 걸음을 옮기는데 왠지 자꾸만 졸렸다. 자는 건지, 걷는 건지 알 수 없었다. 눈은 뜨고 있는 것 같은데 눈이 엄청나게 무겁다. 이렇게 된 이상 어쩔 수 없다. 바다든 산이든 두렵지 않다. 앞발을 내밀었다고 생각한 순간, 풍덩 소리에 깜짝 놀라며 당하고 말았다. 어떻게 당했는지 생각할 겨를도 없다. 그냥 당했다는 것을 깨달을 새도 없이 그다음에는 엉망이 되어버렸다.

정신을 차렸을 때는 물 위에 떠 있었다. 괴로워서 발톱으로 마구 긁었지만, 긁을 수 있는 것은 물뿐, 긁으면 곧바로 물속으로 빠져버렸다. 어쩔 수 없이 뒷발로 뛰어올라 앞발로 긁었더니 드득 소리가 나고 발에 뭔가 닿는 느낌이 있었다. 가까스로 머리만 내밀고 어딘가 해서 둘러보니 커다란 독 속에 빠져 있다. 이 독엔 여름까지 물옥잠이라는 물푸레가 무성했는데, 그 후 까마귀가 날아와 물옥잠을 죄다 쪼아 먹고 목욕을 했다. 목욕을 하면 물이 준다. 물이 줄면 까마귀도 오지 않는다. 근래에는 물이 상당히 줄어 까마귀가 보이지 않는구나, 하고 아까 생각했는데, 내가 까마귀 대신 이런 곳에서 목욕하게 될 줄은 꿈에도 몰랐다.

물에서 독 아가리까지의 거리는 12센티 남짓이다. 발을 뻗어도 닿지 않는다. 아무리 뛰어올라도 나갈 수 없다. 그렇다고 가만히 있으면 가라앉을 뿐이다. 아무리 발버둥 쳐도 독에 발톱만 닿을 뿐, 닿았을 때 살짝 드는 것 같지만, 미끄러지면 순식간에 쑥 빠진다. 빠지면 고통스러우니 바로 득득득 긁어댔다. 그러다 보니 몸에 힘이 빠진다. 애는 타는데 다리를 쓸 수 없다. 결국 물에 빠지기 위해 독을 긁는 건지, 긁기 위해 물에 빠지는 건지 나조차도 알기 어려웠다.

고통 속에서도 이렇게 생각했다. 이런 고통을 당하는 것은 독 위로 오르고자 하는 바람 때문이다. 오르고 싶은 마음은 굴뚝같지만 오를 수 없는 게 현실이다. 내 다리는 10센티도 안 된다. 설령 몸이 물 위로 뜬다 해도, 거기서 죽을힘을 다해 앞발을 뻗어도 10센티가 넘는 독 아가리에 발톱이 걸릴 리 없다. 독에 발톱이 걸리지 않으면, 아무리 애태우며 긁어대 봐야 100년 동안 혼신의 힘을 다해도 나갈 수 없다. 나갈 수 없다는 것을 뻔히 아는데도 나가려고 하는 것은 억지다. 억지를 쓰니 괴로운 것이다. 소용없다. 사서 괴로워하고, 고문을 자처하는 짓은 어리석다.

'이제 그만하자. 될 대로 돼라. 득득 긁는 것도 더는 싫다.'

앞발도, 뒷발도, 머리도, 꼬리도 자연의 힘에 맡기고 저항하지 않기로 했다.

점점 편해진다. 괴로운 건지 다행인 건지 모르겠다. 물속에 있는 건지, 방 안에 있는 건지 알 수가 없다. 어디에 어떻게 있어도 상관없다. 그냥 편하다. 아니, 편안하다는 느낌 자체도 들지 않는다. 세월을 가르고 천지를 가루로 만들어 불가사의한 태평 속으로 들어간다. 나는 죽는다. 죽어서야 태평함을 얻는다. 태평함은 죽지 않으면 얻을 수 없다. 나무아미타불, 나무아미타불. 고맙고, 고마울지어다.

역자 후기

고양이의 눈으로 본 인간 세상, 그리고 삶과 죽음

《나는 고양이로소이다》는 오늘날까지도 일본의 국민 작가로 일컬어지는 나쓰메 소세키의 대표작입니다. 일본이 봉건시대에서 근대로 넘어가는 격심한 변혁기인 메이지의 시대상을 잘 보여주며 인간 세상에 대한 소세키 특유의 해학과 풍자가 가득합니다.

서생이라는 한 인간에 의해 부모 형제와 헤어지게 된 고양이가 구샤미라는 선생 집에 살게 되면서 본격적인 이야기가 시작됩니다. 재채기란 뜻의 심상치 않은 이름을 가진 구샤미 선생을 비롯해 표고버섯을 먹다 이가 빠진 간게쓰 군, 늘 엉터리 소리를 하며 구샤미를 놀리는 메이테이 선생, 신선 같은 면모를 보이지만 사실은 무척 겁이 많은 야기 도쿠센 선생 등 저마다 개성 가득한 주변 인물들이 어떨 때는 따로, 또 어떨 때는 같이 등장하여 이야기의 재미를 더해 갑니다.

저는 번역하는 몇 개월 동안 잘 때도 이 무명 고양이의 꿈을 꿀 정도로《나는 고양이로소이다》의 작품 세계에 푹 빠저 있었는데, 그런 제가 이 작품을 단 한마디로 평하자면 일단 '재밌다'입니다. 번역하면서 저도 모르게 웃음이 새어 나온 순간들이 한두 번이 아니었습니다. 그렇다고 이 작품이 읽는 이에게 단순히 재미만을 주지는 않습니다. 고양이가 세상을 살아가며 깨달은 주옥같은 삶의 진리들이 묘하게 마음을 울리며 자꾸만 곱씹게 합니다. 그 가운데서도 구샤미 선생의 지기들이 선생 집에 한데 모여 한바탕 왁자하게 떠들다 돌아간 뒤, '태평해 보이는 사람들도 마음속 깊은 곳을 두드려보면 어딘가 슬픈 소리가 난다'는 고양이의 말이 오랫동안 기억에 남았습니다. 끝날 것 같지 않던 유쾌한 이야기가 어느덧 끝을 향해 가고 있어서 더 서글프게 느껴졌는지도 모릅니다. 초지일관 인간의 어리석음을 고발하며 비웃던 고양이도, 인간을 관찰하는 과정에서 그들의 마음속에 깊이 자리한 슬픔을 본 것이겠지요.

'그리하여 고양이와 구샤미 선생은 오래오래 행복하게 잘 살았습니다'로 끝났으면 좋았을 텐데, 결국 이름 없는 고양이가 죽음을 맞으면서 이야기는 막을 내립니다. 소설은 이렇게 끝이 났으나, 뜻밖에 고양이의 죽음을 목격한 구샤미 선생이 과연 어떤 반응을 보였을지, 저는 그 뒷이야기를 상상해보지 않을 수 없었습니다. 우선 구샤미 선생이 왜 고양이의 이름을 지어주지 않았을까 추측해보면, 그건 단순히 자기 아이들 나이조차 정확히 알지 못하는 구샤미의 무심한 성격 때문이 아닐까 생각됩니다. 오갈 데 없는 고양이를 순순히 자기 집에 들인 일 하며, 고양이 이빨에 떡이 달라붙었을 때 안 떼어주면 죽는다며 얼른 떼주라고 한 일이며, 고양이가 종일 안 보이는 날에는 어디를 돌아다니다 이제 오냐고 무심한 듯 툭 던지는 말이며, 고양이가 무릎 위에 올라탔을 때 쓰다듬는 손길이며, 어려운 형편에도 고양이에게 먹을 것을 챙겨주는 그런 점들만 봐도 구샤미 선생의 고양이에 대한 애정이 느껴집니다.

이 소설의 주인공이자 화자인 이름 없는 고양이의 모델은, 소세키가 서른일곱 살 때 그의 집에 들어오게 된 검은색 길고양이로, 그 고양이도 이름을 지어주지 않았다고 합니다. 하지만 고양이가 죽었을 때 소세키는 친한 사람들에게 고양이가 죽었다는 소식을 알리고, 고양이를 서재 뒤 벚나무 아래에 묻어줬다고 하니, 구샤미 선생도 아마 죽은 고양이를 이렇게 보내주지 않았을까 어렴풋이 짐작해봅니다.

끝으로 조금 무거운 얘기입니다만, 저는 15년 전쯤 도로 한복판에서 크게 교통사고를 당한 검은색 고양이 한 마리를 구조한 적이 있습니다. 제 인생에서 나름 충격적인 사건이라 시간이 꽤 흐른 지금도 그때 기억이 아직도 생생합니다. 큰 사고였던 터라 고양이는 결국 세상을 떠났지만, 그 후로도 가끔 제 마음 어딘가에 숨어 있다가 불쑥 튀어나오곤 합니다. 소설의 마지막에서 이름 없는 고양이가 죽음을 맞이

할 때도 어김없이 제 마음속 고양이의 마지막 순간이 떠올라 먹먹했습니다.

 이 자리를 빌려 소설 속 무명 고양이와 제가 만난 길 위 고양이의 명복을 빌어봅니다. 그리고 이 세상 모든 고양이의 행복을 나지막이 바라봅니다.

2025년 봄날에
장하나